U0501954

蒋子龙文集

龐志亞 題

第6卷

赤橙黄绿青蓝紫

人民文学出版社

前　言

中篇小说数量较大，不得不分两卷。收在这两卷里的中篇小说比较复杂，写作手法变化较大，题材多种多样，有科学家、演员、犯人、农民、商人、医生、企业家、中国式的美国人等等，五花八门。

是现代生活的大展，更是对各种人性特征的揭示。

《开拓者》是我的第一部中篇小说，其中有个很不重要的人物叫D副总理，引来一些责难。但在全国第一届优秀中篇小说评选中仍然获胜了。事隔十二年，到一九九二年《中篇小说选刊》重新转载此作，令人感动。

《弧光》写得单纯可爱，连我自己都喜欢这里面的人物。我看重的自己作品的选本中都选了它。

《赤橙黄绿青蓝紫》和《锅碗瓢盆交响曲》两部小说写得热热闹闹，发表后的反响也颇热闹。《赤》获得全国第二届优秀中篇小说奖，被改编成同名电视剧后，据说是中央电视台播放的第一部电视连续剧。那时我家里还没有电视机。《锅》获得天津鲁迅文艺奖，由滕文骥导演拍成的电影我比较喜欢。

《收审记》在我的作品中占着很重要的位置，由此我创作了一系列关于“精神饥饿”的小说，后来编了一本《精神饥饿综合症》的小说集。一位管政法的高级干部对《收审记》大为光火，曾打报告想把我抓进监狱，并直接让《天津文学》的一位编辑给我捎话：“你告诉蒋子龙，要是犯到我手里会让他这一辈子都翻不了身！”

这话确实让我的精神被“收审”了很长一段时间。

《螺旋》是我特别下功夫的一部作品，由于涉及“文化大革命”，在一九八〇年这还是个敏感的题材，批评界对它的反应比较谨慎，责任编辑为此耿耿于怀，多次向我表示舆论对这部小说不公。我说批评跟表扬一样，哪有绝对的公正，不是过头，就是不足。

蒋子龙

2012年4月12日

目录

开拓者

信，就是真的；
不信，就是假的。

一

不知是由于人类掌握了自然的缘故，还是自然仍在嘲弄人类，近十几年来，自然界的气候像人类发明的政治一样，多变而又反复无常。

正值早春，两天前还飘过一阵小雪，水坑还结着薄冰，本应是春寒料峭，但吹了一天一夜的西南风，突然像吹跑了两三个月的时光，一下子进入了懒洋洋的、只想睡觉不想干活儿的春困季节。骤冷骤热，人们不敢脱掉棉衣，万一老天一变脸，再来场大冻，就会得感冒。

太阳似乎已经得了感冒，并且正在发着高烧。它抖着通红的大脸，早早地跳出了海面，烧干周身的雾气，向着高空升腾。

城市的东郊，靠近海岸的地方，一座规模巨大的化工联合企业正进入最后的安装试车阶段。工地上的节奏，紧张而又紊乱。有的地方人喊车鸣，人为地制造热烈的气氛；有的地方却停工待料，工人们安闲地、慢腾腾地干着自己想干的事。经济的规律比地球的旋转还要难以驾驭。工厂的成长比历史的进程还要缓慢。在综合车间五十米高的大平台上，几个年轻的装配工上班后干了还不到一个小时的活儿，就又想歇一会儿了。一个蓄着小胡子，不论春夏秋冬和刮风下雨，总是戴着一副变色眼镜的小伙子，打了个哈欠，伸了伸懒腰。那神情仿佛他不是刚上班,而是几天几夜没下火线了。他用一种玩世不恭的口吻说:"哎,我说头儿,歇一会儿吧!"

被称做头儿的人,是个二十七八岁的小伙子,精明强悍,干活儿的动作洒脱、漂亮。他有一张鹫鹰似的好斗而又难以对付的面孔。眼睛里老是闪出一种对什么都睥睨不屑的神情。他扫了一眼小胡子,嘴角只轻轻一动,吐出来的声音却又响又硬:"'业余华侨',你还有良心吗?打上班来你还屁活儿没干,小组天天替你背黑锅,你可别踩着鼻子够脸!"

"金城,得了吧!你们给我背黑锅,我给谁背?我们少干点,就给国家少浪费点。""业余华侨"并不害怕他的首领,嘻嘻哈哈地抽出一支烟叼在自己嘴上,又抽出一支朝着金城一抬下巴:"张嘴!"扬手一甩,那支烟不偏不歪正扔进金城的嘴里。金城双唇把烟咬住了。

"业余华侨"点着烟吸了一口,一本正经地说:"告诉你,咱们干的这个活儿很可能还得返工,全部推倒重来。"

"谁说的?"

"我还没说完哪。咱们安装的这些设备全是按烧油设计的,现在又发现油不多了,还得改成烧煤的!"

"他妈的,早干什么去了!"小伙子们都停下了手里的活计。

"咱们倒霉就倒在瞎折腾上了。当头儿的脑袋一热,一会儿这,一会儿那,穷折腾,折腾穷,越折腾越穷!"

金城把手里的工具使劲往平台上一摔,当的一声,半天空像炸了一颗雷,铁架子一阵摇晃。他紧绷着脸发布了命令:"歇一会儿!"

工人们找来了木板和草袋子,有的躺下,有的坐着,有的半躺半卧靠在木板上。有的眯起了眼,有的抽起了烟,全都舒舒服服地就了位。在这半天空的平台上,他们就这样躺上一天,也不会被人发觉。工地上只有一个人看得见他们,那就是开百米吊车的司机。他居高临下,见装配工们都躺倒了,便拉掉了电闸,头往后椅背上一靠,也闭上了眼。

舒舒服服的装配工们,海阔天空地聊起来了。话题随着他们活泼多变的思想,像一匹脱缰的马,在思想的原野上任意驰骋。

“听说又不让跳舞了……”

“不会吧,金城,前一段时间不是还叫你们这些团委委员要带头学会跳舞吗?”

金城眯着眼抽烟不搭腔。

“听说省团委要下个文件,不许跳舞,不许穿喇叭裤,不许留长头发。”

“省里的头头正事不会干,干这些闲事倒有能耐。一会儿说要普及跳舞,青年团的干部必须首先学会,一会儿又下令禁止。一会儿说要推广喇叭裤,百货公司橱窗里搞样品展览,贴出通知说谁要做喇叭裤可以当天交货,一会儿又说谁要穿喇叭裤就要挨批评!朝令夕改,一会儿一个章程。”

“你们还是应该跟我学,头头说东,我偏说西;他要说好,你就往坏处想;他不叫你干的你偏干,他不叫你说的你偏说。我并不喜欢戴大眼镜,可是现在头头见了戴大眼镜的打心眼儿里腻烦,所以我故意买了一副戴上。我并不认为穿上喇叭裤就漂亮,可是现在头头讨厌喇叭裤,所以我就做了一条穿上。”“业余华侨”摇头晃脑,非常得意。

“你这叫吃饱了撑的!”有个小伙子呲了他一句。

“你们听说了吗,咱们给安装的这个厂从国外买来的设备都不是最好的,而是一些次货。打桩机都是破旧不堪的,重新涂了一层漆又卖给了我们,还不如我们自己的打桩机好!”一个关心国家大事的人又转了话题。大家借这个题目又发起了牢骚。

“化工局提出来了,全套设备都要日本货。连电线杆子、瓷瓶子、坛坛罐罐都要进口。日本人也不愿意生产这些破破烂烂,就叫台湾和南朝鲜干。”

“他妈的,我们为什么当这个大头?”

“现在只要沾上个洋字,就什么都是好的。还好,外国没有卖爸爸的,不然咱们这些头头非得一人买一个洋爸爸回来不可!”“业余华侨”的嘴里总有新名词儿。他很为自己的口才得意。

“哎,那不是咱们的团委书记?”有人站起身在平台上撒尿,指着楼下叫了一声。

金城欠起了身子,锐利的目光盯住地面上坐在一块谈话的两个人。

平台上的装配工继续着他们的议论。他们骂天骂地骂领导,没有他们不骂的。这一下,话题又转到地面上正在谈话的那个姑娘和小伙子身上了。

“听说王廷律他爸爸也是个高干。”

“屁!你瞧他那份德性,高干子弟有这样的?要说他是高干子弟,顶多也就跟我一样,是个‘业余高干子弟’。”

“你别狗眼看人低,王廷律肯定有来头。要不然风兆丽一脚把咱们金头儿给蹬了,这么快就和姓王的那小子好上了!”

“你别脏心烂肺,人家王廷律也是团委委员,两个人这是研究工作。”

“金城也是团委委员,怎不找他来研究?”

“金城能跟王廷律比?人家是大学生,现在大学生多吃香,哪个女的不想往高攀!”

金城噌地站起来,眼里闪着凶光,死死地盯住自己的伙伴们:“告诉你们,我和风兆丽以前从来没有过那回事,谁要是再拿这件事寻开心,可别怪我不客气!”

金城说完把手指放进嘴里,冲着吊车司机响亮地吹了个口哨。司机立刻启动闸把,吊车的钩头挂着一个安装用的铁笼子,飞快地落到平台上。金城跳进笼子,又吹了声口哨,打了个手势。铁笼子载着金城像直升机一样,忽上忽下,颤颤悠悠,越过平台,越过车间的屋顶和像山岭一样高高低低的厂房和设备,在风兆丽和王廷律的身边突然降落,把两个人吓了一跳!

王廷律从表面上看是个老实甚至有些窝囊的小伙子。他盯住金城:“你怎么能这样干?这是违反操作规程的,吊车万一出点毛病,就会造成大事故!”

金城不理他，只是用锥子般的目光盯住凤兆丽。

凤兆丽似乎已经猜到了一点儿金城发火的原因，但是她不动声色，大大方方地说："我们正要去找你。青年民意测验的结果已经出来了，百分之六十的青年对实现四化信心不足，主要原因就是对领导缺乏信心。你看我们怎样针对这次民意测验开展一次团的活动？"

金城仍旧不开口，只是死死地盯住凤兆丽的眼睛。凤兆丽努力控制着自己，不让自己的脸色发红，不让自己眼睛里带出怒气。她那双乌黑而细长的眼睛也盯住金城。不管什么样的小伙子，碰上这双眼睛都不敢做非分之想。她口气变得冷淡了："金城同志，你哑巴了，还是刚才坐飞机出风头把舌头咬断了？"

这下轮到金城脸红了。他从凤兆丽身上掉开眼光，但是心里的怒气并没有减退。他说："开展什么活动？是不是请王廷律给大伙儿讲一课，讲讲老干部如何劳苦功高，如何为了四化呕心沥血，给青年们打打气！"他扫了一眼红头涨脑的王廷律，从哪一方面讲王廷律都不是他的对手。他嘴角一撇，尖刻地说："听说你爸爸也是高干，你完全可以讲讲你爸爸。"

金城听很多人讲王廷律姓他妈妈的姓，说明他没有爸爸，却故意叫这个板，就是要王廷律的难看。王廷律看看他，却一言不发。

凤兆丽把话接过来："刚才我们两个也正商量这件事。现在老年人对我们这些年轻人看不惯，年轻人对老同志也有一肚皮情绪。十几年来，年老的和年轻的经历了几个回合：对老干部一律打倒，对受迫害的老干部又一律无比尊敬和无比信任，现在对他们又不那么尊敬和不那么信任了。这是为什么呢？我们对自己的领导，特别是对高级领导干部缺乏了解。他们好在哪儿我们不知道，他们哪儿不行我们也不知道，——他们离我们太远。我有个想法，能不能请省委的领导到工地来和我们青年开个座谈会，过个团日，回答我们的问题。我们也好借此机会了解一下高级领导干部的思想、工作和生活情况，加深相互的了解，增加相互的信任。你们说怎么样？"

金城冷冷一笑。他无论如何也琢磨不透眼前这个姑娘的心气。

她一会儿比谁都更老练、更成熟,一会儿又比谁都更单纯、更幼稚。论长相,在全安装公司的姑娘中可能她要算最秀气、最大方的了。平时的穿衣打扮,要数她最朴素、最不合时,可是有一个星期天,金城在公园里看到了凤兆丽,他简直惊呆了。凤兆丽那天的打扮可以说是全公园最时髦、最漂亮的一个。而且她的表情仍旧是那么自然、那么大方。她对他简直是一个谜,从那天起他也就真的迷上她了,但他从不敢对她靠近一步。

"你们为什么都不说话?"凤兆丽又催问了一句。

金城说:"你纯粹是想入非非。省委书记会跟你一块过团日? 你恐怕连他们的面都见不到。"

"我有关系,走点小后门儿。"凤兆丽抿嘴笑了笑,"没办法,在不能击鼓、不能拦轿的现代化时代,想见领导人就得走关系。我舅舅落实政策后叫他回省委调研室,他原是工业经济系毕业的大学生,可他不干,一定要开汽车。现在他给省委车书记开车。他好像跟我说过,车书记就很不错。我们先去找我舅舅打听一下情况怎么样?"

王廷律站起来:"我认为搞这种活动没什么意义,要去你们去,反正我不去。"

一听说王廷律不去,金城倒来了劲头。他对凤兆丽说:"行,我跟你去。"

二

省委书记车篷宽的秘书刘亚,拿着一沓开会通知去收发室。路过汽车库看见司机曾淮正在擦车,他拐了个弯凑过去。刘亚没有马上打招呼。他望着曾淮专心擦车的样子,心里总不免有一种惋惜之感。曾淮当过他的"司令",当时是省委机关最大的一派造反队的头头。刘亚深知,无论是胆识才学,还是组织指挥能力,曾淮都有过人之处,决不是等闲之辈。可是这次落实政策又回到省委,他坚决不上楼,一定要当工人,而且还就得给车篷宽开车。真是个怪人。看他的长相更怪,刚过四十岁，头发全白了；看衣着，是个地地道道的工人；看脸相，又白又细，睿智而文静，俨然是个专家、博士之流的人物。粗细、文野、雅俗全都集于他一身，但是又不大协调。他的脸上老是挂着一种挺自然的微笑，极其平易近人，眉宇间却似乎又有一股傲气。这真是个不容易琢磨透的人。

难道他就真想开一辈子汽车？看见曾淮保养汽车的这份精细劲，刘亚禁不住又想劝他上楼，但到底忍住了。他知道一提这个问题，曾淮只是笑而不答，任别人磨破嘴皮子也不行。他改口说："老曾，歇一会儿吧，汽车毕竟是汽车，它为人服务，不是人为它服务，用得着一天擦好几遍吗？"

曾淮停住手，抬起头冲着秘书笑了笑。他的眼睛并没有看刘亚手里的通知单，却问："要开会？"

刘亚心事重重："老头儿下决心了，下周召开各局、公司和大厂的行政一把手会议，公开提出企业之间要竞争，开展市场经营。你等着看吧，这个会一结束，在全国的经济界又得引起一场轩然大波。"

"你把一吨重的石块投进大海，也不会掀起多大的波浪；可是你把一块砖头扔进一潭死水，却会引起好多波澜。"曾淮眼里有一道光，但一闪即逝，"再不走这一步，不光是我们省，全国的经济也是一盘死棋。我们走进了死胡同，越走路越窄，不改就过不下去了。"

"走这一步国家的经济也许活了，可是他本人要承担什么后果却很难预料。但有一点可以肯定，对他本人只有坏处，没有好处！"刘亚不能不多想，在我们国家里秘书的命运，往往是和首长的命运连在一起的。前些年车篷宽倒台的时候，刘亚就被遣送回农村监督劳动。直到车篷宽恢复工作以后，他亲自到刘亚的原籍，把他又接了回来。

其实刘亚也不是多虑，前面刚有一场风波，还没完事呢！两年以前，全国人民刚喝完了庆功酒，酒后人人都有一副好脾气，对祖国，对党，对未来充满了信心，人民正沉浸在十个大庆、十个鞍钢等等美好的憧憬里。车篷宽却把刘亚叫进了自己的办公室，忧心忡忡地说："这时候大家都热，我们需要冷，要把真相告诉群众，要打开群众的眼界，要让大家知道外边的世界是什么样子,知道自己是什么样子。许愿容易还愿难。人民不能再经受第二次欺骗、第二次失望了。人心一失,将不可收拾!"

车篷宽给中央领导又是写信,又是打报告,主张打开门户,学习外国的先进技术和经济管理办法。他要求省委召开常委会讨论他的计划。他想在自己的省里首先引进外国技术,打开局面。这使稳健而忠厚的省委第一书记潘景川非常作难。潘景川过去是车篷宽的助手,因为他老实、平庸,像鸭子一样温厚,一生谨慎,善于忍耐,宁肯让别人说自己无能,也决不让锋芒压过别人。所以很早以前他就被提到车篷宽的前面了。他对车篷宽是尊敬的、钦佩的,甚至认为车篷宽的主张也很有道理。但他的心里却非常明白,决不能按车篷宽的主意办,这样重大的方针政策问题,只能由中央下决心,省委无权决策,应该等待。潘景川又不愿意当面否定车篷宽的计划,他不善于争论。对付车篷宽最好的办法就是拖。他拖住时间,迟迟不召开常委会。他这样一拖,车篷宽心里也就知道他的态度了。车篷宽也决不愿意使第一书记为难。他不再催促召开常委会,利用自己在省委分管工业的权力就先干起来了。

大门一开可就关不上了。外国的技术、设备,甚至连外国人的思想和生活习惯也一起灌进来了,就像又掀起了一阵"洋务运动"。这个省一干,别的省也干。中国这么大,什么人物都有。在和外国人打交道的时候,受骗的、赔钱的、不要廉耻的种种事情都发生了。如果说打开门户有好处的话,功劳不知道记在谁的账上,可是所有的罪过都栽在车篷宽身上。当车篷宽听到了自己的同胞那些丢人现眼的事,也异常愤怒。这种愤怒倒是冲淡了他对因此而挨骂的不满。他虽然也是身居要职的老干部,但到底是书生出身(他是清华大学毕业以后才到重庆给周恩来同志做技术参谋,兼做对国民党技术人员的统战工作),有时难免犯点书生气。他对那些搞外贸工作、搞技术工作的干部估价太高了。一想到这一点,他似乎是甘愿承担一切责难。

"鞭打快牛!"——刘亚担心的是他并不记取这一教训。

曾淮问:"常委开会讨论过了吗?"

刘亚摇摇头:“老头儿现在改变了策略,他估计常委们开会也不会同意的事,就干脆不在常委会上提出来。他自己召开会议布置下去,让下边先干起来再说。”

曾淮不再说话,又拿起棉纱轻轻地擦起汽车来。

首长的秘书、司机等工作人员,背后是不该议论首长的。可是不管首长是好、是坏,真正背后不遭到一点议论的,几乎没有。

刘亚说:“老曾,我有预感,车书记这次搞工业产品的自由市场,搞企业间的竞争,所受到的非议要比打开门户引进国外的技术和经验还要大,因为这牵涉到整个国家经济体制的改革。”

曾淮不看刘亚,像是自言自语:“车书记是决心要搞经济改革,而且是想利用自己的权力,在我们这个省内先搞起来。经济上的竞争,必然要带来政治上的竞争。经济体制的改革,不可避免要使一部分人权力增加,一部分人权力缩小,这就会涉及到各种利害关系。按车书记的设想,组织现代化的大生产,进行科学的经济管理,就要求有具备一定科学文化知识的专家来当领导。可是我们的领导大多数都缺乏专业知识,是凭资格占据领导岗位的。要搬动他们是容易的吗?这是权力的再分配,也就是物质利益和特权的再分配。阻力一定会非常大,斗争的尖锐性也就可想而知了。不管老头儿自己意识到没有,他实际上成了经济体制改革的带头羊。可是他能走多远?会不会做因搞改革而牺牲的替罪羊?……”曾淮猛然咬住话头,他看见有两个人,手里捏着会客单朝自己走来。

“老舅。”姑娘眼尖,老远就甜生生地喊了他一声。

曾淮认出了来者,他笑着答了一声:“兆丽,家里有什么事吗?”他的眼光却不易觉察地盯住了兆丽身后的年轻人。

“家里没有什么事,找您来是为了公事。来,”风兆丽把金城介绍给曾淮,“这是我们团委委员金城同志。”

金城不笑也不点头,目光审视着省委大院,脸上那种睥睨不屑的神情更强烈了。

曾淮却笑了,冲着金城点点头。金城的脸色他很熟悉,他了解这种年轻人。十几年前红卫兵小将第一次冲进省委机关的时候，大多数都是带着这样一副脸色。

金城扫了一眼站在旁边的刘亚。根据刘亚的神色和打扮，他断定这一定是省委机关的干部，就用一种带着讥刺嘲讽味道的语气说："这儿真是楼大院深门槛高，找个省委开车的就得等上一刻钟，填表登记，还得过两道门岗，就甭说要想见到省委头头会有多难了！"

凤兆丽赶紧把话接过来："老舅，我们能不能见一见省委领导？"

曾淮既不为金城尖刻的话发怒，也不为外甥女提出的问题感到奇怪，仍然笑嘻嘻地问："你们想见哪个省委领导？"

兆丽说："哪个都行。哪个肯见我们，哪个容易见，就见哪个。"

曾淮不笑了，开始仔细地打量着兆丽，间或也扫一眼金城。

金城心里猜测着："下面他一定还会打着官腔问，你们找省委领导有什么事呀？先跟我讲讲吧，我替你们先反映一下。就好像他不是给省委书记玩儿轮子(方向盘)的，而是省委书记的秘书一样。"他要不是怕得罪兆丽，还会说出一些更难听的话来。因为他一见曾淮那副不伦不类的长相和打扮，心里就起反感，明明是个开车的工人，却装出一种斯斯文文的干部模样。

曾淮并没有提出金城心里想的那个问题。他扫了一眼刘亚，很随便地说："这很容易，你们安装公司不是正在化工联合企业施工吗？只要定个时间，叫书记到工地看你们也行，把你们请到书记的办公室也行。但是你们总得有个打算，到底想解决什么问题？想见谁？是想见省委第一书记潘景川同志，还是想见管工业的书记车篷宽同志，还是想见管农业的书记田笑同志？"

兆丽说："如果我们可以选择的话，当然是想和车书记谈一谈。我们在下边听说，车书记还能解决问题。潘书记嘛……"她突然不往下说了。

刘亚问："这么说你就是安装公司的那位女团委书记了。你们搞的民意测验结果出来了没有？"

这下轮到凤兆丽和金城惊讶了："你怎么知道的？"

“车书记叫我打听一下你们测验的结果，然后向他汇报。”

凤兆丽把通过民意测验反映出来的问题，一个一个仔细讲给刘亚听。刘亚飞快地往小本子上记着。

曾淮又专心致志地擦起他的车来。但是从他偶尔抬起眼睛瞟一下兆丽和金城的目光来看，他的耳朵对于兆丽的话一个字都没有漏掉。金城也感觉到，只要曾淮的目光一瞟他，他周身就像被电焊弧光烧着了一样。这个人的眼睛真厉害，像个能摄人魂魄的无底洞，谁碰上这样的眼光都会掉进去。

等兆丽讲完，刘亚又问她对车书记还有什么要求。兆丽笑着说：“要问的问题很多，等见了面再说吧。”刘亚又转向金城：“你还有什么意见？”

金城不客气地说：“请省委的领导多管点正事，别尽管那些不让跳舞、不叫穿喇叭裤的小事。”

刘亚记下了他们的意见，热情地说：“我一定把你们反映的情况和意见汇报给车书记。但是最近他恐怕抽不出时间见你们，因为下星期车书记要主持一个会议，会期是七天。这两天他要为会议做准备。等会议一结束，我就提醒他安排时间见你们。”

金城抽抽鼻子：“闹了半天只是给我们个热火罐抱，赚傻小子。这个会散了，还有下一个会，头头还有不开会的。我早就知道，想见头头没那么容易。就是想跟公司一个小经理反映点情况，还得过好几道关，更不用说想见省委书记了。其实我们也是没病找病，见不见书记还不是一个样！”

刘亚脸色很不好看，但他极力控制着。

凤兆丽也觉得很不好意思，但又不便在这儿说金城，以免触发了他的牛性子，使他扔出更难听的话来。她除去团委的工作在身，还有一股强烈的好奇心，促使她十分想见一见车篷宽，就抱歉似的对刘亚笑笑：“我们等您的消息，或者您定好了时间告诉我舅舅也行。”

“好的。”刘亚也点头一笑。

“有这工夫真不如在家里躺一会儿。”金城又甩了一句。

凤兆丽脸色一红:"金城,你今天怎么啦?是我们自己要来,不是人家请我们来的。这是我们的工作。"

一见姑娘的脸色要变,金城不吭声了。其实刚才他的火气有一半是由兆丽的态度引起的。这个领导着几千青年人的团委书记,是个柔中有刚、绵里藏针的姑娘,在小青年当中说话可是占分量的。就连一些嘎杂子、琉璃球儿,也不敢轻易拿她起哄耍笑。可是今天她对省委干部的态度过分亲热,甚至可以叫人怀疑到是有意讨好,是千方百计想见省委头头。其实他们想见省委头头不是为了说好听的,而是提意见。任何一个能获得她的好感和尊敬的男人,都会引起金城的愤怒和憎恨。这是他自己意识不到,情不自禁流露的。而能制止他这种感情爆发的最好的清醒剂,又是兆丽的目光。

曾淮还是那副笑模悠悠的样子,说:"小伙子,在这个世界上不光你一个人存着一肚子肝火。有人所以不发作,是因为他的智慧足能熄灭怒火。只有无知和浅薄的人,才认为他最有权利可以无缘无故地向任何人发一顿脾气。"

金城憋了一大口气。他觉得自己从哪个方面都治不住眼前这个人,只能嘲笑他为当官的开汽车这个职业。但是得罪了这个凤兆丽的亲娘舅,将来对他和兆丽的关系往新的方面发展很为不利。金城心里暗暗憋气,没有再吭声。他还很少吃这样的亏。

兆丽趁机告辞:"舅,我们走了。"

"你不能稍微再留一会儿吗,我还有话要跟你说。"

兆丽看看金城:"那你先回去吧。"

没办法,金城一扭身走了。刘亚也到收发室去发开会通知。

兆丽盯住曾淮的满头白发,语气中带点撒娇:"舅,你回到省委上班一年多了,也不到我们家去。"

曾淮只笑不搭腔。

"舅,你为什么不给自己落实政策,非要给车书记开汽车呢?"

"听说你每天夜里都在偷偷地写小说,你到这儿是猎奇找材料来的吧?"

兆丽脸红了:“什么都瞒不过你。不过我那是只写给自己看的。”

“说假话。世界上没有一个作家希望他的作品只有一个读者,那就是他自己。我们的现实是这么错综复杂,多灾多难,凡是有责任感、有良心的作家,都不应该逃避现实。中国现在是女作家驰骋文坛,对于一个民族来讲,这种现象是可喜呢,还是可悲呢?我还说不准。但你要是想写车篷宽,一定会一鸣惊人。”

“我可不想惊人。”

“不想惊人的作家是没有出息的。”

“我不是作家!”

“可你想当作家。”

兆丽红着脸躲开了舅舅的目光:“你给我讲一讲关于车篷宽的事好吗?”

“行倒是行,不过我得先看你的作品,看看你是什么水平,配不配听我的故事。”曾淮含笑的目光盯住兆丽,有意逗着外甥女,将正经话用玩笑的口吻说出来,“不过今天不行了,你那个保镖还在门外等着你呢。”

“保镖,什么保镖?”兆丽一愣。

“就是那个叫金城的粗小子。他是看上你了,看他那个没出息的样子,当眼睛瞧你的时候,真恨不得一口把你吞下去。”

兆丽只是朦朦胧胧有这种感觉,有时觉得金城的眼光里有一种发烫的东西。但是舅舅才第一次见他,刚说了几句话,就观察得这么细,这么准,真叫她惊奇。谈起这件事,反而不像谈起写作那样使她觉得难为情和不好意思。她大大方方地说:“金城可不像你挖苦的那样浅薄和无知。”

“你喜欢他吗?”

“没想过,今后可能也不会想这件事。但到现在为止我还没有感到讨厌他。”

“你们两个的气质完全不一样。不过有他做你的保镖,我和你妈妈对你的安全就完全可以放心了,任何一个小流氓也不敢靠近你。”

“舅舅!”兆丽不高兴地斜了曾淮一眼。

曾淮亲切地扶住了外甥女的肩头:“好了,这么长时间没见到你,本应留你吃了晚饭再走,可是不能让金城在门外等一个多小时呀,怎么办?”

“你真的认为他会在门外等我?”

“一定的!”

“那我就在你这儿吃了晚饭再走。”

曾淮惊奇地看看外甥女,领着她走了。

三

曾淮能做一手好菜。凤兆丽看着舅舅煎炒烹炸,自得其乐的样子,又一次深深地感到了好奇。这位舅舅似乎是无所不能的,五行八作全能来两下子。曾淮的爱人还没有回来,兆丽在外间屋洗菜切肉,给他当下手。

有人敲门:“老曾同志!”

“请进。”兆丽开了门,看见门口站着一个老人,须发灰白,身材矮小而瘦弱,文质彬彬。他不肯进屋,又问了一句:“老曾同志不在家?”老人的声音温和而柔弱,但是兆丽听得很清楚。普通话里带着浓重的南方口音,兆丽去的地方不多,听不出老人到底是哪里人,也看不出他究竟有多大年岁。

曾淮听见说话声急忙从厨房里走出来:“哎呀,车书记,请进!”凤兆丽大吃一惊:他就是车书记?车书记就是这样一个貌不惊人的小老头儿?

“谢谢,我不进屋了。我想问你今天晚上出去吗?”

“您想要车?走,我马上去。”曾淮说着就解掉围裙,披上衣服。

“不,不,”车篷宽拦住了他,客气地说,“如果你不出去,我想借你的自行车骑一骑。”

“哎呀,这……”曾淮作了难,“您想到哪儿去,我开车送您去。”

“谢谢,用不着。我去办点私事,看一个老朋友。”

“我这辆自行车太旧了,铃铛不响,闸也不灵,万一出点事,我可负不起责任。司机的责任就是给您开车，您何必那么客气，放着汽车不用，非要借自行车骑呢?”

车篷宽态度还是那么温和，语调还是那么客气，声音也还是那么柔软，主意却还是那么坚定:“老曾同志，我骑车是很小心的，决不会出事，也不会撞坏你的自行车。”

曾淮知道，多说也没有用，他就把自行车推出来，交给车篷宽。车篷宽接过车把，笑着点点头:“谢谢你，打搅了。”

曾淮把车篷宽送到大门口，看见车篷宽的老伴儿也推着一辆小轱辘的坤车在大门口外边等着呢!

车篷宽对曾淮摆摆手:“请回去吧，你还有客人呢。”说完翻身骑上自行车，和老伴儿并排着缓缓地向前骑去，一边骑还一边说着什么。

曾淮望着他们的背影，愣了一会儿，突然转身回家对兆丽说:“你要肚子饿了就先吃，不饿就等你舅母回来一块吃，不要等我。”

他说完转身走进另一个门口，很快就推出一辆自行车，飞身上车，朝着车篷宽夫妇去的方向尾随而去。

凤兆丽心里突然一惊，怦怦地跳起来。舅舅跟上去干什么?

曾淮在凤兆丽的眼里是个古怪、倔犟的人，是个为了报复对手能够卧薪尝胆的人。前几年，她好像影影绰绰听妈妈讲起过关于舅舅的事。曾淮一九六四年大学毕业分配到省委调研室，雄心勃勃，一年半的时间，写了两本小册子，还在一个社会科学杂志上发表了四篇经济学和哲学方面的论文。一九六六年他跟着车篷宽的工作组到大学搞“社教”。车篷宽是全国第一批被中央“文革”公开点名批判，四处游斗，然后被撤职的大学工作组的组长之一。据说就是因为曾淮告密，工作组撤销以后，曾淮回到省委就挑头组织了造反队，第一个把潘景川和车篷宽拉上了批判大会。以后曾淮又被打成“五一六”分子，坐了三年牢，在省劳改农场劳动了四年。起初，兆丽妈妈担心曾淮的性子倔，闹不好会自杀。可是曾淮不仅没有寻死，这几年反而向犯人学会了一套好拳脚，据说动起手来三四个小伙子不能靠近他。还学会了开汽车，取得了大型货卡车以下的各种汽车的驾驶执照。这次重回省委，不当干部，非要给车篷宽开车。兆丽几次听妈妈讲，曾淮可能是不怀好心！兆丽想，舅舅是聪明人，难道会干出像古人那种行刺暗杀的傻事？可是妈妈的多心也不是没有根据，他可以制造车祸，他身上有功夫，自己不会出事，坐车的人却可以致命！

想到这儿，凤兆丽心里发冷，身上打颤，她才发现自己刚才出来时身上没有披外衣。太阳已经下去了，天气有点凉了。她想，她也应该借辆自行车跟上去。可是舅舅叫她看家呀！她正要转身回屋，突然从旁边一座房子的后面钻出一个人："兆丽！"

凤兆丽着实吓了一跳，定睛一看，竟是金城："啊，你真的还等在这儿？"

金城的脸色很难看，腔调里也带着刺儿："我怕你进了省委大楼就把工地给忘了。干脆叫你舅舅把你调到省委来，给哪位书记当个女秘书算啦！"

凤兆丽的嘴也不是饶人的，但一想到金城为了等自己在门外边站了很长时间了，心就软了，说："你快回家吧，我舅舅留我吃完饭再走，你就别等了。"

"你舅舅刚才不是走了吗？"

"他是跟着车书记去了，他还没有吃饭，叫我给他看家。"

"车书记？"

"就是刚才骑自行车的那个老头儿。"

金城摇摇头："我不信。省委书记还用骑自行车？"

"信不信由你。你是走，还是进来和我一起吃饭？"

金城想了想，赌气地说："我也不进去，我也不走，还在这儿等！"说完他眼睁睁地望着兆丽。

兆丽来了气："好吧，请便。我今天不回去啦！"

"我劝你别赌气，赌气你赌不过我，我可以在这儿站一宿，你信吗？"

兆丽心软了，金城是个不错的小伙子，她为什么要对他这样呢？她是害怕，害怕这种关系的结局，当她看不到终点，没有十全把握的时候，在这种事情上是不能轻易再往前迈步的。她的心又硬起来，试探地说："金城，我劝你以后别再这样，你还不了解我。与其将来我们变成互相瞧不起的仇人，不如永远做个好朋友。"

一听这话金城反而更大胆、更热烈了："不，我喜欢你的性格，我从小就佩服刚强的人，瞧不起窝囊包。"

见金城误解了自己的意思，此时又无法向他解释清楚，就叹了口气："唉，你呀！……"

兆丽眼里闪过一丝难言的痛苦，突然扭身进屋去了。

金城也怔住了，猜不清凤兆丽此举是羞，还是恼。

四

老伴儿比车篷宽年轻几岁，身体也比他好。她自己在外边靠近快车道的地方骑，让车篷宽在里边靠着便道骑，有什么情况自己在外边先看到，随时可以提醒丈夫，保他不会出事。这老两口是去看他们的老朋友——省机械局局长孙长恕。

车篷宽骑了一会儿，发现路走错了，对老伴儿说："剑秋，我们拐弯太早了，走这条路绕远。"

王剑秋说："你就跟我走吧。时间还早，你要是每天骑这么一趟车也是个锻炼。"

车篷宽不再说话，高高兴兴地跟着老伴儿往前骑，渐渐来到了市里最繁华的地区。在一个十字路口，王剑秋停住车，眼睛死死地盯住迎面最显眼的一块巨大的广告牌。上面画着两只日本精工牌手表。这是一块日本广告牌。王剑秋偷眼瞧瞧老伴儿，车篷宽双眼也盯住了广告牌，而且眼睛眯起来，右手的手指开始敲打自行车的车把。王剑秋心想："他动心了！"

车篷宽果然说话了："这一带最繁华，这个地方又最招人眼，却给日本人竖起了一块大广告。我们自己的广告呢？你们机械局的广告呢？难道都挂到厕所里去了？为什么这一路上你们一块广告也没有？"

王剑秋嘴角动了动，那表情仿佛在说，你先别着急，叫你着急的事还在后边哪！可是话到嘴边说出来却是这样的："老车，难道今天你没看报纸？我们省的报纸用了一个整版，给外国人登广告。我挂了个电话向报社打听了一下，外国人登一版广告给报社二十万美元。报社为了赚钱，就忘了自己是哪国人啦！这就是你这位书记的主张，把门户打开，按经济规律办事，大家都围绕着钱打主意。"

车篷宽警觉地看了看老伴儿，没有做声。

天完全黑了。大街上的各种路灯、霓虹灯和商品招牌全亮了。两个人没有上车。王剑秋推着自行车在前边走，走到一个门脸跟前停下来。车篷宽抬头一看，是日本人开设的精工牌手表修理部。车篷宽脸上的气色本来就不大好，现在更难看了。过去中国人买了外国手表，总担心坏了不好修理，零件配不上，现在不用愁了，外国人把修理部设到中国的大街上来了。

王剑秋知道丈夫动气了，继续火上浇油："不光是日本一家，西德奔驰的修理车也在我们这里满街跑。他们卖给我们的奔驰车在什么地方抛了锚，打个电话，修理车就来了。我们局的鼓风机厂进口了美国电子计算机，美国人提出每三个月来检修一次。国际资产阶级跑到我们家里来了，再这样下去怎么行？国民经济一调整，我们局本来就吃不饱，很多厂都没活儿干，再叫外国人把买卖抢了去，我们还干什么去？"

车篷宽态度温和而口气尖刻地说："你们去喝西北风！"

"我们不能喝西北风。"王剑秋从口袋里掏出一盒牡丹牌香烟，抽出一支递给丈夫："抽支烟吧。"丈夫惊奇地看看她，还是把烟接过去。王剑秋给他点着了烟。平时她是绝对不许车篷宽抽烟的，而且禁止家里买烟和存烟，来了客人也不拿烟招待。她就是用这种强制的办法迫使丈夫戒烟。但是车篷宽遇上了激动的事，还得抽上一两支，那都是王剑秋不在跟前的时候。今天王剑秋竟然在口袋里藏了一盒烟，主动让他抽烟，真是够稀罕了！老两口推着车，拐进了一个街心公园。

王剑秋等丈夫吸了一口烟，才说："老车，决定吧。"

"决定什么？"

"不许外国人在我们省做广告，不许外国人在我们这里设推销部、修理部。必须保护我们自己的利益，尽量取缔外国货。四十多年前，我们作为学生第一次参加革命行动，不就是举着小旗子游行，抵制日货吗……”

“抵制了半个多世纪，到现在也没有把日货抵制住。你要是买了块日本手表，坏了找不到地方修理，你也会有意见。”

“我不戴外国表，我们家里不用外国电视，不用外国录音机。”

车篷宽笑了：“副局长同志，你的爱国热情可嘉。不过你不能要求群众也都像你一样，为了维护你那个机械局的利益，宁用自己的次货，不用外国的好货。”灯光下他看见老伴儿突然变颜变色，面带怒容，赶紧一摆手，“别着急，当然中国货不一定就次，外国货不一定就好！”车篷宽深深地吸了一口烟，沉吟了一会儿，接着说：“唯一的办法就是用经济的手段打退经济的进攻，用我们的技术打垮他们的技术，用我们的产品打败他们的产品。就让他们来做广告，就让他们对自己的产品大吹大擂，就让他们到我们国家来办服务部，他搞你也搞嘛！有本事你就能代替他。你的产品比他的好，比他的便宜，你就能把他顶回去！要善于动脑筋，想办法，展开竞争。在国内要竞争，在国际市场上也要竞争。外国人无孔不入，他们有推销术，我们要有对策，要研究市场。下周省里要开会，叫你们的老孙来吧……”

王剑秋上去一把将车篷宽吸了一半的香烟从丈夫手里夺过来，扔到脚底下一脚踩灭了，生气地说：“这么说，你的主意是不能变了？”

车篷宽不着急，继续说：“你们的思想要开阔一点，机械产品前途大得很。西德的机械产品出口占百分之五十五，日本也差不多。我们国内的市场很大，还要开拓国际市场。只要你搞得好，就不怕没任务。香港招商局要在深圳办个小型轧钢厂，在国内招标。你们局光设备就向人家要八百五十万元，还不负责成套。上海要一千万元。负责成套，生意叫人家抢走了。你们的机械厂闲着，轧钢机的买卖却叫别人揽走了，这样的机械局还不喝西北风！今天报纸上登了一条消息，上海到大连要建一条集装箱航线，我劝你们赶快动脑子，集装箱运到码头要用起重机、专用汽车等等。要提前动手，主动派人去联系，不能在家里等着。”

王剑秋叹了口气，调转了车把：“好吧，留着你这本经回家去念吧。”

“咱们不是要去看老孙吗？”

“不去了！”王剑秋又气又恼。这一年多，她一直在老孙和丈夫之间受夹板气。今天本想用开现场会的办法说服丈夫，谁知车篷宽平时对妻子温柔体贴，在他的工作上却不喜欢她插嘴。他已经决定了的事情，妻子劝说也没用。王剑秋深知丈夫的脾性，又无可奈何，只好说：“老孙今天请你去就是要谈这个问题，你们省里领导再不改变政策，我们就无法干下去了。老孙已经给中央写了信，要告你。看来只好让他去告了。”

车篷宽还是那么温文尔雅：“这么说，今天晚上我更应该去看看他了！”

“不行，他的脾气那么暴，最近心脏又很不好，一直上半天班。你又是这么固执，两个人一吵，万一出点事怎么办？走吧，回家去，反正你说不服我，就甭想说服老孙！”王剑秋带头骑上了自行车，车篷宽在后边慢慢地跟上了老伴儿。两个人又缓缓地向回家的路上骑去，但都不再说话了。王剑秋这个急性子的老太太尽管心里老大不痛快，还是没忘记让丈夫在里边骑，自己骑在外边保护着他。

五

凤兆丽意外地接到了省委书记车篷宽的信。她召集团委会，宣读了这封信。

凤兆丽同志：

谢谢你向我反映的情况。

关于化工联合企业建设中的混乱情况，我知道一些。人力、时间、财力的浪费都是很大的，但最大的浪费还不在于工厂的管理，而在于计划的失误，设计的失误。三十年来，我们在经济建设上一条深刻的教训，就是违背经济规律，搞瞎指挥。现在已经开始认识到这个问题，正在逐步扭转。我们省工业系统很快要开个会，重新制定一些经济政策。赔钱的企业不仅要影响工人的切身利益，赔到一定程度，企业还要垮台。企业要养国家，而不是让国家养企业。新的政策一颁布，估计化工联合企业和你们安装公司都会有所变化。

在引进外国技术和设备方面，确实有很多问题。上当受骗、吃亏赔钱，甚至丧失民族尊严的事情都发生过。但不能因为存在这些问题，就全部否定开放政策。打开门户在历史上的重要贡献，就是使人民打开了眼界，知道了整个世界的实际情况，使中国的社会逐渐变成一个开放的社会，用人民群众的力量阻止一个国家、一个民族的大倒退。

对你所反映的青年思想状况，我很感兴趣。应该承认，现在青年人头脑里有一堆没有解决的问题，逼得他们要往深处想。一种可恶的怀疑主义到处蔓延：怀疑自己的民族，自己的国家，自己的社会制度，甚至怀疑自己的父母。许多人对一切最宝贵、最重要的东西都持怀疑态度。我能不能向你提一个希望呢？你是做团的工作的，自己又是个青年人，应该成为党的出色的思想政治工作者。我所说的思想政治工作，不能简单地理解为谈心，解疙瘩，交朋友。这远远不够。思想政治工作是一门科学，在我们的企业里一直没有得到重视，甚至连它的定义都被曲解了。因此，有些人，特别是年轻人，一听到思想政治工作这几个字就有点反感。其实企业的思想政治工作，应该渗透到生产和管理中去，把思想政治工作同现代化生产更紧密地结合起来。而且还要结合工业的特点，吸收现代科学中合理的成分，如工业工程学、工业心理学、工程心理学、工效学和社会学中那些确实反映了事物客观规律的部分，加以整理，使之成为一门科学。这个工作具有非常重要的意义。不知你有没有兴趣研究它？为了提起你的兴趣，我随便举个例子。生产是生产手段和劳动力的结合。现代工业让工作人员在最适合生理和心理的环境下工作,才能最大限度地发挥效能,减少差错和次品。这就是工程心理学与人机工程研究的内容。比如,不同颜色对人就起不同的影响:红色有温暖感,青色有清凉感。红在生理上起增高血压及加速脉搏跳动的效果,心理上起兴奋作用,但也会引起不安感和神经紧张。青色在生理上起降低血压的作用,心理上起镇静作用,有清洁感,但大面积使用它使人有单调感,因此只能配合其他颜色使用。黄色有增进食欲的作用,适于食堂里用。绿色使人有平稳感,绿色用在工作场合最适宜。天花板在我国习惯用白色,白色反射率高。但在面积大而天花板又低的车间内,一抬头就见白色天花板,会产生一种压抑感。在这种情况下如采用青色,使人产生仿佛在晴空下的广阔感觉。总之有好多东西需要我们,特别是需要你们青年人,去学习和掌握。

希望我们以后经常联系。为了了解在实现四个现代化的进程中,各种人的思想、愿望、情绪、观点,我们应当有一套能够迅速准确地收集群众反映的方法。这样,领导机关在制定一些政策或采取某些措施时,就更有针对性。

对于那个跳舞和穿喇叭裤的问题,我认为采取行政命令的办法是愚蠢的。我还没有进过八十年代初的跳舞场,所以没有更多的发言权。

向做青年工作的同志们

敬礼!

车篷宽

3月2日

省委书记的信在团干部们中间引起了很大兴趣。在这以前,他们中间没有一个人曾接到过像省委书记这样高级干部的来信。凤兆丽把信读了一遍,大家首先关心的不是信的内容,甚至信里的很多话都没有听懂;大家都抢着要看省委书记的信是什么样子,用什么纸写的,使的什么笔,省委书记的字写得漂亮不漂亮。说实在的,这伙青年人还真是开了眼界。车书记的信是用铅笔写的，整整写了四页纸，字迹潇洒遒劲。用青年们的话说，叫龙飞凤舞，帅！他们之中还没有一个人能写出这笔字来。除去王廷律似乎不大感兴趣，没有凑过去看信，别的人都仔细地传看了省委书记的亲笔信。好奇心得到了满足以后，他们才议论车书记来信的内容。金城举着信左看右看，他怎么也不能把眼前这笔好字，和他脑子里高级干部的形象统一起来。不知什么时候，他脑子里模模糊糊形成了这样一个概念：干部越老越不读书不写字，顶多在文件上画几个圈儿，还不见得画得圆。差一点的，是粗鲁，顽固，保守，搞特权；好一点的，是有魄力，有干劲儿，敢于决断。但是不管好坏，都是没有多少文化，没有多深的修养，和文雅、才气无缘。这个车篷宽怎么信手一划拉，竟写出一笔这么帅气的好字？而且信里的内容有好多处显示出他的视野很开阔，具有相当深的专业知识。这肯定是车篷宽的亲笔信吗？

"哎，"金城突然一拍大腿，"你们先别这么高兴，这根本不是车书记的亲笔信，这是他的秘书替他写的。"

大家一愣，谁都不愿意相信金城说的话是真的，可是也没有办法证实他的话是错的。

兆丽问："你是怎么知道的？"

金城什么时候都是理直气壮。他抬高了嗓门儿说："那么大的干部只在文件上写写批示，他怎么会有耐心给我们写这么长的信呢？一定是我们那天到省委去碰到的那个车书记的秘书，把我们提的问题反映给车篷宽，车篷宽听了不往心里去，秘书感到在中间坐了蜡，才以书记的名义给我们写封信，以此打发我们！"

他说得有鼻子有眼，还真把大伙儿给唬住了。

凤兆丽不相信金城的话。虽然她跟车篷宽只在舅舅家里匆匆见过一面，可是她坚信车书记决不会干出像金城说的那种事。她看看始终一言不发的王廷律，问他道："小王，说说你的看法。"

"我？"王廷律看看凤兆丽，从桌上拿起车篷宽的信，飞快地扫了一眼，又把信放回桌上，低声然而很肯定地说："这是车书记亲笔写的。"

“你怎么知道?”金城那锥子似的目光又逼上来。这几天凤兆丽对他有点公事公办的冷淡劲儿,他一直怀疑是王廷律捣的鬼。

王廷律红着脸不吭声。

大伙儿也都希望他说出这信的确是车书记亲笔写的理由,便催促他:“廷律,你快说呀,为什么你肯定这是车书记的笔迹?”

“小王,你快说吧!”凤兆丽相信王廷律的话一定是有根据的。

王廷律想了想,终于红着脸慢吞吞地说:“车书记本来打算昨天到咱们这儿来,想见见凤兆丽和团委的干部,可是前天下午突然接到国家经委的电话,昨天一早就坐飞机去北京开会了。这信是在飞机上写了寄回来的,不信你们看,这信封上盖的是北京的邮戳。”

有几个人立刻抢过信封看:“对,是北京的邮戳,没错!”

金城还是不服气:“哎,这些事你怎么知道?”

大家也感到惊奇,一致追问:“对,你是怎么知道的?”

王廷律被问得没有办法,挺生气地说:“他是我爸爸。”

大家一下子全愣住了。王廷律进厂一年多了,这件事竟瞒得这么严实。而且看他穿衣打扮那份窝囊样,哪一点像个省委书记的儿子?

金城却用一种近乎敌视的目光盯住王廷律。他猜想凤兆丽一定早就知道了王廷律是省委书记的儿子,不然这小子刚进厂才一年多,选进团委也不到半年,有他妈的什么能耐,竟一下子就把凤兆丽抢过去了!得找机会教训一下这小子!

凤兆丽招呼大伙儿说:“好吧,我们现在讨论正题。我对信里的有些话,一下子还没琢磨透。请大家发言吧。”

金城尖刻地说:“这有什么好讨论的,书记的儿子在这儿,请他给咱们辅导一下不就行了。”

“你……岂有此理!”王廷律站起身推门走了。

六

人民大会堂二楼一间小会议厅,雅致而富丽。它的位置是在这个巨大建筑的心脏部位,却使人觉得空气新鲜。暖气的热度正合适,既不叫人感到燥热,也没有冷意。怕冷的人穿着棉衣,也不会觉得热;怕热的人只穿件毛衣,也不会觉得冷。嵌在屋顶的莲花喷头子母灯全部打开,给人一种阳光充足的感觉。墙上没有过多的装饰品,只在正中有一个巨大的镜框,里面似有一汪清水,一群长须青虾在游戏。这显然是出自白石老人的手笔。墨绿色的地毯,四周一圈米黄色的大沙发,实用而考究。但国务院几个部委的负责人和来参加会议的部分省市主管工业书记,没有一个躺在后面的大沙发里,全都直着腰板,坐在绛紫色谈判桌两边的软椅子上。这显然是国家领导人经常和外国人谈判的地方。不过今天不像招待外国人那样,杯里早已沏好了茶;而是在会议开始之前,服务员端着茶盘默默走过来,想喝茶水的首长交一角钱,她就给他的杯子里放进一包茶叶。屋里很安静,气氛虽不紧张,可也没有轻松的谈笑声。

会议由国务院D副总理主持。国家冶金设计总院院长吴昭年报告冶金系统今后十年内的引进计划。国家为了要保证这个重点引进项目,不得不削减对其他行业的投资。原来对其他各部和省市已经确定的投资数字需要修改,因此才请这些有关的部委和省市的负责人来参加会议。

吴昭年讲得生动有力,富有感情。看得出来吴昭年的冶金设计总院对这个计划是花了很大心血的。本来是一些枯燥的数字、技术术语和机器设备的名称,在他的报告里却完全变成了立体有声的、活生生有血肉的东西。他在这些高级领导干部面前,也可以说是在掌握中国经济发展命脉的决策人物面前,描绘出了一幅美好而极有吸引力的中国钢铁工业的远景。据他说,如果他的计划能获批准,按他计划里开列的项目引进外国的先进技术和先进设备,前十年下本钱,后十年就会见成效。到那时,中国不仅会有不止是十个鞍钢,而且钢铁产量就能和我们的人口、我们这么一个大国的尊严相称,从而敢和苏、美抗衡。钢铁呀,这是工业的粮食!人不吃饭不行,发展国民经济没有钢铁也不行。工业要钢铁,农业要钢铁,国防要钢铁,打仗打的也是钢铁呀!一句话,“四化”没有钢铁做后盾,就“化”不起来啊!

随着吴昭年有声有色的描绘，D副总理苍老而威严的脸变得开朗坚定起来。他一支接一支地吸烟。他的目光像潭水般深沉，闪出一种坚强的自信，慢慢地扫过每个与会者的脸，当他看到车篷宽细眯着眼，右手的手指不停地轻敲着茶杯盖时，便毫不掩饰地笑了。D副总理眼梢边通向雪白鬓角的鱼尾纹颤抖着，他笑得非常慈祥。他知道车篷宽的毛病。这位老弟动心了，他激动了，他是开放政策的积极倡导者，有雄心大志，他听了这样宏大的计划怎能不激动，不全力支持呢！

等到吴昭年讲完，进行讨论的时候，D副总理首先点了车篷宽的将："老车，你来打头一炮。"

车篷宽摆摆手："先请别的同志讲吧。"他低下了头，没有敢碰一下D副总理那锋利而兴奋的目光。

有几个同志陆续发言，有的热烈地支持了吴昭年的计划，也有的对削减本行业的投资持保留意见。

D副总理再一次点名请车篷宽表态。老车是搞工业的老手，在高级领导干部中间可以称得上是个技术权威了。他的态度在这样重要的会上是有一定影响的。

可是车篷宽装做没听见，连头也没抬。

D副总理皱皱眉头，有些不高兴了，这个老弟卖什么关子，拿什么架子呀！

又讨论了一阵，许多人已经看出D副总理是全力支持这个计划的，便都没有多说什么就表示了同意。高级领导层里开会，特别是像这种类似"内阁"的会议，气氛总是冷静的，甚至是僵硬的。远不像下层开会那样热烈、活泼，可以随意争吵和发牢骚。违心的事是经常发生的。车篷宽始终一言不发，看样子他是不想说什么了。

D副总理急了，第三次点了他的名："老车，你得表态呀！这不仅关系到咱们国家钢铁工业的发展前景，也涉及到你们省的具体利益，你不说话怎么行？"

"嗯……"车篷宽眼光看着别处，显然是在斟酌措词，沉吟了半天才说："这个计划要是得以实现，中国人连裤子也穿不上了！"

大家一惊。身材高大的吴昭年先按捺不住，冲着车篷宽一连提了几个为什么。D副总理摆摆手止住了他。老人很恼火，他完全没有想到车篷宽会是这么个态度，会说出这样的话来！D副总理生气地说："车篷宽同志，你想往回缩啦？两年前不正是你三番五次地给中央和国务院打报告要求引进外国技术吗？我们是穷一点，但是正因为穷，才更要大刀阔斧地干，不然就永远受穷，而且还要受气！钢铁打不上去，经济上不去，说话就不硬。就是搞外交，也得有实力。你说卡特怎么样？他说话顶话，他的钢铁多，有力量。苏联不讲真理，他说话也硬。你生产上不去，讲的都是真理，资本主义也不听你那一套。你不要听到一些闲言碎语就摇摆不定，装出一副悲天悯人的样子去讨好群众。我们这些老头子呕心沥血，拼上老命搞四化，还不是为了民富国强？"

一见D副总理发了脾气，大家都不做声了。车篷宽也有些后悔，不该说那种带有感情色彩的气话，明知道说了也没有用，何苦找这份不痛快。

"大家还有什么不同的意见没有？"D副总理又一次征询大家的意见。

在座的人没有表示新的异议。

D副总理最后做结论说："那就这样定了，把这个计划上报中央。先由冶金设计总院和冶金部做好准备工作，等中央批准以后执行。"

但是当这个计划就这样拍板定案后，车篷宽心里一震。他突然抬起头盯住D副总理。D副总理的目光也在盯着他，他赶紧掉开头。可他的心里却在呼喊。他很想大声地劝阻D副总理："不，D副总理，你不能这样做！你劳苦功高，人民尊敬你，拥护你。你身负重任，有拍板的权力，可是你有没有拍板的能力和足够的智慧？你有指挥战争的经验和知识，在战场上你可以稳操胜券，那是因为你打了几十年仗，死了很多人，流了很多血，你才懂得了战争规律，学会了打仗，当上了将军。可是解放以后呢？不管你是当部长、当省长，还是当副总理，虽掌握着国家的经济大权，可是你认真地钻研过经济吗？你像学习战争那样努力学习过经济规律和各种科学知识吗？不！你没有钻研,也没有学习。战争学不会就要打败仗,死人流血。现在政权在手,太平天下,你不学习仍然当你的副总理,仍然有权下令,而且一声令下就排山倒海。你知道这会带来什么后果?这些年你的精力都用在一场场政治运动、一次次路线斗争上了。你在权力的更迭中时沉时浮。你并不懂得经济规律,情况不明,却要在重大的经济问题上拍板决策,这多危险。你不愿听听专家的意见。尽管你是为国为民一片好心,可是你一板拍下去,成千上亿的人民币就扔掉了。对你这种大气魄,群众已经害怕了。东扔一把,西丢一把,到头来还不都是老百姓吃苦头!"

车篷宽尽管这样想,到底还是克制住了自己,没有再张口。政治斗争的规律,战胜了他的经济规律。权力角逐的教训提醒了他。他带着没有吐出来的一肚子话和一肚子气,心情沉重地走出了人民大会堂。他一刻也没有停留,直接乘车去飞机场。——因为家里还有个会等他回去主持。他坐上飞机,强迫自己冷静下来,为即将召开的厂长以上领导干部会议做些准备。他平时有个习惯,路途上、车船中思想最容易集中,是思考问题的好时候。可今天,他坐在飞机里,思想老是往吴昭年的计划上跑。每逢他心烦意乱,或是怒不可遏的时候,他有一个能使自己平静的好办法,就是看小说。他从提包里掏出一本美国的现代小说《金融浊流》,认真看起来。小说写了两个人为了争当美国一家大银行的董事长,怎样不择手段地明争暗斗。他没有看几页,思想就开小差,联想起生活中的人物来了。二十多年前,一位国家领导人到一个工厂去视察,发现这个工厂的厂长对一些生产上的数字倒背如流,领导生产、组织放卫星有非凡的才能。于是这个人很快就被提拔到省委当了工业厅厅长。十年后,由于一场很大的政治运动,他又意外地成了这个省的临时负责人。不久他就提出了一个震动全国,也可以说震动了世界经济界的宏伟计划。他说在他的省里发现了一个特大的油气田,其规模甚至比大庆油田小不了多少。仅天然气一项,不仅能满足本省工业生产和生活的需要,而且还有很大的富余,每天可以向首都输送三百亿立方米的天然气,供给首都的工业生产和民用。听了他的报告,国家立刻投资,动员了十几万名职工,用了两年多的时间,在地下修了一条长达几千公里的天然气输送管道，一直从他的省通到首都。还有数不清的附属工程：加压站、铁路、公路、桥梁、隧道，耗资三亿多元。这位老兄因这场会战打得响，提到中央当了副部长。可是输送管道修好以后，他的省里却根本没有天然气可送。油气田倒是有一个，但甚至连开采的价值都没有。可是从上到下再没有人提这件事。这样一个足以能构成对当事人治罪的大事件，似乎很快就被人们忘记了。但是记录国库开销的大账上没有忘记这件事，参加会战的人不会忘记这件事。老百姓的裤腰带莫名其妙地又紧了一圈，也会思索这件事。可是我们的经济体制，我们的干部制度，注定不会追查这件事情。究竟当初是谁吹牛皮说每天能向首都输送三百亿立方米的天然气？当时他发现特大油气田的根据是什么？造成了这么巨大的损失，他应负什么经济责任，或者法律责任，一概无人问津。所以这个说大话的人一次又一次高升，终于当上了相当于部长级的冶金设计总院的院长！

车篷宽捧着小说，回想起吴昭年这个人奇特的晋升过程，不禁慨叹道：什么时候才能制定法律，让说大话、吹牛皮的人负起巨大的经济责任呢？

车篷宽索性放下了手里的小说。他知道不管多好的小说今天也不能够吸引他了。在会议上，在国家领导人面前，他可以克制自己，或者是装出一副冷漠超然的样子，但是当他一个人独处的时候，他怎能不愤怒，不痛苦，不焦虑？他知道自己的脾气，一旦对事物形成了自己的认识，是十分固执的。他在自己将要主持的全省大厂厂长以上干部会议上，一定会谈起这件事，一定会阐明自己的观点。他立即掏出纸和笔，把自己的思想、自己所焦虑的东西记下来，必要的时候给中央的负责人写信。他的铅笔飞快地在稿纸上移动着——

在国民经济的调整、改革中，看来最重要的还是决策问题，一着不慎，全盘被动。情况不明，匆匆忙忙作出决定，必然要走弯路。瞎指挥使我们吃了多少苦头！孔子说一言可以兴邦，一言也可以丧邦。在我们这样一个大国里，领导人一句话有着多大的分量！

"文化大革命"损失了有多少？搞三线损失了有多少？"大跃进"损失了又有多少？如果这些钱不丢，中国人目前的生活水平又可比现在提高多少？那将是一种什么状况？难道我是装出悲天悯人的样子讨好群众吗？我们在生产上的巨大浪费还不都要摊到老百姓的身上？人家是生活上极大的浪费，生产上极大的节约；我们却正相反，生产上极大的浪费，生活上极大的节约。历史上因国家加重人民的负担，搞得人民穷困、国家动荡的教训难道还少吗？"四人帮"的倒台，难道仅仅是由于政治因素？国民经济这个基础几乎要崩溃了，他们能不倒台？！

我决不是反对引进国外的先进技术，但是我坚决反对整个儿地从国外买一个中国的钢铁工业进来，买一个现代化进来。实际上这是办不到的！

我们应该认真地总结一下和外国人打交道的经验教训。我们花了大量的外汇，却做了许多得不偿失的买卖。在对外贸易中，我们有些人还缺乏起码的常识……

车篷宽写着写着，突然意识到这不是单纯想记下自己的思想，而是在纸面上和D副总理开展辩论。这些话为什么不在会上当着D副总理的面说出来？方案已经通过，事情已经决定，背后发一阵牢骚，这有什么用？！

他生气地把自己刚写好的两张纸全撕碎了。他的头往后一仰，靠在椅背上，闭住眼，双手捏住了太阳穴。不知是因为飞机颠簸，还是精神作用，他的头剧烈地疼起来。突然一阵心灰意懒，他劝慰自己：算了吧，别着这份急啦。中央的事管不了就不要管嘛，能管好自己省的事就不错了。就怕连自己应该管的事也管不好哪！……

七

曾淮开车去机场接车篷宽。他人还没有回来，可是关于他在北京顶撞D副总理、惹得D副总理发脾气的事却已经在省委机关轰动开了。北京的会一散,D副总理就给省委第一书记潘景川打来电话,追问车篷宽在会上的表态是不是省委讨论的意见。

要是讲心里话,潘景川是同意车篷宽的意见的,但是他在电话里没有这样讲,却对D副总理说车篷宽的意见只代表他个人,省委并未讨论过。这也是实话,车篷宽动身前省委的确没有开会。但是如果潘景川在电话里回答说,他也同意车篷宽的意见,这其实也是他的真心话,那这件事的结果也许是另一个样子了。可是现在他把责任都推到车篷宽一个人身上,车篷宽肩上的压力就增大了。车篷宽的秘书和司机都担心这件事会影响老头儿的情绪。被车篷宽视为很重要的那个全省厂长以上干部会议后天就要开始了,老头儿的决心一动摇,这个会就要砸锅,那就会影响全省的经济形势。要是那样的话,还不如不开,但是再下通知撤销会议已经来不及了。

曾淮心里一直想着这件事。他担心的是通过这件事暴露出来的另外一种令人不安的预兆。D副总理只给潘书记打了电话,只有潘书记知道这件事,为什么这么快就传开了呢?第一书记散布这件事意味着什么呢?车篷宽一走下飞机,曾淮就发觉老头儿面色焦黄,神情憔悴。他上前接过车篷宽的提包,顺口问道:“您的身体不舒服?”

“没有,挺好。”车篷宽把提包交给曾淮,还没忘记说了声:“谢谢!”

曾淮拿不准主意要不要把D副总理的电话和省委机关对这件事的议论告诉他。告诉他吧,说这种话显然不符合一个司机的身份;不告诉他吧,老头儿毫无准备,一回到省委里来一个措手不及,要是顶不住,往后一退,不仅影响开会,这个省的工作也就没有指望了,许多想干点事业的人也会失去了主心骨。其实,一个省委书记,或者别的什么级别的干部和副总理的意见不一致,或者是顶撞了副总理,甚至是顶撞了总理、中央主席,又有什么了不得呢?不是说要反对一言堂吗?这不是很正常吗?允许普通老百姓发脾气,也应该允许像总理和副总理这样的大人物发脾气,这也是人之常情嘛。为什么像车篷宽这样一个省的负责人,和副总理唱了几句反调,吃了几句批评,副总理打个电话来问一问,竟在下边引起了这么多的猜测、议论,甚至是恐惧?这哪里是正常的政治生活呢?人们不去议论这件事情本身谁是谁非,却一味猜度这件事情本身之外的后果,真是可怕而又可恶!在这样污染的社会环境里,人和人之间,上级和下级之间,怎么可能有正常的、平等的关系呢?人的创造性、积极性怎么能充分发挥出来呢?

曾淮一阵恼怒,突然下了决心:"我当司机的目的是什么?这个时候正应该起点作用了。"

他打开车门,让车篷宽先上了车,关好门。他坐在司机的位子上,打着了火,盯住后视镜里车篷宽的脸色,说:"车书记,您在北京说,如果吴昭年的计划得以实现,中国人连裤子也穿不上了。是吗?"

"是的,我是这样说的。"车篷宽淡淡地说,可是他的眼光中却透出了惊异,灰白的眉峰往上耸着,分明在问:"你是怎么知道的?"

"D副总理打电话给潘书记,询问这话是您个人的意见,还是经过省委讨论过的。"

车篷宽淡淡地一笑:"当然是我个人的意见,他怎么不当面问我?"

曾淮改用一种和省委书记平等的、严肃的语调说:"现在我们还是用战争年代指挥军队的办法,用行政命令的办法来指挥生产;如果还用这种办法指挥经济的调整和改革,必然要走大弯路。过多少年以后,再来一次调整,纠正现在的错误。"

车篷宽没有说话,只是将身子稍稍向右偏了一点,这样他就可以看清曾淮的侧脸。

曾淮并不需要书记搭腔,他只管说下去:"我们的国家,几十年来实行的这一套经济管理体制,已经根深蒂固,极大地妨碍着改革的步伐。而我认为围绕着改革,最终必然会导致权力的斗争,这样改革的阻力必将更大!"

车篷宽仍然不动声色,但是他在心里点了点头。

"但是,不改革无论如何是混不下去了。西德、日本这些资本主义国家自不必说,就是苏联和东欧各国从五十年代起也先后开始了改革。它们虽然几经反复,但毕竟取得了一些成效。而匈牙利和南斯拉夫的改革成果,尤其显著。时代在前进,我们古老的中国怎能例外?我们不改革,就不能前进……"

曾淮意犹未尽,汽车已经开到了省委机关大院门前。他只好说:"回家还是回办公室?"

"不,开出去。找一条宽阔清静的马路,把车速放慢,不要出事。我想听你把高论说完。"

曾淮把车开到了郊外环城公路上,带着歉意说:"我今天可能有点狂妄和不知分寸了。"

"不必客气,请接着讲吧。"

"苏联和东欧一些国家,当改革和保守的斗争发展到十分尖锐的时候,总有一些主张改革的人做了牺牲品,被撤掉了职务,缓和一下矛盾,但是改革还得进行。政治上的原因对经济改革的关系很大。中国现在需要的是坚定性和彻底性,就怕再来一次半途而废!因此,有许多人把眼睛盯在您的身上,对后天要开始的会议寄予很大希望。有人把实行开放政策,说成是您的第一步棋;把后天开始的讨论经济竞争和市场调节的会议,说成是您的第二步棋。但是我也担心,北京的会议会不会对您的决心有影响?"

"谢谢你的关心。"曾淮从镜子里看到车篷宽温和的脸上露出坚强果断的神色,便放心了。车篷宽沉了一会儿说:"相信几项决议,开几次会就能改变几十年来形成的经济体制,是过于天真了。新鞋刚一穿上,脚是肯定要疼一阵的。改革过程中一旦出了问题,反对派就出来反对,阉割改革成果。这时甚至赞成改革的人也会思想迷惑,行动踌躇不前。种种复杂情况我们都要预先估计到。我们的国家好比一只大船,船太大了拐起弯来就不容易。"

曾淮仔细地听着,没有搭腔。心里却说:"这老头儿,老谋深算。"

车篷宽突然转了话题:"老曾,会议期间你就不要开车了,我跟代表们一起活动,用不着小车。你作为我的代表到机械局那个组里去参加讨论,掌握机械局的领导和他们所属公司、厂一级干部的思想状况,随时和我联系。"

曾淮没有马上答声,他猜不准车篷宽这一手是什么意思。他知道机械局问题最多,干部思想混乱,生产上不去。而主要原因是在局领导习惯于用老一套行政办法领导生产,看不惯现在进行的改革。估计在这次会议上要有一场大的争论。机械局局长孙长恕是车篷宽的老朋友,四十年前是重庆船厂的工人,有一次特务要杀害车篷宽,多亏他相救。副局长王剑秋又是车篷宽的夫人。这种复杂关系,谁能拱得动?但曾淮考虑了一下,却意外痛快地说:

“好吧,我可以参加机械局小组的活动,但不影响开车。您什么时候出车,打个招呼就行。”

“不!你什么也不要干,就作为我的代表,去听机械局小组的讨论。”车篷宽严肃地又叮嘱了一句。

“好!”曾淮点点头。

八

晚上,凤兆丽又来到曾淮的家里。她已经几次三番地缠着曾淮,要他把自己和车篷宽的故事讲给她听。她的语气中不仅是出于好奇,还有某种隐隐的不安。曾淮只好答应了她。但是他讲得极其简单,甚至是干巴巴的。因为他害怕她听了自己的故事,会把车篷宽写进小说里。现在的文艺作品往往帮倒忙,把挺好的事情搞坏了。中国有着特殊的国情,作家又往往是太天真,结果成事不足,败事有余。尤其是像兆丽这样的青年人搞写作,更使曾淮不能不存有戒心。但他被缠不过,只好用最简单、最枯燥无味的语言讲起来:

“先从一九六六年我被省委抽调到大学工作组说起吧。我当时离开大学还不到两年,对大学的生活很熟悉,也喜欢和学生们一块聊天。因此我经常在系里和同学们泡在一块,学生中间的事情我知道很多。很快就发现有几个学生私下串联,要反工作组。我就把这个情况报告给工作组长车篷宽。当时车篷宽在师生中间威信很高,论资历有资历,论水平有水平。工作组进校的头一天,学校组织了五千人的欢迎大会，名义是欢迎，实际是出了好几道难题，要给工作组一个下马威。车篷宽毫无准备，站到台上讲了四个小时，中间都没有休息。学生们一下子就服气了。我们心里很清楚，绝大多数师生是支持工作组的，对那几个想反工作组的人很气愤。车篷宽自认为这个工作组是中央决定派去的，他就给中央写了个报告，把那几个学生要反工作组的打算报告了中央。可是几天后，那几个学生不仅没有收敛，反而公开贴出大字报，说车篷宽推行资产阶级反动路线，对学生进行打击陷害。车篷宽正要第二次给中央写报告，中央'文革'来了通知，突然宣布让车篷宽停职检查，并追问学生反工作组的情报是谁提供的。我建议车篷宽向中央报告，就说是我在下边发现的情况，然后向工作组长做了汇报。车篷宽没有那样干，他已经预感到这里面有更复杂的政治背景，自己显然已经钻进了人家设好的圈套。他注定要成为一个政治事件的牺牲品，即便把我推出去，也顶多是增加一个陪斗的，并不能减轻他的责任。他嘱咐我不要犯书生气，保持住沉默。但是，他不把我推出去，他的沉默就等于默认自己的确像中央'文革'通知里所说的那样，对学生进行了陷害和打击。事情果然和他预料的差不多，他很快在报纸上被点名批判。以他为突破口，发起了全国范围对'资产阶级反动路线'的反攻。我们所在的学校，百分之九十的人都同情工作组，对车篷宽根本批不起来。于是就把他拉到别的大学里去批判、游斗。我当时对政治斗争缺乏经验，车篷宽被诬陷使我异常愤怒。我们是中央派去的工作组，中央不为我们撑腰，却偏向那几个学生。我还不知道当时我们国家已有好几个中央。不少有着领袖欲的人，正在进行凶狠的权力角逐的准备。我决心查清事实，给中央写报告，替车篷宽喊冤。后来等我真正摸清了情况，却大吃一惊，觉得给中央写报告不仅不顶用，反而会加重车篷宽的罪过。原来想反工作组的那几个学生是通天的，并不是他们自己想反工作组，他们直接听命于江青、陈伯达、康生一伙儿。一切全是按江青、陈伯达、康生的指示干的。我借送饭的机会，到车篷宽被隔离的小屋子里，把这一情况报告给他。我请示他想把这一内幕公之于众。车篷宽严厉地制止了我。他说：'风暴已起，很难断定风是从哪儿刮来的，不可妄动，保持沉默。'我可受不了这口气。我们是中央派去的工作组，却正是中央把我们出卖了！车篷宽当了中央'文革'的垫脚石。我替他抱冤，他却对我说了一句使我终生难忘的话。他说：'你还年轻，要学会忍耐。忍耐是苦的，但果实是甜的。'

"但我终于没有忍耐住，当工作组宣布解散，我回到省委以后，就扯旗造反了。我记得有人说过这样的话：不吃就得被吃，做牙齿总比做草料强。那种年代也许真是史无前例。人们眼睛发红了，有一股想摧毁一切的、疯狂的复仇情绪。权力斗争的规则，变成了兽性的规则。弱肉强食，胜者为王。权力的交接，人们关系的颠倒，像走马灯，比万花筒的旋转还快。潘景川、车篷宽都成了走资派，靠边站了。我却转眼间成了全省的主宰。但是，我主持批判大会的时候，从来不叫他们在台上低头弯背，或者是坐飞机。特别是车书记，只要有我在台上当一天造反派的头头，他就不会受到非人的待遇。我造反的目的难道不也有一点是为了自己出口气吗？我废除了陪斗制，批判谁就让他一个人在台上坐着，别的走资派都坐在台下听会。有一次批判潘景川，吴昭年作了个爆炸性发言。他对造反派亮相，对走资派反戈一击，揭发了潘景川六条罪状。每一条都耸人听闻，情节恶劣，性质严重。而且吴昭年的揭发批判有根有叶，说得像实有其事那样。造反派们正红着眼找这样的材料还找不到哪，会场上一下子就乱了。有好几个人蹿到台上要打潘景川，眼看要出事。我心里拿不准，吴昭年揭发出潘景川这么多事情，我为什么平时一点也没听说过？当时群众非常气愤，闹不好就要出乱子。我不敢犹豫，当机立断，立刻宣布散会，让几个人把潘景川保护起来。好多人当场向我提出质问，包括许多和我一派的战友，问我为什么批判会刚到高潮就宣布散会？是不是有意包庇走资派？我无法向他们解释，在那种场合也根本解释不通。我只是感觉吴昭年发言里面有问题。但是我又没有充足的根据能够断定吴这个揭发是假的。我不知道中途宣布散会是做对了，还是做错了。散会后又争吵了好半天。等到人们气呼呼地都走了，我一个人坐在大礼堂里想这件事。不知道过了多长时间,突然听到礼堂后面的座位上有响声,我吓了一跳。回头看,在大礼堂最后边的一个角落上,还坐着一个人。他就是车篷宽。他慢慢地朝我走过来。我问他:‘你怎么还不走?’我已经不习惯对他称呼‘您’了。

“‘我有一句话想跟您说,不知道您敢不敢听我说。’他却已经习惯对我用‘您’来称呼了。自从政治运动把我们的关系做了颠倒,他不再是我的上级,而成了我批判的对象之后,我们两人的眼光就没有相遇过。他有意躲避着我的视线,我也故意回避着他。可是他这次目光却直率地盯住我的眼睛。

“我说:‘什么话,你说吧。’

“‘吴昭年的揭发全是捏造!’他说得很平静,但可以看出来他是抑制了自己的愤怒,‘曾淮同志,我现在是什么身份,处在什么地位,您当然很清楚。我说这句话担着怎样的风险,您心里也很明白。如果群众知道我现在还替潘景川说话,把群众对走资派的批判说成是捏造,我的罪过就比潘景川更严重。但我是个共产党员,我如果不把这句话告诉您,我就永远不能原谅自己,我会吃不下饭,睡不着觉。您也是个共产党员,是造反派的负责人,我把真实情况告诉您,就尽到了自己的责任。’他说完,不和我打招呼就转身走了。

“他穿着一件破旧的棉袄,双手操在袖筒里,低着头,背有些驼,身体显得更加瘦小枯干。我望着他颤颤巍巍、缓慢地走出大礼堂的背影,眼睛突然潮了。这才是人,是共产党员,是一条汉子!全省委的人谁不知道,论能力,论资格,他都比潘景川强,而职位却排在潘景川之后。可是当潘景川遭到诬陷的时候,车篷宽竟然勇敢地站出来替他说话。我暗自庆幸,毅然决定散会是对的,总算没有惹出大乱子!

“但是乱子毕竟惹下了。第二天我的造反队分成了两大派,而且支持我的一派成了少数派,支持吴昭年的成了多数派。当吴昭年结合进革命领导小组,开展清查‘五一六’运动的时候,我便成了‘五一六’分子被抓了起来。我想跳、想叫、想厮杀,但是终于没跳、没叫,也没有厮杀。是车书记那句话帮了我的忙:忍耐是苦的,但果实是甜的。”

凤兆丽听完不满足，又提出了许多问题，曾淮一律笑而不答。兆丽有点急了，她说："老舅，实话告诉你吧，我就是想写一写车书记，不拿去公开发表，至少也要在我们团刊上登一登。你知道，现在青年人对未来没有信心，对四化没有信心，就是因为对领导没有信心。既然我们党内还有这样好的高级干部，为什么不好好宣扬一下呢？"

曾淮收起了逗弄孩子的笑容，严肃地说："以前我也有过这样的想法，但是现在觉得不能这样干。我们国家的政治情况很复杂，特别是通过这次北京会议，肯定会有人盯着车篷宽。他是老干部中的宝贝，我们要保护他。不能因为一两篇文章，给他带来不必要的麻烦。你一写他，势必要写对立面，让大人物从反面人物身上看到了自己的影子，一旦对号入座，岂不要惹出一场是非来。何况我们的政治对文艺又特别敏感，甚至到了神经过敏的程度。中国有出息的、有思想有头脑的作家，一般名声都不好。在他们身后，总跟随着一连串谣言、非议甚至人身攻击。他们根本不是政治棍子们的对手。何况你目前还不成熟，算了，你还是不要写车篷宽，让我们一起好好保护他吧！"

"好吧。"凤兆丽虽然同意舅舅老于世故的分析，但她还不甘心。她无法抑制想歌颂车篷宽的创作欲望，但是想通过舅舅进一步了解他的这条门路算是堵死了。

九

按规定中午吃饭的时间是十一点半。已经到了十一点二十分，钳工班还没有干完活儿。他们今天的任务是在地面上安装一台操作机。从上班以后基本上没闲着，既没有在中间休息一阵，更没有一边干着活儿，一边抽烟、喝水、聊闲天，可以说上班以后就紧忙乎。尽管这样干，定额还不一定能完得成。像一群野马突然被套上了笼头，拴上了缰绳，小伙子们多少年没有像这样干活儿了。他们简直忍受不了！一开始，他们都不说话，赌着气干。干到十一点多钟，肚子饿了，手、眼、腰、腿等几个关键部位都觉得累了。往常不到十一点就早早地收工了，今天到了这个钟点，从班长金城那儿还没露出一点想收摊的意思。小伙子们这口气可再也赌不下去了，一上午没得空说的闲话，在肚子里闷了几个小时，现在全变成牢骚话发出来了。

"业余华侨"在这一群里最见过世面，天神不敢管，地神不敢拿，穿戴时髦，嘴也最尖刻。他觉得这时候骂别人都不解气，就得朝着金城下嘴。县官不如现管，正因为金城这个"现管"对上顶不住，才有今天这种局面。他先拉着长声叹了一口气："唉——"

这声"唉"等于是开场锣鼓。钳工班的人都知道"业余华侨"这个毛病，支起耳朵听他说些什么。平时人们并不太喜欢他这张嘴，现在倒想听他发发牢骚，骂骂领导，替大伙儿出出心里这口闷气。大伙儿越是这样，"业余华侨"的精神头就越足。在他的精神生活里有一种很重要的享受，就是在他口若悬河瞎吹的时候，得到热心听众的捧场。何况今天还有点打抱不平、为民请命的味道。他先是冲着金城的后背抽抽鼻子，不酸不凉地说："别看咱们班长五大三粗，气壮如牛，就是对咱们横，对上边可是百依百顺，见困难就抢，见方便就让。"

他一边说，还一边挤鼻子弄眼睛。于是捧场的立刻接上说："那当然啦，咱们班长是老共青团员嘛。而且到了退团的年龄都不想退，不实现四个现代化，怎么能轻易地离开共青团呢！"

"业余华侨"嘴一撇："你懂个屁，一退了团不就跟咱们一样成了民主人士啦！像金城也算是咱们公司里的头面人物，应该这边退团，那边入党。忙乎了好几年要是入不了党，那不成了鸭子孵鸡——白忙乎！再说，一变成白牌就没人理了，狗屁不如。你看咱们漂亮的团委书记到下边来，什么时候主动跟咱说过话，不是找金城，就是找王廷律。金城要一退团，再想跟人家书记说句话都难了！"

金城脖子一扭："假华侨，你想找倒霉呀？"

"业余华侨"嘻嘻一笑："金城，你别上脸。大伙儿这不是说着玩儿嘛，你还当真的？不说不笑不热闹，这一上午，把大家都给累坏了，说句笑话解解乏你还不让？其实这也是为你好。我们大伙儿苦点累点都不怕，一块帮着你努力，争取让你今年入党，入了党你可得请客啊！"这小子真是骂人不吐核儿,太损了!

金城扔掉工具,一步蹿过去,揪住了“业余华侨”的衣领子。他满脸涨得通红,两道目光一下子能把对方捺到地里去。他咬着后舌根,声音很轻,却是发着狠说:“你再说一句!”

“业余华侨”害怕了。他看看那些热心的听众,希望他们来解围,可是那些捧场的都在旁边看热闹,谁也不上手。他只好自己服软:“金城,你看你,怎么说翻脸就翻脸,这不是跟你闹着玩儿吗?松手,快松手,你不吃逗,咱以后不逗就算了。”

金城松开了手,怒气冲冲地说:“我愿意这么干?哪个王八蛋愿意受这份累呢?咱们不这么拼命,就完不成定额;完不成定额,全组谁也甭想拿奖金。这是我个人的事吗?你他妈的真不知道,还是装三孙子?”

“业余华侨”哭丧着脸:“你没有把话说清楚,我实在不知道。”

“昨天下班的时候我跟全组交代过。”

“昨天下午我请假了,不知道。”“业余华侨”口气一转,“这他妈的是谁出的馊主意?纯粹是要巴咱们傻小子!”

“省里正在开会,是车书记亲自主持制定的竞争政策。昨天咱们公司经理回来亲自部署的。化工局告了咱们的状,说如果化工联合企业的安装不能按合同保证进度,他们就要把咱们辞退,另请别的安装公司。”

“不让咱们干不是更好,反正到月头得发工资。”

“你想得倒美,赔钱的单位不能发工资,赔到一定程度,就得垮台。”

“国家还能叫我们失业?”

“自己找门路,找不到就改行,修马路,挖地沟,搞城市建设。假华侨,实话告诉你吧,往后再想吊儿郎当,光凭一张嘴混钱混饭吃是不行了!”

“他妈的,他们当官的坐在屋里说句话,政策就变了,受累的还是我们这些当工人的。”“业余华侨”眼珠一转,又有了主意:“金城,事在人为，县官不如现管，咱们组的定额卡得太死，这是谁定的？”

“技术组定的。管咱们组定额的是王廷律。”

“业余华侨”一拍大腿：“你看，我猜着就会有这一手。王廷律不就比咱多上了几年学，他懂个屁！打眼画线，剔槽卧键，刮瓦锉方，哪一样他拿得起来？他凭什么给咱制定定额？这定额定得太高了，叫他来干干看。他这是欺负你，因为你是他的情敌，我们算跟你倒霉啦！”

“你小子嘴里说不出人话！”

“我这说的都是大实话。我们跟着你，吃亏吃老鼻子了。你这个组长就是跟组员能耐大，一沾上跟别人就尿了。我问你，队里发电视机、缝纫机、自行车的票证，我们组轮上过几回？发电影票你哪一次拿回来好票？你当头的不能给小组抢好处，算个什么屌头！有难干的活儿，倒霉的事，别人完不成的定额，都给你干，拿你当大头。你就由着人家耍。”“业余华侨”摸准了金城的性子：他火了你就软，他软了你就硬。这一番话又使金城来了个大憋气。他正要发作，下班的铃声响了。“业余华侨”把工具一扔：“到点啦，管他定额不定额，反正不能不让老子吃饭！”

“对，吃饭啦。”工人们都放下手里的活计，伸伸腰，准备散伙。

金城一看定额还差一块没完成，心里着急。实行定额的头一天就完不成，以后怎么办？这都是刚才假华侨挑逗大家，打了半天嘴仗的缘故。要不然，上午的定额吃饭前肯定可以完成。刚才“业余华侨”那几句话又勾起了他的火气。一看大伙儿不等他下令就想收工，火气更大了，拦住大伙儿，硬邦邦地说：“谁也不许走，今天不干完活儿不吃饭！”

“你连饭都不让人吃？”

“凑合点吧，干完了再吃。”

“这个月的奖金我不要了还不行吗？”

“你不要可以，但是别人还要哪！告诉你，我没写入党申请书，也不想再当这个小组长。谁给我出难题，我也不客气！”大家一看金城红着眼珠子，真是要拼命的样子，便都转身拾起了工具，继续干起来。没有人再说话了,可是大家心里都不痛快,干活儿的效率也不高。时间却过得特别快,半小时以后食堂就没有好菜了。好几个人,一边干活儿,眼睛一边瞄着通向食堂的大道。渐渐地只有从食堂里出来的人,进去的人少了。他们心里叫苦,今天这顿午饭算吃不好了。小伙子们肚子里的火气越憋越大。突然,"业余华侨"看见凤兆丽和王廷律从食堂里端着饭盒走出来,边吃边朝他们走来。心想:这可是冤家路窄,今天要在这小子身上出出气。就挑逗地说:"哎,快看那一对,真他妈的形影不离了。上班在一块,下班在一块,跳舞在一块,连吃饭也分不开了。"

有人热烈地响应:"嘿,他把定额定得这么高,我们连饭都吃不上,他却吃饱喝足了往咱们这儿找乐儿来了!"

凤兆丽老远就喊:"金城,你们怎么还干,连饭都不吃了?"

金城怒气冲冲,不搭理她,连头也不抬。

"业余华侨"怪腔怪调答了话:"吃饭? 连吃屁都赶不上热的!"

王廷律老实巴交,看不出眉眼高低,也关切地插上一句:"金师傅,这是怎么回事,为什么不吃饭? 出了什么问题?"

"业余华侨"抢着回答:"王技术员,你看这儿出了什么问题? 你琢磨完人,装得倒挺像! 也就是我们组长老实,要是换一个别人行吗?"

王廷律仍然看不清阵势,追问:"你这是什么意思?"

"你是真不知道,还是装不知道? 你的定额是怎么定的?"

"定额?"

"鼻眼插葱——装象。你要想不叫我们拿奖,不想叫我们好受,要折腾折腾我们,就痛痛快快地直说,别来这套蔫坏损。你爸爸在省里定政策,你在下边搞定额,你们爷俩一使劲,我们在下边就活不成啦!"

王廷律最厌烦别人老把他和父亲连在一起,脸也红了,腔调也变了:"你把话说明白,不要东拉西扯!"

"你的定额不合理,我们不吃饭也完不成!"

王廷律到底是老实人,一听说定额过高,立刻心里感到不安。他放下饭盒:"来,我帮你们一块干。你们认为定额不切合实际,提出来可以考虑修改。”

他这种态度，使“业余华侨”那几个想找事惹气的家伙反而没有气了。“业余华侨”回头对金城说：“你看看，人家技术员还是通情达理的，关键就是你这个组长。你领定额的时候不说话，给多少要多少。”

这一来金城肚里的气更大了。他认为王廷律两头买好。他从口袋里掏出工票，朝王廷律跟前一摔：“那好，你承认定额不符合实际，现在就改过来！”

凡是老实人一定都有他的犸脾气。王廷律捡起了工票，认真看了看，然后又检查了钳工班一上午的工作量，郑重其事地说：“我一个人没有权力说改就改。制定这定额是有根据的，不是瞎定的。再说事先不是都请你们班组长讨论过吗？你们认为能够完得成才发下来的。哪能一天的定额刚干了半天就修改呢？”

“刚才不是你说定额不符合实际，可以修改吗？”金城的两只眼睛逼上来，“反正都是你的理，天下的好都叫你落了！”

“业余华侨”用劝慰的口气挑逗说：“金城，算啦，人家事先征求过你的意见，你不提，现在后悔也晚了。咱们吃亏认倒霉算啦，胳膊断了往袄袖里褪。”

“话不能这样说，要是定额确实不合理，当然要改。问题是今天的定额不算高。”

“我们到现在还没吃饭，你眼总不瞎吧？”金城一搭上腔，和王廷律接上火，那几个坏小子都退到一边装好人，净等着看热闹。

“那你们一上午都干什么去了？进度并不快。”

“一上午我们也没闲着，不像你这么清闲，跟着姑娘到处窜。”

“请你说话干净点，我在工作时间跟着哪个姑娘窜啦？你用没闲着来要求自己，标准也太低了。没闲着并不能说明定额高。新的管理办法要求生产讲究科学、纪律、效率。”

“你少跟我来这一套，留着它谈情说爱时用吧！”

“现在就是要讲这一套。”王廷律的犸劲儿上来了，“金城同志，你在团委开会的时候多次发牢骚，对国家发展缓慢，对领导不力，对公司管理混乱提了许多意见。现在公司刚要抓一抓,按经济规律管理企业,你又受不了,大嚷大叫。国家不管,你不满意;国家要管,你也不满意,你说该怎么办?原来你们只想过外国人的生活,并不想像外国人那样工作。”

金城总觉得王廷律在心里是怵他的。在他的跟前,王廷律是说不出三句整话的。没想到王廷律被激怒以后,一条条一套套,话里不带脏字,可是很有力量。金城找不到合适的反驳理由,在组员和凤兆丽跟前感到栽了筋斗。他恼羞成怒,破口骂了起来:“你小子别在我跟前卖狗皮膏药,我不是娘儿们,不稀罕你这一套。什么四化呀,管理呀,全是假的,还不是替你爸爸吹喇叭。你爸爸要不是省委书记,你比谁都反动!”

“你,你……”王廷律气得浑身打颤,“你怎么骂人?”

“骂你了,你想怎么样?”金城说着凑过去。工人们一看事情要闹大都慌了。金城眼珠子都红了,要动手。王廷律也被气疯了,同样怒气冲冲地迎过去。

凤兆丽飞快地插在了他们两个中间,怒视着金城:“金城同志,你想干什么?”

“滚开,你管不着!”金城已控制不住自己。

“金城!”凤兆丽两眼冒火,站着不动。

金城一只手搭在她的肩上,想把她推开。兆丽一使劲推开了他的手。金城脸一红,恶狠狠地说:“怎么,你怕他吃亏,心疼了?想拉偏手?他不就是个省委书记的儿子吗,就值得你这样偏袒?他要是中央书记的儿子,你又怎么样呢?”

“你……下流!”兆丽嘴角打颤,气得说不出话来。

王廷律感到团委书记因为他才受了这样的侮辱,推开兆丽,也嚷起来:“金城,你说这话不觉得可耻吗?”

金城又气又急,又羞又恼。事情已逼到这儿,没有退路了,他抡起拳头朝王廷律打去。凤兆丽冲上一步,举起手里的饭盆一挡,哐!饭盆被打飞,砸在兆丽的头上。有两个小伙子冲上去抱住金城。金城叫

喊着,还要冲过去打王廷律。凤兆丽火了,突然叫道:

“你们松手,放开他,叫他打!”

这一声真把金城镇住了。他举起来的拳头,停在了空中。

“你今天可露脸了,真有本事,真是个英雄好汉!”兆丽那挑战的、讥讽的、蔑视的目光刺得金城无地自容。

金城心里醒过来了,觉得自己刚才干了一件混蛋的事,这股邪火是哪儿来的呢?但是他不能马上服软认输,傻呆呆地愣了一会儿,气呼呼地转身就走。

“站住!”凤兆丽像下命令一样,用不容抗拒的口吻喊了一声。金城果然站住了,但没有回头。

凤兆丽扫了一眼大伙儿,说:“今天这场不大不小的事件,除去定额问题,还有别的原因。我知道你们背后喜欢议论男女之间的事,尤其喜欢造一个姑娘的谣。刚才,金城同志当众侮辱了王廷律同志,也侮辱了我,我得当众把话挑明。我和王廷律像和金城一样,都是同志关系,工作关系,没有发展一点私人友谊。到目前为止,我还不曾爱上咱们公司的任何一个人,包括王廷律同志。且不说王廷律同志有没有爱人,对他的情况我一概不知,也不想打听。但是,如果你们硬要给我们造谣,说我是势利眼,追求省委书记的儿子,我也不在乎,而且要追个样子给你们看看。当然王廷律同志同意不同意那是另一回事,他有他的自由。希望你们不要把我逼急了,我们都是同志关系,应该好好相处。现在,你们去吃饭,我去跟食堂讲,给你们重新炒点菜。”

“业余华侨”和那几个坏小子吐吐舌头挤挤眼,拿起饭盒,故意亲热地招呼金城:“金城,走吧,去吃饭。”他们把事情挑起来了,却又装得好像什么事情也没有发生一样。

“金城,”凤兆丽在后边又叫了一声,“今天下班后到团委开生活会,讨论你今天的问题!”

“我不去!”金城赌着一口气,只好继续硬充好汉。

“不去可以,你先声明退团!”凤兆丽说完扭头先走了。

一〇

大厂厂长以上领导干部会议已近尾声，就等明天车篷宽给会议作总结了。全省几年来，甚至几十年来形成的各种矛盾，各种复杂的人事关系和社会关系，在这个会上全暴露了出来，明朗化、尖锐化了，这两天甚至达到了白热化的程度。因为政策一变，人事就要变；人事一变，权力也要发生变化。各种势力全盯住了车篷宽，看他怎么作结论。

比这个会早开始几天的全省政工会，硬是叫车篷宽这个会给搅散了。省委各部、委和区、县、局负责政工的领导干部们在自己的会议室里坐不住了，都跑到“竞争会”上来旁听。这样一来，主持省政工会议的省委第一书记潘景川，觉得很尴尬。

潘景川和车篷宽共事几十年，他深知车篷宽为人正派，不会整人，是搞技术的，而不是搞政治的。但他认为，车篷宽表面上很谦虚，实际上瞧不起他，心里是很傲慢的。许多事情不跟他商量，不通过常委会，自作主张。不管他多清高，多正派，他也是个人，他也是吃五谷杂粮长大的，他也有人的共同的弱点。他看到自己过去的助手当了第一书记，自己还是个书记，心里能不嫉妒？自己的助手成了中央委员，而自己还是后补中央委员，心里能不生气？老实厚道的潘景川，刚当上第一书记的时候，心里感到不安和惭愧，还像尊重上级一样尊重车篷宽，觉得省里的工作，也的确离不了车篷宽。但是现在，他却再也不能容忍车篷宽老是压住自己一头了。他不能忍受自己老是当个名义上的第一书记，而车篷宽不论是群众威望，还是在全省工作的决策方面，都是实际上的第一把手。他必须改变这种局面！权位——这是一种能改变人的灵魂的酒浆，喝得越多，瘾头越大。即使是老实人，也会受到权力的腐蚀。但是潘景川并没有把政工干部们的心思都估摸透。他们关心“竞争会”，想听车篷宽作结论，有各种各样的动机。有的想听听车书记经济改革的主张，有的担心大权旁落，实权将被具有专业知识的干部掌握；也有一部分人是想去找毛病的。

车篷宽自己统辖的全省工业这一块，对这个会议的看法也不一致。冶金、轻工、纺织、仪表、商业等系统的业务领导干部，给车篷宽叫好！会议刚开到一半，他们就按捺不住，立刻通知自己的单位，组织供销经营班子，举办产品展销会，印样本，登广告，原来的一盘死棋开始活泛了。有的单位只几天的工夫，就由任务吃不饱变成吃不了。

但是机械局、化工局的日子却很不好过。他们的领导几乎用吵架的嗓门儿，在讨论会上咒骂这个会议。特别是机械局下属的一些单位，搞大爷买卖，产品价格高，质量差，还不能执行合同、保证按时交货，只靠行政命令维持着局面。现在一开展竞争，企业的自主权扩大了，订户纷纷到机械局要求退掉合同。哪个单位物美价廉，就到哪个单位去订货。机械局任务本来就不足，再退掉一批合同，日子怎么混？有的企业就得关门。机械局局长孙长恕，本来是在家里歇病假，听到副局长王剑秋的汇报，在家里呆不住了，跑到宾馆来找车篷宽，两人谈了一上午没解决问题。孙长恕又去找潘景川，向第一书记又是诉苦又是告状，还发了一通脾气！

更不用说有的干部凭着多年搞政治斗争养成的敏感，从考虑个人的权力地位这个角度出发，对会议采取的敌视态度了。特别是那些虽然多年占着业务领导的位子，但从五十年代以来就一直领导运动而不领导业务，只懂运动而不懂业务的干部，思想就更复杂。他们惶惶然不可终日，内心里十分忧虑自己未来的命运。

这个会牵动了许多人的神经，上至省委第一书记，下至工厂的厂长。这些被触动的神经线，织成了一张无形的大网，不知什么时候，就会朝车篷宽罩下来。

当初，车篷宽正是考虑了这种种复杂的因素，才没有拿到常委会上去讨论，只是跟老潘打了一个招呼，就决定召开这样一个会。他为这个会已经做了八个月的调查研究。他研究了外国十几个大中小各种企业的管理办法，研究了许多不同社会制度的国家的经济体制。但他对这个会议将给他自己带来什么政治后果，却没有充足的思想准备。

他主持的这个会议,他在这个会议上制定的一些新的管理办法,将给他这个省的工业建设打开新的局面,给经济带来新的动力,注入新的血液。

也正是这个会议,使他在和一部分人的关系上留下了新的裂痕;从这些裂痕里流出的血,得由他自己吞下去。

明天的闭幕式很可能闭不了幕。他要给大会作结论也是一件相当困难的事。很多人都认为车篷宽已经骑虎难下。连车篷宽的"铁杆保皇派"曾淮和刘亚也非常焦急。他们两个经过商量,决定一块去找车篷宽,劝他尽量把关系缓和些,不要使矛盾激化,把事情搞僵。会议已经取得了相当可观的成果,在有些方面可以作些适当的让步。

两个人来到了车篷宽的房间,老头儿正在写什么东西。一见他们进来,放下笔,抬起头说:"老曾同志,请坐。你们有什么事吗?"他对任何人,一向都是十分客气。他神色镇定,看不出有异常的变化。

曾淮控制住自己,故意平平淡淡地说:"没什么大事,有几个情况想向您汇报一下。"

"嗯,好。"车篷宽又转向自己的秘书,"刘亚同志有事吗?"

刘亚不好说是两个人商量好了一块来劝解,对一个秘书来讲那是不合适的。他只好临时编了一个借口,说:"明天您就要给会议作总结了,要不要我给您誊清一下讲稿?"

"不用了。"

车篷宽说得很随便,关心他的秘书心里却很着急。刘亚扫一眼曾淮,也只好自己先退出去了。

车篷宽笑着说:"老曾同志,你讲吧。"

曾淮说:"机械局压力很大,有些单位撤销合同,要把产品拿到外省市去加工。机械局领导很希望省里下道命令,本省的产品一律不许拿到外省去加工,保护本省的利益。"

"这个令不应该下。他的产品质量次、价格高,人家不想跟他打交道,硬要用行政命令的办法逼人家,这不叫保护本省利益,是保护落后。”车篷宽用手指敲着写字台，又加重了语气：“我不管，他垮了台我也不管。人家要退合同，他就应该提高产品质量，改善经营和服务态度。他不在产品上下功夫，却乞求于行政命令，真是本末倒置！企业家的上帝就是市场，用户是生产单位的帝王。可是咱们机械局，把自己当成老爷，把用户当成孙子，这能搞好经营？”

“从全省角度看，这样干我们不是吃亏了？”

“吃点亏就能逼我们的工厂搞上去，提高我们企业的竞争力。如果我们的企业搞得好，物美价廉，服务质量好，外省市也会找我们订货。我们开展市场调节，就是逼着工厂往前赶！”

“可是……”曾淮犹豫了一下，“有些企业吃了亏，自己不想改进工作，却怪罪我们的新经济政策，这怎么办？”

车篷宽突然抬起眼睛，盯住了曾淮：“是啊，你说到根本上来啦。目前重要的问题，就是干部水平跟不上时代的需要。我们需要一大批这样的干部：他们真正懂得经济规律，懂得我们的历史经验，善于用人，又有广泛的知识，了解国内外市场，通晓世界各国情况，能独立判断经济发展的趋向。可惜，这样的干部太少了！我们倒是有一批脑子里一大二空的干部，一看二等三慢的干部。他们像盒子枪一样装着几个保险，只要保着自己不丢掉乌纱帽，就心满意足了。”

谈到干部问题，可能触疼了车篷宽的神经，他的手指敲得写字台桌面咚咚作响，反映出他内心的焦急。曾淮曾看见车书记不得不亲自给局长、经理们用通俗语言讲解经济管理上一些最基本的常识。他们明明不称职，可是你要不让他们占个职位，他们就会吵破天。曾淮突然意识到，自己是来解劝省委书记的，而不是给他火上浇油的。他冷静下来，观察着省委书记的神色，换了一副口吻说：“车书记，对干部问题您也不能太着急，慢慢来吧。几个人改变不了社会，社会却能改变人。”

“我不敢同意你的观点。我们的责任就是要改变社会。我们的社会所以是这个状态，也和我们的干部制度有关。干部从上到下都是上级任免制，群众很少有权选举和罢免，没有正常的新陈代谢。就连工资报酬也和干部的工作成果没有多大关系。这就使有主动进取精神的干部,发挥不了作用;而更多的人是考虑怎样保持自己的职位,如何利用它追求更多的特权,决不愿冒风险去搞各种改革。他们要维持现状,吃现成饭,于是经济改革就不可避免地会遇到严重阻力。在这个会议上,我们对这一点了解得更深了。"车篷宽和曾淮谈起心来,而且两个人越谈越深。车篷宽有个特点,很喜欢和有头脑的下级干部谈心,交换思想。通过这种交谈,他能够了解很多情况。

曾淮毕竟不是车篷宽的对手,谈着谈着,彻底缴了械,心里有什么说什么,知道什么讲什么,完全忘记自己来劝解的职责了。其实也用不着他再做什么劝解了,省委书记对自己的处境了解得很透彻,完全用不着别人来提醒。

车篷宽谈着谈着转了话题,用一种异样的目光盯住曾淮:"老曾同志,你对机械局的情况摸得比较透了吧?"

"不能说摸透了,只能说掌握了一些表面的情况。"

"还记得你在汽车里跟我说过的一句话吗:有时候人一换,改革就能进行。我认为这句话有道理。"车篷宽温和地笑了。

曾淮突然感到省委书记的神色不对头,似乎有什么事情要发生。

车篷宽又说下去:"曾淮同志,我已经和景川同志打过招呼,想调你到机械局去。当然我们也留点余地,你去了先当副局长,在没有派去局长之前,你负责全面的行政工作……"

不等车篷宽说完,曾淮已经跳起来了:"不,不行。车书记,这步棋不能走。我干得了干不了暂且不说,这样一动,会引起一系列复杂的人事纠纷。"

车篷宽还是那么温和地笑着:"不会的,你去了以后就由你主持工作,没有什么复杂的。孙长恕同志和王剑秋同志决定退休,我已经同意了,很快就办手续,不会妨碍你。因此要求你赶快接工作,这个会一结束你必须去上任。"

"退休?"曾淮十分惊讶,他在下边一点风声没有听到。孙长恕前天在讨论会上还大发脾气,喊着要到中央去告状,怎么会退休呢?他急切地说："车书记，这步棋您走错了，您怎么能自己拉响导火索，让反对您的势力爆炸呢？"

"这个导火索迟早要拉，这股势力早爆炸比晚爆炸好。从我的好朋友、我的爱人身上开刀，总比从别人身上开刀要顺利些。"

"这样可就使您腹背受敌了，有人要幸灾乐祸。而且不应该先捅孙长恕，这个人依仗自己资格老，是个很不好对付的马蜂窝。"

"不搬走他，你去了以后就无法工作。退休也的确是从他们自己嘴里说出来的，我相信这样对他们个人、对国家都有好处。他们只要别再占着位子挡道，我宁愿再给他们提一级，保留他们应该享受的一切物质利益。"

"难道潘书记会同意您这个决定？"

"不置可否，但也没有反对。特别是对你没有提反对意见，对老孙的退休有些顾虑。"

曾淮不再说话。他心里明白了，车篷宽已经下了破釜沉舟的决心。看来老头儿后边还留着一手，那就是为他自己万一失败后准备的后路。曾淮一时还想不透，车篷宽这样干究竟是利多，还是弊多。他更不知道自己该怎么办。

车篷宽见他不说话，又问："怎么样？曾淮同志，没有什么好犹豫的。上吧，我们面前没有别的路。你到机械局以后把工作搞上去，我们的日子就好过；你去打了败仗，我们一起受罚！"

曾淮缓慢地说："车书记，您下了这样的决心，我要是还有一点党性，还有一点中国人的责任感，就不能推辞。但我犹豫的是您这样早就拿出破釜沉舟的劲头，值得不值得？改革才刚刚开始，斗争还在后头，您过早地把自己搞得筋疲力尽，甚至是焦头烂额，往后怎么办？"

"你还看不出这阵势？我要是稍微犹豫一下，就全完了。只有拿出勇往直前的劲头，叫他们一看车篷宽要拼老命了，也许才能打开局面。我不咬紧牙顶住，我们那些有作为的干部在下面就更难工作了。"

“我对您这着棋，保留自己的意见。如果不是您已经和潘书记讲过了，我一定劝您收回命令。今天我要跟您讲实话。我所以一定要坚持给您当司机，是经过反复掂量，权衡得失，最后才下了死决心！我和刘亚应该全力协助您，当您的左膀右臂。我的观点是，国家近十年，还得靠您这样的老同志来领导。像我们这一辈人十几年内还轮不上掌实权，更谈不上决策国家的方针大计。我与其在调研室当个无足轻重的说客，还不如借开车的便利条件，随时可以向省委书记进言。如果讲十条意见被您采纳一条，也是一种贡献。万一有个风吹草动，还可以保护您，至少保证您的身边不会出奸细。历次运动，我们的领导人都吃过身边人的亏。我们省现在必须保重点，试想，如果您出点什么事，不在省委书记的位子上了，咱们省一切改革的努力和已经取得的成果，岂不全得付诸东流？”

曾淮这一席真诚的话感动了车篷宽。他站起来在屋子里走了几步，又坐下来对着曾淮说：“谢谢你们对我的这番好意。不过你们的看法却未必妥当，怎么能把赌注全押在我们老头子身上？希望在中青年身上。试想，如果有一批能干的、富有才识和经验的、四十岁左右的干部，站在全省各个重要的领导岗位上，我这个管工业的书记会这么狼狈吗？曾淮同志，你准备一下吧，明天会议一结束，我就陪你到机械局去上任。”

“好吧，我去试一试。我去了以后，摸摸情况，先拿出个方案再请示您。”曾淮总算认真地答应下来了，“不过，您也得给我一个实底，您是不是也准备了退路？如果您一撤走，我可就不好办了。”

“放心吧，我没有退路，也不会撤走。”车篷宽主动伸出手，曾淮使劲握了握。书记的手细长柔软，像个女人的手。

可是，曾淮握过这只手以后，立刻把一副担子，一种很重的责任，接了过去。他的心已经飞到机械局去了。

二

车篷宽表面上沉稳冷静，内心里却并不平静，甚至相当紧张。任何人都不能超脱时代的局限。更何况地位越高，了解的情况越多，顾虑就越重，胆子就越小。在中国，政治很强，经济很弱，头重脚轻根底浅，任何一个和政治无关的领域里的矛盾和斗争，发展到一定程度，总要被政治抓过去，为它所利用，一变而成为政治上的斗争。这是一种政治泛滥的现象，像瘟疫一样毒害了人们的灵魂，不是三年五载能医治好的。

吃过晚饭，车篷宽在宾馆的院子里溜达，心里还想着明天的总结大会，信步来到宾馆的大门口。他看见宾馆对面的“工人俱乐部”门前贴了一张花花绿绿的海报。他走到近前一看，是舞会的海报，每张票售价两元。他十分惊异，过去举办舞会都是发票，有时还要发请帖，现在怎么卖起票来了，而且票价还这么贵。他走到俱乐部门口，把门的是个流里流气的小伙子，斜叼着烟卷儿，伸手拦住了他：“老大爷，你也想进去跳跳？”

车篷宽心里想，叫这样的人把门多煞风景，岂不影响人家来跳舞的兴致。他扭头正想回宾馆，看见来了几个不三不四的小青年，不买票就想往里进。把门的小伙子眼一瞪，伸出胳膊一挡，嘴里不干不净地骂上了。荤的素的全有，软的硬的全会，连损带挖苦一顿臭骂，把那几个小青年赶走了。车篷宽明白了，现在给舞场把门，还非得找这种神头鬼面的人物不可。他看到门口清静了，就又凑过去。守门的小伙子看他一眼，又搭腔了：“别犹豫了，快点买票进去吧，里边早就开始了。”

车篷宽笑了：“像我这种年纪，还能进舞场？”

“怎么着？越是这种年纪越得赶紧跳，跳一回少一回啦！”

“啊？跳一回少一回？”车篷宽摇摇头，他没有料到小伙子竟说出这么一句话。

小伙子还以为老头子没听明白，又解释了一句：“像你这岁数还能玩儿几年？还不趁着腿脚利索多玩儿几回？”

“票价太贵，一张舞票怎么定这么高的价钱？这是哪儿规定的？”

“嘿嘿，这叫一举两得！”小伙子得意地用手指点着自己的鼻子尖，说："我们俱乐部自己就可以规定。"

"怎么个一举两得？"

"第一，真正想跳舞的人，你就是十块钱一张票，他也买。那些没有钱又想到舞场上去捣蛋的小流氓，就叫这两块钱给卡住了。"

车篷宽不相信："真正的流氓就花不起这两块钱？"

小伙子显然是舞场上的行家，很有把握地说："真正的流氓进去也不怕。任何流氓在舞场上也不敢搞流氓活动。跳舞是个文明的玩意儿，别看男女脸对着脸，你看着我我看着你，谁敢搞太下流的小动作？流氓也不敢在这种场合栽跟头，你说是吧？"

"你不是说一举两得吗，那第二呢？"

"唉，这还不懂，第二就是赚钱。按经济规律办事，举办这一次舞会，俱乐部全体职工一个月的奖金就不发愁了。"

"这也叫按经济规律办事？"车篷宽哭笑不得。他突然下了决心，买了一张票进去了："我倒要看看你们这个经济规律！"

小伙子在后边冲他挤挤眼，嘲讽地小声骂了一句："老桃毛！"

车篷宽没有听见。他寻着音乐声找到了舞场，轻轻地推开门走进去。跳舞的人的确很多，但舞场布置得不够文雅，红绿色彩用得太多，显得粗俗。乐队更不讲究，大概是哪个工厂的业余演出队，乐手们一边奏着乐，一边挤眉弄眼，摇头晃脑，做出种种俗不可耐的动作。看来他们的确是为了赚钱！乐曲不少是新的，许多是外国圆舞曲。他仔细观察舞场。现在舞场上的气氛和五十年代的舞场大不一样了，舞姿千奇百怪，有许多新花样，摇摆的，旋转的，扭捏作态的，好像谁会跳什么就可以跳什么。场上除去青年人，还有相当一部分中年人。有一个衣着奇特、相貌惊人、舞姿也很新颖的姑娘，格外招人眼目。但是像他这种六十来岁的老头儿却很少见。人家进舞场都是为了跳舞，只有他一个人是站在旁边看。车篷宽感到不自在。他在门口怔怔地站了好半天，引起舞场上的男男女女都用奇怪的目光打量他。车篷宽站在门口进退两难，十分尴尬。他想起安装公司的团委书记找到市委给他提意见，其中有一条就是叫他不要禁止舞会。他拿定主意，已经进来了，就索性看看现在的舞场上到底是个什么样子。但总不能老是这样显鼻子显眼地在大门口站着。又一支乐曲开始了,他想找个不太惹人注意的角落坐下来。

这时候,舞场上那位最出众、最受人注意的姑娘,谢绝了好几个邀请她下场的男同志,却走到车篷宽的跟前,大大方方地说:“同志,您肯赏脸陪我跳一会儿吗?”

车篷宽很狼狈,拒绝吧,不礼貌;下场吧,又实在不好意思。他喃喃地说:“哎呀,你们跳的这种摇摆式的舞我不会呀!”

姑娘已经把手伸出来:“那就按您会的舞步跳。”

车篷宽只好扶住了姑娘的腰身:“我有近三十年没跳舞了,腿脚不利索,万一踩了你的脚,请多原谅。”

“没关系,我的脚结实,踩个一下两下没感觉。”说着话两个人就随着音乐移动了脚步。

一个这么漂亮的姑娘,主动邀请一个老头子跳舞,这件事引起了舞场上许多人的好奇。连乐手们也都把眼光转向这一老一少。这是一对奇怪的舞伴。老头儿穿一身普通的毛料中山服,他不像老工人,可也决不像是老干部,因为老干部们想跳舞可以到交际处俱乐部去。那里举办的舞会更高级,更讲究,而且小卖部里还供应高级烟和茶点之类的东西。那个姑娘邀请他时,明明是喊他同志嘛,这就说明她并不认识他。老头儿舞步生疏,但显然以前是跳过舞的。有点儿绅士派头,动作大方。转了一圈,他已和年轻的舞伴配合得相当默契,身姿和脚底下富有韵律感。看样子他还想跳得更潇洒点,更美一点,但是已经力不从心了。

奇怪的是那个姑娘。她不仅长得很美,打扮也极其讲究。她的发式很时髦,又很端庄,并不给人有妖冶轻浮的感觉。天气还有点凉,可她却穿了一身淡青色的纯毛西装。脚上是一双雪白的高跟皮鞋。身上有一股并不强烈但又的确能沁人心脾的香气。这身装束再配上她那匀称的身材,晶亮的秀眼,的确够帅气了。她几乎吸引了舞场上一多半人的目光。但姑娘并不感到拘束,她的神色和谈吐大方、自然、庄重，这倒和她的服装正谐调。很多青年工人都想邀她跳，她不傲气，文静地笑笑，来者不拒。她经常在舞会上出现，可是谁也不知道她叫什么名字，在哪儿工作。舞会一散，人们立刻就看不到她了。

他们跳得很和谐，不知不觉跳到外圈人少的地方。

跳了一会儿，好奇的人们也不那么注意他们了。姑娘望着车篷宽的眼睛，说："车书记，我真没想到您也会来跳舞。"

"嗯？"车篷宽被人认出了自己的身份，感到不自在。他问："你怎么认识我？"

姑娘笑笑没有回答，却提出了另一个叫车篷宽没有想到的问题："我明天也要去听您作报告。看来您一切都准备好了，今天晚上出来散散心。"

车篷宽不胜惊讶。他猜测这个姑娘一定是省委哪位干部的孩子。全怪自己荒唐，糊里糊涂地钻进舞场，被她认出来，将来传到省委机关还不知又被歪曲成什么样子。他无心再跳下去了，勉强跟姑娘跳完了这一场，等到乐曲一停，对姑娘说了声："谢谢！"就离开了她。为了不惹人注意，他没有马上离开舞场，走到旁边的休息厅里休息。

姑娘却不放松他，从后边跟过去："您刚跳了一会儿就想走吗？"

"我上年纪了，感到累了，吃不消。"车篷宽推脱着。

姑娘的眼睛很机灵地一闪。她显然不相信他的话："您跳得很好，可我看出来了，您不是为跳舞而来的。您曾经说对八十年代初舞会上的情况没有做过调查，用行政命令的办法禁止跳舞是愚蠢的。您今天是想亲自到舞场上来看看。您对现代舞场的印象怎么样？您还想禁止吗？"

"看样子你是舞场上的老手啦？"

"也算是个老手吧。"姑娘并不掩饰自己对跳舞的兴趣。

"那你怎么看待舞会的呢？"

"我喜欢到舞会上来，两个星期至少要来一次。我到这儿来，是为了精神上放松一下。人不能老是搞得那么紧张。我喜欢打扮得漂漂亮亮，到这里来听听音乐，消遣一下。在舞场上，没有各种复杂的人事纠葛、权力角逐和利害冲突。在这里可以把一切讨厌的政治呀，斗争呀，全都忘掉。总之，我想来轻松一下。”

奇特的姑娘，奇特的想法。但车篷宽相信她的话是真诚的。他问她：“姑娘，你到底是干什么工作的？”

姑娘固执地说：“在舞场上，任何人问我是干什么的，叫什么名字，我一律拒绝回答。跳舞就是跳舞，管他是干什么的，叫什么名字，什么出身，什么成分，工资多少，只要他是个人就行，有吸引力就行，或者没有吸引力但并不讨厌，也行。你要一讲是干什么的，就得想起社会，想起种种酸甜苦辣，还有什么心思跳舞？”

“你是个有阅历、经历过坎坷道路的姑娘，这一点可以肯定。”

“我们这一代人，把别人活一百年才能经验过的东西，只用十年的时间就体验过了……”姑娘突然意识到什么，止住了话头。她从椅子上站起来，掉转了话题：“不谈这些东西。特别是在舞场上谈这些玩意儿更不适宜。”她走到柜台前买了一包“大前门”香烟，抽出一支递给车篷宽：“请您吸烟。”

车篷宽没接：“你还会吸烟吗？”

“会吸，但没有瘾，平时不吸。”姑娘说这话，一点没有不好意思的感觉。

“那什么时候才吸呢？”

“和您差不多，在感情冲动的时候，大怒或大快，或者想刺激自己一下的时候，就想吸。”她狡黠地笑笑，又把烟递了过去。“我知道您是被动戒烟派，请吸一支吧，王副局长不会看到的。”

车篷宽越发感到惊异。这个姑娘不仅老练异常，而且对他的情况也知道得很清楚。他又认真打量了姑娘一眼，好像有点眼熟，以前也许见过面，却无论如何想不起来她是谁。平时车篷宽还是很相信自己的记忆力的，今天他的记忆力却开了他的玩笑。他只好接过烟，点着火吸起来。姑娘自己并没有吸烟，冲着车篷宽微微一笑，没打招呼，转身就走了。

车篷宽吸完了一支烟，还不见姑娘回来。他估计姑娘又下场跳舞了，就起身走出了舞厅。在舞厅大门口外面，站着一个身穿蓝色衣裤、穿戴十分朴素的姑娘，似乎是在等什么人。等车篷宽走近了，她回过头来喊了一声："车书记。"

车篷宽借着门口的灯光仔细一看，才认出这就是和他跳舞的那个姑娘："是你？"车篷宽大为惊奇，姑娘完全换了一个人，不仅衣服换了，连发型都改过来了。

姑娘这一换装，车篷宽也突然想起来了："啊，我们见过。你是曾淮同志的亲戚。"

"他是我舅舅，我叫凤兆丽，在安装公司团委工作。现在什么都可以告诉您了。"兆丽说完，不觉笑起来。

"凤兆丽同志，你简直是在变魔术。"车篷宽认真打量眼前这个奇怪的团委书记。

"我每次来参加舞会都是这样。进舞厅之前换上'晚礼服'，舞会一散场，就又换上这一身'朝服'。"兆丽口气一转，用迫切的眼光望着车篷宽说，"车书记，我很想跟您谈一谈，有些问题要向您请教一下。不知今天晚上，您能不能给我一点时间？"

"好，好吧。宾馆离这儿很近，就到会客室去吧。"

凤兆丽摸摸口袋里的那包"大前门"香烟，暗自笑了。今天晚上不管老头儿谈得多么动感情，有这包香烟就不怕了，可以一根接一根地给他递上去。一定让他敞开谈，想办法触摸到这个高级干部的内心世界。她高高兴兴地跟在车篷宽的后面，进了宾馆的大门。

一二

宾馆的大会议室里坐满了人，还在过道上加了许多椅子。外面的人仍在陆陆续续地往里进。哪来这么多人？

每逢重要的报告，省城的企业和机关都沾点光。他们派来开会的代表都给家里捎了信，听到风声的人都来了。干部们喜欢听车篷宽作报告，何况今天这个报告不一般。省里报社、电台的记者也都闻讯赶来,坐满了前排的位子。

天气也格外好,会议室外面一行行整齐的白杨树已经泛绿。太阳光像金色的细流,穿过树枝洒在大厅的地板上。也可能是由于听会的人太多,坐在大厅里感到闷热,有人打开了玻璃窗。

开会的时间到了。省经委和计委的负责人,陪着车篷宽走进了大厅。省委书记扫了一眼会场,感到情况不对,心里不免一阵恼怒。他穿过大厅时看到许多陌生人,人太多太杂,有些话就不好讲了。他本来想对这些参加会的领导干部们讲得深一点。现在只好随机应变,临时改动措词,甚至改变内容了。真是岂有此理,什么都是缺乏组织性,但他克制住了自己的情绪。

到会的人不管认识的还是不认识的,都扭头看着这位省委书记。车篷宽还是穿着那身深灰色的中山服,肩上披了一件半旧的棉袄。他身材本来就不高,再加上脊背稍微有点驼,就显得更瘦小了。他的气色也不太好,面皮微微发黄。他走进大厅,给大家第一个感觉是身体消瘦,一副病容。

主持会议的经委主任坐着宣布大会开始。他简单地讲了几句调整工作会议的概况,然后就做了个手势,请省委车书记作报告。

车篷宽站起来,缓慢地说:“不是作报告,只谈点个人意见。没有经过省委讨论,有错误的地方请大家批评。”他停顿了一会儿,开场白说过了,似乎是应该坐下照稿宣读了。但他仍然站着说下去:“同志们,这次请大家来,共同研究一下我们省工业贯彻‘调整、改革、整顿、提高’八字方针的问题。会议原定开一周,根据大家的要求,又延长了三天。今天是星期日,我占用大家休息的时间来讲点意见,感到很抱歉!”

他这样站着讲,主持会的人感到不安,大家也感到不安。可是他仍然没有要坐下的意思,继续站着往下说:“党中央决定,把党的工作重点转到社会主义现代化建设上来之后,经过了近两年的经济恢复工作,我省的工、商、交通等各个系统都取得了一定的成果。现在似乎是到了一个三岔路口,许多同志都提出这样一个问题:今后我们应该怎么办？……"

经委主任插话:"请车书记坐着讲。"

坐在前边的几个负责同志也都说:"坐下讲吧。"

车篷宽说:"还是站着讲吧,这样可以让大家都能看到我。当然,我这个样子没有什么好看的。但可以提高开会的效率。否则,看不到讲话人的表情,还不如回去听录音,看材料。我这样说后面听得到吗?"

"听得到。"大厅里响起回声。这个会议室不像礼堂,礼堂的地板都有斜坡。这个会议室的地板是平的,前面没有讲台。如果作报告的人坐着讲,坐在后边的人还真是什么也看不见。

车篷宽的声音不高,但是非常清晰,可以使大厅里的每一个角落都能听清。他那略带南方口音的普通话讲得很有感情,有一股抓人的力量。大厅里非常安静。

他端着大本子,首先一段又一段引用了党的三中全会决议里的话,党的某一个文件里的话,国务院某个领导人的讲话。某某在哪个文件里是怎么说的,某某在哪个会议上是怎么说的。他这一套,就像"文化大革命"期间,任何人,任何会议,任何文章开头总要引用一段马、恩、列、斯语录和"最高指示"一样。他念得滚瓜烂熟,富有感情,有的甚至不看本子,完全是背出来的。大段大段引用的这些"上头精神",又都和经济调整、和他要报告的内容有关。

大厅里有了轻轻的、不以为然的笑声,也有了交头接耳说话的声音。这个开头使大家有点失望。原来车篷宽也就是这两下子。他也怕了。还没有讲到正题,先举起了一个又一个的盾牌,防备挨打。这就是他几天来苦思苦想研究出来对付反对派的策略?其实不过是个书呆子的策略!我们党的文件那么多,会议材料那么多,领导人那么多,讲话那么多,他得翻多少材料,耗费多少精力,才找到这些适用的"上头精神"。不出事便罢,真要出了事,这些"上头精神"就能保护他吗?闹了半天还是个书生!哪一个运动不是按中央文件精神办的,可哪一个运动不冤屈一批人!文件本身有许多就是朝令夕改,自相矛盾,死文件是保不了活人的!

但是了解车篷宽的人，都表现出会心的微笑。等着吧，等他讲完了中央精神，轮到讲“我们省应该怎么办”，那时候就有听头了，那就要讲他自己的东西了。

车篷宽是敏感的。他看出了不少人对他的失望情绪。他并不着急，放下手里的大本子，说：“我们国家这么大，如果各部门都各行其是，搞自己的土政策，那就乱套了。必须根据中央统一的号令，制定我们自己的政策。”他顺口又背出了一大段领导人的讲话：“现在我们要加速实现四个现代化，不但要普遍采用和发展现代化技术，而且在经济上也要做相应的重大改革。在这个过程中，已开始出现而且将继续出现大量我们所不熟悉的新情况、新问题、新矛盾。我们各级领导同志要自觉地认识这些变革的必要性、复杂性、艰巨性，站在斗争前列，大胆细致地去领导。我们开这个调整工作会议，就是要研究我们省的新情况、新问题、新矛盾，拿出办法，相应地制定我们的新政策……”

接着他对会议作了全面的总结，对会议上制定的政策和取得的成果，作了带着他个人感情色彩的估价。大厅里重新安静下来，这已经开始接触到敏感的问题。全省干部对车篷宽这套改革办法的支持或反对的焦点，今后斗争的焦点，都将是对这次会议的估价。共产党会多，每一个政治事件、政治运动，也无一不是以会议作为开始和结束的，因此，写进党史的也是许多会议，甚至以某个会议标志某个历史阶段的转折点。方针路线，不论其错、对，也是通过会议制定并宣布执行的。车篷宽对这个会议作了充分的肯定。他认为这次会议对全省今后经济的活跃和发展，无疑会起到巨大的促进作用。

改革派们听到这儿，有的拼命做记录，有的抬起了眼睛盯住车篷宽。

大厅的气氛有点紧张了。

其实，车篷宽的讲话，这才刚算开始。他讲到了今后的打算，一二三四五，完全不用看讲稿。因为他讲的这些，就是他天天思虑的东西。这些措施，是他几个月来反复考虑制定的行动方案。这一切都装在他的脑子里，不论观点还是材料。更何况他又做过一番准备，他亲手写过的东西，是不会轻易忘掉的。

他的话渐渐急切起来，有时还情不自禁地用手指敲几下桌子。刚才他背诵中央领导同志讲话时那种冷静的神情不见了，显露出他那不甘心等待的迫切心情，他想立刻行动。话语像一股激流，急泻直下：

"……把话说得再明确一点，树立竞争观念，掌握市场，加强经营。现在外国人在国际市场、国内市场和我们竞争，许多外国资本家把买卖做到了我们家门口，我们要不要和他们竞争呢？当然要竞争，不竞争就完蛋！多少年来，我们习惯搞官办企业，吃大锅饭，躺在国家身上，赔赚国家包干，反正你得给我发工资。积以岁月，已把经济逼上了绝路。这样，工业怎么能够大幅度、高速度地发展呢？人得了直肠癌，肛门不通了，只好在旁边捅个窟窿走大便。这叫正道不通走小道。于是，在经济领域出现了许多不正常的歪门邪道，怎么办呢？就是要割掉'直肠癌'，使经济体制健康起来，通畅起来。我们打算在本省创造一个广阔的市场，创造一个竞争局面，把各个企业都摆在国内国外市场竞争的位置上，逼你们去努力，谁不努力谁就垮台。这叫用经济手段进行择优，是政策领导，比行政领导要科学。哪里干不好，产品卖不出去，工人没有奖金，就去包围厂长，包围他几天，憋他几天，他就知道不把工厂经营管理好就得下台！你这个厂长、经理领导无方，竞争不过人家，只好请你去另找饭碗。"他突然离开了话筒，目光在头一排的同志们身上扫过。现在时兴一股戒烟风，坐在车篷宽身边的几个领导同志都戒烟了，而他现在急需要吸一支烟。

坐在第二排的凤兆丽，真想把昨天晚上车书记吸剩下的那小半盒"大前门"扔过去，但她不好意思那样做，就捅捅身边安装公司经理。安装公司经理接过烟盒，自己抽出一支叼在嘴上。不等他让，车篷宽已经看见了，走过去说："请给我一支烟。"凤兆丽笑了，怕叫省委书记看见她，赶紧低下了头。

车篷宽吸了一口烟，没有走回讲台前，站在通道上说："我这样讲，不是谁的脑袋一热，拍脑门儿想起来的主意。不，我们在省内十五个企业内已进行了将近一年的试点。胡永方同志，请你站起来。"

大厅中央站起一个又黑又高的中年人。

“大家认识一下，这是富江机床厂的厂长。”车篷宽把那个中年人介绍给大家，然后请他坐下，接着说，“他们厂从去年夏天开始，改进了三种老产品，研制了七种新产品。他们生产的立式多轴半自动车床，转位精度提高了一倍多，比日本、苏联、意大利的好，仅次于美国，一下子打进了国际市场。他们的成本是四万元，到国外卖到十二万三千元。现在他们厂一九八二年的任务都已订满了。去年年底，香港商人要他们厂一种雕刻机，提出要一万二千五百转，胡永方听说德国人在香港卖的有两万转。他就拼命钻研，几个月时间就做出了两万一千转的雕刻机。我去看了，质量很好，超过了香港的样机，香港商人很满意。港商今年就订了一百五十台，明年还要一百五十台。胡永方他靠什么？他靠本事，靠品种，靠质量！外国人肯出那么多的钱，买的是技术，是高精度。要想提高竞争能力，就得把质量、品种、交货期、成套、服务工作、配件供应这六个方面都搞上去，还要把成本降下来。”

车篷宽不知不觉连脸上的气色都变好了，表情丰富而生动。虽然外表还是那么温和，文质彬彬，可是胸膛里却蕴涵着一种熊熊燃烧的、像火山熔岩般的感情。大厅里刚才那种不安的、紧张的气氛，被一种昂奋的情绪所代替。不论是支持派，还是反对派，也不论是抱着什么目的来听会的人，都被这种情绪所感染。大厅里鸦雀无声，全部精力集中地捕捉着车书记的每一句话。车篷宽仿佛是一块磁铁，紧紧地吸引着一千多与会者的目光。

“最后一点意见，谈谈干部和学习问题。”车篷宽讲到这个问题，口气放慢了，态度显得冷峻了。这是当前最敏感的一个问题。“我们的当务之急是速度问题。速度，也是经济活动的生命。可悲的是，我们掌握着一些经济部门实权的同志，他们完全没有速度的概念。捧铁饭碗年头太长了，他们缺乏一种勇于进取的精神。我们的干部制度本身，似乎也是要求干部们越无能越好。能力弱一点的人，嫉妒能力强的人，尖子和人才受到严重的压抑。但是，经济改革这个巨大杠杆，正在动摇着我们的官僚作风和保守的干部制度。”

大厅里有了轻微的骚动，他的话肯定刺痛了一些人的神经。坐在前排的曾淮和刘亚，相互看看，老头儿一讲开就收不住了。到这种时候，他身上那种学者气质，就完全替代了政治家的冷静的深谋远虑。这时候，他的一切，他的思想、气质、心灵胆魄，全都可以让人触摸得到。他如果再这样离开讲稿任意发挥下去，局面就不可收拾。他的两个左膀右臂替他担心，却又没有办法提醒他。

幸好，车篷宽不知怎么一下子惊悟过来了。他停顿了一下，回到讲台上拿起讲稿："现代化管理是一门综合的科学，是由许多学科组成的。现代化企业靠个人的感性经验来指导是不行的，要善于学习，学会用科学方法、科学组织和现代化工具进行领导……

"比如说，一个厂长应该具备什么样的条件和能力呢？一个现代化企业的厂长，应具备五个条件：有科学知识，有才能，有经验，有个性，有远见性。讲具体点，就是厂长要有生产、技术、财务、劳动、人事、市场销售等方面的专业知识，能掌握各种现代化管理的工具、手段和方法，有一整套管理企业的能力。要了解厂内外、国内外本行业的情况，如政府政策、市场变化、新技术发展动向等，掌握全局，有远见地作出决策……"

他无意中提出了自己所欣赏的干部标准，可是厂长中又有多少人能符合他这些条件呢？大厅里交头接耳的议论声又高涨起来。

车篷宽说，省里已经和工业大学协商好，准备办一个企业管理的高级进修班，学三个学期。他又像个教授一样，书生气十足地罗列出进修班里要学的十门必修课和八门选修课，也不管下边有没有人听得懂。

果然，有人递条子上来了。因为主持会的人坐着，他站着，所以最先接到了条子。他展开来，看完以后，抬起头说："刘亚同志，请你到我的房间里，把床上那堆中文报刊拿来，全拿来！"

刘亚起身出去了。车篷宽继续说："我来给大家念念这张纸条——"

车篷宽同志：

你是不是认为只有像你这样的人，以前上过大学、现在懂几门外语的人，才配当领导人？你说了这么多条件，就是不要政治条件，不要德的标准。你举出一大堆必修课、选修课，大概都是从国外抄来的吧。看来我们这些不懂外文、心中没有多少墨水的人，只好去另找饭碗啦！

大厅里响起一阵嗡嗡声。主持会的经委主任很紧张，他如果先接到这张纸条，是不会交给省委书记的。

车篷宽说："这张纸条上的意思很明白。我们一些同志，以为不学无术就可以搞政治，以为搞运动、整人就是政治，以为当个政工干部就是政治条件好，就有德，而有真才实学的人，就一定没有德。可笑又可悲！难道无知能领导现代化？我们国家搞政治的人太多了，搞事业的人太少了。但是一个国家、一个民族，包括政治本身，都得靠经济来养活。在我们国家，搞经济的对搞政治的，向来不敢轻视；而搞政治的对搞经济的，除了轻视之外，似乎还有一条嫉妒。嫉妒是一种比仇恨还强烈的恶劣情绪。这张纸条就充分地反映了这种情绪。"

他又找安装公司的经理要了一支烟。刘亚回来了，怀里抱着一大摞杂志。

"谢谢。"车篷宽接过杂志，对大家说："有的同志不止一次向我提过，不懂外文无法学习，特别是不能学习国外的先进经验。懂外文当然更好，我决不认为我粗通几门外国语是一种耻辱，或者是不配当省委书记。但是不懂外文，照样可以学习。你们看——"

车篷宽像个邮局报刊推销员，抱着那一大摞经济技术报刊，离开了讲桌，来到大厅甬道中间，举起一本又一本，向大家作介绍："同志们，这是《科技导报》、《电子技术》、《工业器材》；这是《先进技术与产品》、《石油开采与加工》、《英国工业》、《日本经济》、《新技术与新产品》、《工业设备与原料》；这本封面很漂亮的是《美国工业导报》；这本是《国外现代化导报》、《英国技术导报》、《澳大利亚工业与技术》、《荷兰贸易导报》、《现代科技》、《美国科学新闻》、《电脑月报》……”他从这边甬道走过去，又从那边甬道走回来。“这些东西都是中文版，都可以看懂。有些还是他们自己印的，目的是为了宣传他们的东西，对我们来说是送上门来的情报。总之，书很多，报刊材料也很多，就看同志们想学不想学。想学的话，自然就会找到学习材料。这些东西就是我自己找来的，有的是从书店里买来的。”车篷宽回到讲台上：“同志们，总之，局面已经打开，形势是有利的。当然我们前面也还会有许多困难，但是世界上哪一个改革者的事业没有遇到困难呢？我对前途是充满信心的。祝愿大家为繁荣社会主义的经济建设，为我们国家的四个现代化，做出新的成绩。”

会议结束了。有一大批人拥到前边去，有的围住车篷宽，向他请教问题；更多的人是翻看那些经济技术杂志，有的还把杂志的名称记到自己的本子上。

车篷宽作了这样一个总结性发言，就把自己推到了激流之中，看来今后他是不得安生了。

一三

夜很深了。曾淮怕惊动妻子，悄悄从屋里走出来，离开省委机关的后院，来到马路边的一片小树林里。马路上很静，一个行人也见不到，偶尔有汽车驶过，马达声格外刺耳。曾淮躲进树林深处的黑影里。他在黑影里溜达着。走着走着，突然急躁起来，抡起拳头狠命擂打树干。发过一阵疯，接着再溜达。夜风吹得他身上发冷了，就摆开架势打一套少林拳……

曾淮上任三天了。从表面上看不出机械局有异常的变动，但是指挥全局的神经中枢断了，工作基本上停摆了。一个头头一个令，孙长恕下台了，他搞的那一套肯定不行了。全局上上下下的干部群众，眼睛都盯住新来的副局长——实际是局长的曾淮，看他怎样决策，怎样动作。新官上任三把火，曾局长的第一把火要烧哪儿呢？

机械局了解他的人不多，因而同情他的人也不多。孙长恕在机械局当了近二十年的局长，手下有一大帮人，而且这些人都占据着重要职位，有一定的权力。他们都用敌视的眼光盯着曾淮，观察着他的一言一行。

古人有一夜之间愁白了头发的传说。曾淮在监狱里和劳改农场里也把头发熬白了一大半，还剩下几根说黑不黑、说灰不灰的头发，这三天下来也彻底变白了。他不要司机，自己开着吉普车到处跑，想上哪儿就去哪儿。第一天看了两个厂，第二天看了五个厂，第三天看了六个厂。晚上回到家里睡不着觉，躺下起来，起来躺下，真要急疯了！

问题那么多，先解决哪一个呢？他一遍又一遍地在心里问自己："要是车篷宽处在我的地位，会怎么办呢？"曾淮几次憋不住了，想去找省委书记讨教，每次他都是走到半路又折回来。他想："车篷宽的日子已经很不好过，我如果再去找他诉苦，不会加重他的负担吗？机械局迫在眉睫的问题是没活儿干，没饭吃，没奖金，人心惶惶。再加上退货，撤销合同，声誉不佳，思想混乱……目前恐怕首先要把生产抓上去。"

曾淮冲出小树林，悄悄回到家，拿出自己的提包，轻轻锁上门。他的吉普车停在离门口不远的车棚子里。他跳上去打着了火，飞快地驶向机械局。

来到局门口，他费了好大的劲儿才喊醒了守门的刘大爷。老人着实被他吓了一大跳，开了门心慌意乱地问："曾局长，出什么事啦？"

曾淮替老人关好门，笑着说："什么事也没出。刘大爷，您回屋睡去吧。"

老人嘟嘟囔囔地回到传达室："还睡什么，盹儿都吓跑了。"

曾淮来到自己的办公室，起草了一个"机械局当月的工作要点"，然后趴在办公桌上睡着了。他睡得很沉、很甜。三天来这是第一次合上眼。

等到上班的铃声把他惊醒，他洗了把脸，对办公室主任发出了他上任以来的第一道命令："请局属五个公司的经理和局直属大厂的厂长，半小时以后到我这儿来开会。”

也许是由于好奇，是由于对新局长不摸底细的恐惧，经理和厂长们都按时赶来了。

曾淮单刀直入地提出了自己的想法：“我没有时间跟大家客气了。你们过去都是老爷，买我们产品的用户是孙子。现在要颠倒过来，用户是老爷，我们是孙子。我们局的买卖做得不景气，产品的声誉不好，再不改变这种状况，就要倒台，关门大吉。你们回去立刻组织访问团，或者干脆就叫请罪团。你们要亲自带队，挨个去访问用户，赔礼道歉，坏的管修，不合格的给换，因我们的产品质量不好给用户造成的损失要赔偿。千方百计挽回影响，建立我们的信誉。你们回来以后，集中用户的意见，下死决心改进产品质量。一定要用价廉物美的产品夺回市场，垄断市场，至少要垄断我们本省机械产品的市场。要记住，市场是企业家的上帝。经过一阵努力，如果我们省的用户仍到外省市去订购机械产品，那就是我们局的耻辱。”

这就是曾淮的决策。他不是从上到下地整顿班子，改革机构，巩固权力，而是正相反，按照工厂生产流水线的程序，第一道工序要为第二道工序服务，第二道工序要为第三道工序服务。他的想法是先了解市场，根据市场的需求，整顿生产，生产为了市场。然后根据生产的需要，整顿干部队伍和机构。上面一切为了生产，不适应的就改，阻碍生产的就撤，就换！

曾淮在大学里学了四年工业经济，到底没有白学。经过研究，他带着技术处长、计划处长、生产处长去访问各兄弟局。他们第一站先来到轻工业局。他没有按照职务对等的惯例先去找局长，而是直接来到生产处。他的想法是谁掌握情况就找谁。如果找到局长，碰上个一问三不知的老先生，说上一大堆客套话顶什么用？

轻工业局的生产处长，一见机械局局长亲自带着几个处级干部来征求意见，十分感动，诚恳地对机械局的产品提了几条意见。

曾淮把这些意见认真地记下来。然后话题一转，询问轻工业系统在生产上和设备上还有什么困难，存在什么问题，要不要机械局给以帮助。

轻工业系统大部分还是手工操作,设备都比较陈旧。生产处长提了一大堆困难,曾淮把每一个困难都详细地打听清楚记下来。听着听着他的眼睛亮起来,拦住对方的话题:“等等,圆口布鞋的问题我没听明白,外贸部叫你们每年出口一千万双,是这么多吗?外国人也喜欢咱们的圆口布鞋?”

“美国人管它叫‘功夫鞋’,穿在脚上很舒服。他们练功、跑步都喜欢穿这种鞋,上了年岁的人尤其喜欢穿。外国人大都是以谋求自己的健康为生活中心,千方百计想延长自己的寿命,练功跑步的人很多,所以这种布鞋老是脱销。可是我们尽了最大的力量,一年只能生产三百万双。”

“为什么?”

“铸底、绱鞋全靠手工操作。”

“能不能用机械代替?搞条生产线?”曾淮心情急切地问。

“说不好,反正我们局自己搞不了。我们和机械隔着行呢!”

曾淮站起来很诚恳地说:“您能不能带我们去厂里看看?”

精诚所至,金石为开。人家找到门上,诚心要给解决困难,生产处长欣然应允,扔下手头的工作,坐上了机械局的小面包车。生产处长一看局长亲自开车,十分感动。

他们来到了制鞋厂。参观了一会儿,曾淮悄悄问自己的技术处长:“王总工程师,您看能不能给他们搞点机械化?”

对于一个专搞机械的工程师来说,给制鞋厂搞点机械化设备,当然是件容易的事情。

王总点头同意。机械局生产处长一见有任务可抓,眼睛都红了,对轻工业局的生产处长又是送烟,又是点火,高兴地说:“我们保证用一个月的时间给你们造出绱鞋机和铸底机,让你们今年完成一千万双的出口任务。计划处长,行不行?”

计划处长说:“当然行。”他趁热打铁,立刻向对方说,“明天我们就来订合同。”

曾淮拦住说:“等等。合同可以订,但不要收钱。我们先搞出样机,你们经过使用,满意了再交款;不满意,我们再改进。只要是我们局出的产品,今后保修、保换、保退。”

轻工业局的生产处长眉开眼笑地拉住曾淮的手一再道谢。然后又领他们到另外几个工厂去参观。

餐具厂产品出口任务也很重。他们原想从日本引进一条生产线,需要外汇三百万美元,车篷宽不批,厂里正发愁。机械局王总工程师一听又来了任务,从兜里掏出袖珍计算机低头算了起来。他算了一阵,抬起头来说:“这条生产线我们包了,今年内交货。不要你三百万美元,有一百一十万人民币就可以了。”

看到自行车厂瓦圈打眼儿还是一个一个地打,王总又说:“这太落后了,我给你们搞一个打眼儿机,一下把三十几个眼儿全打完。”

……

在回来的路上,计划处长把心里的小算盘一打,高兴地对曾淮说:“我们这一天就揽了七八百万元的生意。”

曾淮说:“明天去纺织局,轻纺工业大有潜力可挖,可以为我们的机械产品打开一条很好的销路。我准备和省百货大楼商量一下,在楼下借用他们一个厅作为我们机械产品的代销点。百货公司里什么人都去,南来北往的,中国人外国人都有,只要我们的产品打得响,他们是活广告,也会替我们做宣传。生产处通知各厂,在产品质量、品种上要狠下点功夫,今年九月份我们要举办一次大规模的机械产品展销会,向全国发请帖,也向外国人发请帖。一定要把我们的产品打出去!王总,您说行吗?”曾淮手里把着方向盘,眼睛盯住后视镜。

王总拿掉嘴里的香烟,脸上闪过一道兴奋的光芒,点头称赞:“曾局长,办事就得有这种向外开拓的气魄!”

一四

凤兆丽偷着写过好几篇小说,都没有勇气拿出去发表。但是,她根据省委书记车篷宽的事迹写完小说《决策》,却有一股从来没有过的、不可抑制的冲动情绪。她捏着厚厚一沓稿子,就像捏着一团火,恨不得立刻投出去,还抑制不住老想给朋友们念一念。自从车篷宽主持的那个全省经济调整会议结束以后,凤兆丽从自己所在的安装公司的变化,从她听到的工人们的反映,深感车篷宽制定的这一套政策是给经济建设打了一剂强心针,深得民心,大受欢迎。可是也有握着实权的一些大人物,还在从中作梗。这就使凤兆丽觉得像车篷宽这样的领导干部更加宝贵。她是在异常激动的情绪中完成这篇作品的。她怕寄出去浪费时间或者丢失,亲自把稿子送到了省报文艺部。走出报社,她突然想起应该把稿子给车篷宽看一看,听听省委书记的意见。她毕竟是第一次描写这么高级的领导干部形象,很可能有不妥当的地方。她看看表,时针快要指向晚八点了,省委书记已经下班了。她回家拿上草稿,按照王廷律告诉她的地址,乘上了公共汽车。

车篷宽住在离省委机关不远的一片楼房里。这片楼房里住的全是省委和市委机关的干部。部长以上的干部住的是一所样子很别致的小楼,上下只有两层。车篷宽住在楼下,凤兆丽找到门牌号犹豫了一下,便举手敲门。刚敲了两下,就听到里面有一个老太太的声音搭了腔:“谁呀?”没等凤兆丽回答,门已经开了。楼道里点着一个三瓦的荧光灯,光线很暗,老太太又是背对灯光,凤兆丽看不清老人的脸色。老人问:“你找谁?”说着话身子并不躲开,没有邀请凤兆丽进去的意思。

“我找车书记。”

“车书记不在。”老太太不算冷淡,但也决不热情。

“他还没有下班?”

“不,他出差走了。”

看样子老太太马上就要关门。凤兆丽猜不透这位老人是车书记的夫人呢,还是他家保姆?也不知道是车书记真的不在家,还是这位老太太故意推脱,不让她进去?连书记的门都没进就返回去,太窝囊了。她向里边张望,从没有关严的门缝中飘出一阵音乐声,很可能还有人在里面看电视。家里总不会只有这一位老太太,至少王廷律还会在家吧?

老太太见她不说话,一个劲扬起头向里边张望,真的要关门了:“同志,你有什么事情,过几天到省委车书记的办公室去找他。”

“大娘,等等。”一着急,凤兆丽把老百姓的称呼端出来了,“我是省机械安装公司的,叫凤兆丽,和王廷律在一个单位工作。”

“噢,那请进来吧。”老人的口气立刻变得热情了。

王廷律听见说话声,从对面那间屋子里探出头,一见凤兆丽,赶紧迎出来,对老人说:“妈,这是我们公司的团委书记。”转身又对凤兆丽介绍说,“这是我妈。”

兆丽只好按青年人的习惯又改口说:“伯母,您好!”

老人亲切地把她让进会客厅,里面果然有一台不算很大的彩色电视机,屏幕上正放映着《祖国各地》的电视节目。除去王廷律和他的母亲,没有第三个人。看来车书记真的没在家。

凤兆丽晚上突然来访,使王廷律又惊又喜,而且心里怦怦乱跳,有一种莫名其妙的紧张。他给兆丽端上一杯茶:“请喝水。”

兆丽急忙点点头:“好,你别忙乎啦。”

老人把一个糖盒又送到她的面前:“吃点糖吧。”

兆丽赶紧站起来:“好,好,您快放下吧,我要吃自己拿。”

一时不知说什么好,三个人都把目光转向了电视机。凤兆丽是个能够随机应变的姑娘,在任何一个公共场合都不会感到拘束。可是今天晚上,在这个省委书记的家里,在这位曾经当过机械局副局长的老太太跟前,她却感到很不自在。只好人家问一句,她回答一句。好在屋里灯光比较暗,互相都看不清脸色,还有一个电视机给大家调节了气氛。

但是,屏幕上美丽的祖国风光突然消失了,风景纪录片结束了。响起了电子音乐声,屏幕上出现了商品广告。

老太太突然抬起身,生气地说:“又是广告、广告、广告,把电视都糟蹋了。一放广告,就把什么兴致都破坏了!”说完,啪地一声关掉了电视机。

“哎,您怎么关了?”王廷律赶紧走过去又打开电视,“我正想看广告呢!”

老人叹了口气:“哼,跟你爸一样!人家看电视都为的是看新闻,看文艺节目,你们可倒好,专门喜欢看广告。这些枯燥无味的广告,有什么看头呢?”老太太说完转身要走。

王廷律眼睛盯着广告,头也不回地说:“您有意见对我爸说去,这是他建议让省电视台承揽广告业务的。”

“你爸……”老太太后边的话没有说出来就推门出去了,对凤兆丽连个招呼也没打。

凤兆丽笑了:“小王,我看你们家也得跟外国人一样,一个人买一台电视机,谁爱看什么就看什么。”

“没办法。我爸很注意广告,我妈一见广告就头痛。最近我爸又逼我妈退了休,他一回来,我妈就和他吵个没完。”王廷律的眼睛仍然不离开广告,但是有一半原因是怕被凤兆丽看出自己不自在的神色。

兆丽说:“我看你对广告也入迷啦!”

“咱们公司的经理叫我也设计一个承包安装任务的广告。我想参考人家的经验,把咱们公司的广告尽量搞得新颖、生动一点,好吸引观众的注意。”广告终于播完了。王廷律关了电视,开亮了日光灯,端起糖盒请兆丽吃糖。

兆丽吃着糖问:“车书记到哪儿去了?”

王廷律顺口答音:“救火去了。”

“救火?”

“他在工业调整会议上放了一把火,全省大大小小的企业都动起来了,各种问题也都暴露出来了。我爸从前天起就深入到基层单位解决问题去了。妈妈说他是引火烧身,自作自受!”

见不到省委书记,稿子也无法请他提意见了,凤兆丽心里觉得有点遗憾。她没话找话地问:“我看你妈妈身体很好,为什么要让她退休?”

"她不离开,你舅舅去了还能干得好?"

世上的事可真值得琢磨,且不说反对派,就是自己的亲戚朋友之间也是这么复杂！凤兆丽觉得车篷宽在这许多大连环、小连环的套套里仍然冲破困难挺着干,这种披荆斩棘的精神实在值得敬重。

"你妈妈愿意退休吗?"

"当然不愿意,这些天都快把她憋疯了。我爸叫她研究工程心理学和人机工程等,为现代化企业里如何做思想政治工作做点贡献。可是我妈什么也不干,什么心思也没有,成天发牢骚、骂人,脾气变得非常暴躁。"

"你妈对机械局是有感情的。"

"她很关心机械局的事,很想知道新局长去了以后情况怎么样,可是她赌着一口气,不到局里去,也不打听。你舅舅也真行,不来看她,局里的事也不跟她讲,好像她一退休,机械局就不承认有她这个人啦。"

"啊,是这样,我得去跟舅舅讲讲⋯⋯"

"别,你可不能跟曾局长讲。他们领导之间的事我们不要插嘴。我爸一再嘱咐我这一点。"

凤兆丽很想再见见老太太,可是人家已经躲到自己房里去了,她只好改了话题:"你们家住几间房?"

"五间。"

兆丽很想看看车篷宽的房间是什么样儿,就找了个借口:"那天车书记在会上抱着一大摞杂志向开会的代表推荐,他说得快,杂志的名字我没有全记住,你能带我到车书记的屋里看看吗?"

"看看可以,但我爸正在用的书绝对不许别人动。"

"我不拿走,只在这儿翻一翻就行。"

王廷律领着凤兆丽走出客厅,来到楼道边上的一间屋子,打开电灯,屋里陈设很简单,墙上挂着很多名人的字画,一排书架,一张办公桌,一张大双人床。靠近门口的地方还有一张沙发和一个小茶几。进屋头一眼看到的就是书,环顾四周,看到的尽是书。一张大双人床上很规则地摆满了外国的技术杂志,而且每本杂志都是摊开的。有的字里行间画上了红杠,有的书页里夹着纸条。被垛上放着书,枕头上也是书,沙发上摊着书,茶几上也堆着书。虽然到处都摆满了书,但是多而不乱,主人查找起来显然很方便。

兆丽觉得很新鲜,笑着问:“你爸睡觉的时候怎么办?”

王廷律说:“把床上靠外边的书往里边一推,留出能躺下一个人的地方就行。第二天早上起床后,再把推过去的书拉出来。爸正在看的这些杂志和书报,有谁动一下,翻过去一页,他都会发觉的。”

省委书记的卧室应该是什么样子,豪华到什么程度,简朴到什么程度,凤兆丽似乎把什么样式都想象过了,就是没有想象出会是这副样子。她如果想把每本书的封面都看一下,也得需要半小时。她惊叹地在屋里站了一会儿,就感慨万分地退出来,对王廷律说:“我该走了。”

时间也的确够晚了,王廷律没有挽留。

凤兆丽推开王剑秋的房门:“伯母,我走啦。”

老太太站起来,慌忙合上手里的一份油印材料。她这样一合,恰恰让眼睛很尖的凤兆丽看到封皮上印着的几个大字:机械局简报。老太太在偷偷地掌握机械局里的情况,而且也证明机械局里有人不断地给她送材料、通情报。

老太太只是出于礼貌才说:“再坐一会儿吧。”

在明亮的灯光下,凤兆丽看见这位王副局长又白又胖,脸盘秀丽,年轻时一定是个大美人。她对老太太发生了兴趣,没有马上拔腿出来,却问道:“伯母,您这么大年纪了,晚上还学习?”

“我还学习什么,不学了,就混吃等死了!”

“您为什么要这样说,您身体这么好,一定会亲眼看到咱们国家实现现代化。”

“我可不盼望你们那个现代化。等老车一回来,我自己到乡下去住。”老太太发着狠说。

凤兆丽一惊:“您为什么要下乡?”

“眼不见,心不乱。你们年轻人成天就知道叫喊现代化、现代化,对外国人的现代化眼馋得不得了。你们就不知道现代化也有现代化的弊病,环境污染,空气恶浊,人为的紧张,相互竞争……”

凤兆丽还是头一次听到这样的议论,她感到新鲜,感到惊奇。但她不愿意和老太太辩论,便告辞道:“伯母,我走了。”

老太太答了一声:“再见。”

“再见。”

王廷律一直送凤兆丽到汽车站。天气不冷不热。大街上行人不多。两个人都觉得想说点什么,可是到底什么也没说。自从那天和金城吵架,金城用很下流的话把王廷律和凤兆丽之间那种很微妙的关系点破后,两个人的关系似乎近了,但表面上却更疏远了。直到兆丽上了汽车,王廷律摆摆手,才像刚醒过来似的说了声:“明天见!”他望着远去的汽车,心里若有所失。

一五

早晨,潘景川走进自己的办公室。他坐到桌前先办两件事:头一件是看看有没有急等处理的文件,第二件是浏览一下当天的报纸。

“农委”打了一个报告,分管农业的省委书记田笑在上面做了批示,要求常委们传阅。潘景川看了几行就皱起了眉头:车篷宽号召在全省范围内开展竞争,很快就挤垮了一批农村的社队企业,有些县办工厂也感到岌岌可危,朝不保夕。竞争政策严重危害了农民的利益。这些没有竞争能力的中小企业里的职工,思想很不安定,老担心工厂关门。于是人心惶惶,各找出路,搅得全省社队企业一片混乱。潘景川生气地甩开了这份报告。他顺手拿起了刚来的报纸,又是广告,整版整版的广告!如今广播里有广告,电视里有广告,报纸上也登广告,竞争,倾轧,大鱼吃小鱼,小鱼吃虾米,一切为了赚钱,新政策把全省都搅得商品化了,资本主义化了!

潘景川狠命地把报纸往桌上一摔,怒不可遏。自从车篷宽开了那次“竞争会”,就在全省掀起了一场大风波。现在不是第一书记掌握全省的形势,而是他在左右局面;不是常委会领导他,而是他造成既成事实，逼常委会认账。这几天，好几个常委都向他反映，表示了对车篷宽的强烈不满。看来，只要这个省里有车篷宽，全省就不得安宁，第一书记就得给他擦屁股，替他承担责任，为他提心吊胆。

潘景川生起气来不是脸色发红，而是发白、发青，还不断地往外冒汗，两只大而突出的眼睛闪出两道冷光。他忽然想到，车篷宽在北京时受到了D副总理的严厉批评，中央也不欣赏他。他在省里擅作主张，一意孤行，并没有强有力的后台。不如趁D副总理批评的余威，索性让他挪挪窝，别在这里捣乱了。

潘景川关死门，独自一个人思虑着行动计划，电话铃突然响了。他拿起了听筒，嗓音里还带着一股火气："喂，你找谁？"

"哎，你是潘书记吗？我是老孙，孙长恕！"耳机里传来一个火气更旺的大嗓门。

潘景川口气立刻和缓了："老孙同志，你近来怎么样？身体还好吗？"

"好个屁！"耳机里传来孙长恕愤怒的叫骂声，"你看今天的报纸了吗？"

"没有啊，出了什么事？"潘景川以为孙长恕也是对整版登广告有意见。

"你快看看吧，第三版登了一篇小说，题目叫《决策》，把车篷宽捧成了制定四化方针大计的英雄，而把咱们俩却含沙射影地骂了个狗血喷头。那里面的鲁非，是个无能之辈，我看就是影射你。骂我就更狠了，说我是大草包，大笨蛋，保守顽固，挡四化的道。这样诬陷人，你第一书记管不管……"电话里突然没有声音了，但是也没有挂断。一定是孙长恕说着半截话突然发生了什么意外。

潘景川不敢放下电话，他一连声地对着话筒叫喊："喂，喂，老孙，老孙！"

他渐渐在耳机里听到了一种嘈杂的说话声、叫喊声，似乎还有女人的哭喊声。潘景川判断着对方的情况，哐啷一声，突然有人把电话挂断了。

潘景川已经猜到孙长恕出了什么问题了。他反而镇静下来，甚至连肚子里的火气也消了许多。如果孙长恕真是发生了像他猜测的那种事情，那就好办了，他就可以下狠心解决车篷宽的问题了。

他重新拿起报纸，仔细地看登在第三版上的短篇小说《决策》。他越看越有气，几次气得他想把报纸撕碎，但他强迫自己硬着头皮看下去，而且还把他认为有问题的段落用红笔画上杠杠。他看完小说，脸色煞白，大汗淋漓。车篷宽先动手了，他想借助舆论把他潘景川挤下去！他喝了一杯水，让自己冷静下来。想定了先下手为强的行动计划，就拨电话到省中心医院。他问："你是中心医院吗，哪位负责人在？……噢，我是省委潘景川。什么……机械局的孙长恕局长心肌梗塞？快抢救！要尽全力抢救！"

潘景川紧接着又给自己的秘书打了个电话，布置了两件事：定一张明天去北京的飞机票，不要声张，尽量不让别人知道；查一下《决策》的作者凤兆丽是谁？干什么工作的？通知省报总编辑准备对这篇小说进行批判。噢，对了，目前不提倡用批判这个词儿，叫讨论也可以，叫商榷也可以，但必须明确指出这篇小说丑化和诬蔑老干部的严重错误。

潘景川把登着《决策》的那张报纸叠好，和"农委"告车篷宽状的那份报告放在一块，装进自己的提包。然后他坐在椅子上，静下心来，把车篷宽的问题列了一张清单，准备进京以后向D副总理详细汇报。反正这次进京要向中央叫这个板：要是让车篷宽干，他就走；要是让他干，就得把车篷宽弄走。

潘景川想得正出神，办公厅主任笑嘻嘻地推门进来，把两份文件递给他，用一种不可抑制的高兴语调说："好消息，中央批转了车书记的信。"

"啊？"潘景川一惊。等办公厅主任一走，就赶紧打开文件。D副总理批准的冶金设计总院吴昭年的引进计划，又上报到国务院主持常务工作的C副总理那儿。C副总理召集国务院会议进行了讨论，最后批驳了这个计划，还加了这样一句批语：

如果这个计划得以实现，中国人就连裤子也穿不上了！

省委第一书记潘景川看完C副总理的批示，脸上又冒汗了。这回不只是生气，更多的是着急。他性急地打开第二份文件，这是国务院转发的车篷宽给国务院领导的一封信。车篷宽在信里谈了自己对经济政策的一些看法和设想，还谈了他在自己省里的一些做法。整个内容和他在全省厂长以上干部会议上所作的总结报告差不多。国务院转发这封信本身就说明了国务院的态度。国务院还是欣赏车篷宽这些做法的。可是国务院在转发的按语中，为什么不明确表态呢？而只是不置可否地说车篷宽的这些探索和尝试可供别的省市参考。

潘景川对去不去北京有点犹豫了。中央的斗争也很复杂呀。领导之间的认识不见得就完全统一，政策也不见得就完全一致。

唉，这一炮倒叫车篷宽打响了，这下他就更牛气了，更不把第一书记看在眼里了。车篷宽不给省委打报告，不提请常委讨论，却直接给国务院写信。潘景川怒火中烧，突然又坚定了进京的决心。没有什么可犹豫的，中央有欣赏车篷宽的，总还有不欣赏他的人！

秘书走进来，向他报告：去北京的飞机票已经定好了。

一六

下班了，工人们都高高兴兴地往厂外走。有的骑着自行车，有的去乘公共汽车。厂区中央大道上笑语喧哗，车铃叮当。王廷律腋下夹着个饭盒，低着头往食堂走。妈妈退休后在家里憋闷不住，到乡下去了。爸爸三天前突然被召到北京去了。他前脚刚走，关于他要调走的消息就在省城传开了。一个省委书记调到北京冶金设计总院当副院长，单从职位看不升不降。副院长也相当于副部长级。可是省委机关里的人心里都有数，这是被挤走的！这两天很多人找到王廷律打听消息，询问车书记回来没有，对他的被调走表示气愤。王廷律听到下边工人对这件事骂大街的就更多了。其实他认真地考虑了一下，爸爸调到冶金设计总院去当个副院长，还真不是坏事。他有丰富的科技专业知识，领导科研单位还不是驾轻就熟！况且又是个副职，想干就干，不想干就养老啦！在这个省里还有什么干头？呕心沥血，出了那么大的力，担了那么多的责难和风险，甚至不惜得罪自己的亲人和好朋友，可是却落了这样一个结果！天不寒心人寒心。王廷律作为一个高级干部的儿子，对人生的荣枯浮沉，世态炎凉，经受得可多了。爸爸的被贬，对他的打击并不算重。他是一个内向的人。他的个性有很多地方像车篷宽。他总想在社会上成为一个独立的人，凭自己的本领，创自己的事业。因此，他总想摆脱父亲的影响。如果这次爸爸调到北京去工作，说不定对他独立生活来说，还是一件值得庆幸的事呢！

但是，因父亲的事毁了凤兆丽，却使他十分难受。她的短篇小说《决策》在报上发表以后，有人说好得了不得，有人说坏得了不得。省报已经以显著篇幅发表了两篇文章，名为争鸣，实则批判。一个姑娘家刚学写作，怎么能经受得住这样重的政治打击！这还不说，公司里有人传出一股风，说凤兆丽写那篇小说是为了讨好车篷宽，她想做省委书记的儿媳妇！一个年轻姑娘吃得消这样的诽谤吗？她是团委书记，今后叫她还怎么见人？怎么做青年工作？

王廷律心里非常敬佩凤兆丽。他认为她不是一般的姑娘，是个奇女。他从来不敢奢想自己能够和这样的姑娘结合。自从那次和金城吵架以后，那几个坏小子硬把他和凤兆丽拉扯到一块儿，却挑动了他的心。但是他决不敢表露自己的感情，他总觉得自己不配。他甚至对凤兆丽更疏远了。最近这场风波一起，王廷律简直不敢和凤兆丽说话，一见了她就远远地躲开了。不是他胆小，怕牵连自己，而是怕给凤兆丽招来新的闲话。

王廷律就这样心事重重，耷拉着脑袋往食堂走。凤兆丽站在团委办公室窗户跟前，眼睛一直在盯着他。

“业余华侨”一见王廷律，立刻来了精神，小声对金城说：“哎，快看呀，你那对手这回可成三孙子啦！好好拿他耍耍，怎么样？”

金城扭头瞪他一眼：“去你妈的！君子不乘人之危。”

“业余华侨”可不管这些，他不顾马路上那么多人，就高声叫起来：“哎，王大技术员，这几天怎么看你的脑袋打蔫儿啦！晚上食堂里的饭只卖给那些没家没业的土光棍儿，你去凑什么热闹？快回家啃牛排去吧，要不就去溜马路下饭馆……”

他的话咸的淡的都有，一套套、一串串的。可是没等他说完，金城突然给他一拳。“业余华侨”没有防备，摔倒在地，马路上引起一阵哄笑。

“你他妈的也算是人！”金城不去搀扶“业余华侨”，却一直走到王廷律跟前，盯着对方的眼睛，诚恳地说：“廷律，你要不嫌弃就跟我走，到我家去吃饭。”

自从那天吵架以后，金城突然来了这么一手，把王廷律闹愣了。他半天才醒过味儿来，抓住金城的手，感动地说：“金城，谢谢你，谢谢你！我今天晚上有事，实在去不了，以后找个时间一定去！”

“好，一言为定，我等你。”金城带着一种侠气，“别着急，把脑袋抬起来，把心搁在肚子里，没什么大了不起。你爸爸是个好人。这一闹，老百姓心里倒更明白了！”

说完他摆摆手，去追赶自己的伙伴。真得感谢金城这几句热心热肠的话，王廷律很高兴又获得了他的友谊。

站在窗户里面的凤兆丽，对这一切看得清清楚楚。她的心里也发热，用感激的目光望着金城他们走远了，走出来追上王廷律说：“你怎么要在食堂里吃晚饭？”

在这种时候，马路上下班的人很多，凤兆丽不避嫌疑，主动找上来说话，使王廷律很紧张：“哦……家里就剩我自己了，在食堂随便吃点就省事了。”

“回家吧，回家去吃，我去给你做饭。走，咱们一块走！”

“啊！不，不！这种时候你不能到我们家去，难道你还嫌说闲话的人少吗？”王廷律慌了，又不敢大声说话，怕别人听见。他急得又使眼色，又打手势，让凤兆丽快点离开。

兆丽看他这个胆小怕事的模样，禁不住笑了。她眼睛一瞪，有意激王廷律的火:“报纸上批判我,你是不是怕受我的牵连?”

“唉! 你说的这是什么话?”

“你就说你怕不怕吧?”兆丽又逼近一步。

“我……唉,我怕什么!”

“好,只要你不怕就行。走,咱们回家,到家我有话跟你说。”兆丽说着就拉着王廷律往回走,王廷律想离开她远一点,她却反而挎住了他的胳膊。

王廷律急得小声说:“你快松手,我跟你走。”

两个人推上自行车,并排着出了厂门口。王廷律心里嘀嘀咕咕,脸上火烧火燎,总觉得后边好像有人指着他们俩的脊梁骨说闲话。凤兆丽却无所谓,十分亲热地和王廷律又说又笑。王廷律双脚像踩着了风火轮,浑身发热,心里怦怦跳个不停。他心里有一种强烈的冲动和幸福的感觉,但分明又掺杂着某种不安。

一路上,凤兆丽买了一些鲜肉、鲜菜和很多酱菜、罐头之类吃的东西,还买了一瓶高级白葡萄酒。回到王廷律的家里,凤兆丽从提包里拿出一大沓信件交给王廷律:“你什么也别干,把这些东西都看完。”她自己挽起袄袖,到厨房里动手做饭去了。

凤兆丽给王廷律看的是读者看了小说《决策》以后给作者写来的信。什么人都有,有干部,有工人,有农民,有战士,也有学生。信的内容也是五花八门,但是写得都很诚恳,坚决支持作者,对作者表示感谢,感谢她写了激动人心的作品,对现实生活起了很大的推动作用。王廷律大开眼界,真想不到一篇小说会有这么大的影响。他对凤兆丽更加肃然起敬。

凤兆丽完全像这个家庭的主妇一样,很快把饭菜摆好了,酒也斟好了。但是她没有马上招呼王廷律入座,却走到他跟前,双手搭在他的肩上,眼睛对着他的眼睛。

一股意想不到的、突然来临的幸福,冲得王廷律有些发蒙。他反而有些不好意思地从兆丽那秀媚的脸上掉开了眼睛。他的心激动得发颤了。

凤兆丽的神情却是严肃的:"廷律,看着我。告诉我,你真的喜欢我吗?"

王廷律急忙点头:"喜欢,非常喜欢。但……"

"但什么?"

"但我不敢设想你会喜欢我。我总觉得我不配爱你,你比我有才气。"

"不! 你配,你配。是我不配你。你说实话,你真的爱我?"兆丽的目光凝聚在王廷律的眸子上,恨不得从他的眼睛里掏出他的心来。

"真的,真的!"廷律不知道该怎样表白了。

"你了解我的全部情况吗?"

"我不用知道你的全部历史,我只根据在这一年多的接触中对你的了解,就足够我对你爱一辈子了,或者说是足够我敬佩你一辈子!"

听了这样火热的爱情表白,她搭在廷律肩上的手,微微发颤起来。

"廷律,我……我已经不是一个贞洁的姑娘了……"兆丽突然用恐惧的目光盯住廷律,她像一个罪人似的等待着判决!

"什么?"廷律一惊。

"你别问我为什么,别追问我,我宁愿死也不愿意再回想那封建特权可怕的一幕。这事我连我的父母、我的舅舅都没有告诉过。我既然知道你爱我,我就不能不告诉你真情。你说实话,你知道了真情,还爱我吗?"

"爱你,爱得更深!"王廷律的双手一直垂着,不敢碰兆丽,这时却抬起来扶住姑娘的腰。

"你说什么? 爱得更深?"

王廷律热烈起来,胆子也大了,用手抚摸着姑娘的脸:"是的,这样我就更爱你了。你既然把这种事都告诉我,就说明你信任我,真爱我;也证明你内心纯洁,你的心灵比你的外表更美好!"不知为什么,说着说着,王廷律的眼睛湿润起来了。

"廷律……"姑娘趴在他的身上哭了。这是积蓄了多年的伤心的泪水,也是幸福的泪水。

王廷律搂住姑娘,他好像怕姑娘再跑了,搂得很紧,很紧。他那发烫的脸颊,贴到兆丽的头发上。

他们俩就这样默默地搂抱着,忘记了吃饭,忘记了时间,忘记了一切。也不知过了多久,他们听到门外的脚步声,打开门一看,车篷宽拿着提包站在门口。

兆丽擦擦泪眼,不好意思地喊了一声:"车书记……爸爸。"

车篷宽惊异地嗯了一声。

王廷律赶忙解释:"爸爸,我和兆丽订婚了。"

车篷宽慈爱地笑了:"好,这可是件大喜事,我很高兴。兆丽,欢迎你加入我们这个家庭。来,咱们喝酒庆贺!"

三个人围着桌子坐好,高高兴兴地喝起酒来。

廷律关心爸爸的工作,问:"爸爸,您调到北京去工作吗?"

"不去,我不能离开这个省。你们想,我要一走,经济改革这一仗还怎么打?像曾淮那一大批我提拔起来的干部,翅膀还不硬,我一走就把他们撂在旱岸上了。"

"中央同意吗?"

"我打了退休报告。"

"啊,您要退休?!"两个年轻人都吃了一惊。

"我是被迫走这步棋。我退休可不是为了养老,撒手闭眼什么也不管了。我申请退休只是为了更好地工作,只是为了摆脱人事纠纷。身上没有职,说话更自由了。我可以继续搞调查,写文章。职务上退休了,思想上我可决不退休。我下一个研究课题,是现代化企业里如何开展思想政治工作。你们要多帮助我。"车篷宽把头转向王廷律,"等会儿把你妈的自行车擦一擦,打足气,明天我和你们一块去安装公司。你们那儿思想比较乱,我先去那儿蹲一段时间看看。"

廷律问:"您一退休,手里没有权了,还怎么支持曾局长他们?怎么领导经济改革?"

车篷宽笑了,他说:"省委书记的退休报告,只有中央才能批准。中央的意见也不尽一致,而且还有更复杂的人事关系作梗。这次中央决定调我到冶金设计总院工作,背景很复杂。C副总理想叫我把不大得力的吴昭年替下来,D副总理却想把我从省委书记这个有实权的岗位上调离开。可是我有充分的理由可以不去,硬要我去,我就退休。这种种因素,导致我的退休报告暂时不会批下来。在这期间,我还是省委书记。即便将来我退休了,没有权力,还有一定的影响。权力只能下命令,而命令并不能征服人心。"

兆丽激动地举起酒杯:"爸爸,我作为这个家庭的新成员,为有您这样的老人感到自豪;我作为这个省的一个青年干部,为有您这样的领导感到幸运。为您的健康长寿,干杯!"

"未来是你们的,为你们的幸福,干杯!"

"干杯!"

1980年7月27日草于天津

8月24日改于北京

螺　旋

楔　子

历史是以闹剧的形式表演出来的悲剧，因此不论英雄或凡人，有几个不受它的捉弄？

历史的嘲弄是符合辩证法的。

历史的辩证法是严酷的。

可怜的人们啊，千百年来在历史的巨大的螺旋上进行着搏斗，带着自己的血泪，一步一步走到了今天。谁会有无愧无悔的一生？

面对历史这面镜子，大胆地正视自己的灵魂吧！

“我哭的是谁呢”

——陈单凤

有多少年我没有掉过眼泪了？十年？二十年？也许还不止。没有必要说假话，就是在一九七六年——中华民族流泪最多的年月，我也没有流过一滴泪。因为我哭自己还来不及呢，哪有多余的泪去哭别人。他们不管我，我更没有闲肠子哭它。我们有悠久的春秋战国的传统，从老祖宗那一辈儿起就不怕打仗。因而泪比血值钱，这是遗风！

可是今天,我的眼睛有点发潮。我哭谁?哭他——大厅的正墙上用黑纱围着的那张照片?不错,他是杨其锐,我的丈夫。而且照片经过放大,他那被手榴弹炸掉半个脸后留下的伤疤更显眼了。仅剩的左边多半个脸,显得更长更弯了,像一把月牙砍刀。这张脸猛一看挺吓人的,看惯了不仅不觉得骇怕,还叫人感到很威武、很生动,这比任何一枚勋章都更说明问题。谁看到这张脸都会猜测他经历不凡,至少是在战火中摸滚过来的。那个唱评戏的女演员,还有他的女秘书,大概也是先叫他这半张脸唬住,然后才倾倒于他的权势。瞧他多得意,宽大厚实的嘴唇总也闭不拢,这份样子就好像随时都忍不住要笑似的。他厌恶照相,甚至到了仇恨的地步。我们没有夫妻合影,没有全家福。万不得已拍下的照片,一到他手就撕个粉碎。只留下了这一张,也是他照得最好的一张。

今天他确实也应该笑。过去的大地主、大官僚死了,也不过做七七四十九天的道场。他死了十年啦,还为他开追悼会。对于死者,这是很高的荣誉,但他却什么也不知道了。这一切形式是为了活着的人,安慰或者是惩罚,而不是为了死去的人。这不已经就使我的眼睛发潮了吗?但我不是为了他,这一辈子他欠我很多,我并不欠他的。当然,现在我也不恨他了,人一死,就把什么账都还了!

我很可能是受了这气氛的感染。外面灰蒙蒙、阴沉沉,微风不时地把一阵阵绵绵细雨吹到人的身上,真是一个开追悼会的好天气!大厅里,黑帐、黑纱,连人们穿的衣服,也都是黑的、蓝的、灰的;像钢,像铁,像乌云,压在人心头,透不过气来。只有人们胸前的小白花,像闪电,像刀尖,又刺得人心痛。更叫人压抑的是一张张阴云密布的脸,的确有几分悲痛,有的并不悲痛也要做出几分悲痛,大家制造气氛,各自酝酿感情。同情总是很高尚的,况且又不承担什么义务,付出什么代价。这默默的、巨大的同情,全朝着我一个人压下来,因为不管杨其锐生前我们夫妻间的感情如何,现在我是他名正言顺的夫人,理应得到这种待遇。我突然明白了,我眼睛发潮是替自己伤心,是哭自己。

市里领导同志用一种悲痛庄严的声音念着悼词：

"……杨其锐同志毫无保留地为革命献出了自己的一生，在他身上集中了共产党人最优秀的品质，集中了革命战士最勇敢的精神。他作风正派，思想坚定，勤勤恳恳，赤胆忠心，他是我党优秀的党员，是无产阶级忠诚的战士。他的被害致死，是我们党、我们无产阶级革命事业不可弥补的一个严重损失……"悼词里对死者的颂扬，实际上是对其亲属的慰藉。不知怎么回事，我听到这儿眼睛里那颗好半天要掉没掉的泪珠突然又回去了。我抬起了头，抬起了眼睛，扫视着大厅。在这种场合，这种时候，我这副神情是破坏追悼会气氛的，是不通人情的。没有办法，我心里原来就不甚强烈的悲痛感，现在更是一点也不剩了。我想看看大家听了对杨其锐这样评价有什么反应。有人呆呆地望着杨其锐的遗像，有人低着头，埋着眼睛。大家听见悼词了吗？也许听到了，但谁也没记住，谁也不动心，怎么说都行，反正无所谓。

这是公平的。现在悼念的是前市委文教部部长，不是评价真正活的杨其锐，何必计较这些呢。"死者为大"，这是中国古老的民族传统。所谓"批判会上无好人，追悼会上无坏人"嘛。任何结论都不是最后的结论，古人发明的盖棺论定，用来裁判现代人，裁判一个阶级、一种意识、一条路线、一段历史是很不适合的。历史不走到终点，就不会有最后的结论。

我在人群里寻找评剧演员马新彩，她又重新登台演戏了，今天应该来参加追悼会。那个杨其锐的秘书辛溪，听说也不再当秘书，升了办公室主任啦。今天来没来？按理说她们两个也应该到前边来和我站在一起。

我多么后悔，以前我恨过，可是我爱过吗？我也被别人爱过吗？现在，心里既没有恨，也没有爱。如果我早死三十年，我是幸福的。那时我认为自己恨过也爱过；被别人恨过，也被别人爱过。到头来，生活不过是拿我开了个玩笑。回想起我和杨其锐的相识，并把自己的命运交给他，是多么地草率……

“三十年河东变河西”

——杨其锐

什么丧魂失魄呀，什么六神无主呀，全他妈的扯淡！跟我现在脑子里的感受、心里的滋味比，差远了。

人到了这个地步，就是真有“六神”，也会想不出个所以然，也一样摸不着大门。

和你相依为命、又热又爱的亲娘，突然翻了脸，她不是你的亲娘而是婊子，你是个杂种，她还要置你于死地。你怎么办？你住在这所富丽堂皇的大厦里，常常引以为骄傲，得意非凡，但是这座大厦顷刻之间就要崩塌倒掉，你在被砸死之前，从楼顶上一级一级往下摔、往下滚。你心里怎么想？你突然被一股巨大的力量倒提着双脚，让你的头顶着地，还得睁大双眼。你看到的是什么？一切都颠倒了，都乱套了。说骇怕，又不全是骇怕。说担心，又不知为谁担心……混蛋！你杨其锐是带兵打仗的出身，什么阵势没见过，什么乱世没经过，现在为什么仨魂丢了俩，腿肚子都转筋了！你是不是当了十几年文教部长，叫文艺界把你的骨头泡软了？学得拿腔捏调儿，咬文嚼字，一身酸气！你如果豁出去，连死都不怕，还怕什么丢职罢官？还怕什么祸，什么乱？

不，我不能强鼓着气说自己不怕死。我以前是不怕死的，而且不拿死当一回事。那阵我的命不值钱，事业比我的命更重要。现在我的命可值钱了。正因为我经过了九死一生，活到了现在，由打江山熬到了坐江山，我的命才更加值钱。不能小看权势地位，和这些东西相关联的还有精神同物质上的享受与特权。我是顶着一脑袋高粱花子进的城，但是很快我就看到了一个勾魂夺魄、灿烂耀眼的新世界。权倾一时，声名显赫，周围的一切都可以按照自己的心愿调度，甚至连我脸上的伤疤也变成了光荣和优点。这是我在打仗的时候做梦也没有想到过的新世界，我从来也不敢想革命者会和这样的生活发生联系。如果当初大家都知道后面有这样的世界在等着我们，我想谁也不会轻易去送死的。已经尝到了这一切，现在又叫我丢开它，难道会那么容易吗？江山是没有让出来的，得打仗，得流血，得争，得夺！可这又是一场什么战争呢？是谁跟谁打呢？即使就是世界大战也没有这么大的规模，从十几岁的孩子到七八十岁的老人，动员了八亿人口参战；上至国家领导机关，下至每一个普通家庭，都弥漫着战火。如果这是一场对外战争，或者是世界性的战争倒好了。可怕的是这是一场罕见的内战，是撕裂灵魂的内战，是用自己的手打自己的嘴巴的战争。

文教系统"东方红"和"工农兵"两大派斗争的焦点好像就是为了争夺我。哪一派都想把我夺过去，可不是为了保我，而是便于更狠地打我。他们互相攻击对方是"老保"，是"杨其锐的铁杆保皇派"。双方都为了表示自己不是"老保"，在我身上发泄了加倍的愤怒。倒霉的是我成了干锅上的爆鱼，翻过来掉过去都不好受。然而，我宁愿落在"东方红"手里，也不愿落在这个"工农兵"手里。"东方红"的人跟我只有公仇，"工农兵"里有的人似乎对我还有私仇，公报私仇，这是最厉害的了！我已经感觉到了，好像有一双阴险的眼睛老在盯着我，有一只狠毒的手牢牢地抓住了我，我的一举一动都躲不过他的监视。这个人是谁呢？是思想上的敌人，还是私人恩怨上的仇家？

我这是被关在什么地方呢？好像是一座工厂的办公大楼，可为什么空荡荡的，没有人办公，也听不见机器响？"工农兵"和这个工厂的造反派是什么关系？为什么把我转移到这儿来？问号太多了，我的心里全是问号。连整个国家好像都长出一个尾巴，变成一个大问号，被一个什么妖怪挂在了牙齿上！不过，我被藏到这儿也有好处。两天来，除去到时候有个不认识的人给我送点吃的进来，没有审讯，没有批斗，也没有像五马分尸一样的抢夺。发给我写检查用的白纸上，一个字还没写，也没有人来追问。文教界的造反派一个也不露面了，这实在是大好事。

我站在窗前望着窗外的黑夜。夜，是流动的。每一个角落，每一处暗影，都像埋伏着一种杀机。什么"静悄悄的黑夜"，永远不会再有了。现在是黑夜比白天热闹，我就是黑夜被抓的，黑夜的审问要比白天的大会批斗还不好过。黑夜里不管怀有什么动机的人，行动起来也比白天要方便。有时半夜三更,突然敲锣打鼓,口号喧天,搞得我心惊胆战。我从被抓的那天起,天一黑就提心吊胆,没有一夜敢安安稳稳地睡个踏实觉。连白天和黑夜这种自然现象也颠倒了。不管是政治界,还是自然界,一沾上个“黑”字就没有好事。

单凤怎么样了?她幸好是在通用机械公司里当书记。公司嘛,和工厂还隔着一层,矛盾不具体,基层的造反派总不会到公司里去抓人吧?她那个性子,要是碰上我这种事就更糟了!咳,想起单凤,我心里就不好受。按理说我挨点批判也不冤枉,我是有错误的,我的错误就是对不起单凤……

楼道里突然响起急骤的脚步声和小声的说话声,我立刻意识到,今天夜里又要出事。我赶紧勒紧腰带,整好衣服,把舍不得喝的那半碗凉开水也灌下去,做好一切准备。

门开了,一前一后进来两个人。前边这个人我没见过,他戴着顶鸭舌帽,帽檐儿压到眉毛上,眼睛上还架着一副黄光眼镜,根本看不出他的模样,也猜不出他的岁数有多大。一见后边这个人,手提双刀,一脸杀气,我心里咯噔一下,吸了一口凉气。他是马新彩的丈夫董华,过去是大华京剧团的武生演员,前年搞“四清”的时候,听说把他下放到一个工厂当了工人。莫非就是这个厂?这是个什么厂呢?戴眼镜的人向董华点点头,往旁边一靠,董华把寒光闪闪的两把钢刀往桌上一扔,恶声恶气地说:“姓杨的,今天是你的死期到了!”

他的眼光盯住我的瞳孔,观察我的反应。我心里十分紧张,但到底和死打过几回交道,表面上还算沉得住气,眼睛也瞪着他,一声不吭。董华见我没有被他吓趴蛋,又说:“我们并不想害死你,我们只想批判你,清算你的罪行,使你脱胎换骨,重新做人。但是,‘东方红’今天夜里十二点要来抢你,他们扬言抢不走活的要抢死的。咱们打开天窗说亮话吧,你要是积极配合我们,你的命包在我身上。你要是到时候乍刺儿,可就别怪造反派不客气了!”

我心里确实有点发毛了:“你们叫我怎么配合呢?”

董华:“老老实实听指挥,别乱说乱动,看我的眼色行事。”

我点点头，只有先答应下来，再说若是就这样死了多不值得。两派中都有一些武生演员做打手，文艺界的武斗是出了名的。今天夜里我得格外留神，到时候要能抓着一件武器就好了。戴眼镜的人似乎看出了我的心思，他的眼镜片后面的一对眼睛格外锋利，盯在我身上就像锥子扎一样。他朝董华一摆头："他是带过兵的，带他去看看地形，好叫他心里也有个数。"

我被带到走廊里，只有走廊的中间有一盏灯，灯底下摆着一张医务室常用的小床。整个大楼一片漆黑。戴眼镜的人说了声："开灯！"各个房间里立刻亮了。他们领着我一个房间一个房间的看，每一间屋子里都藏着五六个年轻的小伙子，头戴柳条帽，手持刀枪棍棒等武斗器械。有间屋子里还有两支步枪，枪口全瞄着走廊中间的床铺。戴眼镜的家伙很有点得意地说："杨连长，哦……你也许还当过营长、团长，你看我们的战斗准备得怎么样？"

我心里话："不怎么样！"对方把走廊的进口一封，就是关门打狗，屋里藏着多少人也不顶事。

楼梯口有人喊了一声："做好准备，他们已经出发了。"

"眼镜"喊了一声："关灯！"各房间的灯光立刻熄了，大楼一片漆黑，阴森而可怖。董华叫我躺到床上去。我脑袋一炸，这不是拿我做钓饵，引对方上钩吗？那我就成了靶子，只等着挨死打，我当然不能躺上去等死。"眼镜"见我不肯躺上去，一摆手，从黑洞洞的房子里蹿出四五个人，拉的拉，抬的抬，硬把我按倒在床上，然后用绳子把我绑到了床铺上。

我急眼了，大声喊叫起来，连我自己也觉得声调都变了："你们这是干什么？这样干你们要犯错误的。我不是叛徒特务，没有当过俘虏，出身贫农，为革命流过血、立过功，虽然犯过错误，但都是内部矛盾，你们凭什么打死我？"

董华："把他的嘴也堵上。"

"眼镜"却说："不用。"他走到我跟前，挖苦说，"战斗英雄，当年你一不怕苦二不怕死的那股劲头哪去了？实话对你说吧，今天晚上就是要对你这个老革命、老干部进行一次考验。你看到对面屋里的枪口了吧，等会‘东方红’的人来了，只要你一动弹，一喊一叫，子弹就送你回老家了。你要是积极配合我们，演好这出戏，也许能保住命，这就全看你的了。你最好装死，要像已经畏罪自杀的死人。”

“他们不是连死的也要抢吗？”我感到了耻辱，可又想活下去，至少不能这样死，就尽力劝说他们放弃这种愚蠢的办法，把我的手脚放开。

“眼镜”火了：“别叫了，怕死鬼！你要真死了，他们抢回你的臭尸体有什么用？”他说完用一条白布单盖在我身上。

这个家伙阴险而毒辣，我似乎在哪儿见过他，这种节骨眼儿上也想不起来了。董华突然脱掉了上衣和裤子，赤条条的只穿条短裤。“眼镜”拿来一只大公鸡，用刀砍去脑袋，把鸡血往董华身上淋，淋得董华脸上和身上东一道子，西一溜子，鲜血滴答。他又提着死鸡，朝着我的脸和盖着我的白布单子上淋了几下。他妈的这可真像是剖腹自杀的样子了。

黑森森的大楼里，像棺材一样静。只有走廊里这一个又昏又暗的小灯泡，灯底下躺着我这个“死人”，站着一个手持双刀、鲜血淋漓的“疯子”，这场面太吓人了，连我明知这是演戏，是假的，可也禁不住头发好像一根根都竖起来了，董华从床底下拿出一瓶酒，咕咚咕咚喝起来。立刻有一股酒气钻到我的鼻子里。

不一会儿，楼下由远而近传来队伍行进的脚步声，嘈杂的人声和一阵阵的口号声越来越近，最后停在楼底下。

“彻底打倒走资派杨其锐！”

“‘工农兵’小保赶快交出杨其锐！”

“造反有理，保皇有罪！”

……

我的心快撞破肚皮跳出来了，可是我使劲憋住，连大气也不敢出。挨着床铺的下半边身子已经泡在汗水里了，自己觉得脑袋紧张得都发木了，这时候真要昏过去倒也不错。他妈的，我宁愿在战场上挨枪子儿，也不愿这样死法。董华小声对我说：“姓杨的，你可不许吭声，否则我就先宰了你!"

他说完一转身,突然像中了邪一样地高声狂笑起来,提着空酒瓶子使劲朝墙上一摔,砰地一声,在这静静的楼道里就像爆炸了一颗手榴弹。董华手提双刀,又喊又跳,完全像个疯子,而且是个喝醉了酒的疯子。

"哈哈哈……杨其锐畏罪自杀了,你们都不敢守着,我敢守他,快去叫家属……杨其锐这个大走资派畏罪自杀了!特大新闻……"

为预防万一我把眼睛睁开一条缝,看见有几个"东方红"的人轻轻来到走廊,突然他们迎面碰上了董华,惊叫一声,扭头又跑下去了。董华抡着刀从后边追上去,嘴里喊着疯话:

"有不怕死的吗?快上来跟我做伴。我不怕死人,我杀红眼了……走资派自杀了,哈哈哈!"

对方又上来几个人,都被董华抡着刀吓跑了。楼下很快就响起了集合的哨音,有人带头用喊口号的办法发表了声明:

"'工农兵'害死杨其锐灭口,罪责难逃!"

"小保杀死黑后台有着不可告人的目的!"

"东方红"真的退走了。戴眼镜的家伙拍拍董华的肩,夸奖说:"好样的,不愧是演员出身。"

"工农兵"造反兵团的头头温放,突然瘸着一条腿从一间黑屋里钻出来,热情地握住董华的手:"谢谢你,董华同志!我们欢迎你归队,你是被杨其锐这些走资派从文化系统排挤出来的,应该打回老家闹革命!"

"眼镜"赶紧接上说:"那可不行,他是我们的干将,很快就要吸收他进总部核心领导小组,我们怎么舍得放他走。老温,关于杨其锐你打算怎么办?"

温放:"正想听听你老兄的高见。"

"眼镜":"将计就计,扩大战果,'东方红'一定要在杨其锐的死上大做文章,你们要连夜印报纸,说杨其锐活得好好的,揭露'东方红'对杨其锐假抢真保,他们不愿把杨其锐要回来进行批判,就造谣说他死了，用以欺骗自己的群众。然后你们召开一次大型批判会，让杨其锐露一次面。‘东方红’一下子就臭了，连他们的队员也不会再相信他们的头头，不打自垮。”

温放一抱拳：“你真不愧是孙大圣！”

“眼镜”：“我们有用着你的时候，你可也得帮忙。”

“那还用说。”温放一指我，“把这家伙放开吧。”

“不着急，先放开他的手，让他坐起来。”戴眼镜的人递给我一个纸夹子，上面夹着一张白纸，还塞给我一支钢笔，用一种不容抗拒的口气说：“写！”

“写什么？”

“我说你写：‘陈单凤是我的臭妖婆……’”

他们想朝单凤下手，我不写。温放突然从董华手里接过刀，用刀尖指着我的肚子恶狠狠地说：“你写不写呀？”他是一条狗，翻脸不认人，抓住谁咬谁。从前是国民党一家小报的末流记者，现在是文化系统有名的“瘸老放”。他似乎为了报答“眼镜”和董华帮了他的忙，因而对我也格外凶狠：“不写就叫你把假死弄成真死！再说她是不是你的老婆？”

有什么办法？这种时候他们要杀死我很容易，反正我自杀的消息已经传出去了，现在到处一片混乱，死个人很容易，也不会有人追究。我狠狠心，一咬牙只好写上了。

“再接着往下写：‘她的老底我都清楚，她是逃亡地主出身，从小就不正派，十几岁就和当地一个军阀恶霸赫鸿基胡搞……’”

我当然不能写这些东西。他们不依，说割，真的在我身上挑破了几道口，还说要把我的左脸也砍去，这些我倒不怕。主要的是我刚被绑到床上折腾了两个多小时，头昏脑涨，一想写了这些东西也不要紧，反正我不写他们照样可以说单凤是地主出身，什么脏水都可以往她身上倒。我们哪一个“走资派”头上没有几顶帽子？有多少是符合事实的！反正运动来了，写检查、写材料就像写小说、写剧本一样，就是那么回事。

最后，我还是照他们说的全写上了。

等我回到自己的小屋，心里不好受了！单凤，她对我那可真是一百一，我却对不起她呀！

“每个人都是通过自身去认识历史的”

——陈单凤

吉普车开得飞快，东藏西躲，押解我的人神色慌张，不断地回头向车后瞧，已经影影绰绰看得见在后面也有吉普车追上来，而且不是一辆，是两辆。我明白了，这一定是革命造反队得到了我被绑架的消息，赶来解救我。早晨我被四五个不认识的人绑走的时候，勇敏在家里，听说她在矿机厂也参加了造反队，一定是她向造反队报的信。没有碰上我的小儿子勇进，还算他们万幸。那小子是长征路中学的红卫兵大头目，脾气禀性都像我，他要知道了这件事，定不会善罢甘休。想到这儿我心里暗暗笑了，从我被绑的那一刻起，心里就没慌过。几十年来，我对党，对国家，对马列主义问心无愧。群众心里明白，不然为什么公司的造反队和一些基层工厂的造反队都保我？造反派也不是傻子，我要不是八面见线，历史上和身上一点黑都没有，他们也不敢保我。不做亏心事，半夜不怕鬼叫门。造反运动一兴起，老杨吓得东藏西躲，天一黑连屋也不敢出，结果还是被抓去了。文教系统的两大派都打他。是福不是祸，是祸躲不过。我天天照常上班，参加群众批判会，到大街上看大字报。老杨还总劝我，对我不放心。结果倒是我对他不放心了，这两天我派勇敏给他送饭，也找不着他了。

后面的两辆吉普车离我们越来越近了。我笑了，对司机说：“快停车吧，你们跑不了啦，后面的车比你这个车快。”

司机不说话反而加大了油门。我加重了口气：“你们到底是什么人？你们要是真正的造反派就应该光明正大，把车停下，好好和公司造反总部的人说清楚。”

坐在身边看押我的人，突然掏出一把短刀逼住了我：“别叫喊！”

我一见他拿出刀子就来了气，离开座位躬起身，眼睛瞪着他说："你敢行凶？把刀子放下！不然我就跳车！"

他赶紧收起刀子把我按到座位上。我倒要仔细打量打量他。他四十多岁，身体很结实，动作利索，脸色发黄，嘴唇发黑，眼光浑浊，看来不是酒鬼就是烟鬼，也许两样全是。到家里绑我的并不是他，那几个人当中有一个我好像见过，是老杨他们系统的造反派。半路上把我又转移到这个车上来，从看守到司机全换了人。起初我对他俩并无恶感，说不定这是一种误会，只要见了他们头头就会说清楚。说实话，我对这样造反心里实在不理解，对造反派也不很看得惯。但我能有什么说的，把一切不满和委屈全压在心里。对运动，对造反派尽量往好里想。这个人一亮刀子，引起了我的警惕："你说实话，你叫什么名字？是哪个单位的，是谁叫你来抓我？你们想把我押到哪儿去？你要不说我就叫人了，就把车门踹开！"

"别着急，我会告诉你的。"他从口袋里掏出一张纸，由于我的双手被捆，他双手把纸托到我的跟前："看吧，这是你丈夫的证明材料，你总还认得你丈夫的笔迹吧？"

陈单凤是我的臭妖婆，她的老底我都清楚，她是逃亡地主出身，从小就不正派……

他盯着我的脸色，嘴角挂着恶意的冷笑，他是想看我怎样惊慌怎样难受的样子。我没有出声，没有表现出激动，但有一股深沉而剧烈的痛苦在心里烧起来了。这是杨其锐的笔迹，没有错，但他不会写出这样的话！别说我是他的妻子，就是对一个外人，哪怕是对自己的仇人，造谣诽谤，也应该有个分寸，有个限度。就是捕风捉影，总也要有点影子。他写的这些连影子也没有！他是个老同志，老党员，不管到什么地步，也不至于堕落到这个程度。要说他是被别人逼的，他也经过不少大阵势，现在还有什么力量能逼得他写出这样出卖妻子的话？

我冲他冷笑一声，平静地说："这个材料是假的，完全是诬蔑！"

"假的？哈哈哈！"他脑袋往后一扬，得意地笑了，"现在还有什么真的、假的，假的也可以做真，真的也可以做假。今天，全市，至少是你们公司所属的每一个工厂，都会见到这份材料，而且还附有你和赫鸿基勾搭的艳史。你就是浑身都是嘴，叫你辩去吧！你的性质已经定了：地主分子，反动军阀的小老婆，混进革命队伍的定时炸弹……"

我的头仿佛被狠狠地击了一下，一阵发蒙。但尽量地克制自己，不让他看笑话取乐。我压住了心里冲动的感情，可是这被压抑的感情在胸腔里更猛烈地冲击，使我的呼吸急迫，心里隐隐作痛。不行，再这样憋下去，我的心就会炸了，就会昏过去，我得喊，得叫，得发泄。我冲着他大声问："你们这样干是谁指使的？你们想达到什么目的？"

吉普车突然急转弯，奔向郊区的土道，猛烈地颠簸把我摔倒他的身上，他趁机抱住我，掏出一团棉纱塞到我的嘴里。我拼命地用头撞他，用脚蹬汽车的门，他死死地抱住我，对司机说："把车开到有庄稼的地方停住，我们下去，你把后边的车引开。"

汽车开到一片玉米地跟前的时候，果然来了个急刹车。他打开车门连拉带抱地把我拖进了玉米地。我挣扎了一身汗，浑身一点劲儿也没有了。他也出了一身汗，但是抓着我的两只手还不放松。一直看着追赶我们的汽车果然中计，跟着前面那辆空车追下去了，他才松开手，把塞在我嘴里的棉纱拔掉。他喘了口长气说："好啦，想不到你这么个瘦小枯干的女人，会有这么大的力气。在这儿不怕你喊了，你就是喊破嗓子也不会有人听见的。"

我没有气力喊了，也不想喊了，只是用愤怒的眼睛盯着他："你要把我怎么样？"

"怎么样？"他脸上突然堆起一种淫邪的浪笑，把烟不断喷到我的脸上，我生气地掉开了头。

"你不是总问我是谁吗，现在可以告诉你了，我就是董华。"

我又看他一眼，仍然不认识他，也没听说过这个名字。

"不记得了？嗬，你们可真是贵人多忘事，把人糟蹋完了，转头就忘了。"他扔掉了烟头，"刚解放那阵，你丈夫接收和整编评剧团，头一个就把我老婆马新彩搞到了手。你不记得了?”

我当然记得。那种事我怎么能忘,刀伤至今还留在心里。我曾经以为,自己是被党教大的,杨其锐把自己的一切都献给了党,我又把自己的一切都献给了他,我把他当成了好人,可是他欺骗了我。我们结婚那么多年,就是磨也磨出感情来了;两口子一块出生入死,就是打也应该打出爱情来了。遗憾的是进城不久他就变了,这说明我们的感情不是钢,而是一捅就破的窗户纸。当时我是那样的生气,那样的伤心,我真想一枪把他打死。可我终于忍住了,表面上也原谅了他。世界上既然有诱惑的东西,就有被诱惑的人。那个女演员为了要巴结他,要到国营剧团里当个主角,在定工资的时候多定两级,也并不是完全被动的。但不管他有多少理由,一个妻子对于丈夫的这种行为是永远不会原谅的。而且不愿意提起这种事,也不愿意听到别人谈论这样的事。现在听到董华又提起这件事,我已经不感到伤心,只觉得恶心。

董华把脑袋凑到我跟前,嬉皮笑脸地说:“这真是老天有眼,叫咱们两个凑到一块了。你都快成老太婆了,脸上有了褶子,一点也不漂亮,老实说看着你这副样子我都不起性。不过也没关系,我不是为了找快活,而是为了报复。再说你是老党员,老干部,堂堂的公司党委书记,身份可比马新彩高多了。我是个白牌,是个跑了一辈子龙套的小演员,能跟你干上一次也不赖。”

“你要干什么?”我刚站起来想跑,他猛扑过来,又把我摔倒了,压在我的身上就要解衣服,淫声荡气地说:“干什么?我要报仇!”

一种难以掩饰的耻辱,逼得我怒不可遏,身上突然长了一股劲儿,猛一翻身把他摔下去。起身就跑,一边跑一边叫:“救人哪,救人哪!”

由于我的双手被捆着,又是在玉米地里,磕磕绊绊跑不快,他很快就追上来把我抱住了。他要堵我的嘴,我又咬又踢,用头撞他的脑袋。愤怒和痛苦使我失去了理智,我像疯子一样不要命了。横的怕愣的,愣的怕不要命的。我一边撞头,一边喊叫。他跟我撕扯了半天也治不服我,没有办法了,只好说软话:“老陈同志,我跟你闹着玩儿,你别当真。”

我真恨不得咬他一口:“你放开手,离我远点。”

他还不放心:“我放开手你可别跑!”

“我光明正大,没干见不得人的事,跑什么!”

他松开手,后退了几步。我的火气还没消,指着他的鼻子骂起来:“你算是什么造反派?是流氓、坏蛋!是个畜生!你既然恨你老婆和杨其锐干这种事,你为什么还要这样干?你老实说,就是为了这种事把我绑出来,还是另有别的企图?”

他不敢看我的眼睛,吭吭哧哧地说:“不,不是……”

我实在支持不住了,就坐在地上。董华见我坐下了,他也坐下了,嘴里还一个劲儿喘粗气。谁也不愿意说话,玉米地里很静,只有微风吹动玉米叶,发出飒飒的声音。时值中午,太阳正照在头顶上,秋天的骄阳更厉害,晒得我一阵阵脑袋发蒙,眼前冒金星。我从口袋里掏出从不离身的语录本,举到头顶上,遮住点阳光。

对面的董华也耷拉着脑袋。我又想起刚才那一幕,心里又发酸,又发恨。这算什么呢?我是革命干部,他是革命造反派,口袋里都揣着毛主席语录本,是为了关心国家大事才造反的,在光天化日之下却说出那些连畜生都不如的话,还想在我身上发泄兽性。

这是怎么回事呢?我们是个红海洋的国家,不应该再有污染人们灵魂的东西,一切旧的脏的东西不都彻底扫荡了吗?灯底下黑,太阳底下也并不全是好的,它照耀着地球上的一切:合理的和不合理的,美的和丑的,善的和恶的。

玉米地外面的马路上响起汽车喇叭声,董华站起来说:“老陈,咱们走吧。”他对我的称呼和说话的语气,都变得客气了。我看着他,却不动地方:“到哪儿去?”

“到……”他没说出来。

我知道他肚里还有鬼,就把头一转:“你不把话说明白我哪儿也不去,要杀要剐,你们就在这儿动手吧!”

“哎呀……”他犯了难,想用力气把我拖走,又不敢轻易动手动脚。一会司机找到玉米地里来了,高声地喊着:“董华,你在哪儿?”

“在这儿。”他对我说：“你别多心了，送你回家。”

我不相信他的话。但是他们是两个人，我是一个人，就是拼死在玉米地里也扭不过他们。我不能这样不明不白地死。董华和司机一个人架着我一条胳膊，走出玉米地，又钻进了吉普车。董华用几乎是很尊敬的口吻说：“老陈，君子不做暗事，我把底牌亮给你，不是我们两个要抓你，咱们素不相识，往日无冤今日无仇，我们不过是执行命令……”

我打断他：“谁的命令？”

“这个就不能说了，现在这么乱，说出这个连我的命也不保险了。实话说，我也不知道。这你还不明白，更绝密的东西能告诉我吗？向我们交代任务的人说抓你是上边更大头的命令，他也不见得就准知道是谁，他只说这是执行无产阶级司令部的命令，按无产阶级革命路线办事。”

“谁向你们布置的任务？”

“这个你别问，我死了也不能讲，临来的时候我是以脑袋做了担保的。他还交代抓你的时候你要反抗，就把你捅死，在哪儿反抗就在哪儿下手。我可不愿意当这个凶手，再说你也不是一般的老太太，而且跟你那个熊包蛋丈夫不一样。耳闻不如眼见，眼见不如交过手，我敬佩你这一点。正因为你有骨头，我才不放心，怕你在半路上又踹门又撒泼，我得把你的双脚也捆上，这叫先礼后兵。”

“你要把我送到哪儿去？”

“我不是说了吗，送你回家。”

这个家伙还在耍花招，我也只好走着瞧，说：“不用捆。你放心吧，我不会跳车逃跑的。”

董华眨眨浑浊的眼睛，他不大相信：“你可别让我坐蜡！我知道你是说到做到的人，咱们就来个君子协定，我不难为你，你也别难为我。”他让我坐到吉普车的后排长椅子上，累了还可以躺下休息。他自己坐到司机旁边的位子上。我知道他们不会送我回家，车一开我就躺下了。车开得很快，颠簸得也很厉害，我的脑浆子都快被颠出来。闭住眼，脑袋疼得快要裂开了。可我还不想坐起来，浑身的骨节又酸又痛，也像快散架一样。昏昏沉沉，疲劳得要死，可是又睡不着。一个一个的问题，一件接一件的怪事，挽成了钩，绞成了套，在我脑子里旋转，在眼前迸飞……

要杀死我的“大头”是谁呢？我并没有得罪过什么大头，甚至也没有见过几个大头呀？我抓工作比较狠，可能为了工作顶撞过上级，也批评过下级。对我有意见，有成见的人是有的，但不会仇恨到动杀机的地步。我的上级现在十有八九都靠边站了，他们自身难保，怎么会害我呢？这不是报私仇。那么是路线斗争？真像他们说的，是无产阶级司令部要杀我，是毛主席的革命路线不容我？我是谁？是反革命、国民党？是资产阶级路线上的人？不，这不可能！

世界突然变得像一架打快转的机床，生活变化得使人眼花缭乱，难以适应。不能再依靠书本和一般常识去认识历史和现实了。

但是，他们抓我不是光明正大的。司令部的内部争夺也好，两条路线斗争也好，都抓不到我的头上。这里有坏人，有阴谋，有一只手在操纵这一切。这只手是谁呢？

董华为什么把杨其锐称做“熊包蛋”？莫非那个材料真是他写的？他又是向谁屈服的，在什么力量面前变成的“熊包蛋”呢？

我当初真是瞎了眼！这才叫虎心隔毛衣，人心隔肚皮，一个人永远不能真正了解一个人，即使他是和你生活了几十年的亲人，你也看不透他的心。

我昏昏沉沉，脑子里千头万绪，理不清，想不透。想了过去，想眼前；想到眼前，又猜不透将来，不知道他拿我怎么办。一个人一个人地回忆，一件事一件事地在脑子里过筛子，拼命地想拉出个线头。这种激烈的思索，使我的脑袋更痛了，脑中搅和着各色各样难以说明的感情。我这个人过去还真没有被某一个人、某种势力或什么困难吓住过，我是吃软不吃硬。困难、障碍和一切不如意的事情都只会激起我一股劲。可是现在我却感到自己是这样地软弱无力，这样地孤单。糊里糊涂，什么也不知道，手无寸铁，叫这两个小子就把我给整治了。

他们不碰我，我也不难为他们，看他们最后把我怎么办。白天拼命跑，晚上赶到什么地方，司机就在什么地方借宿，大概是他睡好了觉，白天好开车。董华和我就睡在车里。他没有再起过邪念，而且尽量不和我说话，也不敢轻易碰我，变得规规矩矩了。

到了第四天，气候突然冷起来，我冻得有点打哆嗦，还以为是病了呢，就从椅子上坐起来。原来吉普车开进了一座大山，正沿着一条弯弯曲曲的盘山小路爬行。小路的一边是大山，另一边是陡峭的断崖，崖下是看不见底的深涧。我成天躺在车里，车开到什么地方一点不知道。当我看清了路两旁的山势，心里咯噔一下：他们要在这深山里下毒手了。临到这一步，我知道自己的时间不多了，这时我心里反而平静了。什么也不想了，都用不着想了，非常坦然。由于我从小磕磕碰碰地习惯了，到以后打仗的时候，不管碰上什么紧急情况，我的神经也从不紧张。现在对我来说，世界上就更没有紧张的事了。只是前半辈子打了十多年的仗，心明眼亮。为什么打仗，为谁打仗，敌人是谁，我知道得清清楚楚。眼下我死到临头了，可为谁而死，死于谁手，一概不知。管他呢，我只考虑一下怎么个死法吧，要不要拼他一下？我活不了，也叫他们好受不了，拼个鱼死网破。又一想，算了吧，他们两个并不是真正的凶手，何苦要捎上他们一个。再说我手里又没有武器，几天来我基本上是没吃没喝，也没有多少力气跟他们拼打了，他们的身上都带着凶器哩。

果然不出我所料，董华从前面爬到后面来，把捆在我手上的绳子也解开了："老陈，你解放了。"

我毫不在乎，反问他："怎么个解放法？"

董华："你可以走了，但我们不能承担故意放你逃走的罪名。你自己跳车逃走，我不追你。"

我哈哈一笑："董华，你倒会算计，那边的车门你把住了，我从这边跳下去就是万丈深渊，摔个粉身碎骨，还落个自杀，没有你们的责任。哪有这么便宜的事，我不怕死，但也决不自杀。你想动手就来吧，你可以打开车门往下推我，我也一定会拉住你不放，这叫临死拉一个垫背的，咱们同归于尽。即使不能同归于尽，也叫你落个杀人凶手的罪名，没有不透风的墙，将来这笔账会有人跟你算的！”

董华吸了口气，不敢拿正眼看我，他被我的气势镇住了。他可能没有想到，一个瘦小枯干的女人，死到临头了，反而谈笑风生来了精神。哼，他哪里知道，我要是怕死就活不到现在了。

公路拐进了山里，两边没有断崖了。胆小鬼，谋杀我的时机错过了。我看看垂头丧气的董华，心里暗暗笑了。吉普车又拐了两个弯，在前方的山头上出现了一片桦树林，董华突然叫司机停车，拉我跟他一块跳下车，吩咐司机把吉普车调头，到山那边等他。他拿出匕首，叫我走在前面。我们两个一前一后钻进了桦树林，走到树林深处，在一棵大树跟前，他叫我站住了。

树林里黑暗而阴冷，山风吹动树叶发出一阵阵呼啸。董华脸上突然显得严肃而诚实了，他说：“老陈同志，您是好样的，我敬佩您。您可千万不要怪我。我现在后悔了，不该答应干这件事，如果我不杀了您，人家就会杀了我。”

我冷冷地用眼光逼住他：“你的主子是谁？”

“咳，您就别问了！”

“你们杀我是为了保卫毛主席革命路线，还是为了哪个坏蛋报私仇？”

“您还不明白这个吗？上边是老的跟老的斗，想借红卫兵这把刀使。但是群众一造起反来，就像《水浒传》里的洪太尉放出魔鬼一样，现在是连放出魔鬼的人再想把魔鬼收回去也办不到了。天下大乱了，胡打一锅粥，胜者为王，败者为贼，有仇的报仇，有冤的报冤，谁能捞点什么就赶快捞。没仇没冤被杀死的也不少，哪个庙里都有屈死的鬼。我劝您心里想开点，撒手闭眼吧！”

想不到临死前，在这个阴森可怕的深山老林里，倒听这个流氓给我上了一堂“造反有理”的课。我本来不想老老实实地受死，特别是看到只有董华一个人来杀我，我甚至想死里逃生，跟他再厮打一阵看看，我真要跟他豁了命，还不知谁死哪！听了他这番话，我却完全泄气了。

“你把眼闭上，你这样看着我，我不忍下手。”

我顺从地闭上了眼睛，感到他的刀尖颤颤抖抖地捅到了我的胸口上。但是刀子没有扎进来，在接近皮肉的地方停住了，他的手越抖越厉害。我正要睁开眼看看他是怎么回事，猛然我的脸颊上挨了两个重重的耳光，一股咸而腥的东西从我嘴里流出来。我见他抓起我的右手，把从嘴角里流出的血全抹在十个手指和手掌上。他又飞快地从口袋里掏出一张白纸，把纸抻开，拿起我的蘸着血的右手，在白纸上捺了个鲜红的大手掌印。

他把匕首交给我：“您带在身边吧，好防身。”又翻着口袋把所有的钱和粮票全给了我，最后抖抖印着我的手印的那张白纸说：“这是您已经死了的证据，人家叫我拿这个回去交账。记住，从现在起这个地球上就没有陈单凤了，她是在四天前畏罪潜逃时，摔死在山涧里啦。您千万不能回去，至少这几年内不能回去。回去一露面不但您还得被害，我也受不了！”

他说完扭头走了。

我背靠着大树，望着董华的背影消失在山那边了，还不明白这到底是怎么回事，他为什么又放了我？

“遇见了她，真像说书唱戏一样巧”

——杨其锐

真他妈的窝囊，这六十多个俘虏兵成了我的一个大包袱！我们连远离大部队，单独守住紫石山口，团部叫我们把这些俘虏交给地方上处理。从我们的驻地到紫石县政府要过一道敌人的封锁线，我派一个班押送了两次，都没能通过封锁线。这可怎么办？六十多个会喘气的，要吃要喝，有的还瞅准冷空就想逃走。战斗很紧张，趁这个间歇时间，我们自己需要休整，还得拨出许多人侍候他们，看住他们。咳，要不是怕受处分，要不是团部已经知道了具体的俘虏人数，我真想把他们押到山沟里，用机枪送他们回老家。没办法，说气话，发狠心全不解决问题,到了钟点还得管吃管喝。我叫人把这帮王八蛋全赶到山脚下一个空场上坐着,周围派上人看守。我和指导员研究新的押送方案,我准备今天晚上亲自押送他们过封锁线,指导员不同意,怕夜里有战斗。我们两个正拿不准主意,战士来报告,医疗队来了,我和指导员赶忙出去迎接。一出屋就看见山脚边看管俘虏的场地上围着一大群人,有老乡也有我们的战士。我以为又是俘虏闹事,就叫指导员一个人去接待医疗队,我掏出手枪跑了过去。

人群里有一个医疗队的女战士,正弯着腰给一个年轻的俘虏解绑绳。我冲着她喊了一嗓子:“哎,你要干什么?”

那个女战士连头也不抬,火气还挺冲:“你别管!”

我心里正没好气,火立刻就蹿上来了,好新鲜!我是连长,我不管谁管?我叫大家闪开道,我走进人群。俘虏的绳子已经解开了,那个女战士仿佛咬着后牙根似的说:“侯家少爷,今儿个可真是冤家路窄,是你自己来还是我来?”

刚收完秋,女战士反身到场边上,从秫秸垛上抽出一根又粗又结实的鲜玉米秸,又回到俘虏的跟前。一跺脚,声狠气暴地催了一句:“你还等什么,怕疼?窝囊废,到底是少爷坯子!怎么着?非得等我动手?”

那个俘虏突然抡开巴掌,左右开弓,朝自己的脸上狠抽起来。围着的一大群人都看愣了,我心里也一惊,没有吭声,也没有阻止。很新鲜地打量这个女战士,哈,顶多十六七岁,个子和一根玉米秸差不多高,长长脸,尖下巴颏,还微微有点往上翘,像个小钢锹的尖一样。好厉害的小丫头,精灵的眼睛像花朵上的露珠,滴溜溜打转,一派倔强好斗的模样。

俘虏的手稍微慢一点,打得轻一点,她就瞪起那双眼睛冷冷地说:“怎么着,侯少爷,痛了?滋味不好受,是吧?人活一辈子有的是站头,到一个站头转一个弯,谁活一辈子也不能一条道跑到底。今天叫你也尝尝做人下人的滋味。”

被叫做侯少爷的人是个小白脸,真正的风流子弟,军装、帽子也和别人的不一样,一副少爷兵的派头。只有那个尖尖的鹰钩鼻子,一双布满红丝的阴沉的眼睛，透出他是个极有主意的人。这小子我认识，俘虏登记表上写着他叫侯金榜，是敌人营部的参谋。侯金榜眼睛不躲不藏，直勾勾盯住医疗队的女战士，带着一种傲慢的、鄙视的神情。但是不说话，一声不吭，两只手也在不停地抽打自己的嘴巴子，脸上已经鼓起了紫红的血道子，他连嘴角也不咧一咧，仿佛打的不是他自己的肉。这小子从哪儿学了这种功夫！我也不管，看着他打下去。

战士和老百姓们一见我这个连长看到这种场面不吭声，还站在一边瞅热闹，更来了劲头，幸灾乐祸地加油叫号：

"傻小子，使劲！"

"有种，谁要叫疼谁是王八蛋！"

我注意观察这出闹剧的导演——那位女战士，她并不开心。细长的眼睛里跳动着仇恨的光芒，嘴角闪着尖刺般的冷笑。一定是侯金榜那副不喊疼、不叫饶的满不在乎的样子激怒了她。

直到指导员跑来问谁叫陈单凤，那个女战士走出人群，这出戏才算收场。指导员把陈单凤和我叫到一边，先对我说："医疗队队长给我们出了个主意，叫我们派一个班的人，归这位陈单凤同志指挥，一定能把俘虏押送过封锁线。"

"她？"我看看眼前这个单薄娇小的女兵，想忍住笑，可还是没有全忍住，露了露牙："老安，这可不是闹着玩儿呀！"

安指导员赶紧捅了我一把，他怕我当着人家的面扔出走板儿的话。他说："陈单凤同志是医疗队的司务长，队长替她打保票，说她准能完成这件任务！"

陈单凤拿眼角扫扫我："没问题，实在不行我就拿冲锋枪先把他们突突了！"

"啊，那还用你呀！"我叫了一声。

陈单凤理也不理我，扭头走了。这个小丫头，还真有点个性！

指导员埋怨我说："你看你，这个陈单凤可小看不得。"

"不是我把她看小了，她本来就不大！"

"嘿，秤砣小压千斤，金刚钻小能揽大瓷器，她可是个人物。她是师部的侦察参谋出去执行任务时在河边上捡的。当时她已经被冻昏过去了。侦察参谋用大衣把她裹起来背在身上,等她醒过来,却在侦察参谋的后脖颈上狠狠地咬了一大口。"

我笑了:"安平,你这个文化人可别唬我,我听过这个故事,叫——'农夫和蛇'。你编在陈单凤的身上蒙我。"

"这可不是蒙你,是真的。师长很喜欢陈单凤,叫她到医疗队当护理员,碰见爱哼呀咳哟的伤病员,她就连损带挖苦。碰见带刺儿的伤病员她就和人家吵,鼻子不是鼻子,脸不是脸。师长一看不行就叫她当了司务长,穷人的孩子会算计,也知道疼人。过去讨过饭,会搞东西,干得不错。头一个月亏了两块钱,找到师长哭了一轮,师长掏腰包给她补上了……"

我看着指导员讲得很有兴味,而且眼里还有一种平时不常见的光彩。这家伙,是被这个小丫头迷住了呢,还是多年搞宣传工作养成的习惯,一碰上新鲜人新鲜事,就像猫闻到了腥味儿,盯住不放?

安平见我只管怪模怪样地笑着不搭腔,有点毛咕了,赶紧改了话题:"她的脾气挺倔,要想叫她替咱押送俘虏,咱俩还得去给她说两句好话。"

"要去你去,我可不去。"我挤挤眼成心逗他。

"你是连长,这是你的事,你不去还行!"

指导员硬是拽着我来到了医疗队。我们连的重伤号早就送走了,剩下的几个轻伤号,医疗队的医生们三下五除二就给处理完了。大家都在当院里聊天。医疗队的女兵和我们连的几个战士追问陈单凤,问她是怎么认识侯金榜的,为什么跟他那么大的仇?

陈单凤提着个小木箱子(我猜那准是她的百宝箱,全队的伙食账和菜金准都放在那里边),正准备为医疗队安排晚饭,她挥挥手不耐烦地说:"我还得张罗晚饭呢,那个侯金榜的故事一会儿半会儿可讲不完。"

指导员又插了一句:"陈司务长,医疗队的晚饭你就不用操心了,我刚才已经通知炊事班了,医疗队的同志和我们一块吃,我们缴获了敌人不少罐头,今天要慰劳医疗队的同志。"

哈哈，这个安平，今儿个真是着魔了，话也多了，连说话的音调里也像加了点糖，有股甜腻腻的味道。他那根吃南方卷心菜长成的舌头，本来伸不太直，却故意撇着北京腔儿。平时我们俩关系很好，今儿个不知为什么我讨厌他这种发贱的劲头。陈单凤这个小女兵虽说长得有几分精神，也不值得对她就这样出乖买好。见鬼，我突然觉得自己也好没道理，他向陈单凤献好，关我的屁事，我生的哪门子气？

陈单凤果然抬起一双清水似的亮眼，扫了一眼大伙儿，尖下巴颏冲着安平一点："这么说我得代表医疗队谢谢安指导员了。"

他妈的，他们吃的是全连的东西，却只谢他指导员一个人！

安平甜不啰唆地说："不用谢。我们连正进行战前休整，希望你讲讲侯金榜的故事，对全连指战员进行一次阶级教育，就权当替我做一次战前动员。怎么样？大家欢迎！"

他可真会抓彩，还带头鼓起了巴掌。周围的人也一起跟着鼓掌。指导员又小声地叫身边一个战士去告诉值班排长，把队伍集合好带到这个大院里来。他布置完了才向我征求意见，我虽然一肚皮意见，也不能当着这么多人给他一个难堪，就应付似的点点头，眼睛故意不看他。

陈单凤看看他们队长，爽快地说："好吧，你们把阵势都摆下了，讲就讲。丑话说在前边，我讲的都是真事。但你们只能当故事听，这可不是战前动员报告。"

"命运这根绳抓在鬼手里"

——陈单凤

先说侯金榜这个人是怎么出来的。

我们青光县出过一个大名人，叫赫鸿基。他是个大买卖人，据说还是我的同乡，也是从山西过来的。人家都说我们山西人财迷，会做买卖，能赚大钱。北京、天津、上海、广州，这些大城市里都有赫鸿基的铺子，经销各种绸缎呢绒，布匹皮货，西装和中式服装。他的买卖大着呢，钱也多得没法数啦。一年到头他常在各大城市里走动。在我们青光县那个小县城里出了这么个人，真像出了个圣人。经常传出一些关于赫鸿基的神话似的传说。那一阵蒋介石还没有成大气候，不知走的哪条线，赫鸿基和蒋介石搭上手了，为蒋介石出了不少力。县里的人谁也不知道他为蒋介石到底出了什么力，大家都猜可能是出的钱力。关于赫鸿基替蒋介石帮忙的故事，很快在青光县城内传开了，传的有鼻子有眼儿。说赫鸿基对蒋介石有求必应，蒋介石要多少他就给多少，倾家荡产也不在乎。赫鸿基的老婆和儿子们都不同意他这么干，他就问他儿子：

“耕田种地能赚多少利息？”

他儿子回答：“十倍。”

赫鸿基又问：“我们家开绸缎庄、布铺，能赚多少利息？”

他儿子回答：“一百倍。”

赫鸿基笑了：“可是我要扶持蒋介石当上了中国的一国之主，我就是开国元勋，那我赚的利息就是一千万倍，好处不可统计。这才叫奇货可居！亏你还上完了大学，你好好学学战国那一段历史，燕人留质于赵，吕不韦就是这么干的。”

不久，赫鸿基真的穿上了军装，成了蒋介石一个独立纵队的司令。据说这家伙有才学，会用兵，还真替蒋介石打了几个胜仗。在我们小小的青光县把他传说得就更神了，县里有头有脸的人，都把赫鸿基当成青光县的骄傲。有一回他带着队伍从青光县过，想光宗耀祖，威风一下，就把大兵屯在了城内，放假三天。其实赫鸿基的家早就搬到了天津卫，青光县已经没有他的什么人了。县里的头面人物们为了巴结他，给他挂彩送匾，捐款送肉，犒劳士兵。赫鸿基会来事，也想羊群出骆驼，学点洋玩意儿好唬当地的土百姓，他就从县里的捐款中拿出一部分，当做他自己捐款献给青光县父老百姓们，叫县里在县城中央修一个教堂，让天主为青光县父老百姓赐福。以后他每年都要回来一次，在教堂里祈祷，而且是替全县的父老百姓祈祷，替被他的部下杀死的亡灵祈祷，祝愿他们早升天界。这个消息一传开，又轰动了全城。许多人都说他是大善人，当了司令，仍然慈悲为怀。这是以后的事。还说那天晚上，县城为赫鸿基举行庆功会，县里有头有脸的人全带着太太、小姐去了，吃完了喝完了，还有舞会。许多土包子也想开开洋荤，县长下令把全城长得好看一点的妇女全都找去，等宴会之后好陪着赫鸿基的将士们跳舞。青光县有个很大的土财主叫万宝泉，他出大价刚从天津卫领回一个年轻的妓女，讨她做了小老婆。这个妓女叫杜春芳，听说这个女人漂亮得没法提了，大城市的名妓来到土里土气的小县城，可不一下子就成了皇后仙姑。好多人为了看她一眼，不惜提着礼物去拜见万宝泉。万宝泉自从娶了杜春芳，家里的客人突然增多了，他根据送来礼物的轻重决定是不是要让杜春芳出来陪客。这个老财迷还真拿着杜春芳捞了不少东西。全县要为赫鸿基开庆功会，万宝泉当然不肯落后，而且还带上了杜春芳，他心里臭美，想拿杜春芳显一显。杜春芳平时也不见得就看得上万宝泉这个土老财，有这样的机会她当然也想露一露，就更精心精意地打扮了一番。她这一去不要紧，把那些县官夫人、财主小姐、军官太太们全比下去了。宴会刚开始的时候，万宝泉还洋洋得意，以为老婆还真给他脸上增了光。等舞会一开始，他就傻眼了。赫鸿基手下有个铜头狮子团团长侯钧，这个身体魁梧的军人一见了杜春芳眼珠就不错开了，好像话也说不出来了，腿脚也动不了啦，浑身就像瘫了一样。他抓住杜春芳的胳膊，吃饭一块吃，喝酒一块喝，跳舞一块跳，说什么也不松手了。杜春芳拿腔作势，扭腰摆屁股也大出风头。万宝泉心里可吃不住劲了，火烧火燎。他花了那么多钱把杜春芳赎出来，她可从来没跟他上过这么大的劲。他几次想走过去把老婆夺回来，杜春芳却连看都不看他一下，他一靠近，侯钧那对疯狂的眼睛就像枪口一样瞄准了他的脑门子，仿佛立刻有子弹射出来把他打死，他只好耷拉脑袋又退回来。到后来团长的太太压不住醋火，走过去对杜春芳又打又骂，拿出一副拼命的架势。侯钧借着酒劲朝他太太的小肚子连踢两脚，团长太太连叫都没叫出来就躺下了。事情闹大了，舞会停了，赶紧派人把侯钧的女人送进医院，万宝泉想趁机把杜春芳拉走。侯钧右手拔出了手枪，左胳膊箍紧杜春芳的腰，问她："我要娶你，你跟不跟？"杜春芳也吓坏了，赶紧点点头。侯钧又把手枪对准了万宝泉，说："你癞蛤蟆还想吃天鹅肉，你看看春芳，再撒泡尿照照你自己，你配吗？她是我的，谁也休想夺走。你要够朋友咱们就好说好道。你如果还想要她，可别怪我不客气！"万宝泉咽不下这口气，这也太霸道了，在大庭广众之下硬抢人家的老婆！可他又不敢上去辩理，害怕为了一个女人丢了自己的命。这个侯钧已经发狂了，把自己原来的老婆都踢死了，万宝泉要凑上去还不是找死！赫鸿基和县里的几个头头赶忙过来打圆场，把万宝泉拉到一边，好说歹说，赫鸿基还答应给他一笔钱。他也知道杜春芳是要不回来了，就顺着台阶下来，把老婆让给侯钧了。

又过了几年，赫鸿基突然脱掉军装，穿着西装革履回到了青光县，还带着杜春芳和一个孩子，这个孩子就是侯金榜。这次赫鸿基回来可不像以前那么神气了，县城里有人开始传他的坏话。有人说他打了大败仗，本来是他自己的责任，可是害怕蒋介石怪罪下来，就把责任推到侯钧身上，把侯钧毙了，让部下当了自己的替罪羊。下边的人心里全明白是怎么回事，他在部队混不下去了。再说战争也越打越大，他心里没底，对前途害怕，就辞掉司令的官衔，脱离军界，回到家乡养老。为了表示他是像诸葛亮挥泪斩马谡一样杀的侯钧，所以把侯钧的家属和孩子也一块带来，由他供养，好对得起死者。也有人说侯金榜是赫鸿基跟杜春芳生的，正是为了杜春芳这个女人，赫鸿基才杀死了侯钧。计谋败露，不好再混下去了，才离开了部队。这些乱七八糟的事，反正谁也闹不清。但赫鸿基回到青光城并不和杜春芳住在一起，他单独给杜春芳母子盖了两间房，每月由他提供生活费。他还是住在自己的老房里，换上一身长袍大褂，每天早晨都到教堂里去祈祷，装成一个虔诚信教的好好先生。鬼知道他祈祷的时候嘴里嘟囔的是些什么玩意儿，他搞这一套又是为了什么。杜春芳一回到青光县，就像臭肉招苍蝇一样，万宝泉那帮土财主又都叮上来了。赫鸿基怕这样的女人影响自己的声誉，就和杜春芳不来往了，钱也给得少了。杜春芳没办法，听了万宝泉的主意，就开了个"侯记馄饨铺"。就因为"侯记馄饨铺"有杜春芳这么个风流出名的老板娘，她的生意一下子兴旺起来了。

我和侯金榜就是在这个馄饨铺里认识的。

我五岁的时候，山西打仗加上灾荒，整村整村的人往东边逃生。半路上娘和我们走散了，爹领着我从山西找到山东，从山东又找到河北，也没有找到我娘。在离青光县城十里远的一个小村子里，我们爷俩住了下来。夏天爹给人家打短工，冬天就做点小买卖，凑合着能活下去。托人四处打听娘的下落也没打听到。一晃就是好几年，那年快到腊八了，爹到天津卫去卖蒜，一去七八天没回家，我吓坏了，天天跑到村外朝北的大道边上去等，一坐就是一天，向着北边又哭又喊："爹呀！爹呀！"谁拉我也拉不回去。眼睛哭肿了，眼泪在脸上冻住了，把脸都冻烂了。爹还是没回来。第十天头上我听到个谎信，说我爹在天津卫被抓了劳工。我也不知道天津卫在哪儿，顺着爹走过的那条朝北的大道就下去了。我当时只有一个心眼儿，我不能没有爹，无论如何得找着我爹。可是爹在哪儿？往哪儿去找？我受的那罪就没法说了，一个不到十岁的小姑娘，没亲没故，东闯一头，西闯一头，走到哪儿，就在哪儿要点吃的，有雪就着雪吃下去，没有雪就到坑里砸块冰，就着要来的冷饽饽吞下去。手冻烂了，脚也冻烂了，我倒不觉疼。也不哭了，实际上也没有眼泪了。我知道爹是找不到，一点指望也没有了，心里倒也不像一开始那么害怕，一切都不在乎了。幸亏那时候还小，不懂事，不知道什么是绝望，什么是没有活路。要不，我准得一头扎进冰窟窿不活了。到现在我也不知道，当时我怎么没死，硬是熬过来了。在外边要了一个多月的饭，顺着原路又回来了。十冬腊月，要饭也在自己村里要，到黑下还有间土屋可以挡风睡觉。可是我在村里要了两天饭，就下狠心以后再也不在本村要了。碰上好心的大娘，把我拉到屋里，管我一顿饱饭，还说上好多可怜我的话，也引得我又哭上一场。可怜我的都是好人，十户有九户是穷人，我怎么能老去吃人家，给好人家添累赘？碰上不怎么样的户，不但不给我吃的，还说气人的话，说我命太毒，克爹妨娘，说我丢了爹娘不要紧，全村人都跟着倒霉受连累，时间长了谁养得起一个长年要饭的，说不定我还会克村上的人！我听了这些闲话，下狠心要离开村子远远的，到一个谁也不认识我的地方去要饭。我不需要可怜，更不愿听别人挖苦，每天天黑以后回到小土屋去睡觉。这个世界跟我没有关系，对我像地狱一样陌生。我就是死也要死在外乡，偷偷地死去，不让一个熟人知道，不让一个熟人看见。我在外边讨饭不管受了多大的气，也不哭不叫，不说话。就是站到人家门口上，也不喊大爷，不喊奶奶，站一会儿，人家给东西就接着；不给，站一会儿就走，再到下一个门口。有多大委屈，受了多大罪，晚上回到家用破棉絮盖住脑袋，一个人敞开哭！我常常是哭着睡着了，做梦又哭醒了。

这天是青光县的集，我看见“侯记馄饨铺”的买卖挺热闹，就进去想捡点剩下的馄饨汤喝。我走进铺子拿眼向四下里一扫，见一个女学生打扮的人，已经把碗里的馄饨吃得差不离了，还剩下小半碗馄饨汤，我估摸她喝不下去了，就悄悄地站在她身后，眼睛盯着她的碗。我对这种小姐的心气摸得最准了，我往她跟前一站，她准得放下碗就走。这种娇小姐吃饭的时候是不喜欢外人盯着她看的，何况我又是个小要饭的。站得再离她近一点，她嫌我脏，生怕我身上的虱子、跳蚤跑到她身上去，所以我一去，她准得走。我猜得不错，我刚站到那儿，女学生把碗一推，站起身就走了。她嫌我脏，我可不嫌她脏，我肚子早就咕咕叫了，端起碗就喝。刚喝了两口，我的头发一下子被从后边伸过来的一只手揪住了。我知道这一定是馄饨铺的伙计赶要饭的。我不敢回头，想忍着疼把这点馄饨汤抢到肚子里去。把碗刚送到嘴边，身后边那个人又一使劲，嘀，把我的头发生生地揪下来一绺儿。我肚子里又没食，疼得我眼冒金星，虽然还能忍住没有叫出声，可是手里的碗掉到地上摔碎了。这下那个人的手揪得更狠了，而且按着我的脑袋往桌上磕，嘴里还不干不净地骂：“好啊，你打碎了我的碗，你赔，我叫你赔！”

我听他说话不像大人，可就是被他按住脑袋看不见这个兔崽子的长相。旁边可能有人看不下去了，过来劝架：“得了，侯少爷，松手吧，她是个要饭的，你跟她使什么气。”

“不行，她打碎了我的碗，我叫她赔！”

“她是个要饭的，哪有钱赔你的碗。”

“臭要饭的为什么还到我铺子里来？看不见我门口挂着牌子，要饭的一律不许进，腰里没钱的不许进！”

原来这小子就是“侯记馄饨铺”的少掌柜的。我是臭要饭的，你是千人揍、万人踩出来的野孩子，你都不知道你爸爸是谁，比臭要饭的还不值钱！我趁他说话的空子，瞅冷子一转身，头发从他手里挣出来，我们俩面对面站住了。我当时一定也红眼了，他倒愣住神儿了，不再骂街，也不敢动手了。我们俩他瞪着我，我瞪着他，瞪了一会儿他又鼓着气说：“你赔我碗钱！”

我也咬了咬牙：“你赔我头发！”

“哼！”

我也不示弱：“哼！”

“你个臭要饭的！”

“你个臭婊子养的！”

我看出他又想动手，就先下手为强，蹿上去伸出两只手朝着他的眼、他的嘴巴子就挠了几把，我的手又脏又黑，指甲又长，这两下就够他受的，眼也睁不开了，脸被划破了好几道口子，血立刻出来了，兔崽子成了个三花脸。他刚哭出声，我撒腿就跑出来了。一口气跑到家，摸摸自己火辣辣发疼的头皮，蒙上被子放声大哭起来。那一天也就没有再吃一口东西。我也不知哭了多长时间，自己停住不哭了。想起平时我受的罪，被狗咬，被人打，被人骂，不管大人小孩，是人就敢欺侮我，我活着还有什么劲？我一横心，就这样蒙着被子躺着，不吃不喝，饿死算啦。死在自己家里也挺美的，省得再去跑腿要饭了。在炕上饿了两天一夜，这滋味也不好受，最后实在挺不住了，我的心又活了，觉着这样死了也太便宜那个狗崽子了，我死得多冤哪！不行，我得报完仇再死。怎么才能报仇呢？我要人没人，要钱没钱，打又打不过人家。我数了数曾经欺侮过我的仇人，把“侯家馄饨铺”的少爷挑在了头一个。我想放火，把他们的房子点着。仔细一想这个主意也不行，放火烧住房不像烧柴火垛，一起火苗就会被人看见，有几桶水就浇灭了。我想了好几天，到底想出一个能整治一下“侯记馄饨铺”的主意。

又是一个青光县赶集的日子。早晨起来我洗了把脸,对着盆里的水用手指头把头发拢了拢,穿上那件补丁最少的褂子,掖上我要了半个月才攒下的那几个小钱,就进城了。到杂货铺先买了三块臭豆腐,数数剩下的钱还够买一碗馄饨的,就大摇大摆地来到了“侯记馄饨铺”。侯家狗崽子没在前边,一个伙计挡住了我:“要饭的,别进来。”我瞪他一眼:“谁是要饭的?”我掏出钱往桌上一摔,“给我来碗馄饨!”伙计一见钱,赶紧赔笑脸:“好嘞,马上就来。”他给我端来一碗热气腾腾的馄饨,我从怀里掏出那三块臭豆腐,揭开纸把臭豆腐全放进了热馄饨碗。用筷子一搅,嗬,一股臭味直钻鼻子眼。臭豆腐被热汤一泡,臭烘烘的味道随着热气散发出来,馄饨铺里一会儿就呆不住人了!臭豆腐好吃不好闻,特别是跟馄饨汤搅在一起,更加呛鼻子。想吃馄饨的人,一掀门帘,被臭味一熏,扭头就走了。已经进了铺子的人,交了钱的要退货,还没交钱的也不买了,吃了一半的赶紧把干的捞一捞,捂着鼻子也赶快走了。臭味越来越浓,大冬天又不能开门敞窗户(窗户是死的,下边是玻璃,上边糊的纸,不能打破),“侯记馄饨铺”这个集日的好买卖算是砸锅了!我装做没事人似的还在拿筷子搅着馄饨汤。伙计们一嚷嚷,老板娘从里屋出来了,她一撩门帘赶忙用手堵住鼻子:“哎哟,这是什么味,这么臭?”

我还以为这个杜春芳和别的“破鞋”差不离儿,顶多更妖精一点。不,她可不像我们乡下的破烂货,派头挺足,好像她不是开馄饨铺的,倒是县长的太太一样。大肥猪似的万宝泉跟在她屁股后面,活像杜春芳的下人。没等杜春芳说话,他先一跩一跩地蹿到前边对我喊起来:“你是哪儿来的,为啥往汤里放臭豆腐?”

我就是找事来的,不慌不忙地说:“我乐意,我就爱吃这一口。”

“你还嘴硬?我叫你乐意!”万宝泉端起我的馄饨碗朝着大门外边一泼。

我抓住了他的袖子:“你凭什么把我的馄饨倒了?那是我拿钱买的,你赔我的馄饨,赔我的臭豆腐!”

“我赔你嘴巴子!”他抡起手要打,我抓住他的胳膊,朝着他的手背狠狠咬了一口，他疼得哎哟一声把手松开了。就在这时候，侯金榜穿得干干净净，怀里抱着大包小兜的东西从街上回来了。他看见我先打个愣神儿，马上认出来了，对他妈说："就是她，那天抓破我脸的就是她。"他把东西往桌上一放，就要动手打我。我就是找死来的，反正我死你们也别想好活着，我的命不值钱，慢慢地饿死也是死，还不如今儿个死个痛快。我早就看好阵势了，假装躲他，一回身钻进了伙房，馄饨铺的家当全在这里边了，锅碗瓢盆，油盐酱醋都在柜上摆着。我顺手抄起一根压馄饨皮的擀面棍。杜春芳说话了："噢，我明白了，你人小心可不小，这是成心来搅和我的买卖，砸我的铺子。来，把她抓起来送警察局！"

"抓吧，我叫你抓！"我一边喊一边抡起擀面棍，朝着那些碗、碟、瓶子、坛子一阵猛砸，稀里哗啦，这几个月我受的罪，受的气全放出来了，好像也给我自己，给我爹报了仇啦。我砸着砸着，脑袋上被他们从后面打了一棍子，眼前一黑，什么也不知道了。

"傻小子睡凉炕，仗着底气壮"

——杨其锐

死一个人，要说容易也真容易，就像吹灭一根蜡烛似的那么简单，我在战场上见的多啦，许多不该死、不值得死的人，一眨眼工夫就完了。可有的时候死个人也还真不那么容易。就说我吧，几天前守卫铁弓岭高地的时候，我可真没想到自己还会活下来。打到后来我自己也打红眼了，还剩最后半个小时的时候，三连的阵地丢了。我叫老安指挥全营，我带着个加强排把三连往后退的战士又堵回去，重新夺回了阵地。敌人在我的机枪前面一倒一大片，我根本用不着瞄准，杀人比割草还容易。那才叫脑子麻木了，眼睛充血了，身上就只剩下一根神经——杀！动作也像是发了狂的、失去控制的机枪。后来子弹打完了，敌人又拥上来，我周围都是刺刀尖。我的眼睛也只盯着对方的刺刀尖，躲着敌人的刺刀，把自己的刀尖刺到敌人的身上。我记不清当时挑倒了几个，也不知道自己身上受了几处伤，通身都是红乎乎的，有自己的血，也有别人的血。我杀红眼了，疯了！什么叫死，什么叫疼，全不顾了。从我后边蹿上来两个家伙猛地抱住了我的腰，我挣不脱，也转不了身，正面又一个刺刀尖朝我的胸口扎来，我赤手把刺刀往外一挡，顺势抱住了那个小子。我一定是用力太猛把他的肋条抱断了一根，只听他哎呀一声，再也不挣扎了。后边那两个人也是死死地抱住我不放，我看见被我抱住的人腰里还有个手榴弹，我就一拱脑袋，把嘴伸到他腰里，用牙咬开手榴弹的盖，拉断了弦，然后猛一使劲，我们四个人全摔倒了。我拉过一个小子垫在我底下，这时候手榴弹响了。我本来是想和他们同归于尽。可能是出于仇恨，也许是人要生存的本能，我让那个小子压住手榴弹，我倒在他上面。这一手还真就保住我没有被炸死。过去讲迷信，说老打胜仗的部队里总有一种“福将”，这种“福将”都是命大的人，能逢凶化吉，转败为胜。我可能就是这种“福将”。

可是，我现在多么后悔当这个“福将”！我盼着快点死了算啦，盼着这次昏过去千万别再醒过来了。这份罪要比死难受一百倍。整个脑袋被缠得死紧，好像箍上了好几道铁箍，一点缝儿也不给留，眼前一团漆黑。嘴被缝住，喊不出，叫不出，连哼哼一声都不行。不敢使劲，一使劲就疼死过去。双手被绑着夹板，只有两条腿还能活动一点。疼啊，真疼！身上的每一块肉，每一处关节，每一个细胞都疼得出血。以前我不只一次受过伤，重伤的滋味也尝过，可从来没有像这种疼法，疼得我醒过来死过去。特别是这个要命的脑袋，它就像一个炸药包，火烧火燎，疼得要炸开了！

他妈的，不是我福大寿大，命不该死，而是老天看我罪还没受够，成心想折磨我。我又一次醒过来了，其实，醒过来也好，昏死过去也好，只有我自己的心里明白，别人是不知道的。我被裹得那么严实，看不见我眼睛，听不见我喘气，他们怎么知道我是死了，还是活着？你说他们不知道吧，可为什么没有把我当死人扔掉？虽然我很累，很想翻个身，就是动不了，也不敢动。我一向觉得自己还算是一条汉子，这回可真把我疼迷糊了。连大气也不敢喘，我对活着、对生命已经一点兴趣也没有了。既然老天爷又让我醒过来了，我就只好再静静地受一会儿罪，等待下一次死亡的到来。周围一片漆黑，心里一片漆黑，像坟地一样静。有两个人说话的声音，轻轻地传来。像离我很远，可是听得很清。

“噢，是他呀！是你的连长，对不对？”是个女同志的声音。

“他现在是营长了。”这个男人的声音很亲切。

“他叫什么名字？”

“杨其锐。”

“杨其锐，唔，对了，是那个五大三粗的高个子，愣头愣脑，老爱嘻嘻哈哈地傻笑。那天我们吃了你们的罐头，他还说风凉话，我骂他不像个连长。我还以为他会冲着我发火哪，谁知他大脸一红，光咽了口唾沫，什么话没说扭头走了。”这是谁呀？她什么时候吃过我的罐头，我又什么时候说过她的风凉话？

“你别怪他，他是个大好人，有嘴没心。”

“他打仗倒是好样的。昨天刚抬下来的时候不像个人样了，脑袋被炸得血肉不分家了，连哪是嘴哪是鼻子都看不出来了。抬他的两个战士讲，他和四个敌人滚在一块，他用牙咬开敌人腰里手榴弹盖，敌人吓得要扔掉手榴弹，被他紧紧地抱住了，在后面抱着他的两个人撒手想跑，他趁机把前边那个小子摔倒当了垫底的，那个人的肉都炸飞了。”

“这不是主要的，主要的是当我们营的阵地被敌人突破以后，兵败如山倒，眼看整个战役就毁在我们营手里了。他一瞪眼珠子，又拿出那种傻呵呵拼命的劲头，带着一个排把敌人堵回去，把阵地夺了回来，保证了我们全师这次大伏击战的胜利。刚才我从部队出来的时候，团长亲口跟我讲，要给老杨记一次大功。”

我听出来了，这是我的教导员安平！老伙计，我有多少话要问你：我的伤究竟有多重？伤在了哪儿？将来会不会落下残疾？为什么疼得这么厉害？部队的伤亡有多大？谁代理我当营长？但我说不了话，脑袋也不能摆动。只好动动腿，叫他看见我的腿在动，就证明我还活着，我已经醒过来了，并且听到了他们的说话。我想得挺好，腿还没有抬起来，一阵剜肉绞心般的疼痛，脑袋轰的一下，又什么也不知道了。

等我醒过来，安平和那个女同志的谈话还在继续。这说明我死过去顶多有几分钟，甚至是几秒钟。这才叫一会儿死，一会儿活。人家一辈子只死一回，我却拿死闹着玩儿，不知死了有多少回啦！从他们的谈话里才知道，我是昨天被抬来的，这就是说从战斗结束到现在才一天多的工夫，可我觉得像隔了好几百年，留在我脑子里的都像是上一辈子发生的事。

我不知道自己现在躺在哪儿，是在医疗队的帐篷里，还是在医院的病房里？也不知道安平他们在哪儿说话？我不敢再动弹了，静静地听着他们谈话也是一种享受，唤起了我心里一种想活下去的愿望。

还是安平的声音："……那次你替我们把俘虏押送过封锁线，我们还没捞着谢谢你哩。"

"咳，你快别说这个。反正也是顺路，我只不过多拐个弯。"

我一下子记起来了，这个女的就是那个医疗队的小司务长，叫什么陈……对，叫陈单凤。安平一见面就叫她迷住了。我还记得第二天早晨，七班押送俘虏的战士回来以后，他问个没完没了，把陈单凤的一招一式，她下的每一个命令都详细记在心里。然后又跟我把陈单凤吹了个够，他说她是个女将军的材料。原来我还担心，凭她一个小姑娘，怎么能指挥一个班把六十来个俘虏押过封锁线？我手下的排长干不成的事，她怎么会干得成？她竟敢那么干脆地答应下来，也许是想借机报私仇，走到半路上说不定找个借口，先拿枪把侯金榜毙了。我听安平讲了陈单凤过封锁线的经过，觉得还真不能小看这个小姑娘，她不仅没有借故杀了侯少爷报私仇，倒像一只羽毛丰满的老鹰，把那些俘虏庇护在自己的翅膀底下，带着他们胜利地通过了封锁线。这个陈单凤简直是神了，她的胆子比男人还大。她的招数全是一些怪点子，叫人想不到，连自己人也想不到。那天晚上把七班的战士和俘虏们全吓坏了，她领着大伙儿专找子弹碰，专找危险的地方钻，甚至拿危险当儿戏，引逗它，嘲弄它。她把俘虏扮成了被抓来的民夫，把七班的战士扮成押送民夫的国民党兵，俘虏们又惊又怕，既怕假国民党兵开枪，也怕真国民党兵开枪，跟着陈单凤没命地跑。安平认为她当个司务长可惜，他想给师长打报告，要求把陈单凤调来当我们的副连长。我当时取笑他说："干脆叫陈单凤来当连长，我到别的连去，你们俩正好一对。如果怕行军驻防不方便，我就当介绍人，你们先结婚，在全军建立一个英雄的夫妻连。"他虽然骂了我两句，我看得出来他心里挺高兴。以后他背着我可能还给陈单凤写过信。老安啊，有那一天我真愿意当你们俩的介绍人。

"单凤同志，我给你的信，你收到了吧？"嗬，又是安平那甜腻腻的声音，还真叫我猜对了。

"收到了，还在队长那儿放着呢。你写的信上连笔字太多，有的字我不认识，是队长念给我听的。"

"哎呀，这……"我真想笑，可是不敢，不是怕别的，是怕伤口痛。

"这怎么啦？"

"没什么，部队明天可能就要走了，往后就请你多照应我的这位战友了。"

"哎呀，瞧你说的，医疗队干的就是这个活儿。不过，我们很快得把他转到后方医院去。几个主要医生正在研究抢救方案……"

"抢救？"这么说我还没有脱离危险期？可是现在我不知怎么搞的，又不想死了，什么样的痛苦我都能扛得住。

扛是扛住了，要死死不了，想活活不成。这滋味只有我自己知道。

我在医院里躺了三个多月，不管我心里怎么样想，事实证明我的确还是一条汉子，咬住牙，什么罪、什么痛苦到底全挨过来了。可是当拆掉了最后一块纱布，我用手一摸自己的伤口，心里一颤，手突然打起哆嗦来，只剩下半个脸了！我脑袋嗡嗡的，傻了，蒙了。第一个念头就是完了，我算完了。早知变成这样一个半边脸的丑妖怪，还不如死了好！嘿呀，老天爷，你他妈的可真会捉弄人！我本来应该死的，偏偏不让我死，受了千刀万剐般的罪，命是保住了，可是在我的心里又捅了一个大口子。治疗室里有面大镜子，我想照一照自己的模样到底怎么个样子，心里十分紧张，比跟敌人拼刺刀的时候还紧张，慢慢地凑过去。当我的脸伸到镜子跟前，心里猛地冒出一股冷气，抽得紧紧的，赶紧又把脸躲开了。哎呀，这是我吗？这是人吗？不仅右边的嘴巴子没有了，扯得嘴也闭不上了，右眼也斜了。天哪，三分像人，七分像鬼！这叫我怎么出去，怎么见人？让我这样活着不是更受洋罪吗，不是成心要把我寒碜死！我这个大个子，被称做“战斗英雄”的人，真想大哭一通。我低下头，用双手捂住了那疤痢瘤丘的半个脸。医生拍拍我的肩膀，想安慰我几句。我一肚子邪火突然找到了发泄对象，半小时前我还感激他们，称他们是救命恩人，现在他们却成了我的仇人。我猛然站起身，上去一拳，把刚才给我拆绷带的医生打倒了，两个护士惊叫一声扭头就跑，我抡起一只凳子，朝着那面镜子砸去，砸完镜子砸桌子，噼里啪啦，越砸我的气越大，邪火越大。好几个医生跑进来才从后面抱住我的腰，不管我怎么厮打，他们也不松手。有个医生大声喊着：“杨其锐同志，你要冷静！”我够冷的了，我太冷了，我的心都掉到冰窟窿里去了！护士、休养员来了一大帮，拉胳膊的，抱大腿的，总算把我治住了，拉扯着我回到病房。进了病房，我推开大伙儿，往床上一躺，用被子把头蒙住了。不管他们怎么说、怎么劝，我也听不到了。现在一切空话，一切安慰，对我都没有用！

我蒙着脑袋要好好想想往后该怎么办，弄成这个鬼样子回家还怎么见老娘？怎么见乡亲？不是我说没出息的话，这一辈子算完了，连个媳妇也娶不上啦！谁家大闺女愿意跟着个妖怪过一辈子？越想我脑子里越乱，心里越烦。也不知躺了多大工夫，蒙在我头上的被子突然被掀开了，我一把没拽住，被子被扔到了脚底下。我没有看清是谁，身子赶紧侧过去，把缺骨头短肉的那半边脸藏在下面。怒气冲冲地喊了一嗓子：“滚，滚开，我用不着听你们的好话！”

那个人拍拍我的膀子：“行啦，行啦，战斗英雄同志，这回可露馅儿了，少了半个脸就成了狗熊。”

这几句带刺的话臊得我脸上火辣辣的，连左边没有受伤的半个脸都涨得难受，特别又因为这是个女人的声音，而且挺耳熟，我现在最怕见女人,尤其是以前认识的女同志。要是男的说这话,不管他是谁,非把他揍扁了不可。

我没有吭声,那个很熟悉的女人的声音又响了:“伤好了就该回部队了,别在这儿装疯卖傻,要小孩子脾气了。起来,收拾东西,老师长叫我来接你。”

我一翻身跳下了床,啊,是陈单凤!我赶紧把眼睛躲开,想把脸也藏起来,可是来不及了,也无处可藏。臊得我恨不得立即找个地缝钻进去。这才是越怕见谁谁越来。我不敢看她,可偏偏又想看看她见了我这个丑样有什么反应。她没有被吓得惊叫一声扭头就跑,也没有厌恶地龇牙咧嘴捂鼻子。她定定地对着我的丑脸看了半天,说:“治成这样还不错,要看刚从阵地上把你抬下来的那样,都以为眼睛鼻子也保不住了,闹好了能留个吃饭的窟窿。行啦,别不知足了,只丢了半个嘴巴子,你应该烧高香念佛。”

“我还念佛!”我本来想骂她一句,一看她的神色并不像是挖苦我,就忍住了。她对我的态度,她说的这几句话,对我还真起点作用,已经死了的心又活了,得到了一点安慰,似乎还生出了一线希望。虽然希望什么,连我自己也说不清楚。我问她:“小陈同志,是不是叫我回自己的营?”

陈单凤尖下巴一摆,一双亮眼狡猾地一眯缝:“不知道。师长叫我来接你,我的任务就是把你接回去。我干这一行就像押送俘虏过封锁线一样保险。”

她嘴上说不知道,看她的神气显然是全都知道。不然为什么会叫她来接我呢?要是让我回原部队,为什么不叫营里的人来接我?一定是首长知道我的伤势重,怕我一出院就回前线身体吃不消,临时先安排个轻闲点的工作。我必须向陈单凤打听出点眉目来,思想上好早有个准备。她替我办好了手续,我催她快走,一分钟也不想在这儿多待。她却不着急,抬头看看太阳,说:“不行,快吃午饭了,我肚子饿了,吃完了饭再走。”

“嗯,你可真是八辈子没见过饭!”我忍不住骂了她一句。

她倒没生气,乐呵呵地说:“这算叫你说对了,你不知道我从小讨饭,饿怕了!再说,人家医院里还准备要开个欢送会呢。”

“欢送会?”哎呀,我怕的就是这一手。我现在怕开会,怕见人,更何况我还打了医生,砸了镜子。最好的办法是谁也不惊动,偷偷地溜走。

“不行,”陈单凤似乎看出了我的心事,“你是个战斗英雄,要出院归队了,谁敢不送?再说你伤得那么厉害,在这么差的条件下硬给你治成这样,也是医院里一个不大不小的功劳。可是你哪,恩将仇报,对医生打也打了,骂也骂了,临走了你还没有个态度?告诉你,你对医生态度好,赔个礼认个不是,这码事就不提了。你要是连个响屁也不放,我可要如实向师长汇报,不给你个处分,骂你一顿是跑不了的。”

不能小看这个陈单凤,人小精灵大,她这一番话还真把我唬住了。我原想,她要实在不走,我就一个人先溜。现在看那样做的确不合适,可我心里也打定了主意,不管你开什么会,我反正是不说话,不往前站,我死活不出那份丑!

但是,这个陈单凤,又不好惹,又猜不透她揣着个什么心眼儿。吃午饭的时候她竟以部队派来的代表身份,拉着我向医院的领导一一道了谢,逼到这个地步,我不说话也不行了,只好敷衍几句。我一张嘴说话,右颊的伤疤扯得微微作疼。我估计,在我张嘴的时候,样子一定更难看。我一想到这点,话就说得更少,嘴也不愿张开,唔唔噜噜,连我自己也听不清说了些什么。陈单凤俨然以一种我的战友、我的保护人的身份,替我打圆场,该说的都替我说了。她还领我向伤员们一一告别。我肚子里的火气压了又压,最后还是冲到脑门子上来了。这个任嘛不懂的女兵,她把我缺少半个脸当成光荣了,好像我这个丑八怪是一个挺漂亮的美男子,是一个即将凯旋回营的“战斗英雄”,是部队上的骄傲。她领着我像游街一样,在医院里做了一番示众。她虽然很认真,不像是拿我耍笑着玩。可我再也忍不住了,回到病房拿上我的东西,任谁也不理,气呼呼地冲出了医院大门。陈单凤在后边追上来:“老杨,杨其锐!你等一等。”

我心里话:“我等个屁!”

她小跑一阵追上我,小声埋怨说:“你跑什么,这多不好。你又没偷人,没抢人,少了半个脸怕什么? 这是为革命负伤,有什么见不得人的!”

我不理她,只顾甩开大步往镇子外边走。街上有很多人,她也不再说话了。

时候正是阳春三月,晌午头阳光很足,照在人身上暖烘烘的。人们吃完午饭喜欢在大街上晒太阳,妇女们看见我,啊地惊叫一声,立刻掉开头。男人们看见我,眼光却像钉子一样盯在我脸上,那神情是觉得又新鲜又可怜。最可恶的就是小孩子们,他们就像看耍猴儿的一样,跟在我屁股后面跑。开始只是三四个,他们一边跑一边喊:“快来看呀,半个脸的人!”越引人越多,一会儿工夫就聚起了一大帮孩子。起初我只是低下头,加快了脚步。随着孩子们越引越多,他们的叫喊声越来越高,说什么话的都有了。我就觉得血一阵一阵往上涌,脸上的伤疤涨得生疼,全身鼓满了一股要爆炸的怒气。脑子里嗡嗡响,我知道自己这时候是什么事都会干出来的。我不再低头,眼睛凶狠地瞪着孩子们,心里算计着,不知道哪个小子该倒霉叫我碰着。谁知道陈单凤倒比我先忍不住了,她小声对我说:“你先走。”然后一转身,冲着孩子们大喝一声,“都给我站住! 你们起什么哄,有什么好看的?”

孩子们一怔,有的站住了,有几个嘻嘻哈哈还跟在我后边,陈单凤追过去一手抓住一个,怒气冲冲地说:“我看谁还起哄,你们知道他为什么只有半个脸吗? 他是我们八路军有名的战斗英雄,你们要知道了他的故事,就会给他挑大拇哥,而不是跟在后边看新鲜了……”

她后边讲的什么我听不见了。我一口气冲到了镇子外边,后边像有鬼催着似的。开阔野地里一个人也没有,农民都回家吃午饭了。路边的小水洼,土坎后面冻住的残雪,在晌午头都开了冻,路上湿漉漉的。我踩了两脚泥,也顾不得这些,不回头,不停脚,还是一股劲地往前冲。就觉得心里有气,可是这股气是对谁的,连我自己也说不清。反正别叫我见人,一看见人我就来气。谁嘲笑我,厌恶我,可怜我,我就恨他，就跟他过不去。可是世界这么大，中国人这么多，我怎么能不见人呢？我心里很难受，感到悲观，觉着失望，毁了半个脸把我一切都毁了。找一个什么没有人的地方去待呢？

"老杨，老杨！"陈单凤在后边一边跑一边喊，"你走慢点，等等我。"

连她我也怕见，就装做没听见，脚底下更快了。登上了河堤，前边是一条小河，河里水很浅，连脚面也盖不过来，有的地方还露着黑泥。一早一晚上了冻，河床上就能过人。现在冻都化开了，脚一踩上去非陷下去不可，裤脚鞋袜全得湿透了。我站在河堤上拿不准主意，是蹚水过河呢，还是绕道去找小桥。这时候陈单凤从后边赶上来了，她跑得上气不接下气，一上河堤就指着我说："你抽风啦？是叫鹰追的还是狗撵的？"

她骂完这句土话，一想味儿不对，自己倒扑哧一声笑了。拉拉我的胳膊："坐下，歇一会儿再走。"说完她先坐下了，我走开几步，背朝着她坐下。她站起来又走到我跟前："你这个人怎这么别扭？我知道你心里不好受，我肚子里的气也不小，可他们都是小孩子，不懂事，你看叫我说他们几句，他们就不敢再跟着你看了吧。"

我低着头，不看她（不知是不敢看她，还是不愿让她看见我的丑样），没好气地说："你别提这个行不行？"

"哟，我愿意提？瞧你那个少心没魂的样儿，这都怪你自个儿。你要是拿出点气派来，大模大样，不等别人看你，你先拿眼睛盯住他，看谁还敢跟在你屁股后边瞧。你越是嘀嘀咕咕，小家子气势，人们越是看你。"她从口袋里掏出一个医生戴的大口罩，语气突然也软了，"给你，再过村子的时候带上它就行了。我本来都替你想好了，知道你脸皮薄，爱漂亮，想一出医院就叫你带上它，可以省去好多麻烦。你像挣命似的一跑，我也就忘了。"

我看看陈单凤，她脸上的神色很诚恳，就接过了口罩。可是把口罩一拿到手，心里感到一阵难受，我难道一辈子脸上就老罩着这块白布吗？我把口罩在手里揉成一团，向河心扔去。陈单凤一怔："你又怎么啦？"

我不搭理她。河堤上大柳树的树梢已经返青，有几只“虎皮鸟”被我惊飞了，但它们并不远飞，从这棵树上飞起来，到另一棵树上又落下。我不看陈单凤，却把手伸出去：“把你的枪给我！”

她抽抽鼻子，用一种十分瞧不起的口气说：“干什么，想寻死？”但又很麻利地从腰里拔出手枪，扔给我说，“好吧，我成全你！”

我接过手枪，没有瞄准就朝着树梢的鸟，“砰，砰，砰”连放三枪，一群群的虎皮鸟都被惊飞了。我心里的火气似乎放出了一点。

陈单凤又挖苦说：“同志，别拿子弹撒气，一颗子弹就是好几斤小米！”

我想起了她刚才说的“寻死”的话，虽然我对活着觉得没有多大意思了，可也没想要自己寻死，听了她的话脑袋一热，觉得给自己来一枪也挺新鲜，一下子就全完了，再也用不着怕寒碜了。我举起手枪，把枪口对准了太阳穴。这一切都是糊里糊涂的，我并没有意识到马上就会死，也不想立刻就扣扳机。但枪口和太阳穴还没有对正的时候，我右手突然挨了重重的一拳，手枪飞走了。陈单凤非常敏捷，奔过去拾起手枪，插进腰里。然后走到我近前，和我面对面站定，我感到她的怒气像风一样，一阵阵扑到我的脸上。不知为什么，我不敢抬头看她。她好像轻轻地冷笑了一两声。然后从牙缝里丝丝地往外挤着字：“好啊，你还真有点胆气！掉了半个脸，样子丑一点，就不想活啦，你就是为了一个脸蛋子活着？你以为右边这半个脸没炸掉的时候你那小脸就多漂亮啦！”

她有什么资格像数落小孩子一样地数落我？被一个女人这样连骂带挖苦，我可真受不了，就抬起头瞪她一眼。谁知她也气得脸色发白，像石头一样，眼光却像火一样炙人。我的眼睛赶紧躲开了她那逼人的目光，心里突然翻起一股新鲜而奇怪的感觉，身上热烘烘地发躁。更不敢看她了，却希望她像刚才那样继续数落我。

“你坐下，听我说。”她口气和缓了，虽然是用命令的口吻，可是带着一股亲近味儿：“老杨，你说说，你少了半个脸影响你打仗吗？影响你干工作吗？”

我摇摇脑袋。

"着啊,什么也不影响,就是不太受看。可也不一定,有人知道你的历史,说不定就爱你这半边脸。"她的脸突然红了,清亮得像水一样的目光变得含蓄了,就像一股使人摸不到底的激流。

我心里升起一股希望,盯住她的眼睛,听着她往下说,她却不好意思地掉开头。我心里又立刻凉了。谁会把我的丑当成美呢?她是个好心人,不过想安慰我一下罢了。我的脑袋又泄气地垂下来。

这下把陈单凤的火气又惹上来了:"你可是个死到临头都不眨眼的男子汉,别这么唉声叹气装出一副窝囊样。我知道你那小心眼儿里想的啥,你不就是害怕这一辈子娶不上媳妇吗?"

我一下子臊了个大红脸:"小陈同志,你说的这是什么话?"

"什么话?心里话,也说到你心里去了,你敢说不对?"

我不敢看她的眼睛,她的眼光能把我的衣服剥个精光,穿透到我灵魂里边去。

"哟,瞧你个大男子汉,叫我点破了你的小心眼儿,还不好意思呢。没关系,你杨其锐的媳妇包在我身上了。"

我一惊:"你?"

陈单凤的脸红得像一朵花,但她迎住了我的目光,轻轻地说:"对,就是我,你看得上吗?"

我简直不敢相信:"陈单凤同志,你别开玩笑了。"

她笑了:"呸!你个没心的,一个姑娘家有拿这种事开玩笑的吗?"

"真的?"

"你要不信,回去我就跟你结婚。"

我还是不敢相信天下会有这种美事。她长得那么水灵,又很泼辣能干,要什么样的人找不到?远的不说,安平就很喜欢她。她为什么要跟着我这个丑八怪?我摇摇头:"不,单凤同志,谢谢你的好心。这可是一辈子的大事,不能脑袋一热,闹着玩儿。"

她有点生气,感到委屈:"你当我是闹着玩儿吗?真是拿着好心当驴肝肺!"

我十分费劲地说:“安平非常喜欢你,他老跟我说你,他比我好。”

“就是你们连那个高鼻梁俩大眼的指导员？你不用担心,他不愁找不到好媳妇的。”

我一下子全明白了,转身离开了她。她跟了过来:“又怎么啦?”

我一把推开了她:“躲开,我不需要怜悯!”我以为她会生气的,会再把我数落一阵,然后各走各的路。但她没有生气,也没有走开,又凑到我身边,细气柔声地说:“傻子！我可怜讨饭的,可怜一切受苦的穷人,难道我随随便便地碰到一个讨饭的就嫁给他？我是喜欢你,傻小子。我喜欢你打起仗来不要命的这股劲儿。老实说,要不是你被炸掉了半个脸,我还不见得会跟你好。现在我一看见你的脸,就想起了那次铁弓岭战役。说真的,你并不难看,一点也不丑。等经过一个夏天,伤疤的颜色和别处的皮肤一样了,就更看不出来啦。”

世界上没有比这更好听的声音了！她说得动情,感情也很真挚,用手轻轻地抚摸着我的伤口。我一下子紧紧地抓住了她的手,她望着我,我望着她,一股幸福得发痒的、令人心里发颤的热流,在我周身搅动。我小声地问:“你说的都是真心话?”

她没有说话,只点点头。

我放开她的手,撒腿往河滩上跑。陈单凤在后边喊起来:“你个疯子,快站住！水凉。”

我站住了:“怎么办？我们找到桥再过去吧。”

陈单凤看看太阳:“来不及了,要走桥得多绕五六里地,天黑前就赶不到了。”

“那就蹚水吧。”

“不行,水太凉,你的伤又刚好。来,我背你过去吧。”

我笑了:“你背我？我跟个牛似的,你背得动?”

“你别瞧不起人,我可有一把力气,能扛一百二十斤的麻包。”

“那好吧,就多劳驾你了。”我说着就做好了准备。等陈单凤来到我跟前,弯着腰准备要背我的时候,我猛然从后边把她抱起来,朝着河心大步走去。陈单凤在我怀里挣扎,用手擂着我的胸脯:“傻子,傻子！快放下我！”

我吓唬她：“你老实点，你要再挣扎我就把你扔到河里。”

她果然老实了，眼睛笑眯眯地盯着我，双手搂住了我的脖子，她的脸快挨上我的脸了。我把她抱得更紧了，轻轻地说：“能娶上你这样的媳妇，我就是把两个嘴巴子都丢了也值得。”

她没有说话，却偷偷地在我的伤口上亲了一口。

哎呀，我真愿意这条河无边无沿，永远也走不到对岸。

“谁的心灵里没有秘密？”

——陈单凤

难道我真是发疯了？真是像他们说的那样，我想嫁给杨其锐根本不是爱情（这个词儿我刚听见说，刚学会写），是小资产阶级狂热性？我爱的不是他这个人，而是他的光荣的伤疤、英雄的称号？像我这样的人，从小讨饭，到部队以后才认识了几个字，才学会写“阶级”这两个字，还会有小资产阶级情调？伤疤也好，英雄称号也好，还不都是属于他的。没有这些东西，他还算是杨其锐吗？

这可怎么办？要和杨其锐结婚，这个风是从我的嘴里漏出去的，没有人逼我；话也是我主动跟他说的，说出的话还能再收回来？不收回来吧，我的心可已经活了。和我要好的人，都不同意这门亲事。她们说我不是喜欢杨其锐，而是可怜他，是我过去讨饭的时候养成的为朋友两肋插刀的野性子又犯了。又不是没人要，哪能这么轻率地就把终身许了人！这可是一辈子的大事，和一个半边脸的丑八怪怎么过一辈子？吃饭的时候两个人一对脸，连饭都会咽不下去。晚上关了灯，要是一下摸到他脸上，还不把人吓死！这些死丫头，嘴有多损。这事是办的有点太莽撞了。师长叫我把杨其锐接回来，到修械所当所长，我是修械所的助理员，因此没有多想就去了。来回只一天的工夫，就意想不到地把终身大事定了。我可不是拿自己的终身大事当儿戏，老杨不就是脸上少了一块肉吗？再说他是为谁才落下的残疾呢？我又不是什么千金小姐，连这点牺牲也不肯做，还算什么共产党员？要不是部队把我从河边捡回来，收留了我，我早就冻死了。农村姑娘比我好的有的是，有多少是懂得爱情不爱情的，还不是碰上什么算什么。一个没爹没娘的小讨饭化子，找了个战斗英雄，有什么对不起你的？

不管我怎么给自己打气，嫁给杨其锐的理由想了一百条、一千条，心里的高兴劲儿却一点也上不来了。那天我接他出院，脑袋一热突然决定了这件事，当时心里有一股办了一件大事、一件好事之后的兴奋劲儿、得意劲儿。现在连这两种劲儿也没有了。这两天我虽然是在心里打架，可是我相信老杨已经看出来了，他那双眼睛像准星似的老瞄着我。我怕见他，总躲着他。可越躲越觉着他的眼睛老盯着我，而且那眼光刺得我心里难受。他要恨我、骂我，倒也好。他不恨我，也不埋怨，只是默默地折磨自己，这可叫我受不了。他一着急上火，伤疤通红，眼睛通红，样子真吓人，我的心里也打颤。我感到他是这样的陌生，我了解他什么呢？关于他的家庭，他的身世，他个人的脾气禀性，我又知道些什么呢？我什么也不知道。我想到要和这样一个生人过一辈子，心里突然觉得害怕和委屈。

他没有逼我实现我已经对他许下的愿，他看到我的动摇，也没有在修械所里大嚷大闹，只是偷偷地想用眼睛问出个究竟。他越是这样，我越觉得做了对不起人的事，不敢看他。我哪一辈子欠了他的账？

师长托人捎来一封信，除去把杨其锐夸了一通，还说我做得对，这才是陈单凤式的恋爱，得空还要来喝我们的喜酒。师长是怎么知道的？这种事情传得可真快呀！我该怎么办？马上和他结婚，还是等一等？我当然愿意等一等再说，可是怎么跟他说呢？他一定会认为我变心了，不想再跟他，等一等就会把事情拖凉了。老实说我自己心里也没有底，事情拖下去，我身边那群姑奶奶们成天七嘴八舌，将来我还有勇气嫁给他吗？现在这样不成不散，也真叫活受罪，都快影响工作了。我这个脾气，可真受不了。要是有个娘多好，我真想扎到娘怀里哭一场。闹了半天结婚嫁人就是这么档子事。高兴呀，幸福呀，全是幻想。痛苦、折磨才是真的。

每天吃完晚饭，一没有事情了我就躲在屋子里，练习认字写字。我不愿听人说我做得对，也不愿听人说我做得不对。

“陈助理员在吗？”

这是他的声音，他终于憋不住了，要找我来摊牌？我心里打小鼓，额门上沁出了毛毛汗，慌忙开了门：“老杨，快进来吧。”

“不啦，我得走了，我想还是告诉你一声好……”

“你到哪儿去？”我这才注意到他的确是穿得整整齐齐，肩上还背着挎包，像个要离队的样子，我心里吓一跳：“出了什么事？”

“没出什么事。”他两只通红的眼睛不错眼珠地盯住我，那神情就好像在说：“出了什么事你还不知道？”

“陈单凤同志，我不埋怨你，你是个好人，是个热心肠的同志。我还要感谢你，你为了鼓励我，说过那么亲热的话，我一辈子都不会忘……”

我没有想到他不喊不跳，还用这种口气跟我说话，还说要感谢我，这比打我骂我还更叫我难受。赶紧打断他：“你别说这种话，我什么时候说不跟你了？”我这样问他，自己的心里却也感到底气不足，赶紧把眼睛掉开了。

“别，你也别再提那回事了。我不该稀里糊涂地跟你到修械所里来，我们两个不能待在一块，我可受不了啦！”他突然转过身子，“不说这些了，再见吧。”他头也不回地迈开大步走了。

我愣了一会儿，赶紧追上去：“等等，你离开修械所政委知道吗？”

他脚步不停：“我给他留了个字条。”

我也只好跟上他，边走边说：“你这样私自离开修械所，不是当逃兵吗？”

“逃兵？”他转过头瞪我一眼，“我不是回老家，是回部队，上前线。有从后方往前方跑的逃兵吗？”

“至少是无组织无纪律，师长也饶不过你。”

“他不会拿我怎么样，我这就去找他，我有的是离开修械所的理由。”

“你有什么理由？……”我忽然明白不应该问这样的傻话，我还不知道他的理由是什么吗？除了由于我不嫁给他，两个人待在一块别扭，还能有什么别的理由？师长来信称赞我有勇气嫁给杨其锐是对的，他到师长跟前说我又变了卦，我好像成了一个说话不算数的女人。师长是我的老领导，他救了我的命，收留了我，关心、教育我长大，我对他有一种对父亲似的感情。他要听到我变心的消息会不会伤心呢？我现在不仅觉得对不住杨其锐，还对不住师长。我怎么欠了那么多的债呀？

我们两个都不说话，低着头默默地走着。修械所的战士和民工看见我们两个一块朝山上走，都挤眉弄眼。有的咬着耳朵在嘀咕什么，有的捂着嘴在哧哧笑。我装做看不见，也听不见。修械所设在山脚下一个大庙里，翻过两个小山包就是师部。

气候暖和了，白天也长了，吃过晚饭都这么一大会子了，天还没有黑。放羊的、放牛的都回家了，山里很静，轻轻的春风吹在人脸上就像小孩儿的手在抓挠，格外舒服。山坡上的小草，又绿又嫩，脚踩上去咯吱咯吱响。多好的黄昏，多好的小山，就在几天前，我还和修械所的几个女兵每天吃完晚饭就带着课本到山坡上来打滚。要是没有结婚嫁人这些烦人的事缠着该有多好。我们两个心里都有话，可谁也不想说。快到半山腰了，天也黑透了，山上的小树小草已经分不清了，只看得出一个黑糊糊的山影。杨其锐站住脚："助理员，你别送了，回去吧。"

他的腔调这么客气，这么生硬，反倒使我心里不好受："老杨，咱们再商量商量，你能不能不走。"

他好像也很不情愿地说："我还是离开这儿好。"

"……今儿个太晚了，明儿个白天再走吧。"

"不，趁着我还没有疯，早点离开这儿好。再待下去，我还不知会干出什么傻事！"

我知道留不住他了，我说的这些话全都没滋没味儿，有一句话可以留住他，那就是："你别走，我们明天就结婚！"我以前说过这样的话，现在还没有收回这句话，可也不愿意再重复一遍了。沉默了一会儿，我终于费了好大的劲才说出一句有点内容的话："你非要走也行，我们就晚几年再结婚,反正我不会变心。"

"不,用不着了,今天咱们一分手,以后你就永远也不会再见到我了。"他的口气很沉重,也很决断。

我心里一惊:"你这是什么意思?"

他突然用一种对自己无比憎恨的口气说:"我这样一个人人厌恶的丑八怪,为什么还活着呢?是因为有一个好心肠的姑娘,我从来没有见过有她这么漂亮的美人,她不嫌我丑,她要跟我好,所以我就不想死了。现在我知道她为我作难了,她受到了同志们的嘲笑,我成了她的累赘,她现在也看清我的确是个丑得不能再丑的妖怪了。我为什么要拖累这么好的姑娘呢?她应该找一个世界上最好的丈夫,我为什么要在这儿碍眼呢?……"

"你别说了!"我实在受不了啦,他不埋怨我,可是每一句话都像剜我的心。他是个男子汉,打仗是个英雄,却并不是个粗心汉,他心里什么都明白,他知道我受了朋友的挖苦,心里也有委屈,所以他不怪我。他越是不怪我,我却越觉得他是个好人,越觉得对不住他。

"不,你别拦我,让我把话说完吧,这是最后一次了。单凤,我这次回到前线,就是枪子不找我,我也会去找枪子……"

"你说什么?"我的心里发冷,他是为了找死才上前线的,是谁逼他去发疯的呢?师党委为了照顾他的伤才把他留在修械所,可是我……

"你放心,我不会背叛革命自杀,我要当个烈士,给家里挣一个光荣烈属的牌牌。"

"老杨,你不能这样干!"我抓住了他的胳膊。

他抓住我的手:"让我再握握你的手吧。"

他双手紧紧抓住我的左手,我没有拒绝。他把我的手贴到他没有受伤的那半个脸上,有几滴湿漉漉的东西滴到我的手背上,这是什么?眼泪!他哭了!一个在战场上不怕死,不怕流血的英雄好汉,在一个女人面前哭了!我的心软了,右手使劲抓住了他的胳膊:"杨其锐,我不让你走!"

"不让我走怎么办?"

“我们结婚。”

“真的？”

“真的！”

“你不怕别人笑话？”

“不怕。”

“将来你不后悔？”

“不后悔！”

他沉默了一会儿，攥着我的手突然打起哆嗦，说话的语气也变得急躁而紧张：“你又骗我！我不信！”

我急了，小声说：“谁骗你，不信我把心掏给你看。”

“我是要看看你的心！”他发疯似的解开我的衣扣，把一只汗乎乎的大手贴在我的胸脯上。我吓坏了，出了一身冷汗，赶紧推开他，跑出去几步，气呼呼地说：“你要干什么？”

他咬着牙根，冷冷地说：“后悔了吧？还说要当我的老婆，连碰都不让碰，别再骗我了！”

他好像从提包里拿出个东西，像个手榴弹，在手里摆弄着：“我何必要死到前线上去呢？这个地方不是挺好吗。死了以后还有人埋，你也许还会为我掉几滴眼泪，你是个好姑娘，一定为我的死感到后悔，如果像哭丈夫那样再为我哭上一场，那就太美了！我还求什么呢？单凤，站远点，卧倒。”

我却拼命地冲过去，抓住他的手。他的手里果然拿着一个手榴弹，盖子都打开了，我急忙把盖子又扣好。但他攥得死紧，没有夺过来。他忽然又阴阳怪气地说：“哎，要是我搂着你，咱们两个一块死，这滋味也不错，活着不能当夫妻，死后成夫妻。”

“你疯了？”

“对，我是疯了！一个不想活的人，一个被这个世界扔掉的人，是什么事都干得出来的。”

“我不是都答应你了吗。”

“我已经不信你的话啦，我要今天就跟你结婚。”

“今天?”

“对,现在就结婚!”他突然把我抱起来放到草地上。

我没有反抗。我说不清为什么没有反抗,为什么没有从挎包里掏出手榴弹把他的脑袋砸个稀烂。我怕他寻死?我欠他的情?还是我反正已经许给了他,早晚得做他的老婆?

等我惊醒过来,感到了耻辱,他什么事情都干完了,抱着脑袋正坐在我身边喘粗气。我突然觉得不是我欠他的,而是他欠我的。我一肚子怒气,坐起来,抡起巴掌抽了他两个耳光:“这回你相信啦,你要的就是这样的保证!”

他一声不吭。我打完他,却又觉得非常伤心,坐在草地上大哭起来。

我们结婚了,就在过去一个老和尚住的屋子里。婚事办得既简单又省事,我不愿意声张。一个姑娘一辈子就这一次,都希望自己的婚事办得排场一些、热闹一些。我却正相反,我害怕有人来给我道喜,不愿他们到大庙里来闹新房。还好,修械所的人好像都知道我的心思,也许都认为这桩婚姻不合适,谁也没有起哄。冷冷清清地就把喜事办完了。什么幸福呀,快乐呀,新鲜感呀,哪怕有一点点也好,我连一点也觉不出来。就像给别人办一件事一样,只求快点办完,让这一切快点收场吧。

结婚后,杨其锐像换了一个人,他再也不闹死闹活了。别人说他什么话,开他什么玩笑,他全能忍受,把男子汉的自尊心装在鞋窝里啦。就好像他娶了个圣母娘娘,别的事他什么也不在乎了,知足得不得了。对我更是百依百顺,一天三顿饭都是他把饭菜打到我们自己的小屋里来吃,菜里有一点肉星也全拣到我的碗里。晚上我看书,学着画机械图,他就坐在旁边不错眼珠地盯着我看,给我斟热水,给我嗑瓜子吃。他把我当成了小孩子,放在头顶上怕吓着,放在嘴里怕化了。

人心都是肉长的,我对他也越来越好。我嫁给他一点也不后悔了,我没有看错人,他是个好人。

“错误是有传染性的”

——杨勇进

总部负责宣传的周学师神色异常地递给我一张《矿山战报》，我一看头版的大标题——

通缉地主分子、国民党军阀的小老婆——陈单凤

我心里猛地一跳，血立刻都涌到头上来了。我不相信自己的眼睛，又看了一遍大标题，一点没错。四个版上的内容都是关于妈妈的，有爸爸揭发她的材料，还有关于她的地主家庭以及她年轻时同国民党军阀和地主恶霸胡搞的详细材料。这上面的每一个字，都像钉子一样扎进我的眼里，刺痛着我的心。这个陈单凤难道会是我的妈妈吗？

不，这不是真的，这是别有用心的捏造。妈妈决不会是这样一个狠毒的“臭妖精”，她更不会是这样一个“糜烂透顶的女人”！她从不打扮，她厌恶妖艳的女人，甚至讨厌女演员。她很少去看戏，只有被我和姐姐缠得没办法了，才偶尔去一次剧院。难道这都是装的？她曾给我们讲过她小时候的经历，姥姥怎么在逃难的时候走失，姥爷怎样被抓劳工，她怎样无依无靠地四乡讨饭。这一切难道也是装的？不，装假能骗过人的眼，骗不过人的心。妈妈是世界上最好的女人，我敬佩她，我相信她。我刺啦一声把报纸撕碎，扔到地上。

“你扯碎那一份管什么用，他们印了几万份，撒得全市到处都有，光我的学校就撒了几百张。”周学师又拿出了一沓《矿山战报》摔到桌子上，他不愿意看我又生气又难受的样子，小声说：“勇进，你打算怎么办？对立面很可能要抓住这个材料攻击你，有不少咱们自己的队员也在下边议论纷纷。”

我一拍桌子，“这完全是造谣诽谤！”

“你说造谣得拿出证据来，何况这上面还登了你爸爸的亲笔揭发

材料,你爸爸总不会造你妈妈的谣吧。这是个无法推翻的铁证!”

我一下子就泄气了。是啊,怎样证明爸爸的揭发材料是假的呢?爸爸到底是怎么回事呢?报纸上影印了他的笔迹,他到底出了什么问题,为什么要反咬妈妈一口?我猛然想起一件事,在我很小的时候,什么事也不懂,有一天看见爸爸下班回了家,我也赶紧从大街上往家跑,进屋一看就吓坏了,妈妈端着一支手枪对着爸爸,爸爸也举着一支手枪冲着妈妈。妈妈的脸变得像冰一样,气色也发白了。两个人眼盯着眼。最后还是爸爸悄悄往后退,嘴里说:“单凤,你有话就说,为什么要动枪?”妈妈说:“你做的事你知道!”爸爸也不往后退了,两个人顶住了,眼看枪一响爸爸妈妈就都死了。我哇地一声扑过去,抱住了妈妈的腿。我没命地哭,没命地喊妈妈,抱着妈妈大腿使劲摇。妈妈终于收起了枪,说:“看在孩子的分儿上,今儿个我饶过你了,滚吧,别再让我看见你。”那天晚上爸爸没在家里睡。他走了以后,妈妈搂着我哭了好半天,我活这么大那是头一次看见妈妈掉眼泪,我想她一定是有一肚子委屈,可是我怎么问,她也不告诉我。几天以后,来了好几个叔叔,把爸爸妈妈叫到一个屋里,把我和姐姐关到另一个屋里。这样谈了好多次,爸爸妈妈又和好了。这件事却深深地印在我的心里,我总觉得他们两个中间一定发生过什么大事情,而且是必须瞒住我们的。以后我渐渐大了,懂点事了,知道爸爸在男女关系上犯了错误。说不上为什么,我对他也格外留神了,以后凡是家里来了女演员,我就赖在屋里,死活不出门。所以前些天爸爸被造反派抓走了,我没有感到奇怪,心里也并不觉得怎样难受。现在我一向引以为自豪的妈妈也出了这种事,叫我怎么办呢?难道妈妈也是个身上不干净的人?

周学师这个呆子还在喋喋不休地劝我:“……你千万不要感情冲动,一定要冷静,你走错一步棋,就影响咱们整个‘八一八’。前些天你父亲被抓,就给咱们带来很大危机,多亏你的魄力大,力挽狂澜稳住了阵脚。这回又出了你母亲的事,可要及早变被动为主动。我的父母都是小学教员,我不了解你们干部家庭,现在老干部都是走资派,哪还有几个好人?难道你的父母就都是革命干部?前几天你爸爸也成了走资派,你妈妈就一点黪儿也没有?……"

我一板脸,喊了一声:"别说了。"吓得学师立即就不吭气了。旁观者说一句你要有理智,这是很容易的。对陷入痛苦和绝望之中的人,就不是容易的事了。我真想带上一批人,到矿山机械厂砸他的报纸编辑部,揪出他们的头头跟他辩论。不行,我手里没有材料,谁信你?何况儿子为母亲辩护,本来就是有理也说不清的事。如果对方真是有理有据,我就彻底完了。不能凭感情办事,无数事实证明,感情往往给人出坏主意。

也许我的妈妈并不像我认为的那样好。马要踩旧蹄印一千回,人在历史的旋梯上也要多次重复前人的错误。有了权,就会沾上酒、色、财、气,馋、懒、贪、变。我的妈妈为什么就能够例外?就因为她是我的妈妈吗?混蛋逻辑!

周学师还想说什么,我摆摆手止住了他:"别说了,我都知道。真理是好的,但有时太严酷,使人情不自禁想回避它。"

周学师推推鼻梁上的眼镜,高兴地说:"对呀,即便你母亲完全是被冤枉了,这要和毛主席的革命路线相比,和我们造反的大业相比,和咱们的红卫兵组织相比,哪个轻?哪个重?哪个亲?哪个疏?……"

我打断了他的唠叨:"你以我个人的名义发一个声明:红卫兵战士就应该毫不犹豫地斩断一切庸俗的琐碎的私人感情,屈服旧的传统势力就等于慢性死亡。如果我的母亲确实是资产阶级营垒里的人物,我就不怕丑,不怕痛,狠抄'私'字的老窝,像许多革命先烈当年毅然和反动家庭决裂一样,像哪吒愤然把自己的肉体生命还给他的顽固老子一样,从此我便没有衣食父母,只承认我精神上的母亲——真理。和革命真理在一起,就是和幸福在一起;坚持革命的人,信仰至死不变。在我母亲的问题没有彻底查清之前,我暂时退出'八一八红卫兵纵队'……"

周学师惊讶地抬起头:"勇进,你要退队?"

"别打岔,往下记。"我略微想了一下,继续用记录的速度往下说:"我坚信历史的舞台是没有观众席的,不扮演推动历史前进的革命派,就扮演阻挡历史车轮的小丑。我祝红卫兵战友们取得更大的成绩。杨勇进。”

周学师记完最后一个字,抬起脑袋埋怨说:“你怎么能退队呢?我们大伙儿可不愿你离开!”

“没有办法,得顾大局,保住咱们的组织要紧。”

“你的声明里只说和父母划清界限,不提退出红卫兵不就行了嘛!”

“没那么简单,要是那样的话,我们纵队也得发声明,支持矿山战斗队,转发他们的材料。为了表示我们更革命,得比人家做得还要过头,才能堵住对立面的嘴。我不想那样干。现在,理智提醒我要恨妈妈;可是感情告诉我要爱妈妈,越是这时候越要关心她、保护她。”

“你退了队怎么办?”

“调查这件事,不弄清妈妈到底是个什么人,我死不瞑目!”

我嘱咐周学师,两小时内不得把我要离开学校的消息告诉任何人。其实我只装了几张纵队的空白介绍信,十分钟之后就走出了学校大门口。我现在是福尔摩斯了,在心里制定自己的行动计划,是先找妈妈呢,还是先调查问题?妈妈下落不明,死活不知,当然先找妈妈。到哪儿去找,从哪儿开始呢?我决定先去找姐姐,看她知道不知道妈妈是被什么人抓走的,她也在矿山机械厂上班,也许知道《矿山战报》的情况。

我回到家里,姐姐不在,看家里那个乱七八糟的样子,她也许有好几天没回来过了。莫非姐姐也出了什么事?也许我们家周围还有什么人在埋伏着。我没有在家里坐,连口水也没喝,见妈妈经常骑的那辆破自行车还在墙角扔着,我吹吹上面的土,摸摸车胎还有气,没问题。我仔细地又打量了一眼自己的家,这个家就这样完了吗?我心里有点不好受。猛然觉得这种感情不对头,一转身就骑上了自行车。

大街上是一片我所熟悉的,只有在中国、在我们这个时代才会有的革命气氛。一方面是混乱不堪,一盘散沙,各自为政;一方面又是高度集中,有组织,有纪律,乌合之众也有首领。一方面弥漫着战争的火药味,刀枪和棍棒呼啸而过,战车盔甲,闪闪发光;另一方面又洋溢着喜气洋洋的欢乐，红标语、红书、红花、红色笑脸，每一天都好像是节日。楼顶上的高音喇叭，广播车上的扩音器，造反派手里的土喇叭，街道宣传员嘴边的话筒；语录歌、各种行进节奏的战歌，呼口号、朗诵各种通告、辩论、叫骂，形成了一种强烈而嘈杂的音响效果，具有高度的刺激性。我对这一切向来是感到很亲切的。但是今天，这种气氛和我的心情却有点格格不入。往常我也坐在大汽车上，和战友们一块高唱战歌，手举红卫兵大旗，横冲直撞，何等威风！今天我孤零零一个人，骑着一辆矮小而破旧的自行车，得加倍小心，不时地给迎面飞来的造反派的大卡车让路。我的心里颇有一点酸楚和灰溜溜的味道。我哪来的这股小资产阶级的感伤情调？要知道我杨勇进，也是中学红卫兵中一个赫赫有名的人物，我一跺脚不敢说全市都发颤，至少教育界的地盘会打颤。今天为什么自己就觉得矮了别人一头？

快到中午了，我才接近了矿机厂，老远就被人拦住了。通向矿机厂的大道堵死了，有十几个戴着红袖章的工人，把守着道口。我下了自行车，也不知怎么搞的，往日那股骄横的造反派脾气突然收敛了，我和和气气地说："我到矿机厂找个人，你们放我过去。"

"我看你是找死！你眼瞎了，也不看看这是什么时候？"有个大块头的家伙凶狠狠地说。

"这是什么时候？"我反问他。

"矿机厂被我们围住了，你要想死就进去。"

我心里一惊，抬头往里看，果然不假，矿机厂被团团围住了。而且都是机械化部队，成百上千辆的汽车、拖拉机、压道机，组成了一道钢铁的围墙，把矿机厂围了个严实。到底还是工人阶级有气魄，真像个打仗的阵势。我问那个大个子："你们是谁？"

"机械工人联合总部。"

"你们的头头是不是康星培？"

"对。"

"带我去见他。"

"你是谁？"

"我是八一八红卫兵的负责人杨勇进。"在这种情况下,当一个弱者,把自己打扮成一个安分守己的老百姓,根本行不通,我只好亮出牌子,说话的口气也粗了。立刻奏效,那几个工人都围上来问:

"你就是陈书记的儿子?"他们管妈妈还叫书记,我有点放心了,"机工联"一直是保妈妈的。这就是说他们并没有因为《矿山战报》发表了关于妈妈的那个材料而改变态度,他们围住了矿机厂说不定正是为了这回事。

大个子领我去见康星培,我以前见过这个人,他是机械公司下属的重机厂的炼钢工,可能还是个炉长。也到我们家里去过,长得很奇特,别人的胸脯都是扁的,他的上身是四四方方的,就像他自己炼铸出来的四方钢锭一样。手腕子劲儿很大,掰腕子让我两只手再加上一只脚蹬,我都掰不过他。现在他成了这场围困战的总指挥。指挥部设在一辆高高的吊车上,从这儿可以清清楚楚地看到矿机厂里面的情况。我看见矿机厂里也把自己生产的钻机、矿车都堵在大门口,防备大门被攻破。康星培见了我很感意外,态度冷淡,那两只通红的眼睛像两把刀尖似的盯了我好半天,用充满疑虑的口吻问:"这个时候你到这儿来干什么?"

我对他没有必要隐瞒,实话实说:"我来了解我妈妈的情况,我不相信爸爸对她的揭发,也不相信矿山造总印发的材料。"

"就你一个人?"

"怕牵连'八一八',我已经退出红卫兵了。"

"嗯,有种!"他拍拍我的肩,但神色仍然很严肃,"可你知道吗,你妈妈已经死了。"

"什么?"我猛地跳起来抓住了他的衣襟,"你说什么?"

"我得到的情报确实,验证了血型和指纹都是你妈妈的。"

"她是怎么死的?"我浑身颤抖,但强自镇静住自己,尽量像个大人,像个造反派的样子,不叫任何人看笑话!

"他们说是逃跑的时候掉到山涧里摔死的。"

"不,不可能! 一定是谋杀!"我终于克制不住了,怒不可遏,眼泪不自觉地流出来了，但没有哭出声，也不想哭，只想冲出去杀人！

康星培紧紧地抱住了我："你要是陈单凤的儿子就听我说，你妈妈不是那种会潜逃、会自杀的人，她是被抓走的，我得到信以后派车追赶没有追上。但'矿山造总'这一手很毒，几乎把我们'机工联'搞垮。我要是承认我们保错人了，机械工人造反总部也就完蛋了，整个公司的造反派全得倒向'矿山造总'，董华、侯金榜这两个家伙很自然的就成了全公司的负责人。我不能叫他们的野心得逞。因此我横下一条心，保陈单凤保到底，借口他们杀害革命干部围住了矿机厂，把水、电、粮、煤全给卡了。限他们三天交出杨其锐，交代谋杀陈单凤的经过……"

"我爸爸也在这里边？"

"对，他还成了'矿山造总'和'工农兵'的高参，刚才我还看见他跟'矿山造总'的头头一块看地形，里面防御措施都是按他的意见办的。"

我突然下了决心："我进去找他，如果他的揭发全是假的，我就……"

康星培拦住我："不行，那你就白去送死。'矿山造总'里有高人，手段又狠又毒。我们一时半会儿也不见得就能打得进去。你明白不明白，我们这个组织的生死存亡和公司的造反派组织会不会分裂，就全在你妈妈身上了。咱们应该分头行动，我在这儿打，想办法把杨其锐抓到手。你去找你妈妈的老同事、老上级，把你妈妈的问题调查清楚。然后到北京上告，告'矿山造总'谋杀革命干部，这叫双管齐下，查清了你妈妈的问题，也算帮了我们的忙。"

"我妈妈的尸体在哪儿？"我问。

"不知道。"

"她在哪儿摔死的？"

"也不知道，我已经派出好几股人去寻找了，这些事你就不用管了，我会料理的。"

突然，一个工人慌慌张张跑来报告："总指挥，温放带着'工农兵'的人又把我们围住了，我们两面受敌，成了他们的饺子馅了。"

"他妈的，这准又是杨其锐给出的主意！"康星培站起来，怒气冲冲地问："他们有汽车没有？"

"有几辆,不多。"

康星培一阵冷笑:"派五辆推土机,撞他的汽车,然后开着大卡车冲他的队伍!"他小声对我说:"这儿的事你别管,我派人出去联络别的厂,我们有的是人,再从外边把'工农兵'围住。你就坐他们的汽车冲出去,然后按计划行事。我等着你的消息。"

我也豁出去了。往后没有任何牵挂,没有任何犹豫可以阻止我干我想干的事了。造反,造反,现在我们一家人反起来了,我真恨啊!我想杀死他,哪怕杀了他以后我自己也死哪!刚才康星培谈到一个姓侯的人,这个名字很熟,好像听妈妈讲起过这个人。现在也来不及跟他说了。

"愿望比恐惧更强烈"

——侯金榜

我翻过来,倒过去,无论如何也不能入睡。

"嘟嘟嘟嘟——"发电机单调的叫声吵得人心烦,昏黄的灯光似乎也在随着它的叫声颤抖,时明时暗,微弱无力。没办法,我们被"机工联"围住十天了,矿山机械厂成了一座孤城,水电煤粮、电话线全给掐断了。水嘛,厂里有水井,渴不死人;电嘛,厂里有一台柴油发电机,发出的电能供应造反总部大楼里的照明,不管光线多暗,总比摸黑强。关键是粮食,从前天起,每人一天只发两个馒头,就这样也维持不了几天了。更可怕的是人心都散了,没有几个人想硬顶下去了。就是总部的几个头头,这两天意见也不一致了。我还担心被我们打垮的那一派,别趁机东山再起,从窝里反起来。幸好我掌握着宣传舆论工作,全靠每天捏造点派性新闻来鼓舞士气。这种乱世,舆论极其重要,并且要以惊人的手腕玩弄它,不断变化新花样。但是眼下我们对外打舆论战的能力却瘫痪了。"机工联"围着我们厂每隔一百米架起一个高音喇叭,乱喊乱叫,昼夜二十四小时,一会儿也不停。我们没有电,所有的高音喇叭都哑巴了。像造反队这样的乌合之众,在对手如此强大的宣传攻势下，还能维持得久吗？投降，我们就完了；被他们攻破、打散，我们也完了。我盼望着解放军能出头解围，谁知道他们不敢派兵动武，支左联络站说话跟放屁一样不顶事。我们就眼瞪着坐在这儿束手就擒？

我原想这么大规模的武斗，不仅轰动全市，也会惊动中央。“机工联”围住了我们，“工农兵”又围住了“机工联”，“东方红”和通用公司的一些工厂又围住了“工农兵”。好几万人，三层包围圈，一旦打起来怎么得了！可是“中央文革”为什么不来管呢？难道中央也乱了，自身难保？还是全国各地都打起来了，中央想管也管不住了？他妈的，现在手底下要是有一支精悍的队伍，正是打天下的好时机。蒋介石这个老混蛋，趴在那个海岛上干什么呢？是不是快死了？这种时候至少要给共产党凑点热闹。咳，想这些有什么用，还是想想眼下我自己该怎么办吧。

董华和另外两个总部的头头睡得很死，鼾声此起彼伏，互相应和。在这种情况下，他们竟然吃得饱（总部头头每人发六个馒头，保存司令部的战斗力）、睡得着，我又气又恨，对他们睡得这样香还产生了一种嫉妒。这十天来，我几乎没有睡过一夜踏实觉。看来在某种情况下，无能也是一种幸福。是呀，别看他们是头头，甚至是总头领，但对什么事也不操心。这个“矿山机械厂造反总部”，是我发起的，但我不当一把手，我不出面给群众讲话，不出去对外谈判，吵架、辩论、武斗的事更不干，一切当英雄、做领袖的出头露脸的事，全找不到我。我对上对下一样谦和、恭让，不显山，不露水。不是我不想掌权，不想出头。正相反，我在底下当最末一等公民当烦了，我是个不甘人下的人，被压了十几年，像演戏一样演了十几年，不多说不多道，对一切人都赔笑脸，连《参考消息》都是下班后躲到家里去看。我没有一刻不想翻上身来压压别人。我内心充满了要取得权力的强烈欲望，胆小怕事，规规矩矩，历来是善的本来面目，也是恶的伪装。我曾经享受过出人头地的生活，我不能忍受这种奴隶般的地位。但我表面上必须小心翼翼，装得安分守己，满足现状。不到万不得已，不能破釜沉舟；非有十成把握，决不撕掉伪装。我只当二把手，把出身好的，身上没有黵儿的，推到前面当一把手。他掌握着总部表面上的大权，我掌握着实权。出了大问题，往一把手身上推，由他顶着。如果不出问题，江山已定，我很容易就可以取而代之。这就像运动场上赛跑一样，有经验的长跑运动员，并不在中途抢先，总是紧跟着头一名跑，待到临近冲刺的时候，突然从旁边跃过第一名，自己领先成为第一。以前我挑的一把手是起重工刘喜，董华杀陈单凤有功，回来后就让他当了一把手，而且他身上有了这笔血债，就更容易听我摆布了。让刘喜高升到全市大联合筹备组去，将来在市里挂个职务，也等于我们插进市里一条大腿。一切都按我的计划进行了，非常顺利，偏偏康星培这个亡命徒带人围住了矿机厂，他们竟敢豁出命来造反，这就要了我的好看，我可决不为了造反而舍命！在群众面前，我也可以咬住牙说几句拼命的话，但我决不会领着人去打仗。武斗，武斗，搞他娘的什么武斗，让混蛋去武斗吧！现在的情况是你不找人家，人家找你，“机工联”已经打到头上来了，即便他们围而不打，我们也撑不了几天了。

“机工联”的大喇叭还在不停声地骂。我来到值班室，值班的队员告诉我没有什么新的情况，对方除去用高音喇叭骂大街，也没有新的动静。我还是有点不放心，康星培对厂内的情况知道得很清楚，他们现在占优势，为什么老是围而不攻呢?

我摸着黑登上了全厂的制高点——电铲联合车间的平台，从这里可以鸟瞰全厂，也可以瞭望厂外敌人围困的阵势。这阵势对有闲情逸致的人来说，不能说不壮观，很值得一看。围着我们厂东西南北四个角，每个角上立着两个大探照灯，形成一道强烈的光带，把矿机厂锁住了。不要说从我们厂的墙头上爬出一个人去，就是飞过一只麻雀去也看得清清楚楚。灯光中，一面面大旗在夜风里抖动。黑压压一排排的汽车队、拖拉机队，还有代替坦克准备在前边冲锋开路的推土机队和轧道机队。“机工联”的人多，他们轮班休息，夜里巡逻的人似乎比白天还要多。这种阵势，对于我来说却十分不妙，心里发怵。我往“机工联”的外围看，想看看“工农兵”的阵势，给自己壮壮胆。但远处看不太清楚了，影影绰绰发现“工农兵”的圈子稀稀拉拉，巡逻的人也少多了，对“机工联”根本形不成包围圈，也构不成威胁。猜不透他们是被打散的，还是自己撤走的。我早就看出来了，温放这个杂种靠不住，他是那种有奶便是娘的人，用人时脸朝前，不用人时腚朝前。他这种人怎么会为我们来卖命！但是有他们在这儿，“机工联”就有后顾之忧，被牵扯住一部分力量。如果温放一撤走，康星培全力攻打矿机厂，连一天也用不了，我们就垮了。

我本来已经够紧张的神经，这下揪得就更紧了。表面上看，我比别人都沉得住气，实际上我比他们都更紧张，就是天气再热我也穿两件衣服，里边一件湿透了，外面还有一件罩着，不至于让别人看见我紧张得出那么多汗。我泄气地坐在平台上，眼看败局已定，我该想想自己的退路。康星培为什么逼得这么急？他是为了陈单凤的问题被逼恼了。他保陈单凤，把宝都押在陈单凤身上了，我把陈单凤搞臭搞死了，他当然要拼命。我在陈单凤身上做得太露、太急了，很多地方不可信，被人家抓住了破绽。今天这个局面全是我惹起来的，想得太不周到，太不小心了！我这是怎么啦？我战战兢兢、小心谨慎地生活了那么些年，怎么刚掌握了几个月的权力，贪心就大了，手脚越来越放肆，愿望就战胜了恐惧。

是的，权力、地位及其相应的一切应有尽有的特权和享受的诱惑力，对我越来越强烈。以前我想得到矿机厂的大权，想享受支配别人命运的快乐，现在这一切都得到了。可是我又产生了新的更大的欲望，嫌掌握一个厂的权力不过瘾，还要掌握全公司的大权。陈单凤坐过的位子，我也一定要坐一坐，我这一辈子一定要压她一头，至少不能比她低。这新的欲望就像一杯烈酒在勾着我的馋虫，我时时想喝它，一想到它就犯酒瘾，血就往上涌。我被自己的野心冲昏了头脑。这种在乱世中突然到手的权力，放纵了我，销蚀了我的判断力，使我丧失了理智，以为这样一步步走下去，就可以实现更大的野心。权力和地位这么快、这么剧烈地就改变了一个人的灵魂，可怕！

要是我的老娘还在人世，也许能够提醒我。她老人家为了给我父亲报仇,把仇恨埋在心里十六年,甚至不惜赔笑脸和仇人赫鸿基睡觉。一直等我长到十六岁,才把一切都告诉我,还把保存了十六年的我父亲的手枪亲自装上子弹交给我。第二天早晨,当赫鸿基穿着长袍到教堂去祈祷路过县公安局门口,我从后面开枪把他打死了,然后进公安局去自首。蒋介石有一条法令,年纪不到十七岁,打死人不受法律制裁。妈妈钻了这个空子,我被当场释放,还得到了赫鸿基的一笔财产。这是什么样的手段,滴水不漏!我这个男子汉,是她老人家的亲生儿子,自愧不如。我记得哪位名人好像说过这样一段话:干天下大事,非气不济。然气欲藏不欲露,欲抑不欲扬,干掀天揭地的大事业,不动声色,不惊耳目,干得稳稳妥妥,这才是天下第一妙手。可我使的是什么手段?前几天还觉得很得意,现在却感到大为不妥,甚至有可能要暴露自己。

我无计可施,在平台上来回转磨磨。突然,我发现"机工联"在悄悄调动队伍。在我们的前门,又是探照灯,又是大喇叭,人多车多,一派要进攻的架势。可是一大批队伍却在深夜往后门调动,我转过身仔细往工厂背后的方向瞧,"机工联"把后面的灯光全熄灭了,这更说明有鬼。他们是声东击西,表面上他们做出要从前门进攻的样子,实际上把主力放到了我们背后。这就是说今晚,最迟明早他们就要进攻。面对这样强大的攻势,我们无论如何是抵挡不住的。怎么办?已迫在眉睫,我身上的汗又出来了。急急忙忙下平台,想召集队员紧急集合,商量对策。走在半路上,我急中生智,突然有了主意。我立刻又得意起来,哈哈,我侯金榜到底不是等闲之辈。不能把真实的敌情告诉他们,我得将计就计,也来个声东击西,趁机把杨其锐和董华这两个知情人也全打发了,从此陈单凤的问题就成了无头铁案,往后我就没有什么可担心的了。

我叫值班员挑出了四百个精壮的小伙子在楼下等着,我上楼叫醒了董华和总部的几个头头,他们揉揉睡眼,惊慌地跳起来,问:"他们进攻了?"

我点点头,叫他们先不要慌,穿好衣服。然后我做了布置:"我刚从平台上下来,得到可靠情报,'机工联'明天清晨向我们发起总攻击,现在正调兵遣将。我们不能坐等挨打,敌强我弱,若是等他们来进攻,非吃大亏不可。我们必须争取主动,在他们队伍还没有布置好之前先发起攻击。'机工联'打我们不是主要目的,他们的目的是想夺走杨其锐,替陈单凤翻案。杨其锐不是我们抓来的,我们不过是替'工农兵'看管,现在没有必要再留这股祸水,应该把他转移给'工农兵',这样'机工联'就会把主要矛头对准'工农兵',我们的压力就减小了。"

"对,你说得对极了,早就该这样办。"几个头头都很赞成我的分析。

我一看这个形势,心里更有把握了,就摊出了我的具体方案:"十万火急,必须立刻动手。对方现在把兵力都集中在前门,前门是他们的突破口。我亲自出马,带一百名敢死队员从前门往外攻。这是声东击西的战术,好把他们的人全吸引过来。然后,老董,你领着杨其锐,在三百名敢死队员的保护下,悄悄地从后门冲出去,直奔'工农兵'的大营,只要跑出去几百米,一到'工农兵'的阵地就万无一失了。我也考虑了你的安全,你身上有功夫,保护自己是毫无问题的。再找上十名棒小伙子,什么也不干,专在你身边保卫你,保证不会出问题。至于杨其锐,他带过兵打过仗,不要管他,叫他在前边带队,他突围有经验。剩下的你们几位,在家里坐镇,掌握全盘。大家看这样干行不行?"

没有摊上任务的几个头头,首先响应,认为我的办法很好。董华有点犹豫,但一见我这个经常不出窝的人,也红了眼,而且主动挑了重头,他就不好再说别的了,拍拍胸脯答应下来。我叫他们赶紧准备好。我来到了杨其锐的房间。他现在虽然还不能自由活动,可是因为反戈一击有功,帮助造反派出谋划策,抗击对立面的围攻,他实际上已经享受造反派头头的待遇了,将来是肯定会把他结合到革命领导小组里来的。奇怪的是夜这么深了,他还没有睡。我刚一敲门,他就在里边问:"谁?"

"我。"

"有什么事?"

"有急事,快开门!"我心里不觉有点佩服,他毕竟是军人出身,时时防备别人暗算。

门开了,屋里充满烟气,使发红的灯泡显得越发昏暗了。杨其锐右颊上的大伤疤,红得发亮,似乎还在轻轻地抽动。两眼红肿,奇怪,莫非他刚刚哭过?瞳孔里闪出一道凶光,紧紧盯住我。这个半边脸的囚徒,整个身上有一种可怖的神色。我心里打个怔儿,难道他听到了什么消息?还是猜到了我的用意?自从他被抓来以后,还从来没有过这种神情。

我用亲切的口吻说:"老杨,你怎么啦?"

他突然上前一步,抓住了我的衣领,勉强克制住暴怒似的说:"陈单凤现在在哪儿?"

我一听这话心里就有底了,用我平时对付这种人最有威慑力量的一种口气说:"你松开手!"

他不理我的话,双手抓得更紧了,使劲摇晃着我:"她在哪里?"

"你再不松手,我要叫人了!"

他不仅不搭理我的威胁,反而像疯子似的喊了起来:"告诉我,她在哪里?"

"她死了。"反正他也活不长了,干脆告诉他实话吧,叫他死个明白。

"啊,这果然是真的!"他松开了抓我的手,却又抓住自己的头发坐在床上。

我用一种同情的口吻安慰他:"老杨,这件事我们本不想现在就告诉你,可是你已经问起来,我就只好实情相告。请你想开点,女人总是遇见事想不开才寻短见的。"

"她死在什么地方?"

"铁弓岭西部的山涧里。"

"确实是她?"

"血型和指纹都经过鉴定,一点不错。"

“好，侯金榜，她是被你害死的，你耍了一个大阴谋。我明天就向全厂工人，向‘机工联’揭发这件事。”

我哈哈一笑：“杨其锐，你以为你老婆是怎么死的？不是你亲自给我们写了揭发陈单凤的材料吗？她是看了你的材料以后死的，也许是畏罪自杀，也许是你使她太伤心才寻的短见。你还有脸埋怨别人！”

“那是你们拿刀逼着我，按你的口述写的。”

“谁证明？谁会相信？你可是赫赫有名的战斗英雄，是视死如归的老革命，一把刀就能逼得你诬蔑自己的老战友，并且她还是你的同生死共患难的妻子。你就是当面跟群众这样说，也不会有人相信，只会叫人更瞧不起你。”

他无话可说了，呆了一会儿像是自言自语地说：“对，我是你的帮凶，是我把她杀死的！”

我拍拍他的肩：“老杨，算啦，何必要自寻烦恼。陈单凤反正已经死了，《矿山战报》上公布的那个材料也许就是真的。你死了这样一个老婆没有什么可遗憾的。还是多替自己想想吧。你现在已经是一个和造反派站在一条战壕里的革命领导干部了，将来不止是当个文教部长，市里的老头子都完蛋了，你当不了全市的一把手，也没准当个二把手。到时候想找一个什么样的老婆，都任你挑、任你选。”

我是真心想给他开心，骗他高高兴兴地下楼，跟着董华一块去送死。可不知哪句话刺激了他，他似有一种无地自容的神情，转过头去不再吭声了。我只好说明来意：“老杨，快跟我下楼。”

“干什么？”

“今天夜里‘机工联’要向我们厂发起进攻，你现在不同于一般的领导干部，我们要对你的人身安全负责。‘机工联’对你又格外仇视，万一我们寡不敌众，让他们打进来，他们一定会伤害你。趁着他们还没动手，我带一部分人从前门向外冲，吸引敌人的兵力。由董华带领三百名敢死队员保护你从后门冲出去，由我们给你找一个安全牢靠的地方躲起来。”

他听我讲完，突然冷笑了两声：“好计谋！‘机工联’正往后门调兵，准备从后面攻进来,你却叫我从后门往外冲,正好鸡蛋碰石头,借刀杀人。既灭了我的口,又可以把责任推到对立面身上。侯金榜,你不愧是军阀赫鸿基的私生子!"

我吸了一口冷气,他侮辱我的话,已经没有时间跟他计较了,可这家伙怎么知道了我心里的计谋?我强自装得不动声色,反问:"谁说他们要从后门进攻?"

杨其锐推开了窗户:"你看。"

我心里一惊,这是五层楼,能够从窗户里看到"机工联"队伍调动的情况,但是从这儿既看不到前门,也看不到后门。我问:"你怎么知道他们是往后门调兵?"

"你们厂后门的防卫力量最弱,他们只要不是傻瓜就会选中后门做突破点。"

"这么说你是不想走了?"我的底已经露了,就更不能犹豫啦,就用摊牌的口气说,"不要忘了你还是我们手里的一个俘虏,我可以叫人把你捆在担架上,就是抬着你也要冲出去。"说完我一摔门走了出来。来到楼下我对几个队员说:"杨其锐怕死,不敢往外冲,把他捆上,堵上他的嘴,拉着他往外冲。"

队员们上楼了,我心想:这样更好,杨其锐被捆住手脚,死得就更快了。等会再嘱咐董华一句,即使冲不出也不能叫一个活的杨其锐落到"机工联"手里,趁乱在背后给他一刀,就说是"机工联"杀的。我还没有来得及找到董华交代这件事,楼后突然一声惨叫,啪地一声重响!

我心里一动,出了什么事?有人想跳墙逃跑,还是队员们在楼上和杨其锐厮打起来了?

两个队员飞快地从楼上跑下来,慌慌张张地说:"杨其锐跳楼自杀了!"

我吓了一跳,像他那样的人怎么会自杀?一定是队员们拉他、逼他,他才跳楼的。也许还是那几个坏小子把他推下去的,他要自己跳楼就不会还喊叫一声。但这些话决不能说出去。他妈的,这时候死了算给我找了麻烦，这下不大好洗清。队员们都跑到楼后看死人，杨其锐一死，护送他突围的理由就不成立了，我也用不着去冲前门装样子，董华当然也不会去冒险送死了。结果怎样只好听天由命，我正想上楼仔细想想，杨其锐死后会有什么麻烦，我得给自己琢磨一条退路。

这时候负责值班瞭望的队员又跑来报告："外面乱了，'工农兵'的人全撤走了！"

我又是一惊，是不是"机工联"先朝外边下手了，清除了外围的敌人，再往里攻？

我三步并做两步地又登上了平台，哎呀，东边的天都有点放亮了，什么都可以看清楚了。果然不假，"工农兵"的人正在慌慌张张地撤退，"东方红"和"机工联"的人正在高高兴兴地会合。高音喇叭里播放的语录歌声突然停住，停了一会儿又响起一个女人的声音："矿山机械厂的工人同志们，你们受骗了，你们被坏人操纵和利用了。我就是陈单凤……"

我像被雷击了一样，一屁股倒在了平台上！

"妈，妈妈！"一个女人尖叫一声向大门奔去，这大概就是她的女儿杨勇敏了……

"事情的结局恰如事情的开头一样"

——陈单凤

正式任命下来了，我的职务还和过去一样，名称换了一下，叫通用机械公司革命委员会主任。虽然叫起来绕点嘴，也算官复原职，我从干校走马上任。时间正好也是春天，和一九四九年我第一次进城时一样，这回也是从农村到城市，可算是第二次进城了。

就像一场梦，可要真是梦又好了。梦一醒什么都忘了，这场跟噩梦一样的变化，却在心里留下了伤痕，只要人不死，就不会忘记。不过总算熬过来了，党也挺过来了，一切都在渐渐地走入轨道。我就是这种贱骨头,打也好,骂也好,几回生生死死也好,一给工作干就又来了劲头,把心里记的仇都忘了。这几年我闲得难受,憋得难受,我渴望工作,就像一个被闷得要死的人,渴望呼吸到新鲜空气一样。也许因为我是一个女人的缘故,一个饱经沧桑的女人,没有得到过爱情,又失去了丈夫(我可以说没有爱人,但不能说没有丈夫),家庭也基本上算解体了,女儿已经嫁了人,小儿子有主见,有自己的生活道路,当上了全市红代会的头头。前年又带头下了乡,闹的挺热闹,似乎也用不着我为他操心了。临近晚年支持我活下去的信念是什么呢?还不就是想为党再干点工作,靠一种信仰、一种责任感在支持着。不管怎么说,这次恢复了我的工作,我是高兴的,我还有力气,还能干几年。

我没有直接去公司,先回到家里看看,至少把行李放下。门上没有锁,进门一看勇进在家里,他左手夹着烟卷儿,右手拿着筷子,桌上摆着几样菜,正一个人有滋有味儿地喝着酒。见我进来只站起来淡淡地点点头:"妈,您回来了。来,坐下喝一杯,咱娘俩好好庆贺一下。"

他都没有舍得放下酒杯离开桌子。我虽然对他这副样子很生气,可是没有说出来。娘俩好几年没有见面了,不能刚一见面就闹别扭。勇进完全变成了一个成年人,皮肤粗糙,脸色黝黑,身高体宽,一副十分自信的神气。他的变化使我吃惊,他身上有股陌生的气息。勇进满满地斟了一杯酒递给我,我心里不知是一股什么滋味,眼睛望着他一饮而尽。他见我这样痛快地大口喝酒,显然高兴起来,自己也喝了一大杯,然后咂咂嘴角,现出一副贪杯的人得意而满足的样子。我看到床上放着个没打开的行李卷,这说明他也是刚回来,而且不是回来探亲,好像也是调回来了。我问:"勇进,你是怎么回来的?"

他似笑不笑地说:"依照中国的办法回来的。"

"什么?"

"您是地球,围着太阳转,我是地球卫星,当然就得围着您转。您回来了,我自然也得回来。"

"我不喜欢你这种油腔滑调。你是个自尊心很强的孩子,怎么会变成这样呢?"

“我的良心都被人偷走了，还要自尊心干什么？”他不看我，酒不停喝，菜不停吃，还一句一句地跟我叮当。

我生气了：“抽烟喝酒你全学会了！”

“凡是人应该学会的我全会了，凡是人能够享受的，不论苦辣酸甜，我也都尝到了。”

他的确变了，不仅外表变了，精神状态也全变了。他一直是一个好孩子，一帆风顺，从上小学就不用大人太操心，学习和品行都不错。从少先队员、共青团员，一直到红卫兵的负责人，现在为什么变成了这个样子？我对他的变化不仅感到吃惊，还隐隐地为他担心。我心疼地扳起了他的脸，望着他微微发红的眼睛：“孩子，你怎么会变成了这个样子？”

他的眼眶里突然涌出两包热泪，猛地把头扎到我怀里哭了，两个肩膀在剧烈地抽动。我紧紧地抱住他，心里发酸，我不应该责备他，一个没有尽到责任的母亲，没有权利责备自己的儿子。我没有劝他，让他在自己妈妈的怀里哭个够吧，把他尝到的人世间苦辣酸甜的滋味全哭出来吧。孩子的眼泪就是对我的责备，我成天只顾忙自己的事，从小就没有对他认真操过心，太放手了。尤其在这种动乱的年代，他毕竟还是一个孩子，父亲死了，娘又完全撒手不管，他完全靠自己去闯荡，一定吃了不少苦！我不觉自言自语地说：“我要是把你带在身边就好了，哪怕跟我一块到干校去也好。”

他好像突然被我的话惊醒了，挣开我的手，把脑袋从我怀里抬起来。理智又回到了他的身上，很快就恢复了常态，又用那种冷静得可怕的语调说：“不，妈妈，我所以掉泪是因为见了亲娘，止不住要亲近一下，这是我身上还残存的一点人性的尾巴。”

他的话使我心里发冷，身上打颤。只一眨眼的工夫，谁也不会相信眼前这个人还会掉泪还会扎到他妈妈怀里痛哭。他这么大点年纪有如此坚强的自制力，令人吃惊。而且他还增添了一种冷峻的幽默，对事物似乎总有一种古怪的看法，爱开一种近乎严酷的玩笑。

“你就不能换副腔调跟我说话？”我不高兴地说。

“重要的不是腔调，而是内容。”他笑了，这一笑多少还带出了一点孩子样儿。“您不是关心我为什么会变成这个样子吗？我现在就讲给您听。不吃苍蝇，是不会吐的。有人给我们吃了许多好东西，可把苍蝇、臭虫也喂给我们吃了，我们恶心，只好把好东西也全吐出来了。还记得您险些被侯金榜杀害的事吗？我最初得到的消息是您已经被害死了，我到北京去告状，找您和爸爸的老战友们帮忙，有的想帮忙，但自身难保，不敢出头了；能够帮忙的大都已经得势，对我装做不认识，一听到你们俩的情况更不想沾边儿。想告状连大门也进不去，把我打在成百上千的上访者的队伍里。真是申诉无门，叫天天不应，呼地地不灵。当你突然从顶峰跌进深渊，被无端诽谤，成了谣言攻击的对象，你一下子就认识了这个世界冷酷的一面。你有势，大家都捧着你，你倒了，都踩着你。世情看冷暖，人面逐高低。人群的规则同兽群的规则也差不多，胜者为王，弱肉强食。当我带着红卫兵大队，以横扫一切的强者姿态面对世界的时候，人人给我让路，上上下下全赔笑脸。现在我有冤、有仇，以一个弱者、一个求救者的面目出现了，却没人理我，大家都欺侮我。我懂得了一个道理：中国人就喜欢捧一时的红角儿，越是乱世，权势越不可少！所以我上访失败回来以后，该死的爸爸已经死了，不该死的妈妈不仅没死，反而被证明毫无问题，一身清白。我乘风扬帆一直爬到市红代会一把手的位子上。还是康叔叔提醒了我，气候不对，要有自知之明，急流勇退。其实，当时我不走也不行，干吗要把活鱼摔死了卖。而且我在上访的队伍里就听到见到了许多触目惊心的东西，使我狂热的头脑开始清醒过来。我不能也跟着眼前得势的那一帮，把屁股坐在火山口上。有朝一日火山一爆发，我也跟着他们一块完蛋。就这样我高高兴兴地下乡了。这也是走前辈的路嘛，从农村包围城市，总有一天还会打回城里来的，今天这不是回来了吗！”

他突然把话止住了，看看表：“要谈在农村这几年的情况话就更长了，以后有空儿我再跟您讲。反正我早想好了，一到五十岁就什么也不干了，关死门写小说，我们这一代人可真值得好好写一写。”

我看他起身要走，就问：“你干什么去？”

“去看个朋友。”他怪模怪样地冲我一笑，“我一眼就看出来了，您这几年干校白上了，社会学还是考不及格！”说完他出门走了。

“晚上早点回来！”我不放心地叮嘱了一声，一直看着他的背影消失在胡同口才回身进屋。我刚才那股恢复工作以后的高兴劲儿全没了，有心无绪地收拾着屋子。

又过了一会儿，公司管干部的老黄来了，他们可真行，都不叫人喘口气。他寒暄了几句就掏出了两份文件交给我，一份是关于释放侯金榜的，说他有犯罪动机，没有造成犯罪后果，拘留了好几年，应予以释放。哼，他若是造成了犯罪后果，现在就没有我了！杨其锐不是被他逼得跳楼自杀的吗？也许根本就不是老杨自己跳下去的，而是他们把他从楼上推下去的。那几年这种不清不白就送了命的人还少吗？如果当初依了康星培的主意，用造反派的办法一顿乱棒，把侯金榜打死也就算了，现在也没处找号去。政策，政策，现在又叫他钻了政策的空子！文件上还有“安平”的签字，我问老黄：“安平是什么时候来的？”

“刚来不久，是部队上的代表，市革委会副主任兼公检法军事管制委员会主任。”

我心里想，留在部队上的都好了，少受好多罪，一路顺风，到哪儿都是左派。

老黄问：“侯金榜还放在矿机厂吗？”

“不放在那儿还往哪儿放他？”我不愿意谈侯金榜的事，打开了第二份文件，这是康星培的辞职报告，我心里一愣，为什么我刚回来他就要走呢？我对他寄予很大的希望，往后还希望他多替我挑担子哪，没想到他却给我留下了这样一张纸条——

陈单凤同志：

我和全公司的干部、工人都衷心欢迎您重新主持机械公司的工作，我也总算苦撑苦熬维持到了这一天。我不是当领导的材料，我走了。附辞职报告一份。

康星培　即日

我赶紧打开他的辞职报告，一看题目是《钢和钢花》，咳，这个马大哈，抓错了！他的辞职报告不知扔到哪儿去了，把人家给报社写的稿子抓来了。我问老黄："他人哪？"

"已经回厂上班了。"

"嗨，你们怎不留住他？"

"人家是革委会副主任，我们管得了吗！"

"他的人事关系、组织关系也转走了吗？"

"他的关系一直在厂里，根本就没往公司里转。"

噢，他老早就留了一手。不过这也太无组织无纪律了。难道他对我有意见？这几年我没有跟他共过事呀！是不是那次围困矿机厂胜利以后，他要把我留在他的造反队，我当时自己刚从死里钻出来，对造反的事厌恶透了，再说还要办理老杨的后事，就拒绝了他。他记在心里，今天要来个以其人之道还治其人之身？不行，我得立刻跟他谈谈。就把他给我写的纸条和那份《钢和钢花》一块装到口袋里，对老黄说："你回去告诉大伙儿，我明天到公司上班，现在得到重机厂去看看康星培。"

"要不要给你派个车来？"

"不用，等不及啦。"

我锁好门，乘公共汽车直奔重机厂。进了厂没有惊动厂里的干部，直接去炼钢车间。康星培过去是这个车间五十吨电炉的炉长，我想他既然不当公司的副主任，也不会在厂部挂名，一定又回到了他的电炉上。我熟门熟路来到了电炉工段。这里名义上叫重机厂的炼钢车间，实际上是个炼钢厂，有一千七百多名职工，拥有全市最大的电炉和平炉。重机厂生产重型机械所需要的几十吨、几百吨的大钢锭和大铸件，都得由这个车间提供。

一进炼钢车间的大门口就像突然由春天走进了夏天，连空气都是烫人的，带着一股铁腥味儿。我一看阵势就知道马上要出钢，这正是炼钢工人最叫劲的时候。我向一个工人打听，他告诉我今天是试验真空浇铸三百吨钢锭。我明白康星培为什么非要今天赶回来了，就像一个演员长期不上舞台也会憋得难受，这个炼钢工听说炼三百吨大钢锭，大概也是手发痒了。炼钢工人们都是一样的打扮，我好不容易才看见了他。他也是一身炼钢工人的打扮，正在指挥出钢。康星培显然没有看见我，也想不到今天我会到这儿来找他。这种正紧张的时候我当然也不便和他打招呼。

有人见过荒山野林里猛狮恶虎的吼叫；有人见过山洪暴发，雪山崩倒；有人见过迅雷骇电，摧枯拉朽；如果把这一切大自然在暴怒时抖的威风拿到这儿来，就一钱不值了。简直如一阵轻风，几声呻吟一样微不足道。瞧，这是什么力量！头上，两架二百五十吨的重型吊车，各吊着一个一百五十吨的大钢包，在空中轰轰隆隆地轧了过来，地球似乎也被压得打颤了。十万个雷霆的音波合在一起，也不比这铁雷公的叫声更深沉，更震撼人心。也许是我从战争年代就搞枪炮修理，和机械有缘分，进城后又一直没有离开机械这一行，对这一行有点偏爱。

这帮家伙胆子也真大，用的是分炉合浇的工艺。两个百吨电炉和三个五十吨电炉里的钢水都吞到嗓子眼儿了，每个电炉都像一座即将爆发的火山，张着大嘴摇着、吼着、喷着热气和烟浪。这些一触即发的火山，在炼钢工的手里就像孵蛋的老母鸡一样听摆弄。电炉一个一个地倾斜了，把钢水都吐到钢包里。

我没有见过这种巨型钢锭的真空浇铸，特别是离开了这个自己熟悉的行业好几年，乍一见到这种场面十分兴奋，几乎是又拿出我公司头头的身份，独霸了供参观者用的看火孔。我在这个像小镜子一般大的洞眼里，看到了一种奇观：承受着几百吨的高压，并且奔腾突跃的钢龙一旦爬进真空漏斗，就变成了点点的钢水细雨，成伞状喷洒到锭模里。这红色的钢水滴滴无声而均匀地落下来。钢水经过这样一处理就把钢水中的氧和其他杂质除掉了，使钢的质量更精纯了。我第一天上任赶上看这样的试验，是个好兆头。有人在后面碰碰我的肩：“陈书记，您还是老作风，一出山就先到下边来。”

我回过身一看，正是康星培，探火镜掀到了头顶上，用毛巾擦着脸上、脖子上的汗水。浇铸钢锭是铸工的工作，没有他们炼钢工的事了。我笑着说:“没办法,我刚上任你就给我来个下马威,只好先来三请诸葛,这是第一次,你要不回去,还有第二次、第三次。”

康星培也哈哈笑了:“别说是请,您就是派警察来抓,我也不上去了!”

我严肃地问:“为什么?”

他却还是那个嘻嘻哈哈的样子:“我天生是个受大累的命,干点活儿心里踏实。”

我知道这不是他的真心话,就把他拉到一个清静的地方,认真地追问他:“大康,说实话,你到底是扭住哪根筋了?”

他脸上还是挂着那种粗犷而憨厚的微笑,语气却是诚恳的:“我说的都是实话,我干不了。再说我们的历史使命已经完成了。您注意过天上的浮云吗,别看有时候它也挟雷携电,那不过是风的奴隶。现在风要变了,浮云应该散了。”

他看似爽朗,实际却有着很深沉的性格,凡事都有自己的见解。难怪那个狂得了不得的勇进,独独钦佩他。他是经过深思熟虑才做出这样的决定,按理说我不应该逼得太紧,让他做他不愿意做的事,就用开玩笑的口气说:“你这是学的哪一辈古人,帮助打下江山以后,立刻急流勇退?”

“天下本来就没有什么新鲜事,全是前人做过的。只有群众的劳动和创造,还不断发展,比如我们的大型真空冶炼,老祖宗就不会……”他又自嘲地哈哈大笑起来。

我从口袋里掏出他的所谓“辞职报告”,递给他,“不过你可不应该拿别人的稿子来冒充你的辞职报告,糊弄我老太婆。”

他接过去翻了两页,说:“荒唐,我昨天晚上帮着儿子改完作文,就用他的纸写了报告。可能报告叫儿子带走了,我把他的作文交给了您。”

我听他这样说,突然心里一动,像他这样的人怎么会出这样的差错?我把那篇作文又要了回来:“是你儿子的作文?这我倒要好好看看。”我认真地看下去——

钢和钢花

宇宙间任何一种新的生命的诞生，总是具有一种神奇的、伟大的力量。可是，有谁注意过黑乎乎默默无声的钢的诞生呢？

精炼的洪炉突然平静下来，简直像少女一样恬静温柔。风轻轻地拂，火轻轻地燎，钢水低声吟唱，像泉眼一般咕噜、咕噜地翻着红色的浪花。

这情景使人想到即将成形的雏鸡，就要拱破蛋壳爬出来；使人想到尚未爆发的火山，炙热的岩浆就要突破地层，喷涌而出。

大自然像个魔术师，用历史这座炉子熔炼了几千年、几万年，才把木石变成了矿石。可是在这儿，转眼工夫，矿石就变成了铁，铁变成了钢。在钢的摇篮——洪炉面前，大自然这个拥有巨大威力的暴君，显得笨拙、愚蠢，异常渺小！

钢，快要诞生了。洪炉兴奋起来，它全身抖动，发出狂啸。炉膛内，风卷火跳，撒欢的钢水，忽而像一群顽皮的孩子，挤在一起嬉笑、打逗。忽而又像千百匹野马被圈在一起，愤怒地冲撞、撕咬。昂头咴咴叫，振鬣啸啸鸣。恨不得立刻踏倒马厩，四蹄腾空，冲到广阔的世界里去。

钢是红的，渣也是红的。在钢水欢呼跳跃，准备出世的时候，渣却悄悄依偎在炉膛四周，离开电极远一些，总想快点逃出这个烈火的世界。

出钢啦——

钟声当当，天车铃铃，哨音嘟嘟。好威风的阵势。

钢花奓开翅膀，腾上屋顶，飞向四面八方。牡丹千朵，不如她娇；玫瑰万株，不如她艳；菊不似她一身裹金；梅不似她遍身披红。钢花也深知自己的魅力，更加抖擞精神，腾云驾雾，向高处飞，向人多的地方落。在半空中她拨开烟雾，看见一队队来参观的人全盯住自己瞧，连记者手里的摄影机也对准了自己。在一片啧啧的赞叹声里，钢花快要醉了，摇摇摆摆地向更高处升腾。好像在显示：人们看出钢，还不就是看我钢花在表演吗？

钢花用鄙视的眼光看着和自己一母同生的钢锭，她心里发笑：这个固执的、实心眼儿的傻家伙，好容易逃出洪炉，却又钻到那个黑窟窿里去，把自己变成一个黑不溜秋的怪物。不仅一生默默无闻，以后还要经受多次的火烧锤打，刀削钻啃，这是何苦！走出娘胎要不轰轰烈烈地干一番，岂不白来世上一遭？让诗人们歌唱我吧："钢花飞舞。钢花欢笑。"多动听的词句，我还要像焰火一样，越升越高，供万人仰视。

突然一阵冷雨打来。炼钢工正抱着水龙头清扫现场，钢花立刻熄灭，变成一块块的碎渣片落在地上，找都找不见了。

钢，这时候变成了一条条又黑又壮的大汉，默默地站着，好像一队战士，随时准备接受命令去赴汤蹈火。它们是那样扎实，把脚下的土地都压出一个坑。

康小华

我盯着康星培的眼睛说："这是你的辞职报告，我批准了。"

"谢谢。"他还是那么别有意味地笑着，"不过这实在是孩子的作文。"

"那好，这篇作文应该打一百分。我带回去给勇进看看，叫他也写一篇这样的作文……"我的话还没有说完，从车间门口进来几个人，看架势都有点身份。其中有一个我认识，是重机厂的厂长，他们陪着一个军人模样的首长直冲着我走过来。我忽然认出来了，那个军人就是安平。近二十年没见面了，他几乎没变，头发没白，脸上也细皮嫩肉，还是那副小白脸。真奇怪，他们南方人就是不见老。也许是他在部队上省心，自然也就老得慢。他冲上一步，离开陪伴他的人，眼睛直瞪瞪地盯住我，却不说话，把手老远地就伸出来了。我也默默地伸出手。他两手攥住了我的右手，握得很紧，还又一个劲儿地揉搓，我的手都发痛了，他还不松开，眼睛望着我的脸，不眨眼珠。嘴角抽动，可就是不说话。我想把手抽回，可他握得死紧，没有抽出来。这家伙还像在部队上见了久别重逢的老战友一样，有点失态，忘记自己的身份了。我赶紧找了句话说："老安，你是什么时候到我们市里来的？"

"哦，哦。"他答应着，可根本没听见我说的是什么。

我用力把手抽回来："安平，你还是过去的样子，几乎没怎么变。"

"你可吃苦了！"他眼圈有点潮，这家伙还是那个知识分子的情调，婆婆妈妈的。他说："我到市里来以后才知道了你跟老杨的情况……今天听说你回来了，我立刻赶到你家里，见门上挂着锁，又追到公司，才知道你到这儿来了。"

我得冲淡一下他的情绪，就想把康星培介绍给他，可是康星培不知什么时候早躲开了这一群有头有脸的人物，去和工人们一块往炉里加料。许多工人眼睛都朝这边看，他却连脸也不转过来，我也没再招呼他，就故意提高了嗓门对安平说："现在你是我们市里的领导了，往后希望你对我们公司的工作多批评帮助。"

他摆摆手，很真诚地说："单凤同志，你可不要挖苦我，我对工业一窍不通，对地方工作也不大摸门，正需要你多指点。还记得那是三……三几年？就是打完平口以后，让我们守住紫石山，连里抓了几十个俘虏，押着他们几次也过不去封锁线，老杨和我都没有办法。最后还是你这个卫生队的司务长给带过去的。有那一回，我们全连对你就都服了。"

他当着众人讲起了这种事，真像是老战友见面以后叙旧一样。他真的忘记了眼下他的身份和我的身份的悬殊差异？他不像某些支左的军人带有优越感，安平这种亲热而随便的样子赢得了我的好感。

在安平跟前一直感到拘束和不敢随便插话的厂长，趁机说："请安主任和陈主任到楼上办公室坐一会儿吧。"

安平笑着说："不打扰你们了，我们两个老战友得找个地方好好扯一扯。"

我又跑到康星培跟前对他说："我答应你的要求，可我对你也有个要求，你别管我下来不下来，你要常到公司里去，到我家里也行，咱们多谈谈，常跟我讲讲下面的情况。”

他点点头。

“还有，你有时间也要关心一下勇进，他好像还听你的话，我对他的变化感到不放心。”

康星培摇摇头：“他是个最叫人放心的人了。看看前面的道儿，我对他比对您还放心。”

“嗯？你对我不放心？”我一惊。

他突然支吾起来：“啊，不，您快去吧，安主任还等着您哪。”

我只好告别了康星培，坐进了安平的汽车。我们来到他的住处，门口有站岗的，房子宽敞而安静。奇怪的是五六间房全是空的，除去他就没有第二个人了。我问：“你的家还没有搬来？”

“搬来了。”他指指自己的鼻子尖，“家就是我，我就是家，人走家搬，一人吃饱全家不饿。”

“怎么，你还没有结婚？”我十分惊奇。

“结过，但是又散了，有一个孩子扔给了我母亲，现在也上中学了。”

“为什么散？”

“唉，一言难尽。先不谈这个吧。”他给我沏上茶，又叫警卫员去买菜，并且通知炊事员今天晚上有客人吃饭，要把饭菜搞好点。

我们两个天南地北的闲扯起来，先从回忆过去开始，讲到了战友们的遭遇和近况，讲到了这场运动，也讲到了党和国家，讲了我们的忧虑，还讲了一些在别的场合像我们这种身份的人是决不会讲的小道新闻。谈得非常愉快，我好久没有和老战友们相聚，没有这样推心置腹地谈过心了。晚饭果然十分丰盛，我还陪他喝了点酒。这点酒使我的头有点晕，原打算吃过晚饭就告辞的，却不得不多坐一会儿。

“没关系，再坐一会儿，反正有车送你回去。”安平非常兴奋，他喝酒并不多，脸却红红的。按农村人用酒测定人心肠好坏的经验来看，他沾酒脸就红，是个没有奸诈心肠的老实人。别人酒后话多，他喝完酒话倒少了。也可能是因为谈了好几个小时了，他累了，该讲的都讲了，一时想不起还有什么话好说了。我也觉得没什么可说的了。我们默默地喝着茶水，闷坐了一会儿，我觉得有些困了，就把头靠在沙发背上，闭上了眼。

安平又说话了，语调里有一种很深的感伤："解放后我才结婚，她是个知识分子，我们两个说什么也合不来。以后她就另有所爱了，我也不能全怪她，我也说不上究竟爱过她，还是从来就没爱过她。人家都说，真正的爱情只能爆发一次，只有第一次恋爱才是最真挚的。我赞成这话，我在结婚前已经恋爱过，我心里老有一个爱人的影子，而且总拿自己的老婆和这个影子比。越比，两个人吵架的次数越多。到现在这个影子还藏在我心里：一对晶亮的黑眼睛，就像深不见底的清潭，我第一次看见这对眼睛的时候，就整个掉进去了。还有一个尖尖的倔强好斗的下颌，性格是那样的鲜明可爱，泼辣勇敢，纯真而率直……"

我的酒一下子全醒了，从沙发背上抬起头，盯住安平，他低着头不看我，继续说下去："可是我没有勇气，也没有机会表白，她很快和我的战友结婚了。我的战友知道我爱她，他还不止一次地挖苦过我的爱情。后来他在一次战斗中负了重伤，这反而成全了他。我听到他们结婚的消息，不顾一切地从前方跑到他们的驻地，当我走近他们的新房时，看见了油灯映出来她的身影，激动中我真想一步冲进去，是她轻声读识字课本的声音惊醒了我，我掉转头跑回了前线……"

哎呀，还有这样的事！现在我们都老了，心已半死了，他又翻起这些旧账干什么？

"前几个月，当我听说了她的情况，知道她的丈夫已经死了，我感谢爱情还没有忘记我，我还可以跟她结婚，幸福地度过晚年。一想到我一辈子还有这样的机会，我的兴奋和冲动甚至压过了对战友的哀悼和悲痛。我当然是自私的、可鄙的。我现在担心的是她会不会答应我……"

"不不，这是不可能的！"我慌乱地插了一句，看见他的头垂得更低了。我要早知道他会对我说出这样的话，我是死也不会到这儿来的。

这才叫意外地相遇,相遇后更意外。

“她现在过得很苦,以前她已经吃过不少苦了,现在应该有人照顾她。她虽然快成老太婆了,但还是我心里的那个爱人。我和她结婚决不是想从她身上捞点什么,我只想让她下半辈子过得稍微好一点……”

门上响起了敲门声,我们都没有应声。

我知道安平说的是真心话,不然凭他现在的地位想要什么样女人找不到?何苦非要跟我这个丑老婆子结婚。

门开了,勇进走了进来,我和安平都一愣。他却嘻嘻哈哈地说:“安叔叔,你好。两个老战友久别重逢,谈得这么热烈,连敲门声都听不见了。”

他来得正好,不等安平答话,我站起来说:“老安,我们走了,改天再来看你。”

安平叫他的汽车把我们送回家。

一进屋,勇进像大人抱小孩子一样搂住我坐到床上。说:“妈妈,我可真不愿意爸爸对待您的悲剧再重演一次。尽管没有那种悲剧就不会有我们,我还是痛恨它!”

我心里又羞又恼,他什么都知道了。而且还大模大样地教训妈妈,干涉妈妈的这种感情生活。我使劲推开他:“滚到一边子去,不许你瞎想!妈妈都是老太婆了,不是小孩子!”

他嬉皮笑脸地又凑上来,抱住我的肩:“妈妈,不要觉得这种话从儿子的嘴里说出来就受不了。从生理现象上讲,我是您的后代,可是按新陈代谢的规律和逻辑现象说,老年又是从青年脱颖出来的,所以青年应该教导和保护老年。儿子关心母亲,是和当初母亲关心儿子一样。俗话说老小孩,老人和小孩子是一样的。”

“什么话一到你的嘴里就颠了个。”我要下床,勇进拦住了!

“别动,您坐在床上等着,看您的傻儿子怎样侍候您。我给您打水洗脸烫脚,我知道您喝了酒,给您沏好了一壶浓茶,削好了两个大苹果,好解酒。让一切想当丈夫的人见他妈的鬼去吧!”

有什么办法？我哭不得，笑不得，索性就听他摆布，今天也享享儿子的福吧。

“牢牢地抓住命运的咽喉，不许它毁灭我”

——侯金榜

这回倒也好，我的老底都揭开了，公安局里也待了好几年，就用不着装相了。既不把自己打扮成堂堂正正的好人，也不装成一个与世无争的窝囊废。我就是我，这一堆，这一块，你们要把我整死，我偏不死，而且牢牢抓住命运的咽喉，让它听我调配。我充分利用自己的活动能量，在下边造舆论，说抓我抓错了，这是打击造反派，官报私仇。按法律规定，拘留时间不许超过七十二小时，把我以拘留的名义抓进去，一留就是好几年，没有任何能证明我犯罪的材料，最后不得不把我又放出来。

人嘴两张皮，怎么说怎么有理。我在工人群里这样一讲，还真管点用，好像我成了一个受害者，一个英雄。至少我把自己的脸正过来了。陈单凤把我又放回了矿山机械厂，她可大大地失算了。她如果把我放到别的单位，我两眼一抹黑，就得被监督劳动一辈子，再想翻身，可就难了。现在我又回到矿机厂，等于放虎归山。刘喜在市革委占了个位子，董华是厂革委会副主任，虽说都是挂个名，挂个名就有点势，就可以分一点权。他们能有今天，还不都是当初我把他们捧上去的。他们肚里有多少货瞒不过我，对我也不能太过了。董华三天两头到我劳动的这个小组里来坐着，东扯西拉，讲点从四面八方听来的官方和私方的消息。再说群众，有不少人当初都是跟我造反的弟兄，现在一谈起造反的事，用带派性的话一扇，感情还是很近，表面不通心里通。他们再看到我和市革委的头头都有来往，厂革委的副主任经常下来看我，无疑使我的身价更高了。老百姓的眼有几个不势利的，一见这阵势对我不敢说高看一眼吧，至少不会低瞧，我活得更自在了。每天在生产小组里一待，愿意干就伸手干点，不想干就坐着，抽烟喝水睡大觉。光脚的不怕穿鞋的,等着瞧,看谁熬得过谁!

董华又来了,叼着烟卷,脖子梗得溜直,脸上气色好了,也发胖了。他小子这个副主任当得倒美,成天没事干,到处游游逛逛。他递给我一支烟,用打火机替我点着火。我们见了面都是不打招呼,更不说那种"吃饭了吗"的套子话。两人碰了头一对眼光,一递烟一点火,就全有了,比说多少客套话都强。我见他又换了一个新打火机,样子非常精致而奇特,就从他手里接过来玩儿弄着:"这个打火机不错哇!"

董华赶紧抢过去放进口袋里。

我瞧不起地说:"别害怕,没人要你的。"

他笑了:"这是昨天我从刘喜那儿拿的。"

我明白了,今天又可以从他嘴里听到点新闻啦。

我赶紧问他:"他没跟你讲讲最近有什么消息没有?"

"没有什么新消息。"他又点着了一支烟,吸了一口,"哦,刘喜说,中央有个大头头最近可能要到咱们市里来。"

"谁?"

董华神秘地小声说:"市里不让说,是和我过去干一个行当的。"

"唱戏的?"我明白他指的是谁了,不在意地说,"她来和咱们没有关系,她肯定是来抓文艺界的事。"

"你猜错了,她这次来是为了抓工业,还要视察一个大厂,把这个厂定为她的点。"

"噢?"我脑子里那根政治神经警觉起来,"这是为什么?"

"可能是要从工厂里找一个批林批孔、评法批儒的典型,然后向全国推广。"

我的脑子里像亮起一道闪电,立刻开缝了。今年中央的一号文件就是关于批林批孔的,大年头一天中央机关就开大会,由她做批林批孔报告,中央的老头子们做检查,表示要向她学习,要紧跟。还有,从这几个月的报纸上看,也表现出一种一场新的运动就要掀起的动向。看共产党的报纸不能光看字,要猜没写出来的意思,要透过纸背看出后面的内容,我自信还具有这种本事。种种迹象表明,她下来一定和即将开始的这一场运动有关。他们的一贯做法就是由典型到一般，她这次下来非同小可……

我问："她要视察哪个厂？"

"不知道，"董华一副漫不经心的样子，"当然是先进厂了。"

"她视察哪个厂，哪个厂就先进！"我加重语气告诉他，"应该千方百计地争取叫她到咱厂来。"

董华晃着脑袋："不可能，就像咱厂这个乱劲儿，不论是说运动，还是说生产，没有一样行的。这副奶奶样，叫她来看干什么？"

"你立刻去找刘喜，叫他想办法！"

"她来视察对我们有什么好处？"

"好处大了，要是能把咱厂定为她的点，我们一下就可以通天了。你马上就可以入党，当全厂的一把手！"

他不相信似的嘿嘿一笑："你别又做梦娶媳妇了，那个评法批儒的材料怎么办？"

"有我负责。"我不得不给他讲点基本常识，"老董，你现在是个近万人大厂的副主任，是政界的人物，往后就得吃政治饭了。你本来也是靠造反打政治仗升上来的。一个伟人说过，搞政治就得有大象的美德：好记性，皮厚，再加上一个什么都要嗅一嗅的鼻子。懂吗？"

他总算认头了："老侯，你肚子里的货真不少。我就去找刘喜，这种事反正办不成也没什么坏处。"

"不，一定要办成！"我就差当面骂他是个笨蛋了。

刘喜比董华有头脑，一点就懂。当天董华就打电话通知我，刘喜已答应全力争取，而且他也是从这个厂出去的，他了解矿机厂的情况，在市里在首长面前就更便于替矿机厂说话。董华叫我先准备起来。我为了激他的火，就在电话里对他说："我这个人是不见兔子不撒鹰，我没有她准来的消息，不做准备。"

他慌了："已经十有八九了，等接到通知再准备就来不及了。这可是你出的主意，到时候要砸了锅，你吃不了兜着走！"

"我全给你兜着，我从小就读古书念历史，儒法斗争那一套全在我心里装着呢,有一个晚上做准备就足够了。只要这位首长真到咱厂来,你就等着瞧好吧。矿机厂成了首长的点,你的名字立刻就会轰动全国!"我嘴上是这么说,可是心里一点底也没有,历史上儒家法家那一套全是陈芝麻烂谷子,那个倒好准备。关键是得摸准她的脉,她为什么要在儒法斗争上做文章,真是出于对历史的爱好,发思古之幽情,还是借古喻今,另有所指?我必须摸清这个底,才能说到她心里去,一鸣惊人。

我运用猜谜的本领,对这几个月报纸上的新闻一条一条地做了研究。隔了两天,我又找到刘喜谈了多半宿,从他那儿摸到了点情况。而且他还告诉我,市革委已正式决议就让首长参观我们厂。我从刘喜的家里出来,身上的血都烧起来了,对于怎样讲历史上的儒法斗争,我心里已经有谱儿了,更重要的是我已决心押这笔赌注。这也许是我最后一次进行政治搏斗的机会了,而且是多么难得的一次机会。如果这一宝被我押中了,就会平步青云,直接通天。不但把前几年被抓被斗的仇报了,而且自解放以来,忍气吞声受的窝囊气也全出来了。陈单凤之流还能奈我何?说不定还要向我赔笑脸、说好话,到时候我有的是办法整治他们。而且这一回是万无一失的,我就是靠不上她,对我也不会有什么损失。我一不谋杀,二不呼喊反动口号,只是响应首长的号召,工人上讲坛,做史学的主人,冠冕堂皇,谁敢道个不字。更何况这位首长在"文化大革命"中树起了特殊的声誉,在中央有特殊的地位和权力,依上这样的大树,是安全而牢靠的。在她的阴影遮盖下,再想干点事情就很方便了。

几天来,矿机厂紧张得像一架负荷过重的机床。各车间的生产都停下来,昼夜打扫卫生,整修道路。给大道两旁的杨树,一律刷上一米半高的白灰水,整齐而又好看,像两队白衣卫士,守候在大路两边。在首长参观所要经过的路上,重新修建女厕所,而且要在一两天之内完成,新厕所墙上的白灰还没有干,就赶紧往上刷油漆,墙壁是乳黄色,房顶是淡青色,雅致而大方。安上新瓷盆,摆上新香皂、新毛巾、出口的粉红色卫生纸。到第二天,墙上的油漆还没有干,如果油漆沾到首长衣服上,那还了得!每个厕所又架起两台吹风机烤干。厕所修好以后派上三班的工人昼夜值班,不许别人在此大小便。

董华是这次接待的总指挥,这是受了我的鼓动,主动争到手的,当然刘喜在上边也给使了劲。董华负责接待对我大有好处。但他毕竟出身微贱,没见过世面,忙得成天像发高烧。他不完全是激动和兴奋,也有紧张,还有一部分恐惧。他的地位不像我,在接待中万一出点什么差错,他就完蛋了。可是他搞这一套也有便利条件,他当过演员,会唱几段样板戏,布置场面、调度角色有点办法。把各种不同年龄、不同性别的工人找来十多个,每人教会一段样板戏,背熟一首诗,把大会议室腾出来布置成接待室。把首长可能问到的问题,由宣传科写好答案,打印出来,人手一册,要求每个职工都要背熟,问到谁那儿出了问题,就由谁负责。

这一天终于来到了。刚一上班,董华就叫保卫科下了令,首长只参观总装车间和电铲车间,其他车间的职工全部坐在机器旁边学习和讨论批林批孔的文件,一个不许走出车间大门,更不许围观中央首长。总装和电铲两个车间的大门口早就由保卫科站好了岗,而且把这两个车间里出身不好,成分不好,身上有黵儿、思想靠不住的人全都关到两个大屋里,门外上了锁,由保卫科的人给他们办学习班。等首长参观完以后才能放他们出来。按理说,我也应该被关进去,可是我是今天这场戏的主角,首长来了还等着我唱哪,谁还敢管我?董华叫我跟在他的身边,一步不能离开。

我悄悄地对他说:“如果首长问我的成分,你就说是老工人,出身贫民。我家是开馄饨铺的,当然算城市贫民。我从小没爹,靠妈妈养活,我的出身就应该按妈妈的成分算,而不应该按我父亲的成分算。你可记好了,要是有人拆台,仔细追问就这样回答。她如果不问,就算了。等咱们这一炮打响了,到那时候说什么都没关系了,她就会保护咱们的。”

董华点点头,但也不大放心地问我:“这回可全看你的了,你到底准备得有把握没有?”

“没问题，你别为我担心。”我得不断地给他打气，“还有一件事，我的名字得改一改。”

董华着急地一晃脑袋：“都四五十岁的人了，还改什么名字。你不看看这是什么时候，还有闲肠子琢磨这个！”

我胸有成竹地说：“这位首长可是有给人改名字的习惯，到关键的时候别让她抓住漏儿。我都这么大年纪了，她临时给你胡乱起一个，你不用还不行。趁早别找那个麻烦，我都想好了，我名字里的这个‘榜’字太旧，金榜题名是指旧社会考中状元、举人之类的事。我只要改一个字意思就大不一样了。叫金棒，很棒的棒，孙悟空的金箍棒，无产阶级的金棍子，神通广大，横扫一切，所向无敌。怎么样？”

董华咂着滋味：“侯金棒，大棒子，这家伙可够凶的。行，音没变，内容变了，你肚子里真有点玩意儿。”

整个工厂异常安静，往常那种车响笛鸣的喧闹声听不见了。有点毛病的机器全停了，等着给首长看的那几台机器得等到首长进厂的时候才能开。办学习班的人也好，等着接待的人也好，全都趴在窗户跟前，盯着工厂的大门口。几千双眼睛，从高处，从低处，透过玻璃，透过门缝，都在盼望着、等待着。

值班室的电话终于响了，市里通知，首长就要出发了。大家已经松弛了的心，又绷紧了。等了一会儿，汽车果然来了，却只有一辆。我感到不对劲儿，董华急忙迎上去，从车里走下来的是刘喜。他说首长还在后边，他提前来看看厂里的准备情况。他妈的，准备工作检查了一百六十遍了，到现在还不放心。真是阎王好见，小鬼难缠。董华陪着他，沿着首长参观时要走的路线走了一遍。实际他是来趟趟道路，为了确保首长的安全。我又饿又累，心里也烦了，这个臭娘儿们搞的什么名堂，排场也太大了，简直是拿着草民开玩笑。

又等了四十分钟，来了一大车当兵的，这大概就是她的警卫排了。立刻把各路口、车间门口都换成了她自己的警卫人员站岗。紧跟着一个庞大的车队出现了，各种牌号的、各种颜色的小轿车，像一条五彩斑斓的长蛇，依次钻进了厂门口。十几个民警在足球场上负责调车，不一会儿，足球场被占满了，摆开了一个庞大的车阵。汽车上五颜六色的烤漆，在春天的阳光下闪着刺眼的光。这才叫权势哪！

车里的人都出来了，这都是当今社会上各色各样的名流，可以经常在银幕上看到他们的样子，在报纸上见到他们的名字，在收音机里听到他们的声音。但是今天这些名人集中到一起，使人眼花缭乱，应接不暇，一时分不清谁是谁了，很多人都把眼光盯在那位首长身上。

她的风度的确不一般，头戴一顶别致的大草帽，上身穿一件淡黄的短袖衬衫，胸前和领尖上都绣着白色的梅花，下身是草绿色的西服裙，脚蹬半高跟皮凉鞋。显得素雅，脱俗。我计算她应该有六十来岁，至少是五十岁已经出头，可是凭外表却怎么也看不出她已经是五六十岁的人了。演员总是会保养的。一看就知道她是那种真正的女人，这并不是说她美貌无比，而是指她身上的那股魅力。魅力，这是女人身上最要紧的东西，而且她很清楚自己身上的这种魅力，充分地发挥它，甚至还装出几分少女的天真和纯洁。她说话东一句，西一句，别人很难跟上她的思路。她的思想活跃，行动反复无常，令人很难琢磨。董华让她上楼到接待室休息一会儿，所有的节目都要在接待室里演出。但她刚上了一个台阶，忽然转身说："我要看你们的机器。"

董华只好领头往总装车间去，一切计划都打乱了，我根本靠不到跟前去。中央跟来一大帮陪着的，市里还有一帮领导跟随着，再加上警卫、记者，前呼后拥，浩浩荡荡，哪有我说话的份儿！这种走马看花的阵势，也不适宜讲什么儒法斗争呀！他妈的，辛苦了好几天，很可能要白费劲了。但我还是尽量往前挤，既然有这样的机会，就要好好观察一下这个人，听听她都说些什么。

她来到一台"50"车床跟前，不看卡盘上正在加工的活儿，不了解机床的性能，却一眼盯住地上的一堆铁屑。可见她对工业一窍不通，只觉得弯弯曲曲的铁屑，紫溜溜、蓝幽幽，挺好玩儿。她弯腰拾起几根，问董华："这是什么？"

"这是铁刨花。"董华说了句工厂的土语。

"铁——刨——花，名字很好。"她用手绢包了几块铁屑，"我要带点回去，一看见它我就会想起你们的劳动。”

咳，铁屑是车间的垃圾，要这个干什么！这女人，管管唱戏跳舞的事就行了，到工厂里来光看新鲜，什么也不懂，一说话就会出洋相，闹笑话。后边那一大帮随从不但不提醒她，反而也学她的样子，一个个都从地上捡起铁屑装模作样地端详着，好像那个铁屑经首长一感兴趣，就立刻变成珍珠宝贝了。

我觉得这个人心浮气躁，华而不实。我对自己准备好的那个材料没有信心了。即便有机会向她讲，她也不见得有那个耐性，听我长篇大论地把话说完。

参观完总装车间，按计划还应该到电铲车间去。这两个车间中间还有一段路程，汽车已经在门口等候了。她临上车的时候突然变了主意：“我累了，我要回家。”

她的汽车就一溜烟开出厂外去了。随从们一见首长走了，就一窝蜂似的爬上车全跑了。

董华站在门口傻眼了，忙乎了几天几夜，她只看了这么十五分钟就散伙了，这不是拿傻小子开心吗！工人们更不干了，围住董华骂街的，甩闲腔的，说什么话的都有。看厕所的几个工人，在厕所里守了好几天，首长不但没去厕所，她们连首长的模样也没见到，这有多窝囊。电铲车间的工人意见更大，两天两夜没休息打扫卫生，今天又从早晨饿到一点多钟，连首长的影子也没见到。

但最丧气的还是我。我没向任何人打招呼就离开工厂回到家里，嘱咐孩子们不许叫我，就钻进里边我自己的小屋锁上门，往床上一躺就不想动了。心里饿得发慌，却不想吃，只想吐。我今天也扮演了一个傻小子的角色，一切的机会白费了。我真是鬼迷心窍了，想得太乐观，太容易了。我把她估计错了，她不过是个花里胡哨的风骚女人，金玉其外，败絮其内，成不了大事。我想东山再起的希望，这几天来做的好梦，全破灭了！我憎恨自己的愚蠢，又可怜自己。我像一只彻底斗败的蛐蛐，蜷缩在床上，越想今后越没有出路，迷迷糊糊地睡着了。不知过了多长时间，一阵敲门声把我惊醒，屋里黑洞洞的，可能已是夜里啦。

“老侯，快开门！”是董华的声音。

“什么事？”我开了灯，打开门，董华兴冲冲地跳进来，“好事，快跟我走，带上你的材料。”

“干什么去？”

“首长召见，叫咱们去汇报。”

“到哪儿？”我觉得心里的血又涌上来了。

“去她的住处。”

“好，铁券来了，但愿这回命运不要再辜负我们！”

“谁要让一个人骗过两次，谁就活该遭到毁灭”

——陈单凤

都埋怨我跟不上形势，连安平也责备我，这一回他可能对我要恼了。我知道他在市里替我擦了好几回屁股，可是我不领他的情。这样的形势像变戏法一样，一会儿一个样儿，叫我怎么跟？我们公司里最糟糕的一个厂——矿山机械厂，倒成了全国最先进的典型，成了中央首长亲自抓的点，报纸上三天两头介绍他们的经验，从全国各地一批批赶来参观取经的人，每天不断。侯金榜是个什么人，我还不清楚？现在改成了侯金棒，一下子就成了全国的名人，还成了老工人的代表，他是哪号的老工人？他讲的那个儒法斗争材料印成小册子，每个职工发一本，连我也得好好学习。这真是见他娘的鬼啦！没有报公司党委批准，矿机厂就把他提成了“批儒评法办公室主任”。工厂里哪有这么个编制，还不是因人设事。还有那个董华似乎也成了个英雄，入党的表也填好了，市里也几次打招呼关照，要解决他的组织问题。嗯，这样的人也能入党？看样子这个问题一解决，下一步他就是矿机厂的一把手了。幸好公司的党委书记是我陈单凤，有我在这儿一天，你们就甭想这种好事。

可是，公司的其他几位领导顶不住了。关于董华和侯金榜入党提升的问题还可以往后拖，反正我不点头这件事就办不成。关于学不学矿机厂的问题却是无法再拖下去了。矿机厂是我们公司的厂，全国都学矿机厂，全市都学矿机厂，唯独我们公司不学它。市里的头头都把矿机厂引以为自己的光荣和骄傲，我们的态度就好像是家里人揭家里人的老底，自己往自己脸上抹灰。可气的是市里这帮头头，他们不管矿机厂到底有没有什么好学的，却只管向我们兴师问罪。我本来采取的是硬磨软泡的办法，你有千条妙计，我有一定之规，我不公开对抗，用沉默对付诡辩，能拖就往后拖。今天上午我到基层去了，市革委用行政命令的办法通知了公司的党委副书记，明天在体育馆以我们公司的名义召开万人大会，掀起一个向矿机厂学习的新高潮，还点名要让我主持这个大会，由侯金榜作报告，市里主要负责人也参加会。下午等我回到公司里，开会的通知已经发下去了，其他党委成员全都表示同意，大家全看出来了，顶也顶不住，不如就随大流算啦。我听到这件事半天没有说话。我说什么呢？说同意，我心里明明不同意；说不同意，事情已经决定了，即便我在家里，大家都同意，我一个人不同意，也是顶不住的。他们可以随大流，我也能随这样的大流吗？我心里总觉得这是捉弄我。侯金榜作报告，让我给他主持会，开会前得说几句吧，他作完了报告也得简单地总结几句吧，这不等于是替他敲锣打鼓吹号子吗？他是怎么回事，我是怎么回事，群众心里都很清楚，这样一搞等于在大庭广众面前我承认败给他了。我为什么要让他露这个脸，自己去现世？而且这不是我一个人现世，是共产党现世！

我拿起了电话，要通了市革委，我要的是主任岳川的办公室，接电话的却是安平。我怕碰上他，就偏碰上他。互相问完了姓名，我就不吭声了。我的这一肚子火气不能冲他放，对他放出来也不顶事，我想起他刚拿起电话那一阵，我好像听见了岳川正跟他说话的声音，就不大客气地说："你叫岳川同志接电话。"

他沉默了一会儿说："他不在，你有事就对我说吧。"他就像一堵影壁墙，处处老遮挡着我。我心里清楚他是为我好，总想保护我。可我又不是小孩子，谁需要他来当保姆。我有点发火了，冲着电话喊起来："你快叫他接电话，我有急事！"

“我知道你是什么急事,对我说吧。你要能够不说就更好。”看来他知道我要说什么,而且想坚决挡驾。

没有办法,我再不讲一会儿就下班了,更找不到人了,只好对他说:“你必须立即转告岳川同志,我不同意明天召开那样的大会,我更不当主持人。如果你们市里一定叫我主持,我一开始就要对侯金榜这个人和他讲的那一套进行揭露和批判,他讲完以后我还要消毒。把大会搅乱了,你们可别怪我。”

他似乎打个怔儿,然后却用一种很轻松的调子说:“就这点事吗?好办,晚上你等我,我到家里去看你。”我知道他这是怕引起坐在旁边的岳川多心,其实他的心里一定很紧张,晚上他到家里来无非也是对我进行劝解。

这个沉不住气的人,还没有等到晚上,我前脚进家,他后脚就到了,想必是一下班就直接从市里跑来了。他的脸色不大好看,我虽然为他的好心所感动,可接待也不热情。我们之间倒也用不着客气,他屁股还没坐稳就开腔了:

“单凤同志,我了解你的性格,希望你也能理解我的心。我只怕你再出事,我只要求你跟上时代的变化,不走在前边,可也别落在后面……”

我一边切着菜,很不高兴地把他堵回去:“就是这样跟啊?为敌手抬轿子!”

“哎呀,要分得清谁是敌手就好了。现在你分得清吗?这不像过去咱们打仗那时候了。现在是以口号,以中心来划分,闹不好就是党性问题、路线问题。这几年我在地方上支左就有很多教训,谁是左?谁是右?很难分清。为了保险就支中央,支运动,这总不会错。就像你现在遇到的问题,怎么办?个性服从党性。”

“人格也可以不要了?”

“磕磕碰碰这么多年,苦头没少吃,罪没少受,你的思想怎么还是沿着一条过去习惯的思路考虑问题?现在闭起嘴巴让人当成傻瓜,胜如张开嘴当个聪明人。”

“装聋作哑?”

“你怎么老抬杠?”

“不是你们要叫我去主持会吗?主持会能不张嘴说话吗?”不知为什么我倒可怜起安平来了,人的本性难移,被迫改变了本性的人,一定非常痛苦。这又是何苦呢?光明磊落,不为适应形势而改变自己的嘴脸和腔调,不管到哪里都保持自己的个性,坦然自在,岂不更好!哪里有懦怯,哪里就有耻辱,你自己要是个怯懦鬼,就只好忍受耻辱。我已经被打倒过一次了,什么罪都受了,还有什么可怕呢?何必为了别人改变自己的人格呢?

安平沉默了好一会儿,好像是在琢磨我的心思。说:“在理论上怎么都好说,现在讲实际的吧。如果你只图自己痛快,硬顶,形势很明白,你就不能再当这个机械公司的一把手了。你的人格保住了,可是这个位子很可能就要叫那些人占了,然后董华、侯金榜之流都可以入党升官,并且还要拉起他们一帮人。到那时候是对党有好处,还是对国家有好处?你看到他们耀武扬威,胡作非为,你的心里就痛快得了?我看不见得。如果你现在忍受点委屈,占住这个位子,就可以挡住他们的道,还能保护你下边的一批好人,你掂掂,哪个轻,哪个重?”

这话倒的确有几分道理,我口气也和缓了:“到底还是知识分子出身的人想得远,可我不会演戏。”

他说:“这怎么叫演戏,这是责任。你不要以为我的日子过得挺舒服,在各种不同意见的人员中纵横捭阖,虚与委蛇,卑躬屈膝,两边讨好,不是为了我自己,也不光是为了保护你,我是为了保住像你我这样的一大批人,为了党的事业。而且正因为中央也有这样忍辱负重的人,像你我这样的人才得以重新起用。实话说,上级有信叫我回部队,我下不了决心,除去对你有些不放心,还对你已经拒绝的那件事,仍然抱着一线希望。如果我不想回部队就得脱军装,我肩上本来能担八十斤,一摘掉领章帽徽,连四十斤也担不动了。我到底怎么办,主要取决于你的态度。”

我毫不犹豫地劝他说:“快回部队,坚决回去。地方上太乱,不能干。”

他没有说话，望着我沉重地叹了口气。我明白他这叹息的分量。

勇进拎着个饭盒回来了：“安主任，你好！”

安平点点头，马上站起身准备要走。我早就有感觉，安平不愿意看见勇进，更不愿意和他坐在一起吃饭或谈话。他是讨厌勇进那副随随便便的样子呢，还是不愿意让勇进发现他对我的心事？

我想留住他，话还没有谈完呢，怎么能让他走。我说：“老安，你别走，吃过饭咱们还得好好谈一谈。”

“不行，晚上还要开会。我希望你慎重考虑一下，最好明天还是按计划行事，不要让感情支配自己的理智。”

我心里一点把握没有：“不行，我演不好这场戏，一定会砸锅的。”

勇进又没大没小地插进来说：“气氛如此紧张，我猜一定为了明天大会的事。”

我不高兴地看他一眼：“你怎么知道？”

勇进可不在乎别人的脸色：“在您的管辖范围内，班组长以上干部每人一张开会入场券。不过，不管明天的会多么重要，您也参加不了啦。”

安平问：“为什么？”

“化验结果和诊断全出来了，”勇进从口袋里掏出一大把各种单据和病历本之类的东西，一张张地抖开来，嘴里讲解着：“这是验血的结果，这是验尿的结果，这是心电图，这是化验肝功能的单子，这是医生的诊断和假条。结论是严重的冠心病，稍不注意就会发展成心肌梗死，必须卧床休息。”

安平吓了一跳，怔怔地望着我：“这么厉害了，你怎么没有谈起过？”

我也十分惊奇：“我什么时候去医院了？”

“您上个月有一次闹心口痛，我领您到二中心医院检查的，怎么忘了。”

“为什么一个月才拿出诊断结果？”

“要会诊，要研究，再说咱们的工作效率您又不是不知道。”他又转头对安平说，“我一会儿就把这张假条给公司的副书记送去，这是没有办法的事，生老病死，谁也无法抗拒。”

安平一句话没说就走了，从他的神色看，从今天起他的心里又多了一块病，这就是长在我身上的病。他当着我的儿子不愿意表露这种感情。

我还是半信半疑，安平走了以后我问儿子：“勇进，你可别吓唬我，我自己感觉没有那么严重。”

勇进还是那副叫人摸不着头脑的样子：“对，您的病现在的确还不很严重，可您要是不在家好好休息，那病就大了！”

“我在家里闲着也会憋出病来的。”

“我早想到了，您是闲不住的人，精力也还可以称得上是旺盛。我在一个月内就要给您娶个儿媳妇来，然后用最快的速度再给您生个孙子或孙女，往后有您操心的事，天伦之乐也不是那么好享的。只要您的精力许可，又有兴致，两年后就可以领着孙子逛公园。”

他真真假假，差点把我说笑了。我一时也没有更好的主意，这个病假条倒也真可以救急，就答应了。可我没有享福的命，第二天上午熬到九点钟，心里没处抓没处挠，总想看看会场上是个什么样子，就身不由己地又来到了体育馆。看样子大会刚开始不久，侯金榜还没有讲到他的儒和法怎么样斗，正在讲开场白，分析这场运动的重大意义。他什么时候学的这样假酸假醋了？从容不迫的手势，慢条斯理的声调，稳重深沉，井井有条，好像为了让下面的人好做记录，学会了一套领导干部们喜欢用的派头，俯视听众，脸上挂着高深莫测的微笑。他竟然在我们打下来的天下当起共产党的首长来了，他今天算是扬眉吐气了！

我心里的火一个劲儿往上蹿，幸好这是坐在台下，而不是坐在台上。我赶紧在心里安慰自己，别看他现在装腔作势，时间还长着呢，真正的力量不在打雷，而在闪电。我们要听他往下还说什么。

“……当前围绕着工农兵占领史学阵地，做历史的主人，展开了一场激烈的两条路线、两种思想的搏斗。有人开始是不承认，甚至否认矿机厂这个中央首长的点，否定中央亲自树起来的典型，否认工人阶级上讲台这个新生事物。以后又想用生产上的典型，搞唯生产力论的经验来取代我们宣讲儒法斗争的经验。这些伎俩全失败之后，就装病，躺倒不干了，至死也不参加批林批孔、评法批儒的群众大会，对抗运动，对抗毛主席的革命路线。所以，从今天这个大会上就可以看到阶级斗争的动向，看到整个时代……"

我好不容易忍住气听到这儿，突然胸口像剪子铰似的疼起来，脑袋也开始剧烈地晕眩。我想起勇进给我的救急药，放在上边的口袋里，我抬起手，还没有够得着口袋，眼前一黑，身不由己地往前面扑下去……

"天下事不了似了，不了了之"

——侯金榜

我因为病太重，被提前从监狱里放出来了。其实，我倒愿意在监狱里一直待到死。我对生活已经不抱任何指望了，在监狱里和罪人在一起，大家经历思想大同小异，还有共同语言。一出来以后反而觉得非常孤单，我怕见亲人，怕见邻居，怕见一切熟人。每天吃完早饭，就到公园里来，练练拳，散散步，然后找个清静的地方一坐，一直待到中午。回家吃完饭，睡上一觉，又躲到公园里来，直到天黑才回家。

对我来说，就是凑合着活，还有口气在就算活着；我的生命力，就是苟延残喘。没有想到，我才六十岁刚出头，身体就垮成了这样，一身都是病。也许我一辈子用心计太多了，伤了身体。现在也是一种报应，我只剩一个干枯的外壳了。我现在既不留恋什么，也不企求什么；既不爱谁，也不恨谁；既不想死，死临到头上也不会害怕。谁能想到，雄心勃勃的侯金榜，奋斗了一辈子，临近晚年却变成了这副样子！真应了那副对联：人生无非是戏，世人何必认真。

今天是星期日，也是我最难熬的一天。公园里人特别多；家里他们都歇班，也格外热闹。我这个感到孤单又喜欢孤单的老头子，简直被挤得无处去了。还不到十点钟，我就想提前离开公园，躲到自己的小黑屋里去躺着吧。走到公园门口,看见迎面来了一位老太太,手里领着个四五岁的小男孩儿,好像是祖孙两个。孙子仰着脸不断地问这问那,老太太有说有笑,非常开心。我心里一阵搅动,立刻躲到一棵大树背后,让他们过去,然后偷眼打量她。

她年龄比我小得多,可也见老了。眼角的皱纹刻得很深,下巴颏更尖更翘了,还隐隐显出她性格的果敢和倔强。头发也白了,身体虽然胖了一些,可是并不显得强壮。人生的风浪在她身上同样也留下了痕迹。但是,瞧她多得意啊！星期天领着孙子高高兴兴地逛公园来了,她丈夫平反昭雪的追悼会已经开过了,报纸上还发了消息。听说她已经升到市经委当了主任。天下还是人家的,所有的路都为人家开着,怎么能不得意?我要是她也会得意的。

我也不知道是出于一种什么动机,悄悄地在后面瞄着陈单凤,反身随着她又向公园里面走去。是嫉妒?是仇恨?不,至少不全是。我甚至还有一种欲望,想跟她说话,想同她和解。可我又缺乏这种勇气,我害怕她会讥笑我,她肯定会挖苦我。我已经是风烛残年,是人我都害怕,何况是她,现在我怕她更是比怕烈火雷霆还厉害。

“奶奶,我要坐登月火箭。”孙子拉着她的衣服一个劲儿地叫喊。

“好,好,咱这就去坐火箭。”她用手指轻轻点着小孙子的脑门儿,“不过火箭转起来以后你可别害怕。”

“我不害怕!”

祖孙两个兴致勃勃地在公园里逛着,我在他们旁边遛着。我能看见他们,听见他们说话,却不让他们注意到我。

陈单凤兴致极高,她简直也变成了一个孩子。祖孙两个说个没完没了,孙子对公园的一切都感到新鲜,提出各式各样的问题;奶奶非常有耐性,一个一个地回答,不断传来他们的笑声。陈单凤还不时地在孙子的脸蛋儿上亲一口,拧一下。她的眼睛不看别人,好像整个公园里就只有他们祖孙两个人。她高兴,美满,她的心里除去享受天年的幸福之外,好像再也装不下别的了。

陈单凤就像完全变成了另外一个人。她在我的印象里,从小就是个很厉害的精豆子，性如烈火，说话粗野，打架不要命，是个女人模样男人心。看现在，她是个地道的女人，是一个很好的奶奶。连我都感动了，我心里真是羡慕她。看来人都有好几面，对仇人一面，对朋友一面，对亲人又是一面。我一生都对她有刻骨的仇恨，眼下望着她和自己孙儿嬉戏玩耍的情景，这种仇恨突然淡薄了，取而代之的是一种怅惘的感觉。大半辈子的生活涌上我的心头。不错，我也踢打过一阵，显赫过一阵，可是九九归原，我得到了什么呢？陈单凤和她孙子的笑声又随风飘了过来，我心里不禁一震，我也有孩子，我也有亲人，我为什么不跟他们亲亲热热的，我为什么不带着自己的孩子也来逛公园？

不，不可能，他们不爱我，我也不喜欢他们。现在要想改变这种关系已经晚了，种瓜得瓜，种豆得豆，这全是我自己造成的。我在政治上雄心太大，把毕生的精力都用上了，就是在我得意的时候也没有对孩子抚爱过，现在怎么能企求他们会爱我呢？

可是我为什么倒喜欢陈单凤的孙子呢？我多么想也用手摸摸他的头顶，拍拍他的屁股。也许人到了迟暮之年，心灵上就有一种美好的召唤，洗刷灵魂上的罪孽。我从来不承认自己有罪，在监狱里都没低头，跑到公园里来，并且遇到了自己的仇人，怎么倒产生了赎罪感？活见了鬼！我是不是真的快要死了，就像俗话说的，鸟之将死，其鸣也哀；人之将死，其言也善！这是窝囊废，武大郎到死的时候才说熊话哪！

我不论怎样咒骂自己，嘲笑自己，用仇恨激励自己，我身上的那股刚强劲儿却怎么也恢复不上来了。我的心已经死了，冷了，任何火都不能再把它烤热，把它燃烧起来了。

陈单凤和她的孙子来到了"儿童乐园"，买好票坐上了登月火箭。这个东西是去年才装起来的。我还一次没有坐过，现在突然也萌发了一种很想上去坐一坐的念头。但是门口挂着一个牌子，上面写着大人不带孩子不准登坐。我只好在售票处的一个长椅子上坐下来。

陈单凤抱着孙子坐在火箭上，给孙子讲解火箭的构造："……我们坐的这个火箭是安装在一个螺旋形轨道上的，大马达一转，火箭就在这个轨道上旋转起来，因为是螺旋形，忽上忽下，像腾云驾雾一样，就如同登上月球一样……”

“是的，是的！”我不禁在心里说，问题是都走着同一个螺旋形的人生道路，终点却这样不同，未必是我的起点就错了吗？因此，临到晚年，只能孤单落寞地在这里羡慕别人的，甚至是仇人的欢乐！

历史原来是很严肃的，我吃亏就在于把它当成了儿戏。

1981年1月30日

赤橙黄绿青蓝紫

一

世界之大，无奇不有。没有各式各样的新奇事，还算是一个纷纭复杂的世界吗？

请看，在这八十年代第一个春天的早晨，第五钢铁厂门前的景象吧。

这座五十年代建成的现代化的十里钢城，现在被一片农村经济繁荣的产物——自由市场包围着。它的正面围墙下稀稀拉拉摆着许多挑担的、推车的摊贩，小米、绿豆、萝卜、青菜，各种农副产品花样齐全。叫卖声此起彼落，唤醒了沉睡的钢城，盖住了厂内钢铁的轰鸣。住在钢城宿舍区里的职工，再也用不着给钟表上闹铃了，小贩的叫卖声就是报时钟，按这种吆喝声起床，就是上早班也决不会迟到。主妇们也不愁买不到好菜和早点，鲜鱼活虾，任挑任选。只要口袋里有钱，就请来吧，想吃什么有什么。围墙里高炉吃不饱，生产萧条；围墙外叫嚷喧天，一片繁荣。叫卖农副产品的小商贩们包围着生产钢铁的国营企业。其实他们卖一天海蟹所赚的钱，够钢厂工人干一个星期的。钢厂职工把钱送到商贩手里还满心乐意，虽然花钱多一点，好歹吃菜方便了，总比有钱买不上东西强。钢厂的生产任务也许不够充足，可是工人们手里的钱并不少，我们的人民不知不觉地，实实在在地富裕起来了。经济规律像个幽默多智的魔术师，这些年开了我们一个实在不算小的玩笑,我们不得不承认它的存在了。

雄伟壮观的钢厂大门楼下,是这个特殊的自由集市的中心,熙熙攘攘,热闹非常。不但有卖青菜的,还有许多卖熟食的:大饼,麻花,炒花生,煮蚕豆。早晨,钢厂工人上班的这段时间人最多,叫卖声最热闹,买卖也最好。门前有一块广场,钢厂保卫处有规定,商贩不得堵住大门口,必须给进出工厂的汽车留出通道。大家为了抢买卖、揽生意,都尽量往前站,这就使通道越来越窄。这个市场上的商品和价格变化无穷,谁能驾驭它,谁就可以发财。

今天,买卖几乎全被一个高身材的小伙子抢去了。他不像农村来的小贩,满身尘土,脏里脏气;也不像城里推车卖食品的小商,一身油垢,邋里邋遢。他手脸干净,两眼有神,嘴上捂着大口罩,胳膊上套着雪白的套袖,身上系着崭新的白围裙,头上戴一顶白布工作帽,就像是刚从大饭店里出来的一级厨师。潇洒俊逸,风度翩翩。单凭这身打扮,往市场上一站就格外引人注意。他有一个和自己年纪差不多的助手,这助手和他可大不一样,身材壮实,大手大脚,一张轴瓦般又瘪又长的脸总算被鼻梁上架着一个特大号的太阳镜补平了一些。两个耳朵眼里一边钻出一撮黑毛,刚好又被从鬓角拖下来的长发遮住,一脸七个不在乎、八个不含糊的神气。上身是米色的大疙瘩毛衣,下身是黄色长筒子裤。他晃着膀子在市场上转了一圈,看中了靠近门口一块十分显眼的地方,有个五十多岁的老乡在这儿卖鸡蛋,他恶声恶气地问:“鸡蛋多少钱一斤?”

老乡抬起眼,见这份长相,这身打扮,先自怵了三分,开市碰上这块料,自认晦气。但又惹不起他,只好多加小心,赔着笑脸说:“您买点鸡蛋吗?一块三一斤。”

“这么贵!”轴瓦脸伸出两只手,每只手里抓起两个大鸡蛋,像老年人在掌心里玩儿核桃一样在手里捻着:“新鲜吗?你别弄些臭鸡蛋到这儿来糊弄人!”嘴里说着鸡蛋,眼睛却瞅着老乡,趁老乡转脸照应别的买主的时候,两只手里的鸡蛋捅进了两边的裤口袋里。嘴里吹起了口哨,每只手又拿起两个鸡蛋,继续捻着,端详着。

卖鸡蛋的老乡没有看到，一个想买鸡蛋的中年妇女，在他身后看清了他的全部动作，吃了一惊，想张嘴，一看轴瓦脸这副不好惹的样子，就把到嘴边的话又咽下去了。多一事不如少一事，大清早的别找不自在。

可是偷鸡蛋的轴瓦脸倒不放过卖鸡蛋的老乡，他那像枪托般朝外翘起一块的大下巴使劲一努："哎，你没看见我们厂保卫处的布告，不许堵住门口影响交通，快挪挪地方！"

老乡的媚笑变成了苦笑，赶忙点头："我这不是离门口还老远的，不影响过车过人。"

"不行，快挪走……"

戴着白口罩、白围裙的青年人过来拦住了自己的助手："何顺，叫他在这儿正好，我们在他旁边卖。如果有人想吃鸡蛋煎饼，从他那儿买鸡蛋，我们这儿买煎饼，一举两得，对两家买卖都有好处。"一身白的小伙子说完就在鸡蛋摊的旁边支起自行车，车子两边竖起两根木棍，木棍上面架好一块木板。把摊煎饼用的火炉、饼锅、小米面、铲子、刷子全都摆好。"煎饼油条铺"就算开张了。

何顺撑开一个巨大的白布伞，这是交通警察在夏天里用的。现在还是春寒料峭，太阳还没有出来，他们支起大白伞一是为了遮挡雾气尘埃，更主要的是为了壮壮门面，招徕顾客。他还把一根一丈二尺长的竹竿绑在自行车把上，竿头挑着一块木牌，木牌上写着两个大字：清真。

何顺用他那惯于吵架骂街的异常粗嘎的嗓门吆喝起来："哎——快来买，快来尝，滚热的、烫嘴的、喷喷香的煎饼果子。质量高，价钱低，别处一套一角二，咱这儿只收一角钱。不为了赚钱，只为了方便本厂的职工。哎，谁不信就来尝一尝，吃上一回就保你还想吃第二回……"

"何顺，别嚷了，快来收钱。戴上你的口罩和帽子，把眼镜摘掉，规规矩矩的，别摆出打架的样子。"一身白的小伙子从篮子里取出一台四个喇叭的立体声收录两用机，放在脚边的一个凳子上按了一下电键，立刻从里面飞出了雄浑而美妙的乐曲声。嘈杂的自由市场一下子显得安静了,买的和卖的都抬起头朝这边张望,有的寻着声音走了过来。

何顺也十分惊喜:“哈,你把这玩意儿也带来了。要是我单为了听段音乐,也得在这儿站一会儿,买你一套煎饼。”他翻看着磁带,很有点惋惜地说:“哎呀,你怎么光带的乐曲,拿点邓丽君、李谷一唱的流行歌曲多来劲儿,叫他们开开洋荤,买卖保管兴隆。”

“去,你懂什么,快干你的活儿去!”白衣小伙子说话声不高,气很冲,对轴瓦脸何顺颇有权威性。

“好的。”何顺非常顺从,嘻嘻哈哈地从口袋里掏出四个鸡蛋,“思佳,先给我摊上四张带鸡蛋的煎饼,我喂饱了肚子才能干活儿。”

大白伞底下很快就聚集了一群人,有买的,有看的,还有听的,因为有何顺这样一个人物管收钱,买煎饼的人都规规矩矩地排队,谁也不敢起哄。一见围上了这么多人,何顺也长了精神,摇头晃脑叫喊得更热闹了。煎饼的味道的确不错,价钱也真的比别处便宜二分。摊煎饼的小伙子,干净利索,动作潇洒,他的生意惹得全市场上的人都眼馋了。钢厂的职工都来买他的煎饼,花上一角钱还能看个热闹,瞧个新鲜。因为他俩就是钢厂运输队的汽车司机,一个叫刘思佳,一个叫何顺,又拿国家的工资,又做小买卖,看厂里怎么办吧?别的职工也有做小买卖的,那都是偷偷摸摸,不敢让厂里知道。这两个小子胆大包天,竟在工厂的大门口,扯旗放炮地干起来了。人们一边买煎饼,一边和他们两个搭讪。刘思佳不怎么说话,何顺手里数着钱,嘴里还不闲着。

“你们俩倒不错,这一早晨得赚个十块八块的吧?”

“厂里不发奖金了,就得靠自己捞点外快。”何顺振振有词。

“你们这样干厂里同意吗?”

“不同意又怎么样?现在谁还管谁!就得靠钱书记做动员,蒋(奖)厂长作报告,不赚白不赚,不捞白不捞,谁挣钱多谁是好样的。”

“你们摆摊卖煎饼得有照啊?”

“当然有,我爸爸的执照,真正的‘西域回回’。”

“你们上班拿工资,业余时间干小买卖,这不是一个人吃两面吗?”

“谁有能耐谁就干，八仙过海各显其能，撑死胆大的，饿死胆小的。你本事大吃八面也没有关系。在美国大学生还可以到饭馆洗碟子刷碗哪，当车工的下了班还可以开出租汽车。咱们的农民兄弟可以进城做小买卖，贩卖土特产，我们这工人大哥就该饿死？就不可以卖点洋手艺？”

“都这样干不乱套了？！”

“去你妈的，不这样干就不乱套了？你不愿意买滚开，别在这儿碍事！”何顺一见歪理讲不通就露出了本相。

“你做买卖怎么骂人？”

“我骂你个王八蛋了，合适吗？”何顺站起来想动手，刘思佳头也不抬，轻轻喝了一声：

“何顺，你还想干吗？”

何顺立刻老实了，他在别人面前像个暴徒，在刘思佳跟前却像个奴才。这真是一对奇怪的朋友。

“啪！”录音机的磁带放完了，自动停住。刘思佳又换上了一盘西班牙乐曲《小船飘呀飘》，伴着轻柔舒展的乐声，刘思佳用小铲敲了几下锅沿，低着头一边忙着摊煎饼，一边高声说：“煎饼果子，热的，烫嘴又烫心。比一比再买，想一想再吃，吃了我的煎饼，不仅能填饱肚子，还能长智慧，锻炼思考力……”

他不像叫卖，倒像自言自语。

人们里三层外三层，围住了“大白伞煎饼摊”，群众都爱凑个热闹，在马路上自行车摔跟头还一围一大帮哩，何况这儿有奇怪的买卖，奇怪的人，奇怪的音乐。人群把通向厂门口的唯一的一条通道堵住了，步行上班的职工走到这儿停住了脚步，骑自行车的到这儿也要下车看上一眼。“刘思佳卖煎饼”震惊了自由市场。又由看到或吃到他的煎饼的人把这一新闻带进厂里，带到各个车间、科、室，于是这件事又轰动了第五钢铁厂。工人们不管它合法不合法，谁的煎饼好、价钱又便宜，就买谁的。但是，干部们就多了个心眼儿，只远远地看上一眼，有的连看也不敢看，心里倒说：“这小子，又要找倒霉了！”

也有相当多的人见到刘思佳卖煎饼,心里很不是滋味儿。但又说不出他是对,还是错。就连政治部、保卫处的干部们,站在旁边干生气却不敢管,更不敢砸他的煎饼摊,没收他的钱。他们不怕何顺会动手打架,而是自己心里没有底。在感情上觉得是错误的东西,在道理上却说不出个所以然。更主要的是对这类事情应该怎么办上头没有文件,领导没有明确表态,现在经济政策很灵活,谁知怎样算对,怎样算错?国家的政策是一个,对农民是合法的,难道对工人就成了非法的?钢厂的许多干部,习惯于老老实实地按上头精神办事,习惯于服从,而不习惯负责,一旦没有了上头精神,便感到六神无主,无所适从了。下边千变万化,上边死死板板,这可叫两个小青年钻了空子。

上正常班的工人陆陆续续地来了,刘思佳的煎饼摊更火爆了,买煎饼的人越围越多,特别是和他要好的那些青年男女,一买就是四五套,有的甚至买十套、二十套,留着中午当饭吃。这好像也是一种义气,替他的生意捧场。

一阵急促的自行车转铃的声音从老远就响起,一直响到刘思佳的煎饼摊跟前,一辆鲜红的“凤凰”牌轻便坤车险些撞倒了煎饼摊。何顺站起来刚要骂街,一抬眼看见骑车人屁股还不离车座,只用一只脚蹬地,稳住了自行车。何顺脸上紧绷绷的肌肉,忽然松弛开来,堆出了满脸笑纹,讨好地说:“叶芳,吃煎饼吗?我请客,管你够。”

叶芳没有理他,却怒气冲冲地盯着刘思佳。

刘思佳没有抬头,轻声地、像个生意人一样很有礼貌地说:“叶芳,躲开一点,别影响我们卖煎饼。”

叶芳只从鼻子里“哼”了一声。这是一个非常俊俏的姑娘,只是娇艳得稍有一点过分了,乌亮的秀发没有烫成波浪状,不知用什么办法,更不知要花费多长时间,别出心裁地在脑后梳了个盘龙髻,髻上别着一个黄灿灿像是用赤金做成的发卡,两耳挂着翠绿色的耳坠,穿一身淡蓝色西装,衣服非常合体,显出了她身材优美的曲线。她的眼睛里有一种落拓不羁的神采,身上飘出一股淡淡的奇香。她拉了一下刘思佳的袄袖:“你怎么干上了这个?真不嫌丢人!”

刘思佳还是那副文静而客气的腔调:“不偷不抢不犯法,丢的什么人?”

“算啦!你就短这几个钱花?”

“不为赚钱,只为了方便本厂职工。”

“别来这一套,赶快把摊子给我收了,这一天赚多少钱找我要,我全包了!”

刘思佳突然转过脸,颧骨上的肌肉跳动着,一双细长的眼睛像剪刀一样迅速地睃了一下叶芳,带着一种恶意压低声音说:“一天十块,一个月三百块,一年三千六百块,你包得起吗?赶快离开这儿,别找不自在!”

叶芳想盯住刘思佳的眼睛,不让他撒半点谎,可是刘思佳说完就转过头去摊煎饼不再理她,把她淡在了一边,任她怎么说,甚至是小声哀求他,求他收起摊子,别现这个眼,可他一概装做没听见,不看她也不理她,这可比斥打她、嘲笑她更叫她难受,更使她感到委屈。她什么时候被人拿话斥打过?她什么时候哀求过人?她对谁也没有服过软。她像一匹野马,可就是被刘思佳镇住了。为了他,她什么都可以拿出来,什么气都可以受,什么亏都可以吃,只求能换得他的心。可他对她老是一会儿冷,一会儿热,不动真心。他连同何顺卖煎饼这样的大事,事先都不同她说一声,这说明他的心里根本没装着她。她感到生气,也觉着尴尬,下不来台,便一赌气推起自行车走了。

远处又响起了汽车喇叭声,一辆黑色的轿车被挡在煎饼摊外面进不了厂门口,司机生气地摁着汽车喇叭。车里坐的是钢厂党委书记祝同康,他看看手表,离上班只有十分钟了,便皱起了眉头:“厂部三令五申叫保卫处发通告,摊贩不许堵住厂门口,为什么就是不听?”

司机没好气地说:“这不是农村来的摊贩,是我们本厂的职工在摊煎饼卖。”

“谁?”

“刘思佳和何顺。”

“啊!有人买吗?”

“买的人很多。”

何顺手里举着一套煎饼果子,成心似的朝着祝同康的小汽车这边叫喊:“热煎饼,一角钱一套,物美价廉,一套便宜二分钱,喷香可口啊!……”

祝同康烦躁地一挥手:“倒回去,从后门进厂。”

二

上班不大一会儿,祝同康就接到好几个电话,全是车间的支部书记们询问党委对刘思佳卖煎饼的态度,报告职工对这件事的反映。刘思佳呀刘思佳,他又一次搅动了整个钢厂……

多年做政治思想工作,一向是善于知人的祝同康,越来越感到难以适应自己的工作了,人的思想开始变得不可捉摸和难于驾驭了。职工的阶级成分比过去简单得多了,纯洁得多了,可是思想却十倍、百倍的复杂了,甚至可以说复杂到混乱的地步。他拼命想去了解,想摸索出一条新的规律,可是办不到。职工涨了工资,发了奖金理应能够减轻思想政治工作的负担,谁知反而加大了思想政治工作的难度和重量。他做工厂的党委书记快二十年了,像一位把教科书完全吞到肚里的老教员,这一职务对他来说应该是轻车熟路了,现在他背上没有剑,头上没有鞭子,地位也巩固了。可是只有他自己的心里才知道,他工作得非常艰难,并不能胜任所担当的职务。像刘思佳这样一些毫不起眼的小青年,几乎成了他不可逾越的障碍……

刘思佳真的就是为了多捞几个钱?难道他还会缺钱花吗?谁不知道两年前他就成了钢厂的第一个“七机部长”(家有电视机、录音机、电唱机、照相机、洗衣机、袖珍计算机、电冰箱);他第一个戴起了太阳镜,当有第二个人戴上这种眼镜的时候,他就不再戴了;他第一个穿起了喇叭裤,当穿喇叭裤成风以后,他就决不再穿这种裤子了,有时穿一身中山服,有时穿一身西装,打上领带,一派学者风度。现在他又多像个开煎饼铺的小掌柜。这家伙装什么像什么,是个使祝同康感到头痛的怪物。钢厂的小青年们，尤其是爱漂亮、赶时髦的青年男女，对刘思佳佩服得简直到了崇拜的地步。他在青年中说一句话，比团委书记的话还顶用，可他从来不说给团委书记撑台的话，倒阴阳怪气地尽说一些拆台的话。但他不犯大错误，更不触犯法律，专会在制度上、政策上钻空子，要想整他很难下手。保卫处就曾怀疑他是一个流氓盗窃集团的头子，不然他这个三级工，怎么会有钱置办“七机”？而且像何顺那种把打架当成家常便饭的人，保卫处、派出所管不了他，却甘心情愿受刘思佳的整治，刘思佳如果不是个手段高强的大流氓，怎么会治得了何顺这样的小流氓？而且刘思佳又比何顺阴险狡猾许多倍，以前何顺经常因打架被派出所拘留，自从他跟上了刘思佳，流氓习性未见改变，可是公安部门再没有找过他的麻烦，这说明他学灵了。这是变好了一点呢，还是变得更坏了呢？使他发生这种变化的刘思佳是阴险狡猾呢，还是另有值得肯定和赞扬的因素？保卫处顺理成章地都往坏处去想了，但是从旁边对刘思佳调查了个底儿掉，没有找出任何破绽，他和哪一个流氓盗窃集团都没有关系。从哪个方面看，他都不像是一个正经的好人，可是又抓不住他办坏事的把柄，他在钢厂的领导者眼里变得无法理解了。在一个完全不了解的对手面前，祝同康显得软弱和无能为力。

一个普普通通的年轻工人，竟会成为党委书记的对手。这个事实本身就使祝同康觉得很不光彩，无论是级别、地位、权力、经验、年龄，从哪一方面讲刘思佳都不应该是祝同康的对手，可偏偏是这两个表面看来相差悬殊的人，构成了一对几乎是实力相当的矛盾。刘思佳卖煎饼震动了全厂，祝同康的哪一次讲话，哪一件决定会引起如此的轰动呢？而且刘思佳这一手足可以使祝同康陷于十分尴尬的境地。他早就听说工人中有偷偷摸摸做生意的，有的人是利用业余时间干，也有的人请事假、泡病假甚至不惜旷工去干，因为倒买倒卖总比在钢厂上班挣钱快。旷工一个星期，少拿六天的工资，赚的钱却比两个月的工资还要多，这笔账谁都算得过来。这是犯法的吗？在过去当然是毫无疑问的。可是现在，领导者们实在不愿管这种事，老实说也管不过来，整个工厂的饭碗还不知到什么地方去讨呢！如果有一笔大买卖，每月可以赚五十万元够给全厂职工开工资的，他党委书记说不定也去干哩。经济规律不可抗拒地支配着人们的思想和行动，祝同康一时还不适应这种灵活多变的经济形式，对在不公不法中讨便宜的人采取了睁一眼闭一眼的态度，民不举，官不究。思想上的软弱和怯懦是一个领导干部致命的弱点，它会使自己处于无权无勇的地位，处处陷于被动。今天刘思佳这一手使祝同康再也不能打马虎眼了，刘思佳在全厂职工的眼皮底下，打着白伞，播放着乐曲，开起了煎饼铺。祝同康觉得刘思佳这是在向自己挑战，向党委挑战，一股恼怒的感情在心里膨胀起来，但是他又倾尽全力压抑着、克制着这股心灵深处即将掀起的风暴。因为刘思佳不怕他发脾气，甚至还想逗起他的火气。小青年挑逗老头子，取笑干部，这在当前是常有的。刘思佳知道单就卖煎饼这件事祝同康并不敢处分他，他有的是道理，甚至可以咬扯上很多人，或许其中还有厂部的领导干部，使祝同康骑虎难下，进不得也退不得，现在的青年人是什么事都干得出来的。祝同康该怎么办？不管吧，等于承认刘思佳卖煎饼是合法的，倘若别人也学起他的样子，那岂不真是乱套了。更重要的是在全厂职工面前党委书记又输了一招，等于公开承认党委的束手无策。不能再这样下去了，一定要管，可是怎样管呢？

祝同康拿起电话要通了正门传达室：

“你是谁？老张吗，你到门外看看，汽车队刘思佳卖煎饼收摊了吗？”

“收摊了，打上班铃的时候他们正好走进厂门口。”

工作时间做生意，那性质就不一样了，刘思佳是不会把这个把柄送给祝同康的。这个家伙又精又滑，善讲歪理，祝同康在心里对这样的青年人是有点发怵的，但他自己不愿意承认这一点。有一次他到汽车运输队去，何顺刚从外单位调来不久，不认识自己的党委书记，反而把祝同康当成了蹬三轮车的老大爷，拿他取笑着玩儿：“老大爷，你那三个轱辘的还想跟我们四个轱辘的抢买卖！”

运输队队长田国福在旁边看见自己的司机取笑党委书记，这简直是给自己惹祸，脸立刻变了颜色："何顺，你别嬉皮笑脸，没大没小的，这是祝书记！"

祝同康心里也觉得不是滋味。

刘思佳走过来，脸上笑模悠悠，话一出嘴更是蔫坏损："老田，何顺把老祝当成蹬三轮的，是对党委书记最好的表扬，说明他像老工人一样朴实和平易近人。老祝同志，我的话有道理吧？"

祝同康还能说什么呢？只好点点头。他是个严肃而正派的人，不习惯于油腔滑调，更不习惯一个工人用这种腔调同他说话。别人可以指责他窝囊，缺少勇武果断的领导者气魄，前些年以软、散、懒区分干部的时候，他是被划在第一类的。但是上下都不能不承认他是个好人，这许多年变化无常的政治风云并未扭曲他做人的正直形象，多年掌管权力也并未被权力毒化了灵魂，对职工有长者的风度。也许正因为如此，刘思佳才敢这样随便地和他讲话，这使祝同康感到不舒服。在现在的年轻人眼里，把各种各样的人一律都看成是相同的人，至于人身上的那些附加物，诸如金钱、地位、权力等等，全不放在他们眼里，跟任何人说话都是一样的无拘无束，随随便便。祝同康不能容忍这一点，尽管他也不主张把人分成等级。然而，当他听到，刘思佳像对待一个工友那样称他为"老祝"，而不是"祝书记"时，他无论如何不能高兴，但他能够隐忍着不表露出来。更有甚者是刘思佳对他的队长田国福的态度。

刘思佳转过身，一只胳膊亲热地钩住田国福的肩膀头，这个二十几岁的司机拍着他五十岁的领导的肩膀说："老田，你今天扮的这个角色可不够露脸，平时你跟司机们称兄道弟，吃吃喝喝，什么事也不管，由着大家的性子干。在领导跟前你翻脸不认人，装模作样，这多恶心。祝头儿是个正统的老干部，不会吃你这一套……"

他装得像说悄悄话的样子，可是调门很高，祝同康全听到了，也许刘思佳成心让他听到。田国福气得脸都白了，哆哆嗦嗦，光是"你，你……"的说不出话来。祝同康为了不使自己的部下更难堪，只好装做没听见。

刘思佳凭什么竟敢居高临下地取笑领导，而领导为什么不敢居高临下地管教他呢？

祝同康又抄起电话拨通了汽车队，半天没有人接电话，他不得不叫秘书立刻把汽车队的领导找来。

秘书问他："叫队长来，还是叫副队长来？"

队长田国福不大管事，刘思佳也不服他，叫他来没有什么用。副队长解净是个女孩子，刚去车队时间不长，她就能管得了刘思佳吗？祝同康犹犹豫豫地说："叫解净来一趟吧。"

秘书知道祝同康心里为什么犯难，这位书记脾气很好，没有架子，工作人员喜欢向他反映情况，给他进言："祝书记，听说小解也跟刘思佳那一伙司机关系不正常。"

祝同康心里一激灵："嗯？怎么个不正常？"

"她刚一去的时候，他们整她，现在她也跟他们要好了，抽烟喝酒，穿衣打扮也都在学他们那一套。"

"什么？小解学会了抽烟喝酒？不，这不可能，叫她立刻上我这儿来！"祝同康扫一眼办公桌上的一大沓文件，他没有心思看，也没有心思批，一屁股坐到沙发上。两只耳朵又痒起来了，他一着急生气，两个耳朵就奇痒难挨，西医说是神经的毛病，中医说是上火，气生火，火串到耳朵上。当领导不可能不生气，看来他这个耳痒的毛病得一直带到退休的那一天了。他掏出火柴棍挖着，挖完了这边挖那边。

如果真像秘书说的解净也变了，这对祝同康的打击比刘思佳卖煎饼还要严重。刘思佳无论出什么问题只能使他恼火，而不会伤心，他同这个青年人在私人感情上没有任何联系。解净就不一样了，如果她出了问题，他会非常难过，感到无限惋惜。解净是他发现的，并经他一手提拔培养起来的，她难道会和刘思佳站到一起？

祝同康把头靠在沙发背上，稀疏而雪白的头发垂下来，露出了光滑而柔嫩的头顶。他吸着了烟，眯起眼，烟雾围绕着他雪峰般的头颅盘绕。就是在这张沙发上，他和解净谈过多少次心。作为一个老年人，一个多年做党的工作的干部，和这样的女孩子谈心，真是一种快乐，一种享受，一种对自己心灵的净化。她思想纯洁到不能再纯洁了，就像一个透明的物体，从里到外一切活动都看得清清楚楚。她能够把自己一切最隐秘的思想活动都和盘托出来，在当今复杂的社会环境下要做到这一点多么可贵。她可以每天向党组织交一份思想汇报，而且那不是为了献媚讨好，不是单纯向组织表示靠拢的形式。她的每一份思想汇报都是真诚的思想检查。在她的眼里，党委书记就是党，就是给了她政治生命的父亲。她对政治生命比对自己的肉体更重要。那天她宣誓入党回来，哭了，哭得非常真诚，有感激，有惭愧。党在她的心里是那样崇高，那样伟大，她没有想到自己会这么容易地就成为党的队伍中的一员。她这样两手空空地走进来，好像对不起党，亵渎了党的尊严。他摸着她的头，眼睛发潮，他对党也有过这种感情。她单纯得令人感动，令人起敬，任何人和她在一起，都会从她身上照出自己心里的肮脏，看见自己身上的市侩习气，不自觉地想变得好一点。祝同康不止一次地感叹过，如果人人都像她这样，世界就有救了。可是他又担心，过分的单纯会使她吃亏，甚至是吃大亏。他愿意她永远保持一个纯洁的灵魂，但从爱护她的角度出发，他又希望她快点复杂起来，快点认识这个世界和人生，因为太单纯的灵魂只对别人有好处，对自己却有害无益。他的身份又妨碍他能如实地把世界真正的面目告诉她。再说他也不愿意伤害她心灵里对党怀有的那种美好的感情。她也曾向他提过一个问题：什么是成熟，什么是圆滑？人变得成熟了，是不是就意味着又圆又滑了？他的解答连自己都不满意。他终于长时间地在她面前扮演了党的化身的形象，像个真正的父亲一样处处保护着她，把她由秘书提拔成了宣传科副科长，始终没有让她离开自己的身边。在他眼里，解净是个德才兼备，最标准、最理想的好姑娘。“四人帮”倒台以后，他是老干部，地位和威望越来越高。解净是“文革牌”的新干部，而且是摇笔杆搞宣传的，由接班人的地位一下子降到处处吃白眼。她脸上那种纯真可爱的笑容消失了，永远消失了，她突然长大了十岁，一下子成熟了。她主动要求下车间去当工人。祝同康一再安慰她，说她不是“双突”干部，和“四人帮”也没有联系，决不会撤掉她的职务。她以前单纯得厉害，现在又固执得可怕。祝同康怕她神经上出毛病，最后答应了。但考虑到她对车间的生产不大熟悉，到基层去也会受罪，就把她派到汽车运输队，反正就是管五十多辆汽车，装货卸货呗。祝同康原想叫她当副支书，她死活不当政工干部。小小年纪，本来是吃政治饭的，一下子反而对搞政治伤透心了，汽车队的队长田国福又不大得力，祝同康就同意派解净去当了副队长。现在看这一招是对呢，还是错？祝同康有些懊悔了，一个女孩子怎么改造得了汽车队，把她派到那样一个嘎碴子、琉璃球聚集的地方，岂不是把她毁了吗？

三

上班的时间快到了，解净开着“解放”卡车下了郊区公路，从后门进厂，回到汽车运输队。司机们还没有来，她太累了，反正离上班的时间还早，她趴在方向盘上想休息一会儿。别说还是一个姑娘，就是一个棒小伙子也经不起这样折腾。快一年了，几乎每天早晨不到六点钟就进厂来练车，练到八点钟上班，把车交给司机。下午五点钟，别人都下班走了，她接过汽车再练习到八点钟。每天工作十五六个小时，怎么吃得消呢！

可她硬是顶下来了。不学不行啊，凡事都怕逼呀！她身为运输队的副队长，可是对汽车一窍不通，人家拿她要笑着玩儿，像捉弄小孩子一样任意欺侮她。

她永远也不会忘记第一天来到汽车队所发生的事情。那是两年前了，祝书记亲自打电话把运输队队长田国福叫到党委。解净对田国福印象很好，虽然有人背后说他气魄小，能力差，什么事都一推六二五不拿主意，生产处的调度员们都喊他“田大娘”，他也高高兴兴地答应。这个人没脾气，是个老中层干部，不笑不说话，对新干部也一样，从来不歧视，青年干部都说他好话。解净能跟这样的老同志搭班子，当然很高兴，也暗暗感激祝书记的精心安排与照顾。

田国福听完党委的任命，满脸堆笑，亲热地握住了解净的手："太好了，我正求之不得。你这一去咱们车队肯定会改变面貌，欢迎，太欢迎了。"

解净满脸绯红，十分不好意思，诚恳地说："田队长，我什么也不懂，往后全靠您多帮助，您就收我当个徒弟吧。"

"哎，你这说到哪去了！我也是个外行，不会开汽车，会开车的反而在车队待不住。你年轻有为，脑子又好使，往后就多靠你了……"

祝同康也交代了几句，田国福全一一点头，都答应了。然后客客气气地领着解净来到了运输队。

当时正值春末夏初，那一年气温热得早，那一天尤其热得反常，是一种奇特的燥热。阳光并不强烈，天空昏黄，预示着很快要变天，不是起大风，就是下暴雨。在运输队车库前面的空场边上有一棵大杨树，树荫下站着十来个年轻的男女司机，他们用一种奇怪的神情望着解净，他们认识这位宣传科的副科长，但都不说话，也不同她打招呼，气氛尴尬，解净窘得连头也不敢抬，红云从脸上爬到了耳朵根。

田国福那张像发面饼一般和气可亲的脸，忽然绷紧了，他异乎寻常的严肃劲儿很有点做作，像在舞台上念戏词儿一样对司机们说："各位师傅，这是党委给我们新派来的副队长，大名鼎鼎，是全厂最年轻的中层干部，不用介绍名字大家也都知道了……"

司机们轰地一声全笑了，解净更窘得难受了。

田国福不知是真的还是假的，他那副装模作样的正经劲儿实在逗人发笑，他自己却不笑，继续说："这一笑就全有了，说明大家是热烈欢迎的，我就用不着多说了。往后大家要多服从解副队长的领导，让我们运输队好上加好。"

又是一阵哄笑。

有人叫了一声："田头儿，你可真逗乐儿呀！"

田国福意味深长地向司机们挤挤眼，他和群众的关系似乎很好，随随便便地从一个司机口袋里抽出一支烟叼在自己嘴上，司机还为他打着了火。解净在心里暗暗羡慕老田和工人这种亲亲热热的样子。

司机们开始议论她，有的小声，有的大声，好像全不避讳她：

“她在上边挺美的，跑到下边来干什么？”

“别听那个，一定是在上边混不下去了才下来的。这道号的全是搞运动整人的，顺着‘四人帮’的竿爬上来的，现在不吃香了，只好到下边来避避风……”说话的是个瘪脸司机。

兜头一盆冷水，解净的脸变得惨白，她的头垂得更低了。她以为离开了办公大楼，离开了政工部门，就是离开了政治，就听不到那些闲言碎语了。谁知是离开了咸菜缸又跳进了萝卜窖。楼上的干部们说闲话大多是在背后议论，还拐弯抹角绕点圈子，不使人太难堪，因为他们都了解内情，彼此差不多。可是这些工人，嘴上太缺德了，这样直截了当，又说得这样刻薄，这样刺耳。解净原来还以为到汽车队以后大家会举行个欢迎仪式，至少也会鼓两下掌，按一般的礼貌也应该有一点欢迎的表示。说不定还会请她讲几句话，新官上任表示一下决心和态度嘛，这是老套子了，她在心里还真是准备了几句话。想不到这一切全省去了，司机们并不欢迎她，用恶意的眼光看着她，用各种不堪入耳的话嘲笑她。

“她到这儿来会干什么呢？我看给咱们斟茶倒水，打火点烟倒挺合适。”

司机们又嘻嘻哈哈地笑了起来。

“别看人家什么也不会干，上边可有戳儿。是祝头的红人，当过祝头的贴身秘书。”

“以前她在上边清闲自在，咱们在下边受大累，现在她跑到下边来仍然管着咱，咱们还是受大累，这他妈的往哪儿说理去！”说话最难听的还是那个瘪脸司机。

有个四十多岁的老司机一直蹲在人群外边，低头抽烟，一声不吭。他头顶上的头发全脱光了，光光的大脑壳像寿星佬的头一样，可是黑森森异常茂密的胡子碴儿，从两鬓一直长到脖子上，手里托着一个自己用枣木疙瘩雕成的大烟斗，大小不亚于一个手榴弹。他实在听不下去了，腾地一下从人群后面站起来，闷声闷气地插话了，嘴还稍有一点结巴："哥几个，得了吧，杀人不过头点地，人家新来乍……到，欺侮人家姑娘干吗！"

瘪脸司机立刻朝他来了："孙大头，你可真会拍马屁，副队长刚一来你就拍上了。"

"何顺，你小子别找不自……自在！"孙大头要揪瘪脸司机，大家哈哈大笑，有的拦住了他，有的在一旁起哄："孙师傅，手里不是有手榴弹吗，给何顺脑袋来一下。"

司机们大笑起来。

解净气得浑身打颤，全力控制着自己的眼泪不让它掉下来。

奇怪的是队长田国福，他和几个司机在旁边说说笑笑，好像没有听见大家的议论，一看要打架了这才走过来对司机们说："别闹了，开玩笑要有个分寸，副队长刚来，叫人家看看这像什么话。快干活儿去吧，再跑一趟就该下班了。"

孙大头和几个上年纪的司机开车走了，何顺几个坏小子却不动窝，拿队长的话当耳旁风，还在嘻嘻哈哈地胡打胡闹。

田国福小声对解净说："司机都是这玩意儿，心直口快，脏嘴不脏心，你别往心里去。时间一长和他们混熟就好了。"

这说明刚才司机们的话他还是听到了，听到了装没听到，不拦不劝，装傻充愣，这使解净心里更不好受，她低着头一句话不说。田国福瞅个机会，借口要去办点事，叫解净多和工人们聊一聊，抽身走了，把解净扔在了空场上。

队长走了，老实巴交的司机都去干活儿了，剩下的几个全是歪毛淘气、嘎碴子琉璃球，他们围住了解净，问这问那，有捧的有骂的，有软的有硬的，有唱红脸的有唱白脸的，简直要把解净给吞下去了。他们的目的就是想给副队长来个下马威，一下子就把她气跑了，第二天即便打死她，她也不敢再到汽车队来了。汽车队是他们的天下，平时由他们说了算，队长田国福是个大外行，不敢得罪他们，他们落得个自由自在，热热闹闹。如今党委书记把自己手下的小干将派到这儿来，肯定是往汽车队揳钉子，想整顿这个"三不管单位"。往后汽车队有个屁大的事，解净就会把小报告直接打到党委书记那儿，这还了得！决不能让她站稳脚跟！

这场戏的总指挥是司机刘思佳，他本人却远远地躲在一辆卡车的驾驶楼子里，冷眼看着小哥们儿拿新来的女队长开心。他脸上一副若有所思的神情，令人难以捉摸。他的人比他的表情更难琢磨，汽车队里的好事也有他，坏事也少不了他，他一方面是十万公里无事故的好司机，同时也是一个坏小子，而且是坏小子的头。他设计这场戏是想看看解净这个时代的幸运儿，全厂青年人的尖子今天是怎样丢丑的。可是当他看到解净丢了丑，简直是狼狈透了，他却并不感到快活，甚至对这场恶作剧感到厌烦了，认为这一切都是这么无聊和卑下。

解净活这么大，可是头一回经受这样的阵势，她的脸红了又白，白了又红，她感到自己是这么软弱无力，孤立无援，不能辩白，不能发作，甚至不能哭。这算什么工人阶级，简直是一群流氓。她怎么会来到这样一个流氓窝里，怎么能在这儿长期待下去？可怜这个争强好胜的小姑娘，从里到外都是干干净净的，突然摔进垃圾坑，她感到难受，而且恶心。进工厂六年多了，却没有真正了解工厂。

"缺德鬼们，别光欺侮老实人！"女司机叶芳看不下去了，手里架着香烟走过来，用右手钩住解净的脖子，仗义地安慰她："别怕，对这帮臭狗屎就不能讲客气。"

她从口袋里掏出一支带过滤嘴的香烟，递给解净："会抽烟吗？"

解净不好意思地摇摇头，她带着几分好奇抬起眼睛打量这位敢冲进坏小子群里为她解围的姑娘。她可真漂亮，秀发像翘起的凤尾，椭圆脸似粉妆玉刻，绣花绸衫，西服短裙，赤脚穿一双白色高跟牛皮凉鞋，难怪姑娘们半褒半贬地称她为"时装模特"，这身打扮的确帅气。别人这样打扮也许会觉得不自在，刺别人眼睛，但配上叶芳这匀称而窈窕的身材和她那落落大方的神情，就显得自然谐和，更衬得她明媚照人。她好像天生就该穿时髦的衣服，就该打扮得与众不同。像解净这样有头脑，有发展，在政治上追求进步的正派姑娘，平时对叶芳是不屑一顾的。今天，解净站在叶芳跟前，却觉得自己是这样土气和猥琐，对方倒是挺拔而俊美，尤其是叶芳那在众人面前敢于嬉笑怒骂、挥洒自如的性格，更叫她羡慕。

叶芳抱住她的肩膀哧哧笑着，把嘴凑到她耳边小声说："到这儿来可同在大楼当干部不一样，头一条要先学会打架骂街，文攻武卫全能来一套，护着自己不吃亏。"

"行了，别这样甜蜜啰唆的。"男司机们挤眉弄眼地把取笑的矛头对准了叶芳，"小叶，你巴结副队长是不是想入党，也想混个小官当一当？"

叶芳把下巴颏一扬，从嘴里吐出一团烟圈，用一种气人的、洋洋得意的腔调说："我就是巴结副队长，就是想入党，就是想捞个官当，好狠狠管管你们这帮臭狗屎！"

"哈哈哈……"司机们挨了骂却发出一阵畅快的笑声，好像被漂亮姑娘骂一顿是一种很好的享受。

"真是贱骨肉，人家越不会抽烟越往人家眼前送，拍马屁拍到了马蹄子上。"何顺嬉皮笑脸地向叶芳伸出手，"你有那么好的烟也给咱来一根儿。"

叶芳转过脸去，不搭理他。何顺可不是薄皮嫩肉的小白脸，你不搭理他，他搭理你。他又凑过来要抓叶芳的胳膊，想动手抢烟，他的手还没有碰到叶芳，手臂上却重重地挨了对方一巴掌。他装腔作势地叫起来："哎哟，好痛，你可真狠呀！"

叶芳从口袋里掏出多半盒带嘴的恒大牌香烟，高傲地把它丢到地上："不要脸的，都拿去吧，呛死你们。"

"打是疼，骂是爱，急了拿脚踹。"司机们高高兴兴地分抢着香烟。

叶芳也扑哧一声笑了，冲着解净说："对这帮下三烂能有什么办法。"

她自己又点上一支烟，也诚心诚意地再一次让解净："你抽一支尝尝吧，不要紧的……"

解净羞得满脸通红，连忙摆手："不行，我可不敢抽这玩意儿！"

叶芳撇撇嘴："瞧你这个文静样儿，干我们这一行不会抽烟喝酒可不行。你呀,是个单颜色的大姑娘。"

"单颜色?"解净不明白。

叶芳嘎嘎地笑了:"就是红色啊!你不是搞政治的吗?光会搞政工的人就像你身上穿的衣服一样单调、别扭。草活一秋,人活一世,凡是人应该享受的都要尝一尝。"

解净不敢赞成这种人活一世,吃喝玩乐的理论,可是她也不能反驳,必须先藏住自己的锋芒,叶芳的前半句话倒引起她心里的共鸣。她也是个姑娘,她也有爱美之心,她也喜欢把自己打扮得漂亮一点,可是她不敢,怕别人说闲话,为这些小事引起群众议论,影响自己的进步多不值得。她有时甚至眼馋叶芳那种毫无顾忌,我行我素的劲头。可她不能,她是有很多顾虑的。

叶芳拉着解净要回女司机的更衣室,坐在卡车里的刘思佳突然把汽车开过来,在她们跟前停住了,他打开车门探出身子,正儿八经地说:"解副科长,您恐怕还没有坐过卡车吧?可是您既然想到运输队来工作,就得对运输工作做点调查研究,来吧,坐上来,我带着您兜一圈儿。"

叶芳脸色突然一沉,跳上踏板,把脸凑到刘思佳跟前,盯着他的眼睛小声问:"思佳,你打的什么主意?头一天见面就想跟她兜风?"

刘思佳阴沉着脸说:"你操心的太多了吧?"

"他就是刘思佳?"解净抬起头,碰上了刘思佳冷峻的怀有敌意的目光。刘思佳气宇轩昂,相貌清秀,双唇和嘴角流露出刚毅果断、坚韧不拔的神色。他有意拿腔捏调地称她为副科长,而不称呼她的新职务,这表明他不承认她是自己的副队长。她什么地方疼,就专朝那个地方戳。解净以前没有见过刘思佳,眼前的这个汽车司机和她想象中的"七机部长"完全不一样,他没有蓄长发留胡子,也没有穿奇装异服,看外表并不轻浮,也没有流气,面皮白净,神色镇定,倒像个有主见、有坚强性格的人。

刘思佳又做了一次邀请:"怎么,不敢上车?解净同志,你连卡车都不敢坐,还想来当汽车队的副队长?是不是怕出车祸?不会的,我的命也不是轻于鸿毛，我不会拿它当儿戏。”

解净猜不透刘思佳这一手是什么意思，以前他们没有打过交道，更不会有什么隔阂，看上去他又跟何顺那种人不一样，不会是为了起哄看热闹而跟她过不去。不管怎样不上车是不行了，她跳上了卡车。

“我也跟你们去！”叶芳刚要上车，被何顺拉住了。何顺嘴里叼着一根香烟，左右两个耳朵上一边还夹着一根，冲着叶芳挤挤眼：

“八字还没一撇儿哪，醋劲儿就这么大，我替你去管着他。”

“呸，臭狗屎！你最好屁股里也夹上一根！”叶芳骂完，自己又扑哧一声笑了。卡车卷起一股烟尘，从她旁边开走了。

卡车开出厂门口，飞快地向郊外驶去。天色接近傍晚，果然刮起了西北风，风势一起就很猛，天空一片混沌，这是北方下沙子的天气。汽车顺着风头跑，耳边呼呼山响。解净坐在刘思佳和何顺的中间，刘思佳抱着方向盘，屁股像钉在了座位上。何顺拼命往里挤，整个身子都压在了解净的身上，解净要躲他，身子就得向左边歪，使自己的身子又靠在了刘思佳的肩膀上。何顺身上的汗臭、烟味以及无法忍受的男人的气息，钻进她的鼻孔里，她被呛得难受，尽力闭住嘴，不说话。她还从来没有这样肉挨肉的和小伙子挤在一堆过，她厌恶，她紧张，但又不能表露出来，用力镇定住自己。大风一阵阵吹进司机楼子，可是解净的脸上和身上却流满了汗水。

何顺开腔了：“咳，这是何苦呢？像你这样细皮嫩肉的姑娘，在大楼里当个干部，办公室一坐，茶水喝着，电扇吹着，多美呀！有多少人想红了眼还捞不着呢，你倒偏往下边跑。你看上运输队哪一点了？”

刘思佳却把话接过来说：“你不懂，这就叫有头脑，有上进心。前些年政治吃香的时候，人家搞政工；现在业务吃香了，又下来搞业务。好事全叫她们占了，这个世界简直就是为她们设计的。我们永远是他妈的受苦累的！”

解净不搭腔，假装听不出他们话里的刺儿。叫她说什么呢？难道能向这两个人谈心，把自己的思想解释清楚吗？别看她当了几年小干部，由于生性羞怯，并没有把嘴练出来。恬静的长圆脸，只是一阵阵发烫。她心里感到委屈极了,她刚一进工厂分配她到平炉车间学化验,她本来可以成为一个正儿八经的化验工,可是车间领导老叫她写材料,搞批判,以后党委书记到平炉车间蹲点又看中了她,把她调到厂部当了秘书,这能怪她吗?哪一次调动不是领导决定,工作需要。现在当她感到自己心里的长城一下子垮掉了,过去她视为很崇高很重要的工作,原来并没有什么实际价值,甚至有许多是空对空,是糊弄人的,对群众不仅无益反而有害。她觉得心里空落落的,什么也不懂,什么也不会,这些年白耽误了,她要到基层来好好锻炼,学点扎扎实实的本事,这有什么错呢?为什么要受到这种待遇?运输队的人不理解,还以为她犯了什么错误从上边被赶下来了,这是从哪儿说起?真正有问题的人哪一个愿意下来。这些年,大家对"四人帮"那一套有一股子气,对政工干部有意见,但为什么要把这股气撒在她的身上。她难道不是受害者?她甚至比别人更倒霉,她浪费了青春,浪费了生命,到现在一无所长,赶上精简机构她只能去守大门、扫马路。更可怕的是精神受到了捉弄,心灵遭到了蹂躏,她还只有二十多岁,她必须要重新建立新的生活的信念,一切从头学起,掌握一门实实在在的本领,这难道错了吗?解净倾尽全力压制在心里已经翻起来的后悔的情绪,这样匆忙地要求下来至少是太幼稚了,缺乏慎重考虑。

风越刮越烈,天地已经灰沉沉很难分开了,沙砾打得车篷啪啪作响。卡车开进了远郊的白灰场。白灰场已经笼罩在白蒙蒙的灰粉之中,工人们放下挡灰帽,把脸捂得严严实实。刘思佳把汽车停在下风头,汽车立刻被白粉吞没了。何顺没有下车,伸出一只胳膊把取货单递给白灰场的工人。灰场的工人看着他们有点奇怪,心想,这个开车的八成是神经病,不然怎么会在这种天气来拉白灰?

他使劲敲敲汽车玻璃,对着驾驶楼子大声喊:"喂,这么大的风天,装一车白灰,拉到你们厂连半车也剩不下,全扬场了!"

何顺在车里怪模怪样地大声回答:"这有什么办法,咱是磨房的驴——听喝,头儿叫拉什么咱就来取这个受大累的。"

"你们头儿没长眼,天上下沙子看不见?"

“对喽，头头长眼的少。我们运输队的头头闹红眼病，天上下刀子也看不见，反正受累的是我们。”何顺把双腿一收，对解净说：“副队长，你别光在车上坐着看热闹，新官上任三把火，你得下去指挥着装车，今天风大，别让他们偷工减料少装了白灰。或者乱装乱扔，把车楼子弄脏了。”

解净知道这是成心捉弄她，可是她要不下去，他们一定会瞧不起她，说她怕苦怕脏。她什么苦都能吃，就是闲气受不了。她没有吭声，咬住下唇倔强地跳下了汽车。由于风太大，她的脚一下没有站稳，险些被大风刮倒。她听到车楼子里传出了刘思佳和何顺的笑声，她扶住车头顽强地迎着狂风挺住了身子。大风搅着白灰粉末立刻朝她身上扑过来，眼睛被烧得生疼，嘴里、鼻孔里被灌得喘不上气来，嗓子被白灰烫得火辣辣发痒。她赶紧闭上眼，闭住嘴。一会工夫，她的头上身上就蒙上了一层厚厚的白灰粉，耳朵眼里、鼻子眼里也叫白粉塞满了。她变成了一个分不出男女的石灰人。一个装白灰的工人发现了她，扶她来到背风的地方，替她扑打掉身上的白灰，看见她是个姑娘，十分惊奇：

“你是钢厂新来的女司机？”

解净只好点点头。

“何顺这小子真不地道，自己坐在车里，倒叫徒弟下来检查装车。”

“其实你也不用下来，我们不会给你瞎装的。”这是几句极普通的话，可是解净感动得眼睛发潮了。这位热心的灰场工人，继续为不该他管的事发着牢骚：“你们钢厂的头头也真是瞎胡闹，风这么大，在半路上就把白灰都刮跑了，白浪费钱，污染空气，还叫路上的行人骂你们！”

解净想了想，说：“那你们就别装了。”

“已经装上这么多了。”

“都卸下来吧，为嘛叫大风白白地把它吹跑了呢。几位师傅多受累，谢谢你们。”

“我们倒没说的，你们空车回去头头会答应吗？”

“没关系,由我跟头头去讲。”

“那好,你这个小师傅倒挺通情达理。你上车,叫何顺起翻斗,我们在后边帮着一扒拉就行了。”白灰场的工人把提货单又退给了解净。

解净上了汽车,怎么跟刘思佳和何顺说呢?名义上她是他们的副队长,实际上连个小徒弟都不如,他们不会听她的。她心里发怵,可是,又不能不说,就鼓起勇气,客客气气地说:“刘师傅,请你起翻斗,把白灰卸掉。”

“嗯?”刘思佳惊奇地盯住她,“不装了?”

“风太大,就是装满了,到半路上也得被大风吹走,白糟蹋东西,行人还得骂我们。”

“这是副队长的指示吗?”

解净脸红了,硬着头皮说:“我这不是在和你们两位师傅商量吗?”

“要是影响了生产,厂部怪罪下来怎么办?”

“当然是由我去跟厂部讲。”解净的声音纤细而柔和,但带着一种特有的执著。

刘思佳没有猜到解净还会有这一手,陡直的下颚摆动了一下,脸上突然出现了一种不是他常有的表情。何顺看不出眉眼高低,冲着解净嚷起来:“你算老几?刚来就想端起副队长的架子下命令,装!”

刘思佳没有看他,坚决地启动了卡车的翻斗,车厢立刻竖起来,把已经装上去的白灰又全部倒进灰池子里。何顺看看自己的同伴,他有点发愣。这个有胆量,但没有德性的小伙子,猜错了同伴的心思,他以为刘思佳是被解净的副队长的头衔镇住了。一向桀骜不驯的刘思佳竟被一个刚来的小姑娘管得服服帖帖,太窝囊了,他要替同伴出这口气。何顺站起身,还想让解净坐到中间去。

“我身上有白灰,就坐在外边吧。”解净在靠近车门的一边勉强挤着坐下了。

“你坐在外边不行,汽车拐弯的时候要是把你甩下去谁负责?”

解净不搭理他,眼睛看着车窗外面。汽车开出了白灰场,何顺没话找话地说:“小解,你要真想在运输队待下去,就得学会开汽车。”

这倒是句好话,解净看看他:“你看我行吗?”

“我教你,认我做师傅就行。”

解净怀有戒心,不说行,也不说不行。绕着弯子说:“反正我得从头学起,你们都是我师傅。”

见解净已经上套,何顺得意起来:“学开车有一套规矩,你知道吗? 第一,先要学会给师傅点烟。师傅把着方向盘,想抽烟点不着火,徒弟就得划着火柴给师傅把烟点着。就像这个样子……”他从口袋里掏出一根烟插到刘思佳的嘴里,并且探过身子划着火柴替刘思佳把烟点着。然后自己嘴里也叼上一支烟,对解净说:“你先学着点个试试,我看你当徒弟够格不够格。”

解净生气地把脸又扭开了。

“快点呀,是不好意思还是放不下架子?”何顺的身子一个劲儿挤她,她已经没处躲了,再躲就要掉下去了。她索性挺直了身子,对着何顺的脸说:

“你规矩一点!”

“规矩? 哈哈哈……”何顺自己点着了烟,吸了一口把烟全喷到解净的脸上:“你别装假正经,干咱们这一行是没有规矩的。车船店脚牙,无罪也该杀,开车的是头一号。老实告诉你,给师傅点烟这是最简单的,后边还有更复杂的。一个姑娘想学会开车,不动点真格的还行!”

何顺说着话把一条胳膊搭在了解净的肩上,解净猛地站起来,几乎是带着哭音似的喊了一声:“停车!”

刘思佳没有看她,反而加大了油门。解净打开车门:“你不停下,我就跳车了!”

刘思佳一惊,一踩急刹车,卡车停住了。解净纵身跳了下去,连看也不看他们一眼,顶着大风向前走去,刘思佳愣住了。何顺恶声恶气地说:“不管她,咱们走!”

卡车贴着解净的身边飞过去了,她再也控制不住自己,在心里憋了多半天的眼泪倾泻而下。风声把她的呜咽声吞没了,她没有擦眼泪，让满肚子的委屈痛痛快快地顺着泪水流出来吧。她一边哭，一边在大风中艰难地挪动着脚步。

按气象的规律，日出的时候起风，到日落时就会渐渐停息。傍晚起风则要刮一夜，到第二天出太阳风才会停歇。天渐渐黑下来，风越刮越烈。郊外的公路上没有一个行人，解净心里一阵阵发紧，头皮发麻。不知道这儿离厂里有多远，到什么时候才能走回去……

四

“小解，醒醒，祝书记叫你马上去一趟。”田国福手里提着皮包，使劲敲着卡车的玻璃窗。

“什么事？”解净从方向盘上抬起头，揉揉眼睛，看见田国福脸上那种捉摸不定的微笑。

“刚才我走到厂门口，看见厂部的秘书正往这边来，他叫你快去，祝书记有急事。”

解净看看表，八点二十分，甭问队长是刚来，手里还提着包嘛，又迟到了。

田国福明白自己副手的眼光，用自言自语的口气解释说：“今天不知怎么啦，保健站里看病的人特别多，我等了二十多分钟才挨上号。小解，你快点去吧。”他转身进了办公室。

解净坐在车上没有马上动身，她到运输队快两年了，没有紧急事情从来不到厂部的办公大楼里去。这一方面是为了避嫌，免得司机们又怀疑她去向祝同康打小报告。尤其是队长老田，他知道解净和祝同康过去关系不错，心里老是嘀咕，生怕解净到党委书记那儿说他的坏话。说老实话，田国福可真不愿意自己的身边放上这么一个党委书记的小红人。解净下来以后才知道，她和党委书记的关系竟给她造成了如此沉重的包袱，她处处躲避着祝同康。另一方面，从她的心眼儿里也实在不想上楼，甚至不愿意看见那所大楼，不想看见那些和自己经历差不多，至今还留在楼上的小干部们。当然她更害怕碰上祝同康，他过去曾关心和爱护过她,对这种关心和爱护,她也曾表示过感激。可是现在她很难再说出类似感激的话了,她在生活中已经为党委书记对她的保护付出了沉重的代价。这难道能怪祝同康吗?最好的办法就是避免碰面。今天,党委书记点名叫她去,有什么事情呢?田国福一定知道是什么事,但是他不会告诉她。

解净拔下汽车的钥匙,跳下车去找叶芳,今天早晨她是驾着叶芳的车练习的。推开更衣室的门,见叶芳坐在凳子上闷头抽烟,这个无忧无虑的姑娘今天是怎么啦?她从叶芳手上夺过香烟,扔到地上踩灭,用一种对知心的朋友才有的口气说:"小叶,抽烟太多嘴唇会变黑,脸皮会发黄,你怎么老记不住。嗯?今儿个为什么不高兴?"

叶芳没头没脑地问:"小解,思佳卖煎饼你知道吗?"

"卖煎饼?"解净吃了一惊。

"咳,他跟何顺在大门口摆了个煎饼摊,把人都丢尽了!"叶芳见解净也不知道,心里的火气反而倒消了一点,她真怕刘思佳事先把卖煎饼的事告诉解净而不告诉她。

"已经上班了,他还在卖吗?"

"上班前就收摊了,正在数钱,赚的钱思佳一分不要,全给了何顺,你说他图个什么?"

"噢……"解净心里一动,感到这件事不那么简单,决不仅仅是做小买卖的事。

外面有人喊:"小解,祝书记来电话催你快去!"

"知道了。"她走出更衣室,明白党委书记为什么要找她了,这种事应该叫老田去,他是运输队的一把手。既然上边点了名,她不能不去,好在知道了祝书记找她不是关心她的前途,谈她如何进步的事,她心里反倒坦然多了。现在的谜是刘思佳,他做买卖可又不要赚来的钱,这出于什么动机呢?她应该先去问问他,然后再去见祝同康。她立刻想到这时候从他的嘴里什么也不会问出来,只好先去见书记,有什么问题以后再说。叶芳为什么生那么大的气呢?她爱刘思佳,这全队的人都知道,而且在任何场合她都敢于表示这种爱。这一次刘思佳显然是伤了她的心，这个只有小学文化程度的俏姑娘，爱打扮，说话喜欢带脏字，因此被许多人误解了。解净就曾经那样厌恶过她，瞧不起她，在最困难的时候却正是她帮助了自己。她喜欢叶芳的爽快和侠烈，她们成了好朋友。她甚至希望叶芳和刘思佳能够真的成为一对很好的恋人，她愿意促成这件事，可摸不准刘思佳的态度，他不拒绝，也没有接受，谁也不知道他打的什么主意。

那天晚上，解净在风沙中没有挣扎多久，身上的力气就使完了。前不着村，后不靠店，呼天不应，叫地不灵，风沙抽得脸生疼，她又渴又饿，脚步越来越慢，要不是一种莫名其妙的恐惧逼着她，她真想在道边上躺下来。就在这个时候，前面射来一道昏黄的汽车灯光，解净心里懊恼，这汽车要是从后面开来的该多好，她可以搭车进城，她心里这样想着，对面的汽车开到她跟前果然停住了，叶芳打开车门跳下来："小解，快上车！"

她扶着解净坐进驾驶楼子，把汽车掉转了头。再看解净，已经变成了土人，叶芳那颗姑娘的心软了，真心实意地可怜起这个倒霉的刚上任的副队长来了："这俩挨千刀的，瞧他们办的这号缺德事。回去我跟他们算账！对，今天晚上他们在黄桥饭店打赌，我们去，叫何顺那小子请客。"

叶芳关了驾驶楼子的灯，给油挂挡，汽车开动了。解净靠在座位上，歇息了一会儿，情绪渐渐稳定了，只是口干舌燥，身上痒得难受。她怎么也没有想到叶芳会开车来接她，这倒是一个善良的、热心热肠的姑娘。她爱刘思佳，可是刘思佳欺侮了人她也敢于站出来抱打不平；她曾嫉妒刘思佳和解净接触，可是知道刘思佳把解净扔在了荒郊野外，她不是幸灾乐祸，而是来帮她脱离危难。解净心里热起来，刚才她和风沙搏斗的时候，几乎已经打定了主意，明天一早就去找党委，决不在运输队待下去。可是现在她又横下了一条心，坚决在运输队待下去，这里有好人，被人称做"时装模特"的姑娘都这样乐于慷慨助人，更不用说像孙大头那样一些老司机了，解净忽然觉得自己并不孤单。

她用感激的目光望着叶芳，对叶芳熟练的驾驶技术发生了兴趣，她是怎么学会开车的呢？她当初学开车的时候也吃过亏，受过“师傅”的侮辱吗？

解净问：“叶师傅，你是跟谁学会开车的？”

“哟，你可别叫我师傅，叫小叶就行。我的师傅是孙大头。”

“他名字也叫孙大头？”

“不，大名叫孙学武。”

“你学开车也受过师傅的气吗？”

“没有，孙大头样子长得凶，人可好极了。脾气沾火就着，两句好话就消火，他从不欺侮徒弟。就是同行的这帮坏小子们，总想找姑娘的便宜，得防着一点。”

“师傅开车的时候你也得给他点烟？”

叶芳笑了：“点烟算什么。”

“你是什么时候学会抽烟的？”

“就从打当司机才抽上这玩意儿，这是职业病。干这一行到哪儿都是烟，成天在烟里熏着，自己要不会抽可别扭啦。”

“你现在想抽吗？我给你点一支。”

解净给叶芳点上一支烟，女司机高兴了。她趁机提出一个百思不得其解的问题：“小叶，我又没有得罪过运输队的人，何顺、刘思佳他们为什么这样恨我？”

叶芳对这类问题从来不动脑子多想，用她想当然的解释回答解净：“你别小心眼儿，他们与你没冤没仇，恨你干什么。还不是看你混得好，比我们都得意，也许有人生气。要不就是男人的毛病，见了姑娘就想捞点便宜。”

“噢……”解净不完全相信叶芳的解释，前边的那半句话倒值得琢磨。两个人说着话，汽车已经驶进了市区。叶芳没有驾着汽车奔回钢厂，却向西绕了个弯，来到离钢厂不远的黄桥饭店门前停住了。叶芳朝解净努努嘴：“快看，这几个小子吃得多美。”

饭店里灯火通明，隔着宽大的玻璃窗解净看见刘思佳、何顺和另外两个年轻的司机独占着临窗的一张大餐桌，那两个司机一人揪住何顺的一只耳朵，高声喊叫着："认输不认输？快说！"

他们的吵闹声一直传到了大街上。

叶芳急不可耐了，拉着解净就要下车："快，咱们也去凑凑热闹，吃他一点。"

解净最厌恶甚至害怕这种场合，正经的姑娘哪能和这些流里流气的小伙子坐在馆子里吃饭，要是传出去那还得了！她对叶芳说："你去吧，我在车里等你。"

"这怎么行，既然走到这儿赶上了，要不进去吃他一顿，岂不太便宜他们了！过后他们还会得便宜卖乖。"

"不行，我一滴酒不会喝。"

"那就光吃菜。"

"你瞧我这一身灰土，怎么能进饭馆。"

"要的就是这个劲儿，叫何顺看看，罚他请客！"

"不行不行，我可不去……"

叶芳的脸立刻拉下来了："你是怕丢了党员的身份，对吧？哼，我告诉你，在汽车队里你要是老端着这个酸架子可吃不开，到时候别怪我不捧场！"她说完自己转身进饭店去了。

解净坐在车上心里很不是滋味儿，等在这儿很尴尬，自己偷偷走开也不像话。她看见叶芳大大方方地走进餐厅，坐在刘思佳身边，先端起刘思佳的酒杯喝了一大口，何顺讨好地拿筷子把菜递到她面前，她毫不扭捏，一口吞下去了。她显然是没有吃晚饭就去接解净，肚子饿了，坐下去很不客气地一顿狼吞虎咽。解净看得眼馋起来，她饥肠辘辘，也真想下去吃点东西，哪怕喝上一口水解解渴也好，可是她又缺乏这种勇气。这才叫脸皮厚吃个够，脸皮薄摸不着。叶芳往餐桌前一坐，整个餐厅都以她为中心，同桌的小伙子们明显地巴结她，为她斟酒，给她夹菜。外桌的顾客也都用各种各样的目光看着她。叶芳全不在乎，旁若无人，和小伙子们又吃又喝，有说有笑。她的肚里有了底儿以后，何顺把一支烟递到她嘴里，还为她点着火，她深深地吸了一口，扬起头朝窗外的卡车翘了翘下巴，大概是讲起了解净的事。解净赶紧掉开脸，不再看他们。

“党员同志，敢不敢喝一杯二流子的酒解解渴？”解净一惊，转过脸来看见刘思佳站在车门口，手里端着一杯啤酒直举到她面前。她猜不透刘思佳这样干是什么意思，但是如果不喝下这杯酒，就等于不懂礼貌，给他一个难堪。这种人顾脸面讲义气，驳了他的面子就肯定会惹恼他。解净犹豫了一下，接过了酒杯，试着喝了一小口。过去不论什么酒她都没有沾过唇，今天实在渴坏了，觉得凉丝丝的啤酒喝下去非常舒服。她一仰头把一杯酒全喝下去了，胃里感到很舒服，头却有点晕。

“再来一杯？”

解净摇摇头：“谢谢你。”

“嗯，还不错，要想来指挥别人，首先能够指挥自己。”

解净不解地看看这个阴阳怪气的青年人，她没有听懂他的话。

“做人的尊严，当领导的资格不能仰仗别人施舍，更不是党委所能任命的。有人耍政治手腕也许是科班出身，可是现在靠政治手腕再也得不到政治信任了。在社会上混，除了手腕还要有坚强的中枢神经。副队长，你的神经不脆弱吧？”刘思佳嘴里的酒气伴着他的话扑到解净的脸上。

“我的神经不用你担心，可也没耍什么手腕。你这人说话怎么这样刻薄？”

刘思佳冷冷一笑：“这不叫刻薄，你是搞政治的还不懂这个？做人的力量就在说话里边，要是不说话岂不和畜生差不多了！”

解净觉得和他说话十分困难，老是处于劣势，神经紧张。此时她的头也晕得更厉害了，便转过脸去不再搭理刘思佳。他仍旧在用一种男子所特有的眼光望着解净。她没有看他，可是感觉到了。

叶芳从餐厅里走出来，不高兴地对刘思佳说：“你这送酒的搭讪起来没完了，你们说什么了？”

刘思佳没有解释，却抬腿登上了踏板，然后才回头说：“你们先吃吧,我把车送到厂里再回来。”

“你送她?”叶芳突然恶狠狠地揪住刘思佳的衣襟,“你可真是反复无常,刚才还那么恨她,把白酒掺到啤酒里,将她灌醉了,现在又要亲自送她回去,你打的是什么主意?”

解净虽然头晕,但心里明白,她吓了一跳,打起精神想下车。刘思佳推开了叶芳,坐到汽车里面。叶芳绕过去从另一个车门也爬进了汽车,坐在了刘思佳和解净的中间。刘思佳没有理她,发动着了汽车,卡车也像一个喝多了酒的醉汉,顶着大风向前冲去。

叶芳压不住火气,突然用拳头发疯似的捶打着刘思佳的肩膀头,然后又把脸趴在他的肩上哭了起来。

刘思佳身子挺直,眼睛盯住前面,把住方向盘的手纹丝不动:“你别抽风好不好,你也应该学学人家副队长,搞政治的人都是恒温,不管遇到什么事,不动感情,不动声色,哪像你这么忽冷忽热。”

“你说,你打的是什么主意? 为什么你要送她回去?”

“往啤酒里掺白酒是何顺干的,你又不是没看见。我所以要送她,是看你喝酒太多了,要开车出了事怎么办?”

叶芳突然凑过脸去,朝着刘思佳的头吻起来,也顾不得坐在旁边的解净看见看不见。心想叫她看看倒也好,让她知道她对思佳有多好,她是多么爱他,省得以后她再打他的主意。

可惜解净没有看见,她因为抗不过酒力,再加上今天也实在疲乏,靠在座位上轻轻地睡着了。

五

解净踏上了办公大楼的楼梯,忽然对这幢自己非常熟悉的楼房产生了一种异样的陌生的感觉。什么地方变了呢? 她认真地打量着,单号房间还是行政办公部门,二○一是厂长办公室,二○三是会议室,往下数就是厂长们的房间、生产处、供销处等等;双号房间是政工系统,二○二是党委办公室,二○四是组织科,往下数是武装部、保卫科、宣传科，二一二是党委书记祝同康的办公室。没有变，连牌子也没换，还是原来的油漆已经发黄了的木牌牌，木牌上各个部门的名称还是她写的哪，这是她第一次公开显露自己在书法上的特长。就连楼道里的痰盂也还是放在老地方。物没有变，人变了，两年前她离开这座大楼的时候，心里空虚惶惑，没着没落；现在她学会了开汽车，是汽车运输队名副其实的副队长，心里踏实，脚下有根，走在楼板上连自己都觉得步子坚实有力。奇怪，以前她在大楼里办公，觉得自己并不是大楼的主人；现在离开了大楼，反而觉得有资格当大楼的主人。

当她推开党委书记办公室的门，心里已经有些激动了，只看到了一个露在沙发背外面的老人的头顶，几绺稀疏的、像婴儿的头发一般柔软的白发垂下来，已经遮不住光滑的头顶，连绷得很紧的血管都看得清清楚楚。一种复杂的感情在解净的心里翻上来，这里面搅和着有尊敬、感激，还有一些说不清楚的埋怨。她轻轻地叫了一声：

“祝书记，是您找我吗？”

“呵，小解，快坐下。”刚才显然是正在走神的祝同康连忙招呼解净坐下，他心里的不平静不亚于对方。他对这个女孩子怀有一种特殊的感情，除去上级对下级的关怀和照顾之外，还有一种近似父爱的东西。尤其是当他对自己的两个不争气的孩子彻底失望之后，对解净这个他以为最理想的青年人的感情就更强烈了。他高兴地抬起头，想仔仔细细地端详一下解净，看她在下边待了这么长时间有什么变化。这一端详不要紧，他的心立刻收紧了，脸也沉了下来，脸上亲切的笑纹像一片云似的倏地消失了，恢复了党委书记应有的威严和公事公办的神情。

祝同康神情的变化令解净惊奇莫名，她低头瞧瞧自己的身上，哎呀，糟糕！怎么穿着这身衣服就来了。

上个月，有一天下班后叶芳没有事情陪着解净练车，练完车换衣服的时候，解净不知怎么回事脑子里突然冒出一个念头，想穿上叶芳那身西装试试好看不好看，穿好后到镜子跟前一照，连她都不认识自己了，人配衣服马配鞍，一点不假，她想不到自己还能这么漂亮，觉得不好意思，心里又暗暗高兴。叶芳撺掇她去做一身，她嘴上说不做，心里也犹豫，可最后还是做了这身银灰色的西装。开始不敢穿着这套衣服到厂里来，只在下班后回到家里穿一小会儿。越来胆子越大，敢穿着它上下班了。又怕别人说闲话，上下班不坐公共汽车，改成骑自行车。她对这套衣服渐渐地习惯了。今天起得晚了一点，没有来得及换衣服就去练车，刚才被催得急，匆匆忙忙就跑来了，把上班就应该换成工作服的老规矩给忘了。一个共产党员，中层干部，工作时间穿着一身干干净净的西装，别人会怎么说？解净的脸微微泛红，心里有点不自在，但是这种事不能描，越描越黑。穿着这样一身衣服重登办公大楼会产生什么影响，她是清楚的。已经走到了这一步也用不着后悔，穿西装并不违反纪律，她镇定住自己，嘴边那块浅浅的小痣有点发红，透出一种自信和执拗。她也摆出了一副办公事的严肃态度，尽量不给党委书记以机会让他问及自己的情况，她现在极不情愿和过去自己十分尊敬的老领导谈论自己的事情，就以攻为守地问："祝书记，您找我有什么事情？"

祝同康淡淡地、好像心不在焉地问："这两年你在下边干得怎么样？"

解净心里涌起反感，要谈刘思佳卖煎饼的问题就直截了当，干吗又把我拉扯进来，您一见我这身打扮就皱起眉头，闭住眼睛，一脸反感，难道真有必要再来一番关心、爱护、惋惜之类的大道理吗？但她决不能让自己的不耐烦表现出来，神色只是变得冷漠了，用一种坦然的平等的口吻说："您问哪一方面呢？"

是啊，问她什么呢？一切不都摆在了你的面前，还用问吗？祝同康心里发冷，他意识到了自己的严重失职，他在党委分工是管干部的，可是解净下去以后他就没有认真管过她。虽然听到过不少关于她的议论，什么每天不务正业光是一门心思学开汽车，什么大楼召开的会议她不来参加等等，但他袒护她，一直也没有找她来谈一谈，现在却变成了这个样子，一个多么好的年轻干部，本来是很有希望的，这究竟怪谁呢？是他党委书记的影响力太弱，还是刘思佳这伙青年人的腐蚀力太强？现在的青年人一个个简直都是无法猜透的谜，自己的儿子是谜，刘思佳是谜，现在解净也成了谜。

他给自己点上一支烟，突然又抽出一支递向解净："你也抽一支吧。"

"谢谢，我不抽。"

"听说你也学会了？"他不敢看她，更不满意自己怎么会问出这样的话。

"是的，我学会了。"

解净突然起身，大大方方地从书记的烟盒里抽出一支烟，点着吸了一口。她学会了抽烟，但是没有瘾，甚至还厌恶姑娘们吸烟，她自己平时是决不吸烟的。这一刻连她自己也说不清是出于一种什么心理，故意要在书记面前吸上一支烟，叫他看看，听他怎么说。

现在感到不好意思的不是解净，倒是祝同康，他不敢看、不忍看解净叼着烟卷的那个样子，他一肚子火气，可又发作不出来。

解净内心里也非常紧张，她甚至后悔不该吸这支烟，嗓子眼儿辣得难受，直想喝水。但她故意装得态度自然，说话也显得理智、客气而且很有分寸。

祝同康心里感到压抑，他受不了解净这种和他以平等的身份抽烟和说话的劲头，可是他又发作不起来。他很想和她好好谈一谈，以前她心里有什么事情不等他问就主动地全告诉他，现在却不行了，他们表面上的上下级关系还没有变，可是双方的精神力量发生了根本的变化。他在她的眼里不再是党的化身，也不是父亲式的人物了。她的眼光，她的气质，她还带有姑娘的羞涩的冷峻和探究的神色，以及她身上的每一个变化，都标志着她已经成熟了。以前他曾经希望她快点成熟起来，现在她真的成熟了，他却本能地感到一种恐惧和威胁。他们之间已经疏远了，不可能再像过去那样推心置腹了。他希望快点结束这场谈话：

"你们队里的刘思佳、何顺在厂门口摆了个煎饼摊，你知道吗？"

"刚才听人讲了。"

“拿着国家工资的职工,是不允许再做小买卖的,你们要严肃处理这件事,影响太坏了!”

“您说应该怎么处理?”

“你们先拿出个意见来再说。”

“依据是什么?关于怎样处理这种事情国家有文件吗?”

“哦……问问保卫处。”

“刚才我经过保卫处的时候问过了,国家对怎样处理这种事情没有明确规定。倘若我们处理了刘思佳,他要不服怎么办?”

“那就做工作。”

“做不通呢?”

“叫你这么说就没有办法了?”

“有办法,这个办法要党委出,得党委拿出决议。咱厂今年的任务到底有多少?有多少人没活儿干?工资够发几个月的?奖金到底还给不给?这种局面要延续多长时间?工人可不可以自找门路,有类似自找门路的事情发生后怎么办?领导心里应该有数,要向群众交底。上面一摊糊涂糨子,下面人心惶惶,光抓一个刘思佳卖煎饼顶什么用!”

祝同康语塞,被捅到了痛处,他心里对这些问题也没有底数。

“按劳动条例职工旷工半年就应开除厂籍,二车间有个工人旷工一年去搞贩运,党委毫无办法,一不敢治罪,二不敢开除。您叫我们怎么处理刘思佳?再说咱厂的食堂,早晨只有馒头咸菜,大街上的烧饼油条都是冷的,落满尘土,工人还说刘思佳办了一件好事呢。”

“你还替他说好话?”

“我向领导反映实际情况。”

“小解,别忘了你是什么身份,他是什么人……”

不能这样一句对一句地叮当下去了,祝同康先自软了下来,叹了一口气。青年不好管,向青年干部布置工作也不是愉快的事,他们有自己的主见,或者不如说是偏见,又不管你是什么领导,什么上级,只管唇枪舌剑乱放一阵。老年人,脑子稍微迟钝一点就招架不了。他后悔，不该找解净来，如果是叫田国福来事情就好商量了。他回去以后也许什么事都不办，但当面决不给领导难堪，好好是是，点头哈腰，满口答应，对书记恭恭敬敬。自己最信得过的人，现在却拨拉不动。

解净事先也万万没有料到，她竟用这种态度同祝同康讲话，伤害了自己尊敬的党委书记，她心里也感到别扭，甚至替对方难过。但她不知为什么就是控制不住自己的情绪。两年来她在下边受了一些委屈，其中有一部分是因给祝同康当秘书背的黑锅。今天好像是情不自禁地用这种异乎寻常的方式，对过去因爱护她反而耽误了她的人诉说委屈，进行报复。对真心实意为她好的祝同康来说，这难道是公平的吗？

僵住以后，老同志主动求和，自己找台阶下来，这是当今这个时代从社会到家庭的普遍现象。祝同康转换话题，尽量表现得亲切一些，可是像过去那种领导和长辈兼而有之的真挚感情已不复存在了。

“小解，听说你每天都醉心于练习开汽车？”

“练习一年多了，除去大客车，其余的汽车全都能够驾驶，明后天再进行一次路考，全部项目都考完了，我就可以取得正式的驾驶执照。”

“这是不务正业，你是干部，不是司机。”

“在运输队当个不会开车的干部，就像个瞎子、聋子！”

“你若是感到在运输队工作吃力，党委可以考虑把你调出来，楼上的科室里也很需要人。”他真愿意趁此机会挽救这个姑娘。她离开了运输队，来到自己的眼皮底下还会变过来的。

“不，不，不！”解净一连说了三个“不”，她决不离开运输队，不能半途而废，一定要把白本子（汽车司机的练习执照是白色的）换成红本子（正式的汽车司机驾驶证是红色的）。她惊奇党委书记怎么会说出这样的话。他难道真的不理解她为什么非要学会开汽车，他甚至不想打听这两年她在下面是怎样过来的，今天她能抬着头重进办公楼，是付出了怎样的心血啊！她现在有信心，有力量安排自己生活的道路，不再盲目顺从别人的意志，不轻信没有经过她亲身实践检验的信条。生活修正了她全部的人生计划……

钢厂有一条制度,每天夜里各单位都要有一名领导干部值班。自从解净来到运输队,田国福不是身体不舒服,就是家里经常有事情,夜间值班的事几乎全落在了她的身上。她上任后的第三天夜里,两点钟的时候,电话铃声把她叫醒了,一车间急需泡花碱,值班厂长叫她立刻派汽车去运。

解净打开司机的花名册,查找家离钢厂最近的司机。冤家路窄,又是何顺。有什么办法呢?解净骑上值班用的自行车出了厂门口,夜深人静,她的头皮一阵阵发紧。不知从什么地方钻出一条狗,追着她的自行车轱辘咬,她的头发一根根仿佛都要立起来了,把自行车蹬得飞快,好不容易找到何顺的家,硬着头皮喊了好半天才叫开门。何顺赤条条只穿件短裤走出来,睡眼惺忪地盯着解净,先伸了个懒腰,打了一通哈欠,故意装成迷迷瞪瞪的样子说:

"哎呀——嘿,这热被窝真舒服,半夜三更的你不睡觉还不让别人睡觉,把我喊起来干什么?"

"何师傅,一车间停工待料了,厂长叫我们立刻去运泡花碱,你辛苦一趟吧。"

"停工待料有我的什么事?这是你们干部的事情,与我无关。"

"这的确是生产处的干部计划不周,但现在火烧眉毛,不能眼看车间停产,请你给救救急吧。"

"救急?谁救我的急?"

"半夜出车给你发加班费,你如果愿意倒休也可以。"

"我不要钱,也不要倒休。"

"你要什么?"

"我要个大姑娘跟我睡一觉。"

解净二话不说,转身骑上车就跑。身后传来何顺哈哈的笑声:"你快跑吧,跑回去好挨厂长的骂。"

解净心里装满了气,不觉得怕了。她回到运输队,老远就听到值班室的电话在响,在这静静的深夜里,电话铃声格外尖厉刺耳,令人毛骨悚然。她不敢接,又不能不接。心里战战兢兢地拿起了听筒,值班厂长果然发火了:“为什么汽车还不来?嗯!你是谁?你既然主不了事,为什么要值班?影响了全厂的生产你负得了责吗?立刻去把田国福给我找来!”

解净小声地说:“汽车一会儿就到。”

她知道这时候去叫田国福比叫司机还难。她又来到何顺的家,何顺刚睡着又被喊了起来,他不再嘻嘻哈哈,而是一肚子火气:

“你又回来干什么?”

“你说哪?”解净豁出去了,反而显得镇定了,理直气壮地说:“如果你根本不知道一车间急等用车的事,天塌了也没有你的责任。可是我既然找你来,把事情的严重性都告诉了你,我尽到了责任,再不去就是你的事了。我回去如实向厂长汇报,使一车间停产,影响这个月全厂完成任务,缴不了利润,发不了奖金,全得由你负责!”

“哈哈,你还猪八戒耍把式——倒打一耙,我不吃这一套,你唬不住我!”何顺嘴上这么说,心里也有点毛了,经过较量,这个女队长是手心里的面团,怎么忽然硬起来了?他欺侮她不过是为了找乐儿,他可不愿意为这种事被扣工资、扣奖金,闹得厂部都知道了说不定还会挨个处分。他从门洞的黑影里走出来,一步步逼到解净的跟前。

解净在心里给自己壮胆:你可千万不能退,要挺住,看他怎么办!

“我压根就没说不去,但是你得答应我的条件。”

“你的条件我全部答应,而且还要把你对我提的条件向厂部汇报,让全厂的人都知道,我吃亏要吃在明处。”

“哎呀,你可别拿这个吓唬我,我这个人胆子可小。”

“我为什么要吓唬你,我知道你胆子大得很,天不怕地不怕。”解净没有退,反而往何顺的院里走,声音也提高了:“有胆量把你的父亲、母亲、姐姐、妹妹全喊起来,让他们听听你的条件,看着我怎么答应你的条件,日后有人调查也好做个证明!”

“天哪,姑奶奶,你打住吧。”何顺怯阵了,一把拉住了解净,“你先走,我穿上衣服随后就到。"

"我等你一块走。"解净生怕他再要什么花招。

何顺没有再说废话,跟着解净来到厂里,乖乖地开车去拉泡花碱。

解净回到值班室里,一点睡意也没有了。今天夜里用这种"拉泼头"的办法应付过去了,幸亏是在夜里看不清脸色,若是在大白天她无论如何也放不下这个脸,刚才她真是被逼得走投无路了。往后不能总是这个样子呀!夜里由干部值班,可是干部都不会开车,有了紧急事情还得到家里去请司机,多耽误事,应该让司机轮流上夜班。但她说话不算数,谁会愿意上夜班呢?她想到了孙大头,他也许愿意带个头。这几天,孙大头他们几个上了年纪的司机倒对她很客气,越是跟她年纪差不多的司机,越不买她的账。运输队的司机大部分是青年人,乱子也多数出在他们身上。她来到运输队才几天的工夫,耳朵里装满了,眼睛看够了,这个地方,人不多问题不少,有油水可捞的任务,大伙儿都抢着去;没有油水的活儿,特别是又苦又累的活儿,如拉白灰、运水泥,谁也不愿意去。全队五十部卡车,最严重的时候只能开动四部车,其余的全趴蛋了,掉个螺丝也说要大修。有什么办法,领导是外行,明知受骗也只好认头。对下管不了,对上还得把司机用来骗自己的话再拿去骗厂部领导,小官僚糊弄大官僚,假话当真话说。有时碰上懂行的厂长,挨一顿骂,上下不落好,两头受气。运输队还不是管理不善,简直是没有管理,司机们吃请,受贿,什么稀奇古怪的事情都有。

解净实实在在地感到发愁,自己什么也不懂,光看到一堆问题,却拿不出一个解决的办法。她安慰自己,人家队长都不着急,你发的什么愁?不,队长工资不少了,年龄不小了,过两年孩子一顶替就退休回家了。你呢?要求下来不就是想好好干一干吗,进厂后的头一步没有迈好,第二步不能再错了,学会一技之长,掌握真实的而不是虚假的本事,在运输队这个生活的新教室里,不断学习新东西,年年升级,甚至为了赶上别人,补回丢掉的那五年时间还得跳级。倘若被生活淘汰,在人生的路途上当个留级生太不光彩,自己还年轻,不能在同辈人中老坐红椅子。解净忽然发现在值班室的窗台上放着半盒劣等香烟，就抽出一支叼在嘴上，划着火柴试着轻轻地吸了一口，一股苦涩和辛辣的味道立刻钻进嗓子眼儿里，她赶紧扔掉香烟，立刻用白水漱口，漱了好几次，嗓子眼儿里那股臭烘烘的烟味仍然漱不掉，只好用牙刷放上牙膏刷牙，刷完牙又赶紧吃糖，好半天才把嘴里的烟味赶走。抽烟真是比吃汤药还难受，这明明是活受罪，可是解净突然想通过这件事锻炼自己的毅力和决心，连抽烟都学不会，还怎么在这个汽车队干下去。她皱着眉头又抽了一口，然后赶紧再漱嘴。就这样抽一口烟，漱一阵嘴，一直坚持练习到司机们上班来。她手指上夹着一支烟，故意拿着架势去找叶芳。叶芳一看她这个样子，抱住她格格地笑了：

“一看你这架势就是个老外，瞧你那两个手指头翘得那个高，好像夹着的不是烟卷儿是毒药。”

“小叶，从今天起我要拜你做师傅。”

“学抽烟？”

“不，学开车。”

“开车？”

“你不教？”

“……行，我教。”

“一言为定？”

“一言为定！”

六

这是会议吗？是，又不是。

说它是，这的确是一种特殊的会议。地点：男更衣室；时间：刚一上班；主持人：未经上级任命，也不是群众选举产生，无名然而有实的汽车运输队地下队长刘思佳；参加人：没有限制，自由参加，何顺等几个青年司机必不可少。

说它不是，这也的确不像个开会的样子。没有事先通知，也不用临时召集，没有中心议题，也没有发言的次序，连坐在这儿的人也不认为自己是在开会。

但是，任何不愿意参加正式的会议、学习、讨论的人，却愿意参加这种特殊的会议，竞相发言，各抒己见，气氛认真而热烈，有时山南海北，社会新闻，小道广播，冤假奇案，胡聊一顿；有时围绕着一个问题争论不休，甚至大骂出口，大打出手，最后以刘思佳的话为结论。

今天讨论的议题也是卖煎饼：

"这一手真不错，谁结婚钱不够不用发愁了，人家成立了婚姻介绍所，我们成立一个'结婚资金筹备委员会'，让思佳当主任，大家排排队挨个轮，轮上谁就给思佳打下手卖煎饼。何顺是头一个。"

"他的对象老岳母还没给他生下来呢，得往后排，思佳是头一个。"

"思佳一分钱不要！"

何顺正为这件事心里犯嘀咕，刚才数完钱，今天早晨净赚二十七元四角，刘思佳一分不要，全让他一个人装起来，他又惊又喜，又有点不大自在。钱是好东西，他多捞一点当然是美事一桩，可力气全是刘思佳出的，刘思佳又是他的好朋友，自己这样独吞太不仗义了，别人也会说闲话。他又从口袋里把那二十七元四角掏出来了，放在板凳上："思佳，这样做不行，你不要我也不要。你讲义气，我也不能当小人，要不咱就公事公办，二一添作五。"

刘思佳不说话，他蹲在地上，聚精会神地盯着电炉子上的钢精锅，锅里沸水煮着山芋，山芋被切成了大小相等、形状各异的小块，随着水花上下翻腾。刘思佳用筷子夹了一块放到嘴里一尝，满意地咂着嘴，从一个塑料袋里抓出一把玉米面撒在锅里，一边撒一边用筷子搅着。他做这一切都非常熟练，悠然自得，可见他是经常干这一手活儿。不稀不稠的玉米面山芋粥熬好了，嘴馋的人自己伸过勺来舀两口。城市人根本不把这玩意儿当做好东西，只是刘思佳端着大盆吃得那样香甜，让人看着眼馋。他在青年群里是个能"洋"出花样来的人，别的不用说，单说吃，他下过天津市的大馆子，吃过各式各样的西餐。但是真正使他留恋的，几天不吃就淌口水的，却是这从小吃惯了的家乡饭——山芋粥。每天早晨他不吃油条，不吃烧饼，就喝上一大盆稠稠糊糊的玉米面山芋粥。

喝完粥，他擦了擦嘴，这才扫一眼小板凳上的二十七元四角，问何顺："你真不要？"

"不要。"何顺舌头有点打弯，已经不像刚才那么仗义，那么气冲了，可是自己刚说出去的话，也不马上就再嘬进去。

"好，你不要也好。"刘思佳的眼睛逼住何顺，不让他把自己说出的话再收回去，"但是对外人你得讲卖煎饼赚的钱全归你，因为咱们用的是你爸爸做小买卖的执照，党委追查也好，或者到法院打官司也好，咱们都占理，就说你父亲身体不好，家庭生活困难，儿子利用业余时间帮着父亲干点活儿。至于我，那是对摊煎饼有兴趣，出于哥们儿义气自愿帮你点忙。"

何顺被说得大脑袋像捣蒜一样直点头，更衣室的人都咂嘴称是："对，思佳想得周到。"

何顺关心的是这钱到底归谁："那……这钱哪？"

"放心，这钱我也不要，别处有点急用。孙大头的老婆从农村来治病，一住就是半年，已经确诊是胃癌，没有几天熬头了。大头为给老婆治病拉了一屁股债，老家还有四个孩子，我们和他共事一场，不能见死不救……"

何顺跳起来，将板凳上的钱一把抓起来装进自己的口袋："干什么，你想给他？哪有这么美的事，就是把钱扔了也不给这个乡下佬！"

刘思佳的脸色立刻变了，但并不喊叫："我也是乡下佬，我们都是猴子变的，你这个天津卫洋佬的祖宗也是在农村里刀耕火种过日子。你要是不愿意帮他，这钱就归你，我们几个再重新凑钱也得让孙大头过去这一关。"

更衣室的司机们都敬佩地点点头。

到手的钱又要飞了，何顺一百个不情愿："他有困难可以写申请，叫厂里给他补助。"

"你又不是不知道，上个月写了申请，请求补助二十元，一级一级地审批，最后只给了十五元，这个月再写申请还能补给他吗？厂里连买手套、买肥皂的钱都没有了，这个月的工资到现在还没有着落呢，靠厂子靠得住吗？厂长们还顾得过他来？他老婆是农村户口，药费只能报销一半，另一半得自己担负。他在车队混了二十多年，老实巴交，到了这关口我们一点不伸手，心里过得去吗？我要是张嘴向大伙儿敛钱，谁也不会驳面子，全都给。现在不像前几个月，一分钱奖金不发，再叫大家从工资里往外掏不合适，我才想了个卖煎饼的法子，厂里要是不找我还好，要是找我，我有好多话等着哪。何顺，咱说痛快的吧，我用你父亲的执照，你又帮了忙，理应给你钱。若是你父亲自己卖，一早晨最多能赚五块，你就把那七块四的零头留下来，剩下的二十给孙大头，怎么样？你只当给我。"

"既然你把话说到了这个份儿上，我也不能办不够朋友的事。"何顺咬着后牙槽又把钱全掏出来，往板凳上一摔："我一分钱不留，全交给大头。"

"好，够意思。不过你还是把钱装起来，一会儿你出车的时候绕点弯把钱给他送到医院去。"

"我不去，我的钱还得我给他送到手里，我也太下三烂了，他的谱儿也太大了，爹娘我也没有这样侍候过。"

"何顺，你真是外行！"刘思佳笑着解释，"这是让你做个人情，这是落好人的美差。平时你总欺侮人家孙大头，他正在受憋的时候你给他送钱去，他说不定会感激得给你磕个头，这样的好事谁都愿意干。"

何顺笑了，又把钱装起来。

"可有一条，你给他钱的时候不能告诉他这是卖煎饼赚的，他胆小怕事，知道真情就不敢要了。就说是你找大伙儿给他凑的，把好事你一个人全兜起来，我决不会亏待你，如果头头下令不让卖了，那就拉倒。头头要是不管，我打算卖上一个月，当然以后每天不会赚这么多，不管赚多少，一半给你，一半给大头，我一个子儿不要。"

刘思佳这番话把别人的心都说热了，有人说："思佳，你要留神，刚才党委来电话把解净叫走了，八成是为你卖煎饼的事。"

“没关系,我盼着祝头亲自找我谈话,若是别的人找我,我还一概不搭理。”刘思佳转头对管考勤的司机说,“老五,你划考勤的时候可不能给孙大头划事假,再把他的工资扣掉就更倒霉了,就给他划出勤。”

老五有点犯难:“不行啊,现在不同去年了,解净学会了开车,她对咱们队里的事摸得清、吃得透,什么事也瞒不了她,她又卡得挺紧,万一知道了我可吃不消。”

“要不你把考勤表交给我,出了事我担着。”

“哎,这倒行。不过你也要小心,解净手里有一张‘八卦图’,按照那张‘八卦图’管理咱们运输队真是滴水不漏,你可别让她抓着。”

刘思佳没有说话,解净手里那张八卦图的内容他知道,使他惊讶的是解净在运输队的威信越来越高,竟然有人怕她了,而且以为他也怕她,他也得受她管。他是司机,她是副队长,他本来就在她的领导之下,他对她的态度一直是矛盾的,有时给她出难题,有时又为她的气质所倾倒,帮她的忙。她现在管理汽车队的办法,有些就采用了他出的主意,想不到这些主意倒变成卡他的法宝了……

到此为止,今天早晨这场不是会议的会议就算结束了。刘思佳的厉害就在这儿,坏小子们害怕他,正派的老实人器重他,他这种脾气在工人群里还是很得人心的。他又讲理又不讲理,好起来比谁都好,坏起来比谁都坏,专好与大头头相颉颃,谁越厉害越跟谁过不去,对老实窝囊的人决不欺侮,有时还非常慷慨仗义。对从农村来的人,刘思佳有一种特殊的感情,因为他自己就是在农村长起来的孩子。

上小学四年级的时候才从沧县的乡下来到天津,他的功课在班里最好,却受同学们的气,取笑他穿的衣服,模仿他侉声侉调的说话,向他起哄,叫他“老赶”、“小侉子”。老师看他学习好叫他当班长,每当上课的时候,老师一走进教室,他就喊一声“起立”,全班同学都站起来表示对老师的尊敬,这声带着浓重沧县味儿的“起立”,就成了同学们取笑他的话把儿,根据他喊“起立”的谐音给他起了个外号叫“知了”。不管是在学校的操场上,还是在校外的大街上,只要一碰上本班的同学就“知了、知了”地喊个没完。可把他臊坏了,臊得他不敢说话,除去上课的时候躲不开,下课后不和同学们一块玩儿,总是一个人孤孤单单地找个清静地方待着,在校外一见了本校的同学老远就躲开。这个在家乡的小学里聪明活泼,处处领先的好学生,爷爷奶奶看他是块材料,将来可以上大学做大事,害怕耽误他的前程,才把他送回天津父母的身边。想不到乡村小学里的尖子,来到天津卫成了受气包。他的脾气变得孤僻了,小小的心灵里就产生了一种自卑感。谁知他越躲就越受气,城市的孩子欺软怕硬,见他害怕了,服软了,对他就欺侮得更厉害。有一天放学后他刚走出学校大门口,一个父亲在部队当营长的同学,从后面狠狠地踢了他一脚,他穿着单裤单褂,这一脚正踢到尾巴骨上,疼得他在地上打滚,同学们喊着他的外号一哄而散了。他怕被更多的人看见嘲笑他,就忍着疼爬起来,一拐一瘸地走到胡同口的自来水龙头跟前洗了一把脸,不让别人看出他哭过。从这一天起,他打定主意还是回老家的学校去上学,但是不能这样走,要报仇。他从小就听爷爷讲沧县是个出英雄好汉的地方,家家都有刀枪棍棒,一到冬天秋后爷爷就带着小伙子们练把势,怎么就出了他这样一个窝囊废物?他的父亲,解放后离开家乡到天津学徒当电工,以后成了技师,当了劳模,搞了一个在北京上过大学的女技术员当媳妇,以后生了他。老家的人一提起他父亲、母亲的能耐都挑大拇哥,怎么就生了他这样一个不争气的儿子?第二天放学以后他用同样的办法报复了那个营长的儿子,而且多加了三脚又捎带磕掉了人家一颗门牙。人家打他,他不愿告状,老师不知道,他打了人家,营长太太找到学校不依不饶,他也不申辩,结果是写检查,撤掉班长的职务。

他变了,用一种儿童的仇视的眼光看待老师,看待同学。功课上要拔尖,不叫老师抓住一点小辫儿,在课下决不再吃一点亏,同学用天津话骂他是“小侉子”,他就用沧县话又狠又凶地回骂对方,一出校门口就用拳头解决。他有力气,身体灵巧,而且有一股强烈的复仇的情绪,打起架来不喊不叫不哭,蔫打,没完没了地打,而且一打上手眼睛发红,一副不要命的样子。天津卫的孩子大都是嘴上的功夫,被他打过几回就都怕了。那个营长的儿子简直被他打服了,他怎么捏就怎么转,而且不管吃多大亏不敢向家长和老师告状。刘思佳对欺侮过他的人一个一个打,一个一个收服,他在同学当中成了一个比老师说话还管用的“侉霸王”。回到家里拼命向妈妈学习普通话,他厌恶天津话,也觉得自己的沧县话不大顺耳,就想掌握一种更高级、更文明,像广播员说话一样好听的语言。等到他上中学的时候,已经是说一口好听的北京话,穿的衣服干净而漂亮,比天津卫的同学更“洋气”,同学们叫他“小北京”。等到一开始“停课闹革命”,他理所当然地被推选当了头头。为了应付武斗,他甚至跑回老家,编了许多瞎话,让非常疼爱他的爷爷教了他三个月的武术。后来父母知道了这件事,怕他闯祸,就把他关在家里,教给他电工技术。好在那时候工厂里也是“抓革命促生产”,父亲每天早晨到厂里露一面,就回家来教他怎样做录音机、电视机等等。他渐渐对电工技术发生了兴趣,每天去跑电料行,买处理价格的电器零件,回到家自己鼓捣电冰箱、电唱机,拆了装,装了拆,到委托店买别人不要的旧机器,回到家自己改装,有用的取下来,没有用的扔掉。只要是搞电的玩意儿,花多少钱父母都支持。当时大学都停办了,他们希望自己儿子将来能当个好电工,走自己的道路。谁知一九七二年思佳中学毕业以后分配到第五钢铁厂当了汽车司机,他每月的工资大部分也都花在了电气爱好上。他那“七机”基本上都是买处理零件自己做的,而且外壳搞的极其新颖别致,比国家的产品还要漂亮,把“沧州”两个字翻成拉丁文,用不锈钢伪造成世界名牌产品的商标,其实他的“七机”全是“沧州牌”。这一点除去他的父母,谁也不知道,他也决不告诉任何人,闭口不谈自己“七机”的牌号,不谈来源,这下可真把那些不懂拉丁文的人唬住了!

他就是这样一个怪人,表面上看他同何顺是好朋友,何顺也确实把他当成了好朋友,可是他在内心深处却瞧不起何顺,有时甚至要笑一下这个天津坏小子寻点开心。他喜欢叶芳的俊俏、真挚、泼辣,可又讨厌她是个天津姑娘,嫌她浅薄、粗野,没有女人的秀气。他喜欢解净的文静、深沉、内刚外柔,外加写一手好字,可又嫉妒她,什么也不会却坐在了管人的位子上，对她有一种本能的反感，瞧不起她给祝同康当秘书的那段历史。他有时对自己也非常瞧不起，由于阴错阳差，上不了大学，干不了电工，这一辈子就只能玩轮子了，非常泄气，就去和何顺他们吃吃喝喝，胡打胡闹。可有的时候又觉得自己比那些当干部的强得多，他看出了好多问题，他肚子里有许多道道，但无处施展，他不愿意毛遂自荐，更不愿向干部低三下四地去汇报思想。队长老奸巨猾，保命、保官、保权，成事不足，败事有余。他除去一身官场习气，别无所长。党委书记呢，谁也不能说他是坏人，可他好在什么地方别人也说不清楚。他管着一个大工厂到底是了解人，还是了解工厂？他脑子里究竟有多少企业管理的知识？解净又懂什么，就是叫孙大头当队长也比她强，可命运安排的偏偏是她，而不是别人，小的管大的，不懂行的管懂行的。幸好，这个小干部有心计，不愧是搞政工的出身。这些年反复无常的政治风尘污染了社会，毒化了人们的思想，离间了群众和干部的关系，造成信仰的混乱，使工人一下子觉得刘思佳这一套是重感情、讲义气，压强扶弱，济国救危。不靠“阶级斗争”了，也不靠“最高指示”了，靠起哥们儿义气来了。刘思佳聪明的地方是在工作上不让人抓住一点差错，使老工人对他也很赏识，造成了他在运输队的特殊地位：不是干部的干部，不是队长的队长。

七

“解净回来了。”运输队的司机们又像两年前欢迎她上任一样聚集在车库前的广场上，大家都知道今天有好戏看。谁都知道党委书记把她找去是谈刘思佳卖煎饼的事，看她回来怎么处理这件事，可真够她崴的。不管吧，无法向党委交账；管吧，刘思佳同何顺都不是省油的灯，能服她管吗？闹不好今天有一通大吵，有人为她担心，有人替刘思佳担心，有人等着看一场热闹。

解净回来一看这阵势心里就明白了，她装得像个没事人似的扫了司机们一眼，等着看热闹的就是这几个爱闹事的人。老司机们全出车了，刘思佳也不在，他可能也出车了，解净暗暗高兴，这样做才符合他的为人，该怎么干还是怎么干，不让人抓住把柄，既不摆开吵架的样子，也不表现出惶恐不安。她故意问了一句："刘思佳呢？"

"她果然一回来就找刘思佳！"司机们围过来，有人答了一声："刘思佳出车了。"

"那你们几位为什么不出车呢？"

司机们被问住了，无言以对。

解净有点奇怪，这么多人不出车老田怎么不管呢？八点多钟的时候她明明看见他上班来了，莫非又走了？

叶芳走过来说："小解，刚才老田觉着心脏不得劲儿，回去了，叫我告诉你一声。"

司机群里有人小声议论："姜还是老的辣，一看事不好就脚底板抹香油——溜了！"

叶芳心情郁闷地走到解净身边，为刘思佳卖煎饼的事生气，也为他担心，她虽然性格泼辣，但毕竟是个姑娘，心眼儿小，没有经过什么大事，很想知道党委对刘思佳的态度，当着这么多人又不好问。司机们虽然被副队长问得张口结舌，仍然不想马上出车，还等着看个究竟，可是谁也不愿意把话挑明，都盯着解净，看她怎么办。

最不长眼，又脑袋发昏的就数何顺了，他今天早晨卖煎饼起得早了一点，这工夫依在车库的大墙根儿底下睡着了。

解净的气不打一处来，看来今天不剃这个脑袋，他的哥们儿弟兄们是不会出车了。她拉着叶芳走到何顺跟前，叫了一声："何顺！"

何顺睡得正香没有听见。叶芳用脚踢了他一下，他揉揉眼站起来："什么事？"

解净不着急，也不喊叫，不提卖煎饼的事，却冷冷地责问他："你为什么不出车？"

"他们都去拉油，为什么派我先去拉两趟白灰？"何顺倒还有一脑门子官司，这回真有好戏看了。

"第一，拉白灰也是任务，也得有人去，派你去是应该的，为什么不可以？第二，你昨天去拉油，在油库吸烟，险些没有造成大的事故，油库正在扩建，现场很乱，一点儿火星都可能引起一场大火。油库已经将你的车号报告了交通队，交通队通知了我，你必须写一份往后一进油库就不再抽烟的保证书，否则以后不派你去拉油。像拉白灰，拉水泥，拉泡花碱这样的活儿全由你一个人包了。”

“你说什么？这些又脏又费事的活儿全让我一个人包了，太欺侮人了，我不干。”

“那好，把汽车的钥匙交出来，我去拉。等我拉完白灰回来，你再告诉我，你这样干是算旷工还是算罢工。”

解净伸出手，何顺有点往后缩，不敢把自己的钥匙交出来。解净文文静静，又逼上一步：“现在厂部正愁人多活儿少，连工资都快发不出来了，要是有人主动不想要工资，还能吓住人吗？”

副队长不软不硬，把何顺堵得一句话说不出来。把这口气咽下去吧，当着这么多人，这个跟头栽得太大了；不咽这口气吧，闹翻了也不是好玩儿的，解净现在会开车了，根子也扎牢了，他再甩耙子不干拿不住她了。再说还有卖煎饼的事，他希望解净不提这件事，刘思佳说了，今天头头不干涉，明天就照样卖，再赚的钱就是他的了。吭哧了好半天，何顺才给自己把这口气顺下去，长长的轴瓦脸裂开了一道缝儿，故意装出一种大大咧咧的笑容，给自己打圆场说：“说下大天来，胳膊也拧不过大腿，你是当官的我是玩儿轮子的，不听你的不行，自己认倒霉吧！”

何顺这个浑小子就这样老老实实地被治住了？想看热闹的人感到惊奇，觉得不过瘾，看打架的嫌架小，看着火的嫌火小。他们也不明白，副队长为什么不向何顺提卖煎饼的事。

解净又喊住了何顺：“等等，拉完白灰写份保证书，下午跟车队去拉油。”

这真是得寸进尺，何顺摇摇头，咂咂嘴：“我成了墙倒众人推，破鼓滥人捶了，我的好处你们当头儿的就一点看不到？你在队里打听打听，过去我何顺三天不打一伙架，浑身憋得难受，打架对于我来说，就跟过年吃饺子一样美。可现在怎么样,你看我还惹事吗? 我自己觉着都快够入党的条件了。”

今天何顺这种三孙子般的样子引起了叶芳的厌恶,她骂了一句:“你入国民党早就够条件了!”

司机们没乐强乐地笑了,何顺也趁机自我解嘲般地嘻嘻哈哈开着车走了。司机们一见何顺都出车了,二话不敢说,纷纷要上车,解净反倒喊住了大家:

“大伙儿等一等,反正已经耽误了这么长时间啦,有些事情索性跟大伙儿说明白了好……”

司机们心里惊奇,又都回过头来盯住了解净。

“这两个月大家有点懈怠,可能是认为我们厂是被调整的单位,任务吃不饱,奖金不发了,工资也有些悬乎,松松垮垮恢复到一九六〇年度荒的样子。告诉大家,不管发生什么情况,工资一定照发,一分钱也不会拖欠。我们运输队不但不下马,还要上马,厂部希望我们承担外单位的运输任务,在这个调整时期多为厂子赚点钱,厂部还指望我们给厂子挑重担。因此,我们队的管理不能放松,还要加强,各项规章制度都要严格贯彻执行,从这个月恢复奖金制度。”

司机们你看我,我看你,这可是件大好事,恢复奖金制度谁不高兴,工人嘛,谁也不希望自己的单位下马,有活儿干,有钱赚就行。使他们吃惊的是这个小姑娘队长一板一眼,来头不小。正队长一看事情不好躲走了,她不等不靠,自己扛起大头干上了。往后得小心点,多拿几块钱奖金是美事,家里大人孩子全乐意,就怕这钱不是那么好拿,真得卖膀子力气。这位副队长不着急,不上火,稳稳当当,可是不好斗,茶壶煮饺子——心里有数。

解净从口袋里掏出一张纸,两只手把纸展开,举起来说:“还是好几个月以前了,我在办公室的地上捡到了一个废纸团,打开来就是这张图,这几个月我对照咱们队的情况反复研究这张图,越研究越觉得这张图画得妙、画得很有道理。今天我把它放大贴出来,让全队的人讨论、修改、补充,往后就按照这张图来考核我们的管理水平。但是有一条，我目前还不知这张图是谁画的。”

司机们凑上来看，都不知道是谁画的，有人甚至还看不明白。

解净说：“我已经向总工程师做了汇报，他决定从技术改造措施费里拿出五十元钱，奖励给这张图的作者。请大家帮助我打听一下，叫这个作者来领奖。”

这下可真看上了热闹，司机们愕然、哗然，而后是热烈地猜测起来。

解净收起图：“大家出车吧，中午休息的时候再看。”

司机们都上车走了，解净搂住了叶芳的肩膀：“你今天的精神不好，我上你的车，由我开车，你好好休息一下。”

叶芳很高兴，她也正有话要跟解净讲。

解净启动了马达问叶芳：“你知道那张图是谁画的吗？”

叶芳摇摇头。

解净看看她，突然心里替叶芳感到难过，可怜的姑娘，连自己所爱的人的笔迹都不认识，不认识笔迹也应该了解他这个人，你了解他些什么呢？这个队里除去他谁还能画出这样的图呢？你爱他，可是不了解他，你爱他什么呢？难道爱他的“七机”吗？

八

解净没有猜错，刘思佳没有因为厂部要给五十元奖金就承认那张图是他画的，仍然像没事人一样保持着沉默。他早晨在更衣室的布置，解净全知道了。他的哥们儿弟兄中早就有人向组织靠拢，什么事都跟解净汇报。解净不打算先找他，要让他主动找自己就好谈了。

中午，解净根据总工程师和厂长的意见，又改进了自己的想法，对那张“八卦图”进行了修改和补充，画在一张大牌子上，用她那一手好看的毛笔字注上说明，用魏碑体的大字在牌子上方给“八卦图”正式题名为：“运输队经营管理考核标准”。这件事轰动了整个运输队，受到震动最大的却还是刘思佳。最初他是怀着得意的心情挤在人群里看看自己的“八卦图”是怎样被解净放大、正正规规地画在大牌子上，听听大伙儿的赞扬。当他认真地看了两眼之后，感到十分惊奇，这已经不是他的“八卦图”了，这是一张真正的服务质量和经营管理的考核标准图，十分严密，非常具体，不仅有项目，而且有考核办法。这张图只不过是受了他那张“八卦图”的启发，这已经是另外一张水平更高级、更精细的科学管理图表了。如果要发奖也应该发给这张图，而不应该发给他的“八卦图”，这是为什么？是赞赏他，还是寒碜他？刘思佳简直有点迷惑了：解净到底是个什么人？她不但敢改我画的图，而且改得如此之妙！

当初，他看到解净又学开车，又抓管理，他摸不清她是为了做样子还是真想在运输队待下去，有一次利用开会的时间画了这张“八卦图”，散会时故意丢在办公室的地上，看解净识货不识货。这张图提出了运输队经营管理的大致轮廓，她要真想抓管理，这张图可以引她入门。她要是只为在下面避风、镀金，以便取得新的资本重返大楼，她就会把这张图当废纸扔了。想不到解净接受了他的指点，沿着他的指点又超过了他。对她决不可像对一般的姑娘那样等闲视之。

下午出车的时候，刘思佳看到解净要上何顺的车，她对何顺去总油库拉油是很不放心的，下午没有别的活儿，何顺又写了拉油决不吸烟的保证，没有理由不让他去，副队长想必是要亲自跟着他，管紧一点。但是刘思佳还是忍不住心里翻起一股莫名其妙的醋意，解净和别人都是有说有笑的，唯独对他十分疏远，好像井水不犯河水，彼此都心照不宣。他甚至都嫉妒起何顺来了，自己在她的眼里难道还不如个混蛋？他终于忍不住喊了一声：“小解。”

“哎。”解净走过来，心里说，“他到底沉不住气了。”

刘思佳是卖豆腐干的掉在河里——人死架子不倒，阴沉着脸说：“你这个副队长帮这个，帮那个，为什么不帮帮我？”

“你是信得过的司机，还需要助手吗？”

“是对我信得过，还是信不过？”

解净迎住了他的目光：“好吧，今天跟你这个十万公里无事故的人学学手艺。”

她坐进了刘思佳的汽车。叶芳拿着一张纸跑过来，对她说：“小解，交通队来电话叫你明天去路考。”

解净很高兴，她就要成为正式的汽车驾驶员了：“明天你跟我一块去。”

刘思佳冷冷地一笑：“好啊，你拿到了正式的本子，我们这些人怎么办呢？当你手中的小菜，由你任意吃、任意扔？”

解净头一歪，反问：“你是不是认为我应该当你们手里的小菜？”

刘思佳被噎住了，他脸上忽然呈现出一种奇怪的又似抑郁、又像赞赏的神气，他打着了火，让自己的车跟在何顺汽车的后面缓缓向前开去。

解净不看他，说：“你什么时候去领奖？”

刘思佳装傻：“什么奖？”

解净笑了：“画‘八卦图’的奖。你不是已经知道了吗？”

“不是我画的。”刘思佳已决心不承认了，承认那张图是他画的，就等于承认他比解净水平低，他早知有今天，当初好好下点工夫，想周全，把图画得更好一点。现在凭这样一张被人家修改得面目全非的图受奖，别人也许以为是露脸的事，他却认为是丢丑，宁肯不要那五十块钱，也不栽这个跟头。

解净故作惊讶：“哎呀，这可怎么办？我看那图上的字是你的笔迹，就以为是你画的，上午到厂部去顺便把钱领回来了。”

“可能是孙大头画的。”

“谁都知道孙师傅画不出来，如果真是他画的他就会当面交给我，而不会扔到地上。要知道他也是我的师傅，白天小叶教我驾驶技术，晚上他值班的时候教我汽车的构造和修理，我了解他。再说他也不会接受你用这种办法给他的经济援助。连上午何顺去医院送钱说漏了嘴，孙师傅知道了钱的来源都坚决拒绝了。何顺没跟你说？”

刘思佳一点也不知道这回事，解净什么都知道了，副队长知道的事情他反而不知道，他的哥们儿卖了他。何顺这个混蛋为什么也瞒着他？想私自把钱扣下？一道阴影在他脸上掠过，他极力想装得不动声色，抑制自己的情绪，这反而使他脸上的肌肉发生了短促的痉挛。

“你似乎把个人的力量，把哥们儿义气看得过分强大了，把组织的力量、集体的力量看得太软弱了。不管厂子目前的处境有多困难，咱们毕竟是社会主义国营企业，有一万多名职工，党委还在，运输队的支部还在，你能济困扶危，我们就全都见死不救？当然有些头头是有问题，比如厂工会主席不了解情况，任何困难补助的申请到他那儿一律砍一刀，也怪咱们田队长没有说清。孙师傅的爱人治病住院的费用全部由厂里负担，你不用在考勤上作弊，他本人算事假，但情况特殊，工资照发。”

刘思佳一声不吭，他把解净这些软中有硬的话全都吞下去了。往常他听到这样的话也许会跳起来，会用更尖刻的话回击对方，可是今天，他却一句话也说不出来。他在别人面前，感到力量和智慧都有富裕，可是在这个姑娘跟前，觉得力量和智慧都不够用了，他必须精神高度集中才能打个平手。他后悔不该把解净拉到自己车上来。

卡车出了厂门口就像箭一样奔向市里的总油库。汽车也是有性格的，车随人，司机是什么性情，汽车就是什么性情，百人开百样车。何顺开车快而凶猛，一只手扶着驾驶盘，另一只手点烟喝水，全不耽误。一边开车，一边嘻嘻哈哈，说笑打逗，全不在意。坐他的车总是把心揪到嗓子眼儿，有一种玩儿命的感觉。刘思佳开车就不一样了，快而稳，他不说话，阴沉着脸，眼睛盯住车前方，双手牢牢地把住方向盘，一副专注而自信的神情。坐他的车有一种安全感，可以放心大胆地闭眼睡觉。解净佩服他的驾驶技术，欣赏他的“驾车如驾虎”的座右铭。

两个人一路上没有说话，双方都感到关系不自然。要是何顺和叶芳这两个人有一个在场就好了，就不会出现这种尴尬的局面。解净漫不经心地望着窗外，马路两旁的杨树已经泛绿，一幢幢水泥板大楼已经竣工，有不少人正往新楼里搬家，有结婚的车队，也有开往火化场的丧车。春天，这是新陈代谢最繁忙的季节。学校、商店、小摊、小铺，都在车窗前闪过。汽车离开环城公路，进入市区，立刻显得马路狭窄，

车辆拥挤,行人很多,刘思佳把车速减慢了。他仍然不看解净,但终于提出了那个他十分关心的问题:

"祝同康不是叫你对我进行处理吗,你怎么不向我打问卖煎饼的事?"

解净瞟他一眼。对他这样的人,也是什么事情都瞒不住的。说:"我不想问。"

"为什么?"

"这有什么好问的,你一不是为了自己捞钱,二不是想出自己的洋相,而是为朋友两肋插刀,这样侠肝义胆的壮举,表扬还来不及哩,谁还敢处理。"

解净话里有刺儿,可是刘思佳嘴角闪过一丝不易觉察的笑纹,她到底还是被自己瞒住了。

"我想把你办的这件好事写成稿子,让厂报上登,广播站念,好好替你吹一吹,怎么样?"

"你心里当然明白,我最厌恶那一套。"

"是呀,我心里明白。每个人都有自己的个性,你是能够驾驭自己的性格的,用不着别人替你操心。"

"你的个性是什么?"

"向把人推向消极、庸俗、自私、冷漠的势力拼命抗争,做一个自己认为是有价值的人,一个为社会所需要的人。"

"收起你这一套'自我价值'论吧。人是一切恶的中心,也是善的渊薮;人既是可怕的东西,又是可怜的东西;人对于社会的混乱,对于人生的命运之谜,永远是束手无策的。"

"你好像说了一点心里话,这才像你真实的思想。我观察你两年了,你太骄傲,太孤僻,别看你经常跟何顺、叶芳他们下馆子,吃吃喝喝,打打闹闹,你心里是孤独的,是非常寂寞的,不过是寻找一点表面的刺激罢了。你卖煎饼也是出于这种动机,早晨你向你的哥们儿说的那些话,有真的,但也不全是那回事,你帮助孙大头完全可以采取别的办法。你是看不惯,你心里有气,就故意制造事端,轰动全厂。而且你是在法律允许的范围内搅扰领导，给他们出难题，叫他们束手无策，看他们的笑话，你从中得到安慰，得到满足。但是你错了，你每寻找一次这样的刺激，你自己的痛苦就增加一分。因为你是个大活人，你有感情，有头脑，你还不想毁灭自己……"

"别说了！"刘思佳突然踩了急刹车，卡车吱地叫了一声停住了，他把头趴在方向盘上，肩膀抽动。

解净吓了一跳，她听了别人汇报的一些情况，但更多的是根据自己平时的观察和猜测，不相信刘思佳的内心也和他的外表一样阴冷、镇定和麻木。就试着想说几句能刺痛他、能打动他的话，没想到还真被她刺中了。

"思佳……"解净第一次用这么亲热的称呼叫他，话一出口她自己也突然脸红了，心里咚咚跳，勉强镇定住自己，轻声说："你怎么啦？"

刘思佳没有搭腔，没有抬头。他里里外外全叫解净看透了。他的自尊心，他的故作镇静和玩世不恭，在解净的眼里全成了笑柄。平时他的那些哥们儿弟兄、酒肉朋友们全都恭维他，服从他，但都不了解他。他在心里也瞧不起他们。因为他们没有思想，和没有思想的蠢人是很难真心相处的，包括叶芳在内。她是全厂公认的美人，可就是肤浅得像一杯白开水，毫无味道；像一株塑料花，没有魅力。而现在坐在他身边的这位从哪方面来说都很不起眼儿的副队长，和她认识最浅，接触最少，两个人又经常闹别扭，却是真正能够了解他，能够看透他的知心朋友，和这样的人才可以痛痛快快地倾吐胸臆。但是，他的自尊心妨碍他这样做。他抬起头来，脸上出现了一种奇怪的不是他常有的表情，他变得这样驯服，同时又充满着内在的力量。他不敢看解净，可是她的身上又仿佛有一股强大的吸引力，使他情不自禁地想靠近她，了解她，这股吸引力对他有很大的威胁。如果他屈服于这股吸引力，被她吸引过去，他的清高，他的孤傲就全垮了，他在哥们儿兄弟中的威望、脸面也就都丢尽了。因此，他拼命抵抗着解净的吸引力，甚至有意对解净装腔作势，说些冷嘲热讽的话，以掩饰自己内心的慌乱。

刚才，解净只几句话，就捅到了他的痛处，好像把他的衣服扒个精光,他什么也瞒不住了,甚至丧失了他特有的镇定,他心里的防线完全崩溃了。

解净叫他坐到助手的位子上去,由她来开车。刘思佳顺从地让出了方向盘。

卡车继续前进,解净开车的姿势以及脸上的神采非常动人,嘴角荡漾着一种缥缈的、梦幻般的微笑。她不及叶芳漂亮,可她的美是深沉的、安静的,是富于幻想型的,就像一首诗,一幅画。她是这样醉心于开汽车,一把住方向盘就有一股不可抑制的兴奋和冲动表露出来。刘思佳望着她,眼光中怀有炽情和热力,他的全身都在轻轻地颤栗。这感情爆发得太奇特、太强烈了,他无法抗拒,甚至也掌握不住自己的理智了。这个一向冷漠、孤傲的小伙子,两年来一直有意培养对解净厌恶的感情,现在才发现自己是这样强烈地喜欢她,想对她哭,对她笑,对她说出自己心里的全部痛苦。有本书上说,不管多狂妄的人,一旦他爱上一个人,就会把自己的骄傲藏到口袋里,真是一点不假。但他爱她吗?有来得这样突然和奇特的爱情吗?叶芳追他,求他,爱他,他有时也确实喜欢叶芳,可是他从来对她没有产生过现在他对解净的感情。可是他还猜不透解净是怎样看待自己的,对他持什么态度。他不敢贸然讲出自己的心里话,不能让她瞧不起。

解净通过车头的镜子,把刘思佳的表情全看在眼里了。就说:"我和你一样,也遭受过任何一代人都没有经历过的精神崩溃和精神折磨,经过痛苦的思想裂变之后,多少领悟了一点人生的真谛,想走一条新路,重建人生的信念。有人想毁掉我们,我们更没有权利自暴自弃。"她知道他要说什么,要表示什么,但是决不能让他有那种念头,更不给他表达的机会。像他这种自尊心极强的人,一旦坦白了自己的感情而又遭到拒绝,后果不堪收拾。她想法儿把他的思想引开。

"你的信念是什么呢?学会开车,当个懂行的运输队长,你的政治资本是不愁的,再有了业务资本,你的这条新路就更宽了,说不定它还可以通到厂长的职位上去……"刘思佳突然刹住了话头,他对自己的话感到吃惊,心里明明对解净充满好感,可是说出来的话还是这样连讽带刺儿。他恼恨自己，自己这张嘴大概说不出好话来了，多好的话从自己的嘴里说出来就变了味儿。他不愿意伤害解净，可是话已经开了头，就只好说下去：

"没有一个明确的前途，谈什么重建人生的信念。你是工厂的明星，你前面的路是很宽的，没有什么可愁的。可是我哪？我上小学、上初中的时候，每回考试总是班里的第一名，这说明我并不比别人差。一场噩梦醒来却感到走投无路。往上爬，我不会，而且瞧不起那种伎俩。考大学，补功课来不及，年龄已过。有人叫我自学，上夜校，学外语，我学了这些对我又有什么用？我的父母教了我十年电工学，我若是干电工自信决不会低于五级工的水平，可是我干的是开汽车。我吃亏就在心高命薄，自己本是个平庸的家伙，却又不甘平庸……"

解净扫他一眼，知道他说的这些全是真心话，但现在还不是安慰他的时候，像他这种人需要的是激励，而不是同情。就仍然用一种带刺激味儿的口吻说："你不要太谦虚，也不要说反话，你一点也不平庸，是第五钢铁厂的风云人物。"

"你说得对，我是想出领导的洋相，他们不是叫喊，任务不足，到处都缺钱，发不了奖金吗？我就想大把大把地捞钱，叫厂里头头看看，气一气他们。我们不是穷，而是笨，到处都有漏洞，我要是个资本家不出三年就可以发财。可惜我不想当官，也不想发财，只想当个地地道道的人。这是我的优势，因此我比你们这些有官有职的人都自在。"

"你不是没有官，也不是没有职，在运输队里，崇拜你的人就比支持我的人还要多，这是你值得骄傲的，也是我真心羡慕你的地方。你所以取得这样的优势，就因为你瞧不起有些所谓有官有职的人——我没说你是嫉妒——你认为自己比他们强，这也是事实，比如在领导能力、组织能力、精通业务上比我就强好多。"解净的话很诚恳，不带一点刺儿。

刘思佳反而如坐针毡。

解净眼睛看着前面，继续说："但不要让自己的特质影响了判断力，气大伤身，把气压成凝固而冷酷的炸弹，首先会毁掉自己，感情太偏则会影响清醒的理智。当前像我们这种年纪的人,很有一批喜欢出口伤人,满不在乎,似乎这是一种很时髦的性格。为了表示自己的与众不同,甚至对于他们并不了解的事情也偏要挖苦,自命不凡,嘲笑一切人,这是很可怜的。受到侮辱的不是被他们嘲笑的人,而是他们自己。他们是用玩世不恭掩饰自己的智短才疏和浅薄空虚。"

解净已经摸准了刘思佳的脉,他表面上是个吃软不吃硬的角色,内里却是个吃硬不吃软的人,就决心再往深处刺一刺,只有让他出血,才会感到痛,才能判断他内里到底是个什么样的人。

刘思佳被深深地伤害了,他的脊背感到发冷,庆幸自己刚才没有对解净做出失态的表示,他在她的眼里原来是和何顺差不多的,是个浅薄的、喜欢惹是生非的小青年。她刚才这一番话,把她两年来所受的委屈全对过去了。她彻底报仇了,真是骂人不吐核儿,不带一个脏字,却又损,又阴,又刻毒。她太有理智,太清醒了,没有一般人的感情。她今天纯粹是拿他要着玩儿,和这样的人打交道是永远得不到好处的。他想夺过方向盘,把这个得意洋洋的副队长赶下车去。当他的右手去抓方向盘,无意中碰上了解净的手。他的手就像触电般猛地弹了回来,脸也腾地一下涨红了,立刻转过头去。

解净没有看他,牢牢地把住了方向盘,离油库不远了,马路上拉油的汽车来往不断,她非常小心地驾驶着卡车。接近了油库的大门口,突然从油库里面慌慌张张地跑出来几个人,扬着手大叫:"停车! 快停车!"

解净急忙刹住汽车,刘思佳打开车门问:"出了什么事?"

"油库失火了!"

"啊!"解净和刘思佳跳下汽车,向油库跑去。

九

油库的大院里翻滚着黑烟,着火的是一辆装着十几个汽油桶的卡车。噼啪乱响,烈焰腾空。油库里装油卸油都是自动化,因而职工很少，几个女工被烈火吓傻了，连消防栓都打不开。有人往火上泼水，越泼火越旺。开始是一个油桶着火，很快十几个油桶全被引着了，油桶变形，漏油，汽油洒在车厢板上，整个汽车都燃烧起来！眼看大火就要把油库点着，隔着一道板墙油库的扩建工程正在施工，木材、氧气瓶、电石罐、几十根石油管道，离着不远就是九个巨型的储油罐。如果大火蔓延开来，后果不可收拾，会引起一系列大火，造成一场可怕的连锁大爆炸。附近的商店、建筑物顷刻间将化为瓦砾，变成火海，附近的群众也很难逃生。严重的灾难似乎已不可避免了。人们纷纷地向油库外面跑，也有几个人站在门口急得直跺脚。

解净、刘思佳、何顺跑过来。解净着急地说："大家别愣着，快救火呀！"

刘思佳喊了一声："救火来不及了，快把车开走！"

谁敢开呀？汽车是大火的中心，驾驶楼子上的油漆被烧得嘎嘎乱迸，长长的火舌舔着车头，谁能靠得上去！再说不知什么时候汽油桶就会爆炸，有一个爆炸就能引起连锁反应，十几个油桶一起爆炸，就会把汽车炸上天，司机坐在里面还不得被炸成肉酱，然后再烧成灰。谁愿意拿命去冒这份险！

刘思佳又喊了一声："这是谁的车？"

"我的。"旁边一个中年人应了一声，这个人长着一张忠厚的脸，但被惊吓扭歪了，浑身哆哆嗦嗦。

刘思佳冷冷一笑，突然抡起巴掌朝着中年司机的脸上猛地抽了一掌，他眼珠子红了，这一掌打得太重，那个司机身子趔趄了一下摔倒在地上，没有一个人看他。刘思佳转身要往火里冲，何顺拉住他的胳膊："你干什么？这是玩儿命的事，又不是咱们闯的祸，别管这闲事！"

刘思佳一怔，也对，出这个风头干什么，把脚步又收住了。他想看看解净是什么态度，她是副队长、共产党员，平时小嘴吧吧的，这时候该怎么办？但解净已不在身边。这时有人惊叫一声，他一回头，吓呆了，一个娇小的身影向起火的卡车扑去，正是解净。她往前扑了一下，没有冲上去，又被大火推了回来。她飞快地撕下上衣，抽打着车头上的火焰，跳上踏板钻进驾驶楼子。

刘思佳在这一刹那间别提有多后悔了，他咒骂自己是混蛋，千不该万不该，有这么多大小伙子，不该让解净去开车，她是二把刀，说不定把命搭上还得误了大事！

不知是由于惊吓，还是紧张，何顺抓着刘思佳胳膊的手一直没有松开，刘思佳猛一使劲推开了何顺。

"思佳，你……"

刘思佳恶狠狠地骂他一句："你是个真正的混蛋！"

然后迎着汽车跑过去。

解净已启动了马达，刘思佳发疯似的大叫："慢点，慢点！千万别开快车，一颠就爆炸！"

汽车已经开动了。他纵身跳上了踏板，伸进一只手把住了舵轮，嘴里还叫喊着："别慌，沉住气，越稳越好，千万不能颠，哎——对！稳，稳，往右打舵轮，再打一点，出了大门口就好办了，往回打一点……"

解净开着燃烧的汽车徐徐地离开了油库大院，人们发出了一阵阵惊呼，可是她什么也没有听到。刘思佳的后背起火了，他自己也不知道，甚至不感到疼。他一边看着前面，不断提醒着解净，一边用右手协助解净掌握着方向盘。像一座火焰山一样喷吐着烈焰的汽车，缓缓地开出了油库的大门口。刘思佳知道油库爆炸的危险减少一点了，可是汽车爆炸的危险性增大了，车一上公路就应该加大油门快跑，开到了清静地方就快下车。他忽然觉得后背火辣辣地疼，一回头才发现自己的身后背着一团火，他脱下衣服扔掉，对解净说：

"把轮子让给我，你快下车！"

"别管我，你快跳下去！"

灼热的跳动的烈焰把解净的脸映得通红，显得分外秀丽而豪迈，令人神往。刘思佳只扫了一眼，就永远不会再忘记解净这时候的神色了，他真不愿意把眼睛从这张脸上移开，他感到自己了解她了，这是个思想丰富，性格坚强，有智慧又有胆气的姑娘。可是他粗鲁地挤进驾驶楼子，从解净手里夺过方向盘。

“快下车,我要加速了!”

“你下去,我来开。”

“这不是你的事,何必再饶上一个!”

刘思佳从座位上弓起腰,用凶猛的出奇的力气踹开了另一个车门,腾出一只手硬把解净推到门边,喊了一声:“快往下跳!”用力一推,解净哎呀一声摔到路边上。

听到解净摔到车下的叫声,刘思佳心里一紧,不知为什么他的眼泪突然涌出来了,他不知道有多少年没有流过这种咸水了,好在这个时候没有人看得见,痛痛快快地哭一场吧! 她真是一个好姑娘,太好了! 可惜自己不配,她也看不上自己。刘思佳发狠般地一踏油门加快了车速。

驾驶楼子变成了一个火罐,身后的铁板被烈火烧红了,后窗上的玻璃烧碎了。噼噼啪啪——油漆迸裂的声音越来越响。火舌从两边的窗口爬了进来,快烧上刘思佳的脸了。情况更危急了,也许一分钟之后,也许几秒钟之后汽车就要爆炸。

路边有人大喊:“危险! 司机快跳车,快跳车!”

他想回头看看离开油库多远了,汽油桶爆炸对油库还有没有威胁,但是身后驮着一个大火球,挡住了视线。

停车吧。不行,左边是小学,孩子们正上课,要烧着了教室一个也跑不了! 真混蛋,怎么把学校盖在了油库旁边! 再往前走一点……

在这儿停车吧。不行,右边是百货商店……

哎呀,这儿是五金电料行……

嘿,这儿的大板楼刚盖好,门洞上还贴着个大喜字……

“他妈的,今儿个算叫我赶上了!”刘思佳汗流不止,两眼圆睁。他一踩油门加快车速,把喇叭摁得像救火笛,汽车如同载着一座喷浆的火山,轰轰隆隆,呼啸向前,他放弃了沿途停车的可能,前面不远向左拐弯有个水坑,到那儿再说吧。

“司机,快下来,快下来!”路边的好心人还在大声叫嚷。

一百米,二百米,三百米,他不减速就拐了一个九十度的死弯,看见水坑了，他想减速，可是车的制动软管被烧断，刹车失灵。这可糟了，但决不能再错过这个水坑，过去水坑前面就是大片的居民区。刘思佳打开车门，站在踏板上，身上立刻被烈火包围了，他右手猛地向外一打舵轮，飞身跳下了汽车。他带着一身火焰摔到马路上，立刻在路面上滚了几下，身上的火被压灭了。

失去控制的汽车摇摇晃晃，一头扎进水坑里。

"轰！"一只汽油桶带着一团烈火飞起了三十多米高，然后又掉在了水坑里。

"轰！轰轰！"汽油桶一个接一个地爆炸了。汽油浮在水面上，水面上着起了大火。方圆一百多米宽的大水坑，立刻变成了一片火海，烈火熊熊，黑烟滚滚。

刘思佳躺在马路上，看到这场面吸了一口冷气："嘿，多亏了这个大水坑！"

他突然想起了解净，不知她摔得怎么样，就翻身站起来，腿有点痛，一下子没有站稳，差点又要摔倒。可他心里有数，骨头没有摔断，就一瘸一拐地往回跑。他心里焦急，自己是个小伙子，有准备地跳车还摔成这样，解净是个姑娘还不知摔得怎么样呢！

刘思佳往回跑了没多远，迎面来了一群人，有油库的领导，学校、商店里负责搞宣传的干部，也许还有大板楼居民委员会主任和热心的观众，立刻热情地把刘思佳围住了，他们由衷地敬佩他，感激他，要不是他挺身而出，真不可想象会发生什么样的灾祸。他们向刘思佳提出了一个又一个的问题，像冰雹一样倾泻到他的头上：

"同志，你是哪个单位的，叫什么名字？"

"我们要好好感谢你，要到你们单位去，找你们领导，好好表扬你。"

"我们要给你发奖金！"

"你真是活雷锋，你平时一定也是先进工作者。"

"刚才你是怎么想的？"

……

这些问题一下子把刘思佳打蒙了，他沉了一会儿，突然暴怒了：

"玩儿去,玩儿去!都给我躲开!"

他用手扒开人群冲出去,向前跑了几步又停住脚,回过头来大声说:"你们呀,嘿!咱们倒霉就倒在你们这些人身上了,冲你们这样,以后也不能办好事!"

他说完头也不回,一瘸一拐地向前跑去。

这群好心的人被他骂怔了,猜不透他是怎么一回事,也许是刚才受惊吓神经不正常了。

马路上不断地有人向刘思佳打招呼,向他投来钦佩的眼光。他谁也不搭理,拼命地往前跑。看热闹的人不知出了什么事,也跟在他后面跑,想看个究竟。他的同胞中闲人很多,爱看热闹的也不少,一会儿工夫在他身后又跟了一大帮人。

解净也惦记他,正瘸着腿艰难地往这边走。刘思佳迎上去:"解净,你怎么样?"

解净脸色煞白,额头挂满汗珠,淡淡一笑:"我不要紧,你哪?"

"没事!快走,后边有一群'白吃饱',被他们缠住就坏了。"刘思佳向解净投去忧郁而炽热的一瞥,向自己的汽车跑去。

一〇

在这个世界上还有能够叫何顺害怕的人吗?他还会有害羞和不好意思的时候吗?

好像是有的。

这是一个多么好的出风头的机会,出了一场惊心动魄的大事故,油库差点玩完。而这场事故又不是他惹起来的,跟他这个出名的"祸头"毫无关系,他这才叫抱着不哭的孩子,站在干岸上看鱼跳。刚才的大火他看了个满眼,知道事故的全过程。现在看热闹的行人越聚越多,东猜一句,西问一句,也打听不出个眉目,他正可以站出来,添油加醋,弄点玄虚,大讲一通,保管在他身边一会儿就可以聚起一大群人,瞪起眼睛望着他,敛气凝神听他白话,羡慕他有这种好眼福看见了险象丛生的救火场面，他足可以美美过一下说话的瘾，享受一下在大庭广众面前出头露面的滋味儿。刘思佳救完火以后开着车跑了，油库的领导、热心的群众正为找不到救火英雄而焦急，正四处打听。他正可以向油库领导好好宣扬一番，讲讲刘思佳是怎样一个人，他和刘思佳是怎样一对好朋友，甚至还可以讲一阵被刘思佳从车上推下来的女司机是个什么人。保管有爆炸性效果，可以出尽风头，大家都会另眼看待他何顺，决不会像在汽车运输队里一样，只把他看做一个二小。

若是往日，何顺会毫不犹豫，不加任何考虑就会这么干，他怎么能错过这种机会。

可是今天，他没有这种情绪，而且害怕会有人认出他是谁。两个救火英雄一个是他的好朋友，一个是他的副队长，这本来是他的骄傲，可是现在反倒造成了他的耻辱，给他的心灵上形成了一股无形的、巨大的压力。在这种场合他决不敢承认自己认识刘思佳和解净。

解净一瘸一拐地走过来了，何顺慌了，他扭头跳上自己的汽车，赶紧去装油。对了，这一瞬间他心里弄明白了，今天使他精神反常的，最叫他感到害怕的，就是这个解净。以前她也批评过他，挖苦过他，今天早晨还又把他整治了一顿，他并不怕她，甚至根本不当一回事，也不把她放在眼里，嘻嘻哈哈一应付就过去了。眼下，他却是从心灵深处感到害怕她、怵她。他怕的不是她的职务，而是她的人格，她的灵魂。她的全部人品虽然像一支火把一样，照得他像个无赖，像个流氓，使他看清了自己原来是个灵魂卑微的小人，正像刘思佳骂他的一样，他是个真正的混蛋！他惧怕这支火把，不自觉地在躲避它。

何顺协助油库的女工接好输油管，打开闸阀，原油咕嘟咕嘟流进他的汽车油箱，他偷眼瞄了一下解净，她被许多人围住了。刚才他要命也想不到，是她——一个姑娘，正儿八经的干部，还没有取得正式驾驶证的二把刀司机，竟去钻进烈火开走那辆倒霉的汽车！她难道是听见了他对刘思佳说的话，一生气才冲上去的？不，不可能，她不可能听见他的话，他说话的时候她早已经冲上去啦。何顺呀何顺，你自己不去也就完了，何必要说那么一句话，其实当时要一咬牙冲上去这工夫就抖起来了,死不了人,也受不了重伤,顶多磕破点皮肉,多神气。要是这种好事轮上他,他才不跑不躲呢,该露脸的事为什么不露脸?咳,想这个有啥用,自己不仅没有露脸,反而现了大眼!……有什么现眼的,刚才又不是就我一个人不上前,有那么多人围着看热闹,敢救火的不就是他们两个吗?我不过是随大溜儿,连那个着了火的汽车的司机都不敢开自己的车,我不去有什么可丢人的?为什么现在没脸见她?

何顺一会儿后悔,一会儿替自己解释,但是丝毫不能安慰自己,更不能解脱他心灵上的不安。他越在心里替自己解释,就越加看不起自己。

糟糕,解净好像朝这边来了,她是跟刘思佳的车来的,刘思佳已经走了,她是不是想跟他的车回厂?何顺紧张了,他不管油箱灌满没灌满,关掉闸阀,盘起油管,像做贼一样跳上车开跑了。

解净见何顺把她甩下,自己开车走了,一下子泄气了,感到浑身疼痛,身上没有力气,就在门口的台阶上坐下来,只好等待自己车队里再来拉油的车才能搭车回去。油库的干部们立刻又把她围上了,还是那些已经表达了许多遍的大同小异的感激话、赞扬话,要送她去医院检查,请她先到办公室里休息。她低着头,一声不吭,不领受,也不拒绝,坐在台阶上一动不动。身上疼得难受,心里厌烦得要命,这些人是干什么呢?他们刚才失火的时候干什么去了呢?刚才救火倒很简单,现在应付这些人倒很麻烦,还是刘思佳聪明,她佩服他的机警和果断,也只有他才会办出这种事,扔下助手连油也不装就一个人跑了。围住她的这些人都报过自己的头衔了,有油库的主任、书记、政工组长、宣传科长、商店的书记、街道主任等等,解净想如果自己还是宣传科副科长,碰上这种事也会扮这么个角色吗?

她实在忍不住了,大声说:“我说过多少遍了,不是我开的车,是第五钢铁厂的司机刘思佳。我是个见习司机,没有那么大的本事。不过刘思佳是个最讨厌捧场的人,他不会接受你们的感谢,也许还会控告你们。”

众人一惊:“控告?控告什么?”

解净感到失口了,非常懊恼,她刚才实在是被惹烦了,顺嘴说出了这么一句,怎么能用控告这个词儿呢?这种场合哪能胡说八道。话已经说出来就收不回去,她通过今天这场事故对油库的工作确实也看出很多漏洞,就顺坡下驴地说:"对今天这场大火你们油库领导要负法律责任,这样大的一个油库你们是怎么管理的?根本没有严格的防范措施,一出事故就抓瞎了。而且就是门口挂着的那几条防火措施,也没有认真执行。所以你们用不着感谢,还是好好检查一下自己的工作吧。"

解净感到莫名其妙,一声"控告"的威胁没有摆脱这些人的纠缠,反而招来更多的感激,更大的麻烦。油库领导一见这个女司机出语不凡,心里不光是对她感谢,而且有点慌了。救火英雄要是一控告那是重磅炮弹,就不得了啦!为了软化女司机,油库领导们声调更细,言词更恳切了。事与愿违,解净正不知如何能脱身,救兵来了,叶芳拨开人群,像多年不见似的抱住她:"小解,你怎么样?伤得重不重?"

"不要紧,快扶我上车,咱们回厂。"

油库的领导用非常婉转的殷勤的口气挽留她,要送她去医院检查伤势,给她治病。正在这时,刘思佳突然来了,他跳下车,接好管道灌上油,没事人一样走过来。但他已经不是刚才救火时的装束,穿一身咖啡色的西装,系着黑地白点的领带,脚穿黄色牛皮鞋,眼睛上架着大号的光学玻璃片墨镜,风流,潇洒,很"洋气","洋气"得出了圈儿,完全不像一般的"土玩闹"。如果走在大街上,人们会以为他是刚从国外考察回来的专家。可是现在从卡车上跳下来,就显得不伦不类了。叶芳想要叫他,解净使劲拧了她胳膊一下,把她的话拦回去了。

刘思佳却用惯常那种嘲弄人的口气对解净说:"怎么样?救火勇士,这当英雄的滋味儿挺好受吧?"

"你……"解净本来想问你怎么又回来了,却改口说:"你也来拉油?"

"嘿,这话问得多新鲜,你给我们定的定额我不完成怎么行?多少年来,我没有一天不完成定额的,今天为什么要破这个例?我不像你,当了救火英雄,被一群喝彩者包围着,当然可以不完成定额了。"

解净冲着刘思佳笑了,笑得很甜,很知心。他们两个像说暗语,连叶芳都没有听懂，可是解净听懂了，刘思佳并不是挖苦她，而是告诉她他要不换装就没有办法来拉油，来了就会被包围住，还怎么完成定额。换身衣服再回来，做一次试验，开个玩笑，看看我们的同胞是不是只认衣服不认人。

人们果然注意了这个打扮洋里洋气的司机，但大都是用一种厌恶的、睥睨不屑的眼光打量他。有个人疑疑惑惑地小声嘟囔了一句："他倒有点像刚才救火的人。"

油库的领导干部们从鼻子里"哼"了一声。这一声"哼"的含义是十分明显的：他这道号的怎么能跟救火英雄比，你瞧他那份德性，中国人外国派，跟队长说话还戴着个墨镜，吊儿郎当，流里流气，他这一辈子是当不了英雄的，想当英雄下辈子再说。

大家又把注意力都集中到解净的身上，这才真是盛情难却。没有人再搭理刘思佳。

刘思佳十分开心地笑起来，大声对解净说："我今天算明白了，英雄好当，捧场难搪。为什么有些劳动模范一旦成名之后就变质，这不能怪他们，成天有一群苍蝇跟在后面叮着他，多好的东西也得变臭。副队长，你要小心了，哈哈哈……"

太放肆了，他的话引起了众怒。多亏看泵的女工解了他的围："师傅，油装满了。"

"来了。"刘思佳不慌不忙地向自己的汽车走去，嘴里还哼出几句小调：

赤橙黄绿青蓝紫，
生活好比万花筒；
为人应该怎么办？
主意就在我心中。

他收起输油管，跳上自己的汽车，摁响了喇叭，一起车就给快挡，卡车卷起了一股尘土，冲出了大门口。人们急忙向后躲，心里诅咒着这个缺德的司机。解净趁机叫叶芳扶着她也钻进了汽车，叶芳打着火，在一片不知是赞赏还是惋惜的啧啧声里，两个人离开了油库。

叶芳把卡车开得很稳，她满腹心事。刚才解净和刘思佳一块救火的事她全知道了，她已觉察出来刘思佳越来离她越远，渐渐地向解净身边靠。她不是抓住了什么把柄，而是凭一颗姑娘的心感觉到了。全队的人谁敢惹刘思佳，敢挖苦他？解净就敢，而且她说什么话，刘思佳都能吞下去。这不是反常吗？就像她自己一样，对任何人都敢打敢骂，唯独对刘思佳硬不起来，百依百顺，越是这样他反而越疏远她。这又是为什么呢？刘思佳平时总是冷冷的，可他有时候偷着打量解净，眼光中却带着一股火。叶芳真嫉妒呀，他什么时候用这种眼光打量过自己？

去年他们在黄桥饭店吃饭，何顺从旁边起哄，让她和刘思佳划拳，如果她赢了，刘思佳就钻桌子被罚酒；倘若是刘思佳赢了，她就得让他吻一下，就算当场订婚。她是故意输给了刘思佳，一切也都照办了。以后她把那天的事就当做真的了，可是刘思佳好像并没有什么约束，有一次他半开玩笑地说："爱情难道能靠划拳打赌做决定吗？实在不行我把嘴唇割下来向你赔罪。"

莫非他并不爱自己，从来没爱过，过去的一切不过是寻找刺激和逢场作戏罢了。今天下午一出车刘思佳主动叫解净给他当助手，她高高兴兴地答应了，偏偏又赶上油库出事故，双双救火，你推我让，患难中见真情，生死之际建立起来的感情终生不忘，连老天也成全他们。

叶芳的心里已经在哭了。不论多么粗野的姑娘，在这种事情上也是很敏感、很细心的。爱情成功感到的幸福，或爱情失败感到的痛苦，同文雅多情的姑娘是一样的。

解净闭着眼靠在座位上。

叶芳轻轻地说："小解，睡着了？"

"没有。"

"还痛吗？"

"好一点了。"

“摔在哪儿了?”

“大腿和腰。”

“伤着骨头没有?”

“没有。”

解净不愿意说话,一直也没有睁开眼。叶芳的心里却是千回百转,她对解净不错,解净却挖了她的墙角;她自知不是解净的对手,却也不能这么悄没声地吞下这口气,她要大闹一场,也得先摸清解净对刘思佳的态度。她哪里会忍得住呢?问:

“小解,你凭心说,我待你不错吧?”

“这还用说嘛,我难道以怨报德了吗?”

“你跟我说实话,你喜欢刘思佳吗?”尽管她的声音不高,可是紧张得嗓子都发颤了。

解净睁开眼,从座位上抬起身子,转过头盯住叶芳,她全明白了,知道自己的回答对这个姑娘意味着什么啦!她用一只手压在叶芳扶方向盘的手上,像对最好的朋友那样真诚地说:

“小叶,你是发神经病,还是爱他爱得太厉害,疑神疑鬼?没人抢你的刘思佳,我已经有男朋友了。”

“你有男朋友?!”叶芳一阵狂喜,不好意思地看了解净一眼。

解净也笑了,用食指在她头上点了一下。

“你那位是哪儿的?”

“现在别谈我那位,还是先谈谈你这位吧。”解净忽然严肃起来,“小叶,你很爱刘思佳,是吗?”

叶芳点点头。

“他也爱你吗?”

叶芳难于回答,说他不爱自己这太难堪了,说他爱自己又确实没有把握,而且在解净跟前也撒不得半点谎,能瞒得住她吗?

“没有多大把握,是吧?”解净忍不住笑了,竟有这样的姑娘,爱上了人家,还不知道人家爱不爱自己。她说:“依我看,他以前爱过你,将来会更爱你。”

“那现在呢？”

“现在嘛，你有的地方还叫他爱，有的地方他不爱。”

叶芳半信半疑：“你简直成了算命先生，你说我哪些地方不叫他爱？”

解净知道，自己先声明已经有了男朋友，就去了叶芳心里一块大病，现在任凭怎样数落她，话说得再难听，她也听得进去了。她就用诚挚的口气，但又十分不客气地数说着叶芳的毛病：“……还记得你以前说过我的话吗？你说我身上只有一种红色，别的色全没有，是个单颜色的人。这话很对，人应该是全颜色的，单色不好。就像穿衣服一样，太单调不好，大红大绿太侉也不好。什么是全颜色呢？难道抽烟、喝酒、下馆子、玩玩闹闹、打架骂街、出风头、发牢骚就是全颜色吗？不对，这正是单调无聊，庸俗浅薄的表示。人的全颜色应该是德、才、学、识、情、貌、体魄、喜怒哀乐、琴棋书画等等。你只要留神就看得出来，刘思佳只有在消极苦闷的时候，才会跟何顺去瞎胡闹。在他苦闷的时候，你如果能使他清醒，给他温暖，他能不爱你吗？当他苦闷的时候，你灌他酒喝，带着酒劲儿你们可能做出种种相亲相爱的举动，酒劲儿一醒过来他就会感到厌烦……”

叶芳心里服气了，难怪解净整治刘思佳，刘思佳反而主动向她靠近，自己处处依着他，他反而瞧不起自己。可是自己能管得了刘思佳吗？

解净仿佛看出了她的心思：“我不是叫你专和他作对，两个人成天闹别扭还叫爱人吗？你生活太单调了，四个字就可以包括：吃、抽、玩、闹。单调就乏味，一个大活人成天就是这一套有什么意思？不能像动物似的只求活着，人应该生活。我们这一代人本来就学得最少，懂得最少，普遍的毛病是肤浅。人生的头一课没有上好，现在新的学期开始了，再不能不及格了，生活中最复杂、最困难，肯定也是最美好的东西还在前面。”

叶芳有的听懂了，有的没有听懂，但她开始思索这些问题了，因为这些问题关系着她的幸福，她今后的全部生活。已经活了二十五年了，可到底应该怎样活还没搞清楚；有些方面成熟得令人惊讶，有些方面又愚蠢得使人可怕。想不到解净这个和自己同时代的姑娘，悄悄地在影响着她周围的人，这一点也许连她自己也不知道。她心里也并不都是晴朗的，她劝说着叶芳，真心希望她变得更好，获得她应该得到的爱情。可是她的心里又有一种不可名状的凄怆的感觉，今天她刚刚意识到自己似乎得到了一点什么，可是立刻又失掉了。但她相信失掉它比得到它更好。

一一

快下班的时候，刘思佳接到党委办公室的通知，祝同康陪着市总油库的两位领导同志要到运输队来看望他和解净，给他们送感谢信、奖状和奖金。刘思佳一开始是感到厌烦、无聊，油库的领导如果把这些精力放在油库的管理上，也不至于出今天的事故。党委书记为了这件事也肯劳动大驾到车队来看他，一会儿把他当成坏典型，要处理；一会儿又把他当成好典型，要表扬。他们当领导的自己要笑自己，没事找事。其实他既不像党委书记认为的那么坏，也不像油库领导看的那么好，他就是他，有好有坏，不好不坏，吃人间烟火，受人间的局限。他想一走了之，躲开他们，给他个不理不睬。可是转而又想，这本来是好事，为什么要给自己找别扭，惹气生呢？解净不是也说气大伤身吗！现在时髦的生活哲学是叫别人生气，自己不生气。对，何不逢场作戏，利用他们找上门来的好机会，轻轻取笑一下这些决不是坏人，但也不是很好的领导同志。他决定把煎饼摊再摆出去，让领导们到自由市场去找他吧，如果他们给他送感谢信，送奖状和奖金，他全部收下，这场戏才微妙哩，有乐子可看。

刘思佳高高兴兴地找到何顺，何顺今天下午有点儿打蔫儿，从打出车回来就耷拉着脑袋，不说话，也不往人堆里凑。刘思佳以为他是私自闷下了早晨的那二十多块钱，不好意思见他。他可不在乎那二十多块钱，而且他根本也没有把何顺看得太好，就装做什么也不知道，用乐呵呵的，但是带有权威性的命令口气说："快点准备，下班后咱们再卖它一个小时。"

"卖什么？"

"卖煎饼呀！"

"还卖？"何顺从口袋里掏出那二十七元四角钱，递给刘思佳，"孙大头不要，你看怎么办吧？"

"归你吧。"

"我不要。要不咱一人一半。往后咱就别卖了。"

"你怎么啦？"刘思佳有点发火了，眼睛眯起来，目光像钉子一样扎在何顺的脸上。

何顺确实怕他，憋了半天才吞吞吐吐地说："今儿个我肚子疼。"

刘思佳二话没说，转身出来了，这时候没有工夫收拾他，明天再跟他讲。还找谁呢？卖煎饼不能一个人，有个帮手总是威风些，他想到了叶芳，便回身敲敲女司机休息间的房门，叶芳开了门，屋里就她一个人。叶芳见到刘思佳非常高兴："思佳，我正要去告诉你，下班后我等你一起走，你和头儿们谈完话到这儿来找我。"

"小叶，你能帮我个忙吗？"

叶芳对他这么客气的腔调不高兴："你叫我干的事，我什么时候驳过面儿？"

这是实情，刘思佳笑了："下班后你帮我卖一会儿煎饼行吗？"

"什么，你还要卖煎饼？"叶芳一惊，坚决地摇摇头，"不，我不跟你卖，也不让你再卖那玩意儿！"

刘思佳感到奇怪了，何顺是这副腔调，叶芳也是这个调子，他们听到了什么话？还是解净私下做了工作？不对，他们不是解净所能随便拉得过去的人。

"这么说你是不肯帮我的忙了？"

"为了你我什么都肯干，可卖煎饼不是为你好，而是毁了你！"叶芳脸上出现了一种过去从没有过的自信和执拗。

刘思佳感到惊奇了。

“思佳，你不用拿这种眼光看我，我从来不跟你顶嘴，往后也不想跟你顶，可是我不会再拿别人的脑袋代替自己的思考了。你的气出得还不够吗？思佳，今天是好日子，对你是好日子，对我也是好日子，我们应该借这个台阶，往后过另外一种生活。”

这不是叶芳说的话，她怎么能有这样的思想，这样的见解？刘思佳呆住了：“你说，今天怎么是我的好日子？”

“到底让大伙儿看清了你真实的面目，连我都替你骄傲，替你高兴！”

“你今天是什么好日子呢？”

叶芳沉了一会儿，声音变细了：“小解亲口告诉我，她已经有男朋友了，她真心希望我们两个……”叶芳望着刘思佳，忽然眼泪簌簌地落下来了。

刘思佳难得发热的心被叶芳的真挚打动了，他的胸中似乎隐含着一种熊熊燃烧的、像火山熔岩般的感情，他抓住自己的头发说：“小叶，你对我这样好，我不能不对你说实话。小解就是没有男朋友，她也不会爱我，我也不会找她，我不配，我这个人很坏，你还不了解我。何顺是表面坏，我是心里坏，谁要是被我完全看透了，我对他就没有兴趣了。像我这样的人，不能爱，也不配得到爱。我担心你跟着我，将来不会得到幸福。”

叶芳又气又恨，突然一头扎到他的怀里，一边哭，一边用拳头捶打着他的肩膀头。

刘思佳像个木头人一样一动不动。

门开了，解净走进来，见到这种场面她停住了，把脸扭向一边说：“刘思佳，我写了一份对油库领导的起诉书，你看一看，如果同意就签个名，算咱们两个救火者联名指控他们。如果你不同意，那只好我一个人干了。”

“起诉书？”刘思佳推开叶芳，从解净手里接过起诉书，飞快地看了一遍，然后抬起头盯着解净，她这一手比自己卖煎饼棋高一招，她跟自己想法一致，但采取的手段却是严肃的，这不仅会使油库领导更难堪，而且使他们动心,法律和舆论逼着他们非改不可。他毫不犹豫地签上了自己的名字,说:“我同意,我原来也想取笑他们一下。”

“这种事情是不应该取笑的。生活不是儿戏,不能老是用儿戏的办法对待生活。”解净从刘思佳手里拿过起诉书又交给了叶芳,让她也看一看,这个小动作是说明解净看得起她,征求她的意见,叶芳虽然什么意见也没说,可心里十分感动。

“那我们就这样办,等一会儿他们来了就把起诉书先给他们看看,这也用不着瞒他们。等完事儿了,该给我们的表扬,该给我们的奖励,我们全都接受,实事求是,不该推辞的就不推辞。你说呢?”

“好,我听你的。”刘思佳说,“我卖煎饼的确是憋着一肚子气,想惹恼领导,让他们主动找我谈话,我就拉他们逛自由市场,好好教教他们怎样做买卖。咱们头头的脑瓜太死了,老实是好的,呆笨就管不好工厂。上个月钢锭三百七十五元一吨,咱厂不卖,这个月下降到三百五十元一吨,不卖不行了。库里存着两千多吨钢材,却去借款发工资,我们是搞运输的,这些事还能瞒我们?不会抓行情,不会把死物变成活钱,不了解市场,不懂得物能生钱,钱还能再生钱,加快周转,把棋下活了……”

解净一点就透,她非常惊奇,这个刘思佳真是厂里的宝贝,他通过运输了解了全厂经营销售上的情况,看出了其中的弊病。她光顾抓本队的管理,还没有来得及通过运输队了解全厂哪!她说:“你有这么多意见为什么早不向书记、厂长讲?”

“我可不像你们党员积极分子,经常向领导汇报思想,又提意见还又落个靠拢组织。我们这种人有我们提意见的方式。”

“那好,等会儿我把祝书记留下,你跟他好好谈一谈。”

“我不是这个意思。”

外面有人喊:“解队长、刘思佳……”

解净说:“我们去吧,他们来了。”

叶芳忽然拉住刘思佳,替他脱下西装的上衣,解下领带,嘱咐说:“换衣服来不及了,就穿衬衣去吧,墨镜不许戴了。”

刘思佳突然笑了,跟着解净走出休息间,嘴里又哼起了那个小调儿：

赤橙黄绿青蓝紫，
生活好比万花筒；
为人应该怎么办？
主意就在我心中。

1981年5月18日二稿

弧　光

一

早晨，结构车间的工作一铺开，无数个蛇头一样的焊钳，咬住一根根焊条，摇头摆尾，喷出一棒棒弧光焊火，把整个车间全罩住了，连阳光都显得暗淡了，被挡在了车间之外，车间内只见弧光在闪烁。

然而忙里偷闲的人还是有的。年轻而又机灵的电焊工洪根柱，手里攥着几张照片，走到他师傅路凯的身边，拍拍师傅的肩膀。路凯不知是谁，撩起了面罩。洪根柱把照片一张张地举到他眼前，原来都是姑娘的照片。

洪根柱得意地说："怎么样，你喜欢哪一个？"

"啪！"路凯一抬手把照片都打掉了，又闷头干起活儿来。

洪根柱气坏了："嘿！你可真是茅房的砖头，又臭又硬，人家好心好意给你东跑西颠地找对象，你倒端起架子来了。"

路凯不理他，把焊钳触向钢板，立刻爆发出一片焊花。洪根柱怕焊火烧坏照片，顾不得埋怨路凯，赶忙低头去捡照片。

一只白细的手先他把照片捡起来了，洪根柱一怔，抬起头见车间党支部副书记赵玉兰站在自己跟前。

赵玉兰是个端庄而漂亮的姑娘。但是，做作的严肃破坏了她的端庄，得意而又故意掩饰的骄态破坏了她的妩媚和青春的美。她严肃地端详着一张张姑娘的照片，神色像一个老师抓住了作弊的学生。

姑娘的照片有美的、丑的、妖的、俏的、媚的、憨厚的……

赵玉兰把眼光从照片上收回来，扫了一眼埋头工作的路凯，回过眼神盯住了洪根柱："上班时间，你为什么用这种东西干扰别人工作？"

洪根柱并不害怕这位车间副支书的威严，坏模坏样地笑着，狡猾的目光望着玉兰，说：

"这是我给师傅介绍的对象。我这当徒弟的都快结婚了，师傅的对象连影子还没有，我能不管吗？"

赵玉兰眉毛一动，闪了路凯一眼。

洪根柱说："社会上还有婚姻介绍所呢，你这个副支书也得关心关心这件事……"

"有你关心就足够了！你这不是一抓一大把吗？"赵玉兰拍拍手里的照片。

洪根柱别有意味："可他一个也看不上！"

赵玉兰动心了。少女的羞怯掩盖了她装出来的严肃，显露出美丽动人的神色，用眼神又瞟了一下路凯，然后把照片还给了洪根柱。

路凯干完了手底下的活儿，提着工具向发生炉走去，默默地离开了他们。

洪根柱向赵玉兰挤挤眼，也只好提着自己的工具跟上去。两个人沿着铁梯一步步向高空攀去。

赵玉兰忘情地望着两个越升越高的背影。

天天迟到的刘民，从车间后边偷偷地溜进来，一见赵玉兰这副神态，他反而挺直了腰板，俨然摆出一副"现代英雄"的神色，屁股底下骑着一辆大红烤漆的坤车，懒洋洋的连屁股也不愿意动，两条长腿一支就停住了，朝一个刚走出更衣室的中年女工招招手。

这女工名叫宋云芝，当年是全厂最漂亮的人物，人称"风流一号"。现在虽然已徐娘半老，但昔日的风韵犹存。只是由于多年和钢铁打交道，经常在男人堆里泡，脸上带有一种粗俗、豪爽的神情，显示出这样的女人是什么都不在乎，什么都能应付。

她高腔大嗓："刘民，你又迟到了？"

刘民冲她摆摆手,朝赵玉兰努努嘴:"瞧,咱们的副支书有点着急了。"

"她着的什么急?"

"嘿,亏你当初还当过全厂的'风流一号',连这个都不懂,男大当婚,女大当嫁。"

宋云芝一撇嘴:"怎么,你还想打她的主意?"

刘民可不是会脸红的人,理直气壮地说:"你先甭撇嘴,我能要她就算不错了。现在可不是前几年了,那阵她是全厂青年人的尖子,学习标兵,头一个入党,头一个提干,给她介绍对象的就像一群群的苍蝇,成天围在她屁股后边转。她的眼睛长到脑门儿上,东选西挑,高不成低不就。现在社会变了,她这个政治大姑娘不值钱了,岁数也过了一点,再不快下手,连我这样的也抢不上了。"

宋云芝笑了:"你可真是癞蛤蟆想吃天鹅肉……"

没等她的话说完,一根香烟塞到她嘴里,止住了她的笑。刘民掏出打火机为她点着了烟:"宋大姐,帮帮忙,成了我请客。"

宋云芝:"你别净想好事啦,她找路凯也不找你。"

刘民:"你不了解内情,路凯不要她。"

刘民向宋云芝使使眼色,自己推着车先走开了。

宋云芝来到赵玉兰跟前,拍拍她的肩:"玉兰。"

赵玉兰一惊:"啊!"

宋云芝斜眼看着赵玉兰笑了:"这么入神,想什么哪?"

赵玉兰板起了副支书的脸。

现在没人吃她这一套了,宋云芝就更不在乎,她盯住赵玉兰的眼睛:"路凯不错,别看他前些年倒了不少霉,没人瞧得起他,他技术上有一套,现在可吃香了。"

赵玉兰被人猜中心事,脸红了。

宋云芝眼里闪着狡黠的光,进一步试探地说:"当初追我的人也很多,有副厂长,有政治部主任,科长、主任就更多了,我最后挑上了迟华,不全因为他长得漂亮,我看中了他是个大学生,在工厂里有技术才是铁饭碗。”

宋云芝的坦率,使赵玉兰大为惊奇。

“前些年,你就没有主心骨挑花眼了。现在社会上有剩女没有剩男,一过三十岁你就更不好找了。眼下和你年龄差不多的小伙子,没结婚的还有几个?只有路凯和刘民。朱砂没有,黄土为贵,别再错过机会。要不要我替你传个话?”

赵玉兰毕竟不同于宋云芝和刘民,她含笑拒绝了:“谢谢你,等我用你的时候一定请你帮忙。”

二

这间屋里什么也不缺了,就是缺少空间。

这是工厂盖的公寓,一个单元内两间住房,住着两户。为了减少邻居间的是非,把六平方米的厨房中间垒了一道墙,一分为二,每家一个小厨房。虽然这堵墙又占去了不少宝贵面积,但住户却十分感激这房屋的设计员体恤民情,积了阴德。

一支小夜曲,像雾一般在房间里轻轻飘荡。八瓦的绿色玻璃管灯斜插在墙,把酒浆般的灯光倾泻下来。

我们的工程师们一点都不笨,如果有钱有房子,还是很会打扮自己的生活的。

迟华被提升为工程师以后,从基层又回到了设计大楼,今天宴请自己的老同学,本来还请了马越,可是马越没有来,只有她的丈夫白如信来了。

酒过三巡,白如信忽然发现漏了一个空座,没有请漂亮的主妇来入席。白如信头脑机敏,才气横溢,他就有这样的本事,不管在任何场合,都能使自己成为中心人物。

他以反客为主的亲热而又随便的口气向厨房里喊:“云芝,不要忙了,你快来坐下喝一杯!”

“别管我,你们快喝!”

宋云芝穿着薄纱似的连衣裙，从厨房里走出来，将手中的菜盘子放到桌子上。白如信满满斟了一杯酒递给她。

白如信举起杯："来，为漂亮而又贤惠的云芝干杯！"

宋云芝："还是为你们这些臭老九又东山再起干吧！"

宋云芝一饮而尽，没有吃菜，继续说："祝贺你们都提升为工程师，去年又都涨了工资。"

看上去文静而又老实的倪平说："痛快，嫂子真是人一份，嘴一份。"

"你们多吃菜，我得去厨房看看，炉子上还坐着汤锅呢。"宋云芝慌慌张张又回到厨房。

白如信好像突然想到，随口而说："冯总身体够戗了，上不了班啦，要办理退休手续。党委正在酝酿提拔一个副总工程师，接替他的工作。你们听说了吗？"

其他三个人都摇摇头："没听说。"

倪平："党委想提谁？"

白如信："不知道。"

迟华稳重，一表人才，难怪当初被"风流一号"宋云芝相中了，他说话不多，但是在这几个人中显然很有影响力。他说："要是从我们厂现有的工程师里往上提，当然要提马越了，她是我们清华的高才生，这几年干得比我们都好。"

白如信一惊，但他掩饰了这种惊诧，只是感情复杂地摇摇头："哼，提升她还不如提升迟华哩！"

迟华摆摆手："不行，这种事轮不上我！"

倪平："我也遇到一件事，你们帮我出个主意。昨天支部书记找我谈话，叫我写入党申请书。"

白如信克制着自己的嫉妒说："这不是好事嘛！"

倪平："以前这也许是好事，那阵我想入党，党不要我，现在我不想入了，党又找我。我如果拒绝，又怕得罪党支部，你们说该怎么办？"

一直没有吭声的李民浩，长着一个状如饿虎般的大脑袋，这是个性情孤僻而执拗的人。他闷声闷气地说:“我已经加入了民盟。”

“什么?”众人一惊。

李民浩却是郑重其事:“这是他们找的我。”

白如信挖苦说:“你是不是也开始信天主教了?”

倪平:“来,为民主党派的新党员干杯!”

白如信没有举杯,离开座位来到了厨房。他心里暗笑,自己这些老同学虽然历尽坎坷,却并没有吸取教训,知识分子的尾巴还没有砍掉。越是当知识分子对党表现出清高和傲慢的时候,他如果一反常态,对党表示亲近和靠拢,就会显得与众不同,肯定能引起党委的重视。

宋云芝系着围裙在厨房里烹炒煎炸。她脱去工作服,换上时装,仍然显得年轻而富有魅力。白如信倚着门框,贪婪地盯着宋云芝苗条的身姿。

宋云芝:“你怎么不去喝酒?”

她没有听到回答,奇怪地转过头,碰上了白如信炽热的目光,心里一颤。

白如信自知失态,掩饰说:“我真羡慕迟华,娶了你这样一个好妻子。”

“我不过是个电焊工,哪比得上你的马越。”

“咳,你哪知道真情……”

宋云芝惊奇地抬起头,见白如信满脸痛苦,心中似有难言之隐。

从里屋传出迟华的声音:“如信,快来,你不能逃席呀!”

白如信又回到里屋。

倪平:“为老迟和民浩从基层又返回设计大楼干杯!”

白如信:“也为我明天就下到基层去干杯!”

几个人全都一怔:“你说什么?”

“是我自己要求去的,到云芝她们的结构车间当技术主任。”

倪平:“现在正是落实政策,专业归口,技术人员纷纷从下面调到上面来,你这是打的什么算盘?”

白如信："一个人有一个人的想法，一个人有一个人的道路，就像你在这时候不加入共产党、民浩要加入民主党派一样，我却偏要在这时候申请加入中国共产党，到基层好好干一干。我相信工程师的天地在基层而不是在上面。"

宋云芝用惊奇莫名的目光望着白如信。

三

白如信的房子和迟华的房子是一样的。

一张小型的双人床，小女儿躺在里边已经睡着了。马越倚靠在床帮上看书，她神色倦怠。听到开门声，她放下书下地，白如信已经走了进来。

他们互相不说话，谁也不看谁，天天如此。白如信很晚才回来，马越每天都等他，为他留饭。这是那种貌合神离的家庭，在外人看来夫妻关系正常，家庭和睦。只有他们两个人知道，相互间早已没有夫妻的感情，甚至还不如一般的同志。但是出于一种奇怪的自尊心，谁也不愿意把两个人之间的矛盾暴露给外人知道。一切吵嘴打架都在夜深人静之后进行，不让邻居听到，也不让自己的孩子知道。

马越到厨房把饭菜重新蒸热，等她端着饭菜回到里屋，白如信已经支起行军床躺下了。她不生气，也决不显得高兴，把饭菜又送回厨房。

夫妻间似乎早有默契，形同路人。

马越关掉电灯，在女儿身边躺下了。

白如信吸着烟，烟头的微光照出他一双炯炯闪光的眼睛。

十四平方米的小房间里充满了烟雾，马越咳嗽起来。

白如信突然起身，扔掉手里的烟蒂，向双人床走过去。他身上的酒气和烟气齐扑到马越的身上。马越厌恶的事又来了，每逢他在外边喝多了酒，回到家就要在她身上撒气。他不尊重妻子的人格，妻子的感情，但他名正言顺是她的丈夫，可以随意使用她的身子。

黑暗中传来马越不顶用的反抗声。

白如信半醉、半疯，燃烧的情欲中还夹杂着某种报复的快感。他根本不理睬妻子的反抗。

反抗失败以后，黑暗中响起了马越压抑的、轻微的抽泣声。

四

灿烂的阳光照耀着一排整齐的平房，这是工厂的医院。

一溜内科、外科、牙科……的白漆木牌在阳光下闪着耀眼的光点。廊下的长椅上坐着一排排候诊的人。

医院的对面，矗立着一个钢铁的庞然大物，这就是冲天炉，一簇簇电焊的金花从上面飘落下来。这正好给候诊的人解闷，人们坐在椅子上，看着这像座山一样的钢铁怪物，看着工人们在上面做着各种活动，有时医生叫号都听不到。

马越坐在候诊队伍的最末端，她前面正好是身穿工装的宋云芝。

“马越，是你？”

马越显得更纤弱了，她含笑点点头。

“听老白说，你病了很长时间，好了吗？”

“好多了。莫名其妙地发低烧，躺了两个多月。”马越用手一指对面：“发生炉开始焊接了？”

“你们老白是新官上任三把火，他抓得可紧了，这回要在全厂露一手！”

“老白？”

“他到我们车间当了分管技术的副主任，你还不知道？”

听到白如信到了结构车间，而且又要露一手，马越连看病的心思都没有了，起身直奔冲天炉。

巍然耸立的冲天炉，拔地而起九十米，像个巨型高脚杯，直插云霄。

在杯沿上跨坐着两个电焊工，手不停挥，弧光闪烁，像从云空里把万朵金花撒向大地。这两个人飞腾似的雄姿,冲杀般的气概,活像两只雄鹰从九天云霞中飞落下来,栖息在冲天炉架上。

身为焊接工程师的马越,仰脸看着这两个电焊工操作,感到一阵头晕,赶紧收回目光,低下头。她大病刚好,身体还很虚弱。可她抑制不住要到冲天炉上去看看的欲望。她是这个冲天炉的主办设计员。这第一套设备的制造是带有试验性的,造出来以后本厂使用,但是部里要验收,如果验收质量合格,就要成批投入生产。今年要再做两套,卖给罗马尼亚。马越在家里休息了两个多月,一直不放心冲天炉的焊接质量。今天一听说由白如信负责,她就更不放心了。两个多月前,冯总临住院的时候还嘱咐她,叫她把设计科的工作暂时放一放,在身体条件允许的情况下,多到车间跑一跑,冲天炉的制造已经到了关键时刻,必须把握住质量。她也的确不放心,尤其是对这个结构车间,因为她十分清楚这个车间负责技术的副主任,并不是真正对工艺负责的。她把手里的一卷图纸卷紧,提了一柄焊工用的尖嘴锤,登上了冲天炉。

七月天午后的骄阳,像一个倒悬的洪炉,向地上喷着火。空气被烤得又热又燥,仿佛划根火柴就能点着。冲天炉的铁梯也被烤得烫脚。马越用尖嘴锤先检查冲天炉底部的焊接质量,她用行家的眼光扫视着重要部位的每一条焊缝,抡着尖嘴锤这儿砸砸,那儿敲敲。看着看着,她那本来已经够苍白的脸变得更白了,两道细弯弯的眉毛耸起来,像要起飞的一对鸟翅,嘴角有点抖动。果然不出所料,这哪像电焊工干的活儿!漏焊缺焊这样多,有的地方焊水结成了葡萄瘤子挂在焊缝上,这算是什么焊工?如果她有那么大的气力,真想冲着上面那两个电焊工大喊一声:“你们当过学徒吗?赶快停下来!”

由于两个多月来莫名其妙地发低烧,使她的身体越来越弱,脾气越来越躁,常常无缘无故地怄气,甚至是对自己怄气。如果冲天炉底部的焊接质量不错,她就不想到炉顶去检查了。现在毕竟不像十几年前刚当技术员的那一阵子了。可是一见焊接质量这么马虎,她很生气。一个刚提拔不久的工程师,特别是一个主办设计员的责任心,促使她顺着九十米高的铁梯,向炉顶爬去。她中途歇了好几回,几乎是上气不接下气地登上了相当于二十层楼房高的冲天炉顶端,使劲用尖嘴锤敲响了钢板,冲着正在干活儿的两个电焊工喊道:

"停下来!你们干的是什么活儿?"

在更高一层铁架上干活儿的那个电焊工,不知是没有听见还是故意不理她,手不停,头不抬,焊枪仍然在喷火。这使马越更生气了,连声大喊:"喂!你们的耳朵和手一样差劲吗?快停下来!"

离马越较近的那个电焊工,摔掉了手里的焊钳,嗖地撩开面罩,露出一张怒气冲冲汗渍斑斑的脸。一看眼前站着个非常漂亮,又很有气派的姑娘(也许是个媳妇),他的怒气全从后脑勺跑了,一龇牙笑了,带着又嘎又坏的样子。马越看到的正是这样一张淘气的、孩子气的脸:一双亮闪闪的大眼睛,两片好看的薄嘴唇,朝天翘的鼓鼻子。他向马越眨眨眼睛,显得机灵活泼。马越忍不住口气也软了,问:"你是学徒工吧?难道没有看技术条例,没有满师的学徒工不准焊冲天炉的关键部位!你知道不知道?"

那个青年焊工一听来头不对,不慌不忙地说:"唉,同志,大热的天,别咋咋呼呼地着急生气,小心长痱子。"

马越一听火气又来了,带着严峻的口气说:"少说废话,我是设计科的,要对这套冲天炉设备的质量负责。你们的焊缝要全部吹开重焊,你知道这要费多大的事?"

"噢,是技术员呀,怪咱眼睛不好,没看出来。请问,你检验过我干的活儿了吗,就叫我返工?"电焊工朝马越眨眨眼,还调皮地向她做了个邀请的姿势。他骑在冲天炉中间的一个吊环上,由马越立脚的地方到吊环上去还要凌空走过一个三米多长的铁架。电焊工显然是以为马越不敢跨过这道铁架。这毕竟是九十米的高空,况且还是个女同志。

马越看出了电焊工的心思,她嘴角闪过一丝淡淡的微笑。她是一个工程师,这个冲天炉上的大部分结构部件都是她亲手设计的,她还能害怕爬这种炉子吗!她一甩胳膊,噔噔噔蹿上了高空中一根独板桥，气呼呼地来到电焊工的身边，抡起尖嘴锤敲打焊缝，心里咯噔一愣：咦，这儿的焊缝完全合格！

马越惊奇地睁大了两只光闪闪的眼睛，仔细检查着周围的焊缝，条条焊缝上的波纹像鱼鳞一样规则地排列着，在阳光下闪着蓝锃锃的光彩。如果说冲天炉底盘的焊接像个没出师的学徒干的，那么这炉顶上的焊接水平至少在三级工以上。这是怎么回事呢？难道眼前这个小家伙是个师傅，在更上面那个干活儿的倒是个徒弟？马越轻轻摇摇头，按一般的规矩，上面的活儿更难干，应该是师傅自己干，让徒弟在下面干。她注视着眼前这个调皮的小青年，心里的疑团更大了。

青年焊工带着明显的挑战口吻说："工程师同志，怎么样？你看合格吗？"

"合格是应该的，这有什么可神气的！"工程师的嘴也是不饶人的，她跟着又追问一句："为什么底盘焊得那样糟？"

"噢，我说你刚才干吗那么大的火气呢！"青年焊工嘲讽地说，"那你得去问葡萄刘儿，他是专会在焊缝上栽葡萄的。我可没那能耐！"小青年嘴上挂枣枝，说话带酸刺儿。

"不管是谁，焊成那样就休想过我这一关！"马越用逼人的目光盯住小伙子。忽然又抬头扫了一眼上面那个电焊工，看看他听到这话没有。

"对，是不能饶那小子，叫他返工，扣他的奖金！看你这个设计科大工程师有本事，能治！这个鬼难拿！"他一边说着一边做着怪样，一会发狠似的咬咬嘴唇，一会儿又调皮地吐吐舌头。马越看着他的嘎样，忍不住扑哧一声笑了。问他："你叫什么名字？"

"最好你先问问我师傅叫什么名字。"

马越不知道小伙子又捣什么鬼，可能他的师傅一定是结构车间有名的老焊工，那就是杨老春了。对，有点像，小伙子这手活儿像是名家传的，就笑着说："好，那我就先问问你师傅叫什么名字？"

"路凯。怎么样，听说过吧？"小伙子骄傲地有意把"路凯"两个字说得特别响亮。

马越听到这个名字心里一动,不禁脱口而出:“怪不得这样!”脸似乎不容易被人察觉地红了一下。但她有意要呲这个小伙子,故意说:“我没听说过这个名字,也没见过这个人。”

小伙子不知是真的被伤了自尊心,还是存心装的,他把头一扭,不再搭理马越,放下面罩就要干活儿。马越觉得这个小家伙怪有意思的,忍住笑一把掀开他的面罩,又故意逗他说:“你师傅有什么了不起,非要人人都知道他?”

小伙子斜着眼,油腔怪调:“那当然了,他有什么了不起,又不是工程师!现在工程师可成老大啦!”

“现在可以问你叫什么了吧?”

“我是路凯的徒弟,更是马尾串豆腐——提不起来啦。”

“不管提得起提不起,总得有个名有个姓呀。”

“洪根柱,二级电焊工。”

“噢,洪根柱。”马越笑着向上边一努嘴,“甭问,那上边是你的师傅了,他耳朵有点聋吧?”

“对,他是没有你们工程师的耳朵机灵。可是真要比技术,有些技术员还不见得是他的对手,不管是实践还是理论。不信就去问我们车间的白大工程师,噢,是白副主任。他就在我师傅跟前露过丑。可就是一样,今年二十九岁了,高不成低不就,连个对象还没找着。”小伙子说完用一种挑逗的目光盯住马越。

当小伙子说到“白大工程师”的时候,马越脸上掠过一丝不大自然的表情。她为了掩饰自己,抬头打量着路凯。他的脑袋被面罩盖住,只见他穿件蓝背心,身上露出了一块块鼓得老高的肌肉,在阳光下像紫缎子一般油光发亮。阳光烤,弧光炽,汗珠子像金珠银豆般地结成串在他身上滚动着,从这个人的皮肤上显露出一种健康的美。再看他的架势,看他干活儿的利索劲儿,活像一头猛烈的狮子在山冈上闪扑腾跃,灵活而准确,焕发着一股青春的朝气。

洪根柱见这个有风度的漂亮工程师用异样的眼光打量着师傅,心里很得意,觉得自己刚才对师傅的吹捧,在这个姑娘的身上发生了效力。他特别满意自己的口才,根据对象的不同,着重宣传路凯的某一个优点。对工程师吹路凯的技术,对爱钱的姑娘吹路凯家里的条件好,这一着果然奏效。洪根柱的第一个小计谋成功了,引起了这个姑娘对师傅的注意,他现在更加断定这个女工程师(也许不是工程师,仅仅是个小技术员)是个姑娘。第一,她脸是那样白,那样细,而且那红晕只有在姑娘脸上才会有的。第二,她没有烫头,现在的妇女一结婚先烫头。虽然是短发,发梢不知用什么办法往里一窝,显得大方而秀气,有一种朴素而娴静的美。又是个搞技术的,正对师傅的口味,太棒了!

马越感觉到了洪根柱的眼光,回过身来问:“小洪,你师傅多大岁数?”

“怎么,你这个工程师还要检验人的岁数?”洪根柱心里更加得意,他敢断定,事情已经大大有门。为了给路凯找对象,他真是满天撒网。有时在大街上随便碰上一个姑娘,只要他看着不错,就想上去搭讪,替路凯说合。根柱是个讲义气的人,路凯待他不错,现在当徒弟的要结婚了,当师傅的连对象还没个影子,他能不着急吗！洪根柱狡猾地挤挤眼,说:“你别看他技术好,年纪并不大,顶多比你大一两岁,才三十岁。”

马越忍不住畅声笑了。

洪根柱一怔,他猜测对方听了他的话应该脸微微发红,为什么反倒笑起来了？就问:“你笑什么?”

“你这套解说词应该到婚姻介绍所去讲。你知道我多大岁数?”

“你多大？还能超过三十?”

马越笑得更厉害了:“我已经三十八岁了,最小的孩子都五岁了。”

“你？他……”洪根柱想骂街,但是又咽回去了。他觉得自己受了愚弄,平时他是耍人的主儿,今天被人耍了。根柱又羞又恼,他装做要干活儿的样子,赶紧用面罩盖住脸。心里骂:他妈的,这南方女人个子长得这么小,细皮嫩肉,你简直猜不出她是娘儿们,还是闺女。洪根柱在研究和对付姑娘这方面,自信是他师傅的师傅,想不到今天却出了这样的洋相。他得报复，要好好捉弄一下这个女人。

洪根柱把吊环上的一点尾活儿干完了，收拾好工具，拉着焊钳子离开了吊环，回到扶梯口。他在九十米高空的独板桥上一边轻松地走着，一边悠闲地向下看，嘴里叫道："嗬，真高啊，真美！工程师，你往底下看看，美不美？"

马越想再检查一下别处的焊接质量也下炉去，受了小洪的感染往下一望，心里一紧，猛地一阵晕眩，赶紧抱住了吊环的架子。她本来体质虚弱，刚才爬到这么高的冲天炉上已经很累了，再由于向下一瞧，眼晕造成的刺激，她的心跳加快了，脸色立刻变得煞白。她感到整个冲天炉都在晃。越紧张就越禁不住想往下看，越往下看，头就越眩晕得厉害。双手紧紧抱住了一根杆子，身子坐下来。

洪根柱开心地笑了，大声说："工程师同志，您的胆子可一点也不合格呀！"

马越对自己很生气，咬住了下唇，站起来想试着走过去。但心跳得发慌，两腿发软，说什么也迈不开步。她急得汗都出来了，越急心跳越快，头晕得就越厉害。洪根柱在旁边捂着肚子笑得嘴大眼小，还不断幸灾乐祸地甩着凉腔。

突然，仿佛从天上传来一声呵斥："根柱，你还有完没有？"

根柱脸上的肌肉像有个电器开关，咯噔一声断了电流，笑声止住了。

"这么高，怎么能开这样危险的玩笑？"随着声音，路凯灵活地从上一排架子上噔噔噔跑到马越站的板子上，胳肢窝里还挟着一根长木板，嘴里咬着一团麻绳。那架势仿佛他不是在九十米的空中，而是在地面上一样轻松自如。他把板子的一头送到马越的脚底下，另一头递给了洪根柱，而且瞄了一眼徒弟。洪根柱立刻用麻绳将木板捆好，马越脚底下立刻由独板变成了双板。路凯又解下自己的安全带，正要帮助马越系好，抬头一看怔住了："您，马老师！"

马越认真地打量路凯，这是个魁梧的小伙子，乍一看给人一种笨手笨脚的感觉，如果不是她刚才亲眼看见，怎么也想象不出这样一个粗壮的人,在高空的架子上作业竟是这样灵巧。和他这身骨架极不相称的是他那种文质彬彬的气质,一双眼睛像幻想家一样总是带着一种固执的探求和羞答答的神色。

马越高兴地说:“你现在当师傅了,而且这个小洪的技术学得也蛮不错呀!”

路凯只是笑笑,没有说话,赶紧帮助马越系好安全带,又把马越手中的图纸和尖嘴锤接了过来。他心里很想搀扶马越走过木板,可他又不敢碰她,说不清是什么原因,他一见了马越就浑身紧张,手不知往哪儿搁,脚不知往哪儿放,不敢接近她,说话也常咬错了字或吐错了音。可是现在他不去扶着马越,即使脚底下增加了一块板,系上了安全带,马越要走过去也很困难。因为不是由于她胆小,而是身体太虚。路凯站在马越的前面,叫洪根柱到马越的后面保着点驾。洪根柱从来没有看见师傅对女同志这样殷勤过,他抽抽鼻子,很不愿意干这件事,但又没有办法。

路凯对马越说:“马老师,咱们下去吧。”

“好吧,”马越两腿无力,只好抓住了路凯的胳膊,“你不要叫我老师,叫马越,叫小马,不,对你来说是老马,都行。也可以按咱们的工厂的习惯叫我马工。”说着她扭头瞄了一眼洪根柱。

“嗬,她还真是个工程师呀,真看不出来!”洪根柱在后边惊奇得吐吐舌头,心想,只有“文化大革命”以前毕业的大学生才能晋升工程师,可不是嘛,她得有三十七八岁了!快四十岁的大娘儿们啦,还扶她干什么?

马越紧紧地抓住路凯的胳膊,艰难地一步步走过木板。马越不时地提出一些问题问路凯。路凯被马越抓住了胳膊,很不自然,回答问题也很简单,有时还答非所问。他心里鼓荡着一种热浪,说不清是什么滋味,身上的汗却越出越多,涔涔而下。

马越来到扶梯口,站定,深深地舒了口气,回头对两个年轻人说:“谢谢你们!”

路凯红着脸笑笑,算做回答。马越觉得这是个思想比语言更丰富、更敏捷的小伙子。这一对师徒倒很有意思。现在的很多学徒工，还没有出师，就开始对师傅不大尊敬。这个洪根柱看上去也像个嘎小子，年纪和他的小师傅差不了几岁，而且已经是二级工了，他们两个却很要好，甚至徒弟对师傅还很崇敬。马越觉得有些奇怪，他们的关系真有点像谜，是师徒，还是朋友？可是看他们的性格似乎又很不一样。

在路凯的帮助下，马越仔细检查了炉顶的焊接质量，她很满意。要准备下去了，她抬眼向四外打量了一下，真好！她被工厂的景色吸引住了。站在这九十米高的炉顶，鸟瞰四十里方圆的机器城，那厂房，烟囱，吊塔，炉墙……高低起伏，像一座大小不等的山峰；那白色的蒸气管道，黄色的煤气管道，蓝色的空气管道，蜿蜒伸去，纵横交错，似条条明净的溪流；那厂区大道两旁的白杨、青松，点缀其间，郁郁葱葱。

头上是无穷深远的蔚蓝天空，远处是烟波浩瀚的渤海湾。

马越精神一阵爽快，心里好受多了，胸襟觉得无比开阔。

洪根柱拿着两个人的焊工用具，噔噔噔已经快下到炉底了。炉顶上只留下了马越和路凯。

五

"她怎么会是他的老师？她什么时候教过他？她以前是技术员，不可能在中学教过书，他对中学也没有好印象，怎么冒出来一个老师？看那样子不像，她不是不让他叫老师吗！奇怪，怎么从来没听他谈起过这个马工。"洪根柱站在炉底，定睛地望着炉顶那两个显得很小的身影，脑子里飞旋着一个个问号。现在的小青年，头脑复杂，尤其对男女之间的事情，敏感而多疑。洪根柱发现从路凯一见了马越，神色就不对，话也少了，调也变了，结结巴巴，浑身不自在，见了老师还会这样？

洪根柱是路凯教出来的徒弟，又是路凯的好朋友。路凯的父母都死了，身边没有别的亲人，有些什么事情喜欢跟洪根柱讲一讲。洪根柱在日常生活上比路凯机灵十倍，他们是两种完全不同的人，洪根柱甚至完全不理解路凯。但是他重义气，干活儿上把路凯当师傅，一出厂门口俨然以路凯的老大哥自居。他下了决心，一定要给路凯找个对象。已经快三十岁了，如果他再不帮忙，路凯很可能这一辈子要打光棍。他在这方面是个怪物，怪得连洪根柱也摸不着大门。赵玉兰从小是路凯的同学，现在有点意思想追求他，也是二十九岁。人长得挺精神，是个党员，还是车间的党支部副书记，条件多好。可路凯连正眼也不看人家。好，你看不上赵玉兰，洪根柱有办法，再给你介绍别的姑娘。仗着路凯条件好，单身一个人，家里有三间大房子。过去父亲是教授，母亲是中学教师，"文化大革命"中挨了整，现在都平反昭雪了，留给他不少钱。姑娘们一听这个条件，轰都轰不走。多水灵的姑娘都有，有的甚至比洪根柱自己的对象还漂亮，连他都眼馋了。可是路凯不动心，一个都没有看上。洪根柱几次想甩手不管了。可是每当看到一对一对年轻人嬉笑追逐的时候，一想起路凯，心里又不忍啦："唉，谁叫咱们是哥们儿，我不帮你成家子人家，我就不叫洪根柱！"

他看见马越紧紧抓住路凯的胳膊，一级一级从冲天炉上走下来了。洪根柱大惑不解，摇晃着脑袋："真是怪事，他好像对这个大娘们倒蛮有感情！"

"什么，你说什么？"身后一个声音发问。

洪根柱吓了一跳，急转身，见是车间副主任白如信，他赶紧遮掩："没说什么。白主任，我们刚从炉顶干完活儿下来。告诉你，炉顶的活儿我和路凯可提前半天就完工了。"

白如信没有听见说什么，反问："那个女的是谁？谁允许她上炉顶的？"

"那是马工程师。"

"谁？"白如信不知是出于惊奇，还是出于愤怒，腔调都变音了。

洪根柱一惊，扭头看看他，白如信的脸上变颜变色，眼镜片后面的一双大眼睛闪出一种可怕的光。他赶紧解释："她是设计科的马越，她说是来检查冲天炉的焊接质量。"

白如信没有理他，强抑制住自己的愤怒，掏出一支烟吸着，目不转睛地盯住马越和路凯。

马越一下到炉底冲路凯笑笑，很客气地说："谢谢你，小路。"

白如信冲过去，没有大声吼叫，却像咬着后牙根一样一字一字地对马越说："谁叫你上去的，你不要命啦？"

"不要紧，这不是有两个保驾嘛！"马越笑着看看路凯，又望望洪根柱。

白如信的怒气像醉汉喷出的酒气一样扫到马越的脸上，但是他没有再说话，却对两个电焊工冷冷地吩咐说："你们两个先回工段，准备明天焊冲天炉的附属设备。"

路凯拿起工具，招呼洪根柱回工段。他不明白凭白如信这样的人，怎么会找了个马越这么好的爱人。可看他那神气倒还要压着爱人一头，竟然当着外人用这种口气对马越说话。这个世界上真是有许多事情搭配不合理，叫人别扭。路凯心里很不是滋味。

洪根柱并不知道马越和白如信的关系，却也看出眉目来了，他的联想能力很强：虽说白如信刚调来不久，工人们最爱打听干部的家庭情况，洪根柱早有耳闻，听说他的爱人也是本厂设计科的工程师……那么，大概就是这位马工了。想不到今天在冲天炉上认识了。

"小路，你们等一等。"马越从后边喊住了他俩，转头对白如信说："炉盘底是谁焊的？"

"刘民。"

"他是几级工？"

"和路凯一样，三级工。"

"不行，这个人的技术像个没出师的徒工，炉底盘要全部重焊，就让小路和小洪两个人焊吧。他们把炉顶焊得很漂亮。"

白如信一摇脑袋："用不着，个别地方叫刘民补焊一下就行，他的技术水平和路凯他们差不多，现在的小青年都是半斤八两。"

副主任把路凯和洪根柱同刘民看成了半斤八两，这使两个电焊工非常气愤。洪根柱从来不吃这种亏，想说几句怄气的话，路凯使眼色把他止住了。这两个把对方的脾气都吃得很透，尤其在干活儿的时候，路凯下令常常不说话，扬扬眉毛，打个眼神，洪根柱就知道怎么办了。

“不行，这套冲天炉设备是我们的头一台产品，质量上决不能将就，底盘必须重焊。而且凡是冲天炉的活儿，不能让刘民干。”马越声调细弱，说一口好听的江南味儿的普通话，对技术问题却非常固执。

白如信眼角和太阳穴的肉皮在轻轻抖动，嘴唇发白，这标志着他的火气已经压不住了，就要爆发了：“车间的事你别管，你赶紧去看病，然后早点回家。”

“底盘怎么办？”

“你别管，我有安排。”

“不能让刘民焊。”

“咳，你就走吧！”白如信一转身看见路凯拉好了钳子线，对好电流，他的火气一下子压不住了：“你要干什么？”

路凯接通了地线，头也不抬地说：“焊底盘。”

“谁让你焊的？”

“马工。”

“她是设计科的，管不着这一段。我叫你去准备干别的活儿。”

“这活儿谁干？”

“这就不用你操心了！”白如信不耐烦地挥挥手，又想走。

路凯原来还是个横牛犟马的脾气，他盯住白如信，一点不让：“杨师傅退休了，这个组除去我能干这个活儿，没有别的人了。当初你把这个活儿一交给刘民就错了。”

白如信哈哈一笑：“路凯，你一个小小三级工口气也太狂了吧！车间分配你的活儿你不干，不让你干的你偏干，这算什么？”

“随你的便，实在不行可以算我请两天事假。”

“好，这可是你自己说的！哈哈……”白如信冷笑着一扭头走了。

“老白！”马越喊他，他连头也没回。

洪根柱可急了：“路凯，你这不是吃饱撑的！管它合格不合格，有我们的吗？怎么你还愿意替别人挨打？这是大伯子背兄弟媳妇过河——受累不讨好，闹不好连这个月的奖金都得被扣了。”

“我可没说叫你干，是我自己干。”路凯一句话能噎死人，人家洪根柱好心好意，被他一句话堵得没词儿了，脸红脖子粗地站在一旁生闷气：“你这人，把好心当成驴肝肺……”

洪根柱嘴巧舌灵，比路凯有能耐，可这一回偏偏叫路凯降住了。

马越安慰这师徒俩：“不会扣奖金，也不会算你们事假，这明明是好事嘛。我一会儿去跟你们的白副主任说。”

“马工，您别管，您好好回去休息。”路凯不好意思地对马越说。也可能刚才当着老师吹了大话，很不好意思，他连眼皮也不敢抬，结结巴巴地说：“我知道冲天炉是您设计的，我决不会让它在焊接质量上出问题。”

洪根柱不理解他这番举动，就是路凯自己也说不清这到底是为了什么。如果不是马越点名叫他焊底盘，如果这台冲天炉不是马越设计的，他是不会自告奋勇，更不会冒着顶撞车间副主任，被扣掉工资的危险去干的。马越的话，马越的希望，对于他就等于是一种奇怪的无法抗拒的命令。他乐于听到这种命令，为了完成这样的命令，就是付出什么样的代价他都心甘情愿。而且，今天是他有生以来第一次体验到这种新奇的感情，他感到不安，也感到一种莫名其妙的激动。他想仔细体验这种滋味，但又不敢看马越，在马越跟前他感到局促不安。他拉下面罩，打着电火花，发狂般地投入了工作。

洪根柱虽然一肚子别扭，怎么办呢？不能把路凯一个人扔在这儿，还能真的让他一个人干？说归说，骂归骂，谁叫洪根柱讲义气，还得帮助路凯这个怪物一块干。他准备好工具也想动手。

马越在一旁看着笑了，这一对小伙子确实有意思。她用开玩笑的口吻，小声问洪根柱：“你怎么路凯路凯的直呼你师傅的名字？”

洪根柱抽抽鼻子：“什么师傅不师傅，他是三级工，我是二级工，当着姑娘面叫他声师傅，好抬高他的身价，容易找对象。就我们两个人的时候就叫名字。”

“噢，他二十九了还没搞对象？”

“你有合适的给想着点，特别是像你这样的……”根柱突然感到失口，“不，我的意思是说像你这样搞技术工作的姑娘，长得漂亮点的，你千万给介绍一下，或者先告诉我也行。”

马越格格地笑了，连说：“没有，没有。”

洪根柱生气地拉上面罩，手里立刻迸出千万朵金花。他虽然装着一肚皮火气，可是一干起活儿来，完全是他师傅的样子，一心一意，除去焊缝把什么都忘了。

这两个人干活儿，紧张剧烈而又有节奏，动作和谐。他们的劳动好像是一种享受，不觉得累，只觉得愉快。马越看着这师徒俩已经开始干活儿就放心了，高兴地向结构车间办公室走去。

太阳继续射出亿万条银针，每根银针都蘸上辣椒水似的，向人们身上刺着。两个电焊工那栗壳色的皮肤好像是一层铁甲。他们一会儿蹲着，一会儿弓起腰，把整个后背都给了太阳，似乎是向太阳挑战：晒吧，晒吧，哪个电焊工不是在弧光焊火中炼出来的！

干了一阵，洪根柱要小便，他不愿意跑老远去厕所，就来到了冲天炉的后面。嘿！他的火气一下子又蹿到脑门儿上来了。在高大的冲天炉背阴处，铺着一块席头，刘民躺在席头上睡得正香。他头下垫了一块砖，砖上还铺着毛巾，他可真会享福。看来这个懒蛋脑子倒灵活，他找的这个地方又凉快又背静，谁也不会发现。洪根柱抬脚就要踢，他想把刘民踢醒，告诉他：底盘焊得不合格，而且工作时间睡觉算旷工，这个月奖金和今天的工资全部扣掉，还得写检查。洪根柱这一肚子怨气就要朝这小子身上撒，可是，他使劲抬起脚来，却没有落到刘民的屁股上，反而轻轻地又抽了回来，悄悄地走了。

刘民还在呼呼地睡着，还不时地吧嗒吧嗒嘴，他似乎在梦中又在吹牛。重型机床厂有一万二千名职工，倒有两万人认识他，因为连住在厂子附近的家属小孩儿都认识他。他算是机床厂的一个人物，全仗那张嘴，特别能说，什么俏皮话、顺口溜、五荤八素，别人说不出的话，他张嘴就吐出来，他一向说起话来，两个嘴角挂满白沫，唾沫星子更是一喷老远。就像氧气瓶的气嘴子放气一样，嘟嘟直响。他的外号多了，气嘴子、葡萄刘……简直数不过来。

突然，从冲天炉二楼的窗户里倾泻下一股浑黄的尿水，正浇到刘民的脸上，灌了他一嘴，鼻子、耳朵里也全灌进去了。刘民猛然醒了，他以为下雨了，赶紧坐起来。一看，天响晴响晴的，又在脸上一抹，觉得有一股臊气烘烘的味道，呛得喘不上气来，也不敢张嘴。啊！他突然明白了，是有人从冲天炉上往下撒尿！

"唉，谁呀，你他妈的……呸，吐！"刘民骂着街就跳了起来，湿淋淋地窜到了炉前。一见路凯正在焊底盘，洪根柱扔下钳子，迎了上来。

"好啊，刘民，工作时间你去游泳，这算旷工你知道不知道？"洪根柱还很少这么一本正经地说话，他看着刘民从头到脚叫尿水浇得湿淋淋的样子，一点不笑，又神秘地说："你今天可把祸闯大了，你知道这冲天炉是什么产品，瞧你焊的这个奶奶样儿。刚才设计科的马工程师、咱们车间的白主任都来了，叫我们重焊，到处找你。你快去吧。这回够你喝一壶的了！"

刘民真被他唬住了，嘴还很硬，不在乎地说："你们重焊，倒省了我的事了。其实我焊的活儿全都合格，就是个别地方还没来得及修理。"

"对，全都合格，就是烂葡萄太多，我们得一个个地给你摘葡萄。"洪根柱挖苦着，他忽然抽抽鼻子，"哎，你身上怎么有股臊气味儿？"

刘民不敢说在炉后睡觉被人撒了一身尿，那就既丢了人又会叫人抓住把柄，就遮遮掩掩地说，"去你妈的，你身上才有臊气味儿哪。"扭头走了，他赶紧得找个地方洗洗脸，漱漱口，然后再去见白如信。

洪根柱看着他的背影，抽抽鼻子，挤挤眼，非常开心地笑了。然后拍拍路凯的后背说："歇一会儿，我给你讲段新闻……"

六

离下班还有十分钟，结构车间的有些工人已经洗完了澡，换好了衣服，都来到车间大门口。骑自行车的人，从存车棚里推出自行车，单等下班的铃声一响，就冲出工厂大门。有些不骑自行车的人提着自己的网兜,已经出了车间门口,在外面等着。谁都想走,但谁也不敢走。这架势真有点像起跑线上的运动员,只等枪声一响,就箭一般地冲出去。现在大家盼望的枪声,就是下班的铃声。

有些工人下班前的这种心情是非常有意思的,他们的家里并不见得都有什么急事,立等他们回去办理。早回去十分八分钟也不一定就能干什么事情,有的回到家里,甚至什么事情也没有,泡上一壶茶,点上一支烟,串门聊天,等着开饭。家里有事早走一会儿,并不算过分。可怕的是没有事情也想早退,中午一过,就归心似箭,下班铃还没响心就慌了。这是使很多干部想不透,又很伤脑筋的事。

这些工人偷偷向前移动的脚步突然都停住了,办公室的门开了,赵玉兰和白如信走了出来。虽然对劳动纪律三令五申,迟到超过三次,病假、事假超过三天,要扣掉当月的奖金。早退算溜工,而溜工和旷工的性质一样,有一次就要扣除全月的奖。尽管如此,迟到早退的事仍不断发生。而且,今天有三个早退的,干部要是不管,明天就会有六个,后天就会有十个。迟到早退、溜奸猾蹭、占点便宜,这些事都有传染性。害得干部只好天天检查,早晨得在大门口站上半小时,看看有谁迟到;晚上得提前出来,看看有谁早退。这实在是个没有办法的办法,搞得干部和工人都很没有意思。

白如信比较圆滑,也会处事,他检查劳动纪律,或是抓住违反劳动纪律的人,脸上总是挂着一种无可奈何的神情。似乎是告诉被抓住的人:我这是没有办法,我是同情你的,谁叫你自己不争气,被人抓住了,只好公事公办。

这时,他的嘴角却挂着一种嘲讽的微笑。

赵玉兰紧绷着脸,她的神情是严肃的。这个身材高大而丰满的姑娘,似乎有很多优点:认真、大方、端庄,甚至是很漂亮的。如果她像其他的姑娘一样,多笑一笑,常和小青年们打逗嬉笑,多跟大伙儿说点家长里短,她很可能会成为车间里很招人喜欢的姑娘。也许是她太正经,太严肃,或者是太一帆风顺了:她学电焊还没有满师,因在一次民兵野营拉练中在团部当干事,所谓干事,就是抄抄写写,给团首长打水取饭。当时好像有这么一条规矩，首长们挑选干事，都喜欢找姑娘，找听话、好使唤的姑娘，看着顺眼，办事牢靠。玉兰不仅根红苗正，听话而又干练，温顺中透着聪明。漂亮姑娘不算少，她漂亮而不打扮，不轻浮，就更加难得。所以在这次对她终生的政治前途有重大影响的民兵拉练中，她被担任团政委的厂政治部主任看中了。拉练结束后就被调到宣传科当干事，不久就入了党，两年后她再回到结构车间，就是党支部副书记了。也可能她自己并没有把自己看得多么了不起，可是她有了这样快就得到的政治地位，大伙儿对她就不能像对一般的姑娘那样看了。

眼下，结构车间的大门口，更像开运动会的体育场。一群是自行车选手，另一群是提书包的人，当然是短跑选手了。赵玉兰和白如信则是举着枪，准备发出起跑命令的裁判员。

这阵势实在有点叫人不自在。

为了打发这难熬的几分钟，两队"运动员"都在小声说着闲话。不过这时候扯闲篇的题目，自然都不会离开眼前正监视他们的两个"裁判员"。

"咱们这头头都是瞎鬼，老实巴交的工人晚来一会儿早走一会儿就被他们抓住了。那真正早退的人他们逮不着。胆大的两点钟的时候就混在下早班的工人里走了，他们一个也抓不着。"

"刘民那小子更鬼，他的自行车不存在咱们车间的车棚里，放在别处，每天他几点来你不知道，他几点走你也不知道。"

"这叫不打勤的，不打懒的，专打不长眼的！"

"哎，玉兰搞上对象没有？"这真像"意识流"小说里的手法，话题一下子又转到干部身上。

"又是党员，又是干部，谁敢高攀啊！"

"可也是呀，一般工人娶个这样的媳妇还真玩儿不转。"

有人看看表："快，到了！"骗腿儿上了车。

"还差一分多钟，铃还没响哪。"有人尽管心里嘀嘀咕咕，也跨上了自行车。

有一个人带头，大队人马立刻跟上去了。骑手们冲出去一丈多远，他们盼了好久的铃声才在身后响起来。

下班铃响过不到十分钟，车间的工人就几乎都走光了。赵玉兰洗完脸换好衣服，从车棚里推出自己的墨绿色弯梁女车，仔细地用棉纱擦着。她推车时看见路凯的自行车还在棚子里，知道他没有走，就借着擦车在等路凯。

一会儿，路凯出来了，手里端着个饭盒。他不愿意一个人回到家做饭，就在食堂里吃完饭再回去。玉兰心里发凉，又白等了。但她还是装做漫不经心地问："你不回家？"

"我吃完饭再走。你怎么也还没走？"路凯顺嘴搭腔，却不等玉兰回话，已经走过去了。

玉兰心里发酸，他对自己一点意思都没有，白等了他这半天，他根本不知道，也不知情。但她立刻在心里又对自己很不满，你也不对他讲明，什么事都装在心里，人家怎么知道你想跟他好！她突然觉得心里空落落的，一种莫名其妙的孤独和悲哀把她缠住了。她忌妒那些一向被她瞧不起的"疯闺女"，敢跟小伙子胡打胡闹，喜欢谁就敢明目张胆地追求谁，写个纸条，捅捅胳膊，甚至飞个眼神，咬咬耳朵，就一块遛马路、看电影。而这些人现在很多都结婚了，有了小孩儿。在一起进厂的这批同学中，她自感到最顺利，最有前途的一个，却独独成了老姑娘。赵玉兰突然感到后悔，如果自己不入党，不当中层干部，也许早就结婚了。这个念头刚一闪过，她就觉得脸上发烧，心里害怕。心里埋怨自己：怎么能产生这种没出息的想法，入了党，有了政治生命，多少人眼馋还得不到哩！就是一辈子不结婚都值得。

她不让自己胡思乱想下去，把棉纱放在座子底下，跨上了自行车。

"玉兰，等一等。"白如信从后边追了上来。

精明的白如信，什么都看出来了。正当在下边工作的技术人员，统统要求到楼上的科室里去工作，车间的技术力量一时间出现了空白的时候，他却反其道而行之，要求下到车间。他有自己的打算，许多在工厂里工作的技术人员，照抄照搬，或照虎画猫，是搞不出什么名堂的。幸运的,有心计的人应该把目标放在总工程师的位置上。一个大企业的总工程师是了不得的,接待外国专家,出国考察,什么都少不了他,就更不用说物质方面的待遇了。目前这个厂只有一个冯总工程师,他一生病退休,总工程师的位子就空下来了。白如信通向副总的道路上还有两道大关:一是他必须要先成为中层领导,然后才能过渡到厂级领导,想从一个普通工程师一跳两三级而成为副总,是不可能的。二是必须入党,总工程师都是党委常委。白如信在设计科,这两个问题都解决不了,如果要提升设计科副科长的话,轮到他爱人马越,也轮不到他。更何况设计科已经有一个科长四个副科长了。设计科里技术人员成堆,钩心斗角,互相不服气,入党的问题更没有门儿。而这两个问题在车间里倒是比较容易解决的。白如信所以选中了结构车间,是看中这个车间的车间主任李建明有头脑,也爱才。他一下来立刻就挂上了车间副主任的衔儿,成了中层干部,这样从职位上说距离总工程师的位子就前进了一大步。他如果在车间再干好点,那就只差一个入党问题了。目前技术人员正走运,入党估计也问题不大,关键就在和负责抓组织发展的支部副书记赵玉兰搞好关系。现在光靠技术是不行的,还要靠心术。白如信对付赵玉兰自信是有绝对把握的。当初上大学的时候,马越是学校里才貌双全的尖子,当时有很多有头有脸的高才生追求她,而最后不声不响把她搞到手的却是各方面都平平常常的白如信。何况眼下这个实际只有小学文化程度的赵玉兰。

白如信完全看破了赵玉兰的心事。他本来有办法,有信心成全这件事,以讨好赵玉兰。但他对路凯不仅没有好感,甚至怀有深深的恶感。他来到车间后发现路凯同样对他也怀有成见,表现出一股傲气,对他不服气,甚至是怀有一种莫名其妙的敌意。如果成全了赵玉兰和路凯的婚事,只会对路凯有利,而对自己有害。白如信想用别的办法讨好赵玉兰。

"玉兰,你回到家能吃现成饭吗?"

"我妈妈退休了,等我回家饭菜都做熟了。"

"进门就吃,好命哟!"白如信咂着嘴,仿佛对赵玉兰的"好命"羡慕得要流口水了,“你哥哥结婚走了,你弟弟结婚以后还跟你们一块过吗?”

“不一块过,他和丈母娘在一块过。”

“噢,家里就剩你和两个老人。好,好,你母亲就你这一个闺女,一定非常疼你。”

赵玉兰笑笑没有说话。她对这个刚调来不久的工程师怀有一种好感,他一点架子没有,待人的态度很亲热,说话随便而又得体。她上夜校,功课上有了难题总是请教他,他一遍又一遍地给她讲解,非常耐心。

白如信转换了话题:“玉兰同志,我来到车间以后,工人对我有什么反映没有?”

“这……没听到什么反映。”

“别客气,你是副支书,应该经常帮助我。”

“大家都说你工作有魄力,敢切敢断,别人都往上钻,你却往下跑,没有知识分子架子。”

“我看不惯一窝蜂,一说技术吃香了,就把知识分子抬到天上,把政治干部又踩在脚下。什么都搞绝对化。”

赵玉兰惊奇地看着白如信,一个春风得意的工程师,这时候竟然说出这种有头脑、有见地的话,她非常感动。白如信说到她心里去了。

白如信:“玉兰,我早就知道,你是个有头脑的姑娘,往后在政治上可要多关心我。”

赵玉兰心里发热,碰上了解自己的人啦。说:“现在像你这样的工程师太少了!”

白如信知道火候已到,可以进一步提那个微妙的问题了。

“玉兰,我给你提个问题,你别生气,我早就想跟你说,一直不得空。”白如信口气突然变得非常严肃而诚恳,而且在自行车上把脸扭向她。

“什么问题?”玉兰一怔。

“你该考虑个人的问题了。你在各方面都是一个很难得的姑娘,在咱们厂里也找不出几个来。可是要正确地对待自己这些优点,否则就会当做包袱,影响解决个人问题。你在政治上、工作上都非常谦虚,唯独在恋爱问题上太清高。你又老不着急,这样年岁越大越不好办,一超过三十岁就更麻烦了,优点反而变成了缺点。"白如信扫扫赵玉兰的脸,姑娘的脸涨得通红。白如信一下子说到了她的痛处。

白如信一看赵玉兰的脸色,继续以大哥似的直爽、亲热和无比关心爱护的口吻说:"玉兰,你跟我说实话,你有没有对象?"

赵玉兰在这样关心自己的人面前是不能不说实话了:"没有。"

"那好,这事包在我身上吧。老实说,在厂里也真挑不出能和你般配的人。前两天我去大学讲课,看见有几个年轻的讲师、助教都还没有结婚,他们也是认为自己年轻、有特长,工资也不低,现在社会地位也提高了,高不成低不就,就把婚姻问题拖了下来。这些人配你正合适。当然,我也要说你,你不一定要求对方非得是党员。只要人样子长得精神,为人正派,有头脑,有一技之长,就可以。怎么样?"

赵玉兰心里发热,很感激白如信,但一个姑娘家,不能就这样痛痛快快地跟人家说:"好吧,你给我介绍一个吧。"她沉了一会儿,拿眼扫扫前后左右,没有别的人,就低声地说:"我回家得和我妈妈商量一下。"

"好吧,我等你的信儿。在大学找一个没问题。最差还可以找一个高年级的带工资上大学的学生,而且要挑好样的,几年后一毕业就是技术员、工程师。那个学校有好几个副教授是我的同学,我有很多熟人,他们都会帮忙的。"白如信讲得很自信,不时地看看赵玉兰的脸色。他发现她在羞羞答答的时候非常美,两条大辫子乌亮乌亮的,她的眼睛里也跳动着青春的神韵,脸色微微发红,透出娇艳和妩媚。往常那种死板僵硬的神色被一种女性的魅力代替了。大概她平时总是一本正经地做总结,读文件,批评人,党支部副书记的神色掩盖了她的女性的美和姑娘的魅力。连白如信都动心了,她的美有一种魅力,不像马越,那么纤细孱弱,干巴巴的。

白如信走神了。来到十字路口,他急忙刹住车,和赵玉兰道了再见,他往左拐,赵玉兰往右拐,两人分手了。

赵玉兰到了家,老娘已经把饺子早捏好了,闺女一进门就赶紧烧水煮饺子。老头儿上中班不在家,只有娘俩吃饭。吃着饭老母亲又提起了那个令人心烦的却又不得不提的话题。

"玉兰,今儿个你表姐来了,想给你提个主,是他们公司的一个科长,党员,三十七岁……"

赵玉兰不耐烦地拦住了妈妈:"你怎么不给我找个五十七岁的!"

"年轻的可得有合适的,三十岁以下的党员干部还能给你留到现在?东找一个不行,西找一个不满意。将来可怎么办?再说男的大个七岁八岁的不要紧,就是他离过婚……"

"妈,你别说了,我能找一个离过婚的吗?这事你就别管了。"

"我不管,我不管谁替你管?"

"我自己管。"赵玉兰真的下了决心,她要找路凯谈一次,把话说明,不行的话就请白如信另外给找。社会压力,家庭压力逼得姑娘不得不把脸皮一拉,采取点行政措施,甚至是政治手段了。

七

十年前的一天,路凯从外地串联回来,高高兴兴地往家里奔,他又渴又饿又想家。

红卫兵小队长赵玉兰在后面又嘱咐了他一句:"路凯,别忘了明天早点进学校。"

"哎!"路凯答应着,头也不回地冲进自己家的院子,但他立刻惊呆了。院子里乱七八糟,门窗俱毁,地上铺起一层厚厚的碎玻璃碴儿,脚踩上去嘎巴嘎巴响。许多奇形怪状的生物标本扔得到处都是。门上贴着一张白纸大字报——打倒反动学术权威路石!标题上的每一个字都像重重的锤子,敲得路凯脑袋发蒙,眼冒金花。

他的腿一下子变得有千百斤重,提不动,累极了,艰难地登上台阶,走进屋里。屋里就更不像样子了,妈妈蹲在屋角一个一个地拣着生物标本。看见妈妈的样子,路凯吓傻了,他才走了一个多月,妈妈却好像老了二十岁,头发发灰,脸色发暗,眼光滞呆,变成了一个陌生的半痴半疯的老太婆。这难道就是他常常引以自豪的慈爱、文静、干净、有学问的妈妈吗?他在外地串联时,在饭馆,在街头,也曾看到一些蓬头垢面的老太婆,她们四处流落,讨饭为生,路凯一见她们,心里总是泛起一股又可怜又厌恶的情绪,远远地躲开她们。现在自己的妈妈怎么也快变成了这种人!

他轻轻地喊了一声:"妈妈——"

妈妈抬起头,怔了一下,突然站起身扑过来,紧紧抱住了路凯。"小凯,小凯!"

母子两个紧紧地抱在一起,哭了。可是他们只有泪,没有声音,嗓子仿佛被一种又腥又硬的东西堵住了。

"妈妈,我爸爸哪?"

"被红卫兵抓走了。"

母子两个再也没有话了。

路凯从小就很崇拜爸爸。三十年前,还是"实业救国论"最时髦的时候,许多大学生出国留学都是学实业。路石却选择了生物学。中国是个落后的农业国,人口众多,吃饭穿衣就是个大问题。中国要想富强不是丢掉农业,而是必须发展农业。几年后,他在美国取得了学位,美国人想挽留他,并为他安排好了一切。他还是回来了,当了教授,成了权威。路凯小的时候对爸爸那些坛坛罐罐,千奇百怪的小虫子、小动物,很害怕。可是爸爸喜欢它,妈妈喜欢它,妈妈是爸爸的学生。大学里的老师和学生们尊敬爸爸,许多老农民也常常到家里来向爸爸请教,对爸爸更是尊敬。在路凯小小的心灵里就种下了爸爸做人的影子:活在世上要做个对别人有用的人,要做个受人尊敬的人。现在这一切都颠倒过来了!

第二天,路凯回到学校,校门口贴着一张通告,他被开除出红卫兵大队。

路凯周围的世界完全变了,他一切都得重新认识,重新思索。包括对给了自己血肉身躯的父母，也说不清他们生了自己是为了爱呢，还是为了恨！在一次批判大会上，红卫兵战友们鼓励他和父母划清界限，如果态度坚决，还可以重新被吸收为红卫兵战士。他在大会上坚决表示和家庭划清界限，断绝一切关系，特别是经济关系，决不花黑帮分子的一分钱。

他当场又戴上了红卫兵袖章。他接过红卫兵袖章的时候，哭了，而且是号啕大哭，那天他见到妈妈，听到爸爸被抓走的消息都没有这样放声痛哭过。他不知哪来这么多眼泪，简直无法控制了。他的红卫兵战友们都受了感染，认为他的哭声不是虚伪的做戏，是很真诚的，是重新接到红卫兵袖章时被感动而哭。有个红卫兵当场站出来，用诗的语言劝慰他：

哭吧，路凯，痛痛快快地哭吧，
用痛苦的眼泪和资产阶级家庭告别，
用苦涩的泪水洗刷父母留给你心灵和肉体上的耻辱。
……

路凯自己却说不清是感动还是伤心，手里托着的这个红袖章，从此就要以它而取代自己的父母了！

从此路凯就住在学校里，头两天，有些红卫兵战友们慷慨好义，每人给了他一点钱在学校食堂里买点吃的。中学生们又有多少钱呢？几天以后他就断炊了。红卫兵袖章尽管比他的父亲和母亲加起来还要珍贵，还要崇高，可是却不能给他一分钱，不能给他一个窝头。他对红卫兵组织和无产阶级革命事业的一片纯真而崇高的感情，并不能阻止他肚子饿得咕咕叫。他几乎是走投无路了，活着——这个人类的本能，现在却和革命——这个无产阶级最崇高的事业发生了矛盾。要活着就得吃饭，要吃饭就得投靠父母，或是去偷去抢。而这些又是和革命所不容的。

他挨了两天饿之后，连眼珠似乎都饿瘪了。趁没人注意的时候，小队长赵玉兰偷偷塞给他十五元钱。这真是救命钱，他小声问："这是哪儿来的？"

"我从家里拿的。"

"你爸爸妈妈知道吗？"

玉兰有点犹疑："嗯……不知道。"

"这……"路凯不敢多问了，这钱不管是怎么来的，他也不会撒手了，就紧紧地握住小队长的手感激地说："赵玉兰，我一辈子都不会忘记你对我的好处，将来我一定还你。"

就这样连续三个月，每个月赵玉兰都给路凯十五元钱。

到第四个月，赵玉兰不给钱了，而且处处躲着路凯。路凯猜测，一定是赵玉兰从家里偷钱被父母发觉了。他总觉得牵连了赵玉兰，心里很对不起她。越是这样，他就越是想找赵玉兰问个明白，如果真是像他猜的那样，他就自己到赵玉兰家里去，向她的父母说明情况，立下字据，将来这笔钱他一定会偿还。在学校里他一直没有找到和赵玉兰谈这件事的机会，一天晚上他就找到赵玉兰的家里。赵玉兰家住的是工人新村的平房，他走到门前正要敲门，听到里面有哭哭啼啼的声音，而且好像是自己妈妈的声音。他怔住了，妈妈跑到这儿来干什么？他想敲门的手停住了。

赵玉兰很不耐烦的声音："你总是这样偷偷摸摸地跑到我们家里来，要是被别人知道了，我们受得了吗？"

"玉兰姑娘，这几个月你给办的好事，我们全家一辈子都会感激你。小凯在大会上声明和我们断绝关系，不要我们的一分钱，如果我把钱给他送到学校去，他是不会要的，还会给他增加痛苦和麻烦。求求你好姑娘，你就再给转这一回。天也快冷了，他还穿着单衣，请你把这包衣服也悄悄地捎给他。谢谢你，非常感谢你。"果然是母亲的声音，而且是带着哭音，边哭边说。

站在门外的路凯，止不住眼泪也掉下来了。他有好几个月没有见到妈妈，没有听见妈妈的声音了！在学校里，在红卫兵战友们的身边，他还能鼓起肚子，装出一种与反动家庭彻底决裂的英雄气概。眼下在这冷飕飕的黑夜里，猛地听到了妈妈的声音，加上这几个月也尝到了一点饥寒交迫的味道，他突然感到想家，想爸爸、妈妈，而且想得厉害！只是他自己不敢承认这一点。

“好了，别来这一套，拿起你的钱和东西快走吧！我决不会再办这种傻事了。你光顾你儿子，就不替我想想。现在学校里就有好多闲话，万一被红卫兵大队发觉了，你儿子没事，我可倒霉了！你就不替我想想后果？”

妈妈半天没有说话，可也没有动弹。

赵玉兰着急了，又稍稍提高了一点嗓门儿：“快走吧，你再不走，我可不客气啦！”

“玉兰姑娘，你从小学就和路凯是同学，平常你们也挺要好。你是个好姑娘，你不会不理解做母亲的心，从打小凯住在学校不回家那天起，我天天到你们学校对过的那个商店去站着，指望路凯出来的时候能看他两眼。看见他了，也不敢打招呼。现在他瘦得都不像样了，做母亲的看了心里能不难受吗？”妈妈说着又抽抽搭搭地哭起来。

赵玉兰却冷冷地说：“行啦行啦，这是革命行动，要和你们这样的反动父母、反动家庭一刀两断，还能不付出代价！”

路凯平时对赵玉兰的好感全消失了，想不到这个小姑娘竟这么狠心，这么冷酷，一点不动感情。

“你走不走？你再不走我要轰了！”赵玉兰又逼问了一句。

屋里突然咕咚一声：“玉兰姑娘，我求求你，就这一次了。”

赵玉兰突然叫了声，压住嗓门发着狠说：“你这是干什么，快起来，快走，你给我快走！”

路凯猛然推开了门，见妈妈跪在地上。他冲过去，一把将妈妈拽起来，大声喊着：“你给我起来，给我回家！”

他为了不让自己在赵玉兰的家里抱住妈妈哭出声来，他吼完扭头冲出屋子跑了。

“小凯，孩子！”身后传来妈妈撕心裂肺的呼喊。

路凯飞快地跑着，泪水随着他跳跃的身躯飞洒下来。

三天后，路凯带着一封红卫兵大队的介绍信，要到农村去了。四个月前，他以和家庭断绝关系为代价，重新加入了红卫兵。如果红卫兵组织知道这几个月来他花的仍然是家里的钱那会怎么办？赵玉兰已经把话说明，从今后不再为他转递家庭的接济，他今后怎么活下去？他也决不会再让妈妈那样去哀求赵玉兰。因此他决定下农村，自食其力。但眼前不是毕业的时候，没有成批的同学跟他一块下乡，大队部只表示同意他的革命行动，给他开了封介绍信，叫他自己去联系。

他走在通往火车站的大街上，悔、恨、哀、怒，各种滋味都涌到心上来了。看着大街上熙熙攘攘的人流，拥挤不堪的各种车辆，感慨万端，这么大一个城市，可以容下几百万人，却偏偏没有他路凯的立锥之地！他从小没有离开过家，没有离开父母单独生活过，这一去真有点前途渺茫，生死不定。

可是这又能怨谁呢？他能够恨的，他敢于恨的只有家庭和父母。谁叫他生在这样一个资产阶级高级知识分子的家庭，父母又都是成了黑帮的反动权威呢！他恨爸爸、妈妈给他造成了这样的不幸。他知道自己走后妈妈会怎样难过，但那是活该。是他们自己既害了个人，又牵连了儿子。

路凯走下解放桥，顺着海河的河堤走了几步，突然转身向火车站的广场走去。他两腿发沉，心里却在警告自己：要像个男子汉，不许回头，不许停下来，但是他禁不住还是停下了脚步，回过头去看一眼，这是最后的一眼，就要和这个又叫人留恋又叫人恨的天津城告别了，而且这一去还不知道能不能再回来。他的眼睛发潮了，强忍住眼泪没有掉下来。心里一发狠，咬紧牙，转头就走。突然一个用头巾把头和脸蒙得严严实实的女人猛地扑上来，紧紧把他抱住了。他一看见留在外边的那对泪水模糊的眼睛，心里一悸，禁不住叫了一声："妈妈！"

这两个字，他有好几个月没有喊了，对他来说都有点陌生了。

"小凯，你不能这样走，你不能把我和你爸爸扔下不管！"妈妈不知道哪来那么大的力气，两条胳膊像铁条一样死死地箍住了路凯的脖子，而且随时都可能号啕大哭起来。

路凯生怕被过路的人看见,就拉着妈妈沿着河堤走到背人的地方。

“妈妈,你怎么知道我要走?”

“赵玉兰给我送的信。”

“她?!”

“她是为那天晚上对我那样做感到不好意思。”

“哼! 还提那天呢,你怎么能给她下跪?”路凯心里猛一动,“赵玉兰既然给你送信,那她就是知道你要和我见面,如果她报告给红卫兵大队部,他们知道我下乡前还和家里有联系那不就坏了,说不定他们还会来抓我们。不行,我得快走。”

“小凯,你不能走。”

“不走怎么办? 我一定得走!”路凯鼻子一酸,他忍了又忍的眼泪,终于流出来了,哽咽着说:“妈妈,我恨你们毁了我的前途,但我又疼你们。我从此不怪你和爸爸,只怪我自己不该出生在这个反动权威的家庭。你们也只当没有我这个儿子,把我忘了吧,只当我死了。我这一走,是死是活都不会再回到家里来了!”

妈妈泣不成声,紧紧抓住了路凯的胳膊不放:“你不能走,不能走,又不是学校让你走的,你何苦自己要提前下乡? 到乡下举目无亲,连个同伴儿都没有,衣食住行你可怎么办?”

“我不走,在这儿又怎么办,不是更没有出路,到乡下我还可以找口饭吃,还可以躲开这些瞧不起我的人,也省得你天天躲到商场里去等着看我一眼,为了我去求人下跪。每天晚上我睡在教室里,夜深人静以后又害怕又想家,想你和爸爸。可是这些想法和革命造反派的战士是水火不相容的。我怕有一天顶不住了就会跑回家去。到那时候不就全完了吗!”

妈妈只能哭,她能说什么呢? 不正是他们连累了自己的儿子吗?

路凯擦擦眼泪:“我走了。”

妈妈死不撒手。

路凯生怕时间长了被人看见,使劲扳开妈妈的手,拔脚就走。

妈妈惊叫一声,扑倒在地上。路凯的心仿佛被人揪了一下,他猛地站住脚,他真想转回身扶起妈妈,娘两个抱头痛哭一阵。但是他的耳边响起了红卫兵战友们的声音:“不能回头,决不能回头！和反动家庭决裂,就是要付出代价,甚至是血的代价,这是非常痛苦的,也是很值得的。你通过了母子和父子的感情这一关,就是一名真正的红卫兵造反派战士了。”

他抬腿要走。妈妈用哭得发哑和痛苦无力的声音又说:“你爸爸得了肝癌,正在想办法住医院做手术,也许他活不了几个月了,他想见你。小凯,你就忍心……”

路凯脑袋里轰的一声,全乱套了。顾哪头呢？一头是无产阶级文化大革命,是红卫兵组织;一头是反动的奄奄一息的父亲。理智告诉他赶快走,感情却拉着他留下来。他怔了一会儿,一跺脚,头也不回地说:

“妈妈,你告诉爸爸,原谅我吧。你们管不了我,我也顾不了你们!”说完他扭头就跑,生怕脚一慢,稍一犹疑就会永远走不成了。

妈妈在他身后放声大哭,一边哭还一边呼唤着他:“小——凯,小——凯!”

路凯没有回头,拼命朝车站方向跑。

猛然从堤外传出一个沉雷似的声音:“站住!”

路凯和妈妈都被吓了一跳。路凯的脚步却没有停,红卫兵果然埋伏好,等他和妈妈见面的时候抓住他。一种逃命似的本能促使他更加快了脚步。

忽地从堤外蹿出一个大汉,伸出左腿一绊,路凯扑通一声摔倒了。

大汉走过去左手抓住路凯的脖领子,像抓只小羊一样就把他提起来了,然后抡起右手朝着路凯的脸上乒乓就是两个耳光。路凯被打得眼冒金星,脸颊上清楚地留下了五个殷红的指印。路凯被打蒙了,吭吭哧哧地说:“你为什么打人?”

大汉冷笑着说:“为了让你脑袋清醒一点。我告诉你,你别动,你要再动我就要了你的命!”

路凯的妈妈扑过来，拉住大汉的胳膊："同志，你不能打人……"

大汉身高膀大，像一个桥墩。他的话说得很凶，脸上却并无杀气，甚至还有一股文静气，只是肌肉似乎在痛苦地抖动，眉头挽成一个疙瘩，眼睛眯成一道缝，好像有意不让人看见他眼睛里的神情。他有三十多岁，从口袋里掏出一个红布包，一侧身把红布包打开，里面包着一些肮脏的鱼虫子。大汉把红布一抖，又抹平，原来裹着鱼虫子的红布也是一个红袖章。他把印着字的一面翻到上面，在路凯的眼前一晃："哎，看好了，我是干什么的！"

路凯在红布上只看见"造反兵团"四个大字在眼前一闪，至于是什么单位的他根本没看清。大汉把红袖章一晃就又团了一下，像块破布一样，塞进口袋里。但是从刚才给他的那两巴掌，从这个人说话的横劲来看，他不但也是个造反派，很可能还是个什么兵团、野战军之类的负责人，偷听到他们母子的谈话，要把他抓住送回学校去。不知是他的巴掌太重，还是气势压人，路凯已经傻了，只好听任他摆布了。

大汉又气哼哼地问话了："你是哪个学校的？"

路凯心里叫苦，果然要往回扭送了，也只好实话实说："火炬中学的。"

"把你的证件全拿出来，包括学生证、红卫兵袖章、下乡的证明信，全拿出来叫我看看。"

路凯只好把这些东西全递过去。大汉只撩开眼皮轻轻地扫了一眼，就把那些路凯的命根子一股脑儿全装进了自己的口袋。路凯上去要夺，大汉猛然睁开眼，喷出两道凶光："干什么，想动手吗？"

路凯不敢吱声了。

大汉严肃而又虔诚地说："伟大领袖毛主席教导我们说，要救死扶伤，实行革命的人道主义。你妈妈身体这样瘦弱，你爸爸患肝癌马上需要动手术，你一跑了之，谁来管这两个人呢？必然要加重医院和街道上革命造反派的负担，你把困难推给别人，对得起毛主席的教导吗？这能当一个革命事业的接班人吗？你还是一个红卫兵，为了表示自己多么革命，多么清白，连自己父母的死活都不管了。你这叫划清界限,这叫革命? 不,这叫极端的个人主义,自私自利! 就凭这一点就应该把你从红卫兵里开除!”

母亲惊讶得抬头看了大汉一眼,大汉并不理她,目光从细眯着的眼皮缝里射出来,像锥子一样钉住了路凯。

路凯低下了头,不敢看大汉一眼。大汉批得好狠,却批到他心里去了。他听了这样的责骂,心头发颤,脑袋似乎反而清醒了许多。这个大汉也是个造反派,甚至还是个大造反派,他的革命理论却和学校红卫兵战友们的理论不大相同。

大汉知道已经把眼前这个小造反派治服了,就用明显的讥讽的口吻继续说:“你现在要划清界限了,可是你活这么大,吃饭穿衣全是靠你父母,你的身体,你的灵魂全是你父母给的,你怎么划清? 你看过哪吒的故事吗,他为了还清他爸爸的债,自刎而死。你有这个志气吗? 前面就是大河,我看着你往下跳! 你敢吗? 嗯?”

妈妈惊恐地抓住了路凯的胳膊。路凯脸烧得难忍,但叫他跳河自杀,他从来没想过,眼下更不会跳下去。

大汉嘲笑地说:“你放心,他不会跳的,他没有那个胆量,也没有那个志气。像他这样的红卫兵造反派,我见得多了,他们喊着划清界限,不过是为了赶时髦保住那个红袖章。他们并不懂得什么是革命。”

大汉看出来这个小红卫兵逃不出他的手心啦,就毫不客气地下命令了:“路凯,扶住你妈妈,我和你一起送她回家。”说着他转身在堤外提起一个鱼篓,鱼篓里还有条不小的鲤鱼。路凯一看,这才明白这个大造反派原来是钓鱼来的。

路凯只好扶着母亲在前边走,大汉跟在后面。回到家,大汉先去询问路石的病情。路石面黄肌瘦,好像只剩下一把干骨头了,他趴在小桌上正写着什么,一听到有脚步响,立刻把稿纸和笔藏在床底下,翻身躺到床上,闭住双眼,打起哼哼来,右手紧紧地捺住了肝部。他不是装的,他的肝一疼起来,就难以忍受。那个大汉问了几句话,全是由路凯的母亲代答的。老人哼哼叽叽,一句话没说,眼皮也没睁。大汉好像很没趣味地又走了出来,却把路凯留在了路石的屋里。他问路凯的母亲：

“为什么还不送医院？”

“医院里也是造反派掌权，不收牛鬼蛇神。”

“他是哪个单位的？”

“农学院的。”

“是教授？”

“是的。”

“哪儿诊断是肝癌？”

“几个月前他被学院的红卫兵抓进了牛棚，上个星期突然又把他送回来了，只对我说，路石得了肝癌，你想办法给他治吧。可是我跑了几次医院都不行。”

“好吧，我想想办法看。”大汉突然扬起头，又用那种威严的口吻喊：“路凯，出来！”

路凯出来了，听候这个大造反派的训示：“你听着，你必须老老实实待在家里，好好侍候你父母。你要是再往外跑，丢下你父母给我们造反派惹麻烦，你可小心点。别忘了你的红袖章、学生证、介绍信可都在我的手里攥着！”

大汉说完提起他的鱼篓转身就走，却没有拿那条鲤鱼。妈妈抓起鱼赶紧追上去，大汉没有接，却故意大声说给路凯听：“你们留着吃吧，现在是有钱也买不到这种鱼。告诉你，真正的革命造反派不是没有感情的，不通人性的！”

妈妈含着泪又追上去：“同志，您贵姓大名？”

大汉微微一笑：“你知道了我的名字没有用，到需要告诉你的时候，我自然会告诉你。”说完头也不回就走了。

第二天，大汉又来了，支使开路凯，只悄悄地对他妈妈说：“医院联系好了，到那儿以后办手续和一切办交涉、搞联系的事全由我出头，你们不用吭声。要给路教授加个姓，改名李路石，是我的叔叔。我叫李建明，在渤海重型机床厂工作，以前是结构车间的工段长，现在是响当当的造反派。请你也记住这些头衔，说话的时候别漏了馅儿。”

到医院以后没出什么差错，医生给李路石做了检查，确是肝癌，必须立刻动手术。老头子却死活不同意，道理又一句也不讲。搞得李建明也很恼火，反动权威的确有点顽固性，谁也拗不过他，只好又把他用小车拉回家来。

老教授躺到床上已经累得够戗了，他紧紧抓住李建明的手说："李建明同志，谢谢你，谢谢你的好心！现在我告诉你我不能住院的理由……"老人喘得厉害，路凯递过来一杯水，老人喝了几口，压住咳嗽继续说："现在医院里很乱，我的病是这样重，体质又这样弱，上了手术台也许能挺过来，也许下不了手术台就完了。但是我现在决不能死，我不能冒那个险，因为我研究了一辈子的心血，还有一大部分没有写出来。我必须再争取活半年，把我终生研究的成果全部留下来。这些东西不是属于我个人的，应该留给国家，留给咱们民族。我没有权利把它带进棺材，也没有权利现在就死掉。"

李建明被感动了，他扔掉了那种装出来的造反派的横劲，声调中充满了内疚："路教授，你的思想境界比我们造反派要高得多。造反派造你的反，真是罪孽，是革命的耻辱。"他一摆手把路凯招呼到跟前说："小伙子，你要把你爸爸的精神学到一半就是好家伙了！"

路凯随着妈妈把李建明送出老远，李建明最后又嘱咐了一句："处处多留点神。有事需要我帮忙的时候，打电话给我。"

从此，路家白天晚上都关门闭户，路凯和妈妈一同帮助老教授整理论文。两个月一到，教授不能执笔了，躺在床上口述，妈妈记录，路凯给誊清楚。一有人敲门就把东西藏好，客人一走拿出来再干。

纸里包不住火，学校很快就知道路凯不但没有下乡，反而又投到了反动父母的怀抱。第二天被开除出红卫兵组织，而且地位比一般的"狗崽子"更低一等。但是，这段灾难，改变了路凯的性格，锻炼了他做人的意志，对他一生都有说不尽的好处。

路石没有熬过半年，他认为肚子里应该掏出来留给这个世界的东西刚搞完，就不行了。临终前他嘱咐儿子：

"路凯，你为爸爸吃了不少苦头，你怨恨爸爸吗？"

路凯流着泪摇摇头。

“爸爸临死前没有什么可遗憾的，我对得起国家和民族，对得起自己，也对得起你。唯一感到不安的是有些对不住你母亲。她给我的太多，我给她的又太少。”

路凯和妈妈都泣不成声了。

“路凯，你先不忙哭，听我把话说完。世界上的知识五花八门，要简单地分类无非就是两大类，一类是研究社会科学的，一类搞自然科学的。坦率地讲，我不希望你将来专门去搞政治，当个小干部。你血管里流的不是政治家的血，而是科学家的血，我希望你实实在在去干一种工作，哪怕这种工作是别人所不愿意干的，你也要把它干好。掌握点为人类工作的真本领，人活着的意义不在于从这个世界上拿走了什么，而在于给这个世界留下了什么。为人要实不要虚，知识要真不要假，平时要炼心，炼志，炼手，不可炼嘴……”

父亲死后两年，母亲得了一种叫做“狼疮”的病也去世了。当时路凯已经到重型机床厂当上了学徒工，妈妈住院十几天，没有让他请一天假，只是在妈妈咽气的那一天，他才请了半天假。

路凯从父母身上继承下来的东西太多了。有谁知道，灾难和痛苦在多少年以后也会变成无价的精神财富。

八

白如信又是深夜才归。

在黑暗中他熟悉地踏着楼梯，用钥匙打开自己的房门。

马越起身要为他端饭，他一反常态，亲近地拦住了妻子：“我吃过了。”

马越已经十分疲乏，她坐回床上准备睡了。白如信扶住她的肩头：“越，我们和好吧。”

马越虽然感到诧异，但没有吱声，只抬头盯住了丈夫。

“我们何苦要折磨自己，你不愿意被外人看笑话，我同样也不愿意过这种有家又不像家的生活。”白如信的语调更热烈起来。

马越似乎并没有被感动：“你要求的条件呢？”

白如信嘻嘻笑了：“夫妻之间的吵架、和好，都是常有的事，还提什么条件！我的脾气不好，以前错怪过你，怀疑你对路凯的感情不健康。现在你不计较就算了。”

马越不十分信任地望着白如信：“这些都不是主要的。到目前为止，我还怀疑你又在耍什么心计。因为我已经分辨不出你的话哪句是真的，哪句是假的。”

好在孩子已睡着，只有夫妻两个人，而且谁是怎么一回事对方的心里很清楚，白如信借着暗淡的灯光掩饰了一下自己的狼狈。说：“我什么时候对自己的老婆用过心计？你为什么总是把我看得那样坏？要说条件也有，就是你不能上班，好好在家养病。”

“我自己感觉病已经好了。”

“看你那个弱不禁风的样子，根本没好。即便好了，也不能上班，在家多养一养。”

马越脸上一阵痉挛：“你不用绕弯子了，我什么都知道了。你是怕我一上班会挡了你的道，影响你提升副总工程师。对不对？你还说不用心计！”

感情必须有一层纱布遮盖着，即便是夫妻之间，也不能相互揭短。白如信不再扭捏，恢复了自己的腔调：“就算是这样吧，你的丈夫当了副总工程师对你有什么坏处？我们离开这间小房子，搬到一套厂级领导居住的新房子里去，你感到不痛快……”

白如信越说声音越高。他突然打开门看看住同一单元的邻居的窗户，他不愿意让邻居听到他们夫妻的对话。

邻居房间的小窗户，刚才还亮着灯，一听到白如信的开门声，灯突然熄灭了。白如信放心地收回脑袋。

马越的语气中充满痛苦：“如信，你是个技术人员，为什么不把自己的心计用到专业上，却去钻营权术？甚至为了一鸣惊人不惜违犯技术的规律，用类似突击会战的办法搞冲天炉。你难道还不清楚自己那两下子,怎么能当得了副总工程师?”

白如信脸上挂火了:“凭我这两下子当个副总工程师有富余。今天索性把话挑明吧,你要是拆我的台,咱们就不是夫妻!你要还有一点夫妻情分,就帮我这一回忙。”

马越鄙弃地说:“我知道自己不配当副总,所以也不去跟你争,拆你的台。但也不会帮你的忙,我很清楚你不具备当副总的条件。”

“可以,你只要不帮忙也不拆台就行。”

白如信满脸堆笑,他知道这种事要马越帮他忙是不可能的,她答应不拆台,他的目的就算达到了。

白如信把自己的枕头抱到大床上,放到马越枕头的旁边。

马越一见这情景,自己动手支起行军床,将她的枕头抱到小床上。

九

清晨,朝阳探头,在工房里撒下一片片金色的光点。

电焊工们有的在吃早点,有的在换工作服,有的准备工具。大家有一夜没有见面了,肚子里似乎都存了不少的话。谁昨天晚上看了一场什么电影,谁在马路上碰到了一件新鲜事,谁夜里跟老婆打架了,谁家的孩子考上了大学……社会上各式各样的新闻,通过各种各样的渠道,都汇集到这间小小的工房里来。工人们在这种闲谈中得到了一种满足,大家哈哈一笑,间或互相骂上几句粗话,是那么痛快、轻松、融洽。

在这段时间里,工房里的主角是刘民,他听到的新闻总是最多,他碰上的新鲜事也总是最多,仿佛全天津市发生的稀奇古怪的事都叫他碰上了。说话对于刘民来说像抽烟一样也是一种“瘾”,但是在他穷聊的时候得有热心的听众。他每天要不吹几阵牛,心里总好像没着没落,打不起精神来。每天早晨一来,他把书包往工具箱一扔,不忙换衣服,先点着一支烟,马上开讲:

“昨天晚上我在十月电影院看《尼罗河惨案》……”

洪根柱就像说相声捧哏的演员一样，和刘民一唱一答，但他是拿刘民耍笑着玩儿，找乐儿。插了一句："你又看《尼罗河惨案》了？第三遍了吧？"

"不，第五遍。"

"嗬，你是不是叫那个英国小姐把魂勾去啦？你就光为了看在马上亲嘴的那一段吧？"

"去你妈的，别打岔，听我往下讲。我走进电影院，找到座位坐下，一看前边有两个女的，嘿！别提多漂亮了，在咱全厂都挑不出像她俩那样的。我旁边有几个男的都看眼馋了。你们猜怎么着？电影开始以后，其中有个女的可能长脚气，脱了鞋用手抠脚丫。我一看机会来了，就把脚伸到前边去，轻轻地把她那只鞋钩了过来，拾了起来，装进我的书包就离开了电影院，到鞋店按那只鞋的鞋号买了一双高跟的牛皮凉鞋，藏在书包里又回到了电影院。等我坐到位子上以后，就看到前面那两个女的嘀嘀咕咕，屁股上像长了疮，再也坐不稳了。散了场以后，别的观众都走了，就是那两个女的不走，撅着屁股在椅子底下找鞋。我心里有数，她们又怎么会找得到呢！电影院的服务员一个劲儿赶她们，她们中那个个子稍矮一点的架着那个高个的，一条腿蹦到门口。我就假装正经地过去问：'同志，怎么了？'那两个姑娘的脸刷一下子就红了，矮个的说：'我们丢了一只鞋，这可怎么回家呢？'我赶紧说：'不要紧，我给妹妹刚买了一双鞋，你穿穿合适不？要合适你先穿走。'我把凉鞋拿出来，那个高个的姑娘一穿，嘿，正合适。我就照她的脚买的，能不合适吗。两个女的千恩万谢，感激话说得别提有多甜了。问了我的姓名和住址，今天下班回到家去，我就坐着等那两个女的送上门来……"

对刘民的这些胡诌，大家并不会相信，许是他不知从哪儿听来的，安到自己头上瞎吹。但是谁也不点破，就当成真事来挖苦他：

"你这小子想媳妇想疯了，真他妈的不是玩意儿！"

"刘民，你太缺德了，小心你的姐姐妹妹有一天也会叫人家这样耍！"

刘民满不在乎，哈哈一笑，得意地说："我没有姐姐妹妹，不怕。"往常要是抓住这样一件事，大伙儿一定会对刘民连挖苦带骂，好好折腾他一阵。可是今天却没有热闹起来。原来洪根柱不知什么时候走了。

有人一看表："哎呀，九点了。今天干什么活儿？"

"不知道。"

自从焊接工段的工长杨老春退休以后，车间里一直没有找到合适的人来代替他。焊工们等于放了羊，上班后嘻嘻哈哈一聊就一个多小时过去了。一提干活儿，刘民才开始换衣服、吃早点。

只有路凯早早地就拿着图纸来到空心轴跟前。他不是显能，不是出风头，也不是为了攻关，给车间提前完成任务，他只是出于一种对技术的特殊兴趣。他是个焊工，在焊接上就不应该还有他不能干的活儿！他是个三级工，可是他的心很高，越是遇到别人不敢干的活儿，他的劲头就越大。

他蹲在空心轴跟前，默默地琢磨着焊接方案，忽而看看实物，忽而看看图纸。

同样也在为空心轴的焊接而操心的白如信走了过来，他看见路凯打个怔儿，停住脚步盯着路凯看了一会儿。他十分讨厌路凯，却又不能不承认这个年轻的电焊工是个与众不同的敌手。他不喜欢路凯，可还得利用他，空心轴的焊接很可能就得指望他了。想到这儿，白如信忽然脸上堆下笑来，走到路凯跟前，以一种似乎大将的风度高声说："小路，这么专心。"

路凯看他一眼，又低下头去。这家伙又倔又怪，对任何人都不随和，不顺人情说话。

白如信并不计较路凯的冷钉子，像将军对待手下一个调皮而又有本领的士兵一样，宽宏大度地拍拍路凯的肩膀头："好样的，要成就一番事业就得这么干。有什么问题没有？"

路凯不太愿意说话，倔巴巴地说："还没想好。"

白如信也蹲下来，靠在路凯身边，亲切而又随便："马越经常说起你，你为什么不去找她补课了？欢迎你常到我们家去聊一聊。"

路凯十分惊诧，他听不出这是真的还是假的。是不是白如信又在讽刺嘲笑他？他抬起头，看到的却是一张诚恳的脸。这反而使路凯感到狼狈不安了。

白如信说："现在咱们在一起工作了，我新来乍到，情况不熟悉，看在你的马老师的面子上，你也不能袖手旁观。往后车间的很多工作，我可能都要依靠你，这次焊空心轴就是这样。"

白如信突然表现出来的信任，简直搞得路凯手足无措了。他甚至在心里已经感到后悔，以前错怪了白如信。

幸好洪根柱走过来解了他的围。白如信站起身问洪根柱："小洪，你们组的人哪？"

"在工房聊大天呢。"

"这都几点了！还要工资吗？"

"人无头不走，鸟无头不飞。我们组现在是烂萝卜——没有头儿！"

白如信表现出领导者的决断："去，把他们找来！"

"我不去。我算什么角儿？不找那个骂。"

"以我的名义去找，叫他们骂我。"

一〇

洪根柱又回到工棚，大声说："大伙儿快点，白头儿都火了！"

"干什么？"

"今天不是技术交底吗？"

刘民不高兴地挖苦了一句："怎么着，你当工长啦？"

洪根柱也不是省油的灯，反唇相讥道："气嘴子，你嘴里干净点。我这是奉命来叫大伙儿，你要有种就别去。再说你去了也不一定就让你焊，你连冲天炉的底盘都焊不好，这附属设备要求更严格，你那屉屉爪子还能摸。"

刘民一句话，引出洪根柱一大套。打人别打脸，骂人别揭短。刘民脸上有点挂不住了："洪根柱，你小子别找倒霉。"

“我就是想找倒霉,你又怎么样?”两个人说着就要往一块凑。

几个上了点年纪的人把他们拉开了。

洪根柱冷笑着说:“哼,你也不撒泡尿照照自己,还想在这个地方乍刺儿!”

刘民自知动嘴不是洪根柱的对手,动力气也不行,有人一劝他就自动收场了。这叫卤水点豆腐,一物降一物。

电焊工们来到冲天炉下,白如信正铺开图纸跟路凯讲着焊接时应该注意的问题。刘民的嘴又痒痒了:“嘿,路凯专会巴结头儿,他来的时候也不招呼咱们一声。”

洪根柱一听骂他的师傅,立刻顶回来:“废话! 八点上班你为嘛九点才出屋? 怎么下班的时候不用人招呼你?”

“你吃枪药了,怎么专冲我来。”

“你一说话我听着就扎耳朵!”

白如信把宋云芝拉到一大堆钢板的后面轻声问:“云芝,你们工长退休了,你来挑这个头怎么样?”

宋云芝被吓了一跳:“不行,我可干不了!”

“真的,我这可是为你好!”白如信明知宋云芝干不了,她连自己还管不了,怎么能当工长管别人? 但他不能不买这个好。

宋云芝似乎也并不感激他,反而以为他是拿自己耍笑着玩儿:“不,你别开玩笑,我怎么能当工长!”

“你说谁行?”

“路凯。”

又是路凯。白如信没搭腔,两个人回到空心轴旁,电焊工们已经到齐了。

白如信抬起腕子看看表,他精明干练,很有一种雷厉风行的领导者所具有的那种风度,把大家召集到一起,高声说:“诸位今天集体迟到一小时,路凯除外。这笔账怎么算,以后再说。不过你们赶上了好时候,从下个星期开始考核评分,为调级涨工资做准备。既然有人自己不想涨工资,我们有什么办法?”

真怪，谁不愿意涨工资！

工人们听到这个消息心里都激动起来，有人窃窃私语。

白如信知道自己的话起到了应有的效果，继续说："稍微有一点头脑的，现在干活儿也应该把眼眉都挽起来了。今天是十七号，这台冲天炉必须在这个月底拿下来。"

工人们有些骚动："哎呀，这么逼命，拿泥捏一个也来不及！"

白如信胸有成竹："不要泥捏的，要用钢铁焊起来。这个月我们车间的利润、奖金全得找这台炉子要，连全厂也盯住这台炉子，我们干得好，全厂都有饭吃，干不好涨工资的比例数都得减少，大家抓紧吧。讲实话，正要涨工资的时候让你们摊上这样的好任务，真是福气！领导还能亏了大伙儿？"

他真是会讲话，有捧有吓唬，给了大家一个热火罐子抱，焊工们果然抄工具接地线，认真干起来了。

白如信很为自己的口才，自己的领导手段得意，话不在多，要说在点子上。他见工人们已经开始行动，就反身回办公室，一抬头看见马越走过来，身穿工装，手拿一卷图纸，一副正式上班的架势。白如信的脸色立刻变了，他快步迎住马越，阴沉沉地问：

"你怎么又来了？"

"我上班啦！"

"你决心要拆我的台？"

"你这样干是要出事的，我正是为了你好！我问你，冲天炉焊缝总共有多少？一个焊工一天能焊多少？环缝焊接工艺还没有过关，你一切都毫无把握，就硬逼工人在十几天里完成两个多月的任务，出了事故怎么办？"

"我有百分之百的把握，任务已经布置下去，你没有权利跑到车间来捣乱！"

"你的把握就是迎合某些厂子领导，趁工厂目前存在任务不足的困难，大出一下风头。"马越转身向空心轴走去。

白如信锋锐的目光，盯了她好久。

马越来到空心轴跟前，重新把工人们召集起来，白如信只做政治动员，她来向大家进行技术交底。她是真正补丈夫的台。

“好了，我把冲天炉这几个附属设备的技术要求，向大家讲一讲。”马越打开图纸，先指着地上一堆奇形怪状的巨型零件和一块块厚钢板，做着解释：“这是冲天炉的心脏部分，把这堆钢铁焊接起来又是个什么形状呢？这是图纸，大家可以看。”

焊工们都围住图纸，仔细地看。很多人却是看不懂，但又不好说出来现眼，挤在人堆里装样子。刘民就是这样的一个，而且还不甘寂寞，想在这个漂亮的女工程师面前说几句文雅的俏皮话，露露头脸，就装腔作势地指着图纸说：“嚯，我的爷，这简直就是一座铁山，高高低低，有岭有洞。”

洪根柱立即尖刻地戳穿他的西洋镜：“哪是岭？哪是洞？你看明白了吗？”

马越赶紧讲解：“这是空心连轴，一共四根，每根长八米，每两根焊在一起。这个活儿难就难在中间这个孔上……”

马越把焊工们领到实物跟前，空心连轴像牛腰一般粗，刘民把头伸进去，啊啊地叫了两声，嗡嗡山响。拔出头来说：“好家伙，这玩意儿就像卫星的发射筒。”

洪根柱和他是一对冤家，不耐烦地嚷起来：“你别打岔好不好！你真见过卫星发射筒是什么样的吗？马工讲着一半，你插什么嘴！”

“我乐意。你是工长还是组长，管得着吗？吃河水长大的……”两个人又要吵架，马越赶紧把他们拦住，继续讲解焊接空心连轴的工艺方法：

“实心的大截面电渣焊，我们早就过关了。可是这个空心连轴截面不但很大，而且空心，像个帽圈儿似的要搞环缝焊接，中间空隙又太小，人钻不进去，也许瘦一点的小个子能凑合着钻进去。我想了几个办法，昨天和小路师傅商量都觉得不大可靠。”

这时大家才感到有点奇怪，路凯一直没有说话。平时研究技术上的问题，路凯的话最多，主意最多。而且特别表现对技术人员的不服气。

今天是怎么回事呢？而且当马工称他是小路师傅的时候，他的脸还红了。大家都想听听他的意见，可是他坐在一块钢板上，低头冲着图纸，一声不吭。

路凯眼睛盯着图纸，心里并没有在图上。马越的话他一个字都没放过，他真希望躲在一边悄悄地听着马越一直讲下去。他说不清是为什么，一听到马越的声音，心里就像放上了一个热烙铁，血立刻流得快了，热乎乎地感到又舒服又有一种说不出口的冲动。他很怕自己变颜变色，变腔变调地出乖丢丑。马越的声音还使他觉得很甜蜜，如果不是这次厂部把焊接冲天炉的任务交给结构车间，使他又碰上了马越，也许他永远也不会再体验到这种感情了……

路凯在那年被分配到重型机床厂当了电焊学徒工，而且正巧是在李建明的车间。但是，李建明却从来不提火车站附近河边上的那件事，似乎他过去根本就不认识路凯，对路凯比对别的徒工毫无两样，甚至还更严格。

路凯一有了自己的职业，就发疯似的投入了工作，爱上了电焊这一行。他爱上这一行既不是因为喜欢这一行，也不是对电焊有特殊的兴趣，完全是出自一种自尊心和内疚。他知道，要想给被疾病折磨得过早地离开这个世界的父母一点安慰，要想还清在运动初期自己和父母划清界限而欠下父母的一笔骨肉感情债，他不能搞邪门歪道，自暴自弃，只能按爸爸的遗言去做，掌握真正的本领，并且把它贡献给国家和民族。既然已经分配当了电焊工，就在电焊工上出头。只要地球不毁灭，技术终究是有用处的。只要在技术上出类拔萃，成为车间的尖子，全厂的尖子，甚至是全市、全国的尖子，总有一天会扬眉吐气的，会使已在地下的爸爸妈妈得到安慰。到那时候，那些势利小人也会说：“瞧，还得说是人家教授的儿子！”一定要用自己的成就挽回爸爸的声望。他拼命地学，拼命地干，拼命地创造。不说话，一天到晚闷头琢磨，闷头干活儿。别人会一手，他要会两手、三手，铁心要在真功夫上给自己争口气，给做了一辈子学问的爸爸争口气，只有儿子有了真本事,露了脸,像个人一样地挺了起来,那才是真正给老子平了反,彻底平了反。相反,如果儿子不争气,老子就是平了反也没有用,埋在土里脸上也挂灰!给老子恢复名誉的最好的办法,就是当儿子的好好干。难得路凯有这样的志气,大概经受过灾难的孩子才容易立这样的志气!就这样,十来年后,他真就成了优秀的电焊工。

路凯学电焊到了着了迷的程度,为了要掌握一种复杂的焊接的技术,为了要看看别人是怎样焊一个难干的活儿,他不分上班还是下班,不管白天还是晚上,总待在厂里。反正他回到家也是一个人。实在没有正经事干,就一个人躲到一个地方苦练各种焊接技巧。平常不说话,一说话就是问技术上的问题。聊大天、扯闲篇儿的人群里,绝对看不见路凯的影子。一九七二年,夜校恢复以后,他同时上两个学校,每一、三、五的晚上到高中班补习数理化,每二、四、六的晚上到工人业余大学学焊接专业。他就是在业大里认识了马越。

马越开始讲第一课的时候,还没有讲几句话,路凯突然愣头愣脑地在课堂上站了起来,这个老师的声音、语调就和他的妈妈一模一样,一口南方普通话,温柔、亲切、悦耳,像一阵阵清风送到他的心里。他眼里汪着两泡泪水,紧紧地盯住了马越。女老师吓了一跳,以为他的神经有毛病,就生气地问:“你有什么问题要问,还是有什么事情?”

路凯猛然清醒过来,闹了个大红脸,一句话没说就赶紧坐下来。他越听这个马老师的声音就越像他的妈妈。今天是他妈妈的生日,晚上他特意买了点面条自己回家煮着吃了。他想妈妈,一听见马越的声音,脑子里就产生了一种幻觉。可是马老师太年轻了,也许还是个姑娘。那一堂课,他没有听好,老是想他的妈妈。

放了学,路凯骑上车就往家跑。马越见他神情不对,害怕出什么事情,又知道他是本厂的职工,就从后面跟上去。

路凯回到家,抬头看见墙上挂着的爸爸和妈妈的照片,心里一阵难过,趴到床上哭起来。马越听到屋里有哭声就推门进来了,路凯只管蒙着头哭,没有听到有人进来。

马越站了一会儿,轻轻地问他:“路凯同志,你怎么啦?”

路凯猛地站起来，一见是马越，非常惊讶。他赶紧擦了把脸，请马越坐下。马越问他为什么这样伤心，他把自己家庭的情况，父母和自己的遭遇全告诉了马越，压在心里好几年的闷气都吐出来了。他这是第一次向外人，而且是向一个女人讲这些事情。他以前曾暗暗发过誓，决不向任何一个人透露一句关于自己身世的话，他见惯了世态炎凉、人间冷暖，他不需要嘲讽，也不需要同情。可是今天他不知道为了什么，突然向一个刚刚才认识的女人把什么都倒出来了，他一见了马越，那些自己立下的誓言，那种对任何人都采取同样冷漠态度的处世准则，全不起作用了。他的创伤累累的心田，想得到这个像妈妈一样的女人的爱抚和慰藉，尽管她也许还是个姑娘。

马越听了路凯的身世，心里很难受。这样的遭遇，这样的情绪她也是经历过的，只是程度不一样罢了。她非常同情眼前这个信任她，向她敞开了肺腑的小伙子。她真的用一种充满了母爱的温情安慰了路凯一番。问了问路凯工作和生活的情况，信手翻了翻路凯床头的书。她对路凯在焊接理论上的钻研感到很惊奇，他已经掌握了一些连许多技术人员都不懂的新知识。路凯订了好几本科技杂志，他对当今世界上各种焊接新技术知道得很多，实在比那些上过大学，但没有上进心的技术员要强。马越真的感到必须刮目看待这个学生。在现在的小青年中，这样的人似乎不很多呀！

两个人谈到很晚，路凯怕马越路上出事，又把她送回家。

从此，每到该马越上课的晚上，放了学，路凯总是站在离学校门口不远的一个暗处等着。等到马越出来，他悄悄地跟在后面。而且是拉开一段距离，路凯能看见她，决不让她看见自己。一直看着她进了自己的家门口，他再转头回家。他不敢让马越知道他在暗中护送她，他没有权利，也没有义务要护送她。他甚至觉得自己这样干是很不光明正大的，如果让对方知道了，她一定会非常不好意思，可是他无法禁止自己这么干。

这样不间断地坚持了十几个月。马越在下课后回家的路上也没有碰到过太大的麻烦。有时候太晚了，马路上有些不三不四的青少年,想找便宜取乐,冲着马越说些不堪入耳的话,往她身上扔砖头石块。每逢这个时候,路凯就突然从后面蹿上来,像头发怒的豹子,喝散了小流氓,然后一直把马越送到家,但他都装做是偶尔碰上的。一次两次是碰上的,几次三番,时间一长马越知道是怎么回事了,但她没有点破。渐渐地她对路凯产生了一种异样的好感。尤其是当她回家后,听到了丈夫那无忧无虑的呼呼的鼾声,这种感觉就更为强烈。

一九七四年初,批林批孔运动开始,批大儒,评《水浒》,上夜校学技术的风渐渐被压下去了。业余大学的学生也就越来越少,最后只剩下路凯一个人了,马越就专门给他一个人讲课。一个老师就教一个学生,路凯学得更便当了,焊接技术上的理论问题他学得更快,掌握得更多了。有时两个人甚至分不出谁是老师,谁是学生,两人一块讨论一块研究。每到上课的那个晚上,路凯不再避讳,和马越一起来,一起走。马越又介绍路凯参加了市焊接学会。这个学会里集中了全市的焊接技术专家和一批出色的焊工。哪个工厂在焊接方面遇到了困难,或者有特殊复杂的焊接任务,焊接学会的成员就会去支持,到现场边干边分析研究。路凯跟着马越经常参加这类活动,扩大了眼界,增长了许多实际经验,很快他就成了这个学会里最年轻却又不可轻视的一个新会员。

但是没过多久,业余大学也得关门了。路凯看到贴在学校大门口上的停课通知,一时不知道该怎么办才好。他心里有一股难言的痛苦,也是一种留恋。这一张布告好像夺走他一件最心爱的东西。上夜校已经成了他生活中一种最美好、最甜蜜的事情。他对学习有兴趣,也只有知识才能安慰他。在课堂上,在书本前,在马越跟前,他才感到自己像个人,这里没有白眼,没有歧视,也没有愚昧,这才是他的世界。他每到星期一、三、五的时候,就盼着快点到二、四、六,快点见到马越,快点听到她的声音。

这最后一节课马越讲得最多,也最仔细,想把剩下来不及讲的课程中最主要的东西都给路凯说一说。但是路凯坐在她对面,只看见她张嘴,她讲的东西一点也没听进去。马越发现她的学生神情反常,思想老开小差儿,就考了他一道题,叫他画出一个工具的草图。路凯拿起笔，画了没有几下，握着笔的手就开始发抖。

"你怎么啦？发烧？"马越按住了他的手，手并不烫，便把住他的手，抖抖嗦嗦，一笔一笔地画。

被马越把着手画图，路凯内心非常激动，他真想翻手紧紧抓住马越的手。但是他不敢，脸颊涨得通红，眼睛不敢抬起来，死死盯住图纸，拼命集中自己的注意力，手却抖得更厉害，费了好大的劲儿总算画完了。

马越的授课计划没有完成，草草结束了这最后一课。马越女性的敏感已经使她猜出点路凯情绪反常的原因了，可是她不想说破。两个人在回家的路上谁也不说一句话。快到家的时候，她看见这个小伙子蔫头耷脑，怪可怜的，忍不住问了一句："路凯，今天晚上你怎么啦？"

沉了好一会儿，路凯才吞吞吐吐地说："学校停办了，您的课还没有讲完，我有好多东西还没学哪，往后怎么办？"

"这还不好办，咱们在一个厂工作，你随时都可以到设计科找我。"

路凯摇脑袋："我在车间里是不能到处乱跑的，就是能到设计科去找您，工作时间您也不能给我讲课呀！"

"要不，晚上你到我家来吧。"马越说完又有些后悔，他们家三口人住着一间房，小女儿正淘气，白如信又是个自私而多疑的人，如果路凯真要到她家里去补课，不出三天就会吵起来。

"不！"路凯知道马越家里的情况，坚决地摇摇头，然后试探地说："如果您不怕辛苦，能不能每个星期抽一个晚上在厂里或在我的家里给我补习功课，我的家里比较宽绰，就我一个人，很清静。"路凯说完心里跳得很厉害，等着马越回答。他对自己也很惊奇，怎么竟有勇气向马越提出这样的问题。如果不是在晚上，没有夜幕掩盖他的窘迫，要他命他也不敢直截了当地提出这个要求。

马越却爽朗地答应了："这有什么不可以的，还是按业大的上课时间，每二、四、六的晚上，我到你家来给你上课，争取尽快地把大学课程给你讲完。你是一个有志气的人，我一定尽力帮助你。"

路凯仿佛登上了一个幸福的峰巅。每逢马越来讲课的日子，路凯就像小孩子过年一样兴奋，一下班就急忙往家跑，沏好茶，把水果削掉皮，等着马越到来。

马越来了就讲课，讲完课就走。只喝路凯沏好的茶水，别的东西一口也不吃。她已经隐隐地感觉到，路凯对她特殊尊敬的感情中，除了师生情谊，还有某种别的成分。这预示着一种危险，她的理智多次提醒她，这种课应该停止了。可是她的感情却催促她每次都是准时来了。她同情路凯，她赞赏路凯的才能和刻苦。她却不愿意承认她心里对他还怀有一种深深的好感。她每次来讲课都表现得很冷淡，除去功课以外的话不谈。

路凯却什么也看不出来，只要马越来了，他就是过节。学得专心，一点别的邪念都没有，单纯而可爱，像个大孩子。这又常常使马越放松了她的警戒心。

但是连两个星期还没有坚持下来，白如信突然在一个晚上闯进路凯的家里，他大发脾气，用极其尖刻的语言，三七四六，把妻子和路凯又挖苦又嘲骂了一通。路凯看见马越因为他受了侮辱，要是换个别人，他一定会和人家拼命。可是白如信是马越的丈夫，他被白如信挖苦得脸红了又白，白了又红，却一句话没说，只是难受地望着马越。马越也正因为有路凯在场，又是在路凯的家里，她也没有多说话，跟着白如信回家了。

一连几个星期，路凯没有见到马越。他老是想打听马越那天回家以后白如信又对马越“怎么样”了。他想到设计科去找她，又怕碰上白如信，给马越惹出新的麻烦。他到焊接学会参加了几次活动，想到那儿见到马越，可是马越一直没有去。晚上他到马越的家门口转过几回，指望能看到她，也都失望了。他压制住强烈的不安和痛苦，想扎到书本里去，这些大学的课本都是马越用过的。每到星期二、四、六该马越来上课的时间，他就像马越在场一样，端端正正地强迫自己自学，学完规定的课程，学到马越应该离开的时间。

在孤单的灯光下，在静静的不能入眠的夜里，他受着一种奇特的感情的煎熬。他做过梦，他不止一次地幻想过曾和马越在一起的情景。他憧憬过有一天突然再见到马越，他一定会失去理智，不顾一切地扑上去，紧紧抱住马越，再也不松开！哪怕只有这一回，以后别人怎样骂他，怎样处治他，他都不在乎！可是睁开眼睛，他对自己的幻想又感到惊奇，对一向所尊敬的老师，怎么竟敢有这样的念头？他又在心里咒骂自己下流、卑俗，觉得对不起马越，侮辱了马越。但这种自责并不能平息他的感情，他扪心自问，在他内心深处确实不想伤害马越，不想侵犯她一根毫毛。他不敢那样干，他不允许自己对她有超过学生对老师的举动。她对于他太圣洁、太高尚、太宝贵了！但是他又止不住想接触马越，想触摸她的手、她的脸。他渴望能得到马越的爱抚。这是爱情吗？不，他不知道，他说不清，或者他不敢承认。他怎么配爱马越！也许这是爱情以外的，比爱情更强烈的一种感情！

这天晚上，路凯在心里一次又一次幻想过的情景真的出现了。他正低头看书，听着他想象中的马越在给他讲解焊后的热处理工艺学，马越突然推门进来了。

路凯一怔，以为马越的出现又是自己的一种幻觉了。当他确信眼前站着的的确是马越，便腾地站起来："马老师！"说着奔到了马越的跟前，他眼光燃烧着，浑身颤抖，双手抖抖簌簌地朝她伸出来。

马越没有料到她的学生一个月没见她，乍一见面竟如此激动。她从路凯的眼睛里预感他也许会做出什么举动，马越立刻收起笑容，用一种冷淡的目光制住了路凯的冲动。她躲开他，自己坐在椅子上，翻着桌上路凯的书籍和作业，不抬眼睛，顺口问："小路，这么多天我没有来给你讲课，你学得怎么样？有什么问题？"

没有回答。路凯站在她身后，定定地望着她，没有听清她说的话。

她回过头："你怎么啦？"

路凯走到她跟前，但不敢抬起眼睛："马老师，我对不起您，都是因为我才使白如信对您……"

马越笑了："你想到哪儿去了？老白的脾气不好，我们吵过了就完。这些天是我身体不舒服，没有到你这儿来。"

"您病了？"路凯更加焦急和不安，他的真诚使马越感动，使她又想起白如信的自私和虚伪。她的心里涌起一阵多少年来没有翻起过的女性的冲动,白嫩嫩的脸色微泛红晕,眼神也变得更加温柔动人,灯光下显得格外妩媚。路凯看傻了,眼光呆呆地盯住马越不想移动。马越控制住自己的情绪,轻轻地说:“好了,全好了。就是真的病倒了,也不是因为辅导你学习累的,与你无关。”

说完她扫了路凯一眼,发现路凯的眼里有泪光。她一惊,一种母性的感情使她的心软了。

路凯正拼命想把眼泪忍回去,他觉得不好意思,也很生自己的气。前些年他想哭没有泪,自从认识了马越,常常无缘无故眼睛发潮,他变得爱哭了。对于男子汉这实在是个很不光彩的毛病。他这副狼狈的样子,引得马越笑了,她心里泛起一股母亲般的温柔,她掏出手绢给路凯擦泪:“怎么变成个孩子啦?”

路凯颤抖抖地抓住马越的手,这是一只柔软的、无比珍贵的手。路凯突然握着这只手贴在自己的脸上、嘴上!

马越一惊,抽回自己的手:“小路,你怎么啦?”

“马老师!我……”路凯无地自容,转过身冲进里屋,似乎从里屋传出一种用头咚咚撞墙的声音。

马越想进去拦住他,但她到底没有动。等到屋里平静下来,她才说:“路凯,你不应该这样,我知道你很孤独,但你是个好强的人,会克制自己的情绪。好吧,过两天我再来看你。”

马越离开了路凯的家,靠在大街拐弯的墙角上,她让自己平静一会儿,她的心也在咚咚跳,自己也异常激动。她看见路凯发疯似的冲出门来:“马老师!”

马越在黑暗中没有答声。

二

马越对自己制定的空心连轴的焊接工艺没有把握,她很想和白如信好好研究一下。他是承担这个焊接任务的结构车间技术副主任,又是自己的丈夫,在大学和她学的是同一个专业。虽然感情不合,但不管是从工作关系上说，还是从夫妻关系上说，他们两个都应该好好坐下来研究一下这个焊接工艺。

马越在办公室里没有找到白如信。白如信自从下车间以后，不喜欢坐办公室，而喜欢在车间里转，喜欢在现场处理和解决问题，当着众人表现自己的领导才干、果断、大胆和敢负责任的气魄。他在设计科时只当个学习组长，从来没有掌握过实权。这回一下子成了一个几百人大车间的副主任，他尝到了做领导的甘苦，权力——这是一杯醇香醉人的烈酒，刚一喝的时候有点辣嗓子，几杯下肚之后，真是妙不可言。他为了克服技术人员当了领导之后常犯的那种文质彬彬、慢声细语、优柔寡断的毛病，故意高声快语，表现出一种与众不同的敢做敢当、快刀斩乱麻的领导风格。

到快下班的时候马越才找到他，他正在装配工段不大不小地发着脾气："咱实话实说，我这个人从不搞虚的假的，这活儿你们还想瞒我？就不想想我是干什么的？这个活儿本来五天就可以完工，我手一软就多给了你们两天。七天过去了还没完成，用天津卫的话说这可有点太欺侮人了吧？平时干活儿不着急没关系，我希望诸位到涨工资的时候也别着急。我们不是瞎子，平时谁吊儿郎当心里都有数。好吧，这个活儿今天必须完，今天完成了，这个月你们工段的奖金照发；今天完不了，我也没有办法，只好照制度办事！"

他说完拨头就走。马越听了他的话，心里很不舒服，这不是明明白白用手中的权力、用涨工资对工人进行要挟吗？她知道丈夫是虚荣心很强的人，这时候谁要是当着好多人对他的面子有一点伤害，他就会不顾一切地和人吵起来。马越拦住他，只提出了业务上的事："空心连轴的焊接工艺，咱俩还得商量一下。"

"你不是已经把工艺做完了吗？"

"工艺是做完了，但对你们能不能照工艺的要求干可没有多大把握。"

"唉，你就会嘀嘀咕咕，没有把握你就别做，已经做出来了，你们科长也签字了，我的车间只管执行。"白如信很不耐烦，似乎也是有意让工人们看看，他在工作上对待自己的妻子也是毫不含糊、很不客气的。他接着又说："设计制法，工艺执法，我们的责任就是守法。"

说完扔下马越，大声地说着话，指手画脚地去处理别的问题去了。

这使马越非常伤心，他把夫妻间的感情不合带到工作上来了！其实在他们两个还没有闹别扭的时候，在业务上就没有多少共同语言。两个人在家里很少谈技术上的事，除去谈点家庭孩子、柴米油盐这些生活上的琐事，或是听白如信对政治形势发点牢骚外，两口子之间没有多少话可说。不说倒好，有时一说起来就容易话不投机，变成争吵。因此，两个人在工作上有什么话宁愿跟别人说，一回到家就都沉默起来了。马越在设计科里碰上了比较庞大的设计任务，她宁肯跟别的人合作，也不愿意和白如信一块搞设计。尽管如此，他们却并不大张旗鼓地吵架，每次吵到快要被同志们听到的程度，双方就自动收场。多少年来他们也像许多别的夫妻一样，理智而又平淡无味地生活着。他们的家庭生活没有喜剧，也谈不上是悲剧。

马越在白如信那儿碰了钉子，而且是当着许多工人挨了碰，但她没有发火。她转身想找路凯商量一下。这个小伙子是有办法的，不过他可能还记着以前的事，见了她也许要局促不安，躲躲闪闪。想到这些，她倒觉得很有意思，甚至很可笑。

马越来到电焊组，这里轻松愉快而又热闹，焊工们抽烟喝水聊大天，没有一个人研究图纸，也没有人琢磨如何焊好连轴。她问："看样子你们都有把握了？"

"有什么把握？"刘民热情地让座位，又把他的茶碗端过来让马越喝水，马越没有接。又问：

"空心连轴的焊接方法你们又研究了没有？"

"我们研究嘛？我们是受大累的。你是工程师，你说怎么干，咱就怎么干。"刘民用恭维的口吻说。

马越心里发凉，工人是这种态度，连轴怎么会焊好。不知为什么，有些工人对工作变得这样冷漠，随便应付、凑合。细想起来，这也不能光怪工人，她丈夫是个副主任，刚才去找他不也是这副态度。现在连临时抱佛脚、要马前三刀的人都少了。这不，马上就要考核升级了，有几个人当着领导的面表现积极，领导一走还是老样子。白如信以涨工资为法宝，只骗了他自己，并未鼓起工人真实的干劲。现在有的人连为了涨工资而表现一下自己的热情都没有了。冷漠，可怕的冷漠，对一切都不在乎！

马越没有在屋里看到路凯，心里还稍微好受一点。就问："路凯呢？"

"不知道！"刘民晃着脑袋，小眼睛里闪出狡猾的光，忽然嘴脸一变，挖苦地说："路工程师也许又搞什么发明创造去了。"

马越不高兴地反问："你为什么要这样嘲笑他？"

"这不是嘲笑，这是吹捧，羊群出骆驼，不捧着点还行？"

"他的嘴的确不如你的灵巧，可是论技术，我实在不敢恭维你；冲天炉底盘还是路凯替你返的工，他焊的质量你去看过了吗？"

刘民的脸硬是不红，嘻嘻一笑："甭看也错不了，路凯是你这个大工程师把着手教出来的，将来说不定他也能混个工程师当当。"

马越脸红了，声调也有些变："你以为这是不可能的事，才敢这样挖苦他？可是你看得太浅了，如果有一天他真的当上了工程师，你怎么办……"

马越突然觉得和这种人费口舌有什么意思呢，她掉头走出来了。工房里传出刘民怪声怪气的笑声。她加快了脚步，迎面碰上了像篮球中锋一样高大的结构车间的主任李建明，这个精明的大个子，在全厂的中层领导干部中有个好名声。在他的面前是不必隐瞒自己的观点的。马越把她的不满说了出来："李主任，你们的电焊工段怎么搞的，一盘散沙，好像没人管。冲天炉的空心轴焊接卡了壳，没人操心，大家都不着急。焊接工艺早就做出来了，可是我的把握不大，找白如信，他不管；找工人，工人都坐在屋里聊大天。这是怎么回事？"

"别着急，马工，咱们一块去看看，我管。"李建明跟着马越直奔冲天炉，边走边说："是啊，你也应该说说老白。他来到我们车间，我很高兴，我是工人出身，正缺少一个技术上的帮手，向党委建议让他做了技术副主任。可是他对技术倒不怎么管,成天忙于‘救火’,动不动就采取行政手段,看来他喜欢当个行政领导。”

“您看错了人,他是什么领导也当不好的。”马越似有隐痛,说得又很诚恳。

李建明惊奇地看看马越,赶紧把话题岔开:“杨老春退休以后,电焊工段还没有找到合适的人当工长。这两天就得解决,不能再拖了。”

他们说话来到了冲天炉跟前,老远就看见空心连轴跟前有个人在鼓捣什么。马越紧走几步来到近前,只见洪根柱满头大汗,手里拽着一根绳子,绳子的另一头通到轴孔里,看那架势是想从空心连轴的中间孔里拖出一个什么东西。他累得呼呼直喘粗气,一边抹汗,一边叨咕:“这不行!这哪行!你的腰跟牛背一般粗,四周又被卡住了,我怎么拽得出来!”

“你使劲呀!”轴孔里有人说话,嗡嗡的像锤击钢铁的共鸣声。

李建明和马越一惊,站住了。

“我使大劲儿你不疼吗?”洪根柱为难地冲着轴孔里喊。

李建明和马越走过来,也吓了一跳。

路凯不知用什么办法钻到大轴中间的孔里,可是现在出不来了。一只脚上拴着麻绳,叫站在外面的徒弟用力拉。洪根柱用力怕师傅疼,不用力又怕师傅出不来,好不为难,浑身冒汗。他对马越求救似的说:“马工,快帮帮忙,想办法把路凯弄出来。”

“这是怎么搞的?哪能开这种玩笑,会有危险。”马越又急又怕。她这个工程师对这种局面却毫无办法。

洪根柱一下子火了,冲马越来了:“你还说是开玩笑,都是你们工程师不了解实际情况,工艺制定得不合理,为了想出别的焊接办法才钻进去的。到这种时候你不帮忙,反倒说便宜话!”

马越被洪根柱抢白了一顿,却并不生气,赶紧想主意。

李建明蹲下来,对着孔里说:“小路,别急躁,收腹,吸气,缩肩膀,腿伸直,把心情放松,一点一点往外退。别着急,能进去,就能出来。”

他从洪根柱手里接过绳子,说:“根柱,撒手吧,你越使劲拉,你师傅就越出不来。”

路凯在轴孔里按照李建明的办法，把心情放松，一点一点地移动身子，果然爬出来了。他的肩膀被铁刺划破了，血顺着胳膊流下来。他没有觉察，也许是把它当成汗水了。真正的汗水却像电镀的滚珠一样，大颗大颗地在他赤铜般的脸上沁出来，滴答滴答地往下落。他没有擦汗，皱着眉头怔怔地站在那里，似乎是对自己的失败感到懊恼，也许是在李建明和马越面前感到了不好意思。

马越真不敢相信，这么个膀宽腰粗的人刚才怎么能钻到轴孔里去的。她问：“你钻到那里去想干什么？”

路凯说：“您做的连轴焊接工艺要求很高，要保证达到标准，按一般的电渣焊接方法是不行的。我想搞一个自动滑块，像只手一样在底下托住焊水，和焊枪一块移动，焊缝的质量就有了绝对把握。”

马越脑子豁地一下亮了，路凯说得很简单，但是她马上明白了这个电焊工的想法，妙极！她问：“你的滑块想搞个什么样的？”

路凯拿起一根焊条，立刻在地上画出滑块的图样。马越看懂了，立刻受到启发，又在几个地方做了修改。

马越的设计画出了他心里朦朦胧胧想的那个东西，而且还给他的设想又补充了一些东西，这就使他那个设想更明确，更万无一失了。

路凯感激地看了马越一眼，这是他这几天以来第一次敢正眼看马越。

马越非常兴奋，她用一种新奇的、赞赏的眼光打量着路凯。要不是有李建明和洪根柱在场，她一定会说几句安慰和鼓励的话，表示对他过去的鲁莽行为完全原谅了。现在她只好把头转向李建明，高兴地说：“李主任，问题解决了。我对连轴的焊接质量完全放心了。”

李建明还不完全明白：“你要钻到轴孔里干什么去呢？滑块不是自动地移动吗？”

马越代替路凯回答：“安装的时候必须要钻进去，如果中间出了故障，也必须进去人才能排除。”

李建明：“那可以找一个瘦小的人钻进去。”

路凯:“这是苦差事,是我想出来的主意,谁会愿意替我往里钻?再说别的人进去我还不放心,我得自己干。”

李建明听着路凯的话心里突然一动,几天来由于别人七言八语使他拿不准主意的一个问题,这一刻他下了决心啦。

马越抢过来说:“我可以替你进去,你难道还信不过我?”

“您进去?”路凯十分惊异。

“瞧不起我是个女同志?”

路凯没有搭腔,转过头去。他忽然看见在安装冲天炉的钳工们的身边,放着一大盆黄澄澄的润滑油,心里猛地一亮。他跑过去舀起两把润滑油,就往自己的两个又宽又厚的肩膀上涂。

“你这是干什么?”

路凯不答话,涂好润滑油,蹲下身子便往轴孔里钻。润滑油果然有效,他进去得快,出来得也快。他冲着李建明嘻嘻笑了:“李主任,行啦。如果马工今天能把滑块叫工具车间做好,明天就可以开焊。”

马越立即回答:“没问题!”她心里非常激动,她没有看错,也没有白下功夫教他,这是一个非常难得的、很有前途的小伙子。他具备一种对于搞技术的人非常宝贵的特征:越是容易干的工作,越感到不过瘾;越是碰上了复杂而困难的技术关卡,越是来精神,劲头也格外大。就像麻花钻头,越硬越想吃,丝丝入扣。

她说:“路凯,这个连轴焊完以后,你写一篇文章,好好总结一下,就算做是业大的毕业论文,我负责把它推荐给《焊接技术导报》。”

路凯不好意思地说:“我还没有从业大毕业。”

马越似乎觉得脸有些发烧,她怀着歉意地看了路凯一眼,没有说话。

机灵的洪根柱舀来一团“乳滑膏”,涂在路凯的身上,然后用棉纱一擦,润滑油全被擦掉了。

马越也过来帮忙,她的手刚一触到路凯的皮肤,路凯赶紧躲开了,红着脸说:“我自己来!”

下班铃早就打过了,李建明催促他们快去洗澡换衣服,路凯叫洪根柱先走，他随马越来到设计科，要把“滑块”的正式图样画出来，明天一早就可以送到工具车间去加工制造了。

马越没有动手，有意让路凯自己设计。路凯很快就把图样画好了，马越只在几个小地方做了修正，她很满意。设计科的工程师们早就全下班了，办公室里只有他们两个人，路凯感激地望着马越，马越高兴地说：“往后在技术学习上有什么困难尽管找我，我全力帮助你。”

“可是冲天炉一焊完，我又见不到您了。”路凯说到这儿，脸突然又有点发烧，但他不再拘束了，通过这几天的接触他看出来马越并没有怪罪他那次的鲁莽行为。

“你打电话给我，我星期天抽时间到你家里去。”马越说到这儿，突然想起一件事，问：“听说赵玉兰很喜欢你，你有没有这个意思？”路凯很愿意马越问起这个问题，他可以趁机把堵在心里的话说出来，但他不敢看马越，低着头说：“完全没有这个意思，我跟她不是一种人。”

“你已经三十岁了，也应该考虑一下个人的问题了，再晚了就更不好找了。”

“不用了，我命里注定这一辈子不会结婚了。”

“这是为什么？”

“因为世界上只有一个马工，已经和别人结婚了。”路凯说完，突然抬起眼睛，大胆地盯住马越的脸。

马越没有生气，反而笑了：“傻子，在这方面你还是个什么也不懂的小孩子！你既然知道我是个老太婆了，快死了这条心吧，想办法找个好姑娘。”

路凯感情冲动地解释说：“马工，我并不敢指望和您……，我连想都不敢想，我知道自己不配。我只是有过一个念头，想找一个和您一样的姑娘，但是不可能找到。自从我父母死后，我就遇到了一个能了解我、支持我的亲人，这就是您。您不知道，自从我上次对您不礼貌，再也见不到您以后，我有多难受，简直说不出是一股什么滋味，好长一段时间六神无主。我没有别的要求，只求能够经常看到您，听到您的声音，如果能得到您的关心和帮助，那就是我最大的幸福了。”

路凯坐在椅子上，定定地望着马越。马越背对着他正在整理图纸，听了他的话转过身来，两个人的目光相遇了。马越抬起胳膊，用手抚摸着路凯的头发，她喜欢这个小伙子。她很自然、很大方地抚摸着路凯的头，像母亲爱抚儿子、姐姐爱抚弟弟。马越有这种感情，似乎又不光是这种感情。人的感情是异常复杂的。人，多么需要爱啊！路凯又惊又喜不敢动弹，生怕她又跑了。

一二

李建明把赵玉兰和白如信召集到一起，说："焊接工段没有个工段长不行，咱们商量一下，确定一个人。你们俩有什么想法？"

副书记和副主任半天都不吭声，这个工长的人选确实不好定：有几个五六级的老焊工，连自己都管不好，怎么能管得了一个工段。三级工以下的年轻工人不算少，但能顶用的不多。你都猜不透他们成天想些什么，拨拨转转，甚至有的拨而不转，工作上没有上进心，怎么能让这些人当工长呢？

有一个人还勉强可以凑合，至少在技术上，在领导工段的生产上还能拿得起来。但是这个人会不会管人，敢不敢管人，就一点把握也没有了。他好像天生可以成为一个大工匠，而不是当领导的材料。在焊接工段没更合适的工长人选的情况下，只有先让他出来干几天试试。可是白如信和赵玉兰都不愿意提拔这个人，因此也就不提他的名字。这个人就是路凯。

白如信出了个主意："在咱们车间实在找不出合适的焊接工段长，我看给厂部打个报告，从外单位给我们调一个来。"

赵玉兰说："好的焊工外单位也不会放给我们；如果来一个不怎么样的人更不好办。"

她拿不准主意，想提议让路凯试一试，心里又有点矛盾。如果路凯能答应和她交朋友，她当然希望在两个人的关系还没有公开化以前，路凯被提拔为工段长，这对他和她都有好处。可是又怕路凯当上工段长以后会更傲慢，更加看不上她，使自己跟他结合的希望完全破灭。

李建明直率地提出了自己的意见："如果你们都提不出合适的人选，我倒想好了一个人，而且这几天我把焊接工段的人反复做了比较，认为他比较合适。"

白如信急切地问："谁？"其实他也猜到李建明会提谁了。

"路凯。"

两个人一时都没应声。老实说，白如信到这个车间来的时候，不论是在焊接技术，还是在焊接理论上，他把别人都没有放在眼里，更不用说路凯这个一九六八年才进厂的三级工了。可是现在，在技术问题上他对路凯的挑战不能不暗暗感到怵头。如果路凯成了工段长，今后他就更难领导这个对手了！可是这些都不能成为他阻止提拔路凯的理由，他想了想，很婉转地说："路凯这个人在技术上还有股钻劲，好像这个车间里除去李主任，我和玉兰很难向他布置任务，如果提上来当工段长，会不会更助长他这股傲气，往后谁也玩儿不转他了。"

他说完看看赵玉兰，他知道这位副书记还一心想和路凯搞对象呢，他怕把路凯的缺点说重了引起她的不满，故意把她和自己拴在一起。

李建明不以为然地说："一个人只要有点真本事，有一技之长，在某个方面出了点头，他不管多虚心，也会有人说他骄傲，说他看不起别人；甚至有的人专门抓住这一点，把他永远踩在脚底下。我还没有听到工人们反映路凯骄傲。"

白如信转头又对赵玉兰说："他那么钻技术，动机是什么？我看他名利思想挺重。"

"老白，你说实话，你们知识分子哪一个没有点名利思想？你们大概或多或少也都挨过名利思想这根棍子的打。现在就不要再用这根棍子去打别人！我倒真希望咱们车间的小青年都有点名利思想才好。可怕的倒是他们既不为名，也不为利，更不是为革命，成天在混日子，没有追求，没有理想。如果你说的名利思想能使他们都变成路凯，咱们的国家就不犯愁了！”李建明这个耿直、幽默的大个子，说着说着动感情了。

白如信大为惊奇，真想不到这位车间主任、党支部代理书记竟这样明白晓畅地鼓吹名利思想。

李建明看出了他的意思，不无反感地说：“我们的国家过去所以人才出得慢，就是因为棍子多，表扬鼓励少。封建社会还懂得用考状元的办法搜罗人才，资本主义国家更不用说了；你光凭几个革命口号就能喊出伟大的科学家吗？你白如信可以唱高调，但你不能要求每一个工人，每一个技术人员都有那么高的觉悟。一个人尽管动机可能不那么纯，或者说有名利思想，只要他为国家、为民族做出了重大贡献，国家就应该给他相应的名利地位。这样的人要比那些既无名利思想，又什么事情也干不成的圣洁的革命家强得多！”他突然意识到把话扯远了，因为像白如信这样的技术人员，明明知道名利思想是怎么回事，仍然装得很正经，还想把这顶帽子扣到一个青年焊工头上，真有点把李建明惹恼了。他赶紧把话题拉回来：

“你们二位还有什么别的意见没有？”

白如信没有答声，只是摇了摇头。今天他对自己的顶头上司又有了新的认识，今后要想从这个车间顺利地升上去，还得改变和李建明相处的方法。他以前并没有完全了解这位主任。

李建明又问赵玉兰：“你哪，小赵？”

赵玉兰很爽快地回答：“我同意。”

“那好，就这样定了。”李建明坚定地说，“是你跟他谈，还是我跟他谈？”

“你的事情多，我找他谈吧。”副支书刚才已经把这个问题想好了，这是好事，提拔干部的谈话最容易，也容易落好。把这个好消息通知路凯以后，他肯定高兴，肯定会对自己产生好感；趁着他的高兴劲儿，就可以提出那个老早就想跟他谈，又一直找不到机会开口的个人问题了。

快下班的时候，赵玉兰才把路凯叫到自己的办公室里来。这样既可以使车间的人都知道他们是谈公事，而且谈不了几句话，干部和工人就都下班走了，只剩下他们两个，就可以好好谈一谈了。

她让路凯坐到自己对面的椅子上，用自己的茶杯给路凯斟了一杯水，脸上挂着大方的微笑，说："先喝点水，喝吧。我知道你爱干净，这是我的碗，不脏。"

路凯并不渴，可是赵玉兰说了这样的话，盛情难却，不能不喝，他端起茶杯喝了一口，嗯，是甜的，里面放了白糖。他的脸红了，赶紧放下茶杯。

赵玉兰笑了："喝吧，慰劳你，你今天钻大轴，立了一大功。"

路凯的脸更红了，赵玉兰从来没有用这种腔调和他说过话。他最怕和领导说话，尤其更怕和这位对自己有过"恩"的老同学谈话。他眼睛不看赵玉兰，问："你找我有什么事?"

"刚才我和李主任、白如信商量了一下，有件事要和你谈——"

下班的铃声响了，她只好暂时把话打住。现在她可以以领导和老同学的身份，从从容容地谈这场话了。她仔细地打量路凯，这位老同学完全变了，体魄魁梧，却又显得文质彬彬，漂亮秀气，带着一种英武的男性美。尽管刚才喝了她的白糖水，有点不好意思，但是他的脸上已不是十年前那种可怜巴巴的神色了，洋溢自信、力量和无畏。粗黑的眉毛像两根炭棒，横在宽阔明亮的额头下面，一对乌亮的眼睛，透着固执、深沉、凝重，像燃烧着永不熄灭的青春的火焰。这是每一个时刻都会有千百斤力量在胸中爆炸的角色，似乎有一股不满足于现状、向上向前的精神永远在他血管里奔流。

赵玉兰看得有些发呆，她好容易有这样一个机会，可以大大方方地端详路凯。她几乎是贪婪地、动情地望着他。她后悔这几年为什么没有认真注意路凯的这些变化。但是前几年，她是全厂最年轻的一个中层干部，路凯又算什么？虽然他们是一块进厂的，到"四人帮"倒台之前，她却从没有想到过他！给她介绍对象的人很多，被她看中的不多。更没有人想到敢把路凯介绍给她，他跟她不般配。现在一切都颠倒过来了，她觉得一个技术好，一个政治上好，两个人很般配。幸好前几年,他们一个太得意,一个太不得意,都没有成家,今天正好配成很好的一对。就好像她专门等着他,他也故意等着她一样。过去,她自我感觉的那种优越感,在路凯面前尤其强烈。今天却一点都没有了,倒担心路凯会拒绝她。“四人帮”倒台以后,她虽然还是党支部副书记,但是现在的副书记和以前的副书记地位不一样了。现在是搞技术的吃香,她学徒还没有满师就被突击提升了,对生产上的事懂得不多,光凭党员的身份,说话也不太响亮了。这两三年,路凯的地位却一个劲儿上升,父母的冤案平反昭雪,父亲的遗著出版,由于他本人的技术突出,一九七七年调整工资的时候,赵玉兰这个副书记都没涨一级,路凯却升了一级,这次涨级也还会漏不了他。赵玉兰不能不把眼睛移到路凯身上了,这才感到路凯身上还有这么多好处。像他这么大的单身小伙子剩下的不多了,她把希望几乎是全都寄托在路凯身上了。

路凯心里有点烦了,赵玉兰把他叫来,不说话,却只用一种异样的眼光打量他,他坐不住了,又问了一句:“你把我找来到底有什么事?”

“别着急,你别总惦着到食堂去买饭,错过了食堂吃饭的时间也不要紧。今天我们家吃三鲜馅水饺,昨天我舅舅给送来不少对虾。我妈叫我把你拉到我家去吃,她说我们是老同学了,你怪可怜的,挺想你……”赵玉兰再老练也是个姑娘,说到这儿脸突然红了,但是她的心意却已经巧妙地表达出来了。

路凯乍一听十分诧异,从那次母亲给赵玉兰下跪之后,他再没有到她家去过,她妈妈怎么还会记得他,要请他去吃饭呢?但路凯也不是傻子,他一见赵玉兰的神色立刻明白了。站起来就走:“不行,谢谢你母亲,我今天晚上有事。”

“哎,你别走,事还没谈呢!”赵玉兰赶紧拉住他,只好恢复了副书记严肃的神情,说:“车间决定让你担任焊接工段的工长,让我跟你谈一谈,看看你有什么意见?”

说完,她很注意地观察路凯的神色。奇怪的是路凯对这件事并不感到惊奇,似乎他早就猜到焊接工段长非他当不可。

但他又毫不犹疑,坚决地拒绝了:“不行,我干不了!”

“得啦，你不要谦虚。”赵玉兰明白，哪一个人头一次被提干，都要半真半假地说几句客气话。

“我不是谦虚，实在是干不了。”

“你？……”赵玉兰简直猜不透他是怎么想的，一个神智正常的人怎么能拒绝这种提拔呢？又问：“你到底是怎么回事？当干部又没有标准，我们也不是非叫你干出个什么样子。你说说，为什么干不了呢？”

“我天生不是当干部的材料。”

“啊！”他俩是同辈人，思想却恍若隔世，她无论如何也理解不了路凯的拒绝和谦辞：“你这是真的还是假的？”

“叫我当工长是真的，还是假的？”

“这还能假！”

“对呀，我当不了也是真的。”

赵玉兰主动向李建明要求和路凯谈话的时候，根本想不到会碰这样的钉子。路凯真是个无法理解的怪物；可是自己偏偏又对他产生了感情，也可以说已经爱上他了。她只好实话实说，不知不觉地在这个她过去根本瞧不起的人面前，彻底丢掉了副书记的架子，用姑娘特有的诚恳而又温柔的声调，又像劝导、又像撒娇埋怨似的说：

“路凯，你脑子怎么这样死，太固执了。人家拼命替你争取，现在争取到这样一个好机会，你倒拿起人来。”

“这怎么是拿人呢？我没有这意思。”路凯一副公事公办的神色，这比他的话更叫赵玉兰寒心！

“好，我相信你不是拿人，你就是拿人，也不会拿我的，对吧？可我问你，多少年来你拼命钻技术为了嘛呢？一个工人好好干，能熬上个组长就念佛了。现在把工长给你送到手上来了，你都不要。再说，现在是什么时候？到下个星期就开始考核调级，你当了工长，涨工资的时候还能丢下你？”

“我钻技术就是为了当官吗？”路凯没有把这话说出来，他什么话也不想对赵玉兰说了，她跟自己实在不是一种人，她一辈子也不会了解自己！虽然她想和自己搞对象，洪根柱也老在旁边鼓动，自己也确实认真想过这个问题,可是他讨厌赵玉兰,见到她,就使他想起了他们不愉快的过去,和走过的两条不同的路。尤其是她曾让母亲给她下过跪,更伤了他的心。他曾经设想当她追求他的时候,他要提出一个要求:让她冲着自己母亲的遗像下跪,承认错误。然后他再感谢在他困难时期她给他捎过三个月的生活费,他要下乡时她偷着给母亲报了信。过是过,功是功,这一切都说清楚以后,才能跟他谈恋爱。

但是,路凯现在对赵玉兰的心完全死了!过去的事一个字也不提了,今后也决不再和这样的女人发生任何关系。她不是女人,是政治和权术的化身,是庸俗和革命的混血儿!和这样的女人生活在一起,没有共同的兴趣和语言,没有感情,更不会有幸福。有的只会是痛苦。

赵玉兰见路凯听完她的话,一言不发,以为被她的话说服了,笑着问:"想通了吧?"

"想通了,坚决不干。你们另找别人吧!"路凯说完站起来就走。赵玉兰一怔,赶紧先跑到门口,挡住了路凯。她想不得许多了,今天就今天,必须把话全都说完。

她说:"当工长的事你不同意以后再说。还有一件事,你个人的事怎么样了?"

"我个人有什么事?"路凯故意装傻。

"你别装着玩儿,你交朋友没有?"

"没有。"

"想交不想交?"

"不想交。"路凯的话像扔来半块砖。

已经到了这个地步,一不做,二不休,赵玉兰红着脸,低着头,索性把话说透了吧:"我们两个是老同学了,相互了解,你愿不愿意做个朋友?"

"不行,绝对不行!像你这样的党员,这样的副支书,我不配!"他说完从赵玉兰的身边挤过去,推开门走了。

赵玉兰转身扑到桌子上,哭了,而且哭得非常伤心。

躲在窗后偷听的洪根柱,又急又气,蹿出来追上路凯,怒冲冲地对着路凯小声说："你不是人，不是男子汉！这是多好的机会，天生的一对，人家都对你说出那样的话啦，你是木头？笨蛋！蠢猪！往后你八辈子搞不上对象，也没人管你！"

路凯虽然被洪根柱好一顿骂，他并不生气，为终于摆脱了赵玉兰，感到心里轻松。

洪根柱可怜赵玉兰，生怕一个姑娘吃了这样的窝脖想不开。他不再劝说路凯，回身来到办公室，见赵玉兰还趴在桌上哭，就用一种非常仗义的大包大揽的口吻说："玉兰同志，你别伤心。这事包在我身上，我保管他会同意！"

赵玉兰被吓了一跳，抬起头擦擦眼角，她很快明白洪根柱的意思了。她没有感激这个小伙子，首先想到的是她和路凯的谈话，特别是自己被他拒绝的事，决不能让第三个人知道。赵玉兰的脸一绷，拿出副支书的腔调说："什么事呀，你能帮他打包票？领导有想法想叫他当工长，想听听他本人的意见，他不干，还顶撞了我。我虽然很伤心，但这事就算了。为了爱护路凯我也不想跟别人再提这件事。你掺和什么？打什么保票？"

"不，我不是说这件事，我是说你们俩的事。"

赵玉兰站起来，脸色立刻变了："我们俩什么事？你不许造谣，不许跟我提这种事。我不答应，决不答应！路凯是什么人？想得倒好！"

洪根柱傻了，一向舌灵齿巧的洪根柱被堵得一句话说不出来，灰溜溜地退了出来。然后狠狠地朝办公室啐了口唾沫："呸！叫你一辈子嫁不出去！"

一三

下班后，白如信又是和赵玉兰同行。两个人并肩骑着自行车，他们不着急，不抢道，沿着道边慢慢地蹬着车，轻轻地说着话。

现在白如信对赵玉兰说话的口气更加随便和更显得亲近了："今天晚上有事吗？"

“没有。”

“正好,跟我到大学去一趟吧。”

赵玉兰脸红了:“……那也得回家先吃了饭再说。”

“来不及了,在哪儿吃饭不行,我请客。”

白如信把赵玉兰领到了“渤海餐厅”,在二楼临窗的地方找了个雅座。白如信熟门熟路,大方而自然,可见是经常下饭馆的。赵玉兰一进饭馆就有点后悔了,一个正正经经的大姑娘,平白无故为什么要跟一个男的下饭馆?还要让人家请客呢?她后面就像有鬼推着,已经进来了,坐下了,还能再出去吗?她想自己花钱,不让白如信请客,可是在这种场合能跟他推推扯扯吗?再说她也不知道点什么菜,不知道是坐在座位上等,还是到柜台上去要,索性一低头,听任白如信张罗。

白如信有经验,要了四菜一汤,一个凉盘,虾仁,鲥鱼,鸡块,肝类,素净可口,经济实惠。

赵玉兰浑身不自在,一声不吭。

白如信花了钱,却显得很高兴,说话也格外多。对赵玉兰又劝酒又夹菜。赵玉兰为了不引起更多人的注意,尽量不推让,不会喝酒也只好喝一点。根本没有食欲,也只好吃一点。否则她一推,白如信就让,拉拉搡搡,就会引起饭馆里更多人的注目。

赵玉兰喝了一点酒,脸就红了,娇羞使她显得妩媚动人。

白如信却一杯接一杯,不停地往下灌,越喝话越多,越喝脸色越白。由刚才一个十分高兴的人,变得神色凄苦,不断唉声叹气。

赵玉兰第一次看到酒力是这般神奇,它能如此迅速地把一个人完全变成另一副样子。她担心地望着白如信,低声劝他:“老白,你喝得太多了,别喝醉了!”

“唉,醉了才好呢!我以前不会喝酒,就是最近几年,家里出了倒霉事,天天在外边吃饭,学会了喝酒,借酒去烦。”

“你家里出了什么倒霉事?”

“唉!说出来我都嫌丢人!”白如信又灌下一大口酒,“玉兰,你是个好姑娘,又是我的书记,我告诉你,你可不许向外传,马越爱上了路凯，路凯更是不顾一切地缠她！”

“啊！”赵玉兰一惊，“老白，你喝醉了！”

“要真醉了就好啦，就可以什么也看不见，什么也不想。气人的地方就是我什么都知道，看着人家在自己的眼皮底下做戏。他们从一九七二年开办业大的时候就打得火热了……”

“他们俩相差十来岁呢，这不可能！”

“男女间差十来岁又算什么！”白如信嘴角痛苦地抽动，“玉兰，你说我该怎么办？”

赵玉兰手足无措，白如信要给她介绍对象，现在他向自己请教他的家庭问题怎么办，叫一个姑娘怎么回答？她站起身对白如信说：“我们该走了。”

他们的饭菜剩下了好多，邻座的人都不断用奇异的眼光打量他们，可是谁也猜不透他们的身份，不知道他们俩是什么关系。

一走出饭馆，白如信的酒好像立刻醒了。他恢复了常态，领着赵玉兰走进了华北工业大学的校门，直奔学校的大礼堂，远远地就听到从礼堂里传出轻快的音乐声。

今天是周末，学生们正在跳舞。

走到礼堂门口，白如信小声对赵玉兰说：“我要给你介绍的那个人叫孙尔祥，今年三十六岁，是无线电系的讲师，基本工资六十二元，相当于我们厂的五级工。今天作为朋友先见个面，你先看看他的外表行不行，满意就往下谈，不满意就拉倒。”

像刚才进饭馆的时候一样，赵玉兰几乎也是身不由己地随着白如信进了舞厅。来到这样的场合，她更感到忸怩不安了。

白如信扶她在长椅上坐下来，自己去找孙尔祥。

大学生的舞会办得比较朴实随便，没有红灯绿彩，光线明亮，有的人跳得很熟练，很优美，也有不少学生还不会跳，正在学。不全是一男一女在旋转，也有两男、两女的在初学乍练，嘻嘻哈哈，气氛自由而轻松，和社会上收票入场的舞会大不一样。

白如信领来一个文质彬彬、风流潇洒的小伙子，他给两个人做了介绍：

“这位是未来的教授孙尔祥。”

“这位是我们车间的支部书记赵玉兰同志。”

孙尔祥：“玉兰同志，请你跳舞。”

赵玉兰脸羞得通红：“我不会跳。”

白如信赶紧拉她起来：“在舞场拒绝人家的邀请是不礼貌的。”

赵玉兰只好学着别人的样子把手搭在孙尔祥的肩膀上。她眼睛始终不敢抬起来，可真受了洋罪，踩了两回对方的脚，几乎不敢迈步了。脸涨得火烧火燎，手脚没处放，说话也不成腔调了。音乐一停，她赶紧道了“再见”，走出舞厅。

白如信本打算好好教教她，同她一起在这儿过个愉快的周末。一见她跑了出去，也只好从后面跟出来。

一四

在充满戏剧性的时代，生活也像戏剧一样变化莫测。工厂党委确定了两个副总工程师的人选：马越和白如信。

为了显示民主的气氛，给副总工程师的诞生披上一层由群众选举产生的色彩，厂里决定召开一个小型的“举贤会”，请各车间的领导和设计大楼的工程师们参加。也让马越和白如信参加，并在会上介绍如果由自己主持全厂技术工作打算怎么办，就等于发表“竞选演说”。最后由到会的人选定一个，上报局党委批准，成为全厂的副总工程师，实际就是行使总工程师的职权。

今天，结构车间的空心轴开始焊接，李建明和白如信都要去开会，谁来指挥这场焊接？按理说分管技术的白如信不应该在这时候走开，去发表“竞选演说”毕竟不如指挥空心轴焊接更重要。可是李建明不能说这个话，他上班后想先到现场去看一看，一出办公室的门就碰上白如信穿一身工作服从现场回来。

白如信今天来的格外早，而且换上了一身白帆布工作服，是要干一场的架势。李建明很高兴，以为白如信要留下指挥焊接空心轴了。白如信果然张开胳膊把他拉了回来："李师傅，你甭去现场了，我都布置好了。"

李建明："布置好了？向谁布置？"

"临时由路凯负责，他技术好，对技术有一股钻劲，别看他不愿当工长，叫他负责焊接空心轴的技术工作，他还是答应了。"白如信这一手确实精明，大轴焊成了，是他白如信的功劳，上边只知道技术主任白如信，不会知道电焊工路凯。焊不成，出了事故，则完全可以推到路凯身上。白如信心里本来就没有多大把握，"举贤会"正好救了他的驾。

李建明还能说什么呢？他只好半开玩笑地说："你决心要和夫人进行一番竞选啦？"

"唉！党委为什么非要推出我们两个人？"白如信摇摇头，"如果把马越换成别人，我就坚决让了。说实话，我对当副总之类的事毫无兴趣，我只想在车间里多干几年，而且和你同玉兰搭班子非常顺手，心情愉快。但是，今天为了不让马越当选，我才必须去参加会。实在是为了她我不得不厚着脸皮两肋插刀！"

李建明和赵玉兰都感到奇怪，用不解的目光望着他。

白如信脸上现出无限痛苦："医生不让我告诉她本人，她患的很可能是白血症。"

李、赵都吃了一惊。

赵玉兰："白血症不就是血癌吗？"

白如信点点头。

李建明："这样吧，老白你和玉兰去开会，我留在现场防备万一出什么事情。"

白如信没有吭声，他非常愿意赵玉兰去开会，她会毫不迟疑地站在自己一边，有助于使他中选。

白如信和赵玉兰走了。

李建明来到了空心轴焊接现场，一眼看见马越身穿工作服，在现场检查着焊接前的准备，他十分诧异：

“马工,你怎么不去开会?”

马越苦笑一下:“那种会有什么意思哪!”

李建明深深地为女工程师感到惋惜,她和自己的丈夫完全不一样,一个该留的不留下,一个不该来的却来了。好人没好命,他用充满同情的语调说:“你身体有病,只在旁边动动嘴就行了。”

马越笑笑没有说话,她正在检查宋云芝的准备工作。问:“你心里有把握吗?”

宋云芝显然心里没有底:“问题不大。”

马越盯住她:“那就是说还有小问题?”

宋云芝:“到这时候就撒手闭眼了。你们老白逼得那么紧,快考核涨级了,谁愿意跟他顶!”

马越看看李建明,没有说话。

李建明喊过路凯来问:“你心里有底没有?”

“没问题。”路凯似乎胸有成竹。

李建明感到奇怪,赵玉兰跟他谈当工长的事,他一口拒绝,今天劲头为什么这样大?他说:“你为什么不当工长?”

“我已经报名考研究生了。”路凯说罢头也不回就走了,低头去做他的焊接准备工作。

马越听到了他的话,惊奇地抬起眼睛。

李建明也怔住了,望着路凯的背影,半天才说:“这小子,真是个犟种!”

他突然问马越:“马工,你对遗传学有研究没有?”

“遗传学?”

“我的儿子一帆风顺,老子是党员干部,可他自己却不争气,他现在最高的志愿就是再涨一级工资。可是路凯呢?这几年在同辈人中他可能是最倒霉的一个了,吃苦最多,将来也可能数他最有出息。给官不当,给工资不要,偏要去考什么研究生,研究生毕业说不定还会分配到外地,离开大城市。他图什么呢?这股劲大概是从他爸爸身上继承下来的。”

“这么说你支持他考研究生?”

“不,我不支持,可我佩服他。”

一五

朝霞里,电渣焊机像扇起翅膀准备恶斗的雄鸡,喷头和支架,就像雄鸡的嘴和利爪,对准空心连轴,好像随时都会扑上去又撕又咬。

电渣焊开始了。从四只“雄鸡”的嘴里发出嗞嗞的响声,紧跟着就吐出三根火红的焊丝,高温焊火立刻把焊丝熔化成钢水,缓缓地流进了空心轴之间的缝隙,用钢把两根轴牢牢地连接在一起。

路凯全身上下被焊火映得通红,脸色是红喷喷的,工作服也像镀了一层金。这时候他不仅把自己忘掉了,连周围的世界也忘掉了。他看到的只是他的焊机。他站在朝辉里,全身披金,威武镇定,从容自如,身上磅礴着一种勇敢无畏的力量和朝气。马越惊奇路凯在工作时那股豪迈的气势。这时候,她不由自主地常常把眼光移到路凯和他操作的焊机上。

技术部门,安全检查部门和各种爱看新鲜、爱凑热闹的人越围越多。只能在一边递递工具,打打下手的刘民,心里痒痒了。光站在旁边当下手叫这么多人一看太丢人了,操纵电渣焊机又神气又出风头,而且在这么大的场合表现表现,将来涨工资的时候也好办。他就找到宋云芝,非常恭敬地说:“您歇一会儿,我替您干一会儿。”宋云芝拉不开脸,自己也正想歇一会儿,就把手柄让给了刘民。

刘民刚一接过操作手柄,心里很紧张,也格外留神。干了一会儿,觉得也不过如此,操作电渣焊机也没有什么了不起。他摇头摆尾,东张西望,向看热闹的人神气起来。而操纵这种机器像打仗一样,要求操纵者精神高度集中,稍一走神儿手就跟不上机器,就要出事故。刘民根本不懂这些,却装得很内行的样子。电渣焊就像一匹烈马,骑手降不住,它就要把骑手摔下来。它跳动的节奏越来越快,声音也有点异常,刘民没有觉出来,路凯却听出有一种声音不正常。他把自己那台电渣焊机交给洪根柱,刚一转身,只见哧溜一道火光,第四台焊机的电渣像一条金光紫鳞的巨蟒,从焊缝里蹿出来,飞出一丈多远。焊药变成滚滚的烟浪,把现场吞没了。

刘民哪见过这种阵势,扔下手柄掉头就跑。这一下电渣焊机真的成了一匹无人控制的野马,抖动、跳跃、咆哮,一千五百度滚滚沸腾的电渣,呼啸着倾泻出来。

马越离得近,抓起一把石棉泥就要去堵焊口,路凯从后边跑过来,推开马越,从马越手里接过石棉泥堵在了跑钢口上,他像抓蛇能手一样使劲捏住巨蟒的脑袋,电渣被堵住了,金色的巨蟒缩回去了。但是滚热的电渣立刻把湿漉漉的石棉泥烘成干块,他的手套被烧着了。他手里像捏着一个通红的钢块,掌心被钢烧得火辣辣钻心疼。马越又拿来一块新的石棉泥递给他腾出右手调整好焊机的手柄。外面恢复正常了,大轴里边又开始跑钢,刚才电渣倾泻时把里面滑块的托板烧掉了一个。路凯没有说话,使劲瞪了一眼操作第四台电渣焊机的工人,又把手柄交给他,然后猫腰就要往轴孔里钻,马越拉住了他:

"小路,危险,不能进去!"

"那怎么办,如果一停机这个轴就报废了。"路凯抓起一块石棉泥,有点后悔地说:"这也怪我,我应该想到这一手,把滑块的托板搞厚点。"

没有别的方法,只有这一条道儿了。马越帮助路凯涂好润滑剂,又嘱咐说:"一感到有危险,顶不住了,就立刻退出来!记住,大轴再值钱也不如人值钱!"

路凯答应着:"我从里面敲两下轴壁,就表示一切正常,不要停焊。"

说完他就爬进轴孔,用手代替托板顶住了滑块。他躺在轴孔里,为着好使劲,一只腿弯曲,一只腿伸直,胳膊向上抬着。不一会儿,轴孔里就充满了烟雾,焊药挥发出一种呛人的气味,直往路凯的嘴里和鼻子里钻。他被闷在一个火药罐里,呛得一阵阵喘不过气来。

马越嘴对着轴孔焦急地喊着:"小路,怎么样?受得了吗?"

路凯没有回答,用手锤敲了两下轴壁。这三伏天,外面都有三十多度,轴孔里至少有四十多度。脑袋紧挨着灼热的焊口,四周是烫人的轴壁,烟雾弥漫。他想换换姿势都不行,只能把两条腿轮流着弯曲,把滑块的手左右轮换。焊药和钢水碴子,雨点般地朝他脸上、身上喷射着,他不能躲,也无处躲。他索性把头一低,顶着,挨着。

渐渐他的两条胳膊由酸疼变得麻木了。下半边身子被汗水泡了起来,嗓子眼儿却烤得焦干。呼吸也越来越困难,头越来越沉。有时还一阵阵发蒙,晕眩的次数越来越多,一次比一次更猛烈。他的眼睛也渐渐模糊起来,感到空心轴变成了火箭,被一股强大的力量抛到空中旋转起来。这一刻,路凯的神经只要稍一松弛,他马上就会昏死过去,他别的神经都麻痹了,唯独强制自己不能昏过去的意识却异常清醒。他现在已经处在了一种绝境,只要他一昏过去,不仅自己爬不出轴孔,大轴报废,而且手一松劲,滑块掉下来,电渣撸头盖面地砸下来,就会活活把他烧死。好在焊缝不断缩小,他不断安慰自己:顶多还有半小时,还有半小时,还有二十九分,二十八分……

情况越来越严重,他已感到支持不住了,把住滑块的手已经不受控制地自己往下垂,连用锤子敲击轴壁通报信号的力气都没有了,他感到了情况的险恶,狠命咬自己的舌头,想用疼痛来刺激自己清醒,恢复力气。但是神经已经发木,这时候就是把舌头咬掉,他也不会感觉太疼。

马越从另一端爬了进来:“小路,路凯！你怎么啦?”

路凯听到这个声音吃了一惊:“你,你……快出去,快！”

他感到一块被手绢裹着的冰放在自己的脑门儿上,凉森森非常舒服,脑子立即清醒多了。又有一个塑料管捅到自己的唇边,马越头上的安全帽用力顶顶他的安全帽:“用力吸,这是汽水！”

路凯用另一只手扶住汽水瓶子,说:“你快出去,你要不出去我不喝！”他说完用脑袋拼命顶马越的安全帽,而且声音里带着怒气:“快,快出去！”

马越只得退出来了。但她知道了轴孔里面的情形,搬来一台电扇，对准轴孔吹。烟雾被吹得从另一端跑出去，凉风一吹，路凯在里边好受多了。

一六

正当马越跟电焊工们在空心轴焊接现场拼命工作的时候，厂部办公楼大会议室里的“举贤会”也进行到最紧张激烈的时候。设计大楼的工程师们，以迟华和“饿虎”李民浩为首，列举了马越许多优点，赞成提升马越为副总工程师。这个建议得到参加会的大多数人的赞成。

主持会议的厂长显然倾向于提拔白如信，但他神情严肃，不愿把自己的意见强加于人，只是反复说：“大家再慎重考虑一下，还有什么不同的意见没有？”

民主选举就是有这个问题，群众的想法往往和领导拧着劲，领导任命吧，说你不民主；讲民主吧，选出来的人又不合适。现在大多数人的意见都同意提拔马越，主持会的人应该下结论了，可他偏不收这个场，一再追问大家还有什么反对的意见。实际上厂长的意见已经很明显了，大家赌气都不吭声了。

白如信心里非常紧张，夹着香烟的手微微发抖。按理说提拔自己的爱人不是和提拔自己一样吗，但白如信可不这样想，他觉得提拔自己和提拔马越大不一样，马越干不了大事，她不会使用这个职权，说不定还会使她更瞧不起丈夫。他们两个不同于一般的夫妻，感情不合，将来还不知走到哪一步呢！对她不能客气，更何况这是多么关键的时候。白如信为了想取得副总工程师的职位，用了多少脑子，对于一个搞技术的人来说，这一步太重要了，简直是鲤鱼跳龙门！不能让，怎么能让呢？

白如信求援似的看着身边的赵玉兰。

赵玉兰也很紧张，她没想到会议会开成这样一个结果。她和马越从未打过交道，可是今天她才知道自己的心里很厌恶马越，非常不乐意让她当选。是因为她跟路凯的关系，还是因为自己跟白如信更要好一些？赵玉兰自己也说不清楚。但是她已经毫不犹豫地站起来了：

“我说一点意见，马越同志有许多优点，但是大家都忽略了她的身体情况，她患有那么严重的疾病，恐怕很难担得起副总工程师这副沉重的担子。我们应该考虑让各方面都更能胜任的同志担任这一职位。”

迟华：“她的病已经好了，开始上班了嘛。”

赵玉兰：“真实的病情还在瞒着她本人，她患的可能是血癌。”

“什么？”大家感到非常震惊，听到这个消息如同听到某某人突然死去的消息是一样的具有爆炸力。

连主持会的厂长也沉不住气了，他不同意马越当副总工程师，是因为她缺少作为一个领导干部十分重要的品质：果敢的气魄和组织能力。但是厂长欣赏她在技术上的才干，她无疑是一个优秀的工程师，即将要失去这样一个好工程师，厂长是感到心疼的。他用沉重的目光在会议厅里寻找马越：“小马，这是真的吗？”

大家都在回头寻找马越。

迟华站起来：“她没有来，托我带来一张纸条。她说如果叫她发言，就请我替她念念这张纸条——”

不论在知识上和经验上我都不具备副总工程师的条件。而且我认为白如信同志也很不适合担任这一职务。

很多人都泄了气。

厂长：“老白，你讲讲吧，这是真的吗？”

白如信站起来，眼里闪着沉重而决断的神色：“医生只怀疑是血癌，还没有最后确诊，并嘱咐千万不能让她本人知道，她发病两个多月，身体非常虚弱，任何刺激都可能会要她的命。医生没有让她上班，是她自己在家闷得慌，到厂里来看。我请求大家不要再给她压担子了。当然我也不合适，还是另选别的同志吧。”

这话说得太巧妙了，又谦虚，又打败了对手，另选别人是不可能的，这次只提出了两个候选人，马越不行，自然就是他了。

会场上的情况急转直下，许多刚才赞成马越的人，一见大势所趋，开始改变态度。有的人想着，如果白如信当了副总工程师，就会领导设计科，成为自己的顶头上司，还是不要得罪他为好。不少工程师又改口赞成白如信。

主持会议的厂长一见这阵势赶紧做结论："……白如信同志下到结构车间以后抓工作也很有成效，马越病了以后，冲天炉没人管，拖了两个多月。白工下去以后提出这个月就交货。一台冲天炉能赚八十万元，使目前我们厂这盘死棋一下子变活了。好吧，如果大家没有异议，我们就确定由白如信同志担任副总工程师，上报局党委批准。"

一七

白如信得意非凡，兴致勃勃地赶回结构车间。他没有回办公室，而是直接来到了现场。焊接已经结束，但焊工们一个个都有点垂头丧气，连平时闲话最多的刘民也躲到一边，像被人割去了舌头。白如信觉得情况不妙，他奔到焊好的大轴跟前。

一根已经用绿油漆打上了合格的标记。另一根上用黄油漆打了三处不合格的"×"。

白如信脑袋轰的一下，他扫了一眼，不见路凯和李建明，宋云芝坐在铁板上暗暗憋气地吸着烟。冲天炉这个月交货的计划算吹灯了，厂长刚才还为这件事表扬了他，现在却报废了一根，怎么向厂部交代？幸好"举贤会"结束的正是时候，他的提升已成定局，不然他的梦就会跟着这根废轴一块完蛋了。

他怒冲冲地说："路凯哪？这是怎么搞的？我三令五申，千叮咛万嘱咐，焊的时候一定要加倍小心，千万不能出差错，结果还是焊废了一根，难道还非要我把着手吗？我到楼上开会的这工夫就捅个娄子！"

洪根柱吹起了口哨。

宋云芝低着头冷冷地说:“白主任,这根轴是我焊的,不是路凯。”

洪根柱念冷腔:“这叫偷鸡不着丢把米,老几位玩儿了好几天命,满心想露一鼻子涨一级工资。谁知脸没露成,工资也丢了!”

白如信看看宋云芝,他现在只能翻脸不认人了:“你是老师傅,怎么反而不如一个三级工,这下把全车间、全厂的计划都打乱了!”

宋云芝没有还嘴,扭头跑了。

“这个结果你早应该估计到,事故的责任要由你负。”白如信身后响起了马越的声音,他一回头看见路凯和李建明抬着超声波探伤仪,马越跟在他们后面,一身油灰,面色煞白,汗渍斑斑,这说明她今天在现场了。太好了,又可以做自己的替死鬼。白如信顾不得别的,赶紧当着众人把事故的责任推出去:

“你是主办设计师,焊接的时候你在现场,就应该对这场事故负全部责任。”

李建明平静地说:“老白,你发那么大火干什么?现在还没有追查责任问题嘛。”

白如信没有说话,气呼呼地扭头回办公室了。他在结构车间待不长久了,没有必要顾及和李建明的关系了。

路凯帮助马越用探伤仪检查那根焊废的轴,看看还有没有补救的办法。

马越脸色越来越难看,汗流得很多,一阵阵感到头晕,不得不时常停下工作,用手掐掐太阳穴。

李建明和路凯都劝她回办公室休息,有什么事情下午再说。马越固执地非要查出个结果不可,她在寻找一种办法,不报废大轴,只把焊缝不合格的地方切掉重焊。

这个病怏怏的女工程师如此执着、顽强,不禁使李建明也肃然起敬。

宋云芝突然又慌慌张张地跑回来了,她抱住马越,眼里含着泪问:“马越,你是得了血癌吗?”

马越一惊:“谁说的?”

宋云芝："白如信。赵玉兰也在会上提出你身有重病不适合当副总工程师，最后定的是白如信……"

马越不管怎样恨白如信，也没有想到她的丈夫会卑鄙到这种程度，简直是不择手段了，而且是要在自己的妻子身上。她眼睛一黑，突然昏倒在空心轴旁……

一八

赵玉兰要找路凯，也来到了焊接现场。对焊接上出的事故，对马越的突然昏倒，她一概不知道，只见焊工们一个个都铁青着脸，低头耷脑地收拾工具，谁也不搭理她。

她走到路凯身边，用事务性的口吻喊了一声："路凯。"

路凯眼不抬，头不抬，怒冲冲地问："什么事？"

现在赵玉兰可不吃他这一套了，冷静的神色中还带着几分嘲讽："你不是报考研究生了吗？考试通知下来了，教育科已签字盖章，同意你去参加考试。"

她把一张纸递过去。

路凯感到很突然，他接过通知仔细看着。他原以为报名后还要等好几个月才会考试的，想不到这么紧，考期逼近了，他心里突然感到一阵慌乱，一点底也没有了。他向洪根柱嘱咐几句，转身跑走了，谁也不知道他要干什么去。

赵玉兰看出了路凯的紧张和慌乱，心里涌起一阵因以前对路凯的嫉妒和抱怨而产生的快感，轻轻地说："自不量力，既然害怕考试，为什么还报名？好高骛远，光想一鸣惊人。"

洪根柱恼了，他也不把这位副支书放在眼里，现在谁怕谁！他接过赵玉兰的话茬儿说："还不知是谁才想一鸣惊人哪？又入党，又做官，为了帮助白如信往上爬，把人家的老婆活活给气死了。白如信给了你什么好处？你办这事就不觉得缺德？这可真够一鸣惊人的，把人都惊死了！"

赵玉兰吓了一跳:“你说什么?”

“我说什么你没听见？把自己的耳朵拉长点,好好听听大伙儿是怎么骂大街的吧！你自己说的话还能忘了?”

赵玉兰顾不得和洪根柱计较,急切地问:“马越怎么样了?”

“你到医院去问吧!”洪根柱真想再说上一句:你同白如信合伙儿气死马越,是不是自己想嫁给他？又一想不管怎么样人家还是个大姑娘,把到嘴边的话又忍住了。

赵玉兰急急忙忙地来到工厂医院,在内科病房的外面她碰上了李建明正和一个女医生说话,她不禁低下了头,她已经隐隐地意识到,如果马越出了意外,似乎和她不无关系。

李建明见她来了,问:“你为什么在会上提出她的病的问题?”

赵玉兰脸红了,她支吾了一阵:“……提拔副总工程师不是小事情,不能草率,我既然去参加会,又知道真实情况,不能不负责任。”

李建明望着她,异常严肃:“你对谁负责?”

女医生见赵玉兰十分尴尬,就接过话头说:“起初我们查不出马越发烧的原因,确实怀疑过可能是白血症,但很快就否定了。我把这个结果告诉了她本人,也跟她丈夫讲过。”

“可是老白……”赵玉兰突然感到一种不可名状的恐惧和厌恶,她为什么要伤害马越呢?

赵玉兰低着头走了,她想去问问白如信,可那样干又有什么意思呢？白如信也说医生没有最后确诊,白如信也没有叫她在“举贤会”上做那样的发言呀！是她自己主动扮演了一个很不体面的角色,人家是夫妻,她插在中间算什么呢？赵玉兰没有回办公室,她这时候不愿见到白如信。她来到女工休息室,宋云芝刚从医院看望马越回来,不凉不热甩着闲话。赵玉兰又躲出来,拿着饭盒来到食堂,她心里这份别扭呀！午饭只吃了一点,心里老有点惶惶不安,其实她并没有办见不得人的事,只是有点对不住马越。不,这都不是主要的,最主要的是她不知道马越这时候怎么样了,倘若马越真的有个三长两短,医生证明她得的不是白血症,而是活活被气死的呢,又被谁气死的呢？先不讲负不负刑事责任,群众的舆论受得了吗?

赵玉兰不敢往下想了,趁着中午医院里人少,她来到内科急救室病房,想看看马越。外间没有人,马越在里间,中间有道门,门上挂着纱帘。她突然听到里面有路凯说话的声音,便停住了脚步。透过纱帘,她只看到马越一个侧身,斜着身躺在病床上,路凯站在地上,赵玉兰还没见过路凯对人会这般拘谨、恭顺。她心里为之一动。

"……马老师,我忽然觉得自己的心里一点底也没有了,好像所有的功课都还没有准备好。"

马越声调柔和地说:"小路,七年前的时候你把大学的功课就学完了,这么多年你一直也没有丢下,我通过对你的辅导和检查,认为你的功课准备得很好,完全有把握能赢得这次考试。为什么临上阵失去信心了?"

路凯的声音里充满愧疚和慌乱:"我也不知道为什么。"

"你这副状态怎么能上考场?又怎么能考好?"

路凯赌气了:"考上更好,考不上拉倒。"

"你说什么?"马越突然从病床上抬起身子,声音尖厉,好像在拼命抑制自己要爆发的脾气:"路凯,你把这件事看得那么无足轻重吗?你平时做人的那种自信,那种勇气,那种毅力都跑到哪儿去了?你难道想功亏一篑,抱恨终身吗?那岂不愧对自己的父母!听着,今天晚上我帮你进行总复习……"

从这样一个娇小柔弱的女人嘴里竟吐出这般严厉的话,一个从不会发脾气的人,见到自己的学生临阵胆怯,却发了脾气。赵玉兰惊奇而感动。马越是路凯的严师,他们俩的关系丝毫没有不正常的地方。赵玉兰无意听到了这一场对话,她不能走进去打断这一对师生的谈话,也不好意思再继续听下去,好在已经知道马越的身体,没有多大问题,她便悄悄地退了出来。身后又传来路凯的声音:

"您的身体?"

"我的身体不要紧,只是虚了一点。可怕的是你的精神垮了,这比真的得了血癌更叫我伤心!你走吧,我也马上就出去……"

一九

白如信头脑聪明，他同样也是工程师，终于在技术上找出了发生事故的原因，把责任全推到马越和路凯设计的滑块上，这就能彻底把自己开脱出来了。他先得和两个当事人统一口径，刘民没心没肺，一听白如信的话，把责任全推到马越和路凯身上，没有他的事，他当然高兴，痛痛快快就答应下来。如果厂部调查这件事，就按白如信分析的结果讲。

使白如信感到不大好办的是宋云芝，这个女人快嘴快心，惹翻了什么都敢说，必须把她哄好。而且她和她丈夫迟华，素来对马越怀有好感，还得用涨工资调她的胃口，封她的嘴。

下午，等到宋云芝收工以后，他把她叫到一个僻静的地方，对这个女人只能动软的，不能动硬的。

他说："云芝，上午我在火头上，说话没掌握分寸。我们是多年的老朋友，我和迟华又是老同学，你当然不会记在心里。"

宋云芝撇撇嘴："得了吧，你现在正走红运，我们可高攀不上！"

"你真是个刀子嘴！"白如信递给宋云芝一根烟，并为她点着火，"一开始我真替你担心，真要把事故的责任推到你身上，这次涨级不就砸锅了吗！"

"哼，没门儿！为这事不给我涨级，到时咱得说说，你们谁也别想涨！"

白如信赶紧转弯子："还好，我把事故的责任调查清楚了，跟你没关系，是马越和路凯设计的那个滑块不合理，才造成跑渣。我已经向厂部作了汇报。"

宋云芝一怔："老白，你可得把良心放到中间儿，说话留点儿德。咱都是干这个的，谁也甭瞒谁，要不是路凯和马越发明了滑块，这大轴根本焊不了。尽管滑块有点毛病，路凯那台焊机为什么就没出事？关键是你逼得太紧，不给准备时间，又要全面开花，我对操作电渣焊机没有把握，更不应该放手交给狗屁不懂的刘民。可是你是管技术的主任，事先也没交代注意事项。”

这才叫偷鸡不着蚀把米哪，宋云芝把责任全扣到白如信头上了。

白如信赶紧打圆盘：“得了，我们之间别互相埋怨了，你涨级的事就别操心了，有我哪……”

宋云芝烦了：“你别把涨工资的事老挂在嘴头上，涨那几块钱也解不了穷，不涨那几块钱也饿不死！咱说的是理儿，你不想办法补救事故，老想自己洗干净，听说马越有办法能保住大轴不报废……”

白如信已经听不下去了，下班铃响了，他看见赵玉兰拎着提包走出了办公室，就急忙对宋云芝说：“时间不早了，你去洗澡换衣服，有什么事咱们明天再谈。”

他赶紧回到办公室拿上自己的提包去追赵玉兰。

两个人又在肩并肩地骑着自行车。白如信大事已成，春风得意。赵玉兰的心情却十分复杂，她对白如信的好感已经发生动摇，可是白如信提出今天晚上听孙尔祥的回信儿，叫赵玉兰跟他一块到大学去。如果没什么问题，今天晚上白如信就算尽到介绍人的责任，由孙尔祥和赵玉兰两个人一块去遛马路了。赵玉兰不愿意错过这个机会，她对孙尔祥的印象很好，至少不比路凯差，找一个这样的爱人对路凯也是个打击，自己的脸面也可以正过来。但她不愿意再跟白如信去下饭馆了，就推说必须回家一趟，两个人约好晚上七点半钟的时候在大学门口碰头。

赵玉兰回到家匆匆吃了点饭，准时在七点半钟到了大学门口，白如信领她到校园里，在一个石凳上坐下来，他自己到宿舍大楼去找孙尔祥。

等了好半天，白如信才回来。他当然不会把孙尔祥领来，因为孙尔祥有妻子，也有孩子，一点也不知道白如信编导的这出戏。白如信对孙尔祥是一套台词，对赵玉兰又是一套台词。他只是在同学家里坐了一会儿，就又回到了校园。

赵玉兰见白如信一个人回来，心里咯噔一下就凉了。

白如信也不等她问，就气呼呼骂道："混蛋，简直是混蛋！他妈的，当个讲师就了不起了，老子要是留校早就是副教授了！"

看样子白如信是气坏了，校园里没有灯光，看不出他的脸色，但听他那不连贯的骂声，赵玉兰不用再问了，什么都明白了。

白如信的手似乎都被气得打哆嗦了，在这种受了侮辱，极端愤怒的情况下，他甚至忘了赵玉兰是他的副支书，是个还没有结婚的大姑娘，他用发颤的手挽住赵玉兰的胳膊，把她从椅子上拉起来："玉兰，咱走！"

赵玉兰被他挽着走了几步，不好意思地挣脱了他，但并不怪他。

白如信还用带着愤怒的声调说："他不同意，主要是嫌你不懂科技，是个搞政治工作的，没有一技之长，还说你没见过世面，没有风度，连跳舞都不会。哼！他妈的，刚给他落实政策，尾巴立刻就翘起来了！"白如信捅到了赵玉兰最疼的地方。

一个诸事顺利，过去是那样骄傲的姑娘，总是她挑剔别人的毛病，现在接连受了两次打击，被人家挑出了毛病，她心里非常难受，真不知道该怎么办好了。甚至连她自己也瞧不起自己了。党员、中层干部——这些过去是自己骄傲的资本，现在……赵玉兰心里痛苦极了。一出大学门口，她说："不行就算了，我回家了。"

"别，别走。我心里又气又难受，你陪我走一走。"白如信拉住赵玉兰，向附近的一个公园走去。用一种带着痛苦的声音安慰赵玉兰："玉兰，我对不起你，我真是瞎了眼！他是我的同学的学生，毕业后留校了。可是现在，他老师非常敬重的姑娘，他却看不起。"

"这不怪你，这都怪我自己。"赵玉兰正说着话，突然从右边开过来一辆小汽车，白如信手疾眼快，一只胳膊搂住她的腰，把她拉进自己的怀里，飞快地后退两步。汽车在他们的眼前飞驰而过。

白如信松开赵玉兰的腰，用手擦擦脑门儿："我的天哪，玉兰，千万要留神！"

赵玉兰非常难为情，两个人都穿着短袖的衬衣，白如信那样紧的把她搂在怀里，她感到了一股热烘烘的男人的气息。就是汽车来了也用不着这样,他喊一声,她自己就会退后一步让汽车过去。幸好是晚上,要是白天叫人看见,像什么样子。可是白如信那种像哥哥一样成心想保护她的神情,又使她感动,当然就不会见怪了。

两个人不知不觉来到了公园的树林深处,在长椅上,在草地上,几乎在每一个黑暗的角落里都有一对对的情侣,有的拥抱在一起,有的脸挨着脸谈着悄悄话。赵玉兰心里咚咚乱跳,不敢看,又想看。想退回去赶紧回家,却又想领略一下这儿的气氛,特别是身边还有一个白如信紧紧和自己并肩走着,她心里有一种莫名其妙的激动和紧张。她知道,所有看见他们俩这种时候在这样的地方溜达的人,都会把他们当成了情人。赵玉兰想到这儿,自己都感到脸颊发烧。

白如信终于找到了一个更为僻静的地方,他拉赵玉兰在椅子上坐下来。

白如信自信已经完全掌握了眼前这个姑娘,就用不着拐弯抹角,他用一种得意的甚至是居高临下的口吻说:“玉兰,有件大事,你还得帮忙。既然党委决定由我担任副总工程师,我在车间也就待不长了,在我临走之前入党的问题,你能不能使点劲把它解决了?”

赵玉兰一怔,白如信竟然用这种口气,这样赤裸裸地不加任何掩饰地向她提出这个问题,使她大出意外,心里也很不自在。入党难道也可以靠人情、走后门?他把党支部,把她这个副支书当成了什么呢?他是不是觉得很了不起了,只要他想入,打声招呼,党就得吸收他呢?

可是,赵玉兰并未把自己心里想的这些讲出来。白如信却认为她已经认可了,继续说:“按理说,副总工程师都应该是党委常委,可我连个党员还不是。我相信厂党委既然提拔我,对这些问题一定就有考虑。但是厂部人多,关系相当复杂,我要是到上面再解决组织问题就相当麻烦了。这个问题还是在车间解决方便,只要我在车间入了党,上去就可以进常委。”

白如信想得可真周到。

被人称做政治大姑娘的赵玉兰,却对白如信这些政治盘算感到十分厌恶。她不带好气地说:“这种事不是我一个人能说了算的!”

“你是副支书,专管组织发展嘛。”

“你想得那么简单,群众评议,党员讨论,支部还要开会研究,我是分工管组织发展的,可不等于我想吸收谁就能把谁拉进来。”

这可大大出乎了白如信的预料,赵玉兰面有难色,一再推辞,而且还摆出了副支书的架子带点打官腔的味道,这是为什么呢?赵玉兰现在应该是在他手心里捏着,为什么反倒硬起来了呢?一定是在搞对象上一再受到打击,情绪不好,心烦意乱。

白如信决定改变策略,走第二步棋。这一步棋是万无一失的,保证获胜,他通过给赵玉兰介绍孙尔祥,已经摸透了赵玉兰的心思,她想找个有一技之长的科技人员,身份只能高于路凯,不能低于路凯。自己现在是副总工程师、厂级领导,如果稍有表示,赵玉兰就会紧追快赶,求之不得。他如果找一个赵玉兰这样的政治大姑娘,从哪方面也是不吃亏的,入党的问题迟早也一定能解决。

白如信借着远处一个二十瓦灯泡的微光仔细观察赵玉兰的神色,换上了一副甜蜜蜜的口吻:“玉兰,我准备和马越离婚。”

赵玉兰果然露出惊异。

白如信突然抓住赵玉兰的胳膊,把脸凑到她的脸跟前,热烈地说:“玉兰,我们结合吧。”

赵玉兰大惊,拼命挣脱白如信的手,从椅子上站起来。

白如信也站起来,急切地补充说:“我是副总工程师,你是支部书记,我搞技术,你搞政治,我们俩结了婚,就是政治和技术的结合。今后社会不管发生什么变化,我们都会左右逢源,万无一失……”

这打击来得太突然、太沉重了,赵玉兰作为一个姑娘的心和一片还算纯洁的感情全部被侮辱、被伤害了。她一句话也说不出来,只是拼命咬住自己的嘴唇,免得哭出来。

白如信却以为赵玉兰是羞怯,是默许了,他扶住她的肩头,把嘴也凑上来,他的情话都是现成的:“兰,这么说,你同意了?兰,我的兰,你长得真美,多美呀!……”

赵玉兰猛地推开了白如信，她把脸转过去，浑身颤抖地说："我可真没有想到还会有这种……"

她突然泪流满面，再也无法说下去，转身跑了。

二〇

白如信并不觉得太难过，赵玉兰对他已经没有什么太大的用处了，翻脸就翻脸吧。讲老实话，要是选择妻子，不管从哪个方面说马越都比她强得多。

白如信突然觉得有点对不起自己的妻子。既然赵玉兰已经飞了，自己想当副总工程师的目的也已经达到了，今后应该好好跟马越过日子了。他走出公园，来到一家食品店，买了两个"早花西瓜"和罐头、麦乳精之类的补品，高高兴兴地想回家和妻子和好，一家人乐乐哈哈庆贺一番他荣升副总工程师。

他回家打开自己的房门，妻子和女儿不在屋里。从马越的提包和厨房里为他留的饭菜看，马越确实回来过。这么晚她能到哪儿去呢？

白如信心里一震，一股怒火蹿上来，把手里的东西往地上一丢，反身又冲出了房门。

他一溜小跑地穿过了好几条大街，路灯下他投在地上的身影由长变短，又由短变长。他一口气跑到路凯的家，没有敲门就直接冲了进去，屋里的人吓了一跳。

一张古老的大书桌，书桌上堆着很多书，路凯坐在桌前，马越坐在书桌的另一端，手里拿本书，显然正在检查路凯的功课。

马越的小女儿在路凯的床上已经睡着了，她的头前点燃着一盘驱蚊香。

白如信牙缝里丝丝冒着冷气，阴沉沉地说："把我的孩子都带来了，今晚是不是就在这儿过夜了！"

路凯看着白如信，不知道说什么好。

马越对路凯说："小路，咱们继续复习。"

马越这种不理不睬的态度，更加激怒了白如信，他扑过去，夺下马越手里的书摔到桌子上，吼道："你还没有离婚，你还有自己的丈夫，三更半夜不回家，我有权管你！"

"你？无聊！"马越气得说不出别的话，帮助路凯复习功课是无法再继续下去了。马越走到床边，抱起自己的女儿就走。

路凯不能干涉人家夫妻间的事情，马越为他受了多少侮辱，他如果干涉，势必会使马越更难堪，他只好在后边大声说："马老师，请您放心，我要是考不上研究生，就不回来见您！"

马越停住脚，忍住巨大的耻辱，平静地说："我相信你会考上，今年考不上还有明年，为什么要不见我？"

走出路凯的家，马越就下了决心，不能再跟白如信一起生活下去了。白如信则正相反，一走出路凯的家火气就全消了，从马越怀里把女儿抱了过来，嘻嘻哈哈想跟马越说话。马越不理他，自己先回到家里收拾东西，今天晚上就带着孩子离开他。

白如信紧跟着也回到家里，他赔着笑脸说："你看，我买了这么多东西，准备回家向你赔礼道歉，以后我俩就亲亲爱爱地生活。谁知等来等去不见你的人影，才又发了火……"

马越仍旧不搭理他，继续收拾自己常用的衣物。

白如信无奈，他在心里还真害怕马越在这个时候离开他，如果把事情闹大，也许会对他产生不好的影响。他最后一张王牌就是女儿，他把女儿拉到身边，切开了西瓜。孩子揉揉惺忪的睡眼，开始吃西瓜。

白如信故意问孩子："西瓜好吃吗？"

"好吃。"

"给妈妈送一块去。"

女儿举着一块西瓜递到马越眼前："妈妈，吃西瓜。"

"妈妈不吃。"马越说着，心里却觉得非常不好受。

"你吃，你吃，我就叫你吃。"孩子撒娇，马越只好把西瓜接过来放在一边。

白如信又把孩子搂进自己的怀里："小影，爸爸好吗？"

“爸爸好!”

白如信亲了孩子一口,又问:“妈妈好吗?”

“妈妈好!”

白如信:“妈妈要离开咱们到别处去,咱不叫她走对不对?”

“对,我不叫妈妈走,我要跟妈妈在一块。”女儿抱住了马越的腿。

马越再也忍不住,眼泪一串串流出来,滴到女儿头上。她手里的包袱松开了,弯腰抱起了孩子。

二一

路凯到北京参加研究生考试,李建明送他。两个人都没有什么话,默默地走上了解放桥,又一声不吭地下了桥,拐上了海河堤,眼前已是车站广场。

李建明突然问路凯:“小路,你想什么?”

路凯不好意思:“什么也没想。”

“你猜我想什么?”李建明不等路凯回答,自己接着说下去,“我想你这小子没良心,十多年前你往车站跑,我一巴掌把你扇回去了。今天你又要走,我不能扇巴掌了,还得来送你。唉!”

李建明叹了口气,忽然像自言自语般地转了口气:“白如信嘛,车间是搁不下了。我缺少一个得力的技术主任。”

路凯感动了:“李主任,我一辈子也不会忘记您对我和我们全家的帮助。”

李建明摆摆手:“别说那个,没有那回事。我也不是你的李主任,你当上研究生,就会不认我大老李了!”

李建明郑重其事,完全不像开玩笑。路凯被数落得狼狈不安。李建明这位送行的人可真有点意思,他舍不得放路凯走,可又知道路凯的脾气,拦不住他。

李建明买了张站台票,一直送路凯进了站台。路凯老是回头张望,他想马越也许会来送行,他盼望着她来。

李建明连头也不抬，拍拍路凯的肩膀，说："别看了，没有人来了，我都代表了。马工在研究抢救那根大轴。"

他忽然想起什么，从口袋里掏出一封信，交给路凯："这是赵玉兰写给你的信。"

路凯不接："我不看，给她带回去。"

"嗬，研究生还没当上，架子先端上了，好话坏话都应该看看嘛！"

路凯只好把信接过来，放进自己的口袋。

李建明突然抬起眼睛盯住路凯："小路，你爸爸所以受到人们的尊重，不是因为他有个教授的头衔，而是因为他除虫治害，改良作物，为农民解决了大量实际的问题……"

开车的铃声响了。

李建明只好和路凯握手告别，可他的话还没说完，拣了两句主要的说出来了："我这个人不会说吉利话，但愿你考不上，回来当我的技术主任！"

路凯一怔。

李建明冲他摆摆手，难得他竟带着点狡黠的神色笑了。

列车开动了。

路凯打开了赵玉兰的信——

路凯：

我知道你讨厌我，甚至恨我，可是我直到最近这两天才真正理解了你。我希望你能耐着性子看完这封信……

1980年5月第一稿

1981年3月第二稿

1981年6月第三稿

锅碗瓢盆交响曲

刀，怎能不碰菜板？勺，怎能不碰锅沿？我们的铁的大饭锅里，好不热闹！

——题记

序曲——从生命的低潮开始

"花儿里为王的是牡丹，人世间英俊的数青少年。"眼下——正是公元一千九百八十二年的初夏，朝阳初升，楼前花坛里的牡丹开得正热热闹闹，姹紫嫣红。然而，风采俊逸的小青年牛宏，却正处于生命的低潮。也许是他一生中最晦暗的时期。因为他被撤职了！刚当了十九个月的基层饭店的经理，真可谓昙花一现！"昙花一现也能给人留下一点香气！"尽管他常常这样在心里自慰。尽管在中国撤职并不等于失业，其滋味却并不比失业好受，在精神上要承受无形的却又足以能把人压扁的负担。幸好人都有一种奇妙的本能：善于掩藏自己的灵魂，在特殊的时候能够按照自己的意志打扮自己的形象。智能商数越高的人，这种本领就越强大。牛宏的智能商数就不算低。

且看牛宏，从外表上谁能看出他现在成了一个倒霉蛋？他中等身材，年纪不会超过二十五岁，眉眼清秀，头发不太长，发型清新、舒适，同他的长圆脸正好相配。晨风撩动着他雪白的短袖绸衫，银灰色派力司筒裤更衬出他身材的健美和青春的力量。在当代的青年中，像他这样神清目爽,文雅端庄的小伙子还真是不多见。他一路走来,眼睛盯着马路两旁的梧桐树,脑子又琢磨上了:这种树真好,容易栽活,长得又快,树干笔直,枝叶丰茂,东边的树枝搭在西边的树枝上,西边的树枝搭在东边的树枝上,两边一交叉,把马路都罩住了,既是吸尘器,又是空气调节机。可惜只有梧桐树,不见凤凰飞,哪怕有点鸽子、麻雀也好。春城里是新住宅区,大街两边光秃秃的什么树也没栽。别处管不了,应该在自己饭店的门前栽上几排梧桐树,开出两个花坛。对,就是这个主意。以前只顾布置饭店里面,忽略了饭店的门脸儿。而且饭店里面的花儿也太淡雅了。你看这牡丹、芍药、月季、美人蕉,火爆爆地开得多热烈,种在饭店门前岂不象征着买卖兴旺,财源茂盛!

猛地,牛宏看见了花坛里面的大牌子——"饮食公司",这四个红漆大字像鞭子一样抽疼了他的眼睛。他醒过来了,自己已经不是春城饭店的经理了,还替饭店考虑什么栽树种花,真是咸吃萝卜淡操心!只有在这种时候,他的脸上才会出现一种戏谑嘲弄的表情,与他那风流倜傥的外表极不相称。但牛宏有个毛病,从来不肯让自己的脑子有一分钟的清闲,当他还在烹饪学校上学的时候就得了个十分贴切的绰号——"牛琢磨"。用他自己的话说:"人的脑子是生命物质三十亿年发展进化的结晶,谁要不善于运用自己的脑子,太不合算了,无疑是浪费生命!"特别是现在,他为了不让自己老是"琢磨"被撤职这件事,必须不停顿地"琢磨"别的人和事。他把目光从花儿转到上班来的人流上,果然又有新发现——

你要说"十个厨师九个胖子",谁也不会感到新鲜,就如同演员好像永远年轻有魅力一样,大家都司空见惯,其原因也心照不宣。令牛宏觉得奇怪的是,今天早晨走进饮食公司大楼的干部们,一个个也大都是圆头厚耳,熊腰象腿。公司的办公大楼并不挨着某一个自己所管辖的饭店,不要说沾不上油水,就连油烟也闻不到,怎么也会胖子多瘦子少?恐怕只剩下一个解释:社会的安定,牢靠的铁饭碗的无比优越性,工作上省力,生活上平稳康乐。不知聪明的政治工作者们注意到这个现象没有?倘是再有"形势报告"、"政治动员"之类的活动,组织十个大胖子上台去演说，其效果一定非常强烈，相得益彰。发胖——是“第一世界”里的经济发达病，谁敢说我们的经济落后呢？

可是，能按着某个单位的第一把手的胖瘦来断定他那个单位经营的好坏吗？

嘿！想谁谁到，饮食公司的经理游刚来了。注意看，他的上海牌轿车的托盘比别的轿车要矮一块，紧贴着地面，这是被他的“分量”压的。快看，他一下车托盘立刻升高了十公分。好家伙！谁还没有到大佛寺看过大肚子弥勒佛，只要看看游经理就足够了，这是活的大肚子弥勒佛。身高一米八九，体重对外界号称九十二公斤，其实际重量则是一百零二公斤。有人喜欢少报岁数，可以显得年轻，以假乱真也是一种安慰。体重为什么也要隐瞒呢？前些年世界上刮起一股减肥风，以瘦为美为福，视肥为灾难。游经理把自己的分量减掉十公斤当然也是可以理解的。可是现在听说风又刮回来了，发达国家的人又以增肥为时髦了。游经理的体重是否还要改回来呢？那就不得而知了。他真正是头如面斗，只可惜双目不似流星，而且在两只眼睛下面堆出了两个肉坠儿，好像上眼皮移到了下面、眼泡倒长，反把真正的眼睛挤得还只剩下一韭菜叶宽。大脑袋一动，两个肉坠儿就跟着发颤。人们看到像他这种体魄的人，很容易想到动不动就要叫喊“杀他个逑囊的”鲁智深。而游刚的面貌却不会使任何人感到凶，感到恶。慈眉善目，六十多岁了下巴上不长一根胡须，男人女相，大福大贵。他喜欢开玩笑，喜欢算命，算卦的先生只要一看他那圆乎乎的女人脸，就断他福大命大。别人算卦要一元钱，非找他要两元钱，大命人要付大价钱。也正是这个福大命大的游经理撤掉了牛宏这个小经理的职务！

牛宏那个“生命物质三十亿年发展进化的结晶”并没有走题儿，还在针对“胖子问题”进行深入地琢磨，他忽然独自笑了，左边嘴角出现了一条讥讽的纹路，活像个俏皮的惊叹号：对呀！饮食公司是个旱涝保收的行业，人到什么时候也不能不吃饭。不管世界上发生了什么事情，经济危机，经济困难，经济调整，经济改革，等等，反正嘴和肚子不会被扎起来，或者被改革掉。何况中国人口这么多，瘪肚子大汉需要把肚子撑起来，大肚子弥勒佛们需要更多的好东西塞满那个大肚子，在国家经济的大锅饭里饮食行业先吃头一勺，吃最肥的一勺。难怪从经理到科员就像从最重量级到次重量级的举重运动员一样，几乎可以按胖瘦判定其职务。自己在饮食行业干了快六年了，还没有发胖，可见被撤职是理所当然的了！

“小牛，你一个人偷偷地笑什么呢？”

牛宏一回头，禁不住更加笑出了声，又是一个胖子：“张科长，你来得够早呵！”

“小牛，我看你倒更美了，成天什么事也没有。”

“这就叫社会主义优越性，我以前干得多，每月比别的饭馆多交给国家两三万元，结果却给自己弄了一身病。现在成天什么事也不干，工资照拿，谁也不敢再说我有什么错了！”

“你呀你，和从前可真是大不一样了！从前光是闷头穷琢磨，一天到晚不吭声，现在可好，小嘴吧吧的，比谁都横。看看你，哪一点像个被撤职的样子？”

“我不偷不抢，不杀人不放火，一不丢人，二不现眼，你叫我装成一副三孙子的样儿，我不干！这不叫横，这叫有理走遍天下，无理寸步难行。春城饭店以前是什么样子，公司的人谁不清楚，我去了一年零七个月，别的不用说，光是利润上缴五十七万元，公司还欠着我们八万元。末了当头头的还想弄个大黑锅把我扣死。若轮上你，你干吗？这回不跟我说清楚甭想过去！反正谁也不敢说官大一级压死人也是社会主义的优越性。”

不平则鸣。牛宏在饮食公司的办公大楼前面好像对着上班来的人高声发表演说。这还了得，张科长害怕给自己惹麻烦，点点头赶紧拔腿钻进了楼道里。

牛宏——一个被撤职的很不起眼的小经理（按饮食公司的人们的习惯说法，公司的经理称为大经理，下面各基层饭店的经理称为小经理），现在一下子成了全公司知名的人物了！人活一辈子，真不知道什么时候、会由于一件什么事情而突然出名。谁能想到牛宏会因为被撤职而轰动全公司呢？公司的干部们，凡是碰上牛宏的人也许都会这样想。而饮食公司的人只要上班来就无法不碰到牛宏，你不找他，他找你。就连他被撤职这件事，也不是游经理最先在公司宣布的，而是牛宏自己先折腾开的。这件事本身就很奇巧，要说游经理对牛宏不满意也许是真的，但要叫他不和党委书记商量，私自到下边去三言两语就把牛宏的职给撤了，似乎也不近情理。游刚可不是莽撞的毛头小伙子，他当经理把头发都当白了，脱光了，不会干让人抓住把柄的事。很可能是他在骑虎难下的情况下，被逼无奈，话赶话，原想吓唬牛宏，谁知这小子不吃吓唬，最后弄假成真了。如果这件事不声张，暗地里打打圆场，也许当做开玩笑就算过去了，游刚当他的大经理，牛宏还当他的小经理，大家都相安无事。偏偏又碰上牛宏不是个省油灯，被撤了职不是规规矩矩待在原单位等待重新分配工作，也不是老老实实等着领导找他谈话，下午被撤职，第二天一早就提着包主动到公司上班来了，先发制人，要求公司领导向他说清楚。每天按上班的钟点来，按下班的时间走，但什么事情也不干。他的编制不在机关，谁也不敢分配他工作，领导没有跟他说清楚，有人分配他工作他也不干。他每天来了以后把书包、饭盒往游经理的办公室里一放，就在游刚的眼皮底下喝茶、看报、读书，来了客人只要一问起他，他就把自己经营春城饭店的功劳以及被撤职的经过从头到尾，数说一遍，一点也不管坐在旁边的游经理脸色如何难看，当他累了，困了，腻烦了，就到各个办公室去串，去聊大天。哪儿热闹往哪儿凑，哪儿显眼在哪儿站。这一套，谁能做得出来？一个被撤了职的人，不管是由于什么原因，名正言顺也好，名不正言不顺也好，终究是无风不起浪，脸上不大光彩，怕见熟人，羞于在大场合露面。不痴不呆的牛宏，这算演的哪一出呢？

你瞧他走进游经理办公室的那副神态，就像走进他自己的家一样。游刚也知道是他来了，故意不抬头。牛宏放下书包，从里面掏出饭盒，把盒盖错开一条缝，放到窗台上的阴凉通风处，为的不让盒里的饭菜变质。然后又为自己沏上一杯茶，拉把椅子坐在游刚对面，像播放录音一样开始重复每天早晨必须说的话（有时个别字句上会有些改动)。

“游刚同志,今天是我被撤职两个月零三天,您还没有工夫跟我谈话吗? 对我进行批评,或者听取我对您的批评吗?”

游刚简直不能忍受,这个小子凭什么敢如此放肆,如此傲慢? 他像条蛇一样缠在自己身上,甩不开,却又制不住,听他那副腔调,充满了自信和对对手的揶揄。但游刚毕竟是有身份的人,他吸取了以前的教训,不能和一个小青年一句对一句地叮当,那样不仅会失去公司经理的身份,而且得不到便宜。他只有采取蔑视的不予理睬的态度,不哼不哈,不撩眼皮,根本就不承认眼前有牛宏这个人的存在!

“您不说话,我并不认为是看不起我。而是觉得您默认自己理亏,无言可答。这证明您的思想多么虚弱,既不能替自己的行为做出解释,又没有勇气公开承认自己的错误……”

牛宏得寸进尺,游经理被逼到了墙角上,他的忍耐力也达到了极限,双眼下的肉坠儿颤抖不已! 可是,他的血压、心脏和智力,既不允许他继续这样忍耐下去,又不允许他和眼前这个无赖爆发一场冲突。他克制着自己,把文件和笔记本收进抽屉锁好,起身走出了办公室。

堂堂的公司经理被挤得在自己的办公室里待不住了,而大大方方占据他办公室的正是他要处分的人,这到哪儿去说理呀?

气走了游刚,按理说牛宏应该得意,但他的脸色突然变得煞白,浑身打颤,双手揪住自己的头发趴倒桌子上。在游刚面前,在其他人面前,他装得轻松自如,游刃有余,其实他的内心里十分紧张,他对自己几乎和对游刚一样厌恶。他想骂,又想哭,他想把这间屋子捣毁,也想把自己痛揍一顿。原来气别人也气自己,既有今日,何必当初? 他图的是什么呢?

当初他图的是——

要过一种有智慧的生活

牛宏的姐姐、一家之主牛华,送走了为她兄弟找对象的介绍人,脸色发白，嘴唇乌青，那神气就如同要起风暴的大海，而眼镜片后面的一双杏核眼则像海面上的一对航标灯，在波浪中闪着火花。她不愿意进屋去看瘫痪了十五年的老母亲流眼泪，或者是听着老人家自责自怨却又无可奈何地一声接一声叹息，就拉过一把凳子在屋门口外面坐下来，点上了一支烟，轻轻地吸着。这个二十九岁的大姑娘，吸烟的姿势极其文雅高贵，用两只浑圆而细长的手指轻轻夹着香烟，手臂像舞蹈家一样自然而优美地弯曲着。任何一个反对女人吸烟的人，若是看见牛华在吸烟，是决不会阻止的。对于她来说吸烟好像是一种美，是一种女人不可缺少的装饰和点缀。她只有在家里，在嫁娶的喜筵上，在联欢和庆祝之类的大场面上才吸烟，吸烟的数量要控制在不把手熏黄，不让嘴唇变青。有些凶狠的女人或是馋嘴浪声的大娘儿们，抽起烟来一口恨不得吞下半根。而牛华不论心里有多么犯愁、多么烦闷的事，决不拿烟解气。就如同不管肚里多饿，吃相不能粗俗一样。她举着烟，半天才吸一口，烟雾拧成了钩，挽成了套，在她眼前飞旋、缠绕……

这已经是她为牛宏找的第三个对象了，又是女方不同意。他妈的（请原谅，我们这位雍容高雅的姑娘，一高兴或者一发怒，说话喜欢带出个把脏字），什么家庭条件不好，床上有个瘫婆婆，进门就当奴隶……放屁！进门就当家，媳妇说了算，这样的主儿打着灯笼也难找。最叫牛华伤心的是女方提出的第二条理由："他们家的大姑子太厉害，大权独揽，公公是个窝囊废，牛宏是个肉头蛋，谁嫁到他们家当媳妇谁倒霉！"好心不会有好报，谁能理解牛华的心？当她还差两个月小学毕业的时候，母亲突然瘫痪了，她凑凑合合地参加完毕业考试，就留在家里照料母亲，担起全部家务事。直到一九七一年，母亲的病情比较稳定了，当然想好是不可能的，可一时半会儿的人也坏不了，牛华再要上学年龄已过，就到汽车公司当了售票员。父亲在服装店当会计，是个一辈子做人没有傲骨的好好先生，家里大事小事全由牛华做主。她上伺候二老，下伺候二小（妹妹和弟弟），她心强好胜，泼辣干练，输理的事不做，决不会惹得两位老人喘气不顺当；妹妹和弟弟只要他们自己争气，就是上到大学她也供给。但是，她又常为自己抱屈，为了别人把自己的前途都搭上了，对家庭付出的牺牲太大，家里欠她的情太多。有时发起脾气来，对弟妹们敢打也敢骂，弟弟和妹妹还不许还手或者还嘴。这样也并不能慰藉她那颗年轻而好强的心。为了不让自己有闲工夫去想那些恼人的未来，她就拼命地看闲书。谁知小说里有另外一个崭新的世界，她被这个世界吸引了，越看越上瘾，十几年来，她没有选择地几乎读完了古今中外所有能搞到手的文艺作品。她要是钻一门有用的知识也许已经成才了，现在却仅仅是个“杂家”，关于政治，关于经济，关于社会，关于人，没有她不懂的，甚至还能说出一套自己的观点。她在汽车公司已经不当售票员了，做了调度室的统计员，大家称她为“牛大学问”。但这一切对她的生活并没有丝毫的实际价值，顶多是增加一点谈资。在当今的世界上知道的事情太多了，工作就没有劲了，还会影响自己的情绪。牛华自从成了“牛大学问”，气质确实改变了不少，如果不是在家里，不是惹得她发脾气，谁也猜不出她仅仅是个小学毕业生。她妹妹去年大学毕业后和自己的爱人一块分配到东北去了，牛华也早就为自己找好了对象，男方还是市话剧团的演员。但是她必须也为牛宏物色一个靠得住的对象，并操办他们结了婚，把生病的老娘托付给兄弟媳妇，她才能离开这个家。可牛宏低眉耷拉眼，见了姑娘没有一点精神气儿，连一句完整的话也说不出来，讨好卖乖的事更不会办。陪着姑娘去看电影，买瓶汽水还得让人家姑娘花钱。他不是财迷，根本就看不出姑娘的心思，更不会抢着去付款。难道牛家的精气儿就全叫她一个人占了？牛宏越是找不上媳妇，她这个当大姐的就越是不能离开这个家，她若一走，把瘫老娘全扔给了弟弟，他再想找对象就更没有门儿了！

“大姐，”母亲在屋里说话了，自从牛华成了这个家庭里名副其实的户主以后，母亲就不再叫她小华，不管家里有没有外人，都是借着牛宏的名义尊称她为大姐，“你走吧，别等了，到年都二十九啦！全怪妈的病把你给拖累了……”

“妈，你别管，没你的事，都怪小宏自己没能耐！”牛华起身想回屋，一眼看见她那冤家兄弟回来了，她又好气又好笑，你看他那副蔫头耷脑的倒霉相。这三伏热天，他还穿着厚劳动布的工作裤，膝盖那儿冒出了白花花的汗碱儿，上身只穿了件发黄的老头衫，连衬衣也不穿。走路不抬头，不知脑子里又琢磨什么呢。不了解他脾气的人还以为这小子刚丢了钱包，或是刚从批判会上下来。老话说“扬头老婆低头汉”——最不好斗不好惹。她大概属于“扬头老婆”之类，连自己也觉得不大好惹。可她的属于“低头汉”的兄弟，既看不出有什么难斗难惹，更不是“蔫头土匪”，而是和父亲一样的老实窝囊。

牛华看看表，还不到十点钟，她迎住了牛宏：“你怎么半截儿回来了？”

“嗯……”这个死肉头，低着脑袋，不知是没听清姐姐的问话还是不想回答，嘴里哼哼叽叽不知咕哝了一句什么玩意儿就进了屋子。

姐姐像旋风一样跟了进来：“小宏，你出了什么事？”

“没有。”

“怎不去上班？”

“……”

“哑巴，你倒是说话呀！”

“有事。”

“什么事值得上着班跑回来？”

“……”

又没有下文了。平常也是这样，别人问三句他顶多答一句，并且常常心不在焉，所答非所问。

牛宏把书包放在迎面桌上，转身钻进了里面的小屋。他们的住房原本是一间大屋，女儿们长大以后在屋子三分之二的地方隔开了，里边住两个女儿，外边是牛宏和父母。牛宏并不常到姐姐屋里去，今天的举动更显得有点反常了，他甩掉了凉鞋，直挺挺地躺到了姐姐那张散发着幽香的绣床上，而且伸开一张报纸蒙住了自己的脸。牛华追进来，吓了一跳：

“你病了？”她赶紧撩开报纸用手去摸弟弟的脑门儿，并不感到发烫,她怀疑手摸不准,又俯下身子用自己的脑门儿去试弟弟的脑门儿,除去一股刺鼻的汗臭味,牛宏的脑门儿是凉浸浸的。她做这一切都是极其熟练和麻利,牛宏根本来不及拒绝。

“你到底哪儿不舒服?”

“没有。”

“你真的没有生病?”

牛宏连话也不说,只是摇了摇头。

“那你大白天挺的什么尸? 你一定出了什么事!”

“……”牛宏不吭声,又拉过报纸盖上脸。

“哎呀,小祖宗,把汗衫和裤子脱下来我给你洗一洗。哟,该死的,瞧你这双臭脚丫子把我的凉席都弄脏了,给我滚起来……”

任大姐怎样叫,怎样骂,怎样打,牛宏是不声不响也不动。

牛华急了:“你个死肉蛋,告诉你,以后你出了什么事我也不管!刚才介绍人来过了,人家李苹也把你蹬了,就瞧你这个赖样儿,叫你打一辈子光棍儿!”

她一甩竹帘子出去了。

牛宏并没有睡觉,他那个“生命物质三十亿年发展进化的结晶”正高速运转着,比以往任何时候都转得更快,旋得更激烈。今天早晨上班不多久,饮食公司党委书记钟警深找他谈话,并通知他公司党委准备派他到春城饭店去担任经理。这简直是对他整个的命运突然提出了新的挑战,他接受不接受这种挑战,将关系着他的前途,甚至会改变他全部的生活。在今天早晨之前,他做梦也想不到领导还会对他做出这样的安排,在他的一生中还会有这样的机遇。当时他对钟警深没有讲几句话,答应考虑一下,下午给党委书记一个答复。是啊,他必须认真琢磨一下,为自己的命运做出正确的抉择。

“他们为什么看中了我呢?”牛宏必须先想透这个问题,然后才能决定干还是不干,怎样干……

钟警深在谈话时盯着牛宏的那双眼睛就像钩子一样,这对钩子能把对方的五脏六腑全钩出来,牛宏在这样一双眼光下觉得自己说出的任何一句话全是假的,而且还被书记看破了。这并不是说钟警深喜欢打官腔,或是过分严厉。不,恰恰相反。钟书记从来不打官腔,也很少发脾气,总是让人感到亲切和气,但决不平易。他可以跟你开一个很得体的玩笑,你却不由自主地对他更加尊敬和钦佩,决不能对他说走板儿话,更不能对他胡说八道。和游经理正相反,他是公司的一号大瘦子。游经理脾气好的时候比钟书记随和,下级干部可以毫无顾忌地同他谈笑打逗。游经理在发脾气的时候也比钟书记严厉,可是干部们心里并不怕他。对钟书记呢?说害怕太过分了,而且这说法对书记也不够敬重。但人们心里却真有一点怵他。牛宏猜不出来党委书记是什么时候注意上他了呢?他从烹饪学校毕业后,分配到饮食公司经营科,干了五年,和游经理还打过几次交道,和钟书记除去偶尔走个对面,不打招呼实在不行了,就点点头,或问一声"您吃饭了吗",从没有一次说话超过了五句。领导了解他什么呢?

"对,领导看中了我是个活机器人,脑瓜儿灵,能琢磨,具体工作能干好,从来不误事。却又不惹是生非,不多说多道,老实听话,最好指挥。由我到下边去当小经理,就等于是公司大经理的小傀儡,上边拨一拨,我在下边转一转,领导放心,我从此就可以官运亨通,没有大的运动再不会把我扒拉下来了……"

牛宏吸了一口气,可是这样能把春城饭店搞好吗?"春城"是新开的饭店,底子薄,基础差,职工都是从各个基层店调来的"联合国军",互不了解,一盘散沙。去年秋天刚开业的时候,公司武保科孙科长毛遂自荐要下去当春城饭店的经理,干了还不到一年就混不下去了,那么大的饭店月月赔钱,谁当经理脸上也得挂火!孙科长提出了辞呈,要求返回公司武保科,公司没答应。几个月前,游经理却声称把春城饭店当做自己的"点",每周要下去蹲两天,抓了不到一个月,也不再下去蹲了,大概也怕把自己缠住。现在却选中了牛宏做"替死鬼"。牛宏只知道这些日子孙科长活动得很厉害,他一天也不想在春城饭店待下去了,恨不得立刻回到公司还当他那个省心省力而又旱涝保收的武保科长。但牛宏怎么也想不通,钟书记和游经理怎敢拿一个偌大的春城饭店去叫他冒险呢？

“自己在公司经营科当个小干部，称职称心，对得起国家也对得起自己。要是戴上一顶小经理的帽子，毁了一个饭店，那就不光是当了别人的替罪羊，自己也犯了罪！不能去，这个任命不能接受！……”

要干干净净地拒绝党委的决定也没有那么容易，别的不用说，单是春城饭店经理这个职务，对他那颗年轻的心就有一种新奇的诱惑力。他一向觉得自己是没有任何野心的，最有力的证明就是他不想往上爬，实实在在是不想当官。除去本职业务，其他任何事情他都不靠前，招风挨骂的事决不干，每次科里选先进生产者他都让给别人，评奖也总是不声不响要最后一等。如果说这些都是小事，涨工资算是大事了吧？经营科三个条件一样的青年，调级的名额只有一个，牛宏真心实意地把自己那三分之一的机会让出来了。谁知那两个人争得不可开交，激恼了群众，把那两个人都否决了，最后一致同意让牛宏涨了一级。这使牛宏很不好意思，好像是他耍了个手腕，又得名又得利。其实他的谦让是出自真心的，因此他在公司里几乎没有敌人。

但是，谁能把野心和雄心分得清呢？封建时代的老俗话是“胜者王侯败者贼”，那就是说“野心”用于失败者，“雄心”用于成功者。牛宏作为一个人，而且是个年轻人，怎能没有自己的抱负和自己的理想？甚至还有他自己的梦想和幻想！当他知道自己没有被领导器重，根本就不可能被提升时，他不想当官是真的。当提升变为可能的了，当官已成为现实，他的心有所动，想法也随之有所改变。

“不，我不应该失掉这次机会，要抓住自己命运的线索。有人一辈子都在寻找自己命运的线索，尚且不一定找得到，我为什么要放弃？人应该过一种有智慧的生活，有胆量把自己投进生活，在生活中动用全部智慧认识自己，发挥自己。我既然不想往上爬，不怕官运不亨通，为什么不借着春城饭店这块宝地试一试？”

“对，试一试！我在经营科干了五年，别的没有学会，对游刚那一套算是看透了，按他那一套无法搞好饮食行业。要想干出个样儿来，领导人必须要有新的面貌，新的风度，新的办法，新的魅力……”

嚓啦一声，头上的报纸被掀掉了。牛华把饭菜都做好了，喊他起来吃饭，只见他瞪着双眼，一点也没有刚睡过觉的样子，脸上反倒有一种她从来没有见过的坚定和昂奋的神采。牛华感到诧异：

“你没有睡觉哇？这是抽的什么风？八成中魔了吧！”

牛宏坐了起来：“大姐，公司叫我到春城饭店去当经理，你说干不干？”

“什么，叫你去当经理？”牛华好一会儿没有弄明白这句话的实际意义，她从弟弟的脸上看出来这不是开玩笑，就冲着外间屋高声说：“妈，咱们小宏要当经理啦！”

牛华把弟弟拉到外面：“来，把左手伸出来，我看看你的事业线到底怎么样。”

牛宏并不相信姐姐会看手相，他根本就不信这一套。牛华不过是看过一本“麻衣相”书和两本批判相面的小册子，她所以能把周围的青年人唬得一愣一愣的，一算一个准儿，更多的则是依靠自己的文学知识、知人的本领、对生活的经验和“实用心理学”，但牛宏不愿捅破这一点。而且今天他很愿意有人为他看看手相、算算命，不管人家对他说什么，他很可能都会相信的，因此，就乖乖地把左手伸了出去。牛华拿起弟弟的左手端详了一会儿，又叫他伸出右手，看看他的先天条件做参考，然后高兴地说：

“傻兄弟，你的事业线清晰、明朗，而且比一般的人长，有这样一副手相的人就应该干一番事业。干，为什么不干呢？”

对儿女们的事情从来不过问、不插话的母亲，不知是因为高兴，还是出于对儿子的担心，轻轻地说：“他怎么能当得好经理哟！”

牛华像家庭里的权威一样摆摆手：“妈，你别管。”她说着话手脚麻利地摆上饭菜，饭菜简单而清淡。两菜一汤：烧茄子、海米粉丝熬冬瓜、西红柿鸡蛋汤，粳米饭及为母亲蒸的鸡蛋羹。牛华先给弟弟盛了一碗，然后坐在床边给母亲喂饭。一家人一边吃饭，一边还在谈论牛宏要当经理的事。当然，说话最多的还是牛华：“爹妈窝囊了一辈子，闺女儿子不应该再窝囊了，小妹是大学毕业生，过两年弄个工程师一当，是咱们家的第一股风水。小宏再当上经理，咱们家就改换门风，该翻身了，连妈妈的病也许都能好，过两年把闺女儿子聚在一块儿，扶你老到杭州玩儿一趟。”

母亲被她说笑了，牛宏只顾闷头吃饭。牛华唯恐这个老实木讷的弟弟再打退堂鼓，就为他鼓劲儿：“别怵阵，要打起精神来！”

“我决心试一试。大姐，吃过饭以后你给我理个发，然后陪我上街买身衣服，行吗？”

“好啦！”牛华响亮地答应一声，用惊喜的眼光打量着弟弟，不管将来他当经理当得如何，经理这个头衔给他身上带来的变化，使牛华高兴。她欢欢喜喜地说：“别管刷碗了，先把你这一身皮脱下来放在木盆里，等我给你推完头，到龙头那儿好好洗个澡，要打扮得干干净净，潇洒大方地去上任！”

说完她自己也笑了，从柜里拿出理发用具，牛宏已经坐在凳子上等她了。前些年家庭经济困难，父亲一个人的工资要养活五口人，还要供给两个学生，从牛华一管家就不许父亲和弟弟上街理发，她花了两元八角钱买来一套理发工具，月月由她给理发。十几年下来，她不仅为家庭节省了一大笔钱，而且练就了一手熟练的理发技术。更重要的是她有文学修养，有高雅的审美观，再加上她的社会经验，她为父亲和弟弟理出的发型符合他们的脸形、身份和年龄，既时髦，又不怪里怪气，真可谓美观大方。今天她又特意为即将当经理的弟弟下了一番功夫，理完发牛宏立刻显得精神面貌大不一样了。她叫牛宏去洗澡，自己到里屋换衣服。

牛宏洗完澡，在门外又等了一会儿，姐姐才出来，上身穿一件使牛宏叫不出什么颜色但极其考究和雅致的长袖夏衫，外面罩一件质地精良的湖绿色西式背心，连着下身的湖绿色西裙，脚蹬雪白的高跟皮凉鞋，身材苗条，婀娜多姿，飘飘然有一种超俗的美。头发不浓密，但柔滑乌亮，只用冷烫把发梢微微向里弯了半个圈儿，更显得优雅大方。她的脸形和牛宏极相似，只是眼睛处稍有一点瘪，她为了弥补这个缺陷，给本来毫无毛病的眼睛配上了一副眼镜，银色细框，能变色的白镜片,这一下给她的美又加上了一种稳重和文雅。牛宏一向讨厌姐姐在穿衣打扮上过分讲究,但不敢吭声,父母都不管,他是个小弟弟,而且可以说是姐姐一手把他带大的,他怎敢对大姐说三道四。但是这一会儿,他在心里由衷地赞叹姐姐优美的风度,不禁脱口而出:

"大姐,你真漂亮!"

牛华很得意,扶着弟弟的胳膊走出了家门:"傻兄弟,你懂得什么叫漂亮,一个人的穿衣打扮标志着他的智力。男子汉关键要看他在事业上的进展,看他的身份、社会地位以及精神气质和自我感觉,平时穿着要大方随便。女人就不一样了……"

他们路过一个百货店,牛宏要进去,被姐姐拉住了:"这里面还能买着好衣服?跟我走。"

牛华领着弟弟来到了东方服装店,解放前这是英国人开办的,专卖西装,他们的父亲就在这里学徒。现在这是一家专卖高档产品的大服装店,他们的父亲就在这里面当会计。但牛华并不找她的父亲,她差不多和这里的经理、店员全认识,到这儿来办事她比自己的父亲说话更管用。她领着牛宏,和店员们打着招呼,径直来到试衣间,叫牛宏先等一会儿,她去找来了服装店的几位"权威人士",高兴地说:

"老几位,这是我弟弟牛宏,你们别看我们家的女孩儿长得都不怎么样,小子还算是一表人才吧?他要到春城饭店去当经理,我领他来是想给他买身官服,你们多受累给出个主意。"

"大姐,你说这个干什么?"牛宏脸红了,很不好意思。

"这有什么,是党委任命的,又不是走后门捞的,大家早晚都会知道。再说,不讲明原因,人家怎么根据你的身份配衣服?"

为牛华这样漂亮的姑娘效劳本来就是一种乐事,何况她说话又是这样幽默、风趣和不容抗拒,店员们拿来了好几套不同样式、不同颜色的夏装让牛宏试穿。最后经牛华拍板,选中了一件米色的特立灵衬衣、一件蛋青色的凡尔丁西裤。装扮起来牛宏如同换了一个人,精神十倍,青春焕发。牛华又领他到一家很讲究的皮鞋店配上了一双网眼牛皮凉鞋,她满意地说:"行啦,我的牛经理,这回像个样子了!"

“大姐,我到公司去答复党委书记,并把人事关系转出来,你去跟爸爸打一个招呼,今天晚上我必须把会计的基本知识弄懂,让他心里有数,拣重要的教给我,把几种主要的大账一样带一个样本回去。”

“干什么?”

“我去了应该先抓钱,要抓钱就必须堵死一切漏洞,最大的漏洞就容易出在账本上,要有靠得住的会计,有严密的财务制度。”

牛华会心地笑了:“服装店和饭店的情况可不一样。”

“隔行不隔理,天下的会计都是管钱管账的。”

牛华惊奇地扶扶自己的眼镜,一双生动妩媚的眼睛里满是赞赏和自豪的神色,她像一个工艺美术设计师端详自己满意的作品一样,反复打量着牛宏:“大姐以前没有把你看透,现在真得刮目相看! 你的心已经上任了,已经在盘算上任后该咋办了,你会干好的。过去那些浅薄的姑娘都嫌弃你,往后她们就会像苍蝇一样缠着你,大姐再也不为你的媳妇犯愁了,而且还要替我兄弟好好挑个出色的姑娘。哈哈……”

她竟禁不住在马路上笑出了声,牛宏碰碰她的胳膊:“大姐,你小点声不行嘛!”

“这有什么,你和小妹给咱牛家争气,大姐心里痛快!”话虽这样说,可牛华的眼睛突然一阵发潮,大概她又想到了自己,她本来也可以很争气的。牛宏不由自主地挎紧了姐姐的胳膊,一直把她又送回东方服装店。

“我到里边去跟爸爸讲你的事,你赶紧到公司去吧。”

“我穿着这一身新衣服到公司去合适吗?”牛宏突然觉得身上有点不自在。

“合适! 就要给大家一个全新的感觉。往后你要学着改一改自己的脾性。”

“大姐,你说‘江山易改,本性难移’这话对吗?”

“不对,那是指懦夫而言。男子汉就是要战胜自己才能有作为。”

牛宏忽然真心佩服起姐姐来了:“我要有你的口才就好了!”

牛华用手指冲着弟弟点了一下:“什么叫口才? 有思想才能有口

才，想得透彻，才能说得透彻，心里明白才能表达得明白。没有头脑，说得再多也全是废话。说话不在多，要根据时间、场合、对象，掌握火候，有内容，说到点子上就起作用。当领导要有一副好口才，你会练出来的。”牛华是大姐，又像老师，鼓励的话中满含着深情和希望，她轻轻推了弟弟一下：“快去吧！”

她一直看着弟弟大步走远。

牛宏在心里也很看不起自己，上午他躺在姐姐的床上替自己拿主意，决定接受党委的任命，理发洗澡换衣服，从里到外全变，正是追求这种给人以全新的感觉，为什么临阵又怯场了呢？自己的性格不适宜当领导，不能团结人，号召人，指挥人。姐姐说得对，要当好这个经理，从现在起就要改变自己的性格，先跟自己抗争，战胜了自己就是战胜了命运，战胜了生活。如果当不了自己意志的主人，就别去当经理，当个随波逐流的糊涂虫算了！牛宏抖擞精神，跨进了饮食公司的大楼。果然，整个公司都炸窝了！

本来，任命牛宏到春城饭店去当经理就是饮食公司的爆炸性新闻，谁知牛宏本人又给这一新闻加上了一层戏剧性色彩：一个邋邋遢遢的小“牛琢磨”，刚一当官就化妆打扮，改头换面，变成了一个风流倜傥的花花公子。干部们对他这一举动做出了两种解释：一、少年得志，得意忘形；二、现在的小青年除去歪瓜裂枣，就是烂酸梨，浅薄无知，不堪重用。公司上下沸沸扬扬，连精明的钟书记也被闹蒙了，难道把宝押在牛宏身上真是押错了？

这真是——

生活也把十字路口铺在了领导者脚下

麻秆打狼——两头害怕。

游刚被牛宏气得离开了自己的办公室，他生牛宏的气，更生自己的气，公司里堂堂正正的经理竟然惧怕一个小青年！他不愿意承认怕牛宏，甚至不愿向自己承认这一点。但一碰上牛宏他心里确实发怵，在气势上压不住对方，嘴皮子上也占不了便宜。他的资历、地位、年龄，不仅不能帮助他得到优势，在牛宏面前这一切倒常常使他处于劣势。可见人心常常是怯懦的，黑暗和恐怖就藏在自己的灵魂里，不应该过多地埋怨外界。但是，游刚也意识到事情不能再这样继续下去了。他已经忍无可忍，或是叫走投无路了，必须当机立断，用铁腕解决牛宏的问题。他推开了党委书记办公室的门。

钟警深面前摊着一份报社的校样，右手里的铅笔轻轻地敲着办公桌。他五十岁上下，瘦骨嶙峋，长着一双鹰眼，锐利无比。听见门响，知道进他的办公室不敲门不说话，径直推门而入的，必定是游刚。果然不错。可游刚并不看他，也不同他打招呼，一屁股坐到钟警深办公桌对面的沙发上，闷着头自己先点上一支烟。钟警深也不说话，但目光一直跟着他。他非要等对方自己开口不可，这是钟警深的老习惯。果然还是游刚耐不住了：

“老钟，我干不了啦！”

“唔。”

“老啦，该退休了！”

“唔。”

“唔”——这是什么意思？不是“啊”？也不是“怎么啦”？一个字都不说，鼻子里就那么随随便便地哼了一声，难道连他也盼着我快退休？游刚抬起了头，眼睛下面的肉坠儿轻轻地跳动着，眼珠却撑开厚厚的眼皮一动不动地盯着钟警深。党委书记像往常一样、像接待其他人一样沉静地微笑着，他真会笑，这该死的笑！不虚不假，不亲不热，莫测高深，谁也不知道他心里到底在想什么，你既不能跟他疏远，又不能向他靠近。

游刚的神色每一个细微的变化都没有逃过钟警深的眼睛，他的目光像鹰爪一样紧紧抓住了游刚，等待对方继续说下去。从游刚一进屋他就知道游刚为什么而来，将要对他说些什么，对游刚刚才那一番王顾左右而言他的话，他只能回答一个不置可否的“唔”。他知道游刚喜欢听什么话，游刚希望党委书记对自己的话表示惊讶，挽留他不要退休，从此引出牛宏的问题，钟警深应该表示愤慨，并且严厉地制裁牛宏。钟警深目前还不能处理牛宏，更不能许诺不让游刚退休，虽然他无权决定这件事，可是他的意见却能起很重要的作用。因为他正当盛年，又坐在党委书记的位子上，市委要给饮食公司配干部不能不听取他的意见。也正为此使游刚的心里大不舒服。以前他是经理兼党委书记，前两年企业里搞党政分家，他成了经理兼党委副书记，从修配公司调来了钟警深担任专职党委书记。据说这位钟警深在来饮食公司之前不过是个组织科的小科长。新来乍到，情况不熟悉，饮食公司的核心人物还是游刚。谁知今年中央又下令搞机构改革，提倡干部年轻化、专业化。起初游刚并未在意，以为这次也会和以前搞过多次的精兵简政一样，不过是喊几句口号，水过地皮湿，饮食公司离开他游刚就会玩儿不转。但是很快他就发现这次势头不对，以年龄为限，一刀切！中青年真要忘恩负义，卸磨杀驴！他有点慌神儿，疗养院不去了，医院的高干病房不住了，身体突然变好了，过去那一大堆病也不治自愈。天天按时上班，而且经常往基层跑，不是蹲点就是调查。作风大变，精力过人，魄力非凡，公司的事情样样都管，一管到底，敢切敢断。但也常常表现得焦躁不安，高兴的时候，或理智清醒的时候，脾气非常随和，甚至不惜降低自己的身份想讨好所有的人；有时别人一句话，或为一件小事，不知触动了他哪一根神经，又暴躁异常。就是在这样的情况下爆发了"牛宏事件"。他瞧不起钟警深，却又不敢过分得罪他。特别是在牛宏的问题上他不得不依赖钟警深……

两位领导人默默地用眼光进行的对峙，持续了不过几秒钟，就像两个人在闲谈过程中的停顿一样。可眼下在游刚和钟警深的心里都觉得时间很长、很难受。在这种相互进行的思想刺探中，感到不自在，首先表现出坚持不住的是游刚，他熬不过党委书记，只好说明自己的真意：

"老钟，不是我向你这个当书记的叫板，牛宏的问题再不解决我无法干啦！他占着我的办公室，软磨硬泡，胡搅蛮缠，我根本无法工作。事情发展到这个地步，不是处理他，就是处理我，你干脆让我告老还家吧!”

“哪能这样说呢。”钟警深不笑了,说话还是一点不着急,心里却极不高兴:我让你告老还家,这算什么意思?你若真的退休走了难道还赖我逼的吗?其实你当真一走,什么问题都好解决了。牛宏就扬言,你今天退休,他明天就回春城饭店上班。老的碍事,小的惹事,我在中间替你们挡事,还要挨你们的呲儿,我不会这样当党委书记的!

“老游,你是咱们公司的老经理,身体又没有什么大毛病,还是多干几年吧。不能和一个青年干部怄气,动不动就提告老还乡。我们每个人都会轮到那一步的,但什么时候走不是我们要考虑的,那是市委领导想的事情。我们还是平心静气地商量一下,怎样解决牛宏的问题……”钟警深站起身,不慌不忙地为自己沏上一杯茶,举着茶叶罐问游刚:“我给你也泡一杯吗?庐山云雾茶,老朋友送的。”

游刚不愿回办公室去端自己的茶杯,免得再看见牛宏,也学着钟警深的语调很随便地说:“好吧,尝尝你的云雾茶。”

钟警深品了一口香茶:“对牛宏的问题我不是不想解决,而且希望解决得越快越好。”

“你党委书记有这种想法就好办了。”

钟警深又笑了,那笑容分明在说——没有头脑的人一切都感到简单。眼看这位工作了几十年的老同志,有时办出的事、说出的话实在叫人哭笑不得,他的才能、经验和智慧都到哪儿去了?难道会随着年龄的增长而消失吗?倘若过去也是这副样子,又怎能被提上来呢?钟警深多年搞组织、管干部,但他领导的组织科只管审查提拔干部,不管使用干部,许多使用干部的部门却无权提拔干部。组织科审理提拔干部的依据是死板的材料,而不是活生生的人,有些该提升的提不上来,有些决不该提拔的却爬上来了。他到饮食公司当了两年党委书记,却对以前自己十分得意的那一套管理干部的办法产生了怀疑,所以决心提拔牛宏。当时他对公司里所有能够到基层当经理的人选,在脑子里过了一遍筛子,筛选的结果是零,他认为没有一个人能挽救春城饭店的局面。因此决定在非中层干部里寻找,最后选中了并无十分把握,也不很了解的牛宏。他对别人都看透了,对牛宏却没有看透,正因为看不透他,才觉得他有一股潜在的力量,不妨叫他试一试。钟警深在心里是把牛宏当做"秘密武器"打出去了,没想到这件"秘密武器"却打伤了自己的经理。现在他要在这两个人中间做出选择,连这位精明人也感到作难了:

"不好办,你又不是不知道,党委开过两次会,我也在下边反复征求过委员们的意见,分歧太大,统一不起来。"

"难道共产党对他就没有办法了?"游刚的火气又上来了,他怀疑钟警深暗中保牛宏。当初要提拔牛宏的时候,别人全不同意,只有他党委书记一个人坚持,死说活讲,最后还是在党委会上形成了统一的决议。现在要处理牛宏了,一拖两个多月,硬说意见不统一,这套官腔只能去骗小孩子!

"办法当然有,而且有上、中、下三套。"

"说说你的上策。"

"上策就是私下了结。你是大经理,姿态应该高,主动找牛宏谈话,或者叫赔礼道歉,承认在气头上突然宣布撤掉他的职务是不对的,先叫他回春城上班。"

"我向他赔礼道歉,谁给我这个老头子赔礼道歉?他有错误没有?"游刚眼睛下面的肉坠儿抖动得更厉害了,"牛宏事件"轰动了全公司,私下里怎么能了结!如果他向牛宏赔礼认错,那就把老脸栽了,把一辈子的名望全断送了。他必须咬定自己没有错,牛宏不配当经理,必须撤职!

"他有错。难办的是你老兄的做法也欠妥当,你私自撤掉他的职务毕竟不符合组织原则,没有跟党委打招呼。"

"紧急情况紧急处理,我是经理、党委副书记,连这点权力都没有?"

"哈哈哈……老游,别着急。权力当然有,可是现在仅仅靠权力并不能使青年人服气。我们总不能用强制手段压迫他们接受低水平的领导吧?像有些外国人喜欢用的军事管制的办法?我们脸上的皱纹太多了，特别是我，你脸胖还好一点，可大脑里的褶皱是否也比他们更深一些呢？领导应该用比下级更高明更有智慧的办法使下级口服心服，如果没有这样的高水平，就得学习新东西，追上生活，掌握这一套。我们有权站在智慧一边，没权站在愚蠢和落后一边。”钟警深说话从来不带同样级别的领导人应有的那种腔调，老是带着幽默、讽刺、双关语和潜台词。

游刚不客气地打断了他的话说：“你不用兜圈子骂人了，我不承认，也不吃那一套。远的不说，就说这两个多月来，牛宏不干事，变相罢工，你说该怎么办？”

“不是他自己要罢工，而是你把人家罢的。”

“他不干活儿就该扣发他的工资！”

“可他天天上班呀！你撤掉了他的职务，又能叫他干什么呢？他不光不干活儿，还有一肚子道理，逢人便讲，遇到人就说，不依不饶。老游，牛宏不会留下空子让我们钻的。你什么都考虑了，就是没考虑到他的性格。这个‘牛琢磨’，果然名不虚传，要琢磨他很不容易，他要琢磨你却不达目的不罢休。比如，你认为是他错了的地方，就不能公开追究，公开批评。把他的那套做法全部公之于众，就等于替他的成绩做广告，反而暴露我们自己的愚蠢，简直是自我嘲弄。他认为是你错了的地方，却咬住不放，闹得越热闹，他越不怕。经理同志，你不能光发脾气，发过脾气之后要冷静地想一想，为什么被撤职的牛宏在群众中不臭呢？光是一个牛宏好对付，要是背后有许多群众，并且代表了一种不可逆转的潮流，那就麻烦了！”钟警深始终不着急，脸上的神色既和气可亲，又莫测高深，说话不紧不慢，不软不硬，却常常让游刚感到他的话里软中有硬，弦外有音。他似乎是不偏不向，甚至还常常设身处地地替游刚考虑，其实他的态度很明确，不过他善于把自己的意见藏在谈笑风生、诙谐打趣之中罢了。

游刚也听出来了，既然如此，他就豁出去了。以自己的资历，自己在饮食公司的影响，倚老卖老，钟警深又能把他怎么样？便用讥讽的口吻说：“你不是还有个中策吗？”

“如果你坚持不跟牛宏谈，只好我去谈，代表党委当众向他承认错误，宣布经理口头上撤他的职是不对的、无效的，请他回春城饭店继续担任经理。你觉得这样做怎么样？不如你自己去谈效果更好些。”

“你虽然是党委书记，要对牛宏做这样的谈话，也必须经过党委的讨论。”

“可以，如果你当经理的同意，还可以在全公司展开一场大讨论，叫大家都发表意见，牛宏的做法是错还是对。”钟警深虽然不动声色，可话里暗示着一种威胁，游刚怎能吃下这一套？这个刚爬上来的十八级的小干部，怎么这样自信？这样从容不迫？居然在他面前摆出了第一把手的架子，他的脚跟在饮食公司准站稳了吗？

游刚恼怒地又叮问了一句：“我还想听听你的下策。”

钟警深变得严肃了，瞳孔里似乎有烟雾在回旋翻滚，变幻莫测。他稍微沉吟了一会儿，说：“再这样拖延下去不解决，事情就会闹大。”

“闹大还能大到哪里去？”游刚不信，以为钟警深在吓唬他。

“春城里街道党委、春城里居民代表，已经上书市委，也给报社写了信，告我们把一个上等的饭店整垮了，把一个最好的经理撤职了，群众舆论很大……”

“我就不信，离开牛宏地球就不转了！”

“地球转不转咱先不用操心，反正牛宏一撤职春城饭店就玩儿不转了。别的不用说，单讲利润一项，牛宏在的时候，春城饭店上缴国家利润总是全公司第一，眼下连完成起码的利润指标都有困难。就这一条，我们怎么向市委、向群众做出解释？还有个情况，你不来我也正想去告诉你，桑原蓁写了一篇关于牛宏的报告文学……”钟警深把桌上的校样递给了游刚。

游刚见过世面，知道这是什么玩意儿，心里不免一惊：牛宏果然捅到报社里去了？他表面上还是那么强硬，肚子里却有点毛咕，展开了校样，小号的铅字排满了三张八开的大纸，他娘的，咋这么长，还想发社论？量他牛崽子也没有那么大的道行！人一上了年纪就不长好毛病，他一看东西眼睛里老是出水，想控制也控制不住，只好先用手背擦擦眼睛，才看清了标题：

对半开的人物（报告文学）

——春城饭店的经理牛宏为什么被撤职？

桑原蓁

"这个桑原秦（他把'蓁'念成了'秦'）是谁？"

"你连桑原蓁都不知道？回家问问你的孩子吧，他们保准会知道桑原蓁的。这是位青年作家，小说写得相当厉害。"

"他怎么会知道春城饭店的事？还不是道听途说，胡编乱造！"

"唉，你什么也不知道，桑原蓁就住在春城里，常在春城饭店吃饭，他爱人就是我们春城饭店的服务员刘俊英，有内线，情况掌握得非常准确。老游，你惹得起牛宏，现在的这些作家可不好惹。你好好看看吧，这不是讽刺小品、群众来信，在报尾巴上占豆腐块大的一点地方，不起眼，这叫报告文学，登出来就是一大版，而且写得像小说一样，把你描绘得比你本人还更像你。这篇文章要是一发表，在群众中准会引起轰动，大人小孩到处拿你当故事讲……"

"你签字同意了？"游刚想表现得猪死架子不倒，但脸色已经不那么自然了。

"这叫报告文学，不用咱们签字也一样能发表，何况写的内容基本符合事实。等到文章登出来，群众轰起来，市委出头干涉这件事，我们再解决就晚了，就被动了。"

游刚把校样狠命地往桌上一摔："叫他们海陆空、四面八方一块来吧，顶多老子不干了，还能把我怎么样？"他的牢骚话已经使党委书记厌烦了，他好像只会说一些没有味道的话，而且常常说不到点上。

"老兄，说赌气的话不解决问题，我们还是要争取主动。"钟警深的党委书记的风度这时候表现得最为出色了，不慌不忙，沉稳自信，不幸灾乐祸，也不说空洞的安慰话，既能用话压住游刚，又真心实意为他想办法。他又把校样塞到游刚手里，说："你先把这篇文章看完，冷静地想一想,我上午找桑原蓁,劝说他把这篇文章从报社里撤回来。中午咱们碰一下头,下午找牛宏谈,怎么样?”

这才叫——

半路杀出个“程咬金”

下午两点多钟,春城饭店送走了最后一批顾客,服务员们紧忙活着收拾杯盘碗筷、桌椅板凳。从现在起到五点钟开门卖晚饭,职工们有将近三个小时的休息时间。以前在这个时间里多用来开会、学习、领导讲话、职工吵架,等等。自从春城饭店换了新经理牛宏,整整一个月了,职工们没有开过一次会,经理不讲话,也不向职工布置学习讨论的任务,大家都猜不透他是什么心思。他上任第三天,全饭店上上下下就都知道了他的外号叫“牛琢磨”。这也是现代文明的重要标志,大小只要当上个头头,就连身上有几颗痦子、在家怕不怕老婆都甭想保住密。可“牛琢磨”心里到底是怎么琢磨的,谁也摸不准,上任就带来了铺盖卷儿,夜里住在饭店,晚上跟会计一块算账,账不弄清不放会计回家,白天跟职工一块上灶、一块去采买,跟服务员一块端盘子。眼睛好像只盯着业务,对钱、粮、账,死掐死抓!正因为他老也不亮相,大家摸不着他的底儿,反而不敢惹他,大家客客气气、平平安安地过了一个月。今天早晨他突然宣布:下午两点半钟饭店全体职工开会。往常一提开会大家就头疼,就骂街发牢骚,今天却盼着时针快一点指向两点半,瞧个新鲜,听听“琢磨”经理怎样训话。“琢磨经理”——这是牛宏在春城饭店获得的新雅号。根据他的年龄,大家可以叫他“牛琢磨”,但这似乎对经理不够尊重;喊他“牛经理”吧,又不甘心省掉“琢磨”这两个绝妙的中文字。于是,饭店的头号“傻小子”邱二宝首先把“琢磨”和“经理”连在了一块,“琢磨经理”自然而又合理地被群众接受了。

饭店里唯一的先进人物崔芬,腆着六个多月的大肚子,忙得脸上水泼汗洗。她除去走路和弯腰不大方便,两只手的动作却是十分利索和干净。她把一大摞盘子送到厨房回来,看见地上有一只筷子,想把它捡起来，很吃力地弯了一下身子还没有够着，便直起腰，用脚尖一钩就把筷子挑起来了，一伸胳膊接在手里。背后立刻有人愤愤地哼了一声："那是筷子，不是足球，顾客要往嘴里放的，能用脚踢吗？"

崔芬不用回头就知道说话的是孙连香，这个女人脸长得像一只大鞋底子，线条全是横的，一天到晚脸上老是假阴天，看不见笑模样。因此，她获得了一个政治色彩很浓的绰号——"阶级斗争脸儿"。从前崔芬和她都是渤海餐厅的服务员，那阵崔芬还没有结婚，早来晚走，争强好胜，人又老实，被评上了市级劳模。一当上劳模可就坏事了，后边老有几十双眼睛盯着她，孙连香就是盯她盯得最紧的一个，崔芬论打又打不过人家，论骂也骂不过人家，现在又怀了孕，身子不作脸，她心里对孙连香真有点怵，不知道该怎样还嘴。正巧邱二宝来解了围，他蹬着一辆三轮车，停在饭店大厅的门口，得意洋洋地喊叫着：

"'阶级斗争大姐'，你又发动阶级斗争了？赶紧熄灭吧，快来，有好事，搬大西瓜！"

春城饭店的女人们，不论姑娘还是媳妇，对邱傻子都毫无办法。他装傻充愣，说话没轻没重，而且不分场合，你要惹了他，不知什么时候他会甩出一句叫你十分难堪的话。女人们只好迁就他，或者趁他高兴的时候骂他几句，捞点便宜解解气。孙连香来到门口，看见三轮车上果然放着七个大西瓜，有虎皮，有黑皮，还有熟得发黄的大三白，她十分惊奇："哟，傻子，打哪儿弄来这么多大西瓜？"

二宝故作神秘："打哪儿弄的？你有本事弄一个来叫我瞧瞧。这是买的！"

"买的？哪儿来的钱？这得好几块！"

"好几块？你磕巴磕巴吧！"二宝又臭美地招呼其他的服务员，"小石、小刘，你们不来搬西瓜，等会儿可别吃！"

又有几个姑娘叽叽嘎嘎地跑过来："真棒！赶紧用冰镇上。"

"这都是我挑的，保证个个是沙瓤。"

"今儿个是什么日子，谁肯出这么多血？"

二宝是狗肚子里盛不住二两荤油，一脸自我炫耀的神气，好像这西瓜是他出钱买的:"'琢磨经理'请客,刚才他拿出二十块钱,叫我去买几个西瓜。头头请客,咱还能客气!我也对得起他,花了他十九块二,还给他剩回八毛。哈哈哈……"

"花这么多!邱傻子,你花别人的钱可真狠哪!"饭店里最丑的姑娘石心菊和最俊的姑娘刘俊英同时都吐了吐舌头。

"嘿,我邱傻子心眼儿傻,叫花就花,叫吃就吃。"

"牛经理今儿个怎么想起请客来了?""阶级斗争脸儿"的头脑到底是比别人复杂,提出了一个很有意思的问题。可惜邱傻子和其他服务员对这个问题都不感兴趣,每人抱着一个大西瓜,嘻嘻哈哈来到内厅,把西瓜放到冰池里。

牛宏和"政治哑巴"正在试验新买来的洗衣机。所谓"哑巴"也不真哑,还是复员军人哩,上过越南战场,但平时不爱说话,只爱苦笑,因而被人称做"哑巴"。他本人不但不否认,还在哑巴前面加了两个字:"政治",遂成"政治哑巴"。试验的结果,牛宏很满意,"海花"牌洗衣机果然名不虚传,搅起的水花像海浪一样汹涌有力,滚滚翻腾。他抹了一把额头的汗水,这才发现全店的职工已经到齐了,都大眼瞪小眼地望着他,分明是在等着他讲话,他心里有点紧张,这毕竟是他第一次主持全体职工会议。他心里有许多事情要跟大伙儿商量,要往下布置,但对自己的口才和组织开会的能力缺乏信心,今天要是把这个会开砸锅,往后就更不好办了……

"琢磨……呵,经理,你买个洗衣机来干什么?我看你今天有点反常。"邱二宝的话引得一些人笑了,气氛轻松一点了。

"不是我反常,是你少见多怪。从今天起立一条规矩:每个人下班以后必须把自己的工作服、工作帽扔到洗衣机里,洗干净晾好以后再回家,这一条能做到吧?"牛宏有意拿出一副胆大气冲的派头。

大家立刻议论起来,有的走过去看洗衣机,没摸过这玩意儿的打听怎样使用。

邱二宝没大没小,没上没下,傻乎乎地又开腔了:"'琢磨经理',人家都是新官上任三把火,你是上任不点火,先来个水漫金山——弄来个洗衣机,每天让大家洗工作服,可真是别开生面啊!”

多亏这个傻小子,把大厅里的气氛给搅活了,但也装疯卖傻地把牛宏的外号给公开了。经理的前面加上了“琢磨”两个字,就把经理的庄重、威严给泄了劲啦!倒也有一种说不出的亲切、幽默和善意的嘲弄。牛宏没有恼怒,也不感到紧张了,他想起了姐姐的话,当个领导要有一副好口才,善于准确地表达自己的思想。大姐真是个了不起的谋士!他丝毫用不着紧张,现在他心里完全有底了,对未来信心十足。这一个月他只是摸底,用老办法,守老摊,只是堵漏,管理严格了,稍微加强了一下经营。他那些雄心大志,那些改革经营的措施,那些有着极大诱惑力的新设想,一样还没施展哪,就稳做到了不亏损,而且盈利八千一百元,往后他还怕什么!手里有钱,心里不慌。往后他可以稳扎稳打,按自己的想法经营春城饭店。牛宏轻轻地笑了,一个月来,他是第一次舒心地发笑。想起刚上任的那一天,老孙不忍心让一个小毛孩子当他的替死鬼,主动要求留下一段时间,帮助牛宏熟悉工作。牛宏完全不领情,叫老孙上午交代工作,下午走人,而且连个欢送会也不开,搞得老孙灰溜溜的很不高兴。第二天,游刚不放心,也跑到春城饭店来蹲点,牛宏很不客气地顶住了他:“我刚一到您就来蹲点,什么意思?您要信不过我就叫我回去,找别人来干。叫我干,我这时候还不需要拐棍、保姆、后台、靠山等等玩意儿,您请回。如果想来蹲点,请过几个月,等我干出个样子来,或者干不出样子来,把饭店搞糟了,您再来。”游刚被堵得上不来气,只好转一圈又回去了。假使一个人坚定不移地按着自己认为是正确的思想行事,连魔鬼也会转过来迁就他!

“牛经理,该开会了。”“阶级斗争脸儿”老想管个人,老想往前站。看样子她很想替牛宏张罗着主持会议,让牛宏不失身份地光管作报告。据说前一任的孙经理就很欣赏她,如果老孙不调走,很可能要选她顶替崔芬当劳模,或者弄个工会积极分子之类的荣誉。这也是她老和崔芬过不去的一个原因。

牛宏清清嗓子:“好吧,咱们开会。今天是立秋,按咱们民族的老传统,立秋这一天应该吃瓜,这叫咬秋。咬秋就象征着咬住一个丰收的秋天,事业兴旺,硕果累累。咱们也图个吉利,为了把饭店办好,大家集体咬秋。邱二宝、赵永利(即'政治哑巴'),把西瓜打开,大家边吃边谈。"

原来就是开这样的会呀!大家高兴了,有切瓜的,有吃瓜的,十分热闹:

"快来,太好了,红籽沙瓤!"

"嚄!一咬一口蜜,真甜。"

"咱们咬着了这么好的瓜,预示着春城饭店一定会兴旺发财!"

"对!哈哈哈……"

牛宏摆摆手,想叫大家都静下来,听他说话。吃得正兴高采烈的人们,没有注意他的手势,邱傻子站起来喊了一声:"别说了,西瓜还堵不住你们嘴!光吃别说,听咱'琢磨经理'训话。"

牛宏笑了,不计较邱二宝耍贫嘴,也不更正他话里的错误,显得年纪不大,肚量不小。他在人前端端正正地坐着,神色开朗,眉目清秀,厨师和服务员们第一次注意到他们的"小经理"是这样年轻漂亮,又会办事,又可爱,也许因为他会办事,才显得更可爱。同他第一天上任给大家的印象并不一样,那天他打扮得干净潇洒,风流倜傥,但没有说话,神色不够自如,大家只觉得他沉稳,并没有感觉出他英俊。一个月下来,他的的确确显得漂亮了。

"不能光我们自己在饭店里咬秋,考虑到大家下班后在路上都要给家里买瓜,所以今天发奖金。头等十八块,二等十五块,我计划下个月把奖金提高到二十块,而且希望没有二等,大家都是一等……"

发奖金,而且发这么多,大家一下子愣住了,从前在其他单位的时候,每人都领到过奖金,自从调到春城饭店,就不知奖金是什么模样儿的了,偶尔给个三块五块的,还不够塞牙缝,只会招大家的骂。牛宏从大家的眼睛里看到了惊讶和怀疑,不得不多说几句了:

"大家为什么这样看着我,不相信?以为我在吹牛?那好,咱们算算细账。我刚来到咱们饭店第一个印象是店好地方好,可惜没有办法完全能够办成一二流的饭店,却办成了五流的大锅熬菜的食堂,是郊区和县城饭馆的水平，破破烂烂，脏里脏气，满地是烟屁股、黏痰，小孩子可以跑到饭店里来打架和扔石子。我这样说可不是挖苦你们，你们不生气、不多心吧？”

一个低头吃瓜的老厨师，放下啃了一半的西瓜，挑起一双灰色的长寿眉，发亮的老眼看着牛宏，表情异常严肃：“这是实情，你讲点真话，讲点心里话让我们听听。”

“俗话说‘店大欺客，客大欺店’。像以前那个样子，顾客既瞧不起春城饭店，也瞧不起我们这些在春城饭店工作的人。天津饭店、北京饭店、友谊宾馆……同样也是吃饭的地方，谁能瞧不起？不要说是自己的同胞，就是外国人进去也得规规矩矩，甚至笑脸讨好服务员。如果服务员再温文尔雅，举止大方，不卑不亢，任何人都得高看一眼，恭恭敬敬。没有人敢随地吐痰或乱丢烟头。当然，他们的饭桌上都有烟灰缸，我们为什么不能一个桌摆上一个烟灰缸？几角钱一个，那能花多少钱？关键是创名牌儿，要给饭店打出一个好名声、好牌子，用饭菜的质量、服务质量、上等的卫生条件提高饭店的规格。我们这些人都和饭店绑在一起了，店荣则荣，店昌则昌，店败则败。诸位，谁还有别的前途？比如：考大学、搞科研一鸣惊人？如果谁有这样的雄心大志，我坚决支持，给时间，给便利条件。但大多数人都像我一样，得在饭店干下去了，地位、身份、荣誉，甚至人格，都可以找饭店要，而且一定能够得到……”

只关心下月奖金的数目，对大道理毫无兴趣的邱二宝打断了牛宏的话：“牛头儿，我拦你一句，人家都说你心里有事爱琢磨不爱说，没想到真要叫你讲起来，还是景德镇的瓷器——一套一套的。大道理留着以后再讲，你不是说下个月要把奖金涨到二十块吗？你心里有根吗？”

牛宏很不好意思，双颊微微有些发红。是呀，本应该谈奖金的事，一下子扯到哪儿去了呢？这些话应该装在经理心里，付诸实现，而不应当讲出来。人的口才真是奇怪，以前想多说话，可肚子里没有词儿，现在想控制却控制不住，心里装着许多事情，有自己的思想、自己的计划，还有对自己的信赖和对今后充满的信心，因此，好像有一肚子话想倒出来。

“傻子,你就是钱串子脑袋,光认钱!”孙连香老是不甘寂寞。

“‘斗争脸儿’,你不认钱,等会儿你那份奖金给我。”邱二宝脸皮厚,横吃竖打,全不在乎。

“对不起,刚才走题儿了。”牛宏赶紧把话接过来,“这个月奖金的数目不是随便定的,是根据饭店本月的盈利情况,并且考虑了饭店今后的发展,定的最低基准线。也就是说,今后在饭店经营上不出现极其特殊的情况,奖金的数目不能低于这个月的标准。我是主张奖金逐步提高,逐月有所增加的……”

职工们在心里嘘了一口气,相互看看,经理竟敢当人对众地许这种愿,打这样的保票,真是稀罕!大家的怀疑程度也更大了。

“上个星期五,我去公司开会,顺便向公司提出了这样一个问题:春城饭店所以这么破烂、不正规,还有一个重要的原因是基建没搞好,留了一个长长的尾巴。我请求公司拨款,由我们自己进行收尾。公司没有钱,基建科去年给春城饭店基建收尾拨出了四万元,结果是钱花光了,尾并没有收住。因此不相信我们在抓饭店经营管理的同时,还有能力抓基建收尾工程,甚至怀疑我借机向公司敲竹杠多要钱。最后达成了一项协议,三个月由我们自己赔赚包干,赚了钱公司不要,用来搞基建收尾,赔了公司也不给。这个月我们净赚八千多元,下个月可达一万二千元,第三个月应该达到一万五千元。三个月内完成基建收尾,如果我想的几种措施都能上去,第四个月纯利润可以达到两万至两万五千元是不成问题的。那时,除去按计划上缴公司的以外,超额的部分提成百分之二十发奖金。我大略算了一下,每人可得二十五到三十元。”

有一多半人停止了吃西瓜,议论着经理提出的计划和数字。这些数字太有诱惑力了,如果每月能拿三十元的奖金,加上基本工资,少的可拿七八十元,多的能拿上百来元。什么地位呀,身份呀,离开了经济基础全是扯淡。口袋里有钱,自我感觉就不一样。

“经理,你可不能吹气冒泡净赚我们老百姓!”

"邱二宝，这话可说得有点没志气，我刚才说的那是保守的计划，根据有两条。第一，我们占天时。国家提倡扩大企业自主权，开展自由市场、自由竞争，有风的使风，有雨的使雨，八仙过海各显其能，就看谁能为国家多赚钱。领导讲要使一部分人先富起来，先富起来的这一部分是什么人？是有本事的人。我们要当有本事的人，研究天时，掌握社会心理学，要为大众服务，可现在的大众不是三年困难时期的大众，也不是'文化大革命'时的大众，大家腰包里都有钱，而且现在的人们想得开了，有钱敢花，喜欢高档产品、高档食品，追求新鲜，追求刺激。过去我在公司经营科，没事干的时候喜欢了解劝业场一带的行情，高级家具抢不上，高级服装、新鲜样式的服装抢不上，劝业场的酱牛肉、烧鸡每斤比别处贵两角钱，还是抢不到。马路上卖大碗茶的人比买茶的人还多，卖一碗只赚几厘钱；可是'康乐冷饮店'的鸳鸯冰激凌一个卖六角钱，至少可赚两角，还人山人海抢不上。我们的米饭炒土豆卖不出去，就不能想点别的办法？……"

大家扑哧一声全笑了。

"我并不是说光卖高档食品，不搞大路货。要研究什么是畅销的大路货。比如：夏天气温高，许多家庭不愿意生火，想买点现成的，我们就可以大量蒸馒头卖。但不能像粮店的馒头那样，不是发黄就是发酸，连狗都不吃。我们要用鲜酵母发面，蒸出的馒头带甜头，保险会受到群众的欢迎。中秋节快到了，很多人家要下一次馆子，我们应该设立一种'合家包桌'，要搞得新鲜有味，价钱定得不要把他们吓住，我们又有利可图。总之，赚钱的办法很多，就看我们做死买卖，还是做活买卖。第二，我们占地利。春城里是新建成的现代化居民区，有千多户，两万多人口，而饭馆就我们一家，别无分号，真是大有发展。一方面，普通的居民很多，街心有一个农副产品自由市场，靠近郊区，进城做买卖的农民比较多，这些农民的口袋里都有大把的钞票，土包子开洋荤更敢花钱。另一方面，这儿有十几栋'高知楼'，住着教授、科研人员、工程师、作家、演员等等，他们不愁没钱，只愁买不到好东西。我们就是要想办法把他们口袋里的钱给掏出来，当然不能像扒手那样去偷去抢,要把他们伺候得舒舒服服,让他们花了钱还心满意足。所以,我打算在这三个月里,把二楼和三楼收拾好,扩大营业。三楼是雅座;二楼冬天是热饮、夏天是冷饮、外带西餐;一楼是主餐厅。用一到两年的时间把我们的春城饭店办成全市一级饭店,让结婚的、请客的、团聚的都到我们这儿来包桌,让大家以能在春城饭店吃顿饭为荣……”

邱二宝把一大块西瓜捧给牛宏:“经理,你讲了这半天啦,没有水,吃块西瓜润润嗓子。行,你真能琢磨,好家伙啦!”

“那就请会计石心菊把奖金发给大伙儿。”牛宏开始慢慢咬自己的西瓜。

“先发一等奖吧。头一个——崔芬。”

崔芬脸一红,站起来刚要去拿钱,孙连香叫了一声:“等等,这奖是谁评的?我怎么不知道?”

石心菊怔住了,她无法回答,这奖金不是群众评的,也不是她盘算出来的,完全是牛宏一个人定的。但她不愿意把这件事全推到牛宏的身上,造成孙连香和牛宏的当面对阵,在这种时候,这样的场合会使经理感到难堪,甚至下不来台。石心菊也不明白,自己为什么要保护牛宏,自从牛宏来了以后,她的工作量增加三倍,旧账重新整顿,又立了好几项新的台账。而牛宏完全拿自己当个机器人一样使唤,从不认真地看她一眼,跟她说话也是一副冷冰冰、公事公办的腔调。她不指望他会喜欢自己,但她害怕他讨厌自己。他跟刘俊英说话时腔调就不一样……尽管如此,姑娘在心里仍然向着牛宏,可一时又找不到合适的话能够替他打掩护,何况“阶级斗争脸儿”也不是好对付的。只好吞吞吐吐地反问:“孙师傅,您有什么意见呢?”

“这奖评得不合理!”孙连香一见石心菊这副心虚胆怯的样子,以为是她偏向崔芬,胆更壮,火气更大了。

牛宏只好把刚咬了两口的西瓜放下,现在他不怵头对大家讲话了,但是怵头跟老娘们儿吵架,鼓了鼓气,硬着头皮说:“这奖不是大伙儿评的,我想以后也不用评。大家面对面坐在一起,谦让不好,起不到奖励的作用;争也不好,为了几块钱争得面红耳赤,大家都不愉快。

所以每个月的奖金由我定，当然我要参考顾客的意见和每个人的出勤情况，大家要骂就骂我一个人，有事往我身上推，总比搞得大家不团结好。”

“我不赞成这个办法，这不成一个人说了算吗？”孙连香嘴上还硬，心里已经有点怯，她也不愿意和新来的领导闹翻。

“对呀，当然是我说了算。因为我是经理。我要深入了解每个人的情况，听取群众意见。我总比你们知道的情况要全面一些。”谁也没有料到牛宏会讲得如此坦白，既不盛气凌人，也不向人低头，更不虚情假意地装出一副谦虚相，“阶级斗争脸儿”反而噎住了。

年纪最大的厨师，耸动着长寿眉表示赞成：“我看这个办法好！”

孙连香也不是好惹的，不然就不称其为“阶级斗争脸儿”了！她原本就不想跟牛宏过不去，现在掉转头朝真正的敌手开火了：“反正我不同意崔芬得一等奖，上个星期上早班，她迟到了两次，工作时间戴着金戒指，刺鼻子刺眼，顾客看不惯，损害整个饭店的名声；今天看到地上有筷子，不用手捡，倒用脚去钩。她哪一点像个劳模样儿？……”

“也真是，太过分了！”

“劳模儿难道是那么容易当的?!”

居然有人响应孙连香，使局面更复杂了。这些人不一定对孙连香好，也不一定对崔芬坏，就因为崔芬是劳模儿，一提劳模儿大家就反感，有人挑头敢骂，不论骂的错与对，也一定会有人响应。崔芬可受不了啦，她还在中间站着哪，岂不等于是挨批判？既然不能走过去领钱，就掉转头冲到了孙连香的眼前，急鼻快脸地也喊起来了：“就你好，奖金都叫你一个人得！你没迟到过？上个月的不说，大前天你就来晚了。一天到晚，你不是跟这个打就跟那个打！”

孙连香当然也不示弱，呼地一下也站起来：“你说，我跟谁打了？”

“你逮住谁就跟谁打，全叫你打遍了！”

“你非给我指出人来不可，要不跟你没完！”

“你也给我指出来，我戴戒指碍你嘛事啦？你没有就眼馋，就生气？气死你，偏戴，偏戴！”

"呸！我是不戴，要戴有的是。谁稀罕那种破玩意儿？也就是你，妖里妖气，不嫌难看，不嫌臭美！"

"你才妖里妖气，你才臭美哪！瞧你那一脸横肉！"

……

坏了，这下可热闹啦，把挺好的一个会给搅了。奇怪的是没有一个人劝架，有人在旁边看着她们取乐儿，有人连看也不看，听也不听。"政治哑巴"赵永利就是最突出的一个，只管闷头吃自己的西瓜，眼前这一切：开会、讲话、发奖、吵架，似乎都和他无关。"长寿眉"摇头叹息，刘俊英、石心菊忧心忡忡地用眼睛瞟着牛宏，她们替新经理难受，不知他怎样收拾这个局面，有没有办法对付这两个难缠的女人。

只有邱傻子，看见老娘们儿打架就像看一场电影那样过瘾，而且在旁边加油叫号，唯恐她们光动嘴不动手。

崔芬忍不住了，一头趴倒桌上哭起来了。

孙连香占了上风，仍然不依不饶："你号什么？你号就说明你没理！"

"你有理，你没羞没臊！"

"你才没羞没臊哪！……"

牛宏躲不过去了，再不吭声也不行了，他的春城饭店占天时、占地利，就是不占人和。这个"阶级斗争脸儿"果然是个祸头，前任经理老孙正是重用了这号人，才把饭店搞得四分五裂，人心大散。牛宏站起来，声调不高，显然是强压住内心的激动："你们二位可以告一段落了吧，这是开会时间，我们还有许多事情要办哪。我决定：把崔芬和孙连香的奖金都从一等降为二等。"

不仅两个女人一怔，不再哭也不再吵了，大家也都抬起了眼睛，望着脸色通红的新经理。

"为什么？"孙连香嘟囔了一句，劲头已经不大了。

牛宏不看她，也不理她，按着自己的思路继续往下说："所以把她们两个人的奖金降级，不是因为她们都有迟到，按规定每月迟到不超过三次就有权获奖。也不是因为崔芬用脚钩筷子，关于这件事我真想多说几句,她身子笨重,动作不便,看到地上有一根筷子,如果装做看不见,从旁边走过去,谁也不会责怪她。她看见了,用手拾有困难,就用脚钩了一下。虽然这个动作不够文明,但证明崔芬是个老实人,有责任心。作为经理,我应该感谢她对饭店的这种责任心。那为什么还要降下她的奖金的级别?因为她们争吵,为了几块钱竟出口伤人,语言粗俗低级,不仅丢她们自己的身份,也丢我们大伙儿的身份,影响团结,破坏店风,理应把奖金全部扣除,念其初犯,只降一级。"

丢了人又丢了钱,孙连香哪能咽得下这口气!也顾不得多考虑和领导搞坏关系的后果了,张口顶了牛宏一句:"我一分钱也不要,你都扣光吧。"

"好,这不叫扣,这叫你拒领。如果有人拒绝领奖,当然就作罢,发奖者不能勉强对方。"

"我看你把这笔钱怎么处理?"

"当然是分给大伙儿,加到其他获奖者的身上,而且马上就加。会计你算一下。"

这一大口窝囊气,险些没把孙连香噎死,她从来没吃过这样的亏。姓牛的,咱们走着瞧!

牛宏毕竟还年轻,宁得罪君子,不得罪小人,上任一个月先惹翻了"阶级斗争脸儿",往后的日子还能安生吗?开弓没有回头箭,他只得鼓着气再打下去:"会计,你记下来,往后发奖金再加一条,相互攀咬又毫无道理者,撤掉双方奖金。无端攀咬别人的,扣掉攀咬者的奖金。揭发得正确,扣掉被揭发者的奖金。大家同意吗?"

"同意!"没想到大家响应得十分干脆。

"那就发奖。"

"政治哑巴"、"长寿眉"、刘俊英……十几个一等奖很快就发完了,没有邱二宝。傻小子有点心慌,还安慰自己:沉住气,咱身上有短儿,给个二等奖就不错了。

一等奖里也没有牛宏,有人替经理抱屈。连孙连香都有点泄气,她已经想好了词儿,只要牛宏站起来接钱,她就发难:"你当领导的为什么要给自己评个一等奖?”没想到这小子倒长了后眼!

会计开始发二等奖,电话铃响,是找牛宏的,叫他明天到公司去开会。牛宏从邱二宝手里接过电话,火气十足:“张科长,你们就高抬贵手吧,一个星期要开三天会,你还叫我们干事吗?!什么?我还经常逃会?就是经常逃一个月还开了八次哪!……好吧,反正我们派个人去。”

“最后一名是经理。”石心菊把二等奖的钱递给牛宏。

二等奖里也没有邱二宝,他跳了起来:“小石,你怎么把我丢了?”

“没有把你丢了,根本就没有你的奖,不是早就告诉你了吗?”由商业学校科班出来的小会计看了一眼账本,沉稳地说:“十二号早晨,你从灶上拿了四两油条送给外人,当时就提醒你,如果不交钱要按五倍罚款,扣除当月奖金。你不听劝告,并说奖金还不知有影儿没影儿呢,想那么远干什么。十七号,粮店的小胡又通过你的手拿走三两油条,没有付钱。加起来共是七两。罚你三斤半粮票,从工资里扣除二元八角钱,不发奖金。”

“这……我太倒霉了,七两油条拐走了我二十来块!我现在补交那七两粮票和五毛六分钱不行吗?”

“不行,已经晚了,钱都发下去了!”

邱傻子这回真傻眼了,别看他平常胡打胡闹,有本事,要动真格的了,就显得心眼儿不够用。眨动着缺神少采的大眼睛,直愣神儿,心里又悔又恨,这个当上得太大了。叫自己那几个小哥们儿给坑苦了。没办法,只好跟经理叫苦:“牛头,你手也太狠了,这不是琢磨人吗?”

“不错,我既然外号叫‘牛琢磨’,就不光琢磨工作,还琢磨人。谁要跟我过不去,我一定要报复,一定要给他小鞋穿!我看有些人就是吃横不吃软。实情相告,我并不拿这个经理的职务当一回事,并不想以此往上爬。这就说我不在乎,没什么可怕的!做人总该有心吧?今天我花了十几块钱请大家吃西瓜,‘咬秋’,发奖,等会儿还要量尺寸做新工作服,图什么?还不是要让大家高兴,使我们这个团体充满友爱和快乐。结果呢?却搞得大家很不愉快。这岂不是敬酒不吃吃罚酒!”牛宏似乎什么也不顾了,他对自己的职工的失望,不,是对“人”的失望,使他动摇了对自己事业的信心,因此暴躁异常。愚昧会使人糊涂,嫉妒会使友情变成仇恨,甚至使仇恨长出牙齿,和这样一些浅薄、无知、俗不可耐的人搭班子,怎能按自己的理想搞好春城饭店呢?这又使他怒不可遏,忘了自己的身份,忘了眼前的场合,尖酸刻薄、苦辣酸甜一块都端出来了。但也有“借酒撒疯”的成分,借着数落邱二宝,其实是说给更多的人听。

会说的不如会听的,各人都从他的话里咂出了一点特别的意味。有些人真被他镇住了,觉得这个“牛琢磨”的确不好惹。有的人在心里积怨更深了。更多的人却是埋怨那些惹事的人不懂好歹,心里赞成牛宏。这个从来和人不结怨,处事没有敌人的小“牛琢磨”,当经理一个月,就有了战友、朋友和敌人。

牛宏见气氛太紧张了,大家都低着脑袋,不吃瓜,也不说话。还有人气鼓鼓的脸色很难看。他强迫自己冷静下来,想缓和一下局面,还得拿邱傻子开嘴:“邱二宝,你是男子汉,要不当初别做,既做了现在就敢当,宁丢钱,不能丢人!”

“我认倒霉,我认倒霉!”邱傻子说完狠命地咬了一大口西瓜,好像丢了奖金要拿西瓜解气。吃完一块还觉得不够本,一看冰池子里还有两个整瓜没有动,心想:不能给“牛琢磨”留下,吃不了也全给他切开,让它烂了、臭了!他从冰池子里又抱出一个,切成二十四块,嘴里还嚷着:“快吃,快吃,大伙儿别客气!”

说完又去搬另一个,被“长寿眉”厨师拦住了:“行了,傻子,你不见大伙儿都吃不动了?桌上还有这么多没吃哪,都切开不就糟蹋了嘛!你呀你,叫我说你什么好呢?”

邱傻子的小心眼儿被捅破了,他泄气地把西瓜刀扔到桌子上。有人笑了,空气又有点活跃,多亏了有个邱傻子。其实哪个单位都有邱傻子这样的人,要想唱好一台戏,生旦净末丑一个不能缺。

“牛宏,牛宏!”随着一声清脆的呼唤,牛华陪着一个漂亮姑娘走进了春城饭店,身后还跟着一位东方服装店的服装设计师。

牛宏赶忙迎上去，牛华为他们做介绍："这是满风，这位是范师傅。他就是我兄弟牛宏。"

牛宏请客人坐下吃西瓜。饭店的青年人都认识牛华，也亲热地称她为大姐。牛华对饭店的姑娘们又亲热又随便，但是对身边的满风姑娘照料得更精心更周到，大家的目光也都在满风身上转。谁心里都明白，这就是牛宏的姐姐在一个月里为他介绍的第三个对象。牛宏不知是当了经理端架子，还是为了报复那些眼皮浅的姑娘，推说工作忙，只能在春城饭店里利用工作的间歇时间和姑娘见第一面。姑娘们还真都迁就了他，每次都是牛华带着姑娘找到他的门上来。前两个姑娘人样子长得都很好，牛华先相中的人还能错得了吗！见面后对牛宏也满意，可牛宏不满意人家。可气的是他说不出不满意的理由，就是一口咬定不同意。这第三个长得就更俏了，而且文雅庄重，饭店的姑娘们叫她一比个个都显得不大自然，手脚没处放，话也不知道该怎么说了。

牛宏对大伙儿说："从十月份我们要更换店服，质量是雪白的纯毛华达呢，样式由范师傅参照北京饭店店服的样子加以改进，因为北京饭店主要招待外国人，我们主要招待中国人，既要符合现代的美，又要保持民族的风格。明年夏天再换成杭罗的。现在就请范师傅一个一个地给我们量尺寸，量完尺寸的同志，上早班的就可以走了，上中班的开始准备晚饭。"

牛宏布置完工作，领着姐姐和满风来到自己的办公室，显然是去进行相亲的第一轮会谈。但是，还没用半个小时，牛宏又把姐姐和满风送走了。相亲的时间一次比一次短，牛宏的态度一次比一次更淡漠，大家都很纳闷。今天又赶上牛宏花钱找病，心里很不痛快，年轻人们就更关心他相亲的结果了。这不但是出于好奇，还由于他们都到了"男大当婚、女大当嫁"的年龄，这件事在每一个人的心里都引起了不同的特殊反应。小伙子们对牛宏羡慕得不得了，他们要想找个对象可难啦，不要说好姑娘，就是中等姑娘有几个能看上饮食行业？炒菜、端盘子伺候人！可牛宏居然能挑了又挑，选了又选，别说是满风，就是前两个他看不中的姑娘，要是给别人，也还求之不得，全家都得烧高香呢。就连“政治哑巴”赵永利，见了满凤姑娘，眼睛不也突然亮了一下吗？姑娘们就不是这样了，嘴上都说满凤好，女人的优点全叫她一个人占了，从身材到脸蛋儿，真是长绝了。可心里人人对她都有一股说不出的本能的反感，并不希望她和牛宏能谈成。只有“长寿眉”、崔芬这些人才真心希望牛宏别再挑挑拣拣的了，快点跟满凤结婚吧。而“阶级斗争脸儿”孙连香却通过这件事得到了意外的启示：“在饭店吵架你就扣人家奖金，你自己在饭店谈情说爱搞对象应该怎么办？你在饭店一个人说了算，我就不信上边没有管你的地方！”

只有傻子邱二宝与众不同，平常碰上这种事，他最爱在旁边起哄，数他闹得最欢，今天却像霜打的茄子，一副无精打采、漠不关心的样子。他是上早班，第一个量完尺寸，把已经看不见白色布纹，变得黑不溜秋、油渍麻花的工作服脱下来，顺手往墙角一丢，推起自行车就要回家。牛宏迎面走过来抓住了他的车把，脸上挂笑，口气又认真又亲昵：“我就知道你会有这一手，刚说完就忘，把工作服捡起来，放在洗衣机里洗干净，晾到绳上再走。”

邱二宝瞪瞪眼珠子，却没有说出话来。有什么办法，人家是经理，是神不是神，坐在这个位子上就灵。他只好捡起工作服来到洗衣机跟前，有两个上早班的姑娘也正在洗工作服，他把自己的工作服往里面一丢，扭头就走。嘴里嘟囔了两句：“多受累，多受累！”

“该死的，臭傻子，把我们的衣服都弄脏了！”

邱傻子连头也不回，他有经验，让女人们多骂几句，她们嘴上得了便宜就会帮你干好多事。他走回自行车旁，见牛宏正把剩下的那个大西瓜往他的后车架上绑，急问：“牛头儿，你干吗？”

“带回去，叫你爸爸妈妈咬个秋，他们会很高兴，说不定还要夸你两句：‘瞧，我们傻儿子多孝顺，多懂事’！”

邱二宝傻呵呵笑了，脸红了，他很少有不好意思的时候，这工夫却是真感到不好意思了：“经理，这是你的瓜……”

“行了，别你的我的分得那么清了。这个瓜是你省下来的，你刚才要把它切了，不也就扔在这儿了。你刀下留情，理应归你带回去。”

周围的人都笑了，邱二宝也笑了，他的情绪也立刻缓上来了，本来想说几句够意思的话，比如："牛头儿，你真够哥们儿！"可那显着太没水平了，于是改口说："经理，今儿个大姐给你领来的这个对象可真够意思，盖啦，这回你满意了吧？"

牛宏摇摇头："不行啊，咱配不上。"

"她瞧不上你？"

"不是。"

"你瞧不上她？"全店的姑娘、小伙子的耳朵全支棱起来了。

"也不能说是瞧不上人家，总觉得不对劲儿。"

"不对劲儿？什么劲儿，牛头儿，你是挑花眼了！这样的对象都不要，天下没有对你劲儿的姑娘了。"

"也许我命中注定，只能找一个咱们同行业的人。"

"那就在咱们店里找一个呗。"

"邱二宝，你别戗火，这也说不定。"

"你别拿咱穷哥儿们开心了。谁不知道干饮食行业的找不上对象，把你挑剩下不要的，照顾照顾咱们店里这些老中青光棍儿。"邱二宝真话当假话说，立刻得到了小伙子们的响应：

"对，经理你先给二宝介绍一个吧，他想媳妇都想傻了！"

牛宏从后面推着邱二宝的自行车："快走吧，越说越走板儿。小心别把西瓜摔了！"

邱二宝无意间把牛宏藏得很深的心事挑明了。他上任的第一天就注意到了刘俊英，第二天可以说就已经爱上她了，在服务员中她是那么突出，气质温柔，谈吐不俗，神情老是那么平静清雅，秀长的披发，朦胧的甜蜜的眼神，真是美得不可思议。这是一场古典式的一见钟情的恋爱。但牛宏是个清醒的现代人，他考虑到自己肩上的责任、自己所处的地位，给自己规定两三个月之内不能进行这场恋爱，不能泄露自己的感情。否则，必然会引起许多闲话，谣言纷纭，会影响和破坏自己的事业。他越是想压住这种感情，谁知他对刘俊英的爱恋就变得越深、越热烈。工作时间他几乎不敢望一眼刘俊英，望一眼便会走神儿，神魂不定，每天除去拼命工作以外，剩下的时间完全陷入一片遐想之中，无时无刻不在思念近在身旁又远在天边的刘俊英。连他自己也不相信这种感情会是真的。他们向无接触，互不了解，至今刘俊英对他也没有丝毫特殊的暗示，他怎么会突然喜欢她呢？不管牛宏怎样想方设法地想否认自己喜欢刘俊英，却恰恰是这个刘俊英占据了他心房中某一块位置，才使他姐姐领来的那些姑娘无法打进来。今天，他把好事没有办好，心里无比懊丧，想找一个人谈一谈，放放胸中的闷气，他没加任何考虑，觉得这个人应该是也只能是刘俊英。

招待完了范师傅，牛宏又帮助石心菊结算好了当天的账目，晚间第一批客人走了，餐厅很快就收拾利落了，上中班的职工陆陆续续都走了，只有刘俊英还没走，似乎专门为了等他。他走到女服务员的小更衣室门前，上任一个月来他还没有进过这间屋子，心里一阵紧张，真是莫名其妙，上任的头一天也没有这般心跳过！他敲了敲门：

“谁呀？”正是刘俊英的声音。

“我，牛宏。”

“请进来。”刘俊英开了门，她已经洗完了澡，换上了一件豆绿色的连衫裙，手里拿着一本书，更像一株仪态万方的玉兰树，透出一种清新的美，眉宇间却微微露出一丝惊奇。

牛宏心跳加剧，不敢看她，只好打量着这间小屋。屋子收拾得极其干净幽美，空气中飘散着花露水的清香，窗台上放着几个花盆，可惜里面种的都是仙人掌、仙人球、左旋右旋之类的植物。他不无遗憾地说：

“太可惜了，这么漂亮的房子，应该养点水仙、吊兰、茉莉之类的好花儿，为什么养了一堆带刺儿的丑类？这是谁养的？”

“小石。”

牛宏心里一动，替石心菊难受，这个瘪脸、塌鼻子、长得实在不能说好看的姑娘，不敢养漂亮的花，害怕和自己形成鲜明的对照，只能养这些球球蛋蛋。

聪明的刘俊英猜出了经理的心思，含笑反问：“你认为这些球球蛋蛋是花中的丑类吗？”

“反正不能说它们漂亮。”

“不，你错了。你要看见它们开花就不会说这种话了。”

在这种时候牛宏可不愿意和自己喜欢的姑娘辩论，他把话题岔开：“别人都走了，你为什么还不走？”

刘俊英脸色微微一红：“我想看会儿书。”

“看什么？”牛宏接过来一看，《桑原蓁短篇小说集》，“不错，这个作家有才气，思想敏锐，我最喜欢他那篇《红叶》。”

刘俊英聪明地反问他：“你找我有什么事吗？”

“哦……是有件事求你帮忙，公司又通知我明天去开会，上边的会太多，我要光出去开会，什么事也办不成，你能不能代替我到公司去开会？”

“什么？叫我去冒充经理，这不是出我的洋相吗？再说公司里也不会答应。”

“这不叫冒充经理，叫春城饭店的‘会议代表’。公司也许对这种做法不高兴，但没有办法，我们店只有两个党员，没成立党支部，还要到别的饭馆去过组织生活。上级没有派支部书记来，也没有配副经理，里里外外就我一个人。摆在我面前有两条道：一、公司里随叫随到，顾上头，当个叫公司里喜欢的好干部；二、顾下头，当个好经理。你说我该走哪条道？”

“这……群众当然欢迎你走第二条道。”

“我今天讲了对饭店今后的打算，你觉得行吗？”

“行，大家都认为挺好，我们全力支持你。”

“能不能变成行动呢？也为饭店两肋插一下刀，或者就叫做帮我牛宏一下忙。”一谈起工作，牛宏变得神情自然，说话也流畅了。

刘俊英却被噎住，沉了一会儿才说：“你为什么不找个党员去？”

“赵永利是党员，性情古怪，打死他，他也不去，我也还没有摸透他。崔芬是党员，那个样子能行吗？”

“有个人一定愿意当这种‘会议代表’……”

牛宏立刻把话接过来："你想说孙连香，对吧？此人靠不住。我看你去最合适，你高中毕业，能说能写，碰到什么问题也好随机应变。你把我那个小收录机带上，会开得没有味道，你听烦了，就插上耳机，听音乐、听广播、学外语……随你的便。"

"你这叫什么经理呀？真是个'牛琢磨'！"刘俊英开心地笑了，牛宏的信任很使她高兴，"告诉你，我就明天去一次，下次你另换别人。"

姑娘态度的改变和随随便便的一句玩笑话，使牛宏心里荡起一种无比的快乐和幸福，他掏出一个纸条递给刘俊英："明天你受累多绕个弯儿，把这封信交给我姐姐可以吗？"

"她今天不是刚来过吗？"

"就为了今天这事，"牛宏脸红了，"明天她等着听我的意见。"

"这是成人之美的好事，我理应效劳。"刘俊英笑了，接过纸条："这么说你是同意的了？"

"不，正相反。"

"嗬！你的眼光可真高呀！满风那样的都看不上，你想要什么样的？这样的信我不给你带，我不信你连回家的空儿也没有。"

"我跟大姐商量好了，人不回去就是不同意，人要回去就表示同意。"

"那何必再叫我去送信？"

"……"牛宏语塞，满脸涨红。他当然有自己的盘算，让刘俊英送信，大姐不仅知道了牛宏不满意满风，而且还会猜出牛宏不满意的原因。然后认真端详刘俊英，凭大姐的口才和精明，不用半个小时就会对刘俊英的情况了解个八九不离十。下次姐弟见面，牛宏就要听取姐姐对刘俊英的看法，可这些话又怎能对刘俊英讲呢？

刘俊英见牛宏这副狼狈相，开心地笑了："好吧，我去给你送信！"

她忽然看看表，着急起来："哎呀，十点钟啦，我得赶快走了。"

"我送你去汽车站。"

刘俊英一怔："不，不用。"

牛宏实心实意："我反正没有事。天太晚了，还是防备着点好。"

刘俊英不好再拒绝，只有随着牛宏走出了饭店大门，门旁边的暗影里走出一个人，用略带四川腔的普通话说："俊英，你怎么才出来？"

"我有点事耽搁了。"刘俊英脸上挂羞，稍有一点发窘："老桑，这就是新来的牛经理。"

牛宏一惊，打量着这个"老桑"：敦敦实实的身材，微胖的圆脸上架着一副眼镜，年纪有三十多岁。牛宏一时还没弄明白这个"老桑"和刘俊英是什么关系。

"老桑"却十分豪爽，上前一步握住了牛宏的手："经理同志，你好！我是桑原蓁。"

"哦，您就是著名作家桑原蓁？"牛宏更加惊异。

桑原蓁十分健谈："你的部下背地里说了你不少好话，看来你出任这个饭店的经理，对我们春城里的居民来说是个福音。"

"您也住在春城里？"

"就在饭店的左边，你看，那十栋楼就是所谓的'高知楼'。"桑原蓁把自己的住处指给牛宏看："七栋二十五号，有空到我家去坐坐。"

"哎——"牛宏忽然发现了一个奇怪的现象。每栋高知楼的中间都是黑的，而一楼和五、六楼的窗户里却亮着灯光，就好像过节日用彩色灯泡标出大楼的天地轮廓一样。他问："这是怎么回事？"

桑原蓁摇摇脑袋："这名为高知楼，国家是想解决知识分子的住房问题，可是知识分子都分配在一、五、六楼，全是'五一六分子'。而二、三、四楼都叫行政人员、后勤人员和干部住了。到了晚上，二、三、四楼的人们早早就睡了，要不就坐到楼下乘凉聊闲天，所以房间里一片漆黑。而'五一六分子'们，都是夜猫子，虽然肚里有牢骚，在工作上还想搞出点成果，不得不开夜车苦战。所以，就出现了你看到的这种今古奇观！"

刘俊英被逗笑了，她的笑声以及她看着桑原蓁时的那种神色迷离的眼神都刺激了牛宏，他知道自己想护送刘俊英完全是多余的了。眼下他还清理不出自己心里是一番什么滋味，只觉得好恨哪！店里就这么一个出色的姑娘，还被别人抢走了。他恨刘俊英势利眼，为什么要找一个作家？可他突然又觉得这件事有助于提高同伴们的志气，连大名鼎鼎的作家，不是也找我们服务员做妻子吗？

“牛宏同志，你应该可怜可怜我们这些‘五一六分子’，饭店增卖夜宵，数量不一定多，质量要好。你不知道，我们干到半夜肚子饿了真难受。”

牛宏脑子一亮：“好主意，我们正要把二、三楼办成雅座。每晚有三五个人值班就够了……”

刘俊英拉拉桑原蓁的衣袖，她知道，再不提醒他，这位先生可以站着和牛宏聊上两个小时。她说：“再不走就赶不上公共汽车了。”

“好好，走吧。经理同志，再见！”作家大大方方地挽着刘俊英苗条的腰身走了。

“再见！”牛宏忽然又追上她，“刘俊英同志，你把信给我吧，我明天回家亲自跟姐姐讲。”

“哦，好！”刘俊英把纸条还给了牛宏，“恭喜你，等着听你的好消息。”

“恭喜，恭喜！”牛宏重复着这两个字，转身关上了店门。

“半路上杀出个程咬金”——是生活中常有的事。而且往往会因此改变“程咬金”和“被杀者”生活的进程。

下一章请看——

为别人挖陷阱，掉下去的常常是他自己

不要以为游刚才华已逝，现在变成一个大笨蛋了；不要以为只有党委书记钟警深才有“秘密武器”，他游经理就没有；要想在社会上站脚谋生、出头露脸儿，谁还不准备一两件“秘密武器”？！

游刚从钟警深的办公室出来，把那份该死的校样折成一个疙瘩，塞进裤口袋，然后走上三楼，来到“打击经济犯罪活动办公室”。他游经理的“秘密武器”就藏在这间屋子里，现在能不能救自己脱离窘境、致牛宏于死地，全靠这件武器了。在游刚看来，牛宏不可能没有尾巴，

不然这个人就不可理解了。他那么胡来蛮干，撤了职也满不在乎，不怕得罪领导，不惜在政治上断送自己的前途，那么他到底图什么呢？在政治上无所求，必然在其他方面有所求。他胆大包天，鬼花招那么多，在经济上就不会做手脚吗？年纪轻轻，财权物权自己独揽，手脚就能那么干净？只要在经济上能抓住他一点尾巴，一切问题就都好办了。可是，查了两个多月，饮食公司所属的有经济犯罪问题的基层店查出了一批，有不同程度贪污受贿问题的经理也弄出了几个，为什么就揪不着牛宏的尾巴呢？现在看，有一条是他游刚当初失算了。当时钟警深看中了牛宏，大道理冠冕堂皇：春城饭店的烂摊子没人收拾，提拔新干部是时代潮流，等等。这一切他游刚都拦不住。但是他拦住了不给牛宏派副经理，没有在春城饭店发展新党员。老党员太少，成立不了党支部，因此也就不能往那儿派支部书记。这叫什么策略呢？这叫养膘儿，养够了刀再宰！你钟警深不是信任牛宏吗？你牛宏不是能干吗？就叫你一个人唱独角戏，任你跳腾，等到娄子捅大了，到了火候，再一下子把你拿掉。现在，游刚认为火候到了，牛宏的膘儿也养肥了，足可以开刀了。谁知他一刀砍下去，没有立刻把牛宏砍死，反倒被他将刀弹了起来，碰卷了自己的刀刃。这缘由很多，其中一条就是春城饭店头头只有牛宏一个，上无书记下无副手，好了没有帮忙的，坏了也没有拆台的。有头头就有派别，如果春城饭店有一个牛宏的对立面，平时也会抓住牛宏许多把柄，碰上眼下这样的机会，就会跟游经理里应外合，上下夹攻，给牛宏后院放火，釜底抽薪，他还敢牛气？撤掉了他，让他的对立面顶上去。现在可好，撤掉了牛宏，饭店无人领导，工作无人干，群众舆论才掀起这样的轩然大波。唉，悔之莫及！本来牛宏和他游经理并无半点私仇，可现在牛宏的问题却直接关系到他的毁誉荣辱，甚至是留任还是退休，这就不能不多动动心眼儿，莫怪他手下无情了！

打击经济犯罪活动办公室主任由武保科科长老孙兼任，他见游经理脸色阴沉，赶忙迎上来。

“怎么样？又有什么新情况？”

“火神庙风味小吃店的经理也有贪污问题。”

“李长田?”

“对,至少也得有千元以上。”

“查清楚,该撤的撤,该抓的抓!”

“谁说不是,可现在内查外调太困难了。李长田几乎是明吃明拿,而且在店里还培养了一帮打手,真正是搞顺者昌逆者亡。他带头大偷,别人小拿,小吃店赔本的时候多,赚钱的时候少。上个月还不错,只赚了一块钱。他儿子结婚的时候,明目张胆地从店里拿走鸡、鱼、酒、糖、火腿、酱肉等等。当班的厨师陆军奇实在看不下去说了几句话,李长田叫人把他暴打一顿。这件事全店的人没有不知道的,可我们去调查的时候,除去陆军奇别人都推说没看见。叫谁写材料谁也不写,签字摁手印儿更没门儿!你说怎么办?人心都变了,只顾自己,什么集体呀、国家呀、法律呀……与自己无关的一概不管。”老孙感慨激愤,这位搞了半辈子运动的人,现在深深感到运动难搞了。上级下文件也好,作报告也好,再也不能把人们轰起来了,人心推不动了!好事没人管,坏事也没人说。老孙真想一气之下离开武保科,到工会去当主任,组织一场足球赛,组织看一场电影,倒有很多人捧场。这个一向最严肃、最忠心耿耿的好干部,也积存了一肚子牢骚。而且发牢骚不看时候,眼下他的上级哪有心思听他讲别人的事情。

“还有什么情况?”

“东楼食堂的会计也有点问题。”

这也有问题,那也有问题,他就是不提牛宏有什么问题!

游刚只好单刀直入了:“春城饭店里查出问题没有?”

“没有。不光没有,春城饭店的账目最清楚、最完整。不比不知道,通过这次查账,全公司数春城饭店的财会制度最严密、最认真。财务科的杨总会计师非常欣赏石心菊,要提升她为会计师。”

“会计好不等于经理好。”

“搞了这几个月打击经济犯罪活动的工作,我摸出一条规律,经济犯罪比较严重的单位,一般说经营管理都不好,漏洞很多,犯罪分子才有机可乘。经营管理好的单位,犯罪活动也比较少。春城在同等规模的饭店中上缴利润最多,比最差的单位高出两三倍,这些现象都说明牛宏在经济上没有太大的问题,何况还有一个细致严格的会计管着。"

"这都是假象!你呀你……"游刚非常失望,老孙是他一手提拔起来的,也算是饮食公司的老人。游刚所以在饮食公司有势力,就因为下面有一批像老孙这样的"嫡系部队"。眼下自己处于困难时期,连"嫡系部队"也不帮忙、不使劲,怎不叫游刚恼火!

其实,老孙说出上面那一番话心里也并不轻松,他在春城饭店的时候没有搞好,他一走,人家牛宏就把饭店搞上去了,他也是人,心里难道好受?他对牛宏实在是没有好印象。他整了多半辈子人,难道还怕再多整一个牛宏?他整起人来决不留情,但有个特点,得真正抓住了人家的东西。他是属于公安保卫系统的行家,伸手一摸,就知道这个坑里有没有鱼,有多大的鱼,能估摸个八九不离十。他这一套还不同于政治上要权术和凭空陷害。他一发现有问题的人,脑子里就立刻会出现许多杠杠:什么性质?有多严重?够逮捕?够拘留?够停职审查?不能乱来,这不是动乱期间了。出了娄子自己吃不了要兜着走!老经理的意图他明白,老经理的难处他也知道,可到目前为止,所谓牛宏的那些问题,全是鸡毛蒜皮,哪一条也够不上。他有天大的本事,也是狗咬刺猬——无处下嘴!再说老经理现在已不是公司的一把手,上边还有党委书记。他还能干多久,谁也说不准。惹出祸来他可以拍拍屁股一走了事,老资历、老干部,工资百分之百地拿着,谁还能把他怎么样?!那可就把他老孙扔在旱岸上了,领导之间的问题越复杂,他越要多留个心眼儿。

所以,老孙反而在游刚面前说牛宏的好话,目的是想给自己减少麻烦,避免搅和到领导之间的矛盾中去。

人一没有势力,也就没有铁心的部下了。游刚压住火气,又问:"你没有找孙连香谈一谈?"

"昨天通知她了,一会儿就来。"

旁边一个干部插嘴:"她已经来了,在旁边的屋里等着哪。"

游刚已经不太沉着了:“快把她叫进来!”

孙连香进来了,恭恭敬敬地向领导打招呼:“游经理,孙科长。”

“小孙,快坐,快坐下!”游经理满脸堆笑,亲切而又随便:“你胖了,开始发福喽! 今年三十几啦?”

“快四十啦。”

“好快呀,我记得你刚到咱们公司来的时候还扎着两条小短辫子哩,一晃就是二十年!”

“您的记性真好。”虽然孙连香在到饮食公司报到的前一天就把小辫子铰了,而且她参加工作两年之后才有幸在会场上见了经理一面。

“几个小孩儿了?”

“两个。”

“一儿一女?”

她点点头,看上去是在笑,脸上的横肉却不动,因为她心里很紧张。她知道领导把她叫到公司来,一定有不寻常的事情跟她谈,她来前做了充分的准备,把各种问题都想到了。

“好命的,一男一女一枝花!”游刚嘿嘿笑了两声,没有多少热情,但声音很响亮。笑声停止以后,他把话题一转:“小孙,你们饭店的情况怎么样?”

“这……怎么说呢?”孙连香心里打个怔儿,要谈正事啦,她不能不考虑一下。春城饭店的成绩都摆在那儿,她不能红口白牙说瞎话。现在别的饭店都实行奖金“封顶”,每个职工每月的奖金不得超过八块钱,是牛宏在那儿顶着,他在的最后一个月每人拿到了三十八块。人心都是肉长的,她孙连香也有良心。可老经理把她找来是为了听她给牛宏摆功吗? 再说以前她在老经理跟前没少说牛宏的坏话,现在怎么能改口? 一改口岂不要得罪老经理和孙科长? 那就两头全不讨好,更要倒霉。每月多拿几十块钱算什么? 心里不痛快。牛宏就是宠那些个小丫头片子,他看孙连香不顺眼,孙连香看他也不顺眼。牛宏一天不走,她孙连香就甭想入党当劳模,她倒不是非要争那个玩意儿。崔芬哪一点比她强? 心里出不来这口窝囊气! 再说孙连香想到自己的丈夫是个一辈子受大累的脑袋，三杠子打不出一个响屁来，这辈子甭想入党提干了。将来两个孩子的前途全得靠她。如果她是党员、劳动模范，对孩子将来升学、找工作都有好处。对，这才是大事，不能叫牛宏的几十块钱堵住嘴！想在现在的社会上站住脚，上边没有人不行！应该趁这个机会摽上老经理和孙科长。别听他们嘴上说得多好听，上下一个理儿，有"派"就有"性"，派性是一辈子消除不了的！表面上消除了，记到心里，带到棺材里去。亲的向亲，厚的向厚，当个老百姓反正得靠上一头。想到这里，她恢复了镇定，露出了"阶级斗争脸儿"的真相："老经理，您是问现在，还是问过去？"

游刚不喜欢孙连香的亲热，更不高兴她在自己职务的前面加上一个"老"字。目前正是用人之际，他顾不得计较这些了："先谈谈现在的情况吧。"

"现在还有什么好谈的，饭店全乱套了，这都是牛宏搞物质刺激的结果，他在的时候滥发奖金，他一走，奖金降下来了，邱二宝那一伙子见钱眼开的家伙就不干了。平常跟着牛宏跑的那一帮人，也是消极怠工，成天在一起嘀嘀咕咕，商量怎么样再把牛宏请回去。牛宏前脚一走，饭店跟着就完不成利润计划，我看这是他们定好的计策，向公司示威，逼着公司承认春城饭店离不开牛宏，叫他重回春城，杀回马枪。"

"嗯，这个情况很重要，你分析得很有道理。"游刚的精神提起来了，眼睛一睁大，肉坠儿就显得小了："牛宏在你们那儿干了快两年，经济上手脚干净吗？你知道全国都在开展打击经济犯罪活动，我们不能无故怀疑好人，可也不能放过有问题的人……"

游刚想尽力把话说得圆滑一点，万一泄露出去让人抓不到把柄。孙连香却比他干脆："牛宏的手脚干净不干净我还说不准，但我有账……"孙连香从书包里拿出一个小学生用的练习本，递给了游刚。

"你也有账？"游刚打开练习本，孙科长也凑过来看。

别看字迹歪歪扭扭像蚂蚁爬的，这确实是一本"账"：

1. 1980年8月7日（立秋）下午，牛的姐姐领着一个姑娘叫满凤的来到饭店，躲进经理室，谈情说爱半小时。

2. 当天晚上，牛宏留东方服装店的范师傅吃饭，牛宏为他要了四菜一汤，这笔钱哪儿出？

3. 8月13日，崔芬打碎了一只碗，还跟顾客吵架。

4. 8月16日，牛宏领来三个老木匠安装二、三楼地板，每人每天发十块钱工钱，还管吃管喝。这笔花销肯定没有发货票，怎能报账？他还说："用国营不如用集体，用集体不如用私人。"这个观点就是对社会主义不满。

……

"好，这回有啦！牛宏肯定有问题，没有大问题，也有小问题。"游刚又往后翻了翻，孙连香记了一百三十多条，凡是和她不对劲的人都上账了。而且不论事情大小，只要是人家的缺点、毛病，甚至有点怀疑的地方也都记得清清楚楚。游刚在心里骂着："这个女人不是好东西，这一手太厉害了，自己也要防备着她，往后少跟她说话。"

但是，孙连香这时候拿出了自己的小账本，对游刚的帮助可是太大了。他对牛宏事件立刻就有了主心骨，今后两三步棋都看好了，自己可以确保万无一失。他转身对老孙说："这本账就是证据，是群众的意见和反映，也可以看做是群众对牛宏的揭发和检举。你立刻给党委打报告，派专门工作组下去，一定要把春城饭店的问题彻底查清楚！"

只要工作组一派下去，就能给牛宏造成一种精神压力，也会在群众中造成一种既定事实：牛宏确实有问题，不然上边为什么派工作组下来？游经理撤掉他的职务还是撤对了！先在群众中造成轰动，工作组一下去少说三个月，多说一年半载，查出问题更好，查不出问题也就不了了之。而且工作组组长就可以代替饭店经理，先把工作抓起来，把牛宏空出的位置顶上。这何尝不是解决游刚目前困境的最好办法！

老孙一听，却心里打起小鼓，生怕让自己去当这个工作组组长。他已下决心，后半辈子可再也不到基层去了，就问："派工作组叫谁去当这个组长好？"

“这个你先别考虑，关键是上午必须把报告写好，你亲自交给老钟，中午我们就可以商量决定了。把小孙的账本也附上。”

孙连香心里不免也嘀咕开了：“老经理，我写的那些东西可不能让店里人知道，他们要知道了，我可就没法待下去啦！”

“不会，我们怎么能那样干呢？”游刚晃着寿星佬一样的大脑袋，心里十分得意。他的手伸进口袋掏火柴点烟，碰上了那份硬邦邦的、叠成了方疙瘩的校样，他的心里又抽紧了，必须快点把这篇该死的文章看完，好知道上面写了些什么东西。然后设法通知报社，说情况有变化，这篇文章不实。他又对老孙嘱咐了几句，才走出了“打击经济犯罪活动办公室”。

他找个什么地方能安安静静地把这篇要命的文章看完呢？饮食公司的大楼不算小，可要找到这样一个地方却很困难。因为游刚有个小心眼儿，除去钟警深和自己，不愿意再有第三个人知道世界上还有这样一篇文章。现在人们的嘴就跟排风扇一样，幸灾乐祸、恨人不死的人不少，有一个人知道这件事，很快就能在全公司张扬开来。自己的办公室叫牛宏占了，到别的办公室去看这种东西无论如何是不行的，等到中午吧，时间又不允许！

嘿，真是老糊涂！这不过是十分钟、八分钟的事，到哪儿看不完？他又返回打击经济犯罪活动办公室，从桌上拿了一张报纸，转身进了厕所。那意思就是告诉人们：他是一边解手一边看报，时间可能长一点。包括孙科长在内的所有看见他走进厕所的人，也的确都是这么想的。

三楼这个小厕所是男女通用，只要从里面把插销顶好，任何人也进不来，不要说是看一篇文章，就是偷看绝密文件也不会被人发觉。游刚习惯地蹲在茅坑上面，心里不无紧张地掏出了那份该死的校样——

> 话还得从一九八〇年夏天说起，春城饭店来了一位年轻的“琢磨经理”。他果真有一股“琢磨劲儿”！立刻在春城里刮起一股旋风，这旋风是那样清新，那样爽人，带着强烈的经济改革的气息。他整顿饭店、改革制度、扩大经营，很快，饭店的面貌变了，人

也似乎变了，连食品的规格和品种也变了。有大场面上的精美食品、名贵炒菜；也有大众食物、本地风味小吃；就连油条也比别处的个大色正、又香又脆。春节前，北方居民喜欢冻起一缸馒头，正月十五之前不做饭，春城饭店把富强面的馒头用小车送到楼底下，全部是鲜酵母发面，咬一口像掺了白糖一样甜。他们摸透了中国人的脾气，平常俭省，多生产大路食品。过年过节则不怕花钱，要吃得舒服，显得阔绰，他们就生产高档食物，设立家庭专席。中国人太多，大家都厌恶排队，特别是知识分子，时间宝贵，宁肯不吃也不排队，春城饭店研制出了味美价廉的速食面，吃饭高峰时开十八个窗口售货，决不让顾客等得心焦发烦。他们的花样多得很，名声大震，利润逐月增加……

这是捧臭脚！他娘的，这帮摇笔杆子的，把狗屎也能说成一朵花！游经理愤愤地在心里骂着，他很难耐着性子一行一行读下去，双腿也蹲得有点发疼。于是就隔三跳五，凡是吹捧牛宏和春城饭店的地方就跳过去，光看与自己有关的段落，在校样上一目十行地寻找自己的名字。这一来倒更费事，找到了自己的名字，看不明白，还得返回去从头看起。

……牛宏实行的这一套终于激怒了饮食公司的经理游刚同志，这位多年来思想同他的身体一样软弱的老同志，在精简机构、改革体制、防止干部老化的浪潮中，不知是出于一种什么样的心理作用，突然一反常态，表现出少有的大马金刀的武断气魄，不同任何人商量，凭一时的怒火中烧撤了牛宏的职务，简直就像一场儿戏，把好端端的春城饭店给断送了……

混蛋！你说我是什么“心理作用”？什么“武断”？什么“怒火中烧”？全是人身攻击！游刚好不容易才控制住自己没有骂起来，没有叫起来。

他脑门儿上沁出了汗珠,老花镜在鼻梁上跳动,多亏一边一个高高的肉坠儿给托住了。报告文学越到后边写得越尖锐,不时还夹有一些尖酸刻薄的话,看得游刚毛焦火辣。他不能忍受,却又无法发作。他不想看下去,担心自己的神经承受不了这种刺激,却又不能不把它看完。这篇文章不同于十几年前的大字报、大批判,叙述的内容连游刚也不能不承认基本上是事实,它的力量也正在于此。这些事实恰恰为游刚所不喜欢。

且不说厕所里的游刚,厕所外面这时候又闹翻天了。大家一上午没见到游经理,这么大一个公司,能没有事情需要请示经理吗?大家你问我,我打听你,顺着线索找到了打击经济犯罪办公室。斗争的弦儿绷得特紧、什么事情又总爱往坏处想的孙科长,一看手表,大叫一声跳了起来:“坏啦!经理进去有一个多小时了,八成出事啦!”

众人一愣:“进到什么地方去啦?”

孙科长不答话,拨开众人,三蹿两跳奔到厕所门前,用手一推,里面果然还顶着插销。

有人还没明白过来:“上厕所能出什么事?”

“你忘了传达室的胡大爷是怎么死的了?不就是解大便的时候心脏病发作,死在厕所里,到下班的时候才被人发现……”孙科长还有半句话没有说出来,那就是:游经理也到了胡大爷的年龄,同样也有冠心病。而且还有更要命的——这几天心情不好……

孙科长开始敲门、呼叫:“游经理,游经理!”

他这样一大呼大叫可不得了,公司里的人以为游经理真的在厕所里出了事,大家十分震惊,纷纷拥到厕所门前。七嘴八舌,你呼他叫:

“游经理!”

“游经理!”

越是听不到里面有人搭腔,大家心里越是焦急。这就证明里面确实出了问题。孙科长要准备破门而入了!

厕所里的游经理也十分紧张。一方面是叫桑原蓁的报告文学给刺激的,心还提在嗓子眼儿;另一方面不知道外面又发生了什么事情,为什么都找他？而且逼到厕所里来？牛宏又出了什么事情？桑原蓁的文章登出来啦？还是大家猜到了他躲在厕所里是在偷看那篇文章？他慌忙站起身，双腿发麻，险些没有摔倒，赶紧扶住厕所的墙壁。稳了稳神，先把校样藏好，系好裤带，当孙科长朝着厕所的门踹第二脚的时候，他把插销拔开了。

"你们干什么？拉个屎也不得清静！"

大家先是一愣，随即就松了一口大气。孙科长表达了"嫡系部队"的心情：

"老经理，你可把大伙儿吓坏了，喊你也不应声，以为你出了什么事啦……"

"你们就不盼着我有好事！"游刚气哼哼地拨头便走。找他有事的人赶忙从后面跟上去。

不能怪游刚生气，这虽是一场虚惊，可太不吉利！为什么人们总想到他的死呢？这不明明是咒他快死吗?！只有他自己知道，他现在不能死，也不会死的。人应该会生也会死，生得其时，死得其时，才是最完善、最有福气的。

还有更重要的一条——

一个人的一生中要有个开花的时期

从那次不愉快的"咬秋"之后，又过了八个月，春城饭店一切都走上了正轨。冷气、暖气、饭店必不可少的各种现代化设备，都已装备齐全。饭店里里外外也全部装修一新，墙壁贴上了图案优美的塑料布，显得堂皇高雅。在每一面墙适当的位置上，都悬挂着名人大家的字画。大部分是牛宏通过刘俊英，刘俊英又通过桑原蓁搞来的。也有一小部分是花钱买的，花钱也不过是象征性的，总共还没花一千元，这只是一张画的价钱。饭店的门口、大厅的中央，每个墙角和窗户的旁边，都摆着盆景、花木；一楼的每张餐桌上都摆着一瓶新式塑料花，能飘出一种花香，保持一年；二、三楼雅座的每张餐桌上，都摆着小巧玲珑的盆景。这一切的总设计师当然是石心菊，在她的带动下，有好几个人都对养花种草发生了兴趣。要说钱方面，牛宏更是腰大气粗了。饭店的营业额猛长，而且能持续不断地上升，因为他们老是能够想出赚钱的新花样。可是牛宏每月上缴利润，除去保证完成公司下达的指标外，略有一点超额，略有一点增加。为什么不像他实际赚的那样猛增猛长呢？牛宏的精明就表现在这个“略有一点”上。公司是大锅饭，制订计划的那些人是输打赢要，专会拆东墙补西墙，对赔钱单位无计可施，对赚钱单位狠命死挤。如果牛宏赚多交多，实话实说，公司就会不断加码，直到把他勒死抠垮，鞭打快牛嘛！春城饭店再赚钱也养活不了一个公司。牛宏搞“略有一点”，既让公司说不出话来，又叫他们摸不着春城饭店的实底，牛宏把主动权掌握在自己手里，积累了一笔相当可观的资金，办起事情来左右逢源，不仅不用到处求爷爷告奶奶，有时反而能钳制别人服从自己。

这样说来，牛宏没有什么好愁的了？

正相反，叫他发愁的事更多了，眼下最使他头疼的就是饭店里的这批人。牛宏理钱抓物神通广大、办法多得很，管理人却显得缺乏才气。他原以为饭店的规格提高了，职工的人格和思想格调也会提高，其实并不是这么一回事。饭店变好了，人的面貌并无大的改变。人和饭店的矛盾一下子变得十分突出了。牛宏下了好大力量为每个职工做了一套极其考究的店服，规定每个人一进饭店必须换上店服，整齐划一，美观大方，风度优雅。但是，牛宏却不能像做店服一样给每个职工做一个漂亮的灵魂。一个人的灵魂是用任何服装也遮不住的。邱二宝野性难改，粗俗不堪；孙连香脸上的横条肉还是绷得那么紧；崔芬生完小孩儿以后极不讲究，邋里邋遢，俗不可耐；石心菊本来脸蛋长得就不好看，还不修饰不打扮，随随便便；赵永利兼做保全工，成天沉迷在各种设备里，偶尔笑一下，仍然是个活哑巴。这些还只是每个人的性格不同，无妨大局。最可气的是一个人一个心眼儿，不抱团儿，不以饭店为重，你跟我上不来，我跟你过不去，今天这两人吵嘴，明天那两人又不说话了，而且和顾客争吵的事也时有发生，影响饭店的声誉。他们只适合当低级饭馆的服务员，谈吐、行动、仪表与现在的春城饭店的格调极不协调。

一连几天，牛宏回到家里总是闷闷不乐，少言寡语。母亲并没有看出什么异常，因为她不知道牛宏在外面是什么样子，他回到家里几乎和没当经理的时候一个样。只是家务事干得更少了，不声不响，蔫头蔫脑的琢磨脾气并没有改变。牛宏在外边要强迫自己按照理智，按照工作需要去行动、去说话。回到家则可以放松自己，恢复自己真实的本来面目。但精细的牛华一眼就看出了问题，她也正好有事情要找牛宏，吃过晚饭之后她把兄弟叫到了自己的小屋里。

"小宏，你好像有什么心事？"

牛宏并不隐瞒，把自己的苦恼都对姐姐讲了。大姐是他的谋士。

牛华笑了，笑得很狡黠："傻兄弟，你真是死琢磨，改变饭店是你的责任，你也能够做到。改造人是全社会的事情，不是你一个人的责任，你也办不到。你不光是为这些事发愁，你心里一定还有别的事！"

牛宏不吭声了，不承认也不否认。

"你和满风的事进展得怎么样了？"

"不怎么样。"

"什么叫不怎么样？"姐姐的脸绷紧了，"相交七八个月啦，你不说行，也不说不行，你陪得起，人家姑娘可耽误不起！你心里到底打的什么主意？"

"我没有主意。"

"你要真没有主意就好了，对满风我满意，爸爸妈妈更满意。坏事就坏在你不仅有主意，而且你的蔫主意还特别正！听说明天刘俊英就要结婚了，你难道还不死心？"

牛宏惊讶地抬起了头，看见姐姐锋利的目光正盯着自己，便又慌忙地把头低下。老天哪，只要是和牛宏有关的事情，不论大小，甭想瞒过姐姐的眼。

"你别瞎说，我跟刘俊英没有什么关系。"

"哼！你还想瞒我？一见了刘俊英瞧你那个丢魂少魄的样儿，连眼神都变了，除去邱傻子看不出来，谁还不懂这个！知道人家有对象，你不死心；等到人家订了婚，你还不死心；现在人家就要结婚了，你还等个什么？”

“谁说我在等她？”对这个问题连牛宏自己也说不清楚，他不承认自己是在等刘俊英，但他很难从脑子里把刘俊英的影子赶走。有时陪着满凤遛马路，心里想的却是刘俊英。他喜欢刘俊英内向的性格，因而对满凤的热情、开朗、奔放就认为是缺点，认为是不深沉、没有女性的温柔。只有当他高兴的时候，或是忘掉刘俊英的时候，才能唤起对满凤的热情，才能为满凤灿烂动人的容貌所倾倒。但这种热情往往不能持久，不能变成一种深沉的爱恋。如果凭理智，他无论如何不应该放弃这个漂亮姑娘。可是对待婚姻恋爱难道也像对待工作一样，强迫自己按理智采取行动吗？

“你不等她等谁？就凭这一点你也不是个真正的男子汉，不是干大事业的。儿女情长，优柔寡断，天下好姑娘有的是，为什么非在一棵树上吊死？再说刘俊英哪一点能跟满凤比？人才、修养、工作，刘俊英充其量不过是个饭店服务员，人家满凤是体校的正牌教师。”

“大姐，你怎么也势利眼？你自己过去不也是汽车售票员？”

牛华的脸色微微一红：“正因为我是售票员，才知道服务行业在人们心目中的地位。你当经理之前找不上对象，当了经理，对象找你。只要有社会，有人间，就有势利眼。你不势利，人家势利。”

“刘俊英就找了个作家，你怎么解释？”

“作家就比你聪明，人家找老婆就要年轻漂亮，能伺候自己，凭桑原蓁那副尊容，当然愿意要小刘。你那个刘俊英就是势利眼，她图的是作家的名和钱，不然她就是嫁给邱二宝，也不会看上桑原蓁。”牛华两眼盯住弟弟，爽快地说，“我的理论都是真理，因为是我自己从生活中总结出来的。不像你，瞎琢磨，认死理儿。快说吧，你和满凤的事到底打算怎么办？”

“我同意，还不行吗？”

“瞧你这个不情愿的样儿，就好像是给我结婚。”

“本来就是为了你嘛，我不结婚，你就出不了嫁。”

“死小宏，我拧烂你的嘴！”牛华说完扑哧一声笑了。

牛宏仍然心事重重：“大姐，你说饭店的人都知道我跟刘俊英的事？”

姐姐用手指点了他一下：“放心吧，牛大经理，知道的人不多，不会影响你的威望。”

“那你是怎么知道的？”

“我从石心菊嘴里问出来的。”

“她是怎么知道的？”牛宏更加惊奇不安了。

“姑娘的心是感情的雷达，你们男人那点小伎俩是瞒不住的。”

“大姐，我有一件难事……我已经答应明天在饭店为刘俊英、桑原蓁举行婚礼，想借机教育一下我们那些不争气的职工。来参加婚礼的肯定会有一些名人，不仅能扩大饭店的影响，对服务员的精神气质也有一定的熏陶作用。可是我现在不想参加他们的婚礼了，又怕引起别人的怀疑……”

“别那么没出息，我不愿见你这副畏畏缩缩的样子！别说你跟刘俊英没有什么事，就是真有事也结束了，过去了。大大方方的，拿出经理的派头，按照自己的设想充分利用这次婚礼。”牛华真是人一份，嘴一份，可惜她没有跟兄弟换个位置。

牛宏点点头，姐姐讲的有气派，他在心里为自己鼓了鼓勇气。沉了一会儿，又说：“还有件事要求你，你明天能不能再到汽车上卖一次票？”

“干什么？”

“我带着我们那帮瞧不起自己的服务员去看看你是怎样工作的。我记得上小学的时候最爱坐在汽车上看你卖票了，你在我的眼里就像童话中的公主一样。你工作的时候最美，最有风度，大家对你都很恭敬。我们店的人都把你当成了大知识分子，至少也是演员、教师。叫他们开开眼界，服务员也可以像有教养的人那样生活。”

“你是想叫姐姐出丑！”牛华变脸了。

“大姐，我……”

“甭说了，你这个废物蛋！自己无能，却想出一些不争气的怪点子，把全家人都拉出去为你帮忙，不害臊！”

牛宏被骂得满脸羞红，低头退出了姐姐的闺房。原来妈妈也在外屋支着耳朵偷听，看见他出来，妈妈也生气地冲他噘嘴。

第二天上午，牛宏带领着本店的一批职工参观了天津饭店、友谊宾馆、起士林餐厅，快到中午时搭13路公共汽车赶回饭店。乘客本不是很多，突然增加了他们二十几个人，汽车里一下子变得非常拥挤，有两个歪眉斜眼的小伙子说着粗话：

“今儿个怎么抽风了？”

“山西老核桃——满仁！”

发车铃响了，车门口响起了售票员的声音：

“乘客同志，这是13路汽车，由中心公园开往春城里，沿途经过百货大楼、南市、东北角、北洋桥，有上错车的没有？司机同志，请关门。”

“是大姐！”牛宏心里又惊又喜，她昨天晚上发了脾气，今天还是来了，姐弟终究还是姐弟。她并不喊叫，但是声音圆润悦耳，吐字清脆，车厢里立刻安静下来，每个人都能听到她的声音。

“这趟车比较拥挤，请大家互相谦让，不要出事故，或者发生不愉快的事情。现在就请两边的同志往里走，目前刚是早春，天气不热，请大家尽量往车厢中间站，里边的同志可以把脸扭向两边的窗户，位置排列得好，大家都会感到轻松。”她的语调中透着热情和固执，乘客们果然在按照她的话向里挪动，她的话并无特别之处，却有一股神奇的效力。车门前腾出了地方，她从容地坐到售票员的位子上。

乘客们都想看看这位说话颇有教养、谈吐不带俗气的售票员长得什么模样。她娴雅，聪明，白丝眼镜后面一双秀长动人的眼睛，勇敢、大方、亲切地迎着众人的目光：“哪位同志买票？好，请这位同志帮忙递一下，谢谢！”

“大姐！是你？”邱二宝几乎叫了出来。

“你好!”牛华已经看见了他们,冲他们点头打了一声招呼,但是不攀谈,只忙自己的工作,“还有哪位同志买票?”

不和任何一个乘客过分亲热,也不和任何一个乘客过分疏远,态度庄严并不傲慢,姿势正规却不呆板。春城饭店的年轻人简直快看呆了,他们没有想到像牛华这样有身份的、要在人前说说道道的人,竟然是个汽车售票员！而且她把卖票的工作做得跟其他一切上等职业一样让人尊敬。她在汽车上碰见了自己的兄弟和他的部下,没有丝毫不好意思的表现。她有一股内在的精神力量,这种力量让人感动,又使人肃然起敬,不能不对她客客气气。连那两个歪眉斜眼的小伙子,也听从她的劝告,轻轻地往车厢里边走。一边走一边小声嘟囔:“这个售票员怎么没见过,够意思!”“茬子够硬的!”(天津话:“茬子”指嘴巴)车厢里很多人听见了,牛华也听见了,她并不假装没听见,也不直接拾他们的话茬儿,眼睛看着他们,露出锐利和智慧:“你们二位到哪儿下?”

“前一站。”

“买票了吗?”

“有月票。”

“请拿出来看一看。”

“告诉你有月票,还不相信!”两个小子露出了野性,有人为漂亮的售票员捏一把汗,心里说惹他们干什么,就是没有月票,国家也不在乎这几分钱。现在聪明的售票员,碰上这种斜眉歪眼的人都假装看不见,不理不问。牛华就不怕当着这么多人让自己吃亏下不来台?

她很镇定,脸上还挂着笑:“对不起,这是我的工作,也请你们不要怕麻烦,因为你们乘的是公共汽车。”

两个年轻人无奈,只好掏月票,为了不让她看清,在手里一晃又装进口袋。按理说这就叫给了牛华一个台阶,一个面子,她应该见好就收。她却偏不,仍然和气而又认真地说:

“你们这样成心不让我看清,只好请你们再拿出来一次。”

“你的眼瞎了!”其中一个光头的小子骂了一句。

牛华脸色一沉,声调仍然不急不快:“同志,张口骂人先脏自己的嘴，你即使不尊重别人，也应该尊重自己吧？请把月票打开！”

“是啊，你的月票到底是真是假，为什么不敢叫人看？”乘客中有人说话了，有这样的售票员，群众不可能不向着她。

两个年轻人把月票拿出来，举到牛华的眼前：“你看，你看！这回看清了吧？”

“看清了，谢谢！”牛华的端庄宽厚立刻显得比那两个人高出一大截。什么地方高呢？精神的力量，人格的力量。

车上人都用一种鄙夷的眼光看着那两个年轻人，他们十分懊丧，打又打不起来，骂也骂不起来，只好一声不吭，车一到站立刻跳下去了。

汽车又开动了，又上来许多新乘客，牛华像什么事情也没有发生过，该说的就说，该做的就做，文雅大方，明明是穿着一身普通的汽车公司的工作服，却显得姿容优美而堂皇。

汽车到了终点站，邱二宝挑起了大拇哥：“大姐，你真有一套，要叫我早跟那俩小子打起来了！”

牛华并不满意这次“下海”（指已经提升为干部的老售票员偶尔跟车为别人顶班卖票），平淡无奇，表现不出自己紧急应变的能力。她接着邱二宝的话茬儿说：“没有道理的人才愿意打架，干我们服务行业的，要想打架就会成天到晚也打不完。”

崔芬摸着牛华身上那件米黄色的工作服，由衷地赞叹着：“牛姐，什么衣服一穿到你的身上就显得特别精神。”

“你别拿我取笑了，还是你们春城饭店的店服讲究，有气派。”

邱二宝到处都要卖傻相，又插进来说：“可我穿上就不好看，小石说像熊猫穿西装。”

牛华笑了：“小邱，刚才车上的那个小光头穿的够讲究吧？牙黄色的大喇叭裤多漂亮，可有人说他好看吗？因为他的道德水准和喇叭裤不是一致的。衣服只是外表，好看不好看关键在气质和智力，一脸俗气，一身痞相，浅薄庸俗，穿上什么也不好看。肚里有东西，脸上很静，穿着再朴实，也会有风度。清水出芙蓉，天然去雕饰。小石，对不对，你为什么光笑不说话?"

石心菊:"我最羡慕您工作的时候那种从容自信,这才是最美的。"

牛华亲热地抱着小石的肩膀头,一边送他们出车站,一边说:"工作——就应该是智慧加上美。特别是干我们这一行,千万不能自己看不起自己。只有不懂得生活意义的人,才会自暴自弃,丧失进取精神。"

牛华有意放慢脚步,看别人都走远了,在石心菊的耳边小声说:"牛宏跟我说过好几次了,叫我找个好理发店帮你烫个发,明天是星期天,你去找我,我带你去南京理发馆,让他们根据你的脸形为你设计一个新发型,包你好看。"

"不,不,我不烫,"石心菊羞得满脸通红,从牛华的怀里挣出来,"谢谢您的好心,大姐。刘俊英还让我通知您,欢迎您参加她的婚礼。"

"谢谢她想着我,我下午还要顶车,实在去不了,你替我向她道喜!"

"好吧。大姐,再见!"石心菊赶回饭店,刚一进门就碰上要当新娘的刘俊英,她两眼发红,显然是刚掉过泪。石心菊心里一惊,忙拉着刘俊英来到饭店的会议室,问:"俊英,你怎么啦?"

刘俊英不说话,看见自己的好朋友却忍不住又想哭。

"你到底怎么啦?为什么不在家里收拾打扮,又跑到店里来干什么?"

"公司不让我们在饭店里举行婚礼,可是早就通知了亲友,再重新联系其他饭馆改换地点已经来不及了,叫我们怎么丢得起这个脸!"

"这是谁说的?"

"刚才孙连香到家里给我送信,她说是公司政工科打来的电话,连游经理都知道这件事。"

"公司里怎么会知道?你请了公司的人参加婚礼吗?"

刘俊英摇摇头。这个漂亮姑娘愁云满面,没有一点要做新娘的喜气,格外招人疼怜。

"牛宏是什么态度?"

“不知道,我还没有见着他。”

“走！去找他,听听他怎么说。一开始的时候不是他建议你们在饭店里举行婚礼吗?”

“我就是来找他的,求他给想个主意。可现在又不想找他了,找他也没有用。”

“为什么?”

“这会使他为难。再说……他心里也许并不赞成我在咱们饭店里举行婚礼。”

“你这是什么意思?你是想说他跟你好没有好成,就嫉妒你,就生气,就报复?他会是这样的人吗?”

“不,不……我没有说他是这种人,可他也是人……”刘俊英自己也不知道想说些什么。

年轻人们看见了刘俊英也都围上来,尤其是姑娘们,她们对刘俊英的态度是各种各样的,有的眼热,有的瞧不起,有的亲亲热热想帮她点忙,有的就盼着她的婚礼举行不了,看着她闹点笑话。因此就七嘴八舌,说出的话各有各的味。

石心菊却趁机把牛宏找来了,并且简要地向他说明了情况。牛宏什么都知道了,他原打算不声不响,让桑原蓁和刘俊英的婚礼照样在春城饭店举行。事后公司若追问这件事,就说来不及通知新郎新娘,饭菜已经投料,无法更改。想不到“阶级斗争脸儿”孙连香已经先他一步通知了刘俊英,刘俊英也竟然傻乎乎地又找到饭店里来,这场戏不得不明敲明打,责任一下子全压到他牛宏身上了。不同意,对不起刘俊英;同意吧,要代人受过。而且这个“过”受得多么窝囊!

他假装什么事也不知道,高声说:“刘俊英,你准备好了吗?老桑跟我讲,三点钟客人们来,三点半派车去接你,四点钟准时举行婚礼,婚筵五点钟开始。这些你都知道了吧?”

刘俊英惊讶地望着牛宏一本正经的脸说:“牛经理……婚礼还能在咱们饭店举行吗?”

牛宏也故作惊奇,而且口气强硬:“哎,已经定好的事情不能再变卦了！你告诉老桑，谁变卦由谁包赔损失，饭菜已经投料，而且由我和郑师傅亲自上灶，好好卖两手。因为你是咱们店的职工，婚筵必须办出咱们店的最高水平，对得起春城饭店的声誉，这也是宣传咱们饭店的一个好机会。”

孙连香一见这么多人围着刘俊英，早就猜到是怎么一回事了，也凑过来，一听牛宏这样讲，便忍不住插嘴了：“牛经理，公司不是有话，不许在饭店大吃大喝、讲排场办婚事吗？”

牛宏心里很生气，这个“阶级斗争脸儿”有什么资格，以这样的口气对他说这样的话？她好像是政委、是支部书记！但牛宏的脸上却嘻嘻一笑：“你刚才不是告诉我了吗？可我不相信公司会那么傻，要搅散自己的买卖，有钱不叫自己赚，让给别人去赚，有这样干企业的吗？人们反对大吃大喝，这当然是对的。我们开饭馆的不能念这本经，假如大家都不吃不喝，我们只好关门，开饭店的还怕大肚汉？领导也只是叫大家不要拉账欠债去大讲排场，并没有把这一条写进法律，说谁办婚筵就是犯法。人家有钱，愿意在办婚事时，亲友欢聚一堂，热热闹闹，这不光是图形式、讲面子，大家欢聚一堂，无拘无束，三天无大小嘛，不要任何掩饰，也是为了恢复人的善良美好的天性，充分享受一下做人的快乐、生活的快乐，这也在情理之中！我们管不着，公司要想管，先得包赔我们的损失，每桌五十，五五二百五十元。”

孙连香很不服气，这个琢磨经理真是太不像话了，反对大吃大喝、大讲排场，这是政治，他却用一套生意经来搪塞，把脑袋扎到钱眼里出不来。她又抢白了一句：“不能因为搞了个作家，腰里有钱就在自己的饭店里臭美，要臭美到别的饭馆去。”

刘俊英受不了啦：“孙师傅，你把话说明白，谁臭美啦？”

“我没说你，反正有个臭美的，谁臭美谁心里明白。还有人嘴上说得天花乱坠，心里那点事谁还不清楚？拿着公家的东西送人情！”孙连香把心里话甩尽，拨头走了。

这就是老娘们儿吵架的水平，又想说，又不敢全说清楚，指鸡骂狗，胡搅蛮缠，吵得赢就吵，吵不赢就走。孙连香自知刘俊英人缘儿比自己好,牛宏又向着她,再吵下去自己没有便宜可占,她边走边说:"买好谁不会,大家都来买好,那么多活儿叫谁干?我们这儿人多,干活儿的多,咱也买不了领导的好!"

刘俊英又哭了,今天对她来说并不是个喜庆的日子,而是个倒霉的日子。她心里没有一点欢乐,她不结婚了,她不需要这种排场。她也不愿意让别人看到自己的眼泪,掉头想走,被几个姑娘拉住了。她们望着经理,那神色分明是在问牛宏:你说怎么办吧?

牛宏眨眨眼,嘴角出现了一条带有强烈嘲弄意味的直纹,显得他又嘎又坏。那双一贯露出诙谐神气的眼睛,看着刘俊英那副委屈难过的样子,也变得悲哀起来。他振作了一下精神,故意用轻松的口气说:"你们姑娘在出嫁前是不是都得哭一场?高兴过分了眼泪就特别多,特别需要哭……"

"牛琢磨,人家都急成这样了,你快说点真格的吧!"一个年纪稍大的服务员亲昵地骂了一声。

"说真格的,这叫好事多磨,越是这样越要把婚礼办得像个样子。这不叫臭美,这叫香美!作家追求我们店的服务员,这是全店的喜事,今天的婚礼上会来不少文艺界的名人,我们要举止优雅,说话大方,对得起饭店,对得起自己,不给刘俊英丢脸,这是第一。第二,外人结婚可以在我们店里办婚筵,本店职工为什么反倒不可以?我宣布:以后不论咱们店的哪一位结婚,都欢迎在本店举行婚礼、包办筵席,而且只收工本费,利润少算,花同样的钱保证比外边吃得好。只要我当经理,我就主张饭店靠大家,大家靠饭店。第三,李娟、梁彩,你们两个去换衣服,跟刘俊英一块走,帮她收拾打扮,当伴娘,一直保着她进了洞房才算完成任务。第四,晚上石心菊负责接待作家、画家、名人名流,领他们看看饭店,准备好笔墨宣纸,叫他们为我们店留点字画。大伙儿看这样行不行?"

"太好了,你这个经理够意思!"有几个也快要结婚的青年人首先表示支持。

这时候,石心菊却像变戏法一样,突然端来一盆仙人球,放在刘俊英的面前。

“哎呀,真好看!”许多人惊得叫了起来。

牛宏也看呆了,他没有想到这个刺刺拉拉的植物,开花竟会如此漂亮!仙人球像一个直立的哑铃,栽在土红色的宜兴泥盆里,顶端长出两个对称的刺球,如小儿拳头一般大。每个刺球上都斜着朝天开出一朵奇异的黄花,挺拔、俏丽、清雅。像小姑娘头上的两个朝天髻儿,又像两个灿灿放光的金星。

石心菊说:“俊英,今天你结婚喜庆,本应该送给你花色艳丽、气味芳香的一品红、牡丹花,可我只会种这些球球蛋蛋的丑花。植物不论长得多丑,开花的时候总是逗人喜爱的,仙人球开花象征着团圆和睦、永久相爱,送给你放在新房里,不知你喜欢不喜欢?”

“我喜欢,非常喜欢!谢谢你,小石。”刘俊英抚摸着花盆,显出十分珍爱,又十分感动的样子。

牛宏的眼睛看看石心菊,又看看仙人球。石心菊的话在他的心里引起震动,这个瘪脸、塌鼻子、小眼睛的姑娘,一下子变得并不那么丑了,显得洁净、善良、刚强,身上似乎有一种深藏不露的吸引力,就像这仙人球开花。

对,人也应该像花一样,一生中总要有个开花的时期!作家写出好作品是开花,运动员得了冠军是开花,钟警深开过花,游刚年轻的时候说不定也开过花,任何人都可以开出自己的花。自己在春城饭店的这段时间应该是开花期,如果这段时间开不了花,往后就更难开花了。最好能像石心菊培养仙人球一样,施肥浇水得当,让每一个人都开花,已经开过去的重开,那春城饭店就会成为群芳争妍的大花圃了。

“牛宏,你是不是恨我?”

牛宏从仙人球上收回目光,发现会议室里只剩下他和刘俊英了。他没有听懂刘俊英刚才的话,用惊异的目光望着对方。刘俊英美丽的眼光也正大胆而热烈地盯着牛宏:

“你瞧不起我吗?”

“你这是什么意思?”刘俊英异样的眼光把牛宏的心头搅乱了。

刘俊英低下头，两腮泛红，面带羞容："……我很佩服老桑，他好像什么都懂，对什么事情都有自己独特的看法，我跟他在一起总是听他讲，我插不上话，感到拘束。跟你在一起就没有那种感觉。也许我不该嫁给他，可是他说他爱我。牛宏，我心里真是矛盾极了！今天结婚，可我并不感到很幸福、很快乐……"

这一番话把牛宏闹蒙了，他不敢说对，也不能说错，这个爱动脑筋的牛琢磨，不能为眼前的姑娘提出一个有价值的建议。

刘俊英的眼里又蒙上了一层泪水，她靠近牛宏，声音低低地说："我不是一个好姑娘，牛宏，以后你就彻底把我忘掉吧！"

刘俊英披散的长发，期待的目光，鲜艳的嘴唇，使牛宏周身火烧着了一般，血液冲动，感情激荡。

刘俊英轻轻叹了口气，满面羞红，一声不响地抱起仙人球向门口走去。牛宏怔怔地望着她的背影。他有些后悔，甚至咒骂自己不是个男子汉。可，可……事情已无可挽回，留恋这些往事，只会把自己搞得更尴尬、更难受，既对不起别人，也对不起自己。他默默地望着刘俊英走出房门，自己还站在会议室里发怔，赵永利突然推门走进来，那种神情仿佛是有话要说。呀，他不是"政治哑巴"吗？从来没有主动地跟别人说过话，难道真是——

逼得哑巴说话

"丁零零……"经理办公室的电话铃又响了。

牛宏抬起头来，看着电话却不想去接。他知道这电话一定是找游刚的，游刚不在房间，他又不愿意去找，不如不接。可是电话铃很有耐性地持续不断地响着，吵得牛宏心烦，他不得不抄起了话筒。

"喂——"

对方一下子就听出了他的声音，十分高兴："你是牛经理吗？"

牛宏却只想着游刚，把话听错了，而且口气很不耐烦："我不是游经理，他不在！"

他说完就想放掉电话,耳机里突然传出来一阵笑声:“你这家伙怎么搞的?才几天不见面就把自己的老部下全忘了!我不找游刚,我要找牛宏牛经理。”

牛宏举着听筒呆住了,对方是谁?声音陌生,口气随便,春城饭店似乎没有这样一个人。被撤职两个多月,他已经不习惯在自己的“牛”字后边加上“经理”两个字了。

“喂,牛经理,你怎么不说话?”

“你是谁?”

“你真的听不出我的声音?太不像话了!我是赵永利。”

“你?哑——”

“‘政治哑巴’!”

“永利,你好?”

“我不好,而且很糟糕,我们都觉得是叫你骗了!你叫大家开花,你叫我别当哑巴,我们都听了你的话,有的正在开花,我也开始说话,你却拍拍屁股扔下我们逃跑了,我们能饶过你吗?”

“政治哑巴”居然以这样亲热戏谑的语调取笑他,挖苦他,使他心里感动而又惭愧:“永利,那天正好轮上你休息,没有看到我是怎么被撤职的,我不是逃跑……”

“得啦,得啦,我全都知道,咱们见面再谈,你赶快到康乐冷食店来,我在三楼雅座等你,请你吃冷食。”

“这……”

“什么这个那个,你快来,我有话跟你说。如果等二十分钟还看不到你,我就到公司去找你。你别太不够哥们儿了!”赵永利不等牛宏再解释就放下了电话。

牛宏自从离开了春城饭店,就再也没有回去过,他说不清自己是出于一种什么心理,不愿意见到春城饭店的同伴。他在饭店里什么话都说得出,什么事都做得出,撒得开,收得拢,可独独害怕亲人和好朋友。被撤职的当天晚上,他回到家里向大姐倾吐积愫,他软了,他厌烦了,他感到筋疲力尽,他不愿再强鼓着劲儿干下去了,要成就一番事业太难了，他是凡夫俗子，不是那种有作为的人，他不愿意再演戏，想恢复自己本来的面目，羡慕过一种平稳的、安全的、与世无争的生活。他以为大姐一定能理解他，关心他，谁知大姐把他臭骂一顿，骂他不争气、窝囊废！半途而废，对不起国家，对不起群众，更对不起自己，对不起自己的人格，对不起自己的良心，对不起自己的责任！他完全可以过一种有智慧的生活，现在却又倒退回愚蠢的泥坑。只有傻瓜才不懂得运用策略和手腕。在人的生活中有些失误是一生也不能挽回的！要千方百计防止发生这种失误。大姐鼓励他继续干下去，利用被撤职这件事公开自己的主张，宣传自己那一套办法，纵然不能重回春城饭店，也要掀起一场轩然大波，让群众明白是非曲直，牛宏虽然是昙花一现，也能留下点香气！

于是，牛宏采取了现在的这种方针。但他尽量躲避着春城饭店的伙伴儿，害怕听到他们同情和鼓励的话。他现在不怕讥讽和嘲骂，却讨厌别人的可怜和安慰。只有弱者、可怜虫才愿意接受别人的安慰。今天，"政治哑巴"赵永利一反常态，不到公司来找他，不到家里去看他，却邀他到"康乐"吃冷食，天气还不算太热，吃的什么冷食？显然是那儿清静，说话方便，他不能不去。

牛宏站起身，稳了稳心，从里到外都恢复了常态，才走出了经理办公室。他神态潇洒，举止机敏，步行还不到十分钟就来到了康乐冷食店。眼下刚是初夏，吃冷食的人不多，楼下的大厅里却坐了喝红豆粥、吃西式糕点和购买有名的康乐什锦元宵的人。牛宏暗暗佩服康乐冷食店的经理会做买卖，冷热齐备，冷有冷的名牌货，热有热的名牌货，一年四季买卖都兴旺。他走上了三楼，赵永利已在楼梯口等候。

"你可来了，大驾真难请！"赵永利迎上一步，没有跟牛宏握手，却扳住了对方的肩膀头，他的手劲儿很大，眼睛盯着对方："好家伙，这两个多月我们都瘦了，你倒关在屋里焖得又白又胖。听说你在公司里大闹天宫呀！"

"政治哑巴"果然变了，牛宏用惊异的目光打量着赵永利。记得去年春天，刘俊英结婚的那天中午，赵永利闯进来似有话要说，结果只说了句公司来电话找牛宏,如果牛宏不愿接,他可以代替接这个电话。牛宏猜到了电话里可能会说些什么,他不能把责任推给下边的职工,就一声不吭走出会议室去接电话。从此,哑巴还是哑巴,再也没见赵永利有说话的欲望。想不到他一离开春城饭店,哑巴立刻会说话了。

赵永利没有理睬牛宏疑问的目光,领他来到一个优雅的单间小餐室,石心菊和刘俊英早就坐在里边等他们哩。牛宏突然感到一阵羞愧,不敢看她们,尤其不敢碰刘俊英那双好看的大眼睛。两个女的倒很大方,站起来和他握手,四只眼睛从他一进屋的时候就不错眼珠地望着他,好像要从他的眼睛里挖出点什么秘密来。

刘俊英:"牛宏,你是吃冷的,还是吃热的?"

"给他吃冷的,败败心火!"赵永利抢先替他回答,"今天不是我请客,是老桑和俊英请客。老桑说好了先来,不知为什么到这时候还不到?"

"准是又写得上了劲儿忘了时间,别管他,咱们先吃先谈。"刘俊英为丈夫误了大家的事感到不好意思,也很生气,她叫服务员端来了四喜雪球、鸳鸯冰激凌、橘子水、啤酒、红豆粥、热元宵,还有两盘糕点。满满摆了一桌子。

两个多月来,牛宏被排斥在生活之外,不管他表面装得如何满不在乎,内心却是十分痛苦。今天见朋友们对他这样,心里发热,他说:"要的东西太多了,吃不了。"

"没关系,俊英不怕花钱,今天就是要换你一颗人心,试试你对春城饭店到底变没变心。"赵永利一下子变得十分严肃了。

牛宏抬起头,迎着赵永利的目光:"有话就直说吧,店里怎么样?"

"不怎么样,很不怎么样!一切全乱套了,再这样拖上半年,饭店就彻底垮了。你虽然花了很多心血,费了近两年的时间,毕竟是底子不厚,基础不牢,怎经得住别人冠冕堂皇地打着上级指示来冲击?"

牛宏露出满不在乎的神色:"没有办法,眼不见心不烦,谁有办法就叫谁去干吧。"

"你的心里真的不烦?"赵永利却逼住他不放,"你的事业被别人夺走了,能不烦?你心爱的东西被别人砸碎了,也不烦?你的心血被别人糟蹋了，还不烦？”

牛宏的脸色变了，讲实话他的心里很烦，他留恋春城饭店，留恋在那里的工作，能够主宰自己和饭店的一切，凭自己的智慧和责任可以去办一切自己认为是正确的事情。他并不看重经理这个头衔，他在春城饭店那样干，愉快比对自己前途的担心更来得强烈，他几乎是不可抑制。因此，开始的时候他没有把被撤职当做一回事，丢了经理这个头衔并不觉得太重要，可是很快就明白了，他的智慧，他的才能，如果不依附在这个头衔上面，对自己、对饭店都毫无用处。但他必须对一切人，包括自己的朋友，掩盖这种心理，要装得坦然，一副无所谓的样子。他避开赵永利钉子一样的目光，说：

“我说心里不烦是有道理的，我天生不是个能当官的人，大官更甭提，芝麻大的小官也当不好。我从小就不喜欢出头露脸，愿意一个人躲起来胡想乱琢磨，默默地过平静日子。谁知咱们这一代人命运都不大好，像河心里的一块木头，水流的方向就是我们的方向，忽而被冲上基层店经理的位置，忽而又被刷了下来。大小当个官儿，就得用两副嘴脸去应付社会上的虚伪，我讨厌作假，心里很苦。现在被撤了职，我可以恢复自己的天性，再也用不着紧张，用不着犯愁，踏踏实实地做人，轻松愉快地活着。我为什么还要自寻烦恼呢？”

石心菊和刘俊英的脸上都露出了惊讶的神色，赵永利的嘴角抽动了一下，仿佛有一种痛苦发出的光在他脸上闪了一下：

“你不用来这一套，这说明你对自己都不敢诚实。人活一辈子总是念念不忘自己的开花时期，常引以为荣，希望第二次、第三次重新开花。你也永远不会忘记在春城饭店的生活，而且不会为那段生活后悔。那不到两年的时间，胜过你像现在这个样子生活二十年。人总是有追求、有欲望的，只要活着心就不会死，世界上没有真正看破红尘的活人。关于这一点，咱们四个人中数我感受最深了……”

另外的三个人果然把惊异的目光都转向了赵永利，这个一向冷冰冰、不动声色的“政治哑巴”，突然变得感情激动，语言热烈。大家都没有插话，等着他慢慢说下去。

赵永利喝了一口橘子水，平息了一下自己的感情，接着说："我当过兵，打过仗，受过伤，还立过一个三等功。复员回来，我胸膛里还装着一颗学雷锋的心，可是睁眼一看，社会原来就是这个样子，哪里都有不合理，哪里都有不公平，早知如此，我何必拼死拼活地傻干呢？叫我当服务员不要紧，可是有谁配享受我为他的服务呢？我有一肚子牢骚，我也跟别人一样有资格发发牢骚，但我不愿意发，不是不敢，是不愿意，我好赖是个党员，好赖当过功臣，胳膊断了往袄袖里吞，只有装哑巴！我的心冷了，对社会看透了，不说不笑，不哭不骂，混吃等死。你到春城饭店里来了，我一看、二看、三看，我的心慢慢又热了，只要我们自己不灰心，完全可以干出个样子。我看着公司钟警深这个人行，还给他写了封信，要求春城饭店成立党支部，用选举的办法产生党支部书记，不要由公司派遣。把话说得再明白点，就是我想当支部书记，占住这个位子，不叫公司再派一个拆台派来，或者来一个'阶级斗争脸儿'之类的人物，由我跟你搭班子，全力支持你，就靠我们这伙年轻人把春城饭店办出个样子。也就是在这时候，你却落荒而逃了！……"

牛宏被赵永利的话深深打动了："不是我逃，是人家赶我。"

"赶你也可以不走。游刚用戗火的办法撤你的职，违犯党的组织原则，你可以不服从，当场抗议，为什么要上他的当，也用戗火的办法卸职？"这个问题是很难回答的，赵永利不需要牛宏做出回答，话锋一转，拉到正题上，"不管你高兴也罢，痛苦也罢，也不管你有几副嘴脸，我们喜欢你当经理时的那副嘴脸，大家都盼着你快回去。现在就要你一句痛快话——回去，还是不回去？"

牛宏面对着这样的朋友，这样的情谊，不能装假，只有实话实说："事情已经闹到了这步田地，回去不回去不取决于我了。别说是丢了那顶一钱不值的小帽子，就是丢了命也不能丢这么大的人！"

"当然得是公司里名正言顺地让你回去。这两个月我们也没闲着，向市委、公司党委写信、告状，老桑还把这件事写成了长篇报告文学，事情的确闹大了。我估计公司党委会吃不住劲，肯定还想让你回来，不然不会两个多月不派新经理来。现在的关键是你，总不能老是死硬到底。"

刘俊英把一碗热气腾腾的红豆粥推到牛宏面前:"你吃了那么多凉的,再喝碗热的吧,让凉热在肚子里打打架有好处。"

石心菊也插进来说:"有个哲学家说,人类愚昧的典型表现就在于过分热衷于手段,而忘记了目的。你的目的是什么?要把春城饭店办好。你是全公司唯一的一个三十岁以下的经理,带有对青年人的试验性质,你干好了会带起一批,往后也许还会提升新的年轻经理,你垮了就会影响一大片,什么青年人靠不住呀,不堪重用呀,我们有嘴难辩。"

"小石果然内秀,她这个说法太对了,这不是你一个人怄气争脸的事,你学这个学那个,就是不学韩信,光想伸不想屈。党还搞灵活性哪,你就一点灵活性不讲?公司领导要是找你谈话,叫你回春城,你一定要有台阶就下,见好就收。"

……

三个人你一句、我一句,引经据典,感情真挚,每个人说起来都是一套一套的。牛宏后悔以前没有真正了解他们,更好地取得他们的合作与支持。和这样一些有头脑,有独立见解,又是志同道合的人共事,是一种愉快。赵永利谈吐机敏,精明干练,身上看不出一点"政治哑巴"的痕迹了。更使牛宏感到新奇的,是石心菊身上突然闪现出来的思想的力量、个性的魅力。这一切像奇迹般地改变了她的容貌,显得性情敦厚,举止娴雅,就连那张略扁的平脸也透出一种稳重和善良,不但不丑,甚至有些漂亮了。坚强的人需要的是理解,而不是空洞的同情。牛宏决定接受朋友们的劝告,争取一切机会重返春城饭店。

刘俊英焦急地看看表,又把眼睛贴上玻璃窗望望下面的大街,盼望能看见丈夫那矮墩墩的身影,他的失约太叫人扫兴了,何况是讨论这么重要的事情。

服务员又走进来:"哪位同志姓牛?"

牛宏一怔:"什么事?"

"去接电话。"

"电话?谁会找到这儿来?"

"一个姓桑的同志。"

"桑原蓁!"三个人都跟着牛宏来接电话。

"喂,老桑吗? 我是牛宏。"

话机里传来桑原蓁那响亮有力的声音:"牛宏同志,今天上午你们公司的党委书记老钟找到我家里来了,刚把他送走,所以不能赴约了,非常抱歉。"

"唔,钟书记找你干什么?"

"就一个目的,劝我不要发表那篇报告文学。理由是,他说党委书记和作家是同行,职责都应该是净化人们的关系,净化人们的灵魂,不要让已经十分复杂的人事关系变得更复杂,火上浇油,扩大事态的发展。他说,当代不少作家的悲剧就是好心帮倒忙,写一篇报告文学去支持一个先进人物,结果反而使那个先进人物的处境更狼狈、更困难。如果我真的爱护你,爱护春城饭店,就撤回那篇文章,相信他会处理好'牛宏事件'……"

"你怎么回答的?"

"我答应考虑一下。小牛,这位钟书记头脑十分清楚,可以信赖。我给你打电话的目的,是叫你赶快回公司,他们说不定立刻要找你谈话。谈话时你千万不要意气用事,头脑要冷静,以事业为重。明天中午,我私人掏钱在春城饭店雅座款待你,欢迎你官复原职,见面再细谈。"

"再见!"牛宏放下电话,那三个人追问他桑原蓁在电话里都说了些什么,牛宏简要地重复了几句,他的脑子里已经在盘算怎样对付和钟警深或者游刚的谈话,自己应该持什么态度,提什么条件。

赵永利不放心,他叫石心菊和刘俊英先回饭店,自己保镖跟到了饮食公司。如果是钟警深和牛宏谈还好,倘若是游刚谈,他生怕再重演两个月前的那一场——

敲山镇虎反被虎咬

"牛宏,牛宏! 牛宏来了没有?"游刚恼怒地扫视着会场。

"来了,来了。"崔芬拉下耳塞,急忙站了起来。

"你是牛宏吗?!简直是胡来!"

会场上爆发出一声哄笑,各基层店的经理、副经理们非常开心。有些人私下里向游经理的耳朵里灌了不少关于春城饭店的坏话,根据老头子的神色、说话的腔调,可以断定今天有好戏可看了。

崔芬满脸通红,急忙解释:

"牛经理没有空,我是这个季度的开会代表。"

"哈哈,春城饭店尽是新鲜事,还有专门来开会的代表!"

"老经理,这个经验不错,应该大力推广。我回去也选个开会代表,得省去我多少事!"

"对,大家都这么办,以后公司再开会别找经理,找开会代表就行了。"

"哈哈哈……"

这些有身份的老年人、中年人,当他们聚在一起的时候,和一群普通的职工并没有两样。特别是当他们心里有了某种情绪的时候,因为他们的身份高、胆子大,有恃无恐,其表现并不比一般的群众更文明、更高雅、更有水平。

崔芬感到恐慌,手足无措,走也不好,留也不好,站也不是,坐也不是。

游刚强压住火气:

"开会代表算个什么职务?谁承认你?公司召开的是各分店的经理会议,且不说你该不该进来,你即便坐在这儿,能做得了牛宏的主吗?"

"牛经理说了,谁当开会代表就有权对饭店的事做主,实在主不了的事,再回去商量。不是我自己要来的,是大家选的。游经理,您不必把公司的会说得那么神秘,那么高级,我们没有一个人愿意当这个代表,给头等奖都不干,这是受洋罪的事!"崔芬也不是两年前那个受气包了,生完小孩儿以后的那一段邋遢时期已经过去了。身子早就恢复起来了,收拾得干干净净,打扮得漂漂亮亮,牛宏去了以后她心气顺畅,干活儿拔尖,敢跟任何人比。当过劳动模范,在工作上到底有几手真功夫。做人没有短儿,就不甘忍受别人随意的欺侮了。她冲着公司经理甩完了几句冷腔,提起小包掉头就走。

游刚有个毛病,一向对女人都比较客气,还喜欢和她们开个玩笑。他放缓了口气:“小崔,你回去马上叫牛宏来。不,等你回去就来不及了,你在公司先给他挂个电话,叫他立刻来!”

“我管不着,你们自己通知他吧。”崔芬头也不回地走出了公司的小礼堂。

“嘍,好家伙,春城饭店的人一个个都这么横!”

“老经理也是吃软怕硬,对我们有能耐,对牛宏毫无办法,连牛宏手下的人这样当众顶撞他,他也只好吃下去。”

游刚虽然没有全部听清中层干部们的小声议论,可是他猜到了,发过这种议论的不是一个人两个人,也不是一次两次。牛宏成了他最大的障碍,管不了牛宏,往后他就当不好这个饮食公司的经理。他叫手下的干部给春城饭店接通了电话,游刚拿过话筒:

“你是牛经理吗?”他打起了官腔,“我是游刚,你为什么不到公司来开会?”

“我们的代表没去吗?”

“什么代表不代表,公司不承认,我打发她回去了。今天召集的是基层店经理会议。”

“在我们店没有副经理,没有支部书记的情况下,由大家推选出来的开会代表,就可以行使副经理的职权,这是没办法的办法,而且我认为是个很不错的办法。您不应打发崔芬同志回来,伤害我们选出来的代表。”

“公司是叫你来开会,不是叫你再派个替死鬼来!”

“替死鬼?你认为开会是和死同样难受吗?”

“你不要胡扯,小崔能把公司的精神带回去吗?能代替你进行传达贯彻吗?”

“完全能够,这本来就是开会代表的事情。何况我们还专门买了个开会用的录音机,可以把会议内容全部录下来,回来播放。”

“别提你那个录音机了,开会的时候她插上耳塞听音乐。”

“这只能怪会议的内容不能吸引她。”

游刚受不了牛宏这种不慌不忙、冷静沉着的腔调,他提高了声音:“你不要胡搅蛮缠,立刻到公司来!”

“对不起,我被工作缠住了,实在走不开。”

“你还有没有组织观念?还承认不承认公司是你的上级?”

“我都承认,而且还承认公司党委派我到春城饭店来主要任务是把饭店搞好,并不是光为公司服务,每会必到。”

“你不了解上级精神,能把饭店搞好吗?工作要干,会也得开!”

“我一个人顾不了两头儿,远的不说,就说这个月,打击经济犯罪每周学习两天,学习新宪法集中讨论三天,讨论买国库券的意义每周两个半天,机构改革每周一、三、五下午,主人翁教育每周半天,还有计划生育,节水节电,五讲四美,新事新办,口号无穷,会议不断,经理同志,你算算,还给我们留下多少干工作的时间?”

不能再这样一句对一句地叮当下去了,游刚说:“我通知你了,来不来你看着办吧!”

他用力地挂上了电话,回到小礼堂却极力装得心平气和,对大家说:“牛宏还要等一会儿才能到,我们先议着。现在时兴民主,公司也要召开职工代表大会,然后就改革机构,党委改选。我把工作报告的草稿早就印发给你们了,今天就是征求你们对这个报告的意见……”

“老经理,咱们公司有十几年没盖房了吧?职工意见很大。”

负责基建的沈副经理把话接过来:“盖不了房,没有钱!”

“有人反映春城饭店的职工每人分了一套新房,可有这事?”

“那是附近一个小研究所盖房,研究所里要房的人不是很多,牛宏出了一半钱,盖好的楼房就分给他一半。”

“嘿,牛宏哪儿来的钱?”

“这你得去问他。”

“春城既然有钱,公司为什么不调上来?”

“凭什么?他各项指标都完成了,而且都有点超额,该缴的全缴了，你凭什么调人家的钱？"沈副经理也是一脑门子官司，"别说调，我找他借都不借给我。他说——你们正副经理加起来够一打，都找我借钱我应付不过来。你们商量好了，由一个人出面跟我谈。你们赚了钱就盖房，赚不来钱拉倒！"

"牛宏这小子也太狂了！"

负责生产的陶副经理一向支持牛宏，慢条斯理地说："这不能怪牛宏狂，只能怪我们这些人太无能了，又连续三个月没有完成利润指标。元旦、春节，这是我们饮食行业的黄金季节，你们各个饭馆却赚不上钱来，叫公司怎么办？"

"你们把奖金都卡死了，每月不许超过八元，下边的人谁还干！"

游刚摇摇头："这是市里的精神。"

"得了吧老经理，你就会唬我们，整治老实人，你的文件下去有半年了，春城饭店的奖金根本就没改，上个月每人还发了近四十元奖金。我的职工都不干了，哭着喊着要去春城当服务员，现在的人谁不见钱眼开？哪儿给钱多就愿意往哪儿去。你们公司的头头要搞一个章程，别搞两套，别像广东跟深圳似的把春城办成个特区。要管都管，要不管就都别管，不能管得了的管，管不了的不管。搞邪门歪道很容易，光为了捞钱谁都会！"

"牛宏能干，为什么不叫他到公司当经理？破格提拔嘛！"

……

大家攻击的目标不约而同又对准了春城饭店。牛宏——这个害群之马！如果没有他，大家都平平安安的各在自己的小单位当官坐天下，吃官饭，干官事，坐山为王。有了他就打破了平衡，破坏了安静。这小子好像灵机一动就把别人都超过了。有了差距群众就会比较，就会要求向高的看齐，就会对"当官坐天下"的干部产生不满意。说买卖话，牛宏这叫砸了别人的饭碗。说干部话，牛宏这叫破坏了别人的官运。怎能不叫这些中层干部们发火呢？他们一是学不了牛宏，不能冒那个风险，干工作可不能把身家性命都搭上。二是能学也不学，学牛宏岂不太栽跟头、太失身份！他们根本就瞧不起牛宏那一套。因此他们只剩下一条路可走，那就是咒骂牛宏，把他骂倒、骂臭、骂垮！恢复全公司的平静。

游刚被吵得耳根子发疼，头脑发昏。大家有的真生气，有的假生气，无法引导，又不能清理出几条像样的意见，会议在争吵中开始，在争吵中结束。大家对公司的意见集中在春城饭店和牛宏的身上。牛宏成了扎在游刚嗓子眼儿里的一根鱼刺，如果承认他这一套是对的，那么游刚经营饮食公司的那一套就全错了。这无论如何是办不到的！不解决牛宏的问题，游刚就要得罪一大批自己的老部下，这对他在党委改选和机构改革中的地位是大有妨害的。因为他还不想引退，还不想撒手闭眼。他似乎还有许多事情没有办，各种欲望随着年龄的增长不仅没有消失，反而更强烈了。年轻时开玩笑，说能活六十岁就满足了。现在活到了六十六岁，却很不满足。

吃过午饭，游刚坐车来到了春城饭店。牛宏和饭店的职工们不可能不认识他的小汽车，认不得汽车也认得人，竟没有一个人出来打招呼，这使游刚心里好生不快，他到其他基层店去都不会碰到这样的冷遇。他走下汽车，看见饭店门前还停着三辆小轿车，心里为之一动：坐小汽车的人物还有到这儿来吃饭的？难怪这个店的人都这样大气哩！

游刚正要推门而进，门却自动开了，穿着笔挺的邱二宝迎上前来，口齿伶俐地说："经理同志，您好！是视察，还是吃饭？要视察请到经理室暂坐，要吃饭请到楼上雅座，只剩下五个外国客人还没吃完。"

"我找牛宏。"

"牛经理正给待业青年讲课，您请到经理室稍坐，我去叫他。"

这不就是邱傻子吗？完全像换了一个人。虽然有一点装模作样，但比过去那种浑身野气、满嘴粗话要强多了，待人大方，彬彬有礼。凡是认识游刚的服务员们，都过来跟他打个招呼，然后再去忙自己的工作。虽然不是一群一伙地围着他，说着讨好的笑话，仰着巴结的媚脸，但都很懂礼貌。游刚不经常到这儿来，每来一次都发现一些新的变化。牛宏这小子倒真有一些怪招，把手底下的这帮人玩儿得花花转，他好像有一种善于驾驭人的特殊的力量。

按理说，一个大公无私的经理，或者是一个资本家的经理，看到下边的基层店办成这个样子都应当高兴。可是游经理不仅不高兴，反而觉得不舒服，心里不是滋味。他想的是什么呢？既不是为了社会主义的“功”，又不是为了资本主义的“钱”，然而他确确实实又是吃我们的大锅饭活着的。

游刚没有到牛宏的办公室去，他在一楼的各个房间里转着，有时亲切地和职工交谈几句，有时则不动声色地观察着，一副高深莫测的样子，使人摸不清他是为什么事情来的。只有崔芬心里多少明白一点，他很可能是为牛宏没去参加公司召开的会议而来。因此崔芬在打扫餐厅的时候故意把电镀铁椅子弄得乒乓乱响，碗筷哗啦啦，连走路也像旋风一样带着一股火气，脚步咚咚响。孙连香听说游经理来了，从洗碗间出来，鞍前马后围着游刚转，主动介绍饭店的情况。

游刚问：“牛宏给待业青年讲什么课？”

孙连香说：“唉，别提了，我们饭店赚了点钱，他被这点钱烧得难受，拿出去投资，办代销点，就像我们的分店一样，卖我们的产品，打我们的旗号。他就不想想待业青年有几个是好小子，赔了钱、砸了招牌，职工有意见，牛宏也被缠得拔不出腿来了！”

“你们店敢私自向外投资？”

孙连香放低声音：“牛宏是个贼大胆，没有他不敢干的事……”她突然又收住话头，因为牛宏已经朝这边走过来了。

牛宏脸色很难看，显然也是闷着一肚子火气。但不是因为游刚来到饭店兴师问罪，他是生自己的气，恨自己无能。饭店越办摊子越大，问题更复杂，困难更多，比他的估计还要复杂十倍，困难十倍，他处处感到力不从心，智穷才尽。更为可悲的是人心从不满足，大了还想大，好了还想好，大概只有天才才会把握时机，急流勇退，见好就收。

“游经理，叫您久等了，真抱歉！”

“你架子大，请不动你，我只好上门来看你。”

牛宏的脸刷地一下涨得通红：“到办公室坐吧。”

游刚故意装得很随便，一屁股坐在电镀椅子上：“这儿不挺好吗？

清静，凉快。”

“游经理，你们谈吧，我去刷碗。”孙连香识趣地走了。

“牛宏同志，你对公司有什么意见吗？”游刚亮开了架势，打起了官腔。

牛宏望着自己的上司没有搭腔。他不能说没有意见，可也不想在这种时候向游刚提什么意见，对方的神色显然也不是征求意见来的。这几乎是我们队伍里的一种惯例，在谈话进入实质性问题之前，总要先打官腔，他控制着自己，忍受着这可恶的官腔。

“有意见就敞开谈嘛！”

牛宏本想说：现在的时间、地点、心情都不适宜交换意见。可话到嘴边也变成了一句官腔：“没有。”

他只有也打官腔，才能引出对方要说的话。

“那为什么公司召集会议你不参加呀？”

“我在电话里已经跟您说清楚了。”

“噢……听说你们店把赚来的钱又拿到外面去投资？”

“有这回事。我们不能像过去的土财主一样，把赚来的钱放在瓦罐里，再埋到地下藏起来。应该让钱生钱，钱变钱，我把饭店看做是活细胞，而不是死砖头。”

“先不说这样做是对是错，你不觉得在办这件事之前应该跟公司打个招呼吗？”

“跟公司打招呼当然也可以，可是并没有一种条文规定非打招呼不可。如果我事前请示公司，十有八九会办不成，公司会不说同意也不说不同意，无限期地拖下去，因为谁批示同意，将来出了问题就要担一部分责任，哪个领导愿意冒这种风险呢？我自己决定，出了问题由我自己负责，公司领导可以理直气壮地当批评者，这正是我对公司领导的爱护和体贴。”他的话很对，但说得太损了！

游刚一开始想漫天撒网，不让牛宏摸着自己此行的真实目的：“全国正开展打击经济犯罪活动，你们店的进展如何？”

“打击的是犯罪活动，我们这里没有。有人多吃几口，小拿小摸，还称不上是坏人。”

“你们这里没有？财贸、饮食行业成天和钱粮物打交道，是重点，你敢打保票？”

“我是经理，当然敢打保票！”

“你好像对上级派下来的中心任务有一股对立情绪！”

“不是对立，而是要保持相对的独立性。不管单位大小，当一个领导要是以上级的脑子当做自己的脑子，那是最危险的！”

游刚的脸色越来越阴沉了：“这么说你可以不要上级领导，不听党的指挥了？”

“游经理，你不要用这么大的帽子吓唬我，我这个人可胆小。我的意思是说，基层店的小经理不能老跟着公司大经理的屁股转。今儿个您说东，我们向东；明儿个您说西，我们向西；后天你又说东，我们再向东；大后天你又说西，我们返回去。这受得了吗？”

“我是大草包、大笨蛋瞎指挥？你要拿出证据来！”

“您不要生这么大的气，我没说这种话。一九七九年您说可以多发加班费，一九八〇年又下令一分钱的加班费也不许发。一九八〇年规定奖金随便发，去年又说奖金不许冒顶，最多不许超过八元钱。您指挥小经理是很容易的，可小经理再去指挥群众就不那么容易了。政策没有个连续性，没有个永久性，怎么取得群众的信任？领导不能老是左右打自己的嘴巴！”

牛宏深深地刺伤了游刚的自尊心。饮食公司的老人跟游刚说话心里都有个界限：不能触犯老经理的权力、尊严。资格老的人最忌恨别人瞧不起他，牛宏恰恰给自己的上级造成了这种印象。

“好吧，你既然谈起了奖金，咱就把话说明吧。从下月起，你们店的奖金也必须按公司的统一规定改过来。这不是我一个人定的，是根据市里精神，党委讨论通过的。”

“我不能执行这个规定，那样会破坏职工的情绪，失去群众的信任。表面上看国家是节省了几千元的奖金，实际上国家将要损失几万、几十万以至几百万！公司只应该按八项指标考核我，我保证每一项指标都不会低于同规模的饭店。至于怎样办饭店，请不要干涉太多。”

“什么？什么？这是国家的饭店，不是你私人的买卖！”

“您叫我当这个饭店的经理，我就要按自己的想法干！”

“好啊，你也太狂妄了！从现在起我撤掉你的经理职务，写出检查再说！”

“什么？这可是您说的？将来可别赖账？谢谢您把我解脱了。”牛宏突然给游刚鞠了一个九十度的大躬，站直身转头就走。走了几步又停下来，对游刚说：

“实话对您说，从一上任那天起，我就不想当个完人，不想当个让您满意的人。像斯大林那样的大人物还三七开哪，我是个凡夫俗子，只要五五开就行！但我对得起国家，对得起群众，对得起自己的良心和责任。再见！”

邱二宝躲在屏风后面偷听了这场谈话的全部内容，当他感到形势不妙，跑到后面把石心菊和长寿眉师傅找来，两个经理全不在了。

这才叫真戏假唱，弄假成真。下一章请看——

话不投机也要谈

公司党委书记钟警深在楼道里碰上了赵永利，十分高兴地喊住了他：“小赵，你来得正是时候，赶紧坐我的汽车回春城饭店，把你们店的共产党员和会计都叫到公司里来，要让会计带上这两年来你们店的全部账目。快去快回，我等你们。”

赵永利心里暗吃一惊，知道事情有变，却又不便多问。他只好掉头往楼下跑。

钟警深路过财务科的时候又叫上了总会计师杨森，这个老头儿白发白眉，却脸色红润，精神矍铄，一副老派知识分子的味道。两个人走进党委书记的办公室，钟警深请老会计坐下。

“杨总，春城饭店的账目是您亲自核对的吗？”

“是的。”

“没有发现什么漏洞？”

“决无差错，他们的会计和账目是全公司最出色的。”

“您不要把话说得太绝对，您看，他们饭店还出了这样一个账本——”钟警深把孙连香那个小账本递给了总会计师。

杨总感到很新鲜，摘掉眼镜，认真看了一会儿，哈哈笑了：“这是黑账本、小报告，不是正大光明的人所为，不足为凭。”说着一扬手，把那个账本扔到党委书记的办公桌上，不屑地耸耸眉毛，重新戴上眼镜。

“杨总，不要小瞧这个黑账本，它记载的两笔账值得注意，一是修地板，二是安装锅炉，牛宏都是请私人干的，私人哪来的发票呢？没有发票怎能报账呢？倘若牛宏用白条报账，这难道不是漏洞吗？怎能证明他清白呢？……”

“等等，让我想想。”杨总把雪白的头发向后抹了抹，好像他的记忆和智慧都储存在头发里，用手抹上两抹，记忆的大门就开了，智慧就放出了火花：“对，有这回事。我查账的时候就注意到了这两张白条，而且找沈副经理核对过。春城饭店基建没有收尾，牛宏去了以后找公司要钱，公司的基建费早就花光了，沈副经理叫他自己想办法。每张白条上都写着承包人的姓名、地址、过去的单位和职业以及他们的签字盖章，联系人、主办人盖章，还附有正式的合同书，最后经牛宏和沈副经理的签字才能上账。无懈可击，无懈可击。”

“唔……”

游刚推门走进来，他早就看见钟警深已经和桑原蓁谈过话回来了，他想知道谈话的结果，还想知道老钟对打击经济犯罪办公室那份报告的态度，他等着钟警深找自己。可是从上午等到吃午饭，吃过午饭又等到下午上班老半天，还不见党委书记的动静，他沉不住气了，不能再傻等下去了，主动找到钟警深的屋里看看虚实。钟警深让他坐下，把老孙的报告和孙连香的账本都递给他：

“你来得正好，先看看这个。”

游刚装做什么也不知道，又把这两样东西草草翻了一遍，然后用一种夸大了的口气说：“这就严重了，而且问题的性质也变了。你的意见哪？派不派工作组？"

杨总抬起眼睛，用莫名其妙的目光望着游刚。

钟警深说："我刚才征求了一下杨总的意见，他核对过事实，好像并不像孙连香的账本上记载的那样。是吗，杨总？"

"首先是没有问题，因此，'性质'、'严重'之类的话根本用不上。"

在杨总说话的时候，钟警深又给沈副经理打了个电话，叫他马上来一趟。他手里的话筒还没有放下就响起了敲门声，杨总起身拉开门，门口站着赵永利、崔芬和抱着一个大皮包的石心菊："呵，请进！"

杨总格外喜欢自己的小同行，拉着石心菊坐在自己身边的沙发上。这时候沈副经理也脚挨脚地进来了。

钟警深说："因为事情紧急，来不及提前打招呼就把大家找来了。有人告牛宏同志有经济问题，我想核实一下……"

春城饭店的三个人心里都吓了一跳，虽然他们不相信牛宏会有问题，可是闹不清发难者的来头有多大。

党委书记那钩子似的目光看着他们三个："小石同志是会计，当然要介绍真实的情况，赵永利、崔芬两个同志是共产党员，要站在党的立场上如实地反映情况……"

杨总把孙连香的账本递给他们三个，崔芬看了两页就气得叫了起来："这是孙连香记的，她一贯爱整别人的黑材料，全是诬蔑！"

钟警深严肃地说："崔芬同志，你要以党性保证，不对群众讲出这件事，不准对孙连香同志进行报复。"

"哼，这个害人精！"

石心菊心里的一块石头反倒落地了，她坦然地打开账本，取出那两张白条，从从容容地说："牛经理提出我们饭店的二、三楼改成雅座，铺人字形木地板，又好看又结实，找到国营安装公司，他们提出要等一年之后再说，安装费七千元。由我们店的李师傅介绍了三个退休老木工，每人每天给十元钱，中午由饭店管吃，干了七天就完成了，总共花了三百六十元。每天中午陪着吃饭的是李师傅，牛经理只抓质量和进度，从来不陪吃陪喝。安装锅炉也是一样，邱二宝的父亲是发电厂的副厂长，他给我们找了五个安装工人，管了一天饭，每人发了十元钱，当天就把锅炉安装好了。”她说完就把白条递给党委书记。

沈副经理肝火很旺地插了一句：“这事我都知道，真是没病找病，有这个工夫干点正事不好吗！”

赵永利说：“但是孙连香记的那两句话——找国营不如找集体，找集体不如找私人，这是真的。牛宏很快就意识到这一点了，先干后讲，或者只干不讲，一说走嘴就被人抓住了，不如闷头干出成果来，用成果说话就有说服力。我认为牛宏已经是一位非常成熟的基层店的经理了。”

钟警深说：“好吧，你们三位同志先到杨总会计师的办公室里等一下，我也许还有事情要找你们。”

赵永利他们三个人退了出来，也迫不及待地想议论一下孙连香的账本，商量以后怎样提防这个人，怎样提醒牛宏知道孙连香的底细。他们声音很低，却无不咬牙切齿。

钟警深打破惯例，用迅雷不及掩耳的办法查证牛宏的经济问题，孙连香写的黑材料，打击经济犯罪活动办公室送来的报告全不攻自破，往春城饭店派工作组一事连商量的价值都没有了，这一切都是为了堵住游刚的嘴，不让他再节外生枝，按自己想好的办法赶快解决“牛宏事件”。他说：“老游，你说怎么办？”

游刚闷头抽烟，没有吭声。

“我们姿态越高就越主动，最好你亲自找牛宏谈一下，承担责任，叫他明天回春城上班。”

杨总说：“应该如此，应该如此。”

沈副经理说：“什么事都是开场容易收场难，越拖越被动，现在大家的闲话太多了，还有人说牛宏可能要留在公司当经理……”

游刚心头一颤，还是沉住气不吭声。

钟警深又将了一军：“你实在不愿意谈，只好由我代表党委出面了。”

“好吧，我去谈！”游刚掐灭了烟头，站起身来。

钟警深说：“稍等一下，我还有个建议，春城饭店不能再让牛宏一个人跳独角舞了，让他们单独成立支部，由赵永利担任支部书记，他是从部队下来的三等功臣,很有点政治头脑。然后再给他们派一个,或者干脆叫他们自己再选一个副经理。你看行不行?倘若你没有意见,就只管去找牛宏谈话,我召集常委们碰一下头,如果大家都同意,立刻就办。”

但此时此景游刚又能说什么话?他只能表示同意:“好吧,我没意见!”

他走出了党委书记的办公室,想好好考虑一下怎样对牛宏开口。可是他脑子发涨、发麻,零件似乎全部失灵了,无法考虑正事。老钟的办公室和他的办公室只隔着几步远,容不得想出眉目他已经来到了自己的办公室门前,不能再“三过其门而不入”了,他推门进去,坐在自己的位子上。

这回该轮上牛宏不抬眼皮了,他明明知道进来的是谁,却装做没看见。嘴里哼着小曲儿,专心地摆弄一台很小的收录两用机,他的兴致倒蛮高!一见牛宏这副神态,游刚的心里就气得冒烟。但又不能发作,忍了忍气,用不着拐弯抹角,谁心里都明白是怎么回事,干脆直话直说吧。

“牛宏同志,看来我得向你赔礼道歉哪!”

“游经理,这是从何说起?”牛宏抬起头望着游刚,这小子不动声色,装傻卖呆,实在不好斗。

“我们都不要装假了。没经党委研究我就撤掉了你的职务,不符合组织手续,是无效的,你应该回去上班,继续工作。”姜是老的辣,他不提牛宏有没有问题,也不说自己私自撤掉牛宏的职务是错误的,只说“不符合组织手续”,这就给将来翻案留了退身步。

牛宏毕竟年轻,没有听出来,只顾往外放气:“不论大小,我也是公司任命的春城饭店的经理,就那么不值钱,你舌头一动,说撤就撤,叫回去就回去?”

牛宏眼睛一眨也不眨地盯着游刚,神色不恼也不笑。他年纪轻轻不知从哪儿学得这么沉得住气!

“好吧,谁叫您是公司的领导呢?我们的老前辈,今天能主动向我赔礼道歉已经很难得了,但也应该有个仪式。您撤掉我职务的时候,我给您鞠了一个九十度的躬，现在您要恢复我的职务，也得向我还一个礼吧！”

“你——”游刚的老脸憋得通红，他凭什么要受这个小兔崽子的耍笑和侮辱？可又无言以对。

“哈哈哈……游经理，架子放不下来，脸面拉不开，是吗？可是别人一旦触犯了您的尊严，就丝毫也不顾及别人的脸面了。动不动就说‘我撤你的职’！这个公司要是您私人开的买卖就可以这样干，您撤了谁的职，谁就得失业、挨饿，那撤职才有威慑力量。现在咱们吃的是大锅饭，您又最欣赏这一套，因为这一套可以省心省力省麻烦，保官保命保职权，在您的领导方法里除去私心，还有多少是您自己的东西？我不过是想在大锅饭里多少搞一点小灶，就惹得您暴跳如雷。别忘了吃大锅饭是不怕撤职的，您说‘我撤你的职’，就如同说‘我叫你去休养’一样。今天您又找我来，显然是想结束我的休养期啦……”

牛宏一席话东盘西绕，连挖苦带损，说得游经理走也不好，留也不好，恼又恼不得，气又气不得。

牛宏这下可出了气啦，杀人不过头点地，他立刻改换成一副谈工作的严肃认真的口气：“好吧，您既然把话说到这里，明天一早我就回春城饭店上班，回去后先开两个会，一个是春城饭店的全体职工座谈会，一个是春城里居民代表座谈会，题目是一个：春城饭店今后应该怎么办？请您务必参加。”

游刚不知道牛宏这是又捣什么鬼，闹不好这两个会就会开成对游刚的批判会，牛宏手下的那帮小青年没有一个是好惹的。可是身为公司的经理，拒绝参加这样的会是说不过去的，他只好答应下来：“好，我去。”

“还有，我把今天咱俩的谈话录了音，我想您是不会反对的。”

游刚怔住了，桌上那个不起眼的收录机的磁带果然还在轻轻地旋转着。他心里怒气往上攻，为了不发作出来，没有搭理牛宏，径直走出了办公室。

这都是：开场像一次玩笑，结束也像一场笑话。最后请看——

尾声——生活不会给人以大团圆的结局

当牛宏走出饮食公司的办公大楼，看见赵永利、崔芬、石心菊正站在对面的马路边上等他。他紧走几步，握住了赵永利伸出的手：

"赵书记，我是先表示欢迎你哪，还是先感谢你？"

"你就把这一套全免了吧！我只希望你经过这次事件不要把锐气都磨没了。"

"你和崔芬先回饭店布置明天那两个会，我跟石心菊再去办点别的事。"

赵永利一怔，然后转身冲着石心菊偷偷地挤挤眼："那好吧，我们先走了。"

牛宏接过石心菊的大皮包，扶了一下她的胳膊，两个人信步沿着大街往前走去。

"你叫我跟着办什么事？"石心菊问了一声。

"到南京理发店给你烫头，保证好看！"牛宏不敢看石心菊的眼睛。

石心菊停住了脚步："哎呀，这算什么事，我是不烫头的，谢谢你的好意，我回饭店去了。"

"等等，"牛宏拉住了小石，"试试嘛，烫完了要好看呢，就留着，不好看再改过来。"

"脸长得不好看，单是把头发烫成花有什么用！"

"你的脸也很好看，甚至可以说很漂亮。"牛宏已经慌不择话，不知说什么好。

"牛经理，你今天是怎么啦？这明明是假话，叫人多不好意思，你不嫌肉麻？"

牛宏心里更慌了，石心菊是个实实在在的姑娘，不应该跟她说假话，改口说："对，你是不漂亮，也可以说比较丑，可是我喜欢你，看你好……"

"你说的什么呀！"石心菊快步向前走去，离开了牛宏。

牛宏以为是小石听自己表白了心意，感到害羞，他又追上去，小声说:“我说的都是心里话!”

石心菊也低低地说:“我早就和赵永利订婚了。”

牛宏怔住了,满脸通红,又羞又愧:“我该死!我实在不知道,对不起!”

石心菊非常可怜他:“满凤哪?”

“我被撤职以后就散了。你和永利的事我真的不知道,对不起,对不起!”

牛宏把皮包塞给石心菊,掉头跑了。

石心菊站在大街上,怔怔地望着牛宏远去的背影。

1982年7月24日至8月30日

悲剧比没有剧好

上篇

一

一股强大的电流，闪闪如银带，把天和地拴在了一块儿，立刻爆炸出一串响雷，楼房一阵颤栗。富胜康猛地睁开双眼，翻身从床上坐起，睡意顿消。其反应之机敏，动作之利索，完全不像个五十岁出头的人。窗外一片迷蒙，万道水帘遮住了视线。雨柱像鞭子一样抽打着楼顶，发出噼噼啪啪的声响，楼群在暴风雨中呻吟。

宇宙好像乱套了，冬天不冷，夏天不热，该下雪的时候无雪，该下雨的时候没雨，眼下已进立秋，却泼下一场如此凶猛的大雨。富胜康看看表，还不到七点钟，雨是什么时候开始下的，一点响声也没有听到。"五加参茶"真是好东西，自从喝上这种茶，夜夜睡个好觉。不，在没有饮用"五加参茶"之前，他也很少失眠。他心境平和，没有可值得着急上火的事情。

部机关里当然也不是一块净土，明的暗的，一帮一派，真是一部活"三国"。你要说出了什么大事了，也没有；你要说大家很团结，也不是。部长们各自一个办公室，十天半月不准见上一次面，连接他们的纽带是各种各样的文件。外人以为头头们只是在文件上画圆圈儿，岂知这圆圈里的学问也大得很。B部长看见了A部长画的圆圈儿，就如同看见了A部长这个大活人：他为什么要画圈儿？他的思想、他的态度全都一目了然。如果B部长同A部长是“一拨儿”的，他就知道该怎样跟着画，倘若两人不是“一拨儿”的，那就会有另外的画法。何况文件上决不仅仅是圆圈儿，有时你画圈儿，他画叉儿，你批个东，他写个西，这就叫“斗法”，各有自己的“嫡系部队”。现在只要大小当个头儿，没有自己的人马不行，没有根子不行。要不上边有根子，要不下面有根子，最好是上下全有根子。富胜康恰恰是上下全没有根子，他原是部属一厂的党委书记兼厂长，三年前才被提上来当了副部长。他是外来户，在部里没有根基，他也不想争坐那个第一把交椅，安之若素，不争强，不好胜，对哪一派都不得罪。在谦虚的外表下面隐藏着怯懦，不善于独立思考，怕担风险，唯上级指示是从。人非草木，富胜康的内心还是有自己的倾向的。部长曹卫，资历老，上面有根子，在部的中层干部中也有相当多的拥护者。但为人圆滑平庸，指望他是搞不好这个部的。第一副部长宫开宇，一副貌不惊人的学者派头，有真才实学，有一股埋头在事业里的气魄，舌端常有警语，搞工业胸中有大规模。下面有根子，群众拥护他的甚多。他却缺乏学者的那种文雅与和缓的脾气，一副峭利直言的性格，常给自己的生活设置种种障碍。不懂得生活中没有妥协是不行的，有时妥协比坚持自己正确的主张更重要。因而宫开宇在领导层中树敌过多。干才和庸才之间似乎有永远不可调和的矛盾。富胜康对两派权威都五体投地，逆来顺受，他对任何一方都缺乏抗衡的能力。一个月前，曹卫调走了，下一步改组部的领导班子，理所当然会由宫开宇出任部长。虽然反对他的人不少，早就盯着这一职务的也有几个。但要真想挡住宫开宇的道，也不那么容易，他是靠真本事升上来的，动真格的——不论是讲理论还是讲实践，其他几个副部长不是他的对手。富胜康决定投宫开宇的赞成票。

富胜康洗漱完毕，在小客厅里打了一套“八段锦”，练功可是雷打不能动。他这个好脾气也是练出来的。气大伤身，爱动肝火的人，练什么功夫也不管用，心静气和，受益匪浅。他把木盆、铝盆推到屋外接雨水，用雨水浇花比用豆浆骨头汤还好。然后又蹲下身子，和心爱的盆栽葡萄、米兰、一品红等花木说一会儿话，絮絮叨叨，修修剪剪，其乐无穷。花木通灵性，主人格外喜爱它，常跟它谈心说话，它就会长得特别好，花开得也会出奇鲜艳。直到家人几次催促，他才去吃早饭。吃过早饭，雨下得更欢了，丝毫没有停歇的意思。上班的时间快到了，富胜康心里不免有点后悔，部长们上下班都是车接车送，唯有他，三年前一上任就提出上下班不坐汽车。他倒不是想羊群出骆驼，故意露一鼻子，在大机关里出这样的风头是招人恨的。他跟办公室的负责人讲的是大实话："从我家到机关总共只有两站路，我遛腿还嫌短哪。是不是？到了我们这个岁数，哪有活动筋骨的机会，每天上下班走个一二十分钟，是花钱也买不到的美事。是不是？你们就高抬贵手，别给我派车了。是不是？"

领导说大实话，最容易买得一个好人缘儿。何况他说话时老爱带上一个口头语："是不是？"显得他是那样谦虚、谨慎，什么事都和别人商量，征求别人的意见。他讲的确实是实话，可也有还没讲出来的实情：他步行上班，刮风下雨就可以不去。有人注重形式，唯恐别人小瞧自己。富胜康则注重实际，大智若愚。前些年是辞藻胜于内容，现在正相反，聪明人应是注重内容胜于辞藻。他在一厂当厂长，十几年没盖职工家属宿舍，工人们眼睛都憋红了，就因为他这个一厂之长也住着两间干打垒的小屋，群众不仅没有意见，反而敬重他。穷不怕，大家一块受穷；累不怕，大家一块受累。平均主义是平民愤的灵丹妙药，那年月他反而当上了领导干部的标兵。他是个极普通的人，叫那些搞特权的人一陪衬，他这个不搞特权的人就显得不普通，不一般了。他就是凭这个起家的。他论资历不及曹卫，论本事不及宫开宇，如果没有绝招怎么能升到部里来？

今天，富胜康必须去上班，党组要讨论部直属厂管理改革方案。权力，权力，会上使；有权没权，会上见。开会可不能漏空，再说书记走了，今天的会很可能由副书记宫开宇主持，不去会使他多心的。办公室的人要是有心，知道今天党组开会，天下大雨，就该派个车来接他。

富胜康等到八点二十分，他失望了，心里也不免有点上火。下边的人都是势利眼，你成天坐车，他们就认为你应该应分，处处高看你一眼，只要你一动弹就想着给你派车。你跟他们客气，不愿坐车，他们反而瞧不起你，不管你死活，再也不会想着给你主动派车了。他想打电话要车，转而一想何必为这些小事生气呢，不要因为下点雨坏了坚持了三年的老规矩。他穿好雨衣雨鞋，准备冒雨去上班。老天成全，要的就是这个劲儿，让机关的群众看看，让宫开宇看看，为了支持他工作，咱老富两肋插刀了！

富胜康五短身材，身上还保存着一点当年"车轴汉子"的风韵，没病没灾，心宽体胖，还在乎这场雨吗？他刚走到大街上，迎面一个炸雷，风搅着雨灌了他一嘴，他缩缩脖子，脊背一阵发冷：倘若触上雷电可不是闹着玩儿的！前面有一棵碗口粗的梧桐树，斜躺在路边，不知是被大风刮倒的，还是被雷电劈中了。雷电仿佛故意寻他的开心，在他左右前后、四面八方，一个接一个地炸开了。富胜康躲避着大树，躲避着房檐儿，跌跌撞撞，迂回前进。后悔今天这事办得太冒失了，怎能像年轻人一样戗火呢？部级干部有冒着大雨、顶着雷电去上班的吗？岂止是失身份，闹不好要丢性命。生气归生气，他的脚步可没有停，现在后悔也晚了，他走出差不多快有一半了，后退和前进同样远。只好沙锅捣蒜，就是这一锤子买卖了！

响雷还在追赶着他，雷劈火闪，地上放射出一股电流，天上闪出一道银光，紧跟着就是惊天动地的一声炸响。天就是天，地就是地，天地连在一块就要互相排斥，酿出大祸端。三十年之前，还是四十年前？也是一个这般险恶的雷雨天，风雨把一群打草的、放羊的孩子赶进一座破庙里，雷电封住了庙门。一道道闪，一个个雷，老是不离开这座破庙。别处雨停了，露出了太阳，破庙跟前还是风雨大作，雷电交加。这群孩子被吓傻了，有的哭了起来。年纪稍大几岁的首领发话了："咱们这里边一定有人上辈子作了孽，今儿个要天打五雷轰他。如果不把这个人找出来推出去，大家都得一块遭雷击。咱们挨个把自己的草帽扔出去，雷公要想拿谁，一定先把他的草帽收走。"首领说完，先把自己的草帽扔出了庙门，雷公没有收他的草帽，草帽落在泥水里。孩子们战战兢兢，一个接一个地把草帽抛出去。最后还剩下一个刘瘪犊儿，他的草帽刚一扔出去，一股龙卷风把草帽吞没了。刘瘪犊儿脸色煞白，瘫在地上哭号起来，首领强迫几个孩子把他推出庙门。一道刺眼的白光，立刻炸雷轰顶，强大的电流把别的孩子打回庙内，空气中散出一股焦煳味，刘瘪犊儿被雷公劈死在庙门前，他的脖后有一个大窟窿，筋被雷公抽走了。很快就雨过天晴，风息雷止。

这是听来的传说，还是他确实经历过的事情？

富胜康脚步更快了，他好像觉得自己今天非要成为刘瘪犊儿不可。他裹紧了厚厚的胶布雨衣，这是绝缘的，脚下是厚底的胶鞋，双脚在里面感觉又干燥又暖和，更不会导电。他这样想着，雷电便不再追逐他，雷声越来越远了。没有雷电的威胁，在雨中行走就变得很惬意了，凉爽，干净，连空气经过雨水的冲洗也变得格外清新了。已看得见部机关的“门”形大楼，在风雨中它显得神秘莫测。

富胜康走进楼道，慢腾腾地脱下雨衣，抖掉上面的雨水，开始穿过长长的楼道，走向自己的办公室。在楼道里他碰上了好几个干部，但没有收到预想的结果，没有人对他这位副部长冒雨步行来上班，表示惊讶、赞佩，或者露出感动的神色。好像这一切都是理所当然，丝毫不值得大惊小怪。富胜康心里有点窝火，他不需要别人表扬，但认为他就应该头顶着炸雷来上班，也太过分了！不，他很快就发觉今天部里的气氛有点特别，人家在同他打招呼的时候好像都心不在焉，似乎有一件比他冒风雨、顶雷电更叫大家关心的事情。下这么大雨，能有什么新闻震动了这所神秘的大楼呢？

二

老天哪！真是爆炸性新闻！

人们的生活，人们的心里，也同这宇宙一样变得越来越不可猜度了。人类的头脑越发达，语言似乎倒越贫乏了，什么都用“爆炸”两个字来形容：核爆炸、失业爆炸、某国某地某时又发生爆炸事件、人口爆炸、性爆炸、爆炸性新闻……

今天早晨，有一位女士比富胜康胆子更大、更不辞辛苦、更准时地来到部里，到纪律检查委员会告状。她是宫开宇的夫人，状告宫开宇同设计院的一个女工程师“乱搞男女关系”。

虽然不是经常见面，富胜康脑子里却保留着对这位夫人的深刻印象：她姓沈名清，人高马大，少说也要高出宫开宇半头，但并不使人觉得她是个粗壮的莽女人。相反，她长得白皮细肉，深目高鼻梁，不是混血，却颇有白人妇女的风采，腰若长柳，长臂长腿，圆润多姿。性格开朗，能言善笑，据说年轻时有个外号——“大洋马”。沈清也许是这样一种女性：她自己可能还不知不觉，却使一些痴情种子神魂颠倒了。现在她也不见老，是属于那种不好断定年龄的妇女。她为什么年过半百了，还争风吃醋，爆炸这样一条新闻呢？从外表看应该是宫开宇不放心她，而不是她不放心宫开宇。为什么她人还没有离开这座大楼，关于宫开宇“乱搞男女关系”的传说就已经沸沸扬扬，传遍了这座大楼呢？也许每个人都按照自己的方式撒谎骗人，愈是胡说八道，相信的人就愈多。

以前是茶余饭后，街头巷尾，传播这些花边新闻。现在人们茶余饭后都坐在自己家里看电视，改在办公桌旁，八小时之内，飞短流长。关于宫开宇的这件爆炸新闻，恐怕不光是个男女关系问题。

富胜康带着满头疑云走进了会议室。除去一名负责组织和纪律检查工作的专职副书记之外，部党组的其他成员全都在场，那位副书记大概还在和沈清谈话。宫开宇养了一身洋毛病，时间观念极强，开会办事非常准时，连看戏看电影也都提前几分钟入场，如果晚了十分钟他宁可不看了。因此他对开会迟到的人也十分厌恶，没有跟富胜康打招呼，只扫了他一眼。富胜康也就没有机会讲出自己迟到的原因，以及形容一番风雨如何之大，雷电如何之狂。对宫开宇来说，你要汽车、摆排场他不管，只要开会办事不迟到就行。宫开宇正侃侃而谈：

“……近年来，发达国家已经把管理发展成一门科学——管理工程学。在美国叫‘Industrial Engineering’，在英国叫‘Production Engineering’，在日本则用英文缩写：‘I·E’，也有的日本人叫它为‘经营工学’。”

这老兄一谈起时髦的科学，一谈起生产技术，就眉飞色舞，旧病复发了。富胜康是支持他的，现在也感到浑身不自在。在座的这些部级干部中，有几个是懂得洋文的？宫开宇在说话时无意中带出一串外国话，再说谁又敢断定他是无意呢？也许他是成心唬这些老土，故弄玄虚，借以自夸自耀。这能不引起别人的忌恨吗？难怪同级干部和司局级干部中支持他的人不多，人心都是就低不就高，鹤立鸡群，群鸡攻之。他老兄对大家的情绪不仅没有丝毫的觉察反而越讲劲头越大，好像话已说开头就收不住了。别忘了这不是给普通干部作报告，群众爱听你这一套，今儿个开的是党组会，同级干部谁买你的账？而且他的节奏同别人的节奏很不协调，仿佛在同一个舞台上跳着两种节拍的舞蹈。别人的节奏是缓慢的，极慢的运动速度，极慢的思维方法，烟雾缭绕，一切都慢条斯理，仿佛他们不受地球吸引力的作用，不是随着地球而旋转。口齿不清，说话啰唆，南腔北调，这是当一个平平安安的领导者的不可缺少的条件。而宫开宇却表现得无法忍受这种工作态度，他的思想仿佛老是处于饥饿状态，拼命往前蹿，捕捉新东西……

"管理工程学研究如何把生产六要素，即：人、物资、设备、财、任务、信息，组合成一个合理的科学的生产系统；设计出最佳的组合方法及顺序，并对它的后果予以定量的预测及评价；在生产活动的整个过程中，根据各种反馈信息对原方案及组合方法、顺序进行必要的调整，其目的是使利润率达到极大……"

真是没治了！他是不知道自己的老婆已经在背后捅了他一刀，还是故作镇静？富胜康心里最清楚，有关宫开宇乱搞男女关系的问题，不亚于爆炸了一颗百磅炸弹，不仅会震动部机关，而且很快会通过各种渠道，传遍部属的几个工厂。沈清说不定还会把她的控告材料寄给中央纪律检查委员会，告到法院。当今女人的活动能力特别厉害。特别是沈清这样的大洋马，单是她那一张嘴就够宫开宇受的，更何况她身上还有一种过剩的女性的魅力。不要说是活生生的人，就是死板板的法律也会同情她，爱怜她。再加上这种花花皮炸弹威力特殊，破坏力最大，形成的冲击波最强烈。等着瞧吧，这件新闻很快就会超出

“男女关系”的范围,说不定还会波及到一些与此毫不相干的人。现在正是对部领导层进行改革之前的敏感期,宫开宇是怎么搞的?!

富胜康没有心思听宫开宇唠叨废话,他的全部注意力都用来研究宫开宇的问题将会带来什么样的后果。宫开宇的实际年龄比富胜康大不了两三岁,看上去却要老得多了。气色微黄,脸刮得很干净,头发梳得很整齐,身躯瘦小,过早地穿上了毛料中山服,这不知是什么时候做的衣服,厚厚的垫肩把两只膀子撑得像稻草人一样呆板,他的身子在衣服里宽宽绰绰。别人是老年发胖,他是老年发瘪。通身到下只有那两只眼睛显得年轻有神,精明透亮,完全是一副埋头在事业里的学者派头。凭他这副尊容,还能去搞女人?真是人不可貌相。人家男搞女,或者女搞男,有比他地位高的,也有比他地位低的,似乎都不曾闹出像他这样大的风波。他平时也决看不出还有拈花惹草的嗜好,大半生都平平稳稳地过来了,临近垂暮之年,怎么倒动了邪念?莫不是他看国外的原版书刊太多,追起洋时髦来了?岂知外国人对他的国家的政治生活、经济生活是可以乱发议论的,而对别的公民的私生活倒是神圣不可侵犯的,不可乱打听,乱指责。我们则正相反,国事能不管就不管,对别人的私生活可不能不过问。好像谁都有权对别人的私事发议论、传播和添油加醋。自己的生活太单调,闲着腻烦,靠讲点别人的私下秘闻,给生活增加点色彩。因此,在私生活上搞臭一个人是轻而易举的。这老先生是哪根神经失调了,难道忘了古训?我们有悠久的历史,古老的传统,喜好什么都不要紧,不能爱好女人!接近女人如同玩儿火,必然自焚。现在这件事将怎样收场呢?他在这儿还夸夸其谈地教育别人,好像他永远是其他部长的楷模,是管理改革的奠基者,是大智大贤……

负责组织和纪律检查委员会工作的党组副书记熊峻进来了,他举止笨重,不露声色,冲大家点点头:“对不起,我被别的事情拖住,来晚了。”

富胜康用急切的探询的目光谛视熊峻,这位平庸无奇、性情平和的老人,今天显得有点过分的威严,还露出一种优越的神态。不,他是用这一切掩盖心中的得意。对,他是曹卫的人,只是由于年龄的原因和多年做政治工作,不熟悉部里的业务,当部长是无望的。但他肯定不愿让宫开宇上来。富胜康心里一激灵,谁敢断定沈清今天早晨演的这出闹剧,没有其他因素、没有一个幕后导演呢?最亲莫过夫妻,什么力量能够离间一对老夫老妻呢?他们演的断不会是周瑜打黄盖的苦肉计,也不是简单的男女关系、夫妻不和的问题。不管怎么说,宫开宇出任部长的事情目前很难逆料了。

富胜康必须拿自己的主意,怎么对待这件事?怎么看待宫开宇?有人曾经把他看做是倾向于宫开宇的,他没有否认,当然也不会点头,只是心里暗自高兴。现在看,那实在是高兴得太早了。

三

中午,外面已经风歇雨停,大楼里似乎还充溢着大雷雨时的电流,有一种不同寻常的躁动不安的气氛。有人尽力掩盖着心照不宣的高兴劲儿。刺激人的情绪的这种电流,无疑也是来自那件“爆炸性新闻”。

富胜康端着饭盒来到餐厅,今天连餐厅里也格外热闹,不少平时回家吃午饭的人也留下来就餐,有几位上半天班的副部长也没有走,像年轻人一样端着饭盒。有的还边走边吃,高高兴兴地相互打着招呼:

“没走哇?”

“外面下雨,不走啦!”

富胜康可没有这种高兴劲儿,别人的愁事,就是自己的乐事,可怕的世态风情。他买了三两米饭,一碗乌鱼蛋,一盘鱼香肉丝,在餐厅的角落里找了一张最清静的桌子坐下来。他的屁股刚落稳,立刻有人端着饭盒凑过来。

“富部长,你吃得不少哇!”

“天天如此。”

“天一转凉,我的饭量可长了很多。”

“好哇。”

对方一边往嘴里扒饭，一边冲着他眉目含笑。富胜康心里感到厌恶，却装做什么也不知道，问他：“刘局长，你今天怎么这么高兴？”

“是吗？我有什么可犯愁的！忽然想起您的姓，觉得很有意思。‘富’和‘副’同音，现在叫您一声‘副部长’，别人也许把您当成是姓富的部长。将来您当了部长，叫您一声‘富部长’，别人还以为您是个‘副部长’，那您就永远也成不了正的啦。”

“老刘，你说到哪儿去了，我怎么能当部长呢！是不是？”富胜康不愿和这位局长进行无聊的文字游戏，王顾左右而言他。他的目光不断地扫视着餐厅，出乎一种复杂的心情，他希望这时候能看到那个人来吃饭，每天中午他都是在机关吃饭的，有时晚上也不回家，看他怎样应付今天的局面。另一方面他又担心那个人在这时候出现在餐厅里，他的尊严怎么受得了这许多奇奇怪怪的眼光的注视！

“您不要张望了，他不会来吃饭的，他的秘书早把饭菜替他买回去了。”

“谁？”

“您看谁？”刘局长比猴子还精，开心地笑了，“我猜测这工夫他的亲信一定把什么都告诉他了，正在商量对策。不管怎么说，这回够老头子喝一壶的！”

“不要道听途说，是不是？”

“部长同志，你就别再为他猫盖屎了，他老婆抓到了证据，有肖初白写给他的信。”

“肖初白是谁？”

“哎呀，您是真不知假不知？就是那个第三者，设计院的工程师。经常在沈清不在家的时候到他家里去……”刘局长言之凿凿，说得有鼻子有眼。

富胜康突然感到一阵心寒，同时脑腔里也升腾起一股不可名状的恼怒。当初他被提升到部里来的时候，是多么高兴呀，老朋友和老同事们都羡慕他、忌妒他。谁知越是大机关，就越复杂，难于交下知心朋友。群众两片嘴唇一动，不费一点力气，就能把一个人毁掉，把一件微不足道的小事闹成一个天翻地覆的事件。当那个倒霉的当事人在群众的唾沫中要被淹死的时候，大家又一声不吭，冷眼静观事态的发展。富胜康不再搭腔，只用鼻子似有似无地哼哼着，加快了吃饭的速度。他想快点吃完，离开这个喜欢幸灾乐祸的刘局长。

刘局长的饭菜早已吃光，悠闲地吸着烟，专门在等富胜康吃完一块走。他两只窄小有神的眼睛突然一亮，低声提醒富胜康："看，谁来了！"

富胜康抬起头，是她，沈清。宫开宇这时候都不愿露面，她却大摇大摆地来了。而且她并不在部机关里工作，在下面一个部管的研究所里负责一点行政工作。这就是说，她告完状没有走，还想借吃饭的机会在大庭广众示一下威。其实这是要她丈夫的难看！身后跟着两个女干部，为她买菜打饭。餐厅里立刻安静下来，有的扬头，有的扭头，有的侧脸斜视，有的正脸直视，大家都在想办法在不被人注意的情况下，看看这位夫人。沈清不像往常那么谈笑自如，脸色更白了，显得端庄沉静。她身材较高，可是体形匀称，配上合体的浅灰色纯毛西装，倒有一种贵妇人的派头。毁了自己的丈夫，她却成了英雄了，不少人都跟她打招呼，装做不知道那回事，说上几句不关疼痒的客气话。

刘局长小声对富胜康说："她看见我们了，不过去打个招呼不合适。"于是他起身走过去，跟沈清握握手，也许还说了一句什么玩笑话，因为大家看见沈清咧嘴笑了一下。

富胜康忽然像把一个苍蝇吃进嘴里，他连饭带菜全都吐了出来，喝口汤漱了漱嘴。一个部长的魅力还不如一个女人，这算什么风气！宫开宇活该倒霉，找女人光图漂亮，这回尝到漂亮女人的苦头了吧?！管不了自己的女人，还当什么领导？谈什么管理工程学？两口子不管是谁的错，也不能到外边来闹这一套。

富胜康回到办公室，熊峻在等他。

"熊峻同志，你吃得好快呀。"

"我还没吃哪！"

“噢,有什么事吗?”

“是啊,是有事要和你商量。刚才老宫同志知道了他夫人来告状的事,很不冷静,立刻向法院写了个要求离婚的申诉书。秘书劝他吃饭,他刚拿起筷子,心脏病发作,送到医院去了。”

“啊,有这事!”

“他即使没有危险,今后还能不能工作也很难说了。咱们要商量一下,给中央打个报告……”

“是啊,部里这一大摊子工作怎么办?是不是?”

他忽然发现熊峻那没有神采的眼睛里,闪出一道坚定的光,里面倒仿佛装满了老谋深算的经验。

四

地球真像是在发疟子,一场雨过后,到晚上气温突然下降了七八度,富胜康加了一件毛背心,外面还又罩上一件风衣,才走出了家门。死眉塌眼的月亮时隐时现,秋风瑟瑟,透着寒意。人们乘公共汽车的高峰时间已过,车上还有座位,他很容易地转了一次车,来到中华医院。本来到医院探望宫开宇,可以理直气壮地找值班室要车,他却不那样干,因为他不想让别人知道这件事。到医院看望一个上级、同事,有什么可保密的呢?他自己也说不清楚,人的思想太复杂了,有时一个人对他自己的行动并不是都能解释清楚的。总之,今儿个一整天,富胜康的心里并不是很好受。人——真是一个难以理解的概念,即使宫开宇生活作风有问题,他终究还是个好人吧,是个有能力的人吧?难道一下子说垮就垮了?岁月不饶人,可五十多岁能算老吗?别人怎么感觉他不清楚,富胜康从来都觉得自己还是壮年人。整垮宫开宇的不单是岁月,当然这都怪他自己……

富胜康走进医院大门,这是所一流的心脏专科医院,主楼前面有个巨大的庭院,庭院里曲曲弯弯的石径分隔成几个不同格调的小花园,灯光柔和,分外幽静。他穿过庭院直奔住院部,心里还在说服自己:“宫开宇病倒也好,垮掉也好,与你何干?他早就对你失望了,常常对你的工作露出不满意的神情。他如果不下去,你当到这个副部长就是到头了。你为什么要这样急急忙忙来看他?”富胜康在一个花坛旁边停住了脚步:“他这一倒下去,对你老富只有好处没有坏处,你在部里的位置说不定会往前提。虽然论资历你在这些副部长中并不占据优势,可是你的年龄和身体条件却占着明显的优势,在现代人的眼里,年岁大已经没有什么可夸耀的了!而且你还具备一个更有利的条件,在有可能提升的这几位副部长中,你是唯一在下面当过大厂的厂长,有基层工作经验的人。论能力你比不过宫开宇,但是和剩下的这些人比,你还不在乎他们!再说宫开宇要不是能力太强,还不会有今天的下场了。平庸的人不愿接受比自己强的东西,大家撑大船划懒桨已经习惯了,谁表现得高人一头,谁就自找倒霉。曹卫有什么本事?还不是当了这么多年部长!对了,今天看熊峻的神态,他也想上。这老头子,一只脚已经踩到坟边上了,沾上职务权力的事情毫发不让。他要上来,宫开宇的人一定竭力反对。同样,宫开宇的人上来,熊峻也会极力反对……”

秋风吹动杨树叶,发出哗哗的响声,富胜康觉得身上发凉,他裹紧了风衣,忽然也为自己刚才的这些想法感到一阵愧疚。自己的同志病倒了,其余的人首先想到的不是他的安危,而是自己能在这场意外的事故中捞到什么好处。这是什么同志关系?无情无义,忘恩负义!记得五十年代,他血气方刚,党委想提拔他当副厂长。那一年正赶上调工资,虽然竞争很厉害,但他却十拿九稳能升一级。是他自己提出不要这一级工资,也不搬进厂级干部们住的大黄楼,一家人还住在一间十二平米的职工宿舍里。他有个信念,要想当官,就得舍得丢掉一些东西,不能好事都叫你占全了!当时宫开宇正以部科技局长的身份在一厂检查工作,对富胜康的这一手很表赞赏。三年前他被提升到部里来,有人说是曹卫看中他的,也有人说是宫开宇看中他的。当时富胜康的心里当然希望是宫开宇看中了自己,只有具备才能的人,才能识别出别人的才能。被曹卫看中有什么光彩的呢!

富胜康在庭院里多绕了两个弯子,让自己的心情恢复平静,才走进住院部，来到三楼特别护理病区。楼道里很安静，他先进了值班室，里面有两个护士（谁知道呢？也许是两个女医生）谈得正热闹，见他不敲门就闯了进来，十分不高兴，立刻现出了医务人员冷漠清淡的职业脸色。其中一个年纪稍轻的，有一张雪白的容长脸儿，一双黑亮黑亮的眼睛，再配上一身洁白的衣帽，本可以称得上是文静娟秀的姑娘，可惜被那职业性的傲慢破坏了清雅的容貌。她不容富胜康张嘴，先不客气地发问：

“你找谁？”

富胜康不很自然地笑了笑，没办法，任何人一走进医院总有一种有求于人的自卑感。他已经不习惯向别人赔笑，在平常多是见别人向自己赔笑。这就是“微服私访”碰到的第一个钉子，倘若带秘书或司机来，由他们先上来打个招呼，他一上楼就可直接去病房，说不定护士还会提前把门打开，现在只好自作自受。他尽力也不失掉自己的身份，不软不硬地说：“我想看看老宫，他住在哪个病房？”

一声“老宫”就等于公开了自己的身份，医院里不会不知道宫开宇的身份，敢称他为“老宫”的人也定不是等闲之辈。谁知“黑眼睛”姑娘（也许是女士），似乎没听懂他的话：“老宫是谁？”

“宫开宇。今天中午送来的，是不是？”

“不行！”

“为什么？”

“他是特护病人，还没有脱离危险期，不许亲友看望。”“黑眼睛”丝毫不动感情，说得斩钉截铁。

“危险期……真的那么严重？”富胜康半是自言自语，更惹得“黑眼睛”不耐烦了：

“我们骗你有什么用？”

“不，我不是这个意思。最后诊断他是什么病？”

“初步诊断是心肌梗塞，还在抢救。”

“心肌梗塞……”富胜康知道，在这儿多待下去也没有益处了，他很丧气自己牺牲了一晚上的时间却白跑一趟，慢腾腾地转身想回去。

另一位背对着他、一直不动声色的女士转过脸来问:“你是宫开宇的什么人?”

富胜康才看清,她年纪有四十多岁,身体胖得像一只小船,皮肤微黑。医院里还真少见这样的“黑人”。他说:

“我们是同志。”

“你也在部里工作?”

“是的。”

“宫部长一住院,你们部里那些反他的人是不是很高兴呀?”胖大姐一脸不饶人的神气,她可能是那种有一张刀子嘴的女人。这问题也提得太单刀直入了,使富胜康难以回答。

“什么? 哈哈……没有的事! 你们从哪里听到这样的谣传? 下午是不是部里有许多人来看望过老宫?”

“处级以下的干部来了不少,科技干部、工程技术人员也来了不少。头头们却一个没来,他的老婆孩子也一个没来。这个缺德女人,把老头子差点没气死,硬是不来照个面儿!”

她怎么知道得这样清楚? 而且快人快语,一下子就把内幕给捅破了。部里那些人明着不说、背后乱说,甚至连幸灾乐祸也不敢明明白白地表现出来,一切都阴阳怪气。对比这两位高傲的护士(富胜康根据她们的言吐断定这两个人是护士而不是医生),还是这些女性更痛快。由于职业习惯,一般医护人员在病人和家属面前是不动感情的,这位黑胖黑胖的女士,为什么对宫开宇表现了那么明显的倾向性? 富胜康不急于离开这儿了,他在门口边的一张椅子上坐下来。

“宫部长这一辈子真是窝囊透了,他从来就没有个真正温暖的家庭,没有享受过妻子的照顾。他老婆从来不料理他的生活,高兴了会上那股妖劲儿,不高兴了就欺侮他。不信你们看他胳膊上和大腿上,有好几处被香烟烫成的疤痕,那都是他老婆干的! 宫部长也不愿声张,他在外面说说道道,怎么能讲得出口在家里还受老婆的气呢? 沈清就吃透了他的脾气,更加得寸进尺!”

关于宫开宇夫妇的新闻,这里又传出一个新版本。富胜康十分惊讶，他从未听说过这样的事，不大相信："他们是老夫妻，在一块生活了多半辈子，怎么可能多半辈子都过的是那样的日子呢？是不是？"

胖大姐看来是成心要把她知道的情况兜给富胜康："你也许刚来到部里没多久，当然不会知道这些秘闻。你们部里的老人，谁不清楚沈清的底子？当初宫开宇看上了她的风度、她的魅力，男人嘛，年轻的时候有几个不注重女人的人样子的？可是结婚第三天，沈清就去找自己的姘夫。宫开宇知道了，想散伙，当时他们在白区，正在地下积极活动，准备迎接解放。请示组织怕由于个人的私事传开以后影响工作，暴露自己的人。宫开宇就咽下了这口恶气。解放后他正式提出离婚，组织考虑他刚进城，担心影响不好，也没有同意。从此，宫老夫子就认头了，只当没娶老婆。那时沈清的外号叫'大洋马'。马嘛，就是谁都可以骑……"胖大姐说到这儿，突然格格地笑了。

富胜康强忍住没有笑，心想这是个又疯又扯的女人。

胖大姐止住笑，继续说："现在她却倒打一耙。别以为肖初白就那么好欺侮，人家有丈夫有孩子，会到法院告她一个诬陷罪！"

富胜康知道碰上了一个"保宫派"，对部里的有些事情这位护士比他这个副部长知道得更详细。这显然不是今天下午才从别人嘴里听来的，她甚至还知道他刚调到部里不多久，此人有什么来历呢？于是他问："你怎么知道我是刚到部里来的？听口音？看穿戴？是不是？"

"是不是？"胖大姐重复了一句富胜康的口头语："您不就是富副部长吗?!"

富胜康一下子怔住了，没有点头，也没有摇头。沉了一会儿，才说："您对我们部里的事情为什么知道得这样清楚？"

"你们部里大事小事都甭想瞒过中华医院，你们部是我们医院的家属工厂，我们这儿许多医护人员的家属都在你们部里工作。因此，我们是通过内线和专线，得到了你们部的所有情报。"黑胖黑胖的老护士和容长脸儿的年轻护士，相视格格地笑了。

她真会说话，应该说部里许多干部的家属是在这所医院里做医护工作。富胜康的心脏没有什么大毛病，从未到这个医院看过病，平时有点头疼脑热，部里的医务所完全能解决问题。他还真没有听说部里和中华医院的这层特殊关系。也许不只是一个中华医院，还有附近的学校、商店、研究所、设计院、其他行业的机关和企业，社会怎能不复杂？你咬着我，我扯着你，盘根错节，狗扯连环，分不开，理还乱。外面刮风，部里下雨；部里打闪，外面响雷。看来真要想在这个地方站住脚立下根，不那么容易！

他问："您贵姓？"

"我姓黄。"

"您的爱人也在我们部里工作？"

"那当然。"她却不讲出自己丈夫的姓名和具体的工作部门。富胜康自然也不便追问。

对面墙上红色的信号灯亮了，是七号病房在呼叫。年轻的黑眼睛护士跑了出去。富胜康也站了起来："对不起，影响你们工作了。"

"没关系，每个病房都有专门护士在顶着。没有让您看到宫部长，很抱歉。"

"不，我有更重要的收获，应该感谢您让我知道了许多在部里无法知道的情况。这叫不虚此行，是不是？"

"在部级领导中您是第一个来看宫部长的，这说明您是个大好人。"

"好人？"富胜康心头一震，"哦，世界上总还是好人多嘛！哈哈……"

富胜康记下了宫开宇的病房号和三楼值班室的电话号码，就告辞出来。今天晚上他确实没有白跑这一趟，想不到宫开宇在群众中还有这么大的影响，熊峻也未必能很详细地知道这种情况。只要老宫三寸气在，即便他躺在医院里，挂着第一副部长的牌子，谁当部长也当不安稳，比不过他！

富胜康对宫开宇的敬重、好感和同情，一下子全跑光了。他走在幽暗的石径上，心里忽然觉得格外焦躁不安，忧心忡忡。甚至回想起那位爽快的胖护士，也奇怪地涌起一股恼怒和鄙夷的情绪……

中　篇

五

部属一厂厂长呼从简在食堂里吃晚饭的时候，碰见了总工程师杨观，两人边吃边谈，饭吃光了，话未谈完，杨观又拉着呼从简来到自己的家里。直到听见有人在外面高兴地叫喊："下雪了，可盼到下雪了！"呼从简才披上大衣，告别杨观，兴冲冲地走出"高知楼"。

好雪！羞羞答答的前奏已经过去，刚进入高潮，势头正猛。雪花大如棉桃，小似柳絮，纷纷扬扬，铺天盖地。世间没有一点风丝儿，雪花从天上垂直落下，快似流弹，落地却又轻似云雾。只听得周围一片轻微的刷刷的响声，世界显得是这样肃静，这样庄严。呼从简贪婪地吸了两口冰凉而又清新的空气，他那沉重有力的脚步有滋有味地踩着雪花，发出嘎吱嘎吱的清脆悦耳的声音。

这里入冬三个多月，没看见一朵雪花，这在往年是很少有的现象。别的不用讲，人就受不了啦！气候干燥，冷热无常，疾病流行，家属城里常常是一家子一家子地得感冒，大人小孩一个不漏。近一个月甚至使职工出勤率下降了百分之十五。这就是呼从简为什么看见下雪会如此兴高采烈的原因。这场雪憋得时间久，一旦老天撕破了脸，也不同寻常。一会儿工夫，地白了，路白了，一幢幢排列整齐的大楼变成了一座座覆盖着白雪的山脉，楼前新栽的小树也像枝头挂满了雪白的梨花。断断续续传来小孩子追逐嬉闹的喊叫声，还夹杂着零零星星的鞭炮声。陡然加浓了新春的气氛，已经闻到年味儿了。呼从简走出家属城，进入厂区，忽然看见篮球场上灯火通明，人声喧哗。他笑了，康玄终于等到了一场好雪。这位颇有名气的电影导演，带着摄制组在这儿蹲了两个月了，就为了拍几场雪景中的重头戏。今年北国少雪，可把他害苦了，大队人马，吃和住的开销相当可观，其中有几位名演员是花高价雇请来的，老不下雪就等于加大了影片的成本。康玄一见到呼从简就叫苦连天，想从老牛身上拔根毛，对老牛来说无关疼痒，对他来说可就解了大围。呼从简见他可怜，就给他出了个主意：靠山吃山，靠水吃水，演员就吃自己嘛。呼从简叫演员们给职工演几场小节目，即兴表演，什么节目都行，实在没有节目叫大家看看演员的脸蛋子嘛，看看这些明星的风度嘛。条件是工厂招待所不向摄制组收住宿费，拍电影时免费供应水电。摄制组做道具布景需要木材、机器设备、汽车等，一律免费提供方便，如果拍戏时需要，还可以支援技术工人或群众演员等等……

呼从简很想绕几步路到篮球场上瞧瞧热闹，他本性也是个喜欢热闹的人。但很快就遏制住了这个欲望，他还有一个更为重要和迫切的问题，需要一个人静下心来认真思考，最后拿主意定板。于是他径直走进厂部办公楼，大楼里黑洞洞的，只有少数几个办公室里亮着灯光。他跺跺脚，脱下棉大衣，拍掉上面的雪花，才登上楼梯，他的办公室在二楼。三年前他从富胜康手里接过这个厂时，是单身坐了四百里地的火车来赴任的，把家属仍旧留在省城里，一来老婆儿子都有自己的工作，女儿正准备考大学；二来他想泼命一试，验证自己多年摸索积累的治厂方法灵不灵，不想要个家拖累自己。因此他特意给自己挑了个带套间的办公室，外面办公，里面睡觉。他刚上任的那几个月，上厕所都有三四个人跟在后面谈问题，每天夜里能让他睡上三个小时就算认便宜了！总算熬过来了，那种天天救火的日子不会再有了，眼下他正面临着一种更复杂、更困难的抉择。

咦，他的办公室里怎么亮着灯光？厂长办公室的秘书手里还有他这间屋子的钥匙，有什么事情值得秘书等这么晚？莫非关于他的调动问题部里有了紧急的变化？他急匆匆推开办公室的门，一下子怔住了，妻子和女儿正在为他收拾东西，打点行囊，该装箱的装箱，该打捆的打捆。

“是你们来了？一声不响，搞突然袭击，外带抄家。”

“爸爸，您到哪儿去了？我们就差贴寻人启事了。”呼宁长得娇小玲珑，圆脸圆眼，如同彩雕玉琢，猛看还像个中学生。

"宁宁,让爸爸看看长个儿了没有?"呼从简把女儿拉到身边,这是他的心肝宝贝金疙瘩,他故意拉下了脸,"哎呀,半年多没见面了,连一公分也没长高,都快大学毕业了,还是这么个小人儿,光长心眼儿不长个。"

"这不怪我,要怪你们的遗传因子,您看妈妈的个头不是跟我差不多。"

"按遗传学的理论,女儿随父,男孩像母,才是因子接受得最好。我人高马大,一米八五,你哥哥也突破了一米八,为什么就你……"

"行了行了,您尽说废话! 您这些破烂都快把妈妈累坏了,您怎么慰劳吧?"

"哎呀,你们吃饭了没有?"

一直看着爷俩耍贫嘴,只顾站在一边拾笑的妻子,才得空插上了一句话:"要指望你早就饿死了。"

"是呀是呀,不过有我女儿保驾你是决不会受委屈的。她精明过人,自有办法。"

"那也是借助您这位大厂长的权势。"呼宁一脸淘气的神色,伶牙俐齿。

呼从简可是借着和女儿逗笑好打自己的主意。夫人和女儿这一来使本来已经相当困难的问题就更加复杂化了。

妻子宁重从口袋里掏出一封信,递给呼从简:"这是省委第一书记老郎叫我带给你的,他昨天为这事特意到咱家一趟。"

呼从简没有急于看信,却似笑非笑地望着妻子。这么说她们母女是郎实峰鼓动来的,这个人真精明,太厉害了! 这无疑是十二道金牌中的最后一道,也是最有权威性的一道金牌。

聪明的呼宁借着收拾东西躲到里间去了,她不想妨碍父母的谈话,但是巧妙地让门留了一道缝,她必须要听得见父母的全部谈话内容,因为她关心这次谈话的结果,这结果又将关系着一家人今后的安定和幸福。

宁重被丈夫看得毛咕了:"你看着我傻笑干什么? 还不快读信。"

“哦，对。”呼从简展开信纸。

从简同志：

近好！

我刚从北京回来，富胜康代部长表现了应有的高风格，同意把您这员大将支援给咱们省。省常委会决定，请你担任副省长兼省经济委员会主任，进省委书记处，主管全省工业。并报告了中央，中央已表同意。恳请尽快到省就任，你先来同省委干部见个面，我立即陪你飞往北京，尽速办好全部组织手续。年后一上班，第一个常委会由你主持，在经委召开，听取经委的汇报，研究全省的工业问题。

切切！余面告。

匆此

握手！

郎实峰

1月28日

呼从简看完信，半天没有说话，他陷入了沉思。自知碰上了强手，这位郎书记名不虚传是个干才，不管人家同意不同意，上蹿下跳（这个词儿用的不合适，可以叫跑上跑下，反正是一个意思），把一切都办妥了。而且人还未去，他就急急忙忙地布置起任务来了……

也就是两个多月以前的事吧，就是这个省委第一书记郎实峰，真亏他想得出来，把省委组织部和调研室的干部全都赶了下去，到各个基层单位去访贤寻才。而且要发现大贤大才，能够担当省级和厅局级领导职务的人才。这帮“挖贤队”先到那些打开了局面的单位去，直接向群众打听。确实被他们拔走了不少干将。但是，“挖贤队”访来访去，竟访到不属于省管的“一厂”来了，挖到他呼从简头上来了。郎实峰带着省委管工业的干部和省管大厂的领导人，四次到一厂来，他替呼从简总结了几条，然后又把这几条灌输给他的部下：

“我不要求你们死板地学一厂的道路，每个厂有自己发展的路，每个人有自己的风格，要找到你们的路，打出自己的优势，自己的风格。不要当个千人一面、千部一腔的社会主义机器人。因此，要学老呼的胆量，老呼的气度，老呼的魄力，搞工业就要有这种大将风度，指挥若定，调度有序。

“第二条，要学一厂的效果，你用什么办法我不管，必须要达到这样的效果。过去，一厂每年至少亏损七百万，老呼来后第一年转亏为盈一千二百万，第二年利润达到三千万，第三年四千一百万。他的计划是十年内，把一厂的年利润稳定在一个亿。当前他们这个行业是属于调整的对象，全国这类的大工厂都吃不饱，入不敷出，一厂却兴旺发达，财源茂盛，没有绝招行吗？！老呼的那些绝招我们照搬可能行不通，可以借鉴，举一反三。

“第三，是谁说的？现代化企业的领导人就应该成天西服革履，会跳舞，懂西洋音乐，会说两句外国话，会玩儿会乐，风流潇洒……三年来，老呼多了每天睡五个小时，少了睡三四个小时。哪里有超乎常人的精力和工作能力，哪里就有成效。

“第四条，一厂经验的最可贵之处是什么？它为中国工业的发展点起了一把希望的大火。谁要对将来不抱希望，对工业现代化没有信心，就到这儿来看一看，没有比真的、铁的、活的事实更有力量。我每来一次就被老呼打一剂强心针。如果你们把自己的单位都点起这种希望的大火，那么经济现代化至少在咱们省不是就变成了事实吗？！这就是我把你们拉来的主要目的。”

郎实峰第四次来，临走的时候来到呼从简的办公室，他奇貌伟魄，相貌不凡，似乎是突然灵感袭来，以一种随随便便的半开玩笑的口吻说：

“老呼，给我们当副省长去吧。用你这一套搞活一个省，不比搞活一个厂更有价值。”

呼从简只当他是开玩笑，也用玩笑回答：“您过奖了，我不是帅才，充其量不过是个小小先锋官。”

“嗳,不要来这一套伟大的谦虚吧?你老兄很可能要成为工业界无与匹敌的人物!”

“不敢,不敢!听说您还把一厂的工作概括为四条,作为对我们的鼓励,应表感谢。其溢美之处,实是未敢苟同。”

郎实峰从进屋就一直没有坐下,站在呼从简的办公桌前,呼从简也只好站着。三言两语过后,他就向呼从简伸出手告辞:“好,咱们就一言为定了,你等候我的消息。”

呼从简笑了:“我什么也没有跟您定呀?!”

“嗳,君子一言,驷马难追!”

呼从简根本没把这件事放在心上,纵使郎实峰真有此意,一厂不是省管,部里怎会容他来挖墙脚。想不到郎实峰真的活动起来,而且很快就有风声传到呼从简耳朵里,部里同意放他走。这使他又气又恼,还有一点心寒……

六

“你怎么不说话?心里想些什么?”宁重从打丈夫进门的那一刻起,就再也没把眼光从他身上离开过,眼镜片后面她那双水井般深湛的眼睛里,充满着做妻子的温柔、谅解和体贴。

呼从简抬起头,望着妻子,他的眼光中藏着一种疲惫的略带嘲讽的讪笑,好像很吃力地才张开那对略厚的有点僵住了的嘴唇:“部里怎么能不征求我的意见,没有找我谈话,就把这件事决定了呢?这难道是正常的吗?”

“人家有冠冕堂皇的理由:发扬风格,不积压人才,送你去高升,而不是降你的职,这不是办了件大好事吗?他们还能讲出一些更好听的官话,你还能怎么样?我们不管富胜康心里怎么想,这件事对你终归没有什么坏处,现在已成事实,就顺水推舟吧。”

“是呀,是呀……”妻子是省科技局技术情报处的处长,经常和部里打交道。现在这些科技人员在交换技术情报的同时,也相互交换各自单位以及全国、全世界刚发生的有意思的政治情报、人事安排情报、思想情报。因此,宁重对部里情况知道得并不比呼从简少,但他不愿意提及这方面的事情,这是他不愿公之于众的一块内伤。富胜康是个什么人呢? 不是个坏人,也许还是个好人,却不是个有能力的人。他在一厂当副厂长时,就没有表现出有什么突出的才干,像做了一个梦一样,突然又当上了厂长。几年下来,把一厂搞得一塌糊涂,他自己却并未焦头烂额,反而升到部里当了副部长。对这种升迁呼从简完全理解,按照中国的惯例,他没有犯大错误,不能降职啊! 只有让他高升,才能腾出位子让别人干,当一个副部长要比当好一个厂长容易多了,副部长十来个,有他五八,少他四十,无足轻重。谁知宫开宇出事病倒,曹、宫两派人争得很厉害。让曹的人上,宫派不同意;让宫的人上,曹派不同意。只有选个两派都能接受的人物。于是,富胜康又像做了一场梦,当上了代部长。他是工业界的一员福将,是个大滑头,到处有朋友却没有敌人。但你也只能拿他当朋友,切不可做生死与共的战友。他以前没有把一厂搞好,现在也不承认一厂的变化。他不是站在部长的立场上正视事实,接受对整体有益的东西,而是用前任对后任的忌妒的眼光,来看待一厂,看待呼从简。仿佛承认了呼从简现在的成功,就等于承认了自己以前的失败;否认了别人的天才,也就等于否认了自己的平庸和无能。一个月前,工会组织全厂职工评选劳动模范,呼从简得票最多,工会主席叶春明心里很清楚,如果如实地向呼从简汇报评选结果,他一定要把自己的名字画掉,因此只汇报了厂级干部中有总工程师杨观。呼从简有自己的理论,以任何形式把人分为等级的事情,他都不能接受。一个厂长像工人一样也去当劳模儿,是拿厂长开玩笑,有失厂长的尊严,是不光彩的。但叶春明暗地里行使了自己的职权,在向部里报告劳模名单时,加上了呼从简的名字,他认为不这样做就不能服众。其他当选的四个劳模有个协议,如果呼从简不当,大家也都不当。部里在审查一厂的劳模名单时,独独画掉了呼从简的名字。这事在厂里传开了,激恼了呼从简,他觉得自己受了侮辱,叶春明也觉得对不住厂长,这等于把厂长给耍了! 呼从简给部党组写了一封信,不提前因,也不为自己加任何解释,只质问他为什么不够当劳模的资格？看来这个劳模是非当不可了。部党组重新研究，另下了一个承认他是劳模的通知。这是他和富胜康就任代部长以后一次不明不暗、不大不小的摩擦。看来富胜康把呼从简视为对自己有实力的潜在的威胁。如果不把他送出部，倘若再提升的话，他岂不是要取代富胜康的位置？这位代部长似乎正孜孜不倦地构筑自己权位的大厦，并竭力把它筑得十分牢固。一旦头上去掉“代”字，便可坐享部里的天下。人的灵魂真是可怕的，能随着地位的升迁而发生变化。

……

一想起这些问题，呼从简便焦躁异常，心绪烦乱。然而他烦躁时的表现却同别人不一样，说话突然由高腔高调变得低声闷气，现出一副无可奈何的样子，却又更加固执地坚持自己的主张，带着一股狠劲儿，要不顾一切地达到自己的目的。对他的这种异常的性格，情绪上的细微的变化，没有比宁重知道得更清楚了，她有办法能使丈夫心情平静下来。如果是在家里，屋子里又只有他们两个人，她就会用温热柔软的细手抚摸他的头发，或者把他的大脑袋搂进自己的怀里，像对待小孩子一样充溢着女性的温存和爱抚。他心中的愤懑和不快，就会在爱的暖流中被融化。但这只限于对付因工作而引起的烦恼，宁重必须是理智的，没有陷进同一个烦恼的泥潭里。倘若两人一块生气，这一招就不灵了。

当初，宁重就是情不自禁地用这种办法征服了呼从简。他们虽是同班同学，因为呼从简在小学和中学都跳过级，所以比她小两岁，她是大姐，而且是他的入党介绍人，又兼着党小组长，也算是他的上级。当时宁重是班上的小美人，而呼从简不仅算不上漂亮，甚至可以说有点偏丑，他功课很好，却决不是白面书生一类的人。门楼头儿，深眼窝，陡峭的额头雄壮有力地向上倾斜，方方正正的大下巴如同五岳朝天。这副相貌不风流，却奇伟耐看，自有一种特殊的男性魅力。当时全国刚解放，到处需要干部，他们还差八个月大学毕业，没有搞毕业设计，提前毕业，先来到东北工业基地……

眼下，宁重不能去抚摸丈夫已渐稀疏的头发，更不能把那个备受创伤却又格外发达的头颅搂进自己的怀里。她只能用那双令人惊奇、感人至深的眼睛望着丈夫,这双眼睛里充满着无穷无尽的母性的慈爱和做妻子的温情,充满着一股不可抗拒的力量。呼从简不愿迎接这样的目光,望着这双眼睛他就一切都得顺从妻子。他低低地说:

“不,我不能离开这个厂。干一件事最危险的就是半途而废,一厂的变化并不巩固,我一走很可能要前功尽弃。”

“从简,你总是这么自信。”

“是的,我们现在还不能完全依靠一个好的体制,一套好的制度,一个单位能否振兴,很大程度取决于那个单位的掌权者。”

“可是部里不要你了,听说新厂长很快就要来接工作了。”

“哦?! 我不同意又不犯错误,部里能奈我何?”

“这又何苦呢?”

呼从简站起身走到妻子身边:“我如果潜心搞自己的事业,不会给人类连一点东西也留不下。现在到了该想后事的年纪了,一想到身后将是一片空白,就非常后悔。一种更有力量的使命感提醒我应该在这儿继续干下去,在工业上和我们的对手一决雌雄。这个厂就是我的墓碑。”

宁重以独特的内省的神态看着丈夫,她理解他,甚至在感情上也是支持他的。但她又是个内涵深厚的人,有细致严谨的性格,她比丈夫想得更多,想得也更细,丈夫冷时她能用热来调剂,丈夫热时她会用冷来降温,她的才能和德性轻易不外露,全部藏在丈夫的事业里。她笑了:“你呀,永远是个镇定的狂热分子。可是你忘了,领导一个工厂和搞一项专业有区别,有时并不取决于你个人的努力。”

“但不管什么样的经济体制,要想发展现代化工业,钢铁和机械是基础,是发动机。在这一点上,以前我们落后了,不是过头了。现在调整是不得已,权宜之计,将来还会大上。当务之急是动力和速度,我知道自己的力量,就应该过这种生活,换一种方式很难活下去,不管成功失败与否。我一当那个副省长就如同老虎进了笼子,什么也干不成了,只能当个摆设。”

他渴望采取行动,任何障碍只会使他更加振奋。好像有一股能量正从身上发射出来，这能量像电磁场一样包围了宁重。两人目光相遇了，立刻碰出了心头的千言万语，一切都不用讲了，他知道她，她也知道他。

躲在里间偷听的宁宁觉得自己非出场不可了，在一般的情况下妈妈能管住爸爸，但是当爸爸发狠了，下了破釜沉舟的决心，他就变得冷若冰霜，对什么都视而不见，听而不闻。只有她利用在家里是“宝贝疙瘩”的特殊地位，才有可能使爸爸清醒。她开门走了出来：

“嗬，气氛太严峻了，不像是亲人团聚。你们这一对旧时代的大学生，还是听听当代大学生的见解吧……”

呼从简一挥手：“小孩子家，不许乱插嘴，到外面不许乱说。现在你给我到里屋去，好好待着你的！”

女儿并不怕他，半撒娇，半认真：“一个现代化大企业的负责人不应该信奉封建家长制。将来我要奉养你们，照顾你们，现在就应该履行对你们进行开导的责任。”

母亲有点嗔怪：“宁宁，要有分寸，不许胡说。”

“妈，您别吭声，您受了三年罪啦，看我今天给您出气！”

呼从简坐回沙发上，把脑袋往后背上一靠，闭上双眼：“好吧，咱接受审判。”

呼宁的口气变得严肃了：“爸爸，我有三点建议，供您参考。第一，现在您离开这个厂正是时候，这叫见好就收。组织调动，名正言顺，堂而皇之。新厂长如果把工厂搞得更好，您是让贤有功；如果搞坏了，工人会怀念您，证明还是您对。倘若赖着不走，对新来的厂长如何处置？得罪了省、部、中央，以后人家再整你，可就没有退路了。不是竖墓碑，而是自掘陷阱……”

呼从简没有睁眼：“小精豆子，还真有点条理。嗯，第二点？”

“中国是一个整体的社会，万端复杂，连环套，拐子马，你中有我，我中有你，怎么会允许您的工厂先进入现代化？木秀于林，风必摧之！圣西门老爷爷，您的雄心大志多么幼稚可笑。您用三年的时间把一个五万人的大烂摊子彻底变了个面貌，证明您是个了不起的天才，我为爸爸骄傲。今后则会凶多吉少。如果您还想一展宏图,到省里还可以抓自己的点嘛。不要光想为自己竖碑,百年之后把骨灰撒向江河大地,不留一点痕迹在人间,才是最聪明的……"

呼从简仍旧没有睁眼:"第三点?"

"这是最重要的,别的家都是亲人往一块调,咱们家却人为地四分五裂,哥哥结婚走了,我平时住在学校里,家里只丢下妈妈一个人,清锅冷灶,还要替您揪心,得了严重的失眠症……"

呼从简蓦地睁开眼,直起身子,火辣辣地盯住妻子。

宁重生气地打断女儿的话,不让她再说下去:"宁宁,你今天是怎么啦?"

"妈妈您别管,我就是要说。您忘了自己的责任,强拗着自己的感情,这代价太大了,太残酷了。爸爸,随着社会的开放,生活的逐步现代化,人们各顾各。因此灵魂更加孤独,社会上离婚率逐渐升高,不结婚的人越来越多。与此相反,老夫老妻,将恩爱异常,越接近晚年,越是互相依恋,谁也离不开谁。这是人之常情,为许多发达国家的社会现象所证实的。爸爸,您的事业如果以牺牲家庭和妈妈的全部生活为基础,不觉得有点自私吗?"

宁重脸色通红:"呼宁,你怎么能这样说爸爸?"

"爸爸,我的建议说完了,不大顺耳,可是千真万确。您说怎么办吧?我和妈妈这回如果不把您拖走,就赖在这儿了!"宁宁的气质像个运动场上的裁判,迫不及待地作决定,分是非,帮助人,责难人。

呼从简应该承认,他的心被女儿的话击疼了,好像宁宁更接近真理。尽管她为了表达自己的真理不惜践踏了别人的信仰。他躲避着妻子和女儿的目光,眼睛里流露出惘然若失的神情,陷于一种孤立无援的境地。他的性格是越在这样的时候,越要强打精神,表现得坚定而乐观:"宁宁,真是对不起,我一向都以为你还是个小姑娘,原来你已经是个成熟的大姑娘了,能够独立地裁判父母了。而且很雄辩,把怪论说得无可置疑。小小年纪,似乎比我们更懂得社会,更了解生活,像个哲学家。好哇,你不是学物理的吗?"

“不错,明年毕业。物理就是研究事物的本质,总爱把事物的各种现象概括成几条规律,提纲挈领,鞭辟入里。因此,一九五七年各大学的物理系出的右派分子最多。”

她的话把父母都逗笑了。然而她没有忘记自己的目的:“爸爸,别打岔,您的事怎么办?”

呼从简干脆地说:“接受你的建议。”

“一言为定?”

“君子无戏言嘛。”

“爸爸不愧是事业家,当断则断。”宁宁抄起电话,对交换台说出个号码。夜晚长途电话很好要,很快就拨通了郎实峰家的电话。郎实峰也好像就专门在等这个电话:“您是郎实峰同志吗,呼从简同志和您讲话。”她把电话递给了爸爸,然后搂着妈妈的肩膀得意地做出种种女儿的娇样,支起耳朵听着爸爸讲话。

“您是实峰同志吗?对,我是呼从简,您的信我看到了。对我来说还是太突然了,没有思想准备,年前无论如何是不能向您报到了,工厂里还有许多杂事要交代。这样吧,一过年我就去省委报到……好,好,再见!”

宁重长出一口气,坐进沙发里,感激而又深情地望着丈夫。

事情已经决定下来,呼从简倒也觉得丢了一个包袱,他摆出一副轻松而又快乐的神气说:“这件事就这样定了,咱们一家子留下来,和工人过最后一个春节。初三,咱们搬铺盖卷儿走人。行不行?”

宁重点点头。

女儿站了起来:“可以,双方都通情达理,互相做点妥协。我也该告辞了。”

呼从简一怔:“你到哪儿去?”

女儿从口袋里掏出一个钥匙,举起来一晃:“招待所,带卫生间的高级房间。”

连母亲也感到吃惊:“你什么时候弄来的?”

“爸爸是大厂长,住招待所还有问题。有权不使,过期作废。Good

evening!”

呼从简晃着脑袋哈哈笑了。

“宁宁和我们年轻的时候可大不一样了。”宁重望着丈夫也开心地笑了。丈夫笑起来胸音很重,富于魅力,在他的身边,她觉得很舒服,很安然,而且充满了信心。

呼从简后背倚着办公桌,眼睛盯着妻子。他发觉宁重在来之前,头发精心地冷烫过了。别人是看不出来的,只是发梢微微有一点向里弯曲,头发显得柔软而有光泽。衣服也是仔细挑选过的,色调款式符合她的年龄和身份,又使人觉得清新不俗。呼从简每次从外地回家,只要提前打了招呼,妻子就专门在家等他,而且不让人觉察地精心把自己修饰一番。她如果陪着丈夫外出、看戏、开会、串门,就更是如此。她的小心眼儿呼从简很清楚,只是不愿意点破。她比呼从简年纪大,唯恐别人说她比丈夫老,比丈夫丑。其实她的担心是多余的。为了讨她的欢心,呼从简从来不把自己往年轻里打扮。

宁重被丈夫瞧得不好意思,心里荡起一股柔情,脸色微微发红,更显得年轻而神采俊雅,轻轻地说:“看什么,不认识啦?变老啦?”

“不,没有变。如果说有点老嘛,但也更俏啦。”他向妻子慢慢走过去。

宁重迎着丈夫站起身来。

呼从简弯下腰,轻轻地把妻子抱了起来。妻子没有反抗,顺从地钩住了他的脖子,却低低地说:“干什么?干什么?你又发疯!”

丈夫也用梦幻似的声音回答:“从今后我要天天发疯了!”

他怕碰着妻子,走得很稳,小心地用肩膀撞开了通向里屋的门。

七

虽然经过反复思虑,一家人也费了不少口舌,呼从简终于也作了离开部属一厂的决定,但是这件事在职工中引起的震动,却远远超出了呼从简的意料,使他又陷入了窘迫和犹豫之中。他似乎应该算个功臣，却突然变成了罪人，过去的一切成绩，现在都成了他的罪过……

工会在厂门口贴出了一张奇怪的海报：

球　讯

为了感激呼厂长对我厂篮球队的一贯支持，今天中午12时15分，在家属城球场组织一场精彩比赛，欢迎职工和家属临场指导、助兴。

厂篮球队——北市代表队

厂工会

2月3日

“瞎胡闹！哪有这样写海报的？提什么厂长支持呀、感激呀，都是废话。成心要煽起群众心里的某种情绪……”呼从简在电话里冲着工会主席发了点脾气。批评归批评，这场比赛他还得去看，人家是专为他组织的，不能扫了人家一番好意。他心里也想和球员们见个面，告别一下。

叶春明并不计较厂长的批评，好像这种事早就被他扔到脖子后面去了。到了中午，他把两个馒头一盘菜三下五除二地塞进肚子，就忙着到食堂请厂长和夫人以及他们的女儿去看球赛。宁宁对球赛没兴趣，她要回招待所，昨天已经约好电影导演康玄，中午聊聊天。宁重也不想去看什么篮球比赛，但工会主席的盛情难却，她只好又回到呼从简的办公室加了一件厚呢外套。这位看上去还很年轻的工会主席，风度潇洒，精明干练，善辞令，能交际，一路上凡碰到的职工或家属，没有他不认识的，没有他不打招呼的。各种各样的见面话，亲热的、尊敬的、客气的、客套的、应付的、开玩笑的，他张口就来，看来是个搞群众工作的老手。

宁重忍不住说：“叶春明同志，这十冬腊月在露天赛球，会有人来观阵吗？”

“宁重同志您放心，今天不挤破两个脑袋就是好事。您看这中午的太阳多好，把人照得都有点暖烘烘的。”

阳光的确很充足,但说它暖烘烘的却有点夸大了。积雪没有化,厂区厂外的道路,家属城里外的大街小巷,都清扫得干干净净,把积雪都集中起来,堆在每一棵树下。那些还没有长大的小树,几乎被一个个的大雪堆给包起来了。这里任何事情都有人管,大事小事都组织得很有条理。

人流从厂区和家属城的各个角落拥向篮球场,离老远就听到球场上人声喧哗,观众里三层外三层,把球场围了个严严实实。这里人们这样爱看球赛,使宁重感到很惊奇。

呼从简却对工会主席说:“春明,你去照看球队,照顾好请来的对手,别再跟着我们了,我们自己会找位子看球的。”

叶春明颇有点派头地说:“那些事有队长教练负责,跑前跑后的还有一群热心的球迷。我什么事也没有,就陪着您和宁重同志看比赛,已经叫人在前边给留了座位。”

“用不着,我们就站在外边看。”

“那怎么行?自己的厂长怎么都好说,宁重同志是我们的客人,决不能慢待。”

“没关系,你不必太客气,还是随便一点好。”宁重已经感觉出来,丈夫心里似乎有某种隐隐的不安,“海报”上做了那样的宣传,这里又有那么多人,他们要穿过人群走到前面去,岂不是太招摇了?

“呼厂长来了!呼厂长……”

“旁边那是他夫人……”

正在看队员练球的观众,都纷纷把目光扭过来望着他们,后边的人自动让开一条路,让他们到前面去,主动跟他们打招呼的人就更多了。叶春明安排呼从简和宁重,在记分牌对面的前排中间位子上坐下来。这个家属城的篮球场不及厂区的那个篮球场漂亮和讲究,但请外面的球队来比赛,多是在这个球场进行,为了便利家属、孩子和三班倒正巧在家休息的职工观看。看台——实际没有台,是平的。围着球场前五排是木椅子,后边全是站席。本厂的球员们今天似乎也不能集中精神练球,不敢转过身来盯着厂长硬瞧,却左一眼,右一眼,见缝插针,频频把目光投向呼从简。厂长有什么好看的,又不是不认识?大家的眼光是复杂的，是多种多样的。呼从简赶紧坐下来，他被众人看得心里极不舒服，浑身不自在。他并不热衷篮球运动，只是因为和篮球队有一种特殊的关系，以前也来看过几场比赛，从不招惹别人耳目。大家站在看台上，关心的是球赛，不是他这个厂长，顶多不过是身边的几个人向他打声招呼罢了。今天可算是出尽洋相了！此时，他对眼前这场球赛已经毫无兴趣了，今天是大不该来，既来了再想走也不可能了。

呼从简刚一坐下，立刻就围上来一帮人。

"厂长，听说您要调走？您可不能走，您一走咱们厂就完了！"

"嗳，你懂什么？厂长要高升了！"

"呼厂长，您高升是好事，可苦我们了。"

"厂长，今年这百分之一的人涨工资，是不是黄了？"

"您能不能办完这件好事再走？"

"……"

叶春明好像怕冷落了宁重，在一旁小声解释："去年国务院下了个关于扩大企业自主权的通知，其中有一条规定，厂长有权给本厂百分之一的职工涨工资。呼厂长接到通知后，当机立断，征求各部门的意见，各单位都做了民意测验，最后厂长拍板，全厂给四百一十五个人立刻涨了工资。这些人都是主要生产骨干，在工作上有突出成绩和贡献的。名单报到部里，劳资管理局的人傻眼了。不同意吧，国务院确实有通知；同意吧，其他单位没有这样干的。按他们的惯例，通知归通知，真要执行起来还得由上边再下文件，制定具体的条条框框，群众评议，层层把关，逐级审批，那就到猴年马月了！"

宁重知道这件事情的大概，工会主席的叙述仍然引起了她的兴趣："最后部里还是同意了？"

"当然，我们有理有据。"叶春明在温文尔雅的厂长夫人身边话很多，舌端也格外流利，"现在要想当个好的企业领导人，必须具备两个优点。一、占人和。精通现代人事关系，上下左右都有一批人，得到群众拥戴。二、吃透政策。上边一个文件，下到部委、省市、区局、工厂、街道、班组、个人，管得紧紧的。完全照搬政策，是机器人，打不开自己的天地。不执行政策,离经叛道,此路不通。怎么办?研究政策,看准了机会,一拳砸下去,救活了自己的单位,打出了自己的个性,又不违犯中央精神。呼厂长就有这样的气魄。”

宁重含笑轻轻摇头:“这算是什么气魄哟,恐怕只是你个人的总结,又经过了语言的夸张……”

“嘟……”比赛开始的哨音响了。

围着呼从简的人还不想离开,各人有各人的想法,有各人的要求,各种各样的问题包围着他。他基本上是不回答,不置可否,让围着他的人们相互抵消。工会主席站起来叫大家赶快散开,不要挡住后边人的视线,影响别人看球。

呼从简想把话题转到眼前这场球赛上,说:“春明,咱们的队员好像没有往常的那股精神气儿!”

叶春明说:“放心吧,咱们和北市队多次交过锋,他们是手下败将!”

他的话还没有说完,北市队就连进两球,先压住了对手。四周的观众大多是一厂的职工和家属,仗着人多势众,拼命给自己的球员加油。再加上一批铁杆球迷,自愿充当拉拉队,点名儿叫号地助威呐喊:

“5号,你中午没吃饭是怎么的?”

“大李,你的‘空中轰炸’哪?”

“钻天猴儿,上啊!你的‘鬼难拿’呢?”

……

一厂的队员抖擞精神,果然打出几个漂亮的好球,赶上了对手,重振军威。四周一片叫好声。但很快又连连失误,北市队的比分又领先了。一厂队员的情绪像抽风,忽而发狠,忽而发蔫,不紧张,可也不轻松。什么战术呀,策略呀,全乱套了,这场球打得这个别扭呀!教练两次叫暂停,也不管事。比赛进行到十五分钟的时候,已经让对方落下了十一分。工会主席似乎也有点坐不住屁股,脸一红一白。球场上的气氛非常沉闷,观众不为球员们叫好加油,有时反而故意给对手鼓掌。说闲话的,小声骂街的,都出来了:

“这群白吃饱、废物蛋！”

“厂里对他们太好了，把这帮家伙惯坏了。”

“应该扣他们的奖金，降级！”

呼从简感觉到有不少人的眼光不断向他这边瞟，在看他的脸色。于是，他不露声色，偶尔还表现得轻松愉快，好像根本不把这场输赢放在心上。

谁心里都明白，篮球队对呼从简有一种特殊的感情。这一带的人爱打篮球，爱看篮球比赛，以前曾有人把此地叫做“北方的球乡”。北市的代表队在每一次全省联赛中，总能打败一些大城市的代表队，进入前五名。而一厂在此地是一家最大的企业，自成系统，俗称“一市”。在呼从简来厂之前却没有一个篮球队，据说过去有过，还打不过一个中学的教工队。呼从简并不精于此道，但他感到职工的思想像一盘散沙，精神上缺乏自爱、自重和自豪感。许多人都是干活儿吃饭，养家糊口，管你工厂办得好坏，反正得发给我工资。没有以厂为家，以厂为荣，大业千秋摽在一起的感情。他想组织个篮球队试一试，派人四处搜罗篮球奇才，到处挖别人的墙脚，只要发现一个好球员，有高超的球艺，够省市一级队员的水平，或者是年纪很轻，将来大有发展的人，就千方百计弄到一厂来，甚至是不择手段。当然，主要是靠条件优厚。一厂已经扭亏为盈，厂大气魄大，财大气壮。要房有房，呼从简成立了一个两千多人的土建服务队，每年盖成五万平方米的宿舍大楼，三年盖成了十五万平方米，全都有煤气和暖气。高知楼、有特殊贡献者的现代大楼、连续三年当劳模就可居住的先进大楼等，里面一天二十四小时供应热水，每户都有浴盆。原来的干打垒小屋基本都拆掉了，建成了一座漂亮的家属城。北市的人看了没有不眼热、不嫉妒的，甚至编成了顺口溜：有儿愿进一厂门，有女愿嫁一厂人。这些条件对运动员也不是没有诱惑力。被选中的球员还可以为其家属和子女安排就业或上学。一厂的子弟中学里，有一批经验丰富的老教师，他们都是花重金从各地招聘来的。有的以前有各种各样的问题，不被重用，有的在原单位心情不畅、关系不好处或工资过低，有的退休在家，等等。他们来后的第二年,一厂中学的高中毕业生,有百分之六十七考上了大学或各种各样的中等技术学校,在全省是头一份。别人不用说,大导演康玄的儿子,去年高考落选,走呼从简的后门,把他儿子弄到一厂中学,重上高三,想今年一跳龙门。原省篮球二队的教练,就是为了两个孩子的前途,不当省队教练,也当一厂篮球队的教练。运动员都担心将来找不到一个好的归宿,凡被一厂篮球队选中的球员,可以在一厂找个好工作,还可以根据自己的专长和爱好到职工大学上学,将来不能打球了,有一个美满的结局。谁能顶得住这几条的诱惑?有人哭着喊着要到一厂来。结果,他们从北市队中挖走了两个主力,从省二队里挖走了一个,又从部队和其他城市挖来了好几个,组成了一厂篮球队。球员们来了以后才逐渐体会到,呼从简守信用,可是要拿他的钱也真不容易。三个月脱了两层皮,第一仗就是对北市队,以七十七比七十二获胜。厂威大振,自己的人在谈论一厂球队,外人也在谈论一厂球队。篮球场吸引了众多的人,它就像那面能收集太阳能的大镜子,把全厂职工对工厂的感情聚集在一起,变成一种奇妙的精神力量……

"嘟……"前半场比赛结束了,一厂的球员们垂头丧气地回到教练身边。

叶春明对呼从简说:"厂长,您过去说几句,给队员鼓鼓劲儿。"

"我没有什么好说的,这不关我的事。"呼从简漫不经心地说了一句毫无味道的话,然后就和身边的人闲扯起来。

下半场比赛一开始,一厂球队像变了个样儿,一路直追,几乎要把比分拉平。可是球员情绪忽冷忽热,剩下最后五分钟时,又乱了阵脚,结果惨败。群众一片埋怨声,还有人骂骂咧咧地掉头而去。完全不像过去,比赛结束后观众亲热地围住球员,说个没完没了,为他们拿球抱衣服。

呼从简也不想再和球员们打什么招呼,告什么别,站起身想赶快离开。但球员们却呼啦一声都跑过来,他只好又站住了。球员们却不看他,队长对着叶春明说:

“主席同志，呼厂长一走，咱们的球队就离解散不远了。队员们认为晚散伙不如早散伙，大家还要成家立业，趁早该干什么就去干什么。”说着就把工厂发的球衣脱下来递给工会主席。

叶春明求救似的望着呼从简：“厂长，这……怎么办？”

呼从简冷冷地说：“你们是以走麦城相要挟。如果你们的肩上不是扛着一厂的荣誉，不是扛着全厂职工和家属的尊严，不是扛着自己的人格与脸面，只是为了某一个人而打球，我看这样的球队解散了也没有什么可惜。”

他说完后转身就走。

八

呼从简把宁重送到厂招待所门口，说：“你到宁宁的房间里去休息一下吧。”

宁重看看丈夫，他神色镇定，嘴角甚至还挂着微笑，这说明他心里很恼火，也许是充满矛盾和慌乱。他常常是靠这种有点僵硬的微笑来掩饰自己的窘态，摆脱困境。在他的眼睛深处却沸腾着一股怒气，或者是焦虑和忧怨。

她笑了：“你不必那么当真，我看今天中午这场戏全是你那个工会主席导演的，无非是想挽留你。”

呼从简心不在焉地说：“是啊，是啊，你休息吧，晚上总工程师杨观请我们吃饭，你们就在招待所等着。”

他匆匆赶回自己的办公室，翻了好几个抽屉，才找出那半包不知什么时候买下的“救急烟”，已经干得像柴火棍儿了，他点上了一支。一会儿在屋子里走几步，一会儿又坐进椅子里，用左手托住脑袋，右手举着那支多半是任其自燃的香烟。六天前的那个晚上，他自以为一切都决定了，新厂长来了，工作交接得也差不多了。今天他才发觉，内心深处并没有彻底下狠心要永远离开这个厂。有时他甚至恍恍惚惚觉得自己还是这个一厂的厂长，要调走的事是不真实的，是荒诞的、滑稽的，一点也不可信。一些干部们挽留他，许多工人也表示很不乐意他调走,这是正常的,出于礼貌也要说几句客气话嘛,总不能人还没走就放鞭炮吧？并没有使他很动心。同志们安排了好多告别宴会,这家请吃饭,那家请喝酒,一天吃两顿,中午去一家,晚上去一家,吃到正月十五也轮不完。这使他感动,并未感到太惊奇,人之常情嘛,相处三年多总还有些情谊吧！换成别人,他也会这样干。因此全都好言拒绝了,唯独答应了杨观。这位总工程师的家里只有他一个人,他妻子是北京一个研究所的副所长,杰出的计算机专家。呼从简想把她挖来,那个研究所想把杨观挖去,就因为他们两人都太优秀了,反而得过两地分居的生活。杨观请客从来都是买现成的罐头,他们两个不仅是同事,还是知己朋友,想痛痛快快聊一番。昨天,子弟中学的教员们把他请去,挽留的言词极其恳切,请他多为成千上万的职工子女们着想。他当时十分尴尬,仿佛是他自己闹着要调走的,又无法当众解释。当初,他把一些优秀人物从别处挖到自己厂里来,有些人不是冲着一厂这个大门脸儿来的,而是冲着他呼从简这位厂长来的,他当时答应人家自己要在这儿干到退休。现在他一拍屁股走了,岂不是把人家坑了！今天,篮球队又演了一出苦肉计,想逼他发火,激他猛醒……这一切都不是他的光荣,而是他的耻辱！他经营了三年,怎会把偌大的一个国家企业,变成他的私人产业,他一调走,人心就要乱,怎么会有这样的结果呢？人家有高升的,也有下降的,谁会碰到这样的局面呢？任何值得为之终生奋斗的事业,总要有轰轰烈烈的接班和交班,他这算是哪一类的交接班呢？倒像个要被人扔到水里去的猫一样……

呼从简自嘲地笑了。

有人扭动门把,发现门上并未上锁才敲门,可是门已经被推开了,进来几个人:“厂长,我们来过好几趟了,一直锁着门。”

办公室秘书递给他两份文件,生产处的干部送来几张报表,有的需要厂长签字后上报或打印下发,有的只是向厂长提供生产上的各种重要的数字,便于厂长掌握情况,指挥全厂生产。好像呼从简不是马上就要调走了,仍然是这里的一厂之主。

呼从简喜欢这样,感谢部下只要他在厂里留一天,就把他当一天厂长看待,嘴上却说:"你们装什么糊涂?这些东西应该交给新厂长。"

"呼厂长,你真的丢下一厂,撒手闭眼了?"

"嗬,这儿真热闹哇!"呼从简的门一开可就关不上了,一拨儿又一拨儿,光有来的没有走的,直到屋子里实在装不下了,才有人开始撤退。有人来找呼从简有事情,有人什么事情也没有,只想看看他。有人心里做了准备,有许多话要对他讲,有的却根本不想说话,只是默默地站在后边听着别人和呼从简交谈。房子里烟雾腾腾,七言八语,结果谁也没有机会说出自己心里想说的话,说的都是套话、废话……

康玄也来凑热闹了,此公正当壮年,却留着长发,蓄着大胡子,这副容貌在工厂里是十分招眼的。难怪他走到哪里都有人围着,光凭他这个样子就真够十五个人瞧半月的。眼睛虽然因缺少睡眠而微微泛红,但光芒闪烁,精神逼人。似乎正处于创作的巅峰状态,周身燃烧着艺术家的激情。而且不论走到什么地方,都得以他这位导演为中心。他的脚未进门,就先声夺人,嗓门比别人还高两度:

"对不起,各位师傅,我要拦大家一句。你们都知道,我的摄制组在这儿蹲一天就是好几百块,同工厂一样,我们也讲成本核算,闹不好摄制组的人就没有奖金。前几天好不容易下了一场大雪,我们连轴干了好几天啦。因此请你们大家原谅,我现在要独自霸占呼厂长一到两个小时。后天要拍摄几个大场面,需要和呼厂长商量一下……"

不管电影界的人物长相和打扮多么奇怪,在工厂里还是处处受到欢迎和照顾的,干部们纷纷告退,办公室里很快就只剩下他和呼从简了。

呼从简:"我能帮您什么忙呢?"

康玄:"从简同志,自从我到一厂来深入生活,写出剧本,一直到带着摄制组来拍戏,都得到您最大的帮助和支持,还在创作上给我出了许多有价值的好主意。我十分感谢,影片完成之后,我带着拷贝到省委去看望您。今天要跟您研究的是后天那场戏怎么排,您是主角,我是导演,咱们两个必须配合好。"

康玄的话把呼从简说蒙了:"您是不是拍戏拍红眼了,拉我当什么主角?"

康玄:“您听我从头说。您的突然调走以及全厂职工对您的真诚挽留,使我感动,也引起我的深思。干我们这一行,有感就想动,我忽然爆发了强烈的创作冲动,想趁机拍一部艺术短片,题目暂时想叫《升比降好吗?》,如果您不满意还可以改换。这种形式国外早就有,美国奥斯卡金像奖有二十四个项目,其中有一项叫‘最佳真人真事短片’。我的这部短片,也想在今年的全国电影评比中拿彩。听说今天中午在篮球场上的场面就非常精彩,我因为通过采访您的女儿想了解您,错过了这个好机会。不过还可以补救,后天家属们请您吃饺子,家属城换牌子,我是决不放过这样的好镜头,千方百计也要拍好。”

呼从简提高了警觉:“什么吃饺子、换牌子?”

康玄:“您还不知道?这么大的事情怎么会不跟您本人商量?每年初一的早晨,您不是都要到家属城给职工和家属拜年吗?今年家家都要请您吃饺子,这么多人家,吃谁不吃谁?家属委员会做了决定,每户只许送十个饺子,准备了三个大笸箩盛饺子,还有其他一些小节目,在鞭炮声中把家属城的牌子换成‘呼从简新村’。家属们想得多好……”

呼从简一惊:“有这种事?!”

他抄起电话:“接工会……工会吗?叶春明在不在?噢,他被新来的厂长找去了,叫他回来后到我这儿来一下。我是呼从简……噢,你好,谢谢。”

呼从简放下电话,郑重地对康玄说:“导演同志,如果您那部故事片的拍摄工作已经结束了,我劝您立刻起程,让摄制组的同志回家过年。我不同意您那个另外拍摄一部短片的设想,也不会在您的摄影机下扮演一个角色。家属城不会换牌子,我初一也不会去吃饺子,一会儿我去家属委员会解释这件事。请您谅解。”

兜头一盆冷水,康玄还想说服这位厂长,他实在不想放弃自己觉得尖锐而又新鲜的主意。但呼从简态度坚决,没有商量的余地,而且显得焦急和繁忙,他似乎还有许多事情要办,已经站起身来准备送客了。康玄只好伸出胳膊,用力握了一下呼从简的手:“打搅了,我理解您的难处,这就是我们的现实!今天太冒昧了,再见!”

送走了康玄，呼从简在屋里打转，自己去一趟家属委员会好呢，还是让叶春明去劝说更合适？这家伙一定什么都知道，让他去制止更好……

“嘟嘟嘟”。有人敲门。

“请进。”

进来的是杨观，清瘦，细高个，风度洒脱。手里提着个黑色人造革书包，里面鼓鼓囊囊不知装了些什么东西。扫了一眼屋里：“她们母女哪？”

“在招待所里。”

“走吧，到家里去说话。绕一下到招待所叫上她们母女。”

“你先走，我还要等一下叶春明。”

“等他？一时半会儿他恐怕来不了，正在新厂长那儿研究篮球队的事。”

“篮球队？”

“叶春明自作聪明，今天中午这场戏很可能要弄假成真。”

“怎么？新厂长真想解散篮球队？”

“不叫解散，叫整顿。整顿思想，整顿作风，明确为什么打球，为谁打球。”

“噢……明白了。是啊，这一切是不会使新厂长感到愉快的。”

“叶春明前几天还召集厂职工委员会的委员们开了一个会，会后以厂职工委员会的名义给部里发了个长电，不同意你调走，措词有不周全的地方，或许是激烈了一些。恐怕也被怀疑是有人从中做了什么手脚。”

“无疑是指我在做手脚了？”呼从简胸中鼓起一股怒气，“这个叶春明，他哪来的胆子？这是搞了一连串什么名堂？！”

“他还十分勇壮，自觉是站在工人的立场，维护工厂的利益，有权对厂长的去留做出实实在在的反应。只是忘了一条，党政工团，他的工会只排行老三。”杨观突然话题一转，“老呼，你想什么时候走？”

呼从简看看手表：“现在就走。七点钟有一班火车，还来得及。”

杨观一惊，但很快又点点头，笑了：“这就是呼从简的力量之所在。我现在也改变观点了，不坚持非留你了。好吧，这包东西你带到火车上，一家子当晚餐。”

“你帮我给招待所打个电话，把这个决定告诉宁重娘俩，叫她们过来检查一下行李。我去跟大家告别。”呼从简恢复了坚毅和爽朗，开门大步而去。

“大将风格！”杨观用赞赏的目光望着呼从简的背影，不觉轻声自语。

下　篇

九

年高德劭的高其南医生，可算是中华医院的胸外科权威了，他坐在自己的办公室里，逐字逐句地审核关于宫开宇的手术方案。这个方案完全是照他的要求制定的，但他仍然不放心，重新考虑每一个技术细节。他曾做过无数次大的手术，其中也包括给一些很有名望的人动刀，严格地讲宫开宇根本算不上是什么名人。可是高其南仍然感到这次手术情况特殊，他的手术刀仿佛搅到一场权力斗争和家庭纠纷的官司里去了。他没有绝对成功的把握，在自己的良心上又不得不承担过分沉重的道德责任，不能不使他感到紧张和犹豫。但对宫开宇来说，这的确又是一次难得的机会，季节最好，春暖花开，万物复苏。而且这次手术主要的操刀者是美国专家组组长艾伦·修斯特。前年，高其南曾作为中国心脏专家小组的成员，在美国工作了三个月，这次艾伦·修斯特来华是作为回访，同样也在中国几个大城市里协助工作三个月。他已经向高其南详细了解了宫开宇的病历，下周一的上午，他将为本市四家医院里的五个心脏病人做手术。修斯特是美国一流的心脏专家，按理说用不着怀疑他的外科技术，但高其南不可能事先有把握地判断别人的行为，特别还是个外国人。作为外科医生更不可能全面考虑到隐藏在病人身体内的许多偶然因素。不论科学技术多么发达，终究是隔皮看瓤,胸腔打开以后不知会发生什么意想不到的事情……

胖胖的护士长黄玉秋,身上带着一股风推门进来,她的动作一点也不笨,像她说话一样干脆利落,把宫开宇的手术报告单往老医生的办公桌上一放:"高主任,他老婆不签字!"

"噢,为什么?"高其南抬起吃惊的眼睛,"她说出什么理由吗?"

"她能有什么正道的理由?!还不是又把宫部长数落一顿,话说得可难听了。她说既然宫开宇提出离婚,就是恩断义绝,不承认家庭,不承认她是他的妻子,现在死也好活也好,还找她签什么字?叫他的情妇给签字嘛!"

"这像什么话?太过分了。他们不是没有离成吗?"

"沈清不同意离,她不需要宫开宇这个人,可是需要部长级的小楼、工资和一切物质待遇,她怎么能同意离婚呢?她说宫开宇作风有问题,宫开宇说她不正派,而且提出离婚,肖初白又告沈清诬告。罗圈官司,一年半载打不完,谁知会拖到什么时候!"

"既然没有办手续离婚,在法律上说还是夫妻嘛,理应签字。"高其南推推鼻梁上的银框眼镜,显出一筹莫展的神色。法院都断不清的案子,叫他这个外科医生有什么办法?他的刀再快,能除痛祛病,却斩不断生活的乱麻,解除不了社会上的种种弊端。黄玉秋是他们住院部最能办交涉的人物,她拿不来沈清的签字,还有什么办法呢?又问:"即使这个沈清不通情理,难道她对老宫也没有一点夫妻情分了吗?他们毕竟是一起生活了几十年嘛。"

黄玉秋愤愤地说:"这个女人没情没义没良心,宫部长住了半年多的医院,前几个月还经常闹死闹活,她就不来看一眼。您还看不出她够多狠心!"

"怎么办?要不请她的领导出面,帮助做做工作。"

"我去过了,找到了那位代部长富胜康,他哼哼叽叽跟我打官腔,说这是私事,组织不好出面干涉。这些当头儿的太滑了,他以前对宫部长还不错,顶了人家的位置反而翻脸不认人了!法院对宫开宇的事都没有做结论,他却以群众有反映为理由,主持部党组开会,建议取消宫开宇人民代表的资格和参加全国党代表大会的代表资格,这不是欺侮人吗?!”

这位护士长在业务上很能干,可就是知道的事情太多,操心的事太多,她管的闲事也太多,常常使高其南感到不安:“他们部里的事情咱就不管了,你没跟富胜康同志讲,这次机会难得,是老宫自己要求的……”

“我的老主任,越讲这个,富胜康就会越不同意。”

“为什么?”

“您想想看,宫部长不做手术,今后就丧失了工作的能力,永远不会到部里去上班了,对富胜康也就构不成威胁了。如果宫部长做了手术,就有两种可能:一种是手术失败了,人也就完了;也许手术成功了,宫部长又能工作了,他富胜康还往哪儿摆?”

“噢……那就没办法了。”高其南摘掉眼镜揉揉眼窝,“这就不是我们的力量所能解决的了!”

他重新戴上眼镜,盯住他的玻璃板下一个新做的书签。老医生娴诗词,善书画,喜欢用各种不同的字体书写一些名人的警句,自制成一个个别致的书签,压在办公桌的玻璃板下。书签有时也会不翼而飞,那是医生护士们根据自己的喜好,各取所需。书签被别人拿走了,高其南还会再做一些新的放在玻璃板下。上个月他制作的一个十分精致的书签,至今尚未被别人拿走,人们大概是不喜欢写在上面的那句话,况且又不是真正的名人所言。那上面写的是:

悲剧比没有剧好。

——宫开宇

是啊,有一次宫开宇的一位老朋友来看望他,称他是个悲剧人物,宫开宇随口说出这句话作为回答。恰巧被检查病房的高其南听到,他心里一动。宫开宇确实就是这样认为,还是自慰?或者是自嘲?他是个悲剧人物,这一点倒是说对了。

近几个月来，他的病势趋于稳定，虽然不是明显地好转，但暂时不会再威胁到生命，并可以在病房里做一些少量的轻微的活动。于是，他仿佛知道自己的时间已经不多了，像安排后事一样，拼命工作起来，把病房变成了办公室，他的病房俨然成了中国管理学会的总部。各大学研究经济理论和工业管理的讲师、教授们，在工业系统各部门从事管理工作的干部和科技人员，还有一些学者和在基层工作的人，川流不息地拥到他的病房里来，议论经济问题，讨论管理办法。宫开宇给这些人出谋划策，为他们的书写序言，并联系出版社出版。他的病房里堆满了各种各样的资料以及中文和外文的书报杂志，他的住院生活变得紧张而又热烈了。好像他离开了部里那个是非纷纭的环境，摆脱了繁琐的日常事务，用不着时时刻刻再为复杂的人事关系伤脑筋。他陷在一种自己喜欢的学术气氛里，可以见自己想见的人，说自己想说的话，写自己愿意写的文章。光有一个天才的头脑还不行，必须要有相应的地位和权力。宫开宇是个住医院的副部长，并不是被免职的副部长，仅是这一点，就可以对那些只有个聪明头脑而没有多少权力的专家学者们，提供很多帮助了。权力可以使人沉沦，也可以使人升华。对有的人，权力就如同模特儿穿的时髦的外衣，脱去这漂亮的外衣，什么也没有了，里面空空如也。对于宫开宇不是这样，没有权力他是一把钢锥，有了权力，顶多在钢锥上加了个木把。

一开始，高其南对宫开宇的这种精神状态表示惊讶，他是病态的反常的表现，还是神经过分坚强，自我克制到残酷的地步，或者是过分健忘？大概任何痛苦和烦恼都是暂时的，世界上没有永恒的东西，只有没有生命的东西才不会死。宫开宇的毅力及其坚强而又充实的生命力使他的医生感到惊叹，这个瘦小枯干，从外表看甚至是过分病弱的躯体里，还蕴藏着相当可观的能量。也许是逍遥的住院生活滋补了他的灵性，使他的精神更豁达了。他成天忙碌而愉快，病势并未加重，在几乎丢掉了部长的权力之后，却又被那些学者们选为中国管理学会的副会长，他正积极筹备想成立一个管理学院。谁能说得清这是可喜，还是可悲？对这位宫开宇任何人都很难保持中庸态度，要么佩服他,要么忌恨他。他的部里的同事,比如那位富胜康同志,也许是持后一种态度,认为他住在医院里还不老实。奇怪的倒是住院部的医护人员,却大都对他怀好感,对他那些明显违犯住院规定的事情睁一眼闭一眼,甚至还为他提供种种方便……

高其南站起身,把宫开宇的手术报告单装进白大褂的口袋里,又从玻璃板底下抽出那个上面写有宫开宇语录的书签,走出了办公室。

一〇

高其南走进宫开宇的病房,见这位特殊的病人正趴在桌上奋笔疾书,旁边放着一大摞刚写好的信件。他听到背后有脚步声,没有回头,也没有停笔。这是病房,没有先敲门后进屋的规定,反正进来的不是医生便是护士,他们只要认为有必要,任何时候都可以闯进来。人只要一住进医院,就如同一条鱼养在试验室的玻璃缸内,一切活动都在别人的观察之下,没有任何隐秘可言了。而医生在病人的眼里,一句话,一个眼神,一举手,一投足,仿佛都寓意无穷,含着许多不能告诉病人的秘密。在精神上这是多么不平等啊!

“老宫同志,还在忙哪。”

“噢,高大夫,失敬了,快请坐。”宫开宇赶忙放下笔,抬起身子让坐。

“别动,用不着这样客气。”高其南在桌子旁边的一把椅子上坐下来,扫一眼桌上那一堆墨迹刚干的信封,说:“一次写这么多信?”

“平时欠账太多,接到人家的信件应该及时写回信而没有写,现在是到了彻底清还债务的时候了。”宫开宇脸上的气色比半年前白了,也稍微胖了一点,也许是虚肿吧。目光还是像以前那样开朗和坚定,盯在老医生的脸上进行心理钻探和感情扫描,他担心下周的手术会节外生枝。

高其南不知是由于生性过于严正,还是医生的职业造成的,神色总是铁板一块,对任何人从来都不机械地装做和蔼。他的心里却并不是一块铁板,他躲开了宫开宇的目光:“来,把胳膊伸过来,我看看您的脉。”

他摸着宫开宇的脉,实际是想准备好自己的措辞,他还没有想好怎样跟宫开宇谈。隐瞒已经瞒不下去了,把实情摊开,病人受得了受不了? ……

“再把那只胳膊给我……怎么样,您的精神上对这次手术做好准备了吗?”

宫开宇笑而不答。他知道只有自己表现得更能沉得住气,没有丝毫的好奇心,才能逼得医生们说出他们想说的话。高其南心里一定是有事的,很可能和下周的手术有关……

老医生放开了宫开宇的胳膊,从口袋里掏出那个书签,放到宫开宇面前:“那天无意中听到您说了这句很有意思的话,做成了书签,给您留个纪念吧。”

“谢谢。”宫开宇仔细端详着书签,玩味这其中的含意:“好字,名不虚传,功力不浅。可惜,我的这句话太平平常常了,真有点不配用这么好的笔墨把它书写出来。”

“怎么,您不喜欢自己的这句话?”高其南叮了一句。

“真话往往是并不讨人喜欢的。”宫开宇还在绕圈子,引逗老大夫说出他难于开口的话。

“老宫同志,关于手术问题您是不是再慎重考虑一下?”高其南终于把谈话绕到正题上来了。

“高大夫,您还看不出来吗?”宫开宇拍拍桌上的那一摞信封,“我差不多把自己的后事快料理完了。”

他说得很轻松,神情安然。可是他话里包含的那种决心,就像雷雨时放出的电流一样,能动摇一切,却不被别的东西所动摇。使别人害怕他,躲避他,他却不必害怕别人,躲避别人。仿佛“死”——对他施展不出半点权威。高其南根据自己在多年行医中的观察,一般人越到老年越怕死,越接近死亡的人对死亡的恐怖越强烈。宫开宇貌不惊人,难道独有一颗特殊的灵魂? 还是故作镇静,一切都是装给医生看的? 也许是由于在个人的生活上一生都不大得意,对世间已没有什么可留恋的了？不，倘如此，他又何必抓紧一切时间在病房里办公、著书立论呢？在医生眼里，任何一条生命都是宝贵的，高其南则尤其为宫开宇感到可惜。平时他听到自己手下的医护人员讲了不少关于宫开宇的事情，有权力有地位的人他也见过一些。但是，像宫开宇这样有学者的气质和风度的掌权人，其学识和地位是相统一的、其气度和魄力同权力是相统一的人并不是很多。他不该在这时候就走到了这一步，医生们都为之慨然惋惜，他自己就一点不感到遗憾？

"老宫同志，我不想吓唬您，也不能用空话安慰您。我只想实事求是地提醒您，手术后确实会有两种结果，根据您的身体状况，可以说要担很大的风险。可是，如果不动手术，就像现在这种局面，我担保还可以维持相当一段时间。至于以后嘛，那当然还要看病情的发展以及您的精神和身体状况而定……"老医生费了很大的力气，似乎把心里想表达的意思说出来了。

"高大夫，出了什么事情？这个方案最早是由您提出来的，您自己怎么又动摇了？"

"解铃还需系铃人嘛！"高其南想用一句笑话遮掩自己的窘态。

宫开宇没有笑："高大夫，我不需要照眼前这种局面再继续维持下去，这不叫活着，叫苟延残喘。几个月来是靠药物，靠你们的抢救，靠我自己心里那口气支撑着。现在该说的说了，能办的办了，同社会的各种瓜葛也将全部斩断了，剩下的只有一条路——手术。失败了，毫不可惜，我已铁心破釜沉舟，还可为你们今后医治这种类型的心脏病提供一点经验。但也不是完全没有成功的可能性，至少有百分之一的希望吧？倘侥幸成功，我还可以重新工作，或者像现在这样，坐在屋子里动脑、动嘴、动笔。如果不动手术，连这百分之一的希望都没有，只有慢慢等死。我是不会当那种只会喘气的死人！高大夫，您有什么困难可以告诉我，但决心不能变，除去手术没有其他选择。"

医生在宫开宇这样的病人面前是不好隐瞒什么的，他对自己病情的了解，并不比医生知道的少。几个月来，他所以能把病房变成了办公室，做出了其他这类心脏病人无法想象的事情，是由于中华医院同部里的特殊关系,他得到了医护人员许多特殊的照顾,以现代的医学技术,要想在某一个病人身上创造出短时间的奇迹,并不是不可能的,何况他自己心里还憋着一口气,前些日子还不想就那样死去。许多医护人员保他,有政治上的原因,希望他有朝一日重回部里主持工作。也有感情上的原因,敬佩他做人的力量,同情他带有悲剧色彩的生活经历。一切都正像他自己说的那样,如果不做手术,只能活一段时间,却不可能过一种像他这种人不可或缺的精神生活。

"可是,您的家属却不同意冒这样的风险,不肯在手术报告单上签字。"高其南在心里赞成宫开宇的想法,像他这种人不会同意好死不如赖活着的。

"噢,原来是这么回事!她不签字恐怕并不是像您说的出于对我的关心……非得要有她的签字吗?"

高其南点点头。

宫开宇脸上现出一种愤怒的表情,在医生面前他又竭力想用自嘲掩饰胸中的怒气,脸都有些变形了:"真是滑稽,我的命运倒掌握在一个对我毫不关心的人手里。"

老医生也无可奈何:"没办法,这是必不可少的手续,非得要获得直系亲属的同意并签字,我们才能为病人实施手术。"

宫开宇沉吟了一会儿,很有把握地说:"好吧,这件事让我来想办法。但恳请您不要再对做手术三心二意了,主任动摇,您手下的医生就会失去应有的信心。"

老医生颇感惭愧:"我也希望能不错过这次机会,护士长找了沈清同志,也找了部领导,都碰了钉子。您有把握吗?"

宫开宇笑了:"您放心,不会让医院作难的。正副部长是内阁成员,我请总理或者一位副总理为我的手术签字,总该行了吧?同时,我还可以请我的律师去找沈清,她若同意离婚,当然就用不着她签字了,我会请别的直系亲属签字。如果她仍然不同意离婚,就得签字。总之,我们不应该因这些手续问题,而影响手术的正常进行。那岂不是因小失大?!"

高其南困难地说："不履行必要的手续，一旦发生意外，医院将担负不起法律责任。"

"您放心，我会把一切都办周全的。"

"那好，那好！"老医生站起身，叮嘱说，"这几天不要见客，不要看书写作，保持充分的休息和心情平静。如果您不能控制自己，我将派护士采取强制措施。希望您能配合我们。"

"一切都照您的吩咐办。"宫开宇送走高其南，叫护士给自己的秘书打电话，叫他立刻到医院来。

二

每周一、三、五是做手术的日子，急诊例外。心脏病动刀，大都要开膛破胸，可以说多是大手术。然而今天手术室内外的气氛，同往常做大手术可不一样。

往日，病人一被推进手术室，能活着出来，还是死的出来，就很难逆料了，等在手术室外面的女性亲属，总禁不住暗暗抽泣，有的甚至毫不掩饰地放逐眼泪。亲属们相互劝慰，相对而泣。但不管家属们多么担惊受怕，多么伤心，都不会影响整个医院森然肃静的气氛。不论手术大小，成功或失败，都不会动摇整个医院，医院的人照旧不动声色，安之若素。

今天，却恰恰相反。病人似乎没有女性亲属守候在手术室外，也没见有什么男性亲属，因而也就没有人为手术室里那位吉凶莫测、生死难卜的先生流泪哭泣。但是，今天的手术却惊动了整个医院，医院失去了固有的平静和谐调，气氛显得紧张和躁动不安。医生、护士们的神情不再是莫测高深或冷若冰霜了，他们显得急切而又心不在焉，失去了往日的镇定。老在手术室周围团团转，或三三两两凑在一起小声嘀咕一阵。手术室里出来一个人，或者有人要进去，他们总要围上去打听几句什么，如果有人传出一句话，说手术室里需要什么东西，他们便会不请自到，积极去办。

手术室旁边还有一间电视室，坐在这里可以了解手术室里所发生的一切。但一般医护人员是不能坐在这间房子里的,副院长和本院一些优秀的医生坐在电视屏幕前,他们和手术室的医生可以通话,必要时会提醒在手术室操刀的医生应该注意什么事情,有点像机场的指挥塔。今天他们主要是想观摩艾伦·修斯特是怎样为这种心脏病人做手术的。

手术室外面的一溜长椅子上坐着十几位病人的朋友,亲属不多,朋友不少,这也够稀罕的。其中多是老者,也许比病人的年纪还要大,他们是经济学界的教授、专家和国务院其他部委的干部。看上去都是一些有身份的人,正襟危坐,不苟言笑,举止深沉,心里喜怒哀乐都不形于色。如果有个外人打这儿过,无论如何也猜不出躺在里面手术台上的是个什么人物。按民间的常规,似乎是地位低的守候地位高的,年轻的守候年长的(儿童病人除外),下级守候上级……这套规矩在这儿全不适用。今天守候在手术室外面的人,不论是讲身份、地位和级别,还是讲年龄,有的比病人高,有的比病人低,甚至相差十分悬殊。

今天早晨六点钟就来到医院的黄玉秋,按理说把宫开宇送进手术室,就没有她的事了,可以休息几个小时。她却心绪不宁,没有目的地从这间屋子跑进那间屋子,在那间屋子里还没站住脚就又走了出来。一看到等在手术室外面的这些人,心里的火气就更大了:瞧瞧这些老先生的样子,就跟来参加追悼会一样!

"护士长,"一位老者叫住了黄玉秋,这些人都来医院看望过宫开宇,当然也就认识她这位泼辣能干的护士长,"手术进展得还顺利吧?"

"我只管病房,管不着手术室,怎么能知道手术进展的情况?"黄玉秋说话没好气,把老头子们给噎住了。

她看到有些老先生还想说什么,一瞧她的脸色又把话咽回去了。黄玉秋心里觉得不合适,不该往他们头上撒气,这些老头儿都是好人,不然也不会到这儿来坐着。她放缓了口气说:"高主任和两位主治医生操刀,我们院的权威们都坐在电视室里盯着,有意外的情况可以随时商量,帮助手术室的大夫出主意。胸腔已经打开,到目前还算顺利,没有发生什么意外。"

"修斯特没有来?"

黄玉秋看看手腕上的表说:“他十点钟来,宫部长排在第三个,他做完就走,后边还有两个。”

“这叫什么办法?像演员赶场一样,出点差错就是人命关天!”听这口气,说话者好像也是个领导干部。

黄玉秋解释说:“美国人只管做主要部位的手术,就是治病的那关键的几刀。其余的大量工作,开胸,缝合,止血等等,都是我们自己的大夫做。”

“架子不小!”

“协议上就是这样规定的。”黄玉秋突然看见富胜康从楼梯口上来了,也向这边走过来。她可真没有想到他还会来,是黄鼠狼给鸡拜年,还是想演一出诸葛亮吊孝?

富胜康神情庄重,向他认识的人点头打过招呼,问了几句关于手术的情况,别人把刚才黄玉秋讲的内容简单跟他重复了几句。这位代部长气色红润,身体还是那么好,在老练沉稳中也偶尔露出掩藏不严的卑俗的气质。他找个位子坐下来,和身边的人轻声交谈。叫这些人一比,富胜康的言谈举止就显得既缺乏风雅,又全无气度,然而这些并不妨碍他官运亨通。他的到来,使长椅上这支等待看宫开宇手术结果的队伍,变得成分更复杂了。几位学者像老和尚打坐一样,闭上了眼睛。

黄玉秋也一直侧身而站,装做没有看见她丈夫的顶头上司。有个干部轻声问她:“最后究竟是谁为老宫的手术签了字?”

黄玉秋:“国务院负责同志给签的字,那位沈清同志也来了一趟,不但给签了字,还哭天抹泪地挺伤心。”

“这还不错嘛,好。”

副院长和两名医生走出电视室,到楼下去等那个美国人。

“时间快到了!”护士长轻声说了一句,也跟下楼去。

还差几分钟不到十点,艾伦·修斯特就在副院长的陪同下走出了电梯,他只有中等身材,却大步流星,一句话不说,边走边解上衣的纽扣,还没进手术室上衣已经脱掉了。

手术室外面的气氛也立刻紧张起来,有人已经坐不住屁股了,低着头在楼道里走来走去。

有好几个护士站在电视室门边，她们看不到手术室里的情景，却想听到偶尔从手术室里传出的只言片语，好判断手术进展到了什么程度。

值班室的电话响个不断，都是来询问宫开宇的手术情况。黄玉秋自己也不知道实情，心里又急又烦。每逢铃声一响，她抄起话筒喊一句："成功了！"也不管对方听懂没听懂，就把话筒又扔下了。

按计划，应该在十点半钟送修斯特走，那就是说手术中没有发生什么意外，一切都是按计划进行的。可是现在已经十点三十八分了，修斯特还没有出来，出了什么事？黄玉秋实在闷得受不住了，她也挤进了电视室。

手术显然是碰到了意外的情况，修斯特还在忙活着，白大褂的前胸和袖子上似乎有星星点点的血迹。当他直起身子的时候，高其南问他："这些细血管为什么不缝合？"

修斯特没有反应，老医生忽然意识到自己精力过度集中，忽略对方是个外国人了。他又用英语重复了一遍自己的问题。修斯特摇摇头，咿里哇啦咕哝了一阵。坐在屏幕前的一个医生向副院长翻译说："修斯特说没有必要，细血管里的血流一会儿能自动止住的，自己会长好。"

高其南向要离开手术台的修斯特表示了谢意，然后决断地用汉语向两个助手下了命令：

"凡能找到的血管，不论大小，尽量全部缝合。给美国人做手术是不管毛细血管的，他们白人的血小板中凝血致活素和我们不完全相同。"

谁也没有想到，正是老医生的这两句话，他的经验和谨慎，救了宫开宇一条命。当天修斯特为五个病人做了手术，死了三个，原因就是没有处理小血管。修斯特为许多美国人做过同样的手术，也都是这样干的，病人的小血管会很快自己凝住，从未因此而造成死亡。这是后话，宫开宇出院后还有一段热闹哪！

先说眼下，手术室里和电视室里的气氛也像被止血钳夹住了一样，紧张而又沉重，谁也不知道将来会发生什么事。副院长起身要去送修斯特,挤在门口的黄玉秋和其他护士只好先退出来。守在外面的老先生们,没有一个还在椅子上坐着,站在手术室和电视室门前,焦急地等待从里边传出消息。一见黄玉秋出来,立刻围上她:“怎么样?”

护士长脸色发黄,紧张得不知怎样回答才好。摆摆手,嘴里吐出两个含意不清的中文字——“没事!”

1983年4月17日

收 审 记

准犯人·准监狱

我头一次感到自己居住了几十年的城市竟然这么大，这么乱，这么挤，没有一条正路，像个巨大的蚂蚁窝！

吉普车像一只小甲虫，艰难地爬过闹市区。人是这样的多，神色是这样的悠闲自在，这样的幸灾乐祸，这样的冷漠可憎。在这蚁群般的人流里什么角色没有：丑的、恶的、坏的、毒的、阴的……不论什么人物，都活得很逍遥，为什么偏偏让我赶上这倒霉事？

吉普车朝着东北角方向的郊区驶去。他们要拉我到哪儿去？看来这次谈话不同寻常，我正好把肚里的火气全抖搂出来，包括严茂顺、朱刚、刘青萍这些人的老底儿。我盯着坐在前面座位上的雷彪，看不见他的脸色，但我能猜得出，此刻他的神色一定流露出那特有的冷峻和轻蔑的笑意。这家伙总是那么自信，那么霸道，那么居高临下。他又要审问你，又不容你辩解和说真话；他一口一个代表政府，自称他办的案子，一万年也翻不了。那口气就好像他不是工商管理局的干部，而是中国最高法院的院长。他身体前倾，双手抓住扶把，昂头盯住窗外，连背影都像一头猛兽，透出逼人的凶气！他那身工商局的灰制服也令我讨厌。坐在我旁边的警察则穿着绿制服，一副冷冰冰的目光不看车外却专盯着我，好像我是犯人，时刻防备我会跳车逃跑。

我忽然觉得有点不对头，工商局姓雷的找我谈话，为什么要拉上派出所的警察做保镖？开车的也穿着一身警服。莫非要送我进监狱？

我心里没病，立刻否定了自己的猜想。我知道本城的监狱在城西，不在这个方向。再说他们要真的送我进监狱，无论如何也得先给我看看逮捕证，只能让我坐警车，而不是这种北京吉普。眼下是八十年代，不是“文化大革命”时期了，报纸上不是天天都在讲“法制”吗？

我在心里给自己鼓劲儿，让紧张的神经松弛下来，心里觉得坦然多了。我扭过头去，无所畏惧地用同样轻蔑的眼光盯着身边的警察。不行，在这种无声的精神较量中，我没有占上风，警察的目光透出一种无声的压力，我把身子坐正了，可他那冰冷的目光还在我心里扩展。也许是他那身警服帮他占了上风。如今各式各样的官服太多，法院是铁灰色，检察院是浅灰色，海关是黑色，交通警察是白色……近几个月来，穿官服的人对我刺激太深了，眼前一有官服晃动，心里就不免产生戒惧。连做梦都是一套套绿色的、灰色的、蓝色的官服跟我纠缠不休。哪怕是个稻草人，只要穿上一身警服，也足以吓我一跳。我突然明白了，我怕的不是雷彪和各色各样的警察，我怕的是他们身上的衣服，这衣服代表权力，代表强大，代表陷阱……

一头大黑猫猛然蹿上马路，吉普车紧急刹车，司机骂了一句脏话。

黑猫像虎崽子一样壮硕肥大，它跑到马路中央忽然停住了，掉头盯着我们的吉普车，目光闪闪如贼，通身漆黑发亮，没有一根杂毛。

我心里咯噔一下，黑猫挡车，是吉？是凶？

“轧死它！”雷彪恶狠狠地催促司机。

“等等，看。”

从楼房底下的垃圾箱里钻出十几只大老鼠，大摇大摆地横穿马路。

“看到了吧？耗子搬家，猫给开道。”

司机开心地摁响了喇叭，为这支猫鼠大队奏乐。马路两旁的行人也都停止脚步，指指画画，大呼小叫，观看耗子示威。

这是一群耗子精，黑猫率领着它们穿过马路，向河沿走去，所到之处，行人纷纷躲避，毛发倒竖，起了一身鸡皮疙瘩。

我看见一片老鼠的海洋，它们个个身长半尺，毛呈黄褐色，铺天盖地、浩浩荡荡，刹那工夫它们把吉普车的帆布篷子、轮胎、车下的橡皮管子啃得精光。

雷彪这个不可一世的家伙，浑身筛糠，蜷缩在座位上。我们四个人眼看就要变做老鼠口中的美餐。

谁料，满山遍野的老鼠突然扔下我们，向河边拥去，像没长眼睛一样纷纷跳进激流。前面的被浪涛卷走了，后面的没有任何游移，照旧往下跳！吱吱呀呀，争先恐后，倒也悲壮！

我的意识忽然化作一缕轻云，飞出窗外，飘得老远老远，是任何警察和雷彪之流根本达不到的地方。如果我的身体也像意识一样自由该多好，变作一股愤怒的烟团，直冲霄汉，躲开人间这个蚂蚁窝，哪儿清静到哪儿去。……

或者，我的意识变作怒涛，吞没世间的一切。我的身体则变成一叶小舟，漂荡在自己意识的浪潮上。

马路刷上颜色，路两旁的旧楼房涂上五颜六色的油漆，内部几近腐朽，外表却焕然一新。然而最会刷色的还要数太阳，它给万物都镀了一层金。

边道上摆满个体户的货摊儿，高空挂着无奇不有的服装，如同扯着万国旗。低空是无奇不有的货架子，表面上看起来很热闹，其实并没有多少好东西，这个摊、那个摊，摊摊大同小异。我给大儿子买了一双旅游鞋，样子很好看，看上去也挺结实，只穿了一个月就破了。假的，一切都是假的。漫天要价，就地还钱。

地上摆着鸡、鸭、鱼、肉和各种青菜，对虾大概涨到二十块钱一斤了，按说应该给陶波买点吃的。真吃不起呀！

吉普车忽然减速，钻进了一幢奇怪的建筑物。外表像一座学校或是机关，但高墙上有铁丝网，门口有持枪的警卫，唯独没有招牌，我感到气氛不对。

怎么,难道这真是一座秘密监狱?要不就是劳动教养所之类的地方。今天如果能够平安回去,真应该吃对虾。

我的意识突然呈现一片空虚状态。

我应该急忙想出自己的对策。他们把我骗了,这样秘密逮捕我是非法的,是侵犯人权、违背宪法的。可是,我什么主意也想不出,什么也来不及想。

吉普车停住了,警察先跳下车,然后冲着我一声断喝:“下来!”

他这是在对我下命令吗?如同吆喝一只狗,一只猫,声色俱厉又带着明显的厌恶。雷彪那张脸也变了,带着不想掩饰的恶的快感。在一个小时前他们可是笑脸对我:“工厂里谈话不方便,我们找个地方谈谈。”我也真混呀!当时就应该问问他们要到哪里去谈,为什么旁边还站着一个警察?为什么全厂的职工都拥出来看我?我不该糊里糊涂地就爬上吉普车,还莫名其妙地向围在大门口的职工笑着挥挥手……

我陈公琦真的要坐大牢?

“喂,陈公琦,你发什么怔?跟我走!”警察又是一声吆喝,他已不想遮掩从心底暴露出来的虚伪和冷淡。看来我今后得让自己习惯这种腔调。

雷彪和警察把我带进正面的那座楼房。进门就是一个小前厅,后面对着楼梯,左右连着一楼的走道,门口站着两个全副武装的公安警察,旁边放着两条长板凳。押送我的警察让我坐在板凳上等着,他进去大概是替我办什么坐牢的手续了,留下雷彪看守我。

“陈公琦,到了这个地方你可要老实点,最聪明的办法就是彻底坦白交代自己的罪行!”

雷彪那阴沉沉的声音像烧红的铁块,突然烫伤了我的灵魂。愤怒使我的情绪镇定下来,刚才还像一片空白似的意识渐渐凝聚,像锥子一样开始探测眼前的处境。

这简直是儿戏,他们有什么法律依据敢逮捕我,我相信他们拿不出任何证据能够证明我贪污受贿了三万元!也许这只不过是一场误会,雷彪想吓唬吓唬我,公安局可不同于工商局,也不同于我那个倒霉的工厂,他们一弄清真相就会把我送回家的。

从左边的屋子里突然传出一阵女人的叫骂声:“你们这些王八蛋,一块儿上吧,姑奶奶赌等着!”

声音不高,却是从牙缝里挤出来的,带着无比的愤怒和蔑视。

雷彪那异常险恶的目光瞟了我一眼:“怎么样,要不要带你去见识一下?”

我想是他自己抑制不住暴戾的冲动,领我来到一间屋门口。他介绍说:“这叫‘红号子’,专门教训犯人的地方!”

我禁不住走近屋门口,透过观望窗看见四个男人在折磨一个姑娘。姑娘是个冷面美人,一双眼睛灼灼如野兽,头的两侧和两条赤裸的胳膊上捅着四根电棍。她摇摇晃晃,最后终于站稳了,丝丝地说:

“还有吗?再上,姑奶奶经得住!”

雷彪那阴毒的声音又在我身后响起来:“看见了吧,你要不老实,也得尝尝这电棍的滋味。”

一阵寒战掠过我的脊梁。

但是,最后胆怯的不是那姑娘,而是那四个男人:“得了,黄荣,算你骨头硬。我们是帮忙的,只要你别捣乱,别再逃跑,我们犯不上跟你过不去。”

姑娘愤愤地唾了一口痰:“哼,我算什么,惹急了姑奶奶,我把什么都捅出去。”

“得得,姑奶奶,你回号子好好待着去吧。”

姑娘骂骂咧咧地走出“红号子”。

雷彪甚感扫兴,好像是他在我面前丢了脸。等那四个汉子走出“红号子”,他凑上去很不服气地说:“你们也太废物了,怎么连个女流氓也治不服?”

前三个人瞪他一眼没吭声,走在最后的汉子没好气地说:“你懂个屁!你有能耐来试试。这些人都是亡命徒,有朝一日他们从监狱里出去,要是找我们算账怎么办?你家里没有老小?他们以不值钱的命换你一家人的命，你干吗？你不想留点退身步？”

我心里涌起一阵快意，原来警察的心里也怕犯人。这回该轮上雷彪脊背发凉了……

我为自己的立场变化得这么快感到惊奇。到目前为止，我在心里还不承认自己犯罪，只相信自己是个国家干部，也许还算得上是奉公守法的公民。怎么一进了监狱大门，感情不自觉地就偏向了犯人一边，同警察以及警察所代表的强大力量产生了一种无名的对立情绪。

难道我把自己当成犯人啦？

“陈公琦，进来！”

押送我来的警察把我推进一间紧靠前厅的屋子，他随手又从外面把门关上了。屋子里坐着几个警察，个个表情严酷，心里似乎藏着腾腾杀气。他们说话的声音也不带任何感情，好像我不是一个活人，只是一个没有生命的物件。

“把衣服脱下来。”

“什么？”我心里一凉，这不是玩笑，也不是误会。心里仅存的一线希望破灭了，我出不去了，真的要蹲大牢！

“你听不懂中国话吗？把衣服脱下来！”

我浑身发僵，连心脏也仿佛被绝望冻住了。

“快点，都脱光！”

我被扒得一丝不挂，陡然暴露了自己的软弱性，慌忙蹲下身子，用双手和膝盖护住自己的生殖器。屈辱把我的灵魂撕裂了。

警察对我的生殖器和灵魂毫无兴趣，只关心我的衣服和口袋，把钥匙、零钱、钢笔、纸片等所有东西都没收了，然后才让我穿上经过精心搜查的衣服。

“你进十三号。”

好个吉利的房号！

十三号牢房在二楼，走上二楼我又被大牢头摸身搜查了一遍。我走过一间间号子，大号子里关着四五十个犯人，小号子里只关着十几个。十三号虽然是个不吉祥的数字,却是一间小号子。十几个相貌古怪的犯人,像老和尚一样盘腿坐在通铺上。本来是面朝墙壁,听见看守开锁的声音全都扭过脸来,且死人一般冷漠的目光盯着我。他们全都胡子拉碴,有的长,有的短,有的密,有的稀,有的黑,有的黄,身上的衣服各式各样,但全都够脏的,一个个像野人。我想起自己的两度被搜身,明白他们不是有意要留胡子,而是没有工具收拾自己的脸面。他们没人说话,没人动弹,我却觉得四周伏卧着一群穷凶极恶的毒蛇猛兽。而自己只不过是个落入猛兽之口的倒霉的小动物。

看守问:"哪儿还有空地方?"

没人搭腔。我闻到了停尸房的味道。

一股巨大的恐惧和悲哀,几乎要使我窒息。到现在我才不得不相信自己真的成了犯人。今后就要生活在这个兽笼里。

看守指指靠近门口的有块门板大的地方:"你就睡在这儿吧。"

看守出去了。犯人们开始移动,向我逼近。我眼前晃动着狼的牙齿,虎的眼睛,还有蛇的咝咝声。

"嘛案?"

"经济案。"

"多少?"

"……三万。"我咬牙报出了别人给我定的罪名。

"嘿,你可捞足了!"

"有前科吗?"

"没有。"

冷不防我的尾巴骨上挨了重重地一击,分不清是皮鞋、拳头还是脸盆,整个脊椎一阵剧痛,身不由己地瘫在地上。

他们是那样默契,似乎早就商量好了对付我这个新犯人的办法,打了我,又不让我看清是谁下的令,谁动的手。他们抖开一块臭烘烘的破被单子往我头上一蒙,立刻扒去了我的上衣和裤子。我双手紧紧拉住短裤弯起身子,护住最脆弱的部位,把脑袋和后背就豁出去卖给了他们。

他们并不急于痛打我，像野兽戏弄到手的猎物一样，用手捏捏我的胳膊，用脚踢踢我的屁股、踩踩我的脑袋……

"这老小子，身上一点油水没有。"

"白捞了那么多钱，吃闷心食不长肉。"

"……"

我全身都在颤栗，自尊心被彻底打碎了，做人的全部尊严只剩下双手紧紧拉住的那条破短裤。仅仅是皮肉受苦还不算什么，一种万事皆空的绝望撕裂了我的心！

"'帽花'来了。"有人喊了一句，犯人们停了手，纷纷爬回床上盘腿坐好。

是送饭来的警察救了我。我记住了一句黑话：犯人们管警察叫"帽花"，大概是根据警察的帽徽想出来的。

看来"帽花"什么都知道，却又装做什么也没看见，不问我为什么赤身裸体地躺在水泥地上，更不看我身上那青一块紫一块的伤痕。我懂了，这里有自己的法律，这法律并且获得了警方的认可。他们对我的这顿苦揍，是警告我必须要遵守这里的法律。这意味着我是双重的犯人，既是警察手里的犯人，又是老囚徒治下的犯人。

我立刻觉得自己也变成了野兽，而且是一头受伤的野兽，如果谁再敢碰我，我也会扑上去乱撕、乱咬。什么人格的尊严，人类的文明，在这里狗屁不值！我忍着周身的酸痛，爬起来慢慢地穿好衣服，坐到通铺上属于自己的那块门板大的领地上。

犯人们不再盯着我。那饥饿的目光贪婪地望着地上那一篮子玉米面窝头和半桶清汤寡水的菜汤。但是谁也不敢动手，一个脖子精细老长、浑身脏兮兮的犯人，小心翼翼地先把菜汤表面那几滴可怜的油花撇到一个碗里，再用勺子海底捞月，把桶里仅有的几片菠菜叶捞到同一个碗里。然后拿了三个窝头，规规矩矩地送到一个黄脸犯人面前。那黄脸汉子不用问是这间号子里的首领，只有他一个人不看窝头却看着我，神情阴鸷而狡诈，眼珠像被毒药浸泡过的弹头，似乎在等着我过去给他叩头称臣。我憎恨这个人，他比警察对我有更大的威胁，我在心里紧张地戒备着……

其他犯人一拥而上，每人拿上两个窝头盛了一碗菜汤。我数了数，算上我，全号共有十八个犯人。

最后还剩下细长脖和我没有吃，篮子里只有三个窝头，地上放着两碗菜汤。细长脖子又毫不客气地拿走两个窝头和一碗菜汤，得意地看了我一眼："不管饱不饱的，你就凑合点吧。"

我看看那个被许多人都捏过、已经发黑的也是篮子里最小的窝头，一阵恶心。眼下我如同坐火箭使身体失重一样，不过不是上天，而是下地狱。脑袋晕晕乎乎的，五脏六腑都像放错了位置，根本不想吃什么东西，更不会啃这别人的剩物！我算见识了监狱的伙食，估摸现在连十点钟还不到，他们吃的这是早饭，还是午饭？我在硬邦邦的通铺边上铺好自己的床单，垫好枕头，躺下去，闭上眼睛。我现在最需要的不是吃饭，而是冷静下来认真想想，自己到底出了什么事，今后怎么办？

"嘿，这小子穷性还挺大！"

"'鹰头'，他不吃这个窝头，归我吧？"

叫"鹰头"的人没有说话。

我不知道自己在这样的环境里能够活几天。"车到山前必有路"——是一句骗人的鬼话，我现在就是车到山前没有路，命运的形成是身不由已的，仿佛有恶魔推赶着，恍恍惚惚如堕入一个凄惶悲怆的梦境。这要真的只是一场噩梦该有多好。周围一片冰冷，无尽的寒意堆积心头，我就这么引颈待毙吗？

球球刚五岁的时候，我带他去逛动物园。在路上他磨着我猜谜语："一物坐也坐，站也坐，走也坐，睡也坐。打一动物。"

一下子还真把我难住了，好像我的儿子是个天才，心里惊诧而又得意："这个谜语出得不错，谁教给你的？"

他那滚圆的小脑袋一歪——他一出生脑袋就像个透明的肉球："幼儿园的老师教的，你猜不着吧？"

"我猜着了，是青蛙。"

“我再给你出一个，一物坐也卧，站也卧，走也卧，睡也卧。再打一个动物。”

我假装猜不着，儿子高兴地开导我：“这是蛇，专吃青蛙。”

“球球真聪明，爸爸这就带你去看蛇。”

动物园里很清静，饲养员正把一袋子青蛙投进蛇笼。球球不解：“爸爸，为什么要把青蛙放进蛇笼子？”

“蛇肚子饿了，青蛙是它的食物。”

“老师说青蛙是益虫，不应该害死它。”

“蛇也是益虫……”我的话还没有说完，蛇笼里发生了暴乱，看样子蛇不太饿，样子懒洋洋的。青蛙则饿得很，大概是被捉住好几天了。它们身处险境，先镇定了一下情绪，一只大个儿的青蛙先朝一条小蛇下了手，一蹦一咬，三甩两甩，像卷面条一样把小蛇吃下去了。一条粗大的花蛇爬出窝，十几只饿极的青蛙对着蛇头撒尿。花蛇被蛙尿刺激得晕头转向，它们乘机一拥而上，卡住花蛇的脖子，边抓边咬。虽然有一只青蛙被花蛇叼住了大腿，花蛇的身上也受了伤，被憋得半死不活。

“哎，你是不是想绝食？”

我睁开眼，又是那个细长脖，像鸱枭一样俯视着我，脸上流露出一股顽劣的恶意。我惊魂未定，不敢招惹他，翻个身又闭上眼睛。

“呀，你真是狗咬吕洞宾——不识好人心！”

“‘鸟屁’，别搭理他，饿他三天就老实了。”

那个细长脖叫“鸟屁”，黄脸汉子想必就是“鹰头”了。这是他们的外号，还是监狱里的黑话？

我不愿说话，这里没有我能够与之对话的人。周围没有一个可以说说话的人，这有多难受！人不交往，心不交流，就如同生命失去了维生素。精神的饥饿，人群中的孤独，才是我的致命伤。伤在灵魂上。家里知道我被抓到这个地方来了吗？我憋闷得眼珠发胀，孤独得像黑沙大漠里的一只野狼。我克制着不去咬别人，也躲避着别人的撕咬，惶悚、紧张、狼狈。想麻痹自己的理想和情感，我得接受现实，让自己学会当一个犯人。

不,我不承认这现实,我不是犯人!体内残存的热量在凝聚,想抵御这无边无沿的寒冷。要知道外面正是春天,莫非我在发高烧?

有人揪住我的头发,狠命往上一提,我不由自主地坐了起来,痛得我眼冒金星。

“你倒舒服,你以为这是养老院了,可以吃饱了睡大觉。”

是那个黄脸汉子。眼光粗暴而又阴森,通身到下带着一种混沌的疯狂。我被他的神色震住了,嗫嚅地说:“你还想干什么?”

“叫你懂点规矩。我是这个号子的号长,告诉你,除去吃饭睡觉,拉屎撒尿可以活动一下腿脚,其余时间必须冲着墙盘脚坐好,不许乱动!”

我打不过他,骂不过他,想拼命拼不过他,在他面前只能采取一种低姿态,按他的要求规规矩矩坐好。我看看其他人,却东倒西歪,什么德性都有。这里确实是一片荒漠,文明人类的法则在这里不适用,弱肉强食,人性荡然无存!

黄脸号长想在我面前显示自己的权威,突然大吼一声:“都给我坐好了!”

犯人们赶紧挺直腰板,盘好腿脚。

他仍不肯放过我:“你叫什么名字?”

“陈公琦。”

“以前是干什么的?”

“除去没当过犯人,什么都干过。”

“也当过头头?”

“当过南郊农机厂的厂长,当过轻工机械厂的生产科长。”

“太棒了,就应该叫你们这道号的来蹲监狱!”他对我凝视着,仿佛要把我吸到他的眼睛里去。

他那张透着一股邪气的脸让我憎恶,使我受不了。我控制不住突然爆发的怨恨情绪,叫了起来:“为什么?为什么要让我坐监狱?我没有罪,他们抓错了,我很快就会被放出去!”

黄脸号长阴毒地笑了，他发笑比他发怒更让人发瘆："你没有罪，谁他妈的有罪？真正有罪的不到这个地方来！"

我不能老是叫他问我，也主动地反问他："请问号长，这里是什么监狱？"

他像野兽一样瞪着我："你是装傻，还是真傻？这里不是监狱。"

我心里一惊："什么，这里不是监狱？那这是什么地方？"

他的嘲笑像镣铐一样沉重："你是哭了半天还不知坟头在哪儿。这里过去叫'盲流收审站'，现在叫'双打收审站'。知道什么叫双打吧？"

"打击经济犯罪和刑事犯罪。"

"运动一来监狱爆满，收审站一下子增加了好几百个犯人，这样多热闹！打击犯罪，就是增加罪犯；增加监狱，就是增加犯人。"

"我们算犯人吗？"

"不是犯人比犯人更倒霉。这里名义不叫监狱实际比监狱还坏，每天一个人发给八两窝头、两碗菜汤，还不如文明养猪场的伙食好……"

"收审站？"我眼下对伙食好坏不感兴趣，我关心的是这个地方的名称和性质，"这么说，我并没有被正式逮捕？"

"进这儿来的人都叫收留审查，查清以后无罪的释放，有罪的正式逮捕法办。"

有股希望的火苗重又在我体内燃烧起来，驱赶着胸中的寒气。这里不是监狱，我没有坐监狱。只要一提审就好办了，我会把问题的来龙去脉都说清楚，收审站的警察跟我往日无冤近日无仇，他们会公正地对待我的问题，会通情达理地放我出去。

我盼着快点提审，也许下午，也许明天……

鹰头·鸟屁

正式的监狱里也是这样对待犯人吗？我不得而知。为什么不让犯人读书看报，不组织他们学习？不是要教育犯人改过自新、重新做人吗？真正需要洗脑筋的人来了，为什么又不给洗呢？一天到晚让犯人练“和尚打坐”有什么好处呢？这是让他们闭目思过，还是一种惩罚？让他们规规矩矩、老老实实，不许乱说乱动？……

人的智慧总是有限的，我感到自己太简单幼稚，无法理解和适应这个收审站里的生活。实际上没有一个犯人(严格地讲我们还不是犯人，叫做什么呢？准犯人——太咬舌头了；收审员——太好听了，倒好像是公安局里的一种干部职称。实际上收审站里上上下下，包括我们这些被关押的人，都把自己叫做犯人)，认真地打坐思过，一个个东倒西歪，有的打瞌睡，有的胡说八道。胡说八道也得有词儿，这些人缺少的就是新鲜词儿。你看一个个那神头鬼脸的样子，说好听的叫胸无点墨，用骂人的话说叫狗肚子里盛不下二两荤油，能说出什么新鲜词儿？脱口而出的都是脏话，要不就是自己那点作案的手段和从别人嘴里听来的荤笑话，相互都讲过无数遍了，连他们自己都听腻了。这里是一块精神沙漠，每进来一个新的犯人，大家都像过生日一样兴奋。可以打打人，寻找一点皮肉的刺激，还可以听到点新鲜故事，滋润一下空洞干渴的灵魂。

我从他们那野兽一样瞪着我的目光中感觉到了。上午，他们那闲得发痒的拳脚把我的皮肉饱餐一顿；现在，他们那饥饿的灵魂又要吞吃我了。

黄脸号长是牢房的统治者，他的话就是法令，没有人敢违抗，他似乎比警察的权力还要大。他本人却是自由的，可以躺，可以坐，可以在地上溜达，还可以任意支使别人，打骂不听他摆布的犯人。

他摆出一副傲然自负的神态：“都他妈的给我坐好听着，陈公琦，你交代吧！”

他老是这样一惊一乍，真要把新犯人的屎尿都给折腾出来。幸好我已经有点稳住神儿了，跟他装傻：“号长，你叫我交代什么？”

他蛮横地说：“这是规矩，每个新来的犯人都必须老老实实地向同号难友介绍自己的犯罪经过。你可以对‘帽花’说瞎话，不许对我们隐瞒,否则别怪我不客气!"

又搬出他的规矩,该审我的不审,却让这帮不逞之徒来取笑我。

同号的犯人们也开了腔:

"讲讲你是怎么捞了三万块。"

"有没有娘儿们给你帮忙?"

"你捞了那么多钱,肯定玩儿了不少女人,讲点有味儿的。"

"对,看你这个管痨样子就是个搞女人的老手。来点花哨的,最好把哥儿个的老二(生殖器)给说硬了。"

"好,哈哈——"

不讲是不行了,我必须得过这一关,不知后面还会有什么花样。怎样讲,从哪儿开头呢?用不着正儿八经,我感到自己也渐渐地变成了野兽,我和他们之间只是一种赤裸裸的兽性拼搏。当环境逼迫人不再尊重自己时,就无所谓丑恶或下流了!对付黄脸号长和犯人们这种惹不起的强硬态度,厚颜无耻是最好的和解办法,能软化他们和我的关系。要表现得跟他们一样,甚至比他们更坏,才能取得他们的谅解和尊重。我能做到这一点吗?我的事情本来枯燥无味,但要尽量说得生动引人,又不能糟蹋自己——

"说起我的问题一言难尽。也许你们不信,我真的一丁点罪也没犯!几个小时前是稀里糊涂被骗到这个地方来的……还是从头说吧,去年年底,打击经济犯罪工作组突然进驻我们厂,宣布我是贪污受贿三万元集团的首犯,勒令我停职检查。每天还要到工厂保卫科早请示、晚汇报,像'文化大革命'中对待牛鬼蛇神一样。真是祸从天降,一棍子把我打蒙了。这是从哪儿说起呀?我不服,向上级写了告状信,控告工作组侵犯我的公民权。我老婆是市级模范教师,知道我发生了这么大事情,又急又气,下班回家在雪地上跌倒,把腿摔断。我索性就拒绝上班,在家里服侍老婆。连工人们都说,我敢蹲班,敢反抗工作组,就证明我心里没有鬼——因为我不是傻瓜,没有理不敢胡来。我在家里蹲了三个月,今天早晨工厂保卫科的人到家找我,说要检查生产科的小金库,我是生产科长不能不来。我一进厂门就看到全厂停产,工人们都拥到大门口看我,工商局的雷彪和一个派出所的警察说要找个地方跟我谈话,把我哄上吉普车,一下就送到这个鬼地方来了。"

坐在我旁边的犯人眼睛里还有点善意,但连腮胡子跟头发一样长,毛茸茸的像个大马猴。说话的声音也挺亲近,不像是怀着恶意:"那三万块钱是怎么回事?工作组总不会凭空捏造吧?"

我叹了一口气:"咳,这怎么说得清楚……"

号长不耐烦了:"不敢说出来就证明你的心里还是有鬼!"

"大马猴"也安慰我:"老陈,反正大家都闲着没事干,你说出来也好帮你分析分析。把肚子里的话都倒出来,你心里就会觉得好受。"

我胸口堵得发慌,涌起一阵阵莫名的悲哀。我不愿意向眼前这样一群人展览自己的痛苦和不幸,向亲人和领导都说不清楚的事情,对这些犯人能说得清楚吗?他们无非是想听点笑话,寻寻开心,而对我来说讲述这一切是非常沉重的。

犯人们不再面对墙壁,而是都望着我,一双双令人戒惧不安的眼睛里流露出愚蠢的好奇心、伪善的恻隐之心和对恶的向往。我突然激动起来,眼前这些家伙不是野兽,是人,是跟我一样的人。古往今来没有无犯人的社会,犯人不一定都是坏人。就像有阴就有阳,有夜就有昼,有输就有赢一样。有良心和昧良心的要成一定比例,世界才能保持平衡——不会太好,也不至于毁灭。我受了冤枉,焉知他们当中就没有被冤枉者!我自己也成了犯人,为什么还这么蔑视犯人?他们即便是坏人,也是明的。我们都是这个到处布满陷阱的疯狂的文明社会的牺牲品,还有什么高低贵贱之分呢?他们决不会比严茂顺、雷彪、朱刚、刘青萍这样的人更坏。我用不着防备他们,为什么不尽情发泄一下心里的闷气?!也许"大马猴"说的有道理,说出来心里会好受些。

我一下子承认自己是犯人了,接受了眼前的事实。一旦把自己变成了犯人中的一员,心理上的障碍就拆除了,态度也大不一样。我抬起头,眼睛迎着众犯人灼灼的目光,把受伤的腰身活动一下,让后背靠在墙上,双腿从屁股底下抽出来,坐得更舒服一些。我情绪的突然变化把犯人们给稳定住了,连霸道的黄脸号长也没有干涉我破坏了他的“和尚打坐”的规矩。

“我的事可以讲三天三夜。”

这像一部评书的开头,果然把犯人们吸引住了。

“先讲案子是怎么犯的。朝阳旅馆有个服务员,专门拉拢客人到他家去赌博,实际是替他老婆拉皮条,他老婆卖淫。客人们赌完钱就跟他老婆睡觉,不管是输是赢,最后都得把钱留给他老婆。每天晚上他的房子里总有一帮外地人,吃吃喝喝、玩玩闹闹,这样的人家必然遭到邻居的厌恶。有天夜里邻居告到了派出所,警察从他家里抓出两个东北老客。这两个东北人咬出了严茂顺和我。

“严茂顺是怎么个人呢? 从前也当过工人,一九六一年下放回到农村。他虽然当了农民,并没有真正种过几天地,挑着个担子走街串巷爆玉米花,有时还到城里贩卖鱼虾或做点别的小买卖。一九六九年我筹办南郊农机厂的时候他找到我,求我给他安排个工作,我叫他当了业务员,全家人由农业户口变为商业户口。当时我对他的印象特别好,他长得矮胖,秃顶,神态活像一尊欢喜佛,叫人感到敦厚牢靠。年纪比我大两岁,皮肤却又红又嫩,脸上一点褶儿也没有,以后我才知道那是叫酒精泡的。他一天三遍酒,早晨一睁眼皮就离不开酒杯,除去嗜酒如命以外还好色。但是,他有活动能力,说话办事讲义气。直到现在我也不大相信是他成心害我……”

我讲乱套了,犯人们不可能听得明白。幸好他们没有打断我,似乎听得还挺来神儿。我只得按自己的思路继续往下讲:

“还是讲讲工厂为什么要害我吧,我得罪了书记兼厂长朱刚,我为什么会得罪他? 有我说得清的原因,比如嫉妒和因为两个女人。也有我说不清的原因,也许我天生就是这种倒霉的命! 就说在南郊下放期间,我把只有十几个人的拖拉机站发展成二百多人的农机厂,给公社赚了大钱。事业扩大了,公社领导争权夺势,闹得我这个外来户混不下去了,一九七五年借着落实政策又回到城里。先在一个小铸造厂里开汽车，一九七八年落实知识分子政策被调到轻工机械厂当设计科长。那时候轻工机械厂是个亏损大户，产品陈旧，价高质次，没人要。我毕竟在唐山矿冶学院机械系念过两年书，以后因病休学，在新华业大又上了三年，才拿到大学本科的毕业文凭。很快就发现了工厂赔本的症结所在——技术大权掌握在一个二把刀手里。此人叫刘青萍，是工厂里有名的黑美人……”

“细长脖”舔舔嘴唇，冷不丁插进一句：“嘿，黑美人，这名儿太甜了，长得什么样？”

我把眼光转向这个可怜的色中饿鬼：“既然大家叫她黑美人，就说明她有点黑，但是黑得俏皮，黑得迷人，高鼻梁，深眼窝，有点混血儿的韵味。身材高挑儿，双腿修长，牛仔裤一穿屁股绷得滚圆，长得确实漂亮。而且待人热情洋溢，说话毫不拖泥带水，能说能干。她只不过是个高中毕业生，进厂后本应该下车间当学徒，不知为什么，人长得漂亮在生活的道路上也容易一路顺风，她被分配到设计科当工艺员，帮着工程师鲁植搞设计、编工艺。鲁植自然很高兴收下这样一个漂亮徒弟，很快两人的关系就好得非同一般了，可谁也抓不着什么事情。鲁植虽然有老婆孩子，但基本上长住在工厂里，跟黑美人饭票不分家，同一个碟吃菜，同一个盆喝汤。多少年之后，黑美人要嫁人了，她的丈夫就是劳动工资科管分配的那个干部，当初他把黑美人往设计科分的时候，两人也许就有了某种默契。鲁植却妒火中烧，心里不愿意黑美人结婚，但又拦不住。有个星期天他喝了一肚子闷酒，邪火攻心，找到黑美人的家里去闹事。正赶上黑美人丈夫的弟弟妹妹都在，把鲁植臭打一顿，还用烧红的铁筷子在他脸上烫了个乘号！从此他在工厂里就算臭了，下放车间劳动。设计科的大权落在黑美人手里。

“我上任之后一眼就看出来了，黑美人能说能道，咋咋呼呼，对技术上的许多关键问题一知半解。我是新官上任，雄心勃勃，一心要干出番事业来。先把技术大权抓到自己手里，然后起用鲁植。想不到黑美人跟书记的关系更不一般。鲁植一回设计科，她就被调到下面一个大车间当副主任，反倒堂堂正正地成了中层干部。工厂渐渐起死回生，不久我听说同公司的一个小厂要倒闭，立刻上下串联，磨破了嘴皮子才把那个厂子拉进来，跟我们厂合并。工厂壮大，更新设备，搬进新厂房，扩大生产，一年后产值就提高了一倍多。我自知搞技术工作不如鲁植，我的特长是抓生产管理，就建议党总支让鲁植当设计科长。一开始上上下下都不同意，还揭出他过去的一些问题：困难时期盗窃厂里电器，干私活，曾被关押过一年。总之，这个人身上小毛病不少，但我们又不是提拔他当道德科的科长，用他一技之长又有什么关系？好在他有大学毕业生的牌牌，又正赶上知识分子走红，最后总算通过了。任命我当了生产科长。

“我抓生产本是驾轻就熟，有了科长的职务指挥起来就更是名正言顺，把全厂生产拨拉得哗哗转儿。不是我在这儿跟你们瞎吹——如今我当了犯人，已经没有资格没有脸皮说大话了。事实是我的权力越来越大，况且我又有文凭，公司里已经有人透出风要让我当厂长。朱刚没有学历，党政分家闹腾好几年了，他不可能老是书记兼厂长，早晚得让出一样。我猜测他的心里宁愿让出书记的头衔，也不放弃厂长的职位。现在的企业里厂长比书记的权力实在。这样一来我就对他构成了威胁，因为我不可能当书记，要提拔只能是顶替他当厂长，正是掏了他的心肝肺。我不是官迷，实事求是地讲，我当厂长一定会比他当得好。但是朱刚搞权术，我十个陈公琦摞在一块也斗不过他。他把黑美人又从车间调回生产科当副科长，什么事情都找她，显然是准备夺我的权。根本不适合做管理工作的鲁植得寸进尺，也想竞选厂长，把我当成对手。乱上加乱，我的生产科里还有个女统计员，叫许掌妹……”

楼道里突然响起一阵急促的哨音，把我着实吓了一大跳。

“查号啦！”

犯人们急急忙忙面对墙壁坐好。

看守打开我们牢房的门锁，三个服装整齐的警察走进来。前面两个依次去检查每个犯人的东西，跟在后面的瘦高挑儿一直向我走过

来,他两颊深陷,不怒也威。盯着我问:

"你叫陈公琦?"

"是。"

我感到自己的面颊因紧张而不停地抽搐。一则不知查号是怎么一回事,二则以为他要提审我。

"你进来的时候为什么不带铺盖卷儿?"

"这……"

他难道不知道我是怎么进来的?

"我们已经派人通知你的家属,快点给你送来。"

"谢谢。"

我嘴里发出的声音几乎被自己心跳的声音淹没了,我等待他说出那至关紧要的话。然而他不再吭声,只是用眼光审视我,我被他冷峻的眼神震慑,只觉得自己的衣服又被扒光了,五脏六腑被他的目力刺个透底。然而我却猜不透他眼睛深处藏着的秘密。他的脸像石头一样冰冷和僵硬,好像勉强才克制住对我的厌恶和蔑视,连刚才说话的腔调也似乎没有抑扬顿挫,一下子把我拒于千里之外。我问心无愧,又何必这样害怕警察?像发烧一样猛烈袭来的恐惧感和自卑感,令我自己感到屈辱和震惊。这里真不是人待的地方,进了号子门,不是犯人也成了犯人。

他不想再跟我说什么了。这难熬的沉默,他那公事公办的冷酷气概快要把我压碎了!

另外两个警察已经例行公事地把每个犯人的东西都检查了一遍。

瘦高挑儿的警察问黄脸号长:"崔朝柱,你这个号里有什么事吗?"

"报告江科长,我的号里不会出事的。"原来他叫崔朝柱。

江科长又对"细长脖"说:"杨光,你到审讯室来一趟。"

杨光突然紧张起来:"江科长,是不是要放我?"

三个警察没有搭理他,转身向号外走去。

我比所有的人都更着急,慌忙下床铺紧追一步:"江科长,什么时候提审我?"

咣当一声,牢门在我面前锁上了。

江科长停住了脚步,却没有回头:“你等着吧。”

我几乎要瘫在地上,双手抓住门把稳了稳神。我要有志气真应该一头在墙上撞死!

我忽然对警察也感到亲近起来,他们要在号子里多待一会儿,多跟我说说话,我也会感激他们的。我心里很明白,自己是想家,想见到妻子儿女,想听到他们的声音。现在我才体验到老婆孩子对我有多么重要,多么珍贵!我对不起陶波,当她得到我被关进监狱的消息时会怎么样呢?她受得住这一次的打击吗?我那不争气的眼泪簌簌地流下来了,我不敢回头,不能让犯人们看见我哭。

崔朝柱还要叫我继续往下讲自己的故事,有几个没心没肺的犯人跟着起哄:

“对,刚才正讲到带劲儿的地方,那个许掌妹后来怎么样了?”

“大马猴”替我打圆场:“‘鹰头’,陈公琦太累了,他身上又有伤,叫他站着歇一会儿,反正时间还长着哪。”

崔朝柱开了恩:“那好吧,晚上再讲。”

我感激旁边的“大马猴”,犯人里也有好人。现在我哪还有心思讲自己过去的事情哄着他们玩儿。我坐得太久了,站着确实也是一种休息。让眼泪自己慢慢地停止,干涸。我默默地对着门闭着眼,仿佛离开了这个拥挤的囚室,置身在硕大苍凉的空间,自己的身体也化作一股喷涌升腾的浓烟……

一只黑色的小蚂蚁从门缝里爬进来,我蹲下身子把它抓到自己的手心上。看它在我的手掌里、胳膊上飞快地爬动,小爪子搔得我痒痒的,非常舒服,非常亲切。它也是个生命,是个活物,而且比我更加弱小。如果我想在它身上发泄自己的怨气,两个手指一动就能把它碾死。

它为什么要爬到牢房里来?可怜我,想陪伴我?我感激它,生怕被别的犯人看见它,抢过去把它弄死,让它顺着我的袄袖自由自在地向纵深爬去。我不再感到孤单，身上寄养着一个可爱的小生命。它让我感到自己是强大的，是善良的，甚至是自由的，身上充满勃勃生机，脑子里也不再缺乏正常人应有的想象力……

我身上开始发痒，是小蚂蚁在跟我亲热，刚开始我能感觉出它爬到了什么部位，渐渐全身都刺痒起来，好像通身爬满了蚂蚁。这小东西可真解闷儿，我忘记了自己眼前的处境，忘记一切烦恼，只顾抓痒，应付小蚂蚁要的把戏。

我的肚皮上突然像被针扎了一下。蚂蚁翻了脸，连三并四又在我腰上啃了几口。大概它想往下爬，被腰带拦住了去路，这才恩将仇报，翻脸不认人。连蚂蚁都敢欺侮我，做人真不能有好心！

我在地上又跳又蹦，双手连抓带挠。身上奇痒无比，渐渐被剧烈的疼痛所代替，我的后背仿佛被蚂蚁啃出了一个大洞。我不后悔，但愿它不要离开我的身体。它只是默默地咬我，不说话，不鄙视我，它吃饱了就不会再咬的，让我体验到一种为别人作出贡献的高尚感……

杨光被提审回来了，犯人们迫不及待地问：

"'鸟屁'，是要放你出去吗？"

"他妈的！找我是打听别人的事。"

杨光摇摇头，忽然又赶紧用双手抱住了自己的脑袋。

"'鹰头'，你猜我给你带来了什么好东西？"杨光用两个手指头在乱蓬蓬的长头发里挖着，一副极力要讨好崔朝柱的媚态，"我一进审讯室就找'帽花'要烟抽，我对他说，行行好吧，几十天闻不到烟味，快熬死了。你们不是规定在审问犯人的时候可以给犯人烟抽吗？他拿我这副憨皮赖脸的样子没办法，只好给了我一支。我抽了几口就提出要去厕所，到厕所里赶紧把烟掐灭，藏到了一个'帽花'绝对搜不出来的地方……"

"有烟？好小子！"

崔朝柱眼睛放光，急忙跳下床，亲自动手到"鸟屁"的乱头发里去找。由于心急用力过猛，拔掉了几根头发，疼得"鸟屁"吱呀乱叫。翻了

半天只找出一个小烟屁股,崔朝柱火了,朝着“鸟屁”的屁股踢了一脚:

“你他妈的,就给老子剩回这么一点玩意儿!”

杨光抱屈地叫喊:“你别急嘛,还有哪。我在厕所的地板上还捡了两个烟头。”

他果然又从头发里摸出两个烟屁股。

“鹰头”高兴了。其他犯人也都馋得吧叽嘴,目光贪婪地盯着“鹰头”手里那三个烟屁股。

崔朝柱从自己的枕头底下摸出一小条白纸,熟练地把三个烟屁股撕开,将烟丝一丝不漏地放到白纸上,搓成一个细长卷儿。然后脱下脚上的布鞋,用鞋底狠命摩擦水泥地板。不一会儿,在鞋底儿和地板之间就冒出了一个个小火星,他叼着烟趴在地上。“鸟屁”也过来帮着他磨鞋底儿,烟很快就被他吸着了,他站起身子连吸三大口,烟气却一丝也不外泄,全部吞进肚里。停了一会儿,才有像一根线似的烟雾从鼻孔里溜出来,他又狠命地一连气吸了三口,那根细长的小烟卷儿也只剩下一个屁股了。他慷慨地把烟屁股让给身边早就伸长脖子等着的犯人,那几个犯人一人吸一口,到第五个人已经吸不出烟,只好把那点沾满尼古丁的纸头放进嘴里去嚼。还有人凑过去贪婪地吸收从别人嘴里吐出来的烟雾,号子里可算一片欢呼,出现了令我惊奇不已的快乐场面。

心满意足的崔朝柱,拍拍杨光的肩膀:

“你小子够意思!”

杨光神气活现,好像为“鹰头”立了一功。不知为什么,他那得意的目光特别爱往我这边瞟。

旁边的“大马猴”小声提醒我:“你要特别小心杨光这小子,他想叫你顶替他当‘鸟屁’。”

我问:“什么叫‘鸟屁’?号长就是‘鹰头’吗?”

“这都是监狱里的黑话,‘鹰头’就是犯人中的流氓头,谁也惹不起。也叫‘老棱子’,意思是有棱有角的老犯人、老流氓。‘鹰头’不一定是号长,号长是收审站指派的,‘鹰头’是自己打出来的。崔朝柱赶巧了，他是‘鹰头’，原来的号长释放了，收审站指派另一个人当号长，那个人斗不过崔朝柱，本心也不想当这个犯人头儿，就让给他当了号长。‘鸟屁’则是最低等的犯人，专门侍候‘鹰头’的。杨光可不是像他表面装的这么老实，刚来的时候也是个‘棱子’，想压倒‘老棱子’，生生是被崔朝柱给打服的。你上午挨打不过是例行公事，叫你知道一下‘鹰头’的威风。其实他们一眼就看出你不是‘棱子’否则不会那么手下留情。”

“啊，这还算手下留情？”

“当然了，哪儿也没有把你打坏。你没有前科，他们就想找个乐儿，把你寒碜一下，你得认便宜。他们要真下狠手，你五天下不了床！”

我倒吸了一口冷气，摸摸腰腿上还隐隐作痛的部位。

趁着号子里乱哄哄的，犯人们还浸沉在香烟的味道所带来的喜悦里，我向“大马猴”又打听了一些关于收审站的情况以及号子里的其他规矩。还知道了“大马猴”的名字叫郭建坤，是生产资料公司的采购员，常去深圳购买彩色电视机，价钱比这边便宜。海关的人也托他给买两台，他没有办到，这回借着打击经济犯罪把他抓进来了。人家的案情都能三言两语就可以说清楚，唯独我的问题，三天两夜也说不清楚……

看守又送饭来了，跟上午的饭一样，看来这里每天是两顿饭。我也感到肚子有点饿了，等“鸟屁”把“鹰头”的那一份窝头和汤拿走，我便和其他犯人一样拿了两个窝头，盛了一碗菜汤，坐自己的铺位上啃起来，菜汤像刷锅水一样没有滋味，窝头咬在嘴里像豆腐渣，我的心里却有万千滋味！

杨光侍候好崔朝柱，回头看见我又吃又喝，恶狠狠地冲过来就要夺我手里的窝头。我用右手一挡，汤碗掉在地上，啪地一声摔碎了，菜汤洒了我一身。我心里已经有点底，不像上午那么害怕了，故意心平气和地问他：

“杨光，你要干什么？”

他气势汹汹，跟刚才那个嬉皮笑脸的“鸟屁”判若两人：“你有什么资格吃两个窝头!"

我跟他不能动恶的,动恶的我比不过他,只会把局面弄糟。就平静地反问他:

"我应该吃几个?"

"吃一个。"

"这是谁的规定?"

"是……号子里的规定。"

"是收审站定的,还是号长定的?你说清楚。"

我的冷静反而把他给稳住了。

他有点气急败坏:"这规矩是我定的!"

"你是什么人?想当号长?"

"他是'鸟屁'!"犯人们哄地一声笑了。

郭建坤又替我打圆场:"'鸟屁',算啦,人家老陈文质彬彬,老实巴交,你就别欺侮他了。"

杨光有点泄劲,转脸去求崔朝柱:"'鹰头',不能老叫我当'鸟屁',陈公琦是新来的,应该叫他当。"

崔朝柱眼睛里露出骇人的凶光:

"他当'鸟屁'没有你合适!"

一句话定乾坤,杨光的脑袋立刻耷拉了,拿起篮子里那唯一的一个窝头,蹲在地上就着气吃。

我肚子虽饿,却啃不下两个窝头,省下一块让给郭建坤。郭建坤很会做人,又把那半块窝头递给杨光:

"哎,'鸟屁',老陈吃不了,就便宜你吧。"

杨光没有志气,一下子把半个窝头全送进嘴里。

吃完饭有人向号长报告要小便。崔朝柱下令,所有犯人都必须解一次手,有屎的拉屎,没屎的撒尿,暂时没有的也要强挤出一点。屋角上有一个白瓷便池,擦得雪白锃亮,加上犯人的脸在内,它也算是牢房里最干净的一件东西。

我悄悄地问郭建坤,这是什么规矩,为什么要集体大小便?他告诉我，大家集中解手便于冲洗便池。这是“鸟屁”的工作，他必须在大家解过手之后把便池擦洗得干干净净，不得闻出有一星半点的屎尿味儿。因为大家还要从那个便池里接水刷碗、洗脸、漱口……

我一阵恶心，险些把刚吃进去的窝头全吐出来。也赶紧起身去打扫一下肚子里的废物，今后要学会控制自己的屎尿，最好能随上大流。屎尿太勤，肯定会挨骂遭恨，我开始同情“鸟屁”，庆幸自己还不是最末等的犯人。

鼾声·妻子

看守把一个铺盖卷儿扔给我：“这是你的家属给送来的。”我猛地从床上跳下来：“能让我见见家里人吗？”

“不行，他们已经走啦！”

看守的话像闸板一样砸下来。咣当一声，牢门又锁上了！

我打开铺盖卷儿，里面夹着两件衣服，散发出一股肥皂的清香味儿。一条单人的褥子，一床薄被，这是大儿子的那一套。大床上睡不下我们五口人，每天晚上他得自己支起行军床。为此，他妈妈特意为他缝制了这套单人用的被褥。上面有一股我所熟悉的无比亲近的味道。我没有急于把它铺开，而是紧紧把它抱在怀里，让自己的脸也埋进被褥，贪婪地吸吮着亲人留在上面的气味……

哗啦一声，夹在被褥里的一个搪瓷牙缸、牙膏、牙刷和肥皂、毛巾之类的东西掉在地上，我猛然一惊——妻子给我打点被褥的时候，不可能不给我写几个字来！

我下地捡起洗漱用具，开始仔细地检查衣服和被褥，每个口袋都翻遍了，褥子和被整个捏摸了一遍，没有发现一块纸片，白色的被里上也没有写下一个字……

老郭看出我的心思，安慰说：

“别找了，‘帽花’比你检查得更仔细，即便家里人给你写了信，也早被‘帽花’搜去了。”

我失望了，抱着被褥怔神儿，不知家里人这时候正在干什么？是哭，是犯愁，还是千方百计想办法救我？他们猜得出收审站是个什么样子，知道我在这里面受的什么罪吗？

“老陈，你的事还没有讲完，我们还一点头绪摸不着，接着给大伙儿聊聊吧。”

“鹰头”也忽然对我客气起来。

晚上他管得比较松，大家东倒西歪，横躺竖卧。我老老实实地说：

“号长，我一翻腾出自己那些倒霉的事，心里必然堵得慌，今天夜里就甭想睡觉了。明天我一定全讲给大家听，行不行？今天晚上如果你们想听故事，我讲个轻松愉快的笑话，等会好让大家睡个好觉。”

没皮没脸的“鸟屁”响应得最快：“行，来个粉色的！”

这才叫穷开心哪。与其说我是想哄着别人乐，不如说想哄着自己乐。这是我坐牢的第一天，太紧张了，一切都不适应。心里快要憋死了，脑袋疼得要爆裂开来。我必须强迫自己放松一下精神，暂时忘记所有的不幸。有什么办法？我必须活下去，等待机会申明自己的冤枉……

我自信看书不少，杂书尤其看得多，记忆力也还可以，讲几个故事是难不倒我的。光是把自己的三个孩子哄大就得需要多少故事？但是近几个月来成天着急、生气、犯愁，幽默感已经被沮丧所代替了。想了半天，才好不容易挖出一个来——

“这个笑话是我从一本杂志上看来的。一个年轻的厨师给他的女朋友写了封情书：‘亲爱的，无论在炒菜或煮汤的时候，我都想念着你！你简直像味精那样缺少不得。看见蘑菇，想起你的圆眼睛；看见生猪肝，想起你红润柔软的脸颊；看见鹅掌，想起你纤长的手指；看见绿豆芽，想起你的细腰。你就像我的围裙，不能没有你。快答应嫁给我吧，我一定会像侍候熊掌一样侍候你一辈子。’”

有人插了一句：“这傻小子倒说的都是大实话。他的对象答应了吗？”

“你听着，他的女朋友给他写了封回信：‘你的信使我想起了你那像鹅掌一样的眉毛，绿豆芽似的眼睛，蘑菇般的鼻子，味精似的嘴巴，还有你那像母鲤鱼一样的身材。我就像鲜笋那么嫩，不到火候，出嫁还早哩！顺便告诉你，我不打算要个像熊掌一样的丈夫。其实我和你就像蒸甲鱼放姜那样。相信你明白我的意思。’你们说这个姑娘是答应了厨师的求婚呢，还是拒绝了他？”

犯人们确实被逗得挺开心，有的说姑娘答应了，有的说姑娘拒绝了。

我自己却一点也不开心，反而有一种如烟似雾的悲哀袭上心头，渐渐把我裹住了。

熄灯哨响了，大家像蛇一样稀里糊涂地钻进自己的被筒。一阵骚动过后，整个收审站都安静下来。

黑暗像有着沉重的分量，死死地压在我身上。我却并不害怕黑暗，黑暗把一切都吞没了——人和兽，幸灾乐祸的笑脸和痛苦的泪眼，幸运者和失意者，一切阴谋和陷阱。我宁愿世界永远处在黑暗之中，那就变得简单多了。因为我是被复杂的生活打败的。我永远无法了解社会的变化多端，永远把握不了险恶而又微妙的人际关系，世界上最大的陷阱就是现代人本身。我就是落在这样一个陷阱里，因此很愿意跟我的敌人在黑暗中一起毁灭。在黑暗中看不见人类的各种嘴脸，我心里反而凝结着一种静谧和充实感。

我周围开始发出奇声怪调的呼噜声。人——真是一种奇怪的动物，吃得饱睡得着，吃不饱也睡得着。真正有心有肺的人能有几个？这间号子里像我这种身份的犯人又有几个？

“嘎……咯咯”——像两只疯狗在争抢一块骨头棒子。“呜……扑、呜……扑”——像鬼吹灯。“呃……嗷儿”——仿佛有一口气喘不上来，立刻就要被憋死！“吱呀……吱呀”——磨牙切齿，如玻璃碴儿划铁板……若不是坐大牢，我要命也想象不出人睡着了还会发出这样千奇百怪的可怕的声响：似哭的，似笑的，似哼的，似叫的，有的凶狠，有的圆滑，有的痛快淋漓，有的暗憋暗气。老天哪！我躺在这样的噪音里还能够睡得着觉吗？

他们好像比赛一般，此起彼伏，一声更比一声高，偶尔还有邪调和花腔出现。这全部音响效果只唱给我一个人听！有些不打呼噜的人，早已习惯了监狱生活，在惊天动地的鼾声中照样能够坦然入梦。可怜只让我一个人醒着。我把头蒙在被里，一会儿就捂得受不了。用毛巾塞起耳朵，更是自欺欺人，鼾声没有被挡住耳朵里反倒又增加了一种轰鸣声。越睡不着越烦躁，越烦躁听别人的鼾声越响！

没有表，也听不到外界有任何报告时间的声音，只隐约听到隔壁牢房里传来大同小异的鼾声，楼下的女牢房里时而还有叫喊声，大概是女犯人爱做噩梦、爱说梦话吧！我不知挣扎了多长时间，越挣扎，越清醒。我不得不承认，一切关于睡眠的努力全是徒劳的，索性下狠心不睡了。眼下对我来说睡不睡觉有什么关系呢？睡不着是合情合理的，如果躺下就能睡着反倒不正常了。陶波这时候也未必就睡得着。咳，她这前半辈子算叫我给毁了，她跟着我倒了多大的霉！可是我几次想跟她离婚……我们俩的关系是不是也像蒸甲鱼放姜一样呢？

我不打算睡觉了，心情反而渐渐沉静下来，感到四周的鼾声也不像刚才那么可怕了。我睁开眼，目光凝视着黑墙上的一点。黑墙忽然开始移动，逐渐变成一个巨大的黑洞。我眼看着自己的身体在往下落，一刹时，肚子里的所有雄心，各种欲念，全部爱和恨、苦和乐都被黑洞吞没了。猛然出了一身冷汗，我赶紧闭上眼睛。黑洞又在心里出现，这是个失望的黑洞，里面装满了我对命运的失望，对自己的失望。到哪里去寻找无愧无悔的人生啊？

按老规矩，姑娘们在出嫁的那天会哭上一场。有谁听说，哪个男人在洞房花烛夜的时候会大哭一场呢？我就是。那当然是不吉祥的，使得我跟陶波以后的感情不和谐；或许那是上苍的启示，我跟陶波就应该听其自然地早早分手。结婚没有几天，我就提出要离婚。父母追问是什么理由，我却说不出任何理由。没有理由怎么可以离婚呢？可我心里别扭，总觉得结婚不应该是这个样子，两个人在一起没有意思，感情动物身上最奇妙的特征就是这种说不清楚的感情，有还是没有，好还是不好，爱还是不爱，谁也无法改变。在生第二个孩子之前，我们几乎离成。陶波的态度是无所谓，离也行，不离也行。我还有点游移，主要是找不到一个正儿八经的理由，心里当然是想离。最后就抓了个“感情不合”为借口去办离婚手续。偏赶上居民代表徐大嫂在街道委员会里坐着，这位身高马大、百分之百的好心热肠的老大嫂，专好管别人家的闲事，她做人的信条是“宁拆一座庙，不拆一家人”。三句话就把我们问住了：

“小陈，你抓住陶老师什么不是了？”

我傻了。没有，陶波确实没有什么错处。

“陶老师，小陈做了什么对不起你的事？”

陶波摇摇头，哇的一声哭了：“不是我想来的，是他要离婚。”

“小陈，你说嘛叫‘感情不合’？女的不养汉，男的不搞破鞋，怎么就叫不合？感情是嘛玩意儿，能当钱花还是当饭吃？过日子光靠感情行吗？你们的孩子都老大了，老二眼看也要出世，倒想起闹离婚来了！小陈呀小陈，我看你是有好日子没好过，美得你抽风，烧得你胡说八道。你说，陶老师哪点配不上你？左邻右舍看见你们两口子出出进进，哪个不眼馋！”

徐大嫂撸头盖脸一顿倾盆大雨把我们给赶出来了，她大包大揽地为我们白头到老做了主。

她说的都是大实话。从外表看我跟陶波的确是很般配的一对儿。她是大连姑娘，长得挑不出毛病。性格开朗大方，爱说话，喜欢跑跑颠颠。不是组织学生排练节目，就是替老师们张罗着看场电影，很容易当个先进分子。至于我呢，虽然称不上是美男子，至少算相貌端正，即便说句仪表堂堂也不算过分。要知道我曾是著名的十六中的舞蹈队长兼领操员。也许毛病就出在这里……

想当初我真是出尽风头。每到课间操的时候，全校师生都在操场上站好队，独我登上中心大楼前面高高的指挥台，面对大家，在音乐的伴奏下领操。全校的人都望着我，都随着我的手脚而动作。当时有多少人羡慕我，有多少漂亮的男同学想竞选这个领操员的职务。有的人体育好，学习不一定好；有的人功课好，人样子长得不一定标准。我始终没有从领操台上退下来，因为我不仅身材标准、动作准确，功课也不错，还是校学生会的副主席。负责宣传和文娱活动，总有机会登台演出、发表演说——表现自己的领导才能和组织才能。每当我站在高处面对大家的时候，就感受到各种各样的目光，那些平时对我好的女同学的目光是热烈、亲近而又温暖的。特别是洪千彩那双星星似的亮眸，所能表达出来的意思比《康熙字典》上的词汇更丰富。她姐姐是著名的评剧演员，她本人是十六中的校花。节假日我最喜欢用摩托车驮着她去郊游。那时候天津人管摩托车叫“电驴子”，还是一种挺时髦的洋玩意儿。十六中里虽然不乏阔家子弟，同学中会骑摩托的却寥寥不过四五人。如果当初我跟洪千彩结合了，现在会怎样呢？本来是很有这种可能的，我相信她是有此意的，我也不是无情。后来我考上了大学，她没等中学毕业就进了剧团，有她姐姐当靠山，居然很快就唱出了一点小名气。我们仍然不断地有书信来往，见面的机会也不少。可是有一天一个多事的女同学捎来一句话，她讲是洪千彩亲口说的——“陈公琦癞蛤蟆想吃天鹅肉！”我一气之下再不去找洪千彩。谁知那话是真是假？那个传话的女同学也曾对我好过，我却看不上她。也许是她出于嫉妒而故意编造的。奇怪的是我至今对洪千彩还恨不起来。那算是初恋吗？我们可连一句过头话也没有说过。每当她坐上我的摩托车，出于紧张，双手紧紧抱住我的后腰，我身上立刻像过电一样，腾云驾雾，即便骑着摩托车上山、下海，摔个粉身碎骨，我也心甘情愿！为什么跟陶波就没有这种劲？

陶波是我妹妹的同学，正当我休学在家的时候妹妹把她领到家里来了，父母很快就相中了。就在我们订婚的第二天，原亨得利表行的董事长把他的三女儿领到我家来了，愿结秦晋之好。命啊！我是相信人各有命，心强不如命强。王董事长若早来一天，我一生的命运也许就不会是这个样子。王三小姐的神态我至今记忆犹新，有大家闺秀的端庄，又有夺人心魄的风采。我想，当时连我的父母也有点后悔了，因为我父亲在亨得利表行干了一辈子，后来成了表行的股东，当了一个分店的经理，解放后结结实实地戴上了一顶资本家的帽子。但心里不无一种怀旧的感情，对他的老东家还是保留着尊敬和感激的。母亲也是出身望门，原是河东曹家的大小姐，洋学堂毕业，说一口流利的英语。只因为父亲常去曹公馆修表，两人才悄悄地爱上了。母亲自然也愿意找个门当户对或同命相怜的人家结亲。但他们从来没有为选择陶波做儿媳妇而表示过后悔。

到“文化大革命”的时候，就不是我想离婚，而是陶波会不会把我甩掉的问题了。

父母站在街道里搭起的高台上挨斗，作为资本家狗崽子的我理所当然地跪在台上陪斗。作为资本家第二个狗崽子的——我的弟弟，则戴着红卫兵的袖章，站在台上对我们进行声嘶力竭的批判。陶波站在台下的人群里，当时她的心里不知承担着怎样的矛盾和痛苦？我不敢问她，那些日子她也不愿多跟我说话。表面上她作出一副公正而客观的样子，没有跳上台去对丈夫及公婆反戈一击，私下里也没有对我们表示什么同情，似乎资本家就应该受到这样的对待。当时有谁不是这样认为的呢？

父亲要受到被遣送原籍的处分，而他的原籍在上海农村。母亲是北方人，死活不到南方去。我只好到附近的农村去寻找门路，南郊区愿意接收我的父母，条件是我这个整劳力也必须一块去落户。我只好陪着父母一同被遣送到农村，谁叫我是资产阶级的孝子贤孙呢！陶波和两个最小的孩子留在城里，我把大小子带走了。这实际就是一副离婚的架势，只等着她张口。“夫妻本是同林鸟，大难临头各自飞”，我何必要牵连她呢！但那时候我的心里是不愿意跟她分手的，地位能改变人的含义。我已经被贬值，唯恐陶波看不上我。

她所在学校的教务主任，又是她的好朋友，劝她下定决心，不能再跟着我受洋罪了！准备给她介绍一个空军军官。我相信又是命运之神战胜了她，她带着两个孩子苦挣苦熬了两年，最后做出的决定不是跟我离婚，而是跟我去农村。为此我一辈子都会感激她，今后若是再从我陈公琦嘴里说出“离婚”两个字，天打五雷轰！

她不仅给我带来了家庭的欢乐，家庭的温暖，还把我们家那只老黑猫也捎来了，孩子们离不开它，管它叫“黑黑”。当初是我从垃圾箱里把它捡来的，一定是主人嫌它黑才把它丢弃了。母亲也不愿要它，说黑猫不吉利。我年轻气盛，不但不迷信，反而上来犟劲儿，一定要把它养活。其实“黑黑”的生命力极其旺盛，用不着多管它，它就长得十分精壮，渐渐成了我们家庭中一个不可缺少的成员。大人下班回来，孩子们放学回来，要是看不到黑猫，心里总好像缺了点什么……

谁知这家伙竟不喜欢农村的环境，没几天自己跑回城里去了。我们自然很想念它，尤其孩子们，天天都要念叨几遍“黑黑”。半个月后，我们一家人吃饭的时候突然听到猫叫，孩子们耳朵尖，最先高兴地叫起来：“是‘黑黑’回来了！”

果然是它。趴在门外，不知是因羞愧不敢进屋，还是饿得没有力气上床了。它的样子完全变了，骨瘦毛长，满身泥土，抓在手里像面条一样软，身上一点力气也没有了。不知它跑了多少路，饿了多少天！孩子们给它洗了澡，拿出最好的东西让它吃。它却看也不看，闻也不闻，不论怎样喂它也不吃，三天后“黑黑”就死了。孩子们在房后给它堆了个很像样子的坟堆……

陶波来到农村以后我们确实过了两年好日子。父亲摆摊修表，农村戴表的人开始多起来，还真赚不少钱。我当厂长，也算有头有脸，吃穿不想。陶波在公社小学里教书，她表面上还是快乐的。但我发现她有点变了，缺点越来越突出了，不会操持家务，屋子里老是乱七八糟，袜子随便丢，有时用裤衩擦桌子……人的感情多么奇怪，她为我做出了牺牲，我对她好了，可她的心里又冷淡了。

我们回城不久就赶上大地震。那天正巧我去房山县拉白灰，回来得太晚了，没有卸车。清晨就发生了地震，房倒屋塌，工厂停产，那辆卡车就一直跟着我，那车白灰也正好让邻居们搭抗震棚用了。我每天开着卡车给工厂的领导、职工和自己的老邻居们拉砖、拉料。那年月当个汽车司机可是大拿，“离地三尺，高人一等”，谁不求我？包括从前瞪着眼珠子对我们家进行批判的人，也得向我送笑脸儿。既然老天有眼,我就不能小肚鸡肠,跟他们一般见识。我不计前嫌,不报复,只要他们肯来求我,我陈公琦就是有这点肚量,能答应的事情都答应。其实他们求的不是我,是我手里的方向盘。汽车和汽油都是公家的,我刚从农村回来,犯不上得罪人。我这个人的缺点也在于此,对外人很好,基本上有求必应。因为我有理智,有顾虑,知道自己也有求于别人的时候。我喜欢什么都会,包括开汽车。但并不愿意一辈子就当个汽车司机。说得再简单一点,跟外人打交道的时候我能掌握自己的情绪。回到家里精神就完全放松了,用不着伪装,说话做事、喜怒哀乐完全听凭感情的自由发泄,有时非常粗暴,决定家里的事情武断而又任性。我的家庭又出现了危机——

陶波忽然变得不说话了,不管家里发生什么事情,不管我发多么大的脾气,她都不再跟我争吵。好像对一切都厌倦了、麻木了。我感到不对头,一再追问她出了什么事。她对我的纠缠也感到无比厌烦,实在被逼急了就说:“哎呀,还会有什么事?连活着都没有什么意思了!我真不明白,地震那天为什么没有把我砸死。难道我受的罪还不够吗?我活得太久了,真烦人。”

她才只有三十四岁,怎么说自己活得太久了?我心里流过一阵寒气,这可比提出离婚更可怕。

我的抗震棚搭在马路边上,连续几天暴雨,大水没过了床铺,无法睡觉,无法做饭。她是为这个才想到死比活好吗?不会的,这是天灾,家家如此,她是明白人。

陶波在女人中算是有本事的,常遭同事的妒忌。当初我的妹妹不是平白无故非要拉她做嫂子的。而现在,一些从才能到外表都不如她的人,生活得都比她好,叫她怎么想呢?还不是由于我的命运坎坷连累了她,到现在家不像家,人不像人。我把着方向盘,成天去为别人帮忙,接受人家的奉承,回到家来还像有功似的。我为自己的老婆孩子又做了什么呢?

我忽然发现自己是个不合格的丈夫,对陶波温情太少、关心照顾太少了。对我来说这是个转折,陶波跟我夫妻一场,终究是有缘分,有情义。眼看她生出厌世之心,我若不管不问,连这点恻隐之心都没有,还算是人吗?

我尽力变得温柔了,经常检点自己的行为,无论如何不能逼得陶波一时想不开做出无法挽救的蠢事。有一回我要出差去广州,正赶上陶波身体不舒服,我离开她有点不放心。严茂顺建议我带着陶波一块去广州散散心,我心里为难,嘴上说不出。我们两个人的工资维持全家人的生活已经相当拮据,哪有力量带着老婆自费去旅游呢?大丈夫生不逢时,难免也会被几个臭钱所制!当时严茂顺很够朋友,他看出了我的心思,提出有个单位可以替陶波报销路费,并且愿意先借给我们五百块钱。我收下了他的钱,一是为了应急,二是心里也想贪点小便宜。虽然以后如数归还给他了,陶波的车票也没有让他给报销。但这毕竟是一件使我难堪的事情,直到今天还跟严茂顺有扯不完的瓜葛。我陈公琦也不敢对自己的人品挑大拇哥……

"喵!喵——"

"喵儿,喵儿……"

从屋顶上传来瘆人的猫叫声。猫本来是一种很温驯、很讨人喜欢的动物,白天冲着人叫几声,也是嗓子细细的,一副要贱的惹人怜爱的样子。怎么到了深更半夜,猫的叫声就变得这样激昂、尖厉?好像有两只猫,一只叫得高亢粗野,一只叫得尖细嘹亮,在静静的黑夜里显得格外刺耳,格外激动人心。

"喵!喵——"

"喵儿,喵儿……"

它们在干什么?一声接一声,一声高似一声。在咬架,还是争夺食物?为什么不咬不吃,只是叫呢?

猫的叫声越来越响,越来越急。犯人们的鼾声却低下去了。有的坐了起来捅醒了旁边的人:

"快听,野猫发情了!"

"真的。那尖声的是母猫,听它叫得多浪,多美!"

“公猫急了，扑上去了……”

犯人们纷纷坐了起来，在黑暗中他们的眼睛像猫眼一样闪着亮光。

“喵儿，喵儿……”

“猫的那个家伙是什么样儿？”

“马鸡巴黑，羊鸡巴白，驴子鸡巴狗尿台，猪鸡巴三道弯儿，猫鸡巴一个尖儿，狗鸡巴进去不出来。”

“你馋了？说说过过嘴瘾吧！”

“你屁股眼儿痒痒啦？”

“我们还不如变个猫哪……”

两只多情的猫终于走了，收审站里重又安静下来。年轻的犯人们却翻过来倒过去，耿耿难眠了。从通铺的最里边传过来一种奇怪的声音，有人在厮打，他们喘着粗气……

我宁愿堵上耳朵去想自己的心事。

往事还像残余的火星在我眼前飞迸。

可能已是后半夜了，一种冰冷的空虚感越来越难熬了。这回我真的要被逼得绝望了！

今后吉凶祸福殊难逆料，跟这次打架相比，以前经历的那些坎坷简直不算什么。我那个多灾多难的家庭还闯得过这场危机吗？我被抓起来之前，陶波的心情就已经坏得无法再坏了，她受得住吗？倘若她挺不下去怎么办？她今年多大……四十一岁，还很年轻。

我也猛地从床上坐起来，脑子里闪出一个强烈的念头：应该逃出去，不能坐以待毙！

黑暗中，我仿佛也能看到门上那把厚重的大锁。窗户上一根根四分粗的铁棍，被院子里的灯光一照，发出冷冰冰的光泽……

提审·提问

我一分钟一分钟地数，一天一天地熬，被关进收审站整整二十三天了，没有人搭理我，一次也不提审。我不知道自己为什么还没有被憋死，没有急疯?

收审站不同于监狱。为了防备我们正在接受审查的人跟外界的同案人“串供”(指互通情报、交换供词)或订立攻守同盟，不许家属及任何亲戚朋友来探望。我与世隔绝了，不知道检察院、工商局到底想把我怎么办?我被抓起来了，反而不知道自己的案子进展到什么地步了。也不知道家里的情况怎么样……

对于自由人来说时间很容易对付的，二十三天一眨眼就溜过去了。对我来说可是一天长于十年!我对着看守喊叫，见到江科长时向他哀告，他也只能催促检察院加紧对我这个案子的调查。收审站主要的工作是管理我们这些人，并不真正负责办案。雷彪这个浑蛋(我已经习惯于骂街和说脏话了，像我们这样的人不骂街很难找到合适的字眼表达胸中的愤怒)难道把我给忘了?真是草菅人命!

同号的犯人们劝我:“他们不急，你着的哪门子急?反正有三个月的期限管着!”

公安局有规定，我们这些“准犯人”在收审站里一般只能关押三个月。三个月为一期，期满后就得做出处理。除非案情重大者，三个月查不清楚，可以再延长一期。我想，一个好人在这里关上半年，差不多也就快死了。何为大案?何为小案?还不是由办案人定。焉知雷彪这小子不想让我的案子升级，不想把我拴在这个魔鬼也受不了的地方呢?

二十多天来，十三号牢房里也发生了一些变化。有四个人被正式逮捕转到监狱去了，其中包括“鸟屁”杨光。杨光的被捕，使“鹰头”崔朝柱那麻木粗硬的神经好像也被刺激了一下，他变得更加凶狠暴烈，烦躁不安，对新来的犯人格外残酷。一次从我们号子里判处这么多人，对大家来说实在不是一件好事，有一种兔死狐悲的感觉。当然也有被放走的，那就是郭建坤。老郭高兴地跟大家挥泪而别，真是令人羡慕。送他走的时候好几个犯人都放声痛哭，那自然是哭自己。在逮捕那四个人的时候反倒没有人哭，大家只是发傻。犯人之间有一种奇特的友情。

我的案情老郭全知道，我托他给家里捎封信，这是一封上告信，我本人的情况他可以当面向陶波讲。收审站对放出去的人检查比较松，为了预防万一，他把我的信搓成一个卷儿，从铺底下撕下一块垫被的薄塑料裹在外面，然后塞进肛门里。真是肝胆之交多在草莽！

有的犯人在墙上画道儿道儿，我则在属于自己的那块墙壁上画"正"字。没有别的办法，只能靠这种原始的智慧来计算日月。当我的墙上积累了七个正字的时候，第一次传来了要提审我的消息。

不是在黄荣挨打的房间，而是隔壁。有我的座位，我对面坐着雷彪、江科长和检察院一个姓杨的检察员。不像"鸟屁"杨光听说的，可以要水喝，要烟抽。我没有要，江科长却主动把烟递过来，我没有接：

"谢谢，我不会吸烟。"

江科长惊奇地看着我，他举着烟的手并没有抽回去。

我只好又说一遍："真的，我不会吸。"

从他的神色看，我好像是个不可理解的大傻瓜。难得从号子里被提出来，即使不会吸也应该熏一熏，刺激一下或镇定一下神经。为什么要放弃这难得的享受一下自由的人间烟火的机会？吸不完带回去，送给哪个犯人他都会给你磕两个响头的！

我忽然想起"鸟屁"拾烟屁股回去孝敬"鹰头"的情形。我没有必要那样做，"鹰头"这些天脾气反常，最好不要理睬他。再说他现在也不敢对我怎么样，我已经是老犯人了，而且人缘儿比他好。因为我有两大优势：一是饭量比较小，每顿吃不了两个窝头，谁对我好我就可以省给谁半块窝头。别小看这半块窝头，它可以使横的变顺，恶的变软，很能拉拢一些人。二是我会讲故事……

"陈公琦，你现在尝到政治法令的厉害了吧？收审站可不同于你那个轻工机械厂的保卫科，再不低头认罪你想能过得去吗？我们的政策不变：坦白从宽，抗拒从严。你考虑好了吗？"

雷彪每一次跟我谈话，开场白总是交代政策。我一听到"坦白从宽，抗拒从严”这八个字，就产生一种本能的反感和厌恶。我害怕听到或见到这八个字，尽管我没有犯罪。

我望着眼前这三个国家法律的代表，不知该说什么好，感到一种虚幻的激动，也许是悲哀和惧怕。

“陈公琦，你想好了吗？”

“想什么？”

“哈哈，你还在装傻。告诉你，发昏挡不了死，顽抗到底，死路一条！”雷彪嘴角露出轻蔑的、手操生杀大权的人所惯有的微笑。

“老雷同志，我再跟你说一百遍我没有贪污受贿，你也不会相信……”我尽力想让自己的声音显得平静，最终还是带着一点颤抖，“我请求你们把严茂顺也抓起来，我愿当面跟他对质。”

“会有那一天的，不过那要等公开对你进行审判的时候。这是政府的事情，我们要按法律办事，不能上你的圈套！”

我憎恨他，他这是在保护严茂顺。我暗地里曾一百次想过要报复他，见了面要痛骂他，我要真的含冤被判刑就要想办法杀死他！可是当我面对他坐在被审席上的时候，夜间的勇气不复存在。我感到自卑，从心里瞧不起自己。

“你这么急于想见到严茂顺吗？”

姓杨的检察员冷淡地问了一句，这一句却像抽过一鞭子，我被打蒙了，不知他是什么意思。

雷彪立刻明白了同伴的提醒，说：

“陈公琦，你想得倒很美，只要你跟严茂顺见了面，两人交换一下眼色，交流一下信息，相互心里就都有底了。到底是大学生，就是比别人心眼儿多。告诉你，政府所以先把你抓起来，就是不让你们串供！”

“你们错了，严茂顺现在不需要跟我串供，他要一口把我咬死。跟他一块作案的人全在外边，可以自由串供。严茂顺自己就承认贪污受贿六千五百元，你们不抓他，为什么抓了一个并无真凭实据证明他贪污受贿的人？法律对任何人不都是平等的吗？”

“你以为政府是随便抓人的吗？这不是儿戏，没有真凭实据我们怎会把你送到这个地方来！严茂顺算什么，你才是他的后台！”

“老雷同志，请你把我贪污受贿的证据亮出来。”

“是我审问你，还是你审问我？”

“我难道没有权利要求看看你们给我定罪的证据吗？”

“你有这个权利，到时候你什么都会看得到的，”又是那个姓杨的，他的脸白得吓人，似乎有点浮肿，把眼睛挤得窄而长，闪出像刀片一样细薄的寒光。“现在我先给你透露一点，你的同案人有铁证把你证死了……”

“哎呀，那不就是严茂顺吗？他说我贪污了三万，我还可以说他贪污了五万，你们为什么不信？”

“我们当然不会只相信严茂顺一个人的话，还有你的其他一些同伙的证词，你的单位里领导和群众，你的邻居和街道居民委员会，甚至包括你最亲近的人，都给我们提供了有力的证据。”

姓杨的一张嘴全是明枪暗箭。他身上有一种彻底的冷静与冷酷，那双小眼睛不错眼珠地盯着我，一阵阵寒流从我的后背直升到头顶。

杨检察员的口气忽然又变得温和起来：“陈公琦，你是聪明人，不会不明白自己眼前的处境。已经进了收审站，不要提别人怎么看你，说句老实话，就是你心里还认为自己没有罪吗？现在最关键的问题，还是你的认罪态度。你的机会不多了，再执迷不悟，谁也救不了你啦！”

第一次提审几乎把我的意志摧垮了，特别是杨检察员那几句话，连我最亲近的人也证明我有罪。这是谁呢？陶波、儿女，还是父母？不，不可能！我不相信。他们能揭发我什么呢？

又过了七天，江科长把我找到他的办公室里。上次提审我，他坐在旁边一句话没说，这次却只有他一个人。先给我倒了一杯水，态度跟雷彪大不一样，甚至跟我第一次见到他时的印象也不一样。张口先叫我一声“老陈”，让我吃了一惊，感动得眼睛发潮。

“咱们直话直说吧，你的案卷我仔细看过了，有些问题不清楚，想跟你好好谈谈。”

我点点头，等待他的下文。

“你当然知道，你的案子目前主要由工商局的雷彪同志办理，检察院经济庭的杨春同志协助他，我们就更是协助他们了。因为所有的待审犯人都关在收审站，我们有责任了解你们每个人的案情，协助他们早日把案子查清。希望你不要紧张，不要有任何顾虑，实事求是地随便谈。”

江科长那张清癯的、应该说也是相当威严的脸，此时让我感到十分亲切。他这种平等的亲切的谈话方式甚至让我相信自己的命运又出现了转机，我在精神上已经有许久没有享受过人的待遇了……

我不开腔只怔神，大概使他误会了。他吸着一支烟，笑了：

“对了，我也应该作一下自我介绍。你只是跟着别人一块叫我江科长，不一定知道我的名字。我叫江维民，一九六六年毕业于北京政法学院，在市公安局六处当科长。成立收审站的时候临时调我来帮助工作。怎么样，我可以提几个问题吗？”

“您只管问，我一定尽我所知如实回答。”

“你既然知道严茂顺不是个安分守己的人，为什么还要跟他签订订货合同？”

我现在最怕的事情就是讲述自己的案情。已经讲过三百六十遍了，每讲述一遍灵魂都要撕掉一层皮，冒点血津。讲来讲去，我真是烦透了！对江科长，我不能不讲，而且在心里提醒自己，讲得越详细、越具体越好。看来他是正儿八经的公安干部，能够公正地对待我。只要公正，对我就是帮助。我稍微沉静了一会儿，把情绪稳定住。

“我真正知道了严茂顺的为人是近几个月的事，以前我对他的印象很好。一九八一年，是我生命中的一个高峰，我的几项重要建议都实现了，轻工机械厂换了一个样子，厂房、设备是新的，人强马壮，生产任务大增。我主管生产，又揽到了一项灯具设备的出口任务，如果完成得好可占全年总产值的百分之四十。上半年干得很好，到七月份我发现了一个大难题，按原计划购进的生产材料——‘钞钢片口字铁’不够用，如果找不到新的货源，第四季度就有停机的危险。鬼使神差，我下班后在回家的路上碰见了多年不见的严茂顺。他问我在什么地方工作,我当时正春风得意,自然以实相告。他自称是医药公司工程队的业务负责人,非要拉我到他家去喝酒。过去我对他不错,可以说有恩于他,见他的盛情难却就答应了。在吃饭的时候他提出要我替他承揽点加工任务或者修建项目。我正好缺少口字铁,他当场就拍了胸脯,一定帮我联系货源。几天后他到工厂找我,答应每年可为我厂提供三百吨口字铁。还说他的工程队专门抽出一个车间,为我厂把钞钢片冲压成口字铁。隔了一段时间,他又为我联系了东北、河北、山东等十六个单位来订合同,可以向我提供口字铁。直到那两个东北人赌博宿娼被抓住,咬出严茂顺,我才知道他是打着我的旗号向每个供货单位索要百分之三的手续费。所谓我是贪污受贿三万元集团的首犯就是这样计算出来的:我负责的生产科一共签订了十六份价值一百万元的购进口字铁合同,按百分之三向供货单位索要贿赂,正好是三万元。其实早已经查清,至少有七份合同是清白的,对方交来口字铁,从我们厂财务科领走应得的钱,没有向任何人行过一分钱的贿。我敢起誓……"

我突然意识到在这样一种场合,向一个公安局的科长发誓,是愚蠢而可悲的!

"江科长,我以人格担保……当然,我现在是阶下囚,已经没有人格可言了。可我怎样才能使您相信,我确实没有接受过一分钱的贿赂,严茂顺红口白牙硬说我拿钱了,我说没拿,单凭他的证词不能定我有罪,光凭我的口供也不能说我无罪,这案子何时才能了结?"

"老陈,不要激动,喝点水。"

江科长的眼睛里有一种我无法理解的语言,他始终望着我,仿佛在估量我的身世、智力、命运、机遇以及我话中的真伪……

"不要以为凡是从你们嘴里说出的话,我们一概不相信。你说,严茂顺为什么非要坑害你呢?"

"我认为他一开始并不想害我,案发后他曾到我家里赔不是,原话是'……我托了好多人,最后总算见到了工商局的刘副局长,还有管咱们这一片的老雷，我对他们是实话实说的，陈公琦是叫我给坑了，他不但没拿钱，我拿钱他也不知道。过去他是我的领导，我知道他出身不好，胆子小，如果让他知道我拿钱，他连合同都不会给订的。'他还求我暂时受点屈，不要跟工厂的领导谈，他花了一百块钱买的好烟好酒送给了雷彪，刘副局长和雷彪都答应很快给他结案……"

"等等，"江维民打断了我的话，他的目光变得无比锋锐和严厉，"你知道你在说什么吗？这话如果是真的是什么后果，倘若是你捏造的会有什么后果，你不会不知道吧？"

"事已至此，我只能讲实话，顾不得会有什么后果了。我只住一间屋，严茂顺跟我说这话的时候，我的老婆孩子都在场。"

江科长在他的本子上记了一些什么，等他停了手我才接着往下说：

"过了几天，他又慌慌张张地来找我，说事情遇到了麻烦，公安局下了个文件，经济案超过五千元的就逮捕法办。他还说是雷彪让他找我的。这次严茂顺没有当着我的家人讲，而是把我拉到屋外的马路边上，他向我承认实际拿了六千五百元，求我替他承担一半儿。他身上带来了三千二百块钱，希望我收下，明天交给工商局，就说是我贪污的，他再交出三千多元，这样两个人谁也不会被逮捕。他说这是雷彪的主意，如果我答应下来，顶多就是科长当不成了，但可以救了严茂顺。他还有两千元的存款愿意送给我作为报答，叫我多讲点实惠，不要贪图那个科长的虚名。我当时真的打了半天怔，当时工厂的朱刚、刘青萍那一伙人正在整我，如果我承认自己贪污受贿了三千二百元，那就不仅是当不成科长的问题，会身败名裂，跳进黄河也洗不清。上对不起祖宗八代，下对不起妻子儿女！我曾想把钱收下，第二天到工商局和盘托出，揭穿雷彪和严茂顺的圈套。又一想谁会相信我？严茂顺若翻脸不认账怎么办？当时没有别的证人，而钱又在我手上，怎么说得清楚？既然不想舍己救他，也用不着害他害己。于是我坚决拒绝了他的要求。并严肃地告诉他这是栽赃陷害，雷彪出这种主意不是救他，而是害他。姓雷的不可能永远手大遮天，有一天露了馅儿，罪上加罪。不久我反而被抓进来了，现在严茂顺为了保自己，只能狠命地咬住我不放！”

“这些事情你为什么不写成材料？”

“我是要写的。除您之外，至今没有人认真地找我谈过话，更不会让我写什么材料。公司派出的工作组一进厂就贴出大字报勒令我停职，我提出要跟公司主管干部的书记谈话，他始终不安排时间。几天后突然召开全厂职工大会，在没有证据的情况下宣布我是贪污受贿三万元集团的首犯，撤销我的职务。我不是被抓而是被骗到这个地方来的，第一次提审您也在场，根本不容我说话。”

“你实事求是地写一份系统的交代材料交给我。”

“江科长，我想请教一件事。”

“你说吧。”

他声色不露，似乎猜到了我要提什么问题。

“雷彪不适合办我的案子，我能不能给公安局或检察院的领导写信，申述自己的意见？”

“你要确有事实根据就可以写，”江科长的神态里有一股深不可测的平静。对我所讲的关于雷彪的事情既不感到惊奇，也不表示愤怒；不表示怀疑，也不表示相信。对我的想法不鼓励也不反对，“我可以通过组织手续给你转上去。”

“我有根据，除去刚才讲的，严茂顺还准备送给雷彪一块高级手表。雷彪家里生活困难，有两个孩子在家待业，严茂顺正在为他的儿子介绍工作。还有其他一些情况，等我写出来您再看。”

“你认为雷彪同志是为了保护严茂顺而加害于你？”江科长的语气是冷淡而又严峻的。

已经说到这个地步，我也不能退缩了，只好心里有什么就往外扔什么：

“我认为就是如此。同时，他也想漂漂亮亮地办个大案子，立功受奖。这不能怪他，社会的法则就是天衍淘汰，适者生存。雷彪也是凡人，他想生活得意，自然就拼命适应社会。公司原来对我不错，打击经济犯罪的运动一来，一听说我是大老虎，态度立刻就变，欢欣鼓舞地把我抛弃了。公司也可借此出一番风头。”

江维民用一种奇异的目光看着我，他的城府太深了。再加上我又是个犯人，妨碍了他跟我交流自己的思想。

牙膏·知了

崔朝柱逃跑了！

这几天我猜到他可能要出什么事情，没想到他会孤注一掷走出这一步。他裹进了一个倒卖黄金的案子，以前还曾因盗窃、群殴被抓过两次。近来他情绪反常，老是念叨自己可能被判刑……

与其坐以待毙，不如铤而走险。倒也是一条汉子！

说来难以置信，越狱比我们所想象的要容易得多。他选择了星期天的中午。星期天，收审站里的警察本来就少，到中午休息时间就更为懈怠。他也许把看守是谁、门口值班的警卫是谁早就算计好了。这天中午值班的看守是一个最好说话的老警察，他借口有重要的案情要交代，骗得看守开了号子门，他突然从腰里掏出一把用锯条磨成的刀子，逼住了老警察：

“我反正怎么都是个死，你要想活就别吭声！”

老警察还没闹明白是怎么回事，就被他一把推进了我们的牢房。利用他“鹰头”的权威，叫几个新来的犯人用毛巾把看守的嘴堵上，解下看守的腰带把他的双手绑起来。崔朝柱一双血红的眼睛瞪着我们这些被他闹傻了的犯人：

“你们帮了我，我不能不顾义气一个人逃跑。你们敢不敢跟我一块冲出去？”

十三号牢房里一阵骚动：“怎么出去？”

“我们人多，就从大门大摇大摆地出去。”

“行吗？”

“行，‘帽花’不敢拦我。谁要得罪我，我逃出去就宰谁的全家！

敢不敢?”

号子里没人应声。

“都是熊蛋包!”

崔朝柱往一个新“鸟屁”脸上吐了一口唾沫,转身出了号子,反手又把号子门锁上了。

“鸟屁”还战战兢兢地说了一句送行的话:

“‘鹰头’,再见!”

崔朝柱早没影儿了。

有人小声说:“他能跟你‘再见’吗?他要是被抓回来跟你‘再见’就没命了!”

大家拥到窗户跟前,看崔朝柱怎样冲出大门口。原来他还有第二套方案,用看守的钥匙打开天窗,爬上楼顶,抱着楼角泄水的铁管下到地面,然后翻后墙而去。原来墙上的电网是摆样子的,根本没有通电,而且破破烂烂,崔朝柱用木棍三敲两打就拨弄出一个大窟窿。

看守对着“鸟屁”用头撞,用脚踢,示意他拿出塞在自己嘴里的毛巾。

“鸟屁”不敢。“鹰头”走了,余威还在。

崔朝柱那破釜沉舟的气概,像狼一样坚韧顽强的性格确实把大家镇住了。简直不可思议,警察对犯人的东西检查得那么严格,他是什么时候藏起了一把刀子呢?看来管犯人的不一定就比犯人聪明。我以前对他印象很坏,现在忽然完全改变了。也许做人就应该像他这个样子,才能对付得了阴谋——这头恶毒而疯狂的野兽!早知如此,我真应该跟他一块儿越墙而去,找仇人清算,把自己的冤狱公之于众,即使死了也痛快。这个世界是为强者所准备的,只有强者才可以恣意享受它,它也可以被强者所霸占。窝囊废只是供强者取乐儿。我算强者,还是弱者?当然是后者,而以前我总把自己当成前者。崔朝柱身上有一种令我羡慕的东西……

犯人们对警察有一种本能的对抗情绪,谁也不愿意替看守拔出嘴里的毛巾。即使有人想讨好警察,也不敢在众人面前做得太露骨,免得警察走了挨揍。看守的双手是非放开不可的。嘴里的毛巾也是非拿掉不可的。大家推来推去,最后只得由谁塞的毛巾谁拿掉,谁绑的双手由谁解开。看守没有被蒙眼,他看得清清楚楚,刚才按崔朝柱的命令行事的那几个犯人心里犯了嘀咕。倘若被加上一条罪:捆绑警察,帮助崔朝柱越狱,那可是吃不了兜着走!

当天下午警察们忙着去追捕崔朝柱,没有搭理那几个“帮凶”。让一个犯人大白天就越狱而逃,对收审站实在是个莫大的讽刺。这也暴露了收审站的弱点,他们对犯人的待遇比真正的监狱里要坏得多,然而他们的保安措施却很不严密,大有空子可钻。

第二天,我们号子里那几个捆绑警察的犯人被拉出“码”了十分钟——双臂后背跟腿捆在一起吊起来。这是一种很严酷的刑法,据说半小时就可以把人吊死!

第三天,看守高兴地宣布了一个消息,崔朝柱被抓住了,直接送进了天津监狱,至少要判他十五年徒刑。

我看犯人们对这一消息持怀疑态度。按惯例,从哪儿逃跑的犯人还应该抓回哪儿,把他“码起来”,以儆戒他人。

看守还宣布了另一个惊人的决定:收审站经过研究,决定叫我当十三号牢房的号长。

我不知是该笑啊,还是该哭?我这个机械系毕业的国家技术干部、国营企业经过正式任命的中层领导,如今当了一个犯人的小头目!

我实在不想当这个号长,哪还有这份当“官”的心思?我已经没有精力顾及别人的事情了。

从表面上看,由于老号长释放了或逮捕了,重新任命一个号长是很平常的事情。对我来说这件事却意味深长——是喜哪?还是忧?按常理收审站总是找态度比较好、案情比较轻的人当号长,也就是说找他们信得过的人,这当然只是相对来说。比如我们这个号子,收审站曾指定郭建坤当号长,他自知斗不过“鹰头”崔朝柱,而管不了“鹰头”就无法管别的犯人,他才主动把号长的职权让出来,崔朝柱却毫不客气地就接受了。收审站也没办法,只得睁一只眼,闭一只眼。他们真正信任的是郭建坤,而郭建坤的案情是很轻的。这样一想,说明收审站对我的印象还不错。反过来再想,我已经被关押了五十二天,再有八天第一期就届满了。在这个时候让我当号长,他们显然想到了我近期不会被释放。难道还要让我蹲到第二期?

收审五十二天,只被提审一次,总共不到半小时。我托郭建坤带走了一封上告信,交给江科长一份请求雷彪在我的案子里回避的申诉材料,全都石沉大海。外边到底发生了什么事呢?别的犯人老是吃不饱,我的饭量却越来越小,有时每顿饭连一个窝头也吃不下。因为没有镜子,看不见自己变成了什么样子。但我感觉到身体越来越虚弱了,常常头晕,有时突然眼前一片漆黑,在一两分钟的时间里眼睛什么也看不到。收审站真不是人待的地方,我还担心时间长了会丧失记忆力,连说话的功能也会退化。

不管我愿意不愿意,号长还是当上了。我没有勇气拒绝收审站的决定,是吉不是祸,是祸脱不过。与其当个受警察和号长双重管制的二等犯人,还不如当个在警察之下、犯人之上的号子头。从宣布我为号长的那一刻起,犯人们对我的态度就大变了。以前只能说有些人对我还算客气,喜欢听我讲故事,需要跟我讨点剩窝头吃。现在则表现出一种敬畏和巴结的样子,大多数犯人都向我投来谦卑的目光,好像我手操他们的生杀大权。崔朝柱以武治号,我只能用文治。上台伊始,宣布了几条新的"施政纲领":

1. 取消"鹰头"和"鸟屁"的称呼,不论新老犯人一律平等,绝对禁止在号子里打斗。

2. 吃饭不许抢,轮流按次序拿饭,不许挑大揩油,摸上哪个要哪个。

3. 便池轮流打扫,每人负责一周。

4. 把本牢房建成全收审站最干净、最团结、最舒适的号子。

我还向犯人们许愿,由我负责向收审站领导交涉,争取像监狱一样每天让我们放风半小时。在这个要求得到满足之前,我一天到晚都躺着,别的犯人也可随便。我眼睁眼闭,决不管得他们老是冲墙坐着。但在查号的时候必须规规矩矩。

犯人们受够了崔朝柱那狂烈的反复无常的管制,换上我这样一个开明的号长,真像获得了一次解放。为了防备他们得寸进尺、无法无天,我也宣布了一条纪律:

“我对得起你们,你们也得对得起我。咱把丑话说在前边,如果有谁违犯了本号的纪律,给我们大家带来麻烦,我也不客气。轻的,在我们号里用崔朝柱的办法教训他;重的我就要告诉警察,或把他送给别的号子。他既然不懂好歹就让他到别处去接受武斗的洗礼。”

犯人们感激我,心里也服气。以我的智力管理这十几个犯人当然不在话下。权力使用恰当就产生一种力量,使陌生的人也能很快跟你亲近起来。号子里常有些变化,老的走,新的来,谁被分到十三号牢房就认为自己有福气。我除去赢得了他们的尊敬以外,崔朝柱享受的特权我一样也不少,每天躺在床上不动,犯人们争着为我盛汤拿饭。想不到我陈公琦当犯人也能当出个样儿来!

不知从什么时候开始的,犯人们都称呼我为“陈大爷”。

我有点不自在。我真的变化这么大、看上去很苍老了吗?“狱中才三月,世上已百年”,要知道我实足才只有四十三岁。不知不觉,我对“陈大爷”这三个字听得很顺耳了,我仿佛从里到外都变成了一个真正气息奄奄的老大爷。

又熬过了一个闷热的昏昏沉沉、似睡似醒的夜晚。早晨,看守递给我一块天鹅牌香皂,一袋黑白牙膏:“你的家属送来的。”

我心里有点纳闷。以往家里送衣物来正是我所需要,我如果急需什么东西,还可以告诉看守。由收审站再通知家属。这香皂、牙膏是怎么回事?我没有叫家里送这些东西来……再说,上个月陶波给我送单衣来,里面就裹着一管崭新的黑白牙膏,我还没打盖儿哪!她不会糊涂到以为我半个月就可以用完一大袋牙膏吧?我连最早的那一袋都还没有用完呢!莫非是告状信出了差错,外面的情况恶化,她暗示我要做长期打算,就准备在这收审站待下去啦?这两袋大牙膏差不多够我用两年的！不要说两年，如果继续关在这里面，就是一年我也熬不过去啦……

我心里烦躁。有股邪火放不出来，便破坏那牙膏，拼命往漱口缸里挤。她既然送来了，我何必给她省着！

旁边的犯人问："陈大爷，您这是干什么？"

我没好气地说："心里闷得慌，挤点牙膏刷刷肠子。"

"陈大爷您可真逗，肚子里的油水都叫棒子面窝头给刮净了，肠子里除去清汤苦水没别的，你刷个什么劲儿呀！"

我很快发现牙膏里面不对头，牙膏袋的口大而圆，流出的牙膏却细而散，不成形。我从牙膏袋里抽出一个纸卷儿，是陶波的笔迹，字小得几乎难以辨认——

你怎么样？得不到你的消息真急死人！我非常惦念你，每周都去一次收审站打听你的情况，他们只说你很好。为了你的冤枉，为了我和孩子，千万要想开点，保护好身体。我到处托人告状，你的工资已补发。检察院和工商局审问了我两次。我们问心无愧，上了刑场也不怕。雷彪还嘱咐我，你的案子是他办的，没有他的同意，任何别的机关来人找我，我不得私自介绍情况。他们还说你跟公安局有关系，托了人，不知这话是什么意思？告状信已寄走多日，尚无消息。你有什么情况要及时告诉我。家里一切都好，勿念。

我赶紧从另一袋牙膏里也抽出一个同样的纸卷儿——

放出的人到家里来过，告状信收到，抄清后将立刻寄出。工厂扣罚了你的工资。我找到公安局、检察院，市里有规定，只有正式逮捕、判刑才不发工资。抓进收审站不算逮捕，理应照发工资。我会跟工厂交涉的，请放心。工商局一个姓雷的来街道上调查咱家的经济情况，非逼着徐大娘证明咱家最近买了一辆新的飞鸽自行车。徐大娘不错，别看“文化大革命”中主持召开过对我们家的街道批斗会，在你受冤这件事情上没有落井下石，是实事求是的。姓雷的还到咱家里察看，多亏我平时不会管家，一堆破烂儿，抄家都不怕。从出来人的嘴里知道了你的真实情况，很不放心。需要什么东西让警察通知我。多多保重，我和孩子们盼你快点放出来！

当我为自己在墙上画完第十二个“正”字的最后一笔，江科长亲自到号子来提我出去接受第二次审讯。在楼道里他对我说：

“老陈，你的申诉材料我们给你反映上去了。工商局领导经过调查研究，认为雷彪同志不算受贿，有些事情与本案无关，所以你的案子还是由他办理。我先跟你打声招呼，为了早日结案，你还应该积极主动地配合他。”

对我来说这不啻又是一记闷棍。我感到自己是这样孤立无援和身单力薄。而雷彪后面有工商局、检察院，工商局、检察院后面又牵动着错综复杂如铁网一般的社会关系，我一个人单枪匹马地跟他们抗争，怎么会有好果子吃呢？江科长愿意为我去得罪雷彪吗？公安局的人愿意为一个不值钱的犯人去搞坏跟检察院和工商局的关系吗？

江科长甚至连对我的审问也不感兴趣了，他把我送进审讯室自己就走开了。

雷彪那张线条粗硬的脸非常苍白，眼睛里射出灼灼逼人的敌意，一上来就没有好话了：

“陈公琦，你没有想到吧？今天来提审你的还是我！我代表一级政府，你有天大的本事，水大也漫不过鸭子。你告到检察院、公安局、市委、国务院，我都欢迎。但要告诉你一句话，你的案子最后还得由我解决。你要恶意中伤，不仅治你的经济罪，还要治你的诬陷罪！”

好一番赤裸裸的威胁与恫吓，我没有告倒他，反而深深地得罪了他，激怒了他，真是活该倒霉！

“说吧，你跟许掌妹是什么关系？你给过她什么好处？为什么你俩以前那样好,以后又突然闹崩了？她告你强奸她,你要彻底交代全部过程!”

他脸上带着疯狂的神色,想一口把我咬死。

我也像一头被逼到绝境的野兽,胸中胀满仇恨,不顾一切地要反扑,要还嘴。可说出的话却是那样软弱无力,好像不是我的声音:

“许掌妹和刘青萍是一块进厂的高中毕业生,她倒没有太大的野心,只是想保住统计员的职务。统计员在一般工人的眼里是个很高雅、很吃香又很有权力的工作,考核生产,计算出勤,分配奖金等等与职工切身利益有关的事情,全由统计员干。一个女同志当上了全厂统计员应该说是很幸运的了,许掌妹不断给书记送烟送酒,而书记朱刚,跟刘青萍的关系更好,不把许掌妹放在心上。有一次过年,刘青萍把我们拉到她家喝酒,朱刚喝了酒之后公开对我们说:‘许掌妹不就是给我几条烟吗,哪天我撤了她!’不知为什么许掌妹跟刘青萍又是一对死冤家。她为了保住统计员的位子当然不愿得罪我这个顶头上司。但我们只是一般同志的关系。以后朱刚把刘青萍调到生产科准备夺我的权。但最先受到威胁的是许掌妹,刘青萍不会让她这个眼中钉留在生产科。生产科有两间屋,大屋是科员们的办公室,小屋是我和刘青萍的办公室。每天中午我在大屋吃饭,跟大家说说笑笑,有时还打会儿扑克。而朱刚每天中午则要到我的小屋里和刘青萍一块吃饭,有时下午的上班铃响了,朱刚还不走,他不走我就不能进去。他们的关系是明的,大家都知道,我何必要碍他们的眼,坏他们的好事呢？每天中午搞得我无家可归,有事情也不能回到自己的办公室去,心里当然很生气。有一天中午,许掌妹和其他一些干部在旁边敲铲子,说我是冤大头,科长的交椅眼看就要被别人抢走,每天还得乖乖地给人家腾地方,让人家放心大胆地幽会。我气不过就闯进了自己的办公室,看见他们的情态不雅,但并未做出什么大的越轨举动。我好心好意地劝了书记几句,叫他注意点影响,如果非要在工厂里谈情说爱,请到自己的办公室里去谈。我犯了一个错误,古人讲劝赌不劝娼,何况朱刚又是个不懂好歹的土皇上。他原是戏院子里烧茶炉的,解放初期参加工会,打

‘老虎’(指镇压反革命运动),搞‘三反五反’,入党当干部。原来的轻工机械厂只有三百多人,差不多都跟他有点关系,吃吃喝喝,狗咬连环。他成天吆五喝六,说了不算,算的不说,反复无常,脾气像狗脸一样说变就变。他的优点也在这儿,肚子藏不住话,我从不把他的话当一回事!这是我和朱刚、刘青萍矛盾的开始……”

雷彪打断了我的话:

“你不要东拉西扯,我叫你讲自己跟许掌妹的关系。”

“你不是叫我讲出全过程吗?”

我感到说话特别吃力,好像肺里的气不够用似的。但我必须说,必须控诉,我有一肚子话要倒出来!雷彪带着个人的恩怨来办我的案子,我既然硬顶顶不过他,就要讲出全部实情,尽量感化他。叫他不要雪上加霜,迫害无辜:

“……十月一日中午,许掌妹找到我家,说工会发了几张电影票,问我去不去。我因为有别的事情没有去。二号上班后她就告到书记那里,说我侮辱她,企图强奸她。这种诬陷太卑劣,太不要脸了。她是看到我斗不过朱刚和刘青萍,我虽然手里抓着他们的把柄,不仅没有办法把他们搞臭,反而得罪了他们,刘青萍很可能要顶替我。她为了保住自己不被踢出生产科,转而投靠刘青萍,就想出了这么一招计策。把我整下台,就等于为刘青萍当科长立了一功。刘青萍果然感激她,跟她成了好朋友。朱刚也真想借机把我的生产科长撤掉。但是一调查,那天中午我的孩子在家,左邻右舍全都歇班在家,只看见我客客气气地送她出门,没听见她被强奸时的呼救声。事情传开以后连工人们都不相信,工人们说,要真有那种事情,许掌妹就不会说出来了。她为了求一个青年工人给她裁衣服,在机床后面站着就能跟人家发生关系!她是什么人物,厂里的群众很清楚。这件事工厂保卫科已经调查清楚了,朱刚也不敢撤我的职,许掌妹的诬蔑对我没有任何妨害。是几个月后我出了所谓的贪污受贿问题,朱刚才如愿以偿。您是工商局搞经济问题的,为什么对许掌妹制造的那场风波也发生了兴趣,旧话重提呢?”

“经济问题从来就跟男女关系问题连在一起,富贵思淫欲。你们捞了那么多不义之财，我想知道是怎么花的？严茂顺有这方面的问题，你的同伙中大部分都是酒色之徒，你能例外？”

他的思路就像铡刀一样武断而又直上直落，在他的铡刀下没有好人，一律铡成三截！

我强自做出一种空洞的苦笑，几乎是用哀告的口吻求他能够放弃私人成见，用稍微公正的态度对待我：

“雷彪同志，我哪来的同伙？难道你真的把我看成了赌博宿娼者的一伙？”

雷彪恶意地笑了：

“你以为自己是什么人？”

“我没有同伙，我没有犯罪！”

“你已经在收审站里待了三个月，以你现在这种顽固而狡猾的态度，还要继续在这里面待下去。想想看，谁还相信你会没罪？正像你们犯人自己说的，裤裆里抹黄泥——是屎不是屎说不清楚！”

他忽然露出了一种虚伪的同情。

他说了一句实话，使我的大脑受了致命的一击。我已经落进了这个荒谬世界的陷阱，只好就听任荒谬的摆布。倘若在这个地方再待三个月，连我也会相信自己是不清白的。我努力靠还算坚强的意志支撑着瘦弱的身体，不让它在雷彪面前瘫软下来。

“陈公琦，我再问一件事，有没有可能在你不知道的情况下，你老婆接受了严茂顺的钱？”

“你这是什么意思？”我心里一震。

“我的意思你没有听明白吗？你是大学生，而严茂顺是个坑蒙拐骗的社会投机分子，为什么你们关系那么好？为什么他常往你家里跑？为什么他会那样关心你老婆，主动借钱让她跟你去广州旅游？据我所知，那一阵你们家的经济状况可是不好。”

我脑中涌出一团疑云，再也不能强作镇静，忽然站起来大叫：

“不，不可能！这是诬蔑，你们害了我，还想坑害我老婆吗？”

雷彪一拍桌子也站了起来，他的目光严酷而凶狠，似乎有一种能杀我致死的力量。我禁不住浑身颤抖。

“陈公琦，你不要胡说八道。是你自己执迷不悟，顽固不化，害了自己，也害了你全家！告诉你，你的小儿子眼睛已经瞎了。”

“你说什么？”

“你的孩子眼睛出了问题。为了你的老婆孩子，快点承认吧。以你的情况判不了几年刑，再这样拖下去，后果可就不堪设想了！”

雷彪不再搭理我，竟自走出了审讯室。

我听他在楼道里喊：

“看守，把陈公琦送回号子。告诉江科长，我走了。”

我心里想着要迈步出房门，不知为什么脚步移动不了，身子晃动着，眼睛又被一片黑暗蒙住了，啪嗒一声，整个身体都摔倒在地上。一刹时仿佛被雷彪对我那末日审判的霹雳击中了，神经、理智全被雷火烧毁了，我失去了对自己控制的能力。忽然号啕大哭起来——

我从来没有这样哭过，我从来不知道自己还会这样哭。忘记了羞耻，忘记了做人的起码尊严，忘记了周围的一切和自己，死命地呼号！左手揪住自己的头发，右手捶打自己的眼睛，身子在地板上扭动翻滚，脑袋朝着桌子腿拼力碰撞……

我哭得天旋地转，哭得超越了痛苦，反觉通体虚脱，四肢轻浮，万念俱灰。仿佛不是我在哭，是一颗受了致命伤的灵魂，借助我的躯壳在垂死挣扎。我不能自已，完全是一阵狂暴的神经错乱！

警察们围着我不知所措。

江科长拍打着我的后背：“老陈，你怎么了？老陈，老陈，冷静点。”

我突然像女人一样哭喊出有内容的句子：

“你们枪毙我吧，别害我全家！雷彪，你把我毙了吧！为什么要把我儿子的眼睛搞瞎……”

“老陈，你说什么？”

江科长继续拍打我的后背，像哄小孩子一样。男人的哭啊，别人受不了，自己也受不了！

我渐渐止住了哭声，不是我想停住，而是心里哭嘴上发不出声音，觉得有一股巨大的力量要把我的身体撕成两半，拧成麻花儿。这力量不是来自外部，而是产生在我身体的内部，仿佛在心脏发生了地震，在胸口爆发了火山！我的右半个身子已经不属于我，不停地抽筋，右眼往上吊，右嘴角往上斜。这种剧烈的毁坏身体机能的痉挛和无规则的扭动，使我疼痛难忍。“五马分尸”的痛苦大概也不过如此。

我的头脑却异常清醒，知道自己要完了。也好，就在这极大的痛苦中告别这痛苦的人生和世界吧！什么都来不及想，来不及说，想说也说不出……

江科长把我扶起来。他也不像往日那么深沉自若，似乎真的动了怜悯之情，大声呼叫着：

“老陈，你怎么了？老陈……”

我想冲他笑一笑，他的脸上却现出恐惧的神色，大概我这个处于穷途末路的人的苦笑是十分难看和吓人的。他以为我要说话：“你想说什么？”

我发出的声音连我自己都不清楚，断断续续而又含混不清：

“江科长，我是冤枉的。我儿子的眼睛瞎了，老婆的清白受到别人的诽谤，我对他们是有罪的……对不起他们！”

我抵抗不住那跳跃的撕心裂肺的疼痛，闭上眼睛和嘴，静等那最后时刻的到来。

“老张，你去找大夫。”

“小王，你去准备汽车。”

江科长是个好人。他们把我放上担架，抬出了审讯室。

“知了，知了……”

院子里那棵大杨树上的知了叫得真欢，它们知道些什么呢？我若是一只知了或麻雀该有多好……

哑巴·神偷

我的躯干像一根放干的油条，没有油性，没有水分，渐渐干瘪，枯黄,僵硬,脆弱。

我确实尝到了死亡的滋味,当右半身剧烈地抽搐停止以后,有一刹那我感到通体舒坦,周围一片宁静,内心感到温暖、和谐与快乐。忘记了眼前的处境。丢弃了一切烦恼、悲愤、沮丧和痛苦。解脱的灵魂渐渐上升,甩掉了这副一钱不值的臭皮囊,向远处飘逸——我看到了地府的光芒。原来地府和天堂只是一墙之隔,我从未见过的祖父、太祖、老祖、老老祖宗,都伸出双手欢迎我。看来他们活得自由自在,健康而愉快。早知地府这么好,我何必在人间受那种折磨!我活了四十多年,想追求奇遇、成功和与众不同的生活,到头来枉受缧绁之苦。现在却能够过一种安定和平稳的日子了。

老祖冲我口念偈语:

空则无得　　寂则无说
一尘不染　　何贪何受

抽搐重新开始,一阵痛楚重又把我召回人间,原来是在医院的病床上。医生给我打了针,灌了药,我听不清医生跟江科长说了些什么,昏昏沉沉只觉得他们又把我抬回了收审站。

人家都说死而复生的人对命运看得更清楚,对生命更加热爱,对人生更加积极。我却感到人活着是一种丑恶的现象,对人生更加厌恶,因为我清清楚楚地看到自己身后老是站着一个恶魔,它戏弄我,狎玩我的命运。

我本来喜欢文科,高中毕业后家里却非让我考工科。谁知念完大学二年级忽然得了一场感冒。感冒算什么病?我竟卧床半年,转成肺炎,大口吐血,只得休学。如果我按期毕业于唐山矿冶学院,就会走另外一条人生的道路,过另外一种生活。如果我考上的是文科大学,心情愉快,也许根本就不会得什么感冒。

病好以后我还曾考进了人民艺术剧院,给一个著名的导演当助手。连洪千彩都向我频送秋波,希望重叙旧好……要不是"文化大革命”,我说不定成了一名正式的导演。如果不是出生在这样的家庭,如果不进轻工机械厂,如果、如果……

我仿佛真真切切地看清了自己的命运是怎么形成的,人生就是一连串的偶然事件。这一连串的偶然就构成了我命运的必然,想逃脱是办不到的。我倒霉就在于始终不能平静、泰然地接受自己命运的安排,老想给自己的生命找到更理想的突破口,血管里有股力量必须要流出来。老祖那句偈言是怎么说的?

一尘不染　　何贪何受

我深感惊诧,老祖的音容笑貌及他说的话,我还记得清清楚楚。到底是梦,是醒?是真,是假?我是活着,还是死了?

我睁开眼。

“陈大爷,你可醒了!”

犯人们围过来。

“陈大爷,你好点了吗?”

“你整整睡了两天两夜,江科长来看过你好几次。”

我眼前晃动着一张张亲切的脸,有的须发蓬乱,像狮子狗一样善良温顺,有的长相丑陋,但丑得可爱,眉间尚存忠厚。眼下他们是我的难友,我的亲人,只有他们关心我的生死。

右半身的抽搐已经好多了,偶尔还有一些轻微的痉挛。只是头痛欲裂,像有一把锯子在锯我脑颅。从百会、印堂、人中到膻中、中极有一条线,我明显地感到这条线冰凉而又不停地颤动,把身体分成两半儿!右边有些麻木,但是勉强能够活动。

“你们说我睡了两天两夜,那现在是第三天了?”

我挣扎着坐起来,在墙上画了多半个正字。

江科长和端着一大碗病号饭的看守进来了。

“老陈,好点了吗?”

江科长叫我趁热先把面汤吃了。一大碗糨糊糊的面条儿,上面漂着香油、葱花，里面还卧着两个鸡蛋。我好久没有饿的感觉了，肠胃对于食物就如同我对生活一样厌烦。可是见了这碗香油葱花面，突然胃口大开，馋涎已滴。就像三个月没吃一口东西的饿鬼，顾不得客气，顾不得在众目睽睽之下稍微讲究一点吃相，三下五除二，还没有尝出什么滋味，一碗病号饭已经倒进我的肚子里。吃到最后两口才感觉到香味，肚子里仍然觉得空空如也，要是再有两碗就好了！既然想照顾一下我这个病号，为什么不管饱，刚把馋虫勾上来就没了……

江科长看出了我的心思：

"老陈，医生嘱咐千万不可多吃，你那个功能紊乱的肠胃一下子承受不了太多的食物。但是你又严重地缺乏营养！"

他又把一包炒花生豆递给我：

"每次要少吃，每天可多吃两次。"

他忽然抬头看看同号的其他犯人，那神情是担心他走了以后，其他犯人会抢夺我的花生豆。但又不想把这番意思挑明……犯人们的确馋涎欲滴。

他的担心是多余的，平时犯人尚且不敢对我无理，何况这花生豆是他江科长送的。他这个收审站的大科长亲自到号子里来看望我，为我送吃送喝，已经在其他犯人眼里大大地提高了我的身价。我向他表示了感谢。但眼下我最关心的只有两件事：

"江科长，您能不能告诉我，我儿子的眼睛到底是怎么瞎的？瞎了一只，还是两只全瞎了？"

他的脸色马上沉了下来，我的心也随之冰凉了。

"根本没有的事！你的小儿子在学校踢球，左眼被足球碰了一下，只是有些红肿。你爱人为了安全起见，防备小孩子不注意再碰着，就用棉纱暂时把孩子的左眼蒙了起来……"

"真的？"我不敢相信似的望着江科长的眼睛。

他神色严峻，不像是哄我。再说也没有必要哄骗一个犯人。

"昨天我亲自到你家里了解这件事，查看了孩子的眼睛，已经快好了。雷彪同志那样讲是不负责任的！"

"谢谢!"我松了一口气,可心里并不轻松,雷彪为什么要吓唬我呢?

"江科长,请您实情相告,我是不是得了半身不遂?"

"不,医生说你是神经官能症。"

"神经官能症?"这比瘫痪更可怕,"这不是发疯的前兆吗?"

"你是由于精神过度紧张,再加上长期失眠和身体缺乏营养所致。不是所有神经官能症病人都会发疯的,这要靠自己会调理精神。我之所以实情相告,因为你是个有知识的人,我相信你的理智,相信你的意志,你要多加注意。当然,我也会把你的情况反映给工商局和检察院,让他们加速调查,快点处理。"

疯子,我会变成一个疯子!蓬头垢面,胡言乱语,见人打人,见物砸物,随心所欲,说想说的话,做想做的事。在别人眼里自己是疯子,在疯子眼里其他人又何尝不是神经病!用疯狂解脱自身的痛苦,用个人无约束的疯狂对付社会上有组织、有系统、铁板一块的疯狂,也许是一件很痛快的事!据说疯子不受法律制裁,一疯就自由了。

雷彪就是要把我逼疯,把我吓傻,把我拖死!我死了正好灭口,我疯了他们看笑话,朱刚、刘青萍、许掌妹,还有严茂顺……

一想起严茂顺就像有一条毛毛虫在心里爬,他真的背着我跟陶波也做了手脚?不,我绝对不相信陶波会做出对不起我的事情,她跟着我吃了那么多苦,再怀疑她简直是一种罪过!我不相信雷彪的话,可他的暗示像一团不祥的阴云,不时地会在我脑子里面盘旋、翻腾。陶波不会看上严茂顺,这一点不用怀疑。但她热情、简单,长期跟儿童打交道,自己也有一副童心,对社会和人的了解像儿童一样单纯幼稚,认为凡是表面上老实可亲的人就一定是大好人。焉知她不会上当?连我都上了严茂顺的当嘛!严茂顺可是个色中饿狼,他酒后自吹,没有他征服不了的女人,他一眼就能看出什么样的女人需要什么,凡是他想要搞到手的女人,不管她身份多么高贵,一碰上他就浑身动弹不得……

我感到抽搐又要开始,急忙吞下两片药。

我不能老想这些事情，这岂不又中了雷彪的圈套！我不能死，不能疯，应该要求他们带我出去看病。

这是什么药？吃下去为什么昏昏沉沉老想睡觉，我闭上了沉重的眼皮。

从房角装有一根自来水管的地方，传来“咯吱、咯吱”——耗子磨牙玩儿的声音。老鼠的牙齿长得奇快，必须不停地咬东西，把牙磨平。书本、衣服、皮革、木箱最好。没有这些东西，只有石头、铁管它也得咬。如果它停下几天不咬东西，鼠牙就会长长，使它闭不上嘴也张不开牙，只能等着饿死。牢房里还有耗子，这太好了。光有人，房子里显得沉闷而无聊。我也曾养过一只蚂蚁，以后不知跑到什么地方去了。耗子比蚂蚁又大多了，是个正儿八经的活物，牢房里好像一下子有了生机。

听声音这么老梆，牙齿凌利，一定是个大耗子。我真想睁开眼看看，但眼皮艰涩不听指挥，只好闭目欣赏这老鼠牙齿奏出的音乐。

我在南郊区劳动改造的时候，有一天早晨在床铺底下发现一窝小耗子，心里腾起一股火气。贫下中农对我实行专政，连耗子也来欺侮我，居然敢明目张胆地在我床铺底下做窝生崽。我把那一窝小耗子打死，扔到了门口的粪堆上。中午我下工回来，发现我的床铺上有几十只耗子在闹腾，最大的一只耗子王跟猫一样大。它们把我的枕头、被子咬得乱七八糟，被我打死的那几只小耗子沾着满身屎尿，也整整齐齐地摆在床铺中央。原来是大耗子从粪堆上把它们拖到我的床上，正在隆重地为自己死去的儿女开追悼会，当然也是向我示威，床铺上拉满耗子屎。我抡起铁锨，猛一顿拍打，才把那群成精的耗子赶走。

连耗子都懂得报仇！自那以后，我对任何动物都不敢轻易伤害。

想起过去这件有趣的事，心里很愉快。看来我应该多想想愉快的事情，给自己安一根精神疏导管，目前只有回忆自己最得意的事情才是唯一的安慰。我有过最得意的时候吗？

我刚到农村的时候，队长分配我掏大粪。每天都在粪便里打滚儿。特别是掏完粪便以后盖那个粪坑盖儿，扑地一声，粪便像烟花一样四处喷射，我无法躲闪，溅得满身满脸都是粪便。当时又无处去洗澡，吃饭的时候只能把沾满粪便的手在沾满粪便的衣服上擦两下，拿起饽饽就啃。什么叫脏？我只知道饿！

当时活计很累，活得也够艰难，可身体毕竟还算是自由的。什么叫自由？人类上“自由”这两个字的当还算少吗？我现在几乎忘记自由是什么滋味了，真后悔在自由的时候没有认真享受自由。

我掏大粪的劲头以及粪便对我的污染连生产队长都看不下去，他受感动了。说我比农民还像农民，没有一点城里人的酸劲。我心里很清楚，自己已经不是城里人了，要活着，要吃饱，就得卖命干。干狗事，不像个狗样还行吗！

有一天队长问我：

“你还会别的手艺不？”

我会什么手艺呢？心里迟疑着，嘴上却答得很干脆：

“我会理发。”

队长算计了一下，一道命令就使我脱离了大粪坑：

“你就以咱们生产队的名义开个理发店，每天交给队上两块钱，队上给你记十分工，多赚的钱归你自己。”

其实，我只给自己的孩子推过头，从未给成年人理过发，更不会使剃刀。而农村的老头儿都喜欢让剃头匠把头皮、下巴刮得锃亮。俗话说人无三天力巴，绝处逢生，还有什么事情能难住我！我借口买理发工具，又回到城里，到全市最有名的“凤凰理发店”求爷爷、告奶奶，低三下四送小礼，说瞎话、编故事——自吹苦学理发手艺是为贫下中农服务。连偷带学，用三天时间总算掌握了一点理发的基本要领。回家买了五个大冬瓜，悬着腕子削瓜皮，锻炼手劲和腕子上的功夫。

一个星期后，我的理发店就开张了。头一个顾客就是一位连腮胡子的老大爷，这叫开门先碰上个大辣椒，我的双腿真有点发软。头一刀还敢下，越到后边手抖得就越厉害。多亏我临时想起了一段著名的快板书，叫《大老王剃头》——

有个剃头的大老王，
挑着担子走四乡。
碰上个地主要剃头，
价钱讲定是二斗红高粱。
地主有话讲在先，
拉破一个口儿
　　要扣掉一斗红高粱。
地主摘掉大草帽，
老王心里直发凉：
这脑袋七棱八角
　　除去沟就是梁，
跟猪头长得一个样！
老王心里一紧张，
　　“噌——”拉破了一道口儿，
“扣你一斗红高粱！”
老王心发慌，“噌——”
　　又拉破了一个口儿，
地主得意地举起两个手指头：
　　“扣你二斗红高粱！”
老王心里来了气，
抡起刀子“噌噌噌”！
“我一不做，二不休，
　　今天叫你全扣光！”

想起这段快板书，我的精神忽然放松了。反正老头儿的脑袋在我手里抓着，管他是地主的脑袋还是贫下中农的脑袋，他的生杀大权操在我大老陈手里，我的双手不再发抖。虽然给老头儿拉破了几道小口儿，总算顺利地过了第一关。

我的操作技术实在算不上高超，但我的审美意识是一流的。某些小地方可能理得不够整齐，大的轮廓、发型保证说得过去，因此青年人还是愿意叫我理发。那个时候男女发型都很简单，千篇一律，我很快就能应付裕如。顾客越来越多，每月除去缴给队里买工分的钱，自己还能剩个六十多元，比在城里活得还舒心自在！

公社书记也叫我推过几次头，当然是一分不收还要侍候得格外小心。我边推头边陪他说闲话，他认定我是个“能耐人”。很快，新的机遇又降临到我的头上：公社调我到拖拉机站当技术员。

拖拉机站里养着十四个大爷，农闲的时候他们打扑克、下象棋，一到农忙的时候拖拉机就坏。我去了以后当然要改变这种状况，大爷们捣蛋，我自己学会了开车，他们便拿不住我。我上中学的时候就会骑摩托，开拖拉机如同闹着玩儿，捎带着连汽车的驾驶执照也拿下来了。我不敢说自己有多么聪明，至少不是笨人，车钳铣铇，画线下料，我都能来两下子。扩大业务范围，增加收入。有了钱就好办事，可以让领导高兴，也可以让下边的人听话；可以赏，也可以罚，还可以整治人！有人出难题难不住我，有人叫板也叫不住我，只要有事业可干，七股八叉、钩心斗角，我不在乎。由技术员升站长，由站长升厂长……

天无绝人之路，我陈公琦不论到什么地方都能活得下去，连掏大粪都能掏出花样儿，当犯人也熬上个犯人头儿……

号子里又响起老鼠磨牙的声音：

“咯吱、咯吱！”

清脆悦耳。我害怕惊动它，慢慢睁开了眼睛——

墙角的自来水管连接着楼下的女牢房，一个我没见过的犯人蹲在地上，用手抠水管四周的水泥块，我抬起身子招呼他：

“喂，你想干什么？”

他没有理睬我，连头也没有转过来。也许是我的声音太小，他没有听见。

犯人们见我醒了都凑过来：

“别喊了陈大爷，他是哑巴！”

哑巴？哑巴能犯什么罪？怎么也来到了这个地方？他似乎感到用手抠不过瘾，抓住水管用力摇晃，那意思似乎是想把楼板摇出个窟窿！他穿着背心短裤，皮肤像黑紫色的缎子一样油光发亮，一用力身上的肌肉隆起，疙里疙瘩，一副令人羡慕的好身板。脑袋剃得精光，上下一个颜色。没有人知道他犯的什么案，叫什么名字。更猜不透他成天跟那个自来水管玩儿命又是为什么？

"陈大爷，你这回可捞够本了，吃完了睡，睡醒了吃。"

我的确是这样迷迷糊糊地过了十来天，这其间收审站的医生来给我打过几次针，右半身的痉挛基本上能控制住了，只是身体太虚弱，脑袋还有些昏昏沉沉。我意识到不能再这样躺下去了，越躺越不想起来，有一天想起来恐怕就真的起不来了。我若不想死就得尽可能多活动，恢复右半边身子的机能。我试着慢慢下了地，腿脚好像不是属于自己的，沿着床边走了几步，血脉渐通，腿脚才开始灵便起来。

估计快到吃第二顿饭的时候了，我想漱嘴洗脸，让自己清醒清醒。老犯人到便池给我接凉水的时候，不得不让哑巴挪开一点地方，他站起身看看我。

我冲他笑笑。

他嘴里发出"啊啊"的声音，虽然吐不出含义明确的字眼，但五官却如同一块微型集成电路板，能表达各种丰富多变的感情信息。

我明白他的意思：向我表示关切，问我身体感觉如何？

我感激地对他点点头。

在我昏睡的这段日子里，号子里又来了三个新犯人，除去哑巴还有一老一少。那年轻的贼眉鼠眼，相貌猥琐，我猜测可能是"皮子"（小偷）或"黑线"（晚上拦路抢劫）上的人物。我问他叫什么名字，他向我露出谦卑的笑脸：

"我叫范天文。"

"犯的什么案？"

他还有点扭捏，似乎不好意思说出口。

号里的老犯人不耐烦了："陈大爷是号长，问你什么你就老老实实地回答。”

“进了这个号子算你烧了高香,要在别的号子早把你打熟了!”

“瞧你这个假眉三道的赖样儿,天生是个‘鸟屁’!”

……

犯人们七言八语,有些不逞之徒大概早就手痒痒了。他们天生喜欢阴暗,我这个号长可能不如崔朝柱更合他们的口味。

范天文确实被吓住了,赶紧低下头老老实实地说:

“我是吃白钱的。”

我想“吃白钱”大概就是偷盗之类的行当,为了别惹起是非我没再详细追问他。另外一个小老头儿,倒是慈眉善目,一副和气生财的样子。他见我把脸转向他,主动地点头赔笑:

“陈大爷。”

“哎,可别这么叫!”我赶紧摆手,“别看我胡子拉碴,比你小得多。你这样叫我折寿。”

“别客气,我今年整五十。”

“比我大七岁。贵姓?”

“免贵姓刘,单名叫义。”

我笑了,这个刘义有点买卖人的习气。不觉也换了一副开玩笑的口吻:

“阁下犯的什么案?”

“咳,说来惭愧!”

他像演员一样有声有色地仿佛要起板开唱:

“伪造股票,倒卖了一点粮票,我的职业是金银首饰匠,在干活儿的时候碰巧也会做点手脚……”

一个性急而又只会用暴力抢夺别人钱财的犯人插嘴问:

“股票也能伪造?这么说你还会造假钱?”

“小兄弟,世界上的东西没有不能伪造的。诸位以后如果需要刻图章,需要各种各样的介绍信、证明信、工作证、记者证,请去找我,我一定效力。可就是一条,这次进来不知还能不能被放出去!”

犯人们被他那幽默乐观的神态逗笑了。

刘义是个能说会道、善于交际的人，很快就赢得了犯人们的好感。

我对他的职业更感兴趣：

"这么说你对金银首饰一定很内行了？"

"不敢，略懂一点皮毛。"

"解放前夕，母亲把家里的金银细软裹了一大包袱，交给我亲叔叔带往香港，让他站住脚以后派人来接我们全家出去。这些财宝实际上都是我母亲的，外祖父家相当有钱，连他们家的房子都是仿照故宫的样式盖起来的，只是比故宫矮一点。谁知叔叔到香港以后把这笔钱占为己有，根本不跟我们通音讯，后来他成了一家大表行的董事长。至今，兄弟、叔嫂之间视为仇敌。家丑家丑，家家都有。"

刘义见我突然不说话了，就试探地说：

"陈号长，尊夫人如果有金银首饰需要加工，我出去以后一定愿意效劳，而且分文不取，保证不缺分毫。"

母亲手里确实还有几件金物，说了几次想给陶波和我的女儿改成戒指和耳环。我笑着问他：

"你在加工的时候是怎样做手脚呢？"

他成心卖关子：

"我不能说，我要公开了自己的手段，尊夫人就不会再让我干活儿了。"

"没关系，让我们开开眼，以后好给你多揽点买卖。"

他一抱拳：

"那我就献丑了。比如，一个老太太叫我把一只断了的方戒指给她儿媳妇打成细戒指，我先将方戒指打成细长条。然后找她要凉水，说金子需要泡一下。趁她进屋取水的工夫，我立即截下一段金子含在嘴里。诸位听清，完成这全套动作最多不过两秒钟，神仙也发觉不了。"

"你可真神了！"有人发出赞叹。

我心里觉得可笑，不用神仙，警察就把你抓来了。

刘义还有点老天真。仿佛他不是在讲自己走麦城，而是夸耀怎样过五关斩六将：

“有的时候我把耳环在煤油灯上加热拉成细长条儿，用两张纸片裹住两头，一边拉一边用指甲掐，两颗绿豆大的金粒就裹进纸团，借着摸火拿烟之机金豆便进了我的口袋。有时，在脖子上搔痒痒，金子便落进了裤腰；有时，假装提鞋，金子就滚进鞋窝。总之一句话，神出鬼没，变化万端，让主家感到眼花缭乱，防不胜防。”

不知谁咂咂舌头：

“老天哪，谁要叫你干活儿可倒了血霉啦！”

“怎么样？陈号长，尊夫人的戒指不敢叫我打了吧？”刘义揶揄地说。

“老刘，你真是神偷！”

我决不是挖苦他。他让我感到犯罪也是一种智力活动。

“咳，再神也神不过人的心、人的眼，最终我不还是神到这个地方来了！”刘义转眼间变得神色黯然，真像个老头子了，“世界上只有两种人，一种是合法的小偷，大块的金银往家里拿，没人敢管；另一种是非法的小偷，我们属于后一种。”

不管怎么说，牢房里增加了刘义，使我的心情变得愉快多了。今后有了可以说话、可以交流一下正常人的思想和感情的人。我给他打气：

“老刘，咱们说定了，我老婆的戒指和耳环一定叫你做。”

“好啦，有你这句吉言，我就能盼到那一天。”刘义不愧是闯荡江湖的老梆子，乐观而有风趣。他一来，号子里的气氛就显得活跃多了，犯人们都挺开心。

只有哑巴无动于衷，一个人蹲在墙角挖水泥。没有人敢招惹他，大概是害怕他那身力气。

蚂蚁·逮捕

我例行公事般的每周要找两次江科长，请他给雷彪打电话。我要求见他,要他带我去医院看病。由被动地等待提审,变为主动地要求提审。雷彪每隔一个多月来一次,一次最多不过十五分钟,而且都是我向他提问题,提要求。不管我的问题多么迫切需要解决,我的要求提得多么恳切,雷彪始终不愧是我的克星！他一见了我就没有好脸色,没有好话,鼻子不是鼻子,眼睛不是眼睛,最后总是那句话:“关于你看病的问题我回去研究研究再说。”他的研究从无结果,从不给我答复。等到下次见面我把老问题再重提一遍……

脱去夹衣换上单衣,如今在单衣外面又需要加件毛衣了。我在收审站熬过了五个多月,眼看期限已到,却看不出一点要释放我的迹象。心里打鼓,吉凶难测。如今我已是掌管楼上五间号子的“大牢头”,如同“二警察”,手里还确实有点权力。我进出牢房比较方便,只要打声招呼看守就给我开门。我实在忍受不了跟犯人们一块排队大小便,好像人的排泄器官跟自来水的龙头一样,打开就流,一关就停。有时我蹲得双腿麻木,在众目睽睽之下仍不能痛痛快快地拉出那摊屎。现在我就可以到厕所里去大便。经过我的努力,每间号子发了个大水桶,可以到厕所里接水回到号子漱嘴洗脸,再不用洗漱拉撒全靠那个便池了。

作为“大牢头”,我还有一项权力——收审站办起了一个黏合剂加工厂,每天由我从各个号子里指派二十个犯人去加工厂劳动。据说社会上兴起一股经商风,各机关团体纷纷开公司、办企业,赚了钱给自己的职工发奖品、送红包。靠山吃山,近水吃水,收审站只能吃犯人。去加工厂劳动的犯人可以吃得饱,有菜,还可以分到几支香烟。但是,江科长嘱咐我只能挑选那些比较老实服管的、案情较轻或准备释放的犯人去劳动。十三号的犯人自然沾光比较多,我特别偏向他们,有时也利用他们为我传递点消息。

陶波带来消息:我所在的工厂通过组织手段托到工商局和检察院,千万不能放我出来！

公家走公家的后门,对付我这个收审犯。什么法律,权力就是法律的娘！我突然意识到自己太傻了,不能这样傻等,不能被收审站对待我不错的假相所蒙蔽,精明而又通情理的江科长救不了我。整个法律跟我作对,工商局、检察院成了我的敌人!

我仿佛随时随地都能听到雷彪的声音,都看得见他嘴角泛起的那种带着毒喇叭的微笑。

既然社会不需要,我何必非要做个顺民?我感到自己身上的恶性因子在集结、膨胀、繁衍——这就是我对命运实施报复的动力。我的心扉深处已经萌生了一种铤而走险的念头。当然还要再等几天。因为我跟三楼的看守已经混得很熟了,他也向我透露了一些消息——他听到江科长打过这样的电话——

"……我们认为,根据目前的材料很难给陈公琦定罪,他可能是没有问题的。你们再不处理我们就放人!"

我估计熄灯的时间快到了,就打水漱口。

哑巴急忙放下他抠水泥的工作,倒了一盆冷水放在便池旁边。等我漱完嘴,他用毛巾蘸了冷水,轻轻地先帮我把全身擦洗一遍。随后我便赤身裸体的趴到自己床上,哑巴拧干毛巾为我搓澡。他手大力气大,心又格外细,裹着冷毛巾的手掌像一架按摩器一样在我身上滑动。不,任何按摩器也比不过他的手掌,很有力量又极其温柔,我身上的每一个部位、每一处穴道、每一条筋脉都搓到了。我的身体由凉变热,最后搓得我浑身冒火,筋骨舒畅。搓完了后背搓前胸,搓完了躯干搓四肢。哑巴心到手到,细致而有耐性,比高级浴池里最好的搓澡师傅还要棒!搓完以后躺进被窝,哎呀,太美了!我每天晚上都要这样搓一遍,两个多月来证明对身体的恢复大有好处。

哑巴给我搓完澡,又去抠他的水泥。

忽然,他哇呀哇呀地怪叫起来,双手拼命摇动着自来水管,水管发出嘎嘎的响声。

我不知发生了什么事,急忙穿衣下地。因为别人不敢管他,他只有对我百依百顺。我经常派他去加工厂干活儿,不干活儿的日子我也会每顿饭省给他半个窝头。越是哑巴越心灵,他像私人保镖一样对我忠心耿耿,他的事我怎能不管?

原来哑巴将水管四周的楼板挖通了，通过这个窟窿可以清清楚楚地看到楼下女牢的灯光。

楼下立刻传来女人的叫骂声：

“喂，楼上你们这帮该死的，要闹地震，还是要拆楼？”

一听见女人的声音，我的犯人们立刻都跳下床来，把脸凑近窟窿。有个小子连说话的腔调都变了：

“喂，姐姐，我们都憋坏了，掏个窟窿想看看你的脸蛋儿。”

“不给脸看给屁股蛋儿看看也可以！”

我立刻喝住他们。

楼下的女犯也不是好惹的，不急不气地回骂过来：

“臭狗屎、下三烂！快看吧，楼下住的除了你妈妈，就是你姐姐、你妹妹。”

“蹲了大牢还想找便宜，叫你们这群臭王八蛋一个个都判死刑、判无期……”

我的犯人们还想还嘴，我赶紧叫他们回到自己的床上去。谁知我这个号长的威望这时候突然一落千丈，有几个色鬼抓住水管就是不肯离去。他们浪荡的神态，淫邪的目光激起了哑巴的愤怒，抓住他们像扔鱼篓子一样，一个一个都摔回到大床上去。

我凑近窟窿，尽量把话说得文雅些，只有这样才能压住她们让对方想骂粗话也不好意思张嘴。

“女号的难友，刚才是我们的犯人粗野无礼，实在对不起。我是楼上男牢的号长陈公琦……”

楼下果然安静下来了。我接着说：

“我们号子里有个哑巴叫王铁林，是北塘口的渔民。除去不会说话，其他方面都是百里挑一的男子汉，为人实在，聪明能干，有一身好力气。他打了鱼总是把好的挑出来交给本村的一个女人到集市上去卖，时间一长这两个人就产生了感情，发生了关系。那个女人的丈夫是个假男人，醋劲却很大，就想把他老婆打残废，不能再上街卖鱼。被哑巴知道了闯进去，反把那个假男人打伤了。人家告那个女人勾结哑巴谋害亲夫。这件案子最后怎么判咱先不说,我要说的是哑巴这片诚心,他用手指头天天抠,十个手指头全流过血,指甲也裂了……”

忽然从楼下传来一个女人抽抽噎噎的哭声,我心里有数了,不禁佩服哑巴的精细。他怎么就知道自己的情人关在楼下呢?

“哑巴为什么要挖这个窟窿呢?他猜想那个女的就关在楼下,挖穿了楼板就等于两个人心相通、命相连,一块坐牢,朝夕相伴。那个女的叫张鸭美,不知是不是在你们号里?”

“在,在,鸭美,你快跟哑巴说几句话……咳,瞧我糊涂的,他听不见。那可怎么办呢?”

听声音是刚才第一个说话的女人,也许她是女牢的号长。

很快就传来张鸭美带着哭腔的声音:

“陈号长,麻烦你老转告铁林,我很快就能放出去,这是警察偷着告诉我的。我出去以后就到法院离婚,离不成宁愿再回到这里来。是我害了铁林……我死活跟他!”

我说:

“张鸭美,你赶快站到水管旁边来,让铁林看看你。”

哑巴把脸贴近窟窿,呀呀地叫着。

楼下的张鸭美也在急切地呼唤:“铁林,铁林!”

窟窿太小,楼板又太厚,他们顶多能看清对方一个鼻子或一只眼睛。

熄灯的哨响了。看守还算有德,刚才大概是去打扑克忘记吹哨了……

半年的期限到了,我等待着“宣判”。

六十二天了,没有消息。

六十五天了,仍无动静。

六十九天了,我去找江科长,江科长不在。我的问题使他为难,也许有意回避见我。我只得问别的警察:

“你们这里有规定,每期三个月,每个收审犯人最多只能关押两期,我已经超过九天了,你们打算怎么办?”

“哎呀,看守没有告诉你呀?”警察跟我装傻,“昨天检察院来电话,鉴于你的案情特殊，一时处理不了，还得再延长一段时间。”

虽然这个答复并不是太出乎意料，毕竟是警察正式传达了他们上峰的决定，对我来说还是一个沉重打击。我感到心里的怨恨像火焰一样急于要向外喷射。

“收审站是执法部门，连你们自己定的制度都这么一钱不值，说变就变，还有我们这些草民说理的地方吗？”

值班警察是个笑面虎，乐呵呵地说：

“老陈，你身体不好，千万别着急。我们是磨房的驴——听吆喝！我恨不得把你们都放了，还赚清静呢。”

是啊，跟他说气话有什么用？他听头儿的，头儿又听谁的呢？那就难说了。任何法律都是由人制定、由人执行的，可什么是人呢？

既然人和社会创造了监狱，看来我是无法摆脱它了！我已经学会了给自己消火，有个神经官能症管着我，我不想让它把我带进疯狂的境界。

我不愿马上回到号子里去，就拐进了楼上的厕所。厕所的后窗户对着一片菜地，穿过菜地有一片高低不等的房屋，别看那建筑不整齐，却是自由的世界。我抓着窗户上的铁棍，贪婪地看着收审站以外的天地，呼吸着带有臊腥味的新鲜空气。

一个完整的越狱计划在我脑子里诞生了……

看守对去加工厂干活儿回来的人检查得比较松，有时我在旁边再打点掩护，他们已经为我带回来三根钢锯条。万事齐备，只等东风了。

当我在墙上画完第十五个“正”字的时候，机会来了。傍晚突然变天，一阵飞沙走石过后下起雨来，风声雨声会把钢锯锯铁棍的声音完全吞没，何况看守等到犯人们睡着以后自己也就去睡大觉了。他们只提防单人越狱，所有防范措施都是针对一两个人的。而我要发动的是一场集体越狱，正好利用了看守思想上的麻痹。大雨会把我们的脚印及一切痕迹冲个净光，逃出去的人多，警察追捕的目标就分散，我们漏网的可能性就增大了。

我私下里已经串联好了八个案情比较重的人，他们都起誓愿意跟我一块往外逃。锯门锁、锯厕所的铁窗以及扶我翻越墙头都是不成问题的,我经过反复考虑,认为这个计划是万无一失的。我出去的目的是为了告状,要把自己的冤屈公之于众。即使失败了,顶多就是被判刑,那就可以请律师,我自己也有了发言权,在法庭上把一切都讲出来,包括这次策划集体越狱的动机,一切都是被逼无奈!越狱的人越多,对社会的震动越大,如果造成一个大的政治事件,引起市里或中央大头头的重视,我伸冤也许就有望了……

我思考着怎样对全号的犯人讲,拉出去的人越多越好。还有足够的时间让大家考虑,让他们自觉自愿地做出决定。关键在我怎么说,要真诚实在,不能讲大道理,大道理他们听不懂。我是领头的,一切罪过都在我头上,他们真是不跑白不跑,万一被抓回来都没有多少责任。光这样说他们不会相信,我不是傻子,为什么放着收审站的“大红人”不当,偏要去当那个倒霉蛋儿呢?我需要他们,没有他们我就跑不出去……

我忽然觉得自己跟眼前这群犯人毫无二致,我身上也存在着许多跟他们一样的欲念,甚至比他们更坏。但我不再为此感到屈辱和震惊。

哑巴眉飞色舞地守在自己的窟窿旁边,他把自己的腰带从窟窿里送下去,他拉着上头,张鸭美抓住下头。他拉拉,她抖抖,借此传递感情的脉冲,聊解一下爱的饥渴。不知为什么,张鸭美老说要放,老也不放。看来关在收审站的人没有一个命好的。还有几个雄性荷尔蒙积存过剩的家伙,也挤在哑巴旁边,跟楼下的女犯人说笑打趣,他们能叫得出好几个女犯人的名字。这个“哑巴洞”真成了男女犯人生理上的导泄孔。可怜的文明人。

还有一伙犯人围着刘义,让他给看相算命。刘义摇头晃脑,满口之乎者也,俨然一个小神仙。两个犯人刚被他看过相,连说:“真准,真准!”主动把自己的身世告诉刘义。围观的人也啧啧称奇,再三向他追问其中的奥秘。

他越发卖弄玄虚：

“告诉你们也听不懂，看相要研究人的宫格、纹路、脸形、骨骼、皮肤、肌肉等等，光是一张脸上就分成十二宫、十三部……算啦，先给你们讲最简单的吧——鼻子位于脸面的中央，是人身体的代表。颧骨则表明年纪的大小、阅历的深浅。眉目清秀，脸面方正，当然是好相。如果鼻眼之间有物横扫颧骨而达奸门，定是乱搞男女关系无疑！”

犯人们果然被他唬住了，牢房里是很讲究迷信的。大概越是被命运抛弃的人，越相信命运。我原来也是不信这一套江湖骗术的，忽然心血来潮，也想叫刘义给算上一卦，看看今天夜里的运气如何？

谁料我刚一凑过去，刘义腾地站起来，神色变得严肃了：

“号长，你气色不对，莫非有坏消息告诉我？”

我笑了：

“恰恰相反，我正有好消息要告诉大伙儿。想请你给我看看相，该讲不该讲。”

他拿起我的左手，草草看了一下，就对围着他的犯人们说：

“你们去到哑巴那儿找乐儿去，我跟号长谈点大事。”

他拉我坐到我那块靠墙的铺位上。重新拿起我的手仔细端详，口中念念有词：

“掌纹在根基，你的根基纹自坎宫不断直上，这是平地起雷，白手发家。闯过四十五岁，会交好运，更不会缺钱花。你掌心的气色也不错，掌中噀血，衣禄自得。从你的手相看，目前宜静不宜动，不久会有喜事。”

由于他胆小谨慎，越狱的事我没有拉他。他果然用看手相的方式劝我放弃这次冒险，是谁告诉他的呢？我跟那八个人曾约法三章，谁事先透露了风声，大家就把罪过全往他一个人身上推！我虽然心里已经开始紧张了，还是想逗逗他：

“刘神仙，你别光说好听的，难道你看不出我天赐一副操心的命。我就是为冒险和不幸而生的。”

“从手相上看你的夫人很漂亮，也很能干，在干事业上不比你差。你十几岁的时候看中一个人，这个人的线至今还跟在你的婚姻线旁边……”

我心里一动，刘义影射的那些事情我跟任何人都没有讲过。

“你小时候不错，家里很富，二十岁得了一场大病，开始多灾多难，灾难要跟你二十多年，中年以后又不错。”

我也有点被他唬住了，勾起心中的感慨：

“人一生真正能干事业的就是三十来年，应该好好过。你看——人生一世的‘世’字不就是‘卅’拐弯嘛！在这段最好的时间里我恰恰是东一榔头、西一棒槌，始终没有找到自己的事业。”

刘义很会开导人：

“天理公道，不会老是一面倒。要相信风水会轮流转的。”

“我不能老是被动地听凭厄运的安排！”

“从手相上看你的厄运快完了。”

“你知道我的计划了？”

“什么计划？”

他也是个好演员。

我不迷信，可我的决心动摇了。

“老刘，你说实话，你是真会看手相，还是拿我开心？”

“陈号长，真人面前不说假话，我看相是个二把刀。但我看出多少说多少，看不出来的不说。”

“我真的能释放？”

“我要唬你让我死在监狱里！”

刘义认真了。

我感激他，我很愿意相信他的话。

作为一个蚂蚁——真是值得骄傲！

我们排成五十里长的方阵，像黑色的风暴一样席卷大地，扫荡一切！我们开进大森林，顷刻间森林变成一片光秃秃、白花花的木桩。人类种的庄稼，更是一菜一碟。至于大象、老虎、狮子、野牛这些庞然大物，傲慢地瞪着我们，摆出一副老子天下第一的架势。等到它们落入无边无际的蚁群之中,立刻惊恐万状,再想逃跑已经晚了。一般只需四五分钟,它们就只剩下一堆白骨了!

凡是我们经过的地方,寸草不留,除去一两个我们掉队的弟兄,没有其他活物,白茫茫大地真干净。

我们遇村吃村,过镇吃镇,所向披靡。吓得现代文明人类望风而逃,有些傻瓜逃得慢了便落入我们的口中,人肉香甜可口,可比象肉好吃多了。他们发明的那些新式武器,不论是核武器还是常规武器,全派不上用场!

由于我们最小,所以最自由——无孔不入,有个缝隙就可以钻进去,高墙深院可以爬进去,拖根树枝当船可以渡过大江大河。由于我们最小,所以最有力量——谁也瞧不起我们,谁也不注意我们,所以我们最强大。能够征服一切,世界是属于我们蚂蚁的!

——我梦见自己变成了一只雄赳赳、气昂昂的蚂蚁。

四天以后,刘义替我推算的好运降临了。

雷彪带着一个生脸的警察,叫看守打开了号子门。他进门就喊:

"陈公琦!"

我突然意识到自己的末日到了。雷彪是不会为释放我而来的。他的两眼正向我喷射毒焰:

"你被捕了,这是逮捕证。"

我接过逮捕证只扫了一眼就把它递还给雷彪,上面写的什么一概没看见。心里只反复重复着一句话:

"要沉住气,不能犯病,不能犯病!"

我弯腰去收拾自己的铺盖,借以稳定情绪,控制一下正摇撼着心底的风暴。

哑巴哇哇叫着扑过来,他推开我,自己替我整理东西。东西很简单,洗漱用具放进一个塑料袋里,几件衣服打进被子——哑巴一丝不苟,将铺盖卷捆得整齐而又结实。

我默默地看着,心里忽然又留恋起这间十三号牢房来了,舍不得离开哑巴、刘义这样一些犯人。他们用不同的目光看着我，有的呆痴，有的震惊，有的懊恼。那几个跟我约好要越狱的人则无限悔恨，怒气冲冲！我对不起他们，我不是真正的男子汉，不配当个真正的犯人……

当我在雷彪催促下向牢门口走去的时候，刘义突然拉住我的衣服：

"号长，那天我给你看手相说的是真话，我要成心骗你是王八蛋！"

这个脾气随和、喜欢转文的老头儿，急得用粗话咒骂自己来表白心迹。我感激地回头看看他：

"老刘，你看得很准。坏事不一定带来坏运，坏事坏过了头就会走向反面。"

此时此刻，我自己需要鼓励，也需要说几句大话给雷彪听。直到我走出号子，老刘还在解释：

"老陈，你的太阳纹确实很好，预兆有好运和财富，你要相信我……"

雷彪鼻子里"哼"了一声，我不去看他那鄙夷的神色。只是替老刘难受，人有旦夕祸福，他算得了人命，可算不了天命，更不能给社会看相。我的运气不好害得他相术失灵，令人心里不安。

哑巴在我身后摇动牢门，发出哇哇的叫声……

1986年5月6日急就于芥园里

碉　堡

一

弥漫着温柔充斥着甜味机灵燥热的暗色，吞噬了城市。唯“快乐碉堡”像一根发亮的骨头，刺破了夜的嘴。霓虹灯把“快乐碉堡”四个顶天立地的大字打扮得光芒四射——它使我骄傲又使我神伤！

它是我的，我是这座大舞厅的主人。

那深红色的光霭就是我的手臂，拥抱着整个城市，拥抱所有的人。人啊，都到我的“快乐碉堡”里来快乐快乐吧！

此时，有谁能看得见我心里的颜色？

没有真正踏上过人生的高峰的人，是无法体验一个成功者的快乐的。是的，我成功了。看看门前相互拥挤着的这一堆人，看看灯光下的广告，谁也无法否认这个事实。

> 快乐碉堡，碉堡里快乐，快乐又安全。
>
> 快乐碉堡，属暖色调舞厅，节奏明快，气氛浓烈。欢乐今宵，为了明朝更好地学习和工作。催动你，撩拨你，让你热爱生活，积极进取。
>
> 快乐碉堡，有自己的乐队，有歌星演唱中外著名的流行歌曲，为顾客助兴。高级精神享受可使你心驰神往，飘飘欲仙！
>
> 快乐碉堡，高薪聘请两位一级厨师，可制作俄式、意式等西餐

大菜和中菜及各种点心小吃，并备有中外各种名酒和冷热饮料，如："天使之吻"、"百万富翁"、"粉红佳人"等等。

快乐碉堡，承办各种筵席，可以举行结婚仪式、婚礼舞会、单位包场舞会。进一次快乐碉堡，可成终身纪念。

快乐碉堡，用新颖周到的服务充分给顾客以美的享受，是有一定文化修养的中青年男女最理想的娱乐场所！

快乐碉堡，美的堡垒！

走遍世界，有谁会把这"快活林"、"怡乐园"一类的地方取名叫"碉堡"呢？有，这个人就是我。这正是我的过人之处。"快乐碉堡"——多么与众不同，它能不吸引人吗？城市越大越拥挤，僻静的地方越少。男欢女爱总是不愿有不相干的人在场，偷偷摸摸、东躲西藏。我把自己的舞厅叫做"碉堡"，就是要给人以牢靠感、安全感。我特别满意在广告里标出"快乐碉堡"最适合有知识的中青年男女，这使它更具吸引力。当代人推崇知识，谁愿意承认自己没有文化呢？能进"快乐碉堡"，就说明自己有文化，有教养。要不了多久，人们就会以能进"快乐碉堡"为荣。我还愁自己的买卖会不兴旺发达吗？

开办"快乐碉堡"配得上我的智慧。尽管从酝酿到今天正式卖票营业，几乎耗去了快一年的时间，历尽坎坷，饱经忧患。记不清跑了多少路，拜了多少庙，求了多少佛，烧了多少香，上了多少供，磕了多少头。光是办营业执照就跑了三个月，花了上千元。还算值得！因为"快乐碉堡"是全市第一家私人营业性舞厅，会当官而且已经是官的人心里没有底牌，一会儿准办，一会儿不准办，真比唐僧去西天还难。

幸好，我心里有一种命运感，知道跟自己的命运一道前进，就难保不会出人头地。大家都在发疯地寻找自己的机会，能当官的当官，能出国的出国，能当博士的当博士，能捞钱的捞钱。世界进入了一个多样选择的时代，现代活得自在的人一定都是适应主义者，顺时而谋，顺时者昌！生命天生就喜欢选择更新，我身上偏偏有一种不可思议的掌握时机的天赋。像我这样一个城市盲流儿、小偷儿、倒爷儿，如今一下子不是变成了堂而皇之的“快乐碉堡”的经理吗？昨天下午开业大典时，当初指挥解放本城战役的将军来了；八十岁的中央顾问委员会的委员来了；本市的名流、有些已进入世界名人大词典的人物来了；工商财贸界的头面人物也来了……他们都是我请来的客人，为我祝贺。知名的文人墨客即兴赋诗作画。谁敢不承认我也是上流社会中的一员？假如中国真的有上流社会的话。我看是有的，任何社会都分等级。没有英雄不会有历史，没有强盗也不会有历史。历史记录的是创造，也是犯罪！犯罪也是一种生意，往往赚钱还要更容易些。有阴就有阳，有昼就有夜，有好就有坏。否则好也显不出来。古往今来还没有一个不是大杂烩的社会。正因为“杂”，才有种种机会。我往上数八辈祖宗，也没有一个是当官的，哪怕是芝麻绿豆大的官也跟我们家无缘。然而我有钱，同样也获得了上等人的地位。我不靠权力和门第，同样成了一个有特权、有身份和有脸面的人。现今社会上一个市委书记能够享受的物质文明，我也可以享用，只要我乐意。他们有专车。我出门有出租车，比专车还方便，而且更有派，招之即来，挥之即去。他们有高级住宅，我的“快乐碉堡”也不差。光是舞池就近三百平方米，至于彩电、冰箱、音响、录像机，吃的、穿的就更不在话下。我拥有的这一切说不定比他们的还更高级。每个人都可以用自己的方法找到生活的真理，找到人生的最高价值！

我默默地数着买票进堡的人数，顶多不过八十人，太少了。我的舞厅可以容纳二百多人。门口围着一堆人看热闹，为什么不买票进来？舍不得花这两块钱？不，这些人不是真心想跳舞来的。现在两块钱算什么？傻小子，两块钱只是钓饵，进了我的碉堡喝杯橘子水要六角，喝杯咖啡要一元五角，如果要酒要菜上点心，那更得拿钱来吧。话说回来了，现代人，尤其是现代年轻人，讲究摆谱儿，端着点绅士风度（也许是骑士风度），讲究在花钱、喝酒、交友待客上见性格，有高级的不用低级的，有好的不吃次的，在爱人、情人、朋友、舞伴面前还在乎花钱多少吗？

不错，我的票价是比官办舞场的票价贵了五角。可我这里是什么规格,什么设备,什么气氛!我对面那家官营的“文明舞厅”我去看过了,内部装修粗俗。一些不愿意当着年轻人搂着老伴跳舞的老头儿老婆儿,才喜欢到那儿去。舞曲多是慢节奏,就像出殡,真有点在开追悼会上奏哀乐的味道。我自信,不用多久,就能把“文明舞厅”的中青年顾客全都拉过来。

大厅里已经在开始演奏第四支舞曲,我应该到里面去照应一下。但我还是愿意以这座碉堡的主人的身份站在大门外面,希望看到有更多的人向我走来。听着若有若无、飘如行云的乐声。对着夜幕下一会儿死一会儿活的城市,仔细品味自己心里的滋味儿。这一年来我可是难得有安静的时候。成功后的安静是最好的享受。

二

碉堡门前越聚人越多,远处昏暗的黑雾中还有无数个脑袋在滚动。

他们是被“快乐碉堡”的名气、门脸儿、灯光和广告吸引来的。有这么多人在门口站脚助威,是我的买卖兴旺发达的好兆头。我刚才还为此感到得意。渐渐地却有一种不祥的感觉隐隐袭来。幽暗中有一双双带着饿狼般贪婪的眼睛盯着我。

他们进又不进,散又不散。看热闹不能看起来没有完哪!这里又有什么热闹值得这么长时间地看下去呢?

他们闹闹嚷嚷,就是想不买票而混进舞厅。是一群看不出任何职业特征的年轻人,也许根本就没有职业,最小的不过十几岁。没有几个看上去是顺眼的。歪瓜裂枣,烂菜剩汤,死皮赖脸的不怀好意的笑容,邪恶而又满不在乎的劲头,古怪的举动,放肆的叫喊。在忽明忽暗、模模糊糊的夜色中,像蛇一样在蠕动,这蛇阵包围了我的碉堡。如果把这帮大爷放进碉堡,我的买卖就算砸了锅,倒了牌子!

我的舞厅名为碉堡。但决不如碉堡那般坚固。这群“混混”要想硬往里冲是很容易的。

我对他们太熟悉了，以前也从不把他们放在眼里，更谈不上害怕。富的怕穷的，穷的怕横的，横的怕不要命的。我以前是又穷又横，必要时也不把命看得太值钱。现在可不一样了，我把全部家当连同身家性命都投进了“快乐碉堡”，还找银行贷款三万元。金钱、名誉、地位，都是我的包袱。“快乐碉堡”不能让这帮“混混”给炸上天！

把门的服务员有点招架不住，向我求救：

“经理，他们不买票就想进去。”

我叫服务员关上大门，自己站在中间。这时候不能慌，不能怯，也不能太横。太横了会火上浇油。稳稳当当，笑模悠悠，内紧外松：

“几位，怎么回事？”

一个泛着青光的和尚头搭了腔：

“我们想进去看看。”

他的脸已被邪恶蛀蚀，却做出一种无辜的样子。

“请买票入场。”

“我们不跳舞，进去只看。”

立刻有人响应：

“对，看比跳还过瘾哪！”

人群向我挤压过来。我只得提高声音：

“实在对不起，本舞厅谢绝参观。”

“我要进去吃饭，你总不敢先收我两块钱的进门费吧？”

“对，我也要进去吃意大利牛排。”

“你是想吃女人的大腿吧！哈哈……”

“里边跳脱衣吗？”

“我看见女的进去的多，男的进去的少，放我进去正好配成对。”

“白效力，不收报酬。这么便宜的事你还不干？”

“你以为老子拿不出这两块钱？”

和尚头跨前一步，没有到口袋掏钱，却伸手揪住了我的领带。

“你要干什么？”

“这一带是老子的地盘，你开了舞厅倒把咱哥们儿挡在门外……”

和尚头话未说完，脸上就重重地挨了一拳。不过不是我打的，斜刺里杀出一个穿花格衬衫的壮汉：

“告诉你们，曹经理是我的朋友，谁敢在这儿乍刺儿我就废了谁！”

他身后也站着几个精壮的小伙子。

和尚头当然不会善罢甘休，胳膊一抡扑了上来。双方打在一起。我趁机后退，闪进碉堡，关掉门前的所有灯火。我却不能躲在碉堡里，必须尽快了结这场纠纷，或者把他们赶开。只要他们离开“快乐碉堡”远远的，即便打出脑浆子也与我无关。再出来，眼睛不适应骤然降临的黑暗，黑乎乎的人群像浪涛一样朝我压过来，把我卷走。“快乐碉堡”变成昏暗海洋上一块突兀的礁岩。相互厮打的黑色团影滚来滚去，像潮水般在黑暗中来回撞击。他们都很有骨气，绝对遵守流氓殴斗的规矩，只听得到乒乒乓乓、哧哧啦啦捣击皮肉和撕破衣衫的声音，听不见喊妈叫疼的呼号。

他们是真打，还是假打？是寻求刺激为了找乐儿，还是相互早有仇恨？

我闻到了一股灾难的味道。我对这种味道是不陌生的。

不管是哪种情况，我都不愿意他们把事情闹大。要是吓着顾客或传扬开去——流氓成群结伙在“快乐碉堡”门前惹是生非、打架斗殴，谁还敢到我的碉堡里来吃饭跳舞？若是让公安局知道了，警察一定会怪罪于我。他们本来就对私人开舞厅感到别扭，这下更认为是我的“快乐碉堡”招来了流氓。这些小混蛋，成天没事干，闲得难受，憋得难受，正愁找不到地方排泄过剩的荷尔蒙。“快乐碉堡”给他们提供了快乐的场所和机会……若是给公安局造成这样的印象，我的舞厅还能办得下去吗？

数不清的脑袋在黑色液体上摇摆滑动，空气中散发出人肉和汗臭的混合味道。黑压压的肉团碾过来轧过去，我被挤在中间，同样也被他们碾过来轧过去，感到自己成了肉饼，成了粉末。

任我怎样劝导，怎样叫喊，也无人理睬。这黑暗中黑色肉搏像黑风暴一般越刮越烈！

不知是谁，故意压低声音叫喊了一句：“警察来了！”

声音越低，越有威慑力。因为它听起来像是真的。

"警察来了——"混混们低声传递，似大雨倾盆而下，黑风暴散开，向远处滚动，眨眼间在黑暗中消失得无影无踪。

原来他们更怕警察！

我走进碉堡，打开门前灯。对着进门的穿衣镜整理好自己的服装。嘱咐服务员关好大门，天到这般时候，舞会都快散场了，估计不会再有顾客来了。我正要进舞厅里面去照应一下，门外又响起我最不愿意听到的声音：

"曹经理——"

刺眼的花格衬衫，黝黑的肌肉膨胀的长脸，像警犬的眸子一样贼亮的眼珠，肮脏而蓬乱的长发。身后站着两个面色阴沉的小兄弟。今天算我倒了大霉，压住心里的惊烦，只能客客气气：

"三位，有什么指教？"

"刚才那几个小混蛋跟你捣乱，是我把他们打跑的。怎么样？咱够哥们儿吧！"

"谢谢。你贵姓？"

"我是'河西大毛'。以后你有什么事尽管找我，谁要再敢到你这儿来搅和，由我来收拾他们！"

他用骄横和傲慢掩盖自己的厚颜无耻。我明白他的意思了，想敲我竹杠。也许他是今晚赶巧了，顺便先敲一次。也许他是想长期敲我。就凭"河西大毛"这个名号，我也惹不起。不管他是不是真"大毛"，今晚我是非出点"血"不可了。破财免灾嘛！

"本堡有个规矩，舞会一开始餐厅就停止对外营业，专门为跳舞的顾客供应点心、饮料。三位晚上辛苦，请到雅座随便吃点东西，喝点啤酒。"

"曹经理，你够朋友，我'河西大毛'也是痛快人。"

他边说边往里走，就像进他们家一样放肆。他的举止满带着棱角，别人无法仿效，也无法描绘。他的厚颜无耻，更是独一无二。

我早知道他不会谦让。

开业前我朝拜了公安局、税务局、工商局、银行、附近的交通警察、群众治安委员会，就是没有拜地痞流氓。我请“河西大毛”进堡吃饭，若是让公安局知道了，说我勾结流氓，窝藏打群架的流氓，还不得把我的“快乐碉堡”给封了！

人家都是财大气粗，我为什么发迹了反而气短？这也怕，那也怕。闹了半天我还是我，不论身上穿着破帆布工作服，还是西装革履，不论身份是倒爷儿，还是“快乐碉堡”的老板。也许正因为“快乐碉堡”是私人的，而不是官办的……

三

旋转多变的彩色光环，充满诱惑力，也可以说带着强烈的性感。乐曲一响，周围的一切都变得轻飘，不再有压力，不再真实。我闯进一团粉红色的雾气之中，大厅里散发着香水的气味和腻人的甜味，有种莫名的而又强烈的欲望抓住了我，形成一股爆发力在心里冲荡着。我尽力压制着。因为我是这儿的老板，而不是普通的顾客。但我又想报复自己，要跟自己赌气，老板也是人，是更特殊的顾客。既然激情已经燃烧起来，为什么不咬着牙去快乐一番。我舞瘾大发，体内有某种力量活了，对自己对周围失去了实实在在的感觉，眼前的一切并不一定都是真的！

我冲进旋转的人流。忽而别人旋转着包围了我，忽而我又旋转着包围了别人。身体像肥皂泡一样轻浮。混乱而又炽热的激情越来越难以控制了，我体验着内心冲动的无穷滋味。在五彩缤纷的色彩笼罩之下，大家都微笑着，那么甜美，那么善良。表情那么丰富：梦幻般的，醉醺醺的，放荡的，挑逗的，动情的。各种奇奇怪怪的脑袋，灿烂夺目的衣饰，女人美艳绝伦的臂膀和大腿。我体内渐渐生出一种蜜意柔情，头晕目眩。疯狂地满足一下自己的意识吧，尝尝自己这个人的味道，也值得了！

由于顾客不多，更因为今天是“快乐碉堡”第一次正式接待顾客，大家还不熟悉，坐在旁边看的人多，下场跳的人少。我身为舞厅老板，更应该发挥作用，充分施展舞技，把“快乐碉堡”的快乐气氛造足。我请了一位又一位。我诚恳的态度，在舞蹈家协会举办的交谊舞培训班训练出来的风度以及舞厅经理的身份，不论她们多么拘谨，有着什么样的身份和感情需要，都不会拒绝我的邀请。如果对我还不信任，又能信任什么样的人呢？

她带有一种老派的端庄和稳重。但缩着肩膀，好像怕冷似的。目光惊疑不定，充满惧怕，看上去神经像迪斯科舞曲一样紧张。来吧，跳一个吧，旋转扭动起来你就会放松了。在这个紧张而又充满压力的世界上，只有我的"快乐碉堡"才是世外桃源。这个快乐而又合乎法律合乎道德的地方就是专为你这种人准备的。不必解释，在这里语言是多余的，是令人尴尬的。

你很有身份，是个教授、研究员，还是主治医生？有相当的地位和名气。你身上的某些东西我熟悉。因为我现在本应该是个工程师。不管你在事业上获得了怎样的成功，却没有得到个人的幸福。你是个单身女人，甚至是个老处女，或者也曾经历过昙花一现般的婚姻。踽踽独行几十年，惆怅了几十年，一天到晚被孤寂感包围着，孤寂就是你最好的宇宙。能够冲破你的孤寂圈的，就是那些在身前背后对着你的叽叽喳喳的议论。在你身边老有沉渣泛起。你的单调的生活，使别人的生活不单调了。他们身上积存着过多的同情心，善良、愚昧、妒忌、幸灾乐祸、爱刺探别人隐私的欲望，都从你身上得到了某种程度的满足。你使他们随时都有发泄多余的精力和时间的对象。你手下的工作人员干活儿心不在焉，工作出了差错，你批评她们几句。人家就会在下面冷言冷语地诅咒你："嫁不出去的货，还要什么威风，要不没人要吗！""那可说不准儿，也许明天就找个外国博士。到那时屁股还不得翘到天上去！"你放心，这虽然是背后说的闲话，保证会让你听到。还会有假装劝架的人，借机冷嘲热讽几句："哎呀，你们这些小萝卜头，就少说两句吧。你们不知道，人家这是心理变态，心里烦着吗！"你怎么办？只能忍气吞声，有泪也只能跑回家趴到枕头上去流。

你别说了，我叫柳一娴。你说我跑回"家"去哭，实际就是回到我的单身宿舍。我没有家。有人说，像我这样高素质的事业心又要强的单身女人就应该以研究所为家。我也这样想,有伴侣的人,爱情是事业的润滑剂。我是单身,没有爱情,只有事业,事业就变成我的麻醉剂,忙起来什么都忘了。可我毕竟是个女人,不是人造电脑,更不是机械人。在实验台上站着的那几个钟头里,神经紧绷,涔涔汗下,是想不起什么“家”的。可是做完工作,即使是取得了某种成果,长舒一口气,兴奋点也立刻降到零度。这时,我是多么想有个可供身心休憩的家呀!而我拖着疲惫的身躯,在万家灯火中走向我的宿舍,看见的只是一扇漆黑的窗户。我的心有多凉!有丈夫的女人下班回去烧饭洗衣喂孩子,单身姑娘回去看书看戏听音乐。有时,我宁愿系上围裙烧饭喂孩子。我也需要“丈夫孩子热炕头”,女人毕竟是女人……他们说我心理变态。我承认是有些变态。我怕下班,怕黄昏和夜晚。我不愿看见电视上拥抱接吻的镜头。我怕进儿童商店,看见玩具和童装喉咙就有点梗塞。每逢节日,我就去试验室,躲开人群。我害怕孤独,但制造孤独……谢谢你请我跳舞,我是带着一种膨胀而又变形的想法要验证一下自己的欲望才有勇气走进这个“快乐碉堡”。即使在你这风度十足的怀抱里,我仍然感到十分孤独。像我这样的人不该到这个地方来,在彩色的热闹中我的孤独感更强烈,更难挨了!

可怜而又可爱的女人。她身上散发出一种持重的美,这般审慎,这般贞洁。眼睛紧张地转来转去,承受不住跟我的目光相接触。狐步舞柔和缠绵的旋律,使我忽增一股暖融融的柔情。几十年来我像牲畜一样活着,积攒下足够多的情和爱,完全可以分给她一部分。在光天化日之下我也许配不上她,在这“快乐碉堡”里我则配得上她。我感到有股新奇而又狂烈的力量在体内烧灼,应该顺从这充满生命欢乐的疯狂。她口中喷出炽热的气息,胸脯激烈地起伏。她身上那种隐蔽的被抑制的狂热正在苏醒。我喉咙一阵阵发紧,怀着一团浓浓的模糊而又充满刺激的恐惧,向着一个自己愿意葬身其中的地狱坠落下去。有无数湿润烧烫的女人的手臂托住了我,我在柔软馨香的撕扯中打滚、降落,在一片粉红色的云雾中穿游……

“我可以请你跳舞吗?”

我眼前站着一个明艳俏丽、顾盼生姿的姑娘，鬈发披肩，眼窝深陷，盯着谁就让谁销魂。何况还飞快而又热情地向我一笑呢！大概也因为我是“快乐碉堡”的主人，才有这种福气受到她的邀请。

她爽快透彻，从她头发里散发出温馨的香味。黑眼睛在幽暗的灯光下闪动，咄咄逼人地盯住我，放肆而又迷人。我被一片慌乱震颤了全身。

“曹经理，你这个舞厅真漂亮。”

“那就希望你以后多关照，多向你的朋友们推荐。”

“你为什么不招收几个漂亮姑娘专门给单身来的男顾客当舞伴？那样到你这个‘快乐碉堡’来的人就会更多了。”

“不行，那不跟旧社会的舞女差不多了？舞会管理办公室不会同意的。”

“你是私人舞厅，还管那么多干什么！”

“私人舞厅比公家开的舞厅更要小心。”

“好吧，我来为你白尽义务。”

“不敢，怎能叫你白尽义务。”

“只要你不收我的门票就行。”

“这好说，你贵姓。”

“姓白。你叫我小白就行。”

她向我贴近了一点，我感到一种实实在在的温柔。这才是文明而又合乎规范的接触与抚摸。但我清醒多了，知道这妙龄女郎的温柔和接触是最容易给人设置圈套的。

但是，迪斯科舞曲一响，“快乐碉堡”才真像个快乐的样子。连空气和色彩一下子都变年轻了。行为规范不再有约束力。迪斯科最大的功绩就在于随心所欲，舞姿跳出了常规，这也就有了味道。在扭动中颤抖、晕旋、跺脚，碉堡要倾斜，地板要塌陷。大厅里满是人的气味，强烈的裸露的气味，昏沉沉地狱的气味。人人面孔上燃烧着火，眼睛贼亮，全被猩红的热浪淹没了。大家登上了感情爆发的顶峰，会跳的不会跳的全都加入到扭动的行列。集体从曲折痛苦的现实中解脱出来，终于把虚伪、腐败、丑恶、竞争、苦恼的鬼魂甩掉了。

我也淹没在花花绿绿的人的漩涡里,一阵轻松感传遍了全身。我产生了一种梦游者的感觉,被五彩的梦引导着,真实的自己不存在了。我自由了。眼珠发烫,满眼都是最美的色彩,最美的人体,最美的火焰……

我的肩膀猛然被人抓住了:

“你疯了!”

是妻子。舞会已散,顾客们正向门外拥去。

“你怎么跳起舞来了?”

“我是老板,我不跳舞谁跳舞!”

“那也不能跳起来没完没了。”

“既然开舞厅还不让自己过过舞瘾。有这一个晚上,明天就是关门也值得了。”

“我看你是叫那几个小娘们儿迷上了。”

舞厅刚开业一天,老板娘就开始吃醋了。往后“快乐碉堡”里不会缺少漂亮女人,这醋是够她吃的了。结婚二十多年,妻子不知道妒忌为何物。她很清楚,像我这样的人丢在外边连狗都不吃!金钱和地位的滋味真是奥妙无穷。

“那三个流氓走了吗?”

“吃饱喝足了还能不走!我知道你怕他们,自己躲到大厅里来跳舞,把三个下三烂交给我这个老娘们儿去对付,没出息!”

“今天能赚多少钱?”

“赚个屁!刨去人吃马嚼剩不了几个。”

“刚开始我们不图赚钱,只为了创牌子。赚钱的日子还在后边哪。”我安慰妻子。

四

碉堡沉静下来,生命的颜色连同欢乐的气味一同消失了。沉重的黑暗像固体一样塞满了所有空间。舞曲还在我心里响着,我感到自己的身体还在禁不住地扭动,像得了舞蹈病,昏昏沉沉。很困,却又睡不着。很累,又很兴奋。四周似乎还浮动着一片肉感的刺激和欢爱的热浪,飞扬的美发、笑面、手臂和大腿。

在"快乐碉堡"顺利开业的大喜日子里,也理应跟妻子好好欢悦一番,用夫妻间最美妙的方式庆祝我们的成功。可是我实在太累了,浑身感到疲乏。妻子说话了:

"我真是自作自受,放着安定日子不过,为什么要帮着你开这个倒霉的舞厅?还没有赚了钱,却赚来不少麻烦和闲气。刚开业一天,你的心就野了!"

"你想到哪儿去了,我是太累了。"

"跳舞的时候你可不嫌累啊!"

"连舞厅的老板娘都反对跳舞,难怪我们的顾客那么少。"

"你是开舞厅的,主要精神要用在照顾买卖上。不是瞪着眼珠子光去寻觅漂亮娘儿们!"

"快睡吧,天快亮了。"

她刚才的亲热举动不过是对我的试探。

这几天可真够热闹,有我从未体验过的快乐,也有种种忧虑。大部分时间我都是在强刺激中度过的。

妻子毕竟是妻子,刚停止争辩不一会儿,她就发出柔和而均匀的鼾声。我虽头疼欲裂,却更加清醒了。忽然感到自己被抛弃了,置身在一片荒凉的静默之中。体内的静默和体外的静默连成一股冰冷的味道。

每个人的心里都有一个碉堡,这是任何力量都攻不破的碉堡。原来孤独也自有它无尽的味。我开始想柳一娴。她现在睡着了没有?是不是又把自己关进了那特别坚固的碉堡?连我自己都感到惊讶,我差不多记住了大部分顾客的面容。一张张姣好的脸上漾着甜甜的笑意……

"啪、啪啪、啪——"真痛快。地道农村造的像老式钢笔一样粗长的大鞭,带着火星落地才炸,响声惊天动地,比昨天开业典礼上燃放的鞭炮气派可大多了。那种糊弄城里人的鞭炮,像筷子一样细,外面包了一层红纸,花里胡哨,看上去就没有威慑力量,放起来像炒崩豆,哄小孩儿的玩意儿。听听这是什么声音,响一下地动屋摇,震得你耳朵嗡嗡响,炸得地面尘土飞扬;响一声在土道边上炸出一个坑,纸屑四散。弥漫着火药味的浓烟包围了我的家——一座真正的由国民党用钢筋水泥建造的小碉堡。我心花怒放,这一天活得顺当不顺当,跟早晨刚一起来的心气儿很有关系。我很在乎这个,就大声吩咐二儿子:"老二,还有吗?有就拿出来放,要大个的,响的!""不过年不过节,放这么多鞭炮干什么?""傻小子,叫你放你就放。今天是星期二,又是二月二龙抬头的日子,三个'双',大吉大利,祝你爸爸旗开得胜!"在轰轰隆隆的鞭炮声中,妻子把一个漂亮的万元户提包交给我,里面沉甸甸,装着拜佛上供的好东西,我要用这些东西去换"快乐碉堡"的营业执照。我在接提包的那一刹那,趁机探过头去,在妻子的嘴上亲了一下。她猛地推开我,又气又笑,红头涨脸:"该死的,吓了我一跳!"我却一脸正经:"夫人,这是叫你实习一下洋礼。免得将来对舞厅的气氛不适应,看不惯。""快滚吧!开舞厅又不是开妓院。""你呀,真不愧是学铸造的,脑袋也像铁铸的一般不开化。"这种亲亲热热、嘻嘻哈哈,使我的心里轻松了。好像我要去会朋友、下馆子,而不是去朝见我最厌恶、最怵头的工商局的老爷们。我事先曾到那个管发执照的科长家里去送过礼,礼物中有一个精美的海蓝色硬塑提盒,提盒内装有四瓶不同瓶子的杜康酒,是河南伊川杜康酒厂的珍品,连我自己都喜爱得了不得。据说是专为送给外国领导人制造的。杜康是中国历史名酒嘛!那位科长见了我的提盒眼睛放光,毫不谦让,立刻打开他的酒柜。里面琳琅满目,摆满了各式名酒:"正好,我柜里就缺少这种包装的杜康酒。"他连句感谢的客气话也不说,就好像我是他的儿子、孙子,这些都是应该孝敬他的。可见他们收礼都习惯了。正因为我知道这一点,要送就送重礼,送新鲜的,吓他一跳,让他动心。叫他忘不了你,才会为你办事。反正羊毛出在羊身上,有沾光的就有吃亏的。说老实话,国家没有他们这批人也不行,光是我们这些个体户就会翻了天!坑蒙拐骗,倒爷儿们没有干不出来的缺德事。但是,他们这些国家干部也太过分了。我们赚点钱还要冒风险、卖力气,他们坐在办公室里身不动膀不摇，横财就到手了。那位科长二话不说把我的礼物全都收下，还又得寸进尺："老曹，我老婆想给女儿买点金首饰，托了好几个人都没有买到，你一定有办法。花多少钱我兜着。"这是找我要金货，他们的胃口可真大呀！我自己的老婆还没戴上金戒指、金耳环和金项链哪。现在她戴上了。刚戴上的那阵子，怎么看怎么不顺眼。做饭时摘掉，干活儿时摘掉，只有清闲的时候才戴上。可惜，她一天当中清闲的时候太少了。现在习惯了，看上去也顺眼了。今天的舞会上，哪个女人的手指上、耳垂上、脖子上，不是金灿灿，光闪闪。一听说首饰店里要卖金货，提前三天就有人在门口排队。人们真是疯了！多亏我动手早，这要感谢那个科长。我问他，"快乐碉堡"执照的事怎么办？他说："那好说，过几天你到办公室去找我。"这就是说等我搞到金货以后再去见他。老奸巨猾，不见兔子不撒鹰！进他的办公室更是熟门熟路，哪有小鬼不熟悉阎王殿的。大儿子把他那辆崭新的摩托车推过来："爸，我送你去。"我没注意，他什么时候又换了一辆车。摩托车对他来说就像衬衣一样，三天两头换新的。原来是辆蓝色的，这又换成了红色的，车身通红锃亮，像豪华型轿车一样雄伟。这小子就爱玩这玩意儿，爱到不要命的程度。"要想死得快，就买一脚踹！"这话我不愿意说出口，可好说好道他不听。谁叫他是我的儿子呢！从小就跟着我住碉堡，吃尘土，捡破烂儿，受了不少罪。如今我赚钱容易，他花钱大方，谁家不是如此！听说电影演员崔嵬，落实政策后给独生儿子买了辆摩托车，骑着摩托上山打猎，掉下山去摔死了。著名的福日电器公司总经理的儿子，也是骑摩托撞死的。老子有身份，儿子才有摩托车骑。可惜我没有福气消受这玩意儿，坐在后座上如同骑着一根火箭，总觉得这玩意儿有点悬！

昏昏沉沉，身体像一团飘动的热雾。眼前忽而发白，忽而发黑，头脑里一片沉重而空洞的沉默。我在自己深感害怕的静默中晕眩、下坠！然而我又是非常清醒的，越来越清醒，尽管在近三天里加在一块我也没有睡够五个小时。

妻子呼吸平稳，真是吃得饱睡得着，幸亏她还大吃了一阵醋，要不然睡得还会更香甜。我真想拿只袜子塞到她嘴里。

反正睡不着,不如想点正事,想个什么办法多拉点顾客来呢?现在如果开舞厅还不能赚钱,那就没有能赚钱的买卖了!

到工商局里申请执照的人排长队。老大爷、老太太、小伙子、大姑娘,什么成色的都有。有的想卖果仁,有的想摊煎饼,有的申请摆个杂货摊,有的要卖冰棍儿。我问一位大娘:"现在还穿着棉袄,您怎么就想卖冰棍儿?""咱没有后门,到天热了再申请就来不及了!"对这些老实人来说,赚点钱也真不容易。我也就更为自己的棋高一着而得意。甭说别的,就从穿衣打扮、气质和风度上看,他们就不行。一决定开办"快乐碉堡",我每天晚上到最好的浴池里泡上两个小时,用蒸汽熏,用热水烫,希望能把倒爷儿脸上的那层黑皮熏白烫嫩,把骨子里原有的那点中专生的秀气给泡出来。打扮自己、修炼自己可不能图省事,就像演戏一样,上台前必须化妆。我现在要扮演"快乐碉堡"的经理这个角色,不进入角色、不体验人物的内心怎么行呢?在进行自我修炼的同时,我把开办"快乐碉堡"所应该走的门路也都打听清楚了:在我经过的路上要通过几道关口,要拜几尊佛,用什么东西破关最快,使什么办法让佛爷好点头,我已经有了几分把握。就说工商局、税务局这些衙门里能够管我的那些人,哪一个姓甚名谁,谁的权力更大一些,我全都一清二楚。我办"快乐碉堡"的理由也是冠冕堂皇的,说得他们大眼瞪小眼:"我们没有出过国还没有去过深圳、珠海吗?到处都是度假村、夜总会、游乐园。人都是一样,饱暖思娱乐。现代大城市里光有吃的喝的买东西的地方不行,还要有能满足人们精神、文化和感情上需要的地方。"

这算精明,还是算不老实?以前我难道不是个老实人吗?

谁的心里没有回廊弯道!

五

我好像睡了足足有一年,又好像不曾真正睡着过一分钟。躺着脑袋是清醒的，立起来则是昏昏沉沉的。浑身酸懒不想动弹，我也该好好捞捞本儿，睡上个十天半月也没有关系。二十多年来我可曾认真歇过一个星期天？过年逢节别人都休息，正是我抓钱的好时机，比平时更忙更累，总算挣扎过来了。现在我还有什么可犯愁的呢？户口已经报上了，一家五口堂堂正正成了天津卫的市民。再不是"黑人"了！至于工作嘛，那就无所谓了，现在讲的是挣钱多少而不是职务高低。我就是不缺钱花。人不可能十全十美，总要缺点什么，我缺什么呢？

这是阳光还是月光？像根棒子一样通过射击孔捅进我的"宫殿"。一下子把黑沉沉的"宫殿"捅了个窟窿，灰土、尘埃在光束里团团飞旋，像飘舞的雪花，使我的"宫殿"分为阴阳两部分。我仰着脸凑近光柱，想睁开眼看看光源，眼皮尚未全部撩开，强光像闪电一样刺疼了眼球，眼皮不自觉地又合上了。我没有回到黑暗，周围一片白茫茫，眼皮像透明的玻璃纸，脸上热辣辣的。光束很快就移开了，我挪个地方再把脸放到光柱底下。对了，我这个"宫殿"里什么都好就是缺少充足的阳光。只要有光射进来我就不能浪费掉。这光柱的顶端像有一个钩子，钩着我的脑袋转来转去。妻和孩子们出出进进……

我的骄傲我的耻辱我的福气我的不幸我的欢乐我的痛苦全在于我是个大都市里的"堡垒户"。何为"堡垒户"？据传是革命战争年代铁了心支持共产党八路军的人家。即所谓"战斗的堡垒"、"革命的堡垒"、"抗日的堡垒"……

我的堡垒也是真正经受过炮火的洗礼战争的考验。它的圆形的外壁上弹痕累累，不知吃过多少枪子儿。解放军攻城的大炮轰到它的腰眼儿上，也只是把它炸得稍微有点倾斜，就像人缺了两根肋条，一个肩膀高一个肩膀低。这并不影响它的结实，反倒证明它是何等地坚固；也不影响我的居住，碉堡的小门口正好在倾斜的那一面，我出来进去更方便了。我感谢蒋介石的本城警备区司令，是他修筑了这固若金汤的碉堡。我也感谢解放军，是他们赶跑了国民党的兵，使这么好的碉堡空出来，以后变成了我的"宫殿"。一九六一年，当国家遇到天灾人祸要勒紧裤腰带的时候，工厂把我疏散到农村，在农村混了一年多。花完了那点安家费实在混不下去了，就带着老婆又回到城里来。没有户口，没有工资，没有粮食，没有……一个中国人活着应该有的东西我全没有。糊口的东西总还能找亲戚朋友临时拆对一下，最急需最困难的是没有房子。天无绝人之路，我一眼搭上了这歪脖子碉堡，赶跑了里边的老鼠、黄鼠狼、蝎子、屎壳郎、潮虫子、蚂蚁，清除了人屎、狗屎、蜘蛛网、乌七八糟的发霉的破烂儿，搭起一张床。我便又有了一个窝，而且是一个牢靠的安全窝——不怕轰炸，不怕天塌地陷，不怕着火，不怕龙卷风，不怕暴雨冰雹，不怕小偷。闹大地震的时候谁不羡慕我的碉堡？

对一个终日东奔西窜惶惶然如丧家之犬的人来说，没有比住进碉堡更合适的了。二尺厚的钢筋水泥浇注而成的墙壁，夏天阴凉，冬天风吹不透，它仿佛是我身上长出来的一层坚硬的防护外壳。地球上的人这么多，密得几乎人挤人，没有一个外壳怎么生存？怎么敢到社会上去碰去闯？我像田鼠一样忙忙碌碌地到处找食，但尽量躲避着人。每一个同类对我都是威胁。能在夜里干的我就不在白天干，能到远处捞到钱我就不在碉堡附近做买卖。只要能搞到钱我什么都干。我是社会的弃儿，这倒成全了我，社会上流行的那一套做人的道德大理论对我不适用，我只需躲开法律，别触上公安局的霉头就行，我的上帝就是我自己。要生存就是我至高无上的信念。我的良心叫狗吃了，活得像一条狗，还怕办狗事吗？我熟悉工厂，是工厂把我赶走的，我回来了还得先吃工厂。每到深更半夜，每逢刮风下雨，只要是大家都躲起来的时候，便是我出来的时候。我在工厂的围墙外面，用砖头、石块把厂房上的玻璃打碎。早晨，趁工人还没有上班的时候再大摇大摆地去捡破烂儿。碎玻璃三角钱一斤。我打玻璃，工厂里装玻璃，装好了我再打碎它，打碎了他们再装。还有碎铜烂铁、油棉纱、旧砖废钢，工厂里到处都是宝，随便捡点就能卖钱。再穷的工厂对一个私人来说也是一块肥肉。工人们都同情我，知道我交了倒霉运，对我睁一只眼闭一只眼，大家吃不饱饭，连干活儿都没有心思，谁还愿意管闲事呢？凡事头三脚难踢，踢开了头三脚我的路子就宽了，手眼也活泛了，开始做买卖。青菜、海货、糖果零食，凡是能换钱的我都倒腾。我称得上是老倒爷儿、倒爷儿的爸爸。渐渐地我摸熟了好几条进钱的门路。钱，不再是我生活里最缺少的东西了。

万岁，我的碉堡！

它有东西南北四个射击孔，外面口大，里面口小，成喇叭状。我可以从里面看到外面发生的事情，从外面却看不到里边的情景。每当我躲进碉堡，射击孔就变成了我的透气孔，它还是我和外边那个活生生的世界保持联系的瞭望孔。只不过我没有兴趣老是向外瞭望罢了。因为我在这碉堡里已经住了二十多年，对碉堡周围的地形、地貌及社会环境太熟悉了。就连我那三个孩子，从小是扒着瞭望孔长起来的，一到懂事了就开始厌恶这个神秘的又小又深的方孔。

汽车、拖拉机、大马车、自行车、人脚、马蹄，像不断的流水从我的碉堡前滚过，时而大浪，时而小波，带着没完没了的吼声。我昏昏沉沉，活的脑袋被马蹄踩住了，大腿被车轱辘轧上了。幸好我碉堡坚固，不管外面多么热闹，哪怕天摇地动，我在里边也高枕无忧，纹丝不动。只有机动车卷起的一股股旋风夹带着大量尘土从瞭望孔里灌进来，像雪花一样飘飘摇摇地落在我的身上、脸上。床上、柜上全是尘土，一天下来就能积存钢镚儿厚的一层。好在我对土早已习惯了，命中注定我一辈子离不开土。我和妻子在中等专业技术学校学的就是铸造，造型就离不开沙子，沙子也是土。毕业后我们被分配到机械铸造厂，两个中专毕业生本可以留在技术科当工艺员，工艺员算干部，每月工资只有三十七元。如果到车间去当工人每月则可以多挣四元六角钱，两个人加起来就是近十元。而且当工人升级的机会还多。于是我当了铸工，妻子当了造型工，都离不开沙土。钱是多挣了几块，“下放运动”一来便难逃厄运，索性回到农村跟真正的土坷垃打交道去了。如果留在技术科当那个小干部，也许就不会被下放，现在也住不上碉堡，每天不至于被尘土埋着。我的三个孩子自小就不懂得什么叫干净。每到春夏秋三季，碉堡里太闷气，一日三餐都是在外面吃，饭菜摆好还没等动筷子就落上一层土，我们都看不见。对尘土垃圾视而不见，看见了又能怎么样？人不吃饭不行。没有土还叫吃饭吗？饭菜里落土就跟撒胡椒粉放盐面儿一样合理合情，什么都取决于习惯。人体本是土做的，将来还回到土里去。三个孩子还不是照样都长大了！所有过路的人都说我们这一家子活得不容易，可我也不觉得太难。怎么不是过一辈子……

“喂，你怎么还在这碉堡里住着？”

老爷来了，不是派出所的就是税务局的，要不就是交通队的民警。我闭上眼睛，妻子自会对付这帮人。

“你以为我们愿意住在这个石头洞里？”

“那为什么不搬走？”

“往哪儿搬？”

“找居民委员会要房。”

“居委会主任说没有房子。”

“你们有没有正式户口？”

“有。”

“属于哪个派出所管？”

“桃花堤派出所。”

“这条马路要加宽，我们得把这碉堡炸掉！”

“太好了，最好把我们五口人也一块炸上天。”

“哟，看不出你还够横的。”

“人混到这个份儿上命就不值钱了，不横也得横。来，哥几个吃果仁。”

先把这些爷们的嘴堵上。说话要硬，还得舍得扔东西。吧唧吧唧、嘎吱嘎吱——男人有力的牙齿，贪婪地嚼着不花钱的炒果仁。我的脑袋疼，真想好好睡一觉。

“你们掌柜的呢？”

“在里边睡觉哪。”

“嘿，够美的！”

“可不，现在就肥了他们这些个体户啦。”

“美，‘倒爷儿’嘛！”

“倒爷儿”也是爷。我终于混成了爷爷辈儿。别的不敢吹，老子每天扔的钱也比你们挣的多。“倒爷儿”的这个爷爷辈儿纯粹是靠钱堆起来的，人们开始认钱不认人，有钱的就比没钱的辈儿大。外面那些有身份有权力的家伙，在我这个有钱的“倒爷儿”面前，还不是像个贪嘴的馋猫。人人都想贪点小便宜，权力碰到钱也不那么灵验了。这二十多年来，有身份的老爷们来找过我多少次麻烦，哪一次也没把我怎么样，因为我舍得捅钱。包子有肉不在褶上。以前是偷着富，腰里有钱也装穷，如今要堂而皇之地摆阔。我可怎么摆法？连摆阔的地方都没有。这也许正是我躺倒不干的原因。现在我不知道自己到底想要什么。风险、危险、纷乱大大地减少了，儿女全长大了，钱也存得不少了，以眼下的标准老两口儿可以安安稳稳地度过后半世。为什么浑身像散了架，一点劲头都没有了。只有这样躺在床上回想过去的种种冒险经历才能使自己感到一种满足和有趣。莫非我真是受大累的命，享不了清福？以前也许正因为生活中充满了风险，我才感到紧张，总是精神抖擞，连头疼脑热的权利都放弃了。

六

夜幕浑浊，令人迷茫。在一片老式住宅的角落里有半截黑森森的死胡同。正由于它是死胡同，无人通过，就更显得幽暗和僻静，仿佛被罩在一片死亡的颜色里。然而在死胡同的里面，却涌动着男欢女悦的热流。在两边的墙根下有一团团模糊的黑影，情人们或站，或立，或依偎，或搂抱。即使对面情人相距仅有一米，他们也互不干扰。这一对听不见那一对在说什么，也许是顾不得听别人说什么，光是自己情人的话就足够听的了。哪有谈恋爱不专心的恋人！也许他们什么也没说，幸福用不着语言。即使他们说了些什么，也像暗语一般只有情人才能听懂，才能理解。在不相干的人听来，如阵阵清风。

这个地方太难得了，连阴沉沉的暗室里都滞留着一种敦厚的傻笑。苍天也会同情他们，原谅他们的。今晚也许不会下雨。

“别走了，就在这儿吧——”按规定我应该说出这样的话，也许我已经说出来了，只是自己没有听到罢了。

“不，这儿黑得像地狱，又脏又瘆人。万一再碰上小流氓或街道巡逻的民兵，那可有多讨厌！”小白的声音却甜美而又清晰，既没有喊叫，又让躲在黑暗中的情人们听到了。又娇又泼，带着沁人心肺的魅力。

“那我们到哪儿去？”

“‘快乐碉堡’舞厅，那儿棒极了，即使比不上国际一流的夜总会，也不会低于二流舞厅。那才是有情人的天堂。省得躲在这种阴暗潮湿的墙根里偷偷摸摸，遮遮藏藏。”

“进那儿还得买票。”

“小气鬼！现在两块钱还叫钱吗？在哪儿省不出来。不买票的地方是非法的，买了票就是合法的。花两块钱买个相亲相爱的许可证，那灯光，那色彩，那音乐，那气氛，那豪华的设备，那高雅的服务，还有那笑脸儿，全是为我们准备的，你想搂想抱随你的便，难道还不值得？在这个拥挤的城市里，只有舞厅才是比较自由的感情市场，好东西就得到自由市场上去买，还要舍得花高价。”

“那里人太多。”

“乡巴佬儿，小家子小势。人越多越刺激、越安全，流氓和民兵就专在人少的地方转悠。男子汉要学得大方点嘛！敢于堂堂正正地在大庭广众之下跟自己的爱人亲热。”

“好，这就带你去开开眼界。”

我们离开了那条死胡同。我相信，躲在那条黑胡同里的情人们，对小白的话不会全不动心。明天，或者后天，他们中的某些人，就会在我的“快乐碉堡”里露面。

小白是个天才的演员，而我却不善于背台词。开始我只是希望她在常有情人出没的地方贴一些“快乐碉堡”的广告。谁知她即兴发挥，拉我演了一出活广告。不论这办法效果如何，我都答应她以后来“快乐碉堡”不用花钱买票。

我们一连跑了好几个这种情人聚集的黑暗场所。不要说她，连我都有点累了。在上一座大桥的时候实在蹬不动自行车了，只好跳下车子推着走。小白细腰躬起，屁股滚圆。但仍然有力气说笑：

“曹老板，你赚了那么多钱，为什么不买辆摩托车？”

“有，平常都是孩子骑。”

“你不会骑？”

“会骑，但不愿意骑。”

“怕死？”

她问得这样直截了当，使我不能回避，又不愿意承认让她说中了。她还用一双使人无法说谎的眼光瞪着我，让我感到烦躁，感到她在诱惑我又看不起我。她愿意给我帮忙，只是对我的钱，或者说对“快乐碉堡”感兴趣。至于老板是阿猫阿狗，对她来说都一样。这是个神秘的姑娘，到现在我还只知道她姓白，其余的便一无所知。她既然不愿意讲，我也不便多问。

一狠心，说了句带有冒险性的大话：

“好吧，下次再出来我骑摩托车带你。”

“一言为定，我还没有坐在摩托车上兜过风哪！”

大桥上灯光很亮，也很凉爽。将近十二点了，车辆很少，更无行人。

“哎呀，这儿真好！”

小白停稳自行车，在桥边的便道牙子上坐了下来。

“累死我了，咱们歇会儿再走，反正一下桥我就到家了。”

“你住在这儿？”

“是啊。”

“那片新盖的楼群？”

“不错，离我的医院很近。”

“你在医院工作？”

“对。”

“哪个医院？”

“喏，”她扬起手臂一指，“肛肠医院。怎么样，有点恶心吧？以后不会再请我跳舞了吧？”

“为什么？”

“肛门、大肠、痔疮、瘤肿、屎尿，连我一想起这些都感到恶心。”

“这些跟你有什么关系？”

“当然有关系！”她忽然变得平静而郁闷，轮廓娇美的面孔显得幽暗，在白色灯光的反照下，眼睛像冰块一样冻住了：

“就连一些男医生，由于长年累月跟人的屁股打交道，几乎每天都得触摸女人或男人的屁股。我看他们都发生了变态。我们室有两个男大夫就不大正常。一个是无缘无故的就神经紧张，脸色发白，走路摇摇晃晃，说话着三不着两，谁也不知道他在什么时候、什么场合会突然扔出一句什么话来。另一个一没有事干就直愣眼，眼球冒贼光，吓人呼啦的，填完病历卡一遍又一遍地检查对照，好像是在读一部精彩的小说。”

她声音苍白，说出的话却是冷静而又严酷的。我不知该安慰她，还是该崇拜她？我有一种欲望，想抚摸她。她第一次在我面前表现得这样软弱和空虚，让人爱怜，可她的思想又让我惧怕。为什么今天晚上她要跟我讲这些呢？稀里糊涂问了句废话：

“你是医生，还是护士？”

“医生。干我们这一行是天使，还是野兽？也许两者都是。生活在天堂和地狱之间。怎么会不得精神病？话又说回来了，眼下没有比精神失常更时髦的了……”

有三个男人，好像从地下钻出来的一样，突然站到了我们面前。左边一个，右边一个，前面一个，后边是桥栏杆，对我们俩形成了一个包围圈。他们披着相同的棉大衣——在这个夏末秋初的季节就披着棉大衣逛来逛去的人，都不是等闲之辈。他们在夜间有特殊权威，是一般老百姓惹不起的主儿。尤其是恋人（不管合法与非法）或任何一对结伴同行的男女的克星！他们的大衣的左袖子上藏着红袖章，皱皱巴巴，上面印着什么字看不清楚。其实有字没字无关紧要，只要有这个红箍儿，就足以能证明他们的身份了——治安巡逻的民兵。站在正面的这位，是个又黑又胖的矮个子，带着一副寻开心的悠闲神态；站在左边这小子，有着一张飞盘似的大凹面孔，卑俗而阴沉；就数站在右边的那个人最粗壮，像个打手的样子，一副伺机候时的充满进攻性的眼光，盯着小白不错眼珠，恨不得把她囫囵个地吞下去。

他们要找乐儿，不然这漫漫长夜怎么打发？既然找到了可供消遣解闷的对象，就不着急了，像猫逗耗子一样，只看着我们不吭声。

我感到情况不妙，心里发毛。我跟小白并排坐在便道上，但没有一丝越轨的举动。可秀才碰到兵，有理说不清啊！

我站起身，招呼小白："我们走吧。"

小白没有动弹。

左边的大凹脸嘿嘿笑了：

"走？哪儿去？你还想走！"

"你凭什么不让我们走？"

"你是干什么的？"

"走路的。"

"走路的不走为什么坐在这儿？"

"歇一会儿。"

"累了，是吗？干什么好事累成这样？你可真会选地方，这儿又凉快，又清静，又亮堂。你的胆子不小啊！"

"你这是什么话？"

"就是这话。我们是干什么的？还看不出你安的是什么心？告诉你，每天晚上我们都在这座桥底下抓个十对、八对胡搞的。你那两下子就别想糊弄人了！"

他们仿佛拥有任意嘲骂一切的权力。我无地自容，在这伙人面前，你感到自己没偷东西也是贼，不是养汉就通奸。只是太对不起小白，我不敢看她。对着那张飞盘似的凹脸提高了声音：

"请你不要胡说八道，这位姑娘是给我帮忙的。"

"帮忙的？这忙可帮得好，深更半夜的，哈哈——"

“你们……太不像话了!”

“行了,别废话了!”黑胖子好像是他们的首领,觍着一张自命不凡的脂肪发达的脸,“你叫什么名字?”

“曹家康。”

“工作单位?”

“‘快乐碉堡’的经理。”

“‘快乐碉堡’?就是那个私人舞厅?”

三个小子全都露出了贪婪而好奇的神色。

黑子又问小白:“你叫什么名字?”

小白仍旧坐着,双眉弯弯,唇边透着傲慢:

“能告诉我你们是谁吗?”

“嘿,你还穷横!”

黑子拦住了他的部下,“你不说我们也能查得出来。那就请你俩跟我们走吧!”

这下我没法不着急了:

“凭什么?你要带我们到哪儿去?我们做了什么错事?”

“别嚷嚷,别害怕,到我们的办公室里好好谈一谈。深更半夜,你们俩坐在桥头干了些什么事?想干什么事?我们不清楚。为了社会治安,也为了你们两个人的安全,有必要查对一下。说对了,就放你们走;说不对,就请你们单位的头头来领人。至于你这个舞厅的大老板,我想也不是没有地方管你吧?”

怎么叫说对了,怎么叫说得不对?按照他们的意思,我承认在桥上跟小白“胡搞”或准备跟她“胡搞”,是不是就对了?对我们来说那岂不大错特错了!他们身上带给人一种冷峻的恐怖感。要是让妻子和工商局的人知道我深更半夜陪着一个年轻姑娘被巡夜的民兵扣住了,纵然我浑身都是嘴也说不清楚。传扬开去,我的“快乐碉堡”还能办得下去吗?

小白反倒不慌,带着一股无所谓的潇洒劲头:

“曹经理,我们就跟他们走一趟吧。这是个做广告的好机会,现身说法，向那些人介绍一下‘快乐碉堡’的好处以及桥下洞穴、胡同墙角里是多么的不保险！”

她甚至还笑了，露出迷人的样子。这时候亏她还想着我的广告。

大凹脸头前带路，黑子和打手殿后，把我跟小白夹在中间。我心里懊恼，想不出有什么办法能够脱身……更令我担忧的是小白。她不但不紧张，似乎还带着一种冒险的热忱，好像今晚的遭遇很够刺激，仍然不缺少冷嘲热讽的幽默感：

“喂，我可不想戗火，今天晚上你们三个肯定趟上地雷了！劫持行人，无故拘留公民。我不相信你们可以无法无天，也不相信公安局是你们家开的，不要以为所有夜间行路的男女都怕你们。告诉你们一句老话——请神容易送神难！”

打手在后边发怒了：

“少废话，惹急了叫你尝点厉害的！”

小白回头看了他一眼：

“你好威风！既然这么厉害，就请告诉我你的真名实姓。到了办公室请你陪我给家里打个电话，希望你穷横到底。”

连我都被镇住了，不知她是什么来历。

“我有个好主意，你们如果愿意，也可以帮我们的忙。你们当然知道什么地方搞对象的最多，天一黑就到那种地去巡逻，告诉那些躲躲闪闪的情人们，在黑暗的角落里是很不安全的，不如到‘快乐碉堡’里去大大方方地谈情说爱。在那里可以热火朝天地发挥自己的感情，有舞厅，也有幽静的雅座。你们每天不是都能抓到一些被你们认为是‘胡搞’的人吗？也可以向他们宣传‘快乐碉堡’的好处，把人间这种压抑不住的感情引导到文明的方向，引导到高级的境界。那就不是缺德，而是积德了。如果你们同意，今晚请你们吃夜宵，以后你们去‘快乐碉堡’跳舞，免费优待。”

黑首领沉不住气了：

“等等，你们到底是什么人？”

小白开始指挥我：

“曹经理，把我们的广告多给他们一点。”

我的胆气也壮了。从提包里拿出一沓印刷精美的广告递给黑子。他们三个凑过来看广告，事情大有转机。他们能光顾我的碉堡，就不怕“河西大毛”那帮流氓捣乱了。小白真有回天之力！

她嘴角浮起玩世不恭的微笑。

七

一回到碉堡，我的狗性就又犯了。这哪是人住的地方，简直是狗窝，是屎壳郎的宫殿！我看什么都不顺眼，无名的怒气像发面团一样膨胀起来，塞满了心口窝。里面堵得慌，外面很紧张，不知什么地方迸出一点火星儿，就会引爆我这一腔邪火。

妻子把饭菜端上来，一盘熬鲫鱼，一大碟葱花炒鸡蛋，一摞烙饼。我没洗脸没洗手，一把撩开搌布，拿起一张饼一看，烙得不圆。“嗖——”扔到马路上，“刺溜——”被汽车轱辘轧个正着。紧接着我又拿起第二张饼，仍然不太圆，而且有的地方烙煳了，我毫不犹豫地又把它抛到大街上。一家人还没有来得及坐好，十张白面烙饼全被我抛出去喂了汽车轱辘。我照旧不抬眼皮，嗓子眼儿里像装满了枪药：

“你这烙的什么饼，一点都不圆！”

连我自己都感到呛得不行，辣得不行。

孩子们都吓傻了。妻子嘟嘟囔囔：

“也不知你在外边又受了什么气，回到家里来撒火，你就是这点能耐！”

我啪地一下掀翻了桌子：“你找死呀！”

我正要逼她重新和面烙饼，见妻子两眼如贼，闪着动物般的亮光，浑身扭动，手舞足蹈。其形、其神、其态，渐渐变成了一只大黄鼠狼。

我大叫一声：

“不好，你娘又要犯病！”

三个孩子跟我一块扑上去，搂腰的，抱腿的，拉胳膊的，我们爷四个却根本治不住她。她号叫，她厮打，她砸东西，她作揖磕头，就像一只巨大的成了精的发了疯的黄鼠狼。我知道,这时候在碉堡外面的某一个隐秘的角落里,一定有一只真正的黄鼠狼,是它在遥控我的妻子,黄鼠狼做什么姿态,妻子就会夸张地演出什么动作,她是它的大木偶。她不是自身有什么病,而是中了魔。每当这种魔怔发作,力气就特别大,五六个男人都摁不住她。一旦让她挣脱,她就会把阻挡她的一切——不论是人是物,全都砸个稀烂,说不定把她自己也砸死。

我的两只胳膊紧紧地抱住了妻子的后腰。三个孩子力气小,再加上害怕不敢用力,妻子的手脚已经挣脱,乱踢乱打乱咬。我的脑袋和两条大腿已经挨了好几下子,但死活不敢松手。机灵的小三跑到大街上去呼救:

“救人啊! 叔叔、伯伯快来帮个忙啊!”

有几个过路的汉子冲进碉堡:

“怎么啦?”

“得了‘撞客’。”

“噢——!”

几条汉子一拥而上,七手八脚帮着我把妻子摁倒在床上,让她动弹不得。我腾出手来,顺便抄起一根棍子走出碉堡。围着碉堡转了三圈儿,也没有发现捣鬼作祟的黄鼠狼。

碉堡的东面是大道,黄鼠狼不可能在马路上作法。碉堡的西面是洼地,长着几棵老榆树,相隔五十米就是一座工厂的围墙。我一棵树一棵树地搜查,当搜索到工厂的围墙底下时,冤家路窄——一只大黄鼠狼正冲着我的碉堡搔首弄姿,兴妖作怪。看见我提着棍子走近,它毫不惧怕,更不躲闪,一对贼亮的黄眼珠嘲弄似的望着我。我原想找到它一棍子打死,现在面对面、眼对眼,我却有点胆怯了。它既然已经成精,就不会轻易地在我棍下毙命。不然它见了我怎会不逃跑? 还这般人模狗样、有恃无恐? 还是先礼后兵、试探一下再说。

“黄鼠狼,我跟你无冤无仇,为什么要缠魔我老婆?”

“你这小子说话无理,再叫你尝点大仙的厉害。”

它抬起一只前爪冲着碉堡点了两下,只听得妻子又没命地号叫起来,小女儿又在大呼:“救命!”

我豁出去了,抡起棍子朝黄鼠狼砸下去。

"哎哟!"棍子打在我自己的迎面骨上,双腿一软不自觉地跪在地上。

黄鼠狼蹲在原地纹丝不动,小眼睛一眨一眨地不怀好意:

"曹家康,你要再敢对我不敬,我立刻要你全家人的性命!"

我只好认输:

"黄大仙,我再也不敢冒犯你了。求你高抬贵手,放过我老婆。"

"你无端抢占了我儿孙的房子,可知罪吗?"

"知罪,知罪。我实在是万般无奈,一旦我在天津市落下户口,分到正式房子,一定给你腾地方。眼下还请大仙委屈一下,成全我们一家人。"

"哼,今天就再饶你们一次……"

有人贴近我身边,我突然一激灵!

"家康,你躺了一天啦,不起来吃点东西?"妻子用手摸摸我的头,"哟,你怎么出了这么多汗!"

我从床上坐起来:

"玉华,你好点了吗?"

"你睡傻了?我怎么啦?"

奇怪,我一直处于半睡半醒的状态,妻子出出进进、做什么事情,我全都知道,怎么会做梦呢?这可真是活见鬼。不,应该说是活见仙!

我玩儿几个月的命以后总要睡上它两三天。每逢我不说话、不挪窝、赖在床上睡懒觉的时候,不是生病了就是又要想出新的赚钱的好主意来了。妻子对我照顾得也格外好。这一回她却是鸭子孵鸡——白忙活了,我没有想出发财的新主意,倒想了不少花钱的主意。应该带着她出去玩一玩,黄山、庐山、广州、杭州,天下好地方有的是。妻子跟着我受了半辈子委屈,还不应该让她开开心、见见世面吗?存钱有什么用?钱是王八蛋,花了再赚!

我伸了伸懒腰:

"几点了?"

"八点多了。"

“稀里糊涂又一天。买卖都收摊了?”

“早就收了。天要凉了,西瓜快没有了,眼看汽水也卖不动了,你可要早拿主意。”

“不用愁,最困难的时候都熬过来了,现在到处都是洋钱票,只要我弯弯腰就能捞上一把,还能饿着你?”

妻子摆好炕桌,热酒热菜端了上来。一闻到酒香我来了食欲。

“你们都吃过了?”

“吃过了。”

“小三哪?”

“回学校了。”

小三曹兰是我的骄傲,是我们夫妻俩的全部希望和未来。正牌的大学生,可谓鸡窝里的凤凰。我一天不见她就想。

患难夫妻,知疼知热。我喝一杯,妻子为我斟一杯。更有一阵阵轻声浪语,借着秋风从四个瞭望孔送进来,助我酒兴:

“嘻嘻……你干什么呀?”

“缺德鬼!我不,不……”

“美吗?”

“美,太美了。”

“哎——”

“我爱你!”

“……”

一到夜晚,我的碉堡就被青年人汹涌的爱情包围了。这里是市区的边缘,清静、幽暗。警察嫌远不到这儿来,爱管闲事的街道巡逻队管不到这个地方,真是个理想的男欢女爱的角落。他们一对对,一双双,躲在大树下、墙根下、碉堡下,尽情地享受年轻的生命和过剩的精力。我在床边预备了两根长棍子,当他们发出的声音太不堪入耳了,我就把棍子从射击孔里捅出去,吓唬他们一下,告诉他们这碉堡里还住着一户人家哪!我的碉堡实在是个很好的爱情瞭望哨。我的两个儿子之所以不好好学习,宁愿跟着我当个“倒爷儿”,大概跟过早地接受了太多的谈恋爱的知识不无关系。只要晚上我不在家,他们坐在床上假装看书,耳朵却凑近瞭望孔听着外边的喁喁私语。有时还把那些不懂得怎样谈情说爱的小伙子、大学生,带进碉堡进行现场观摩、窃听。

年轻人的感情被拥挤的大城市、狭小的住房压抑得有点变形了,一来到这个黑暗的没人管的角落,简直就要疯了!毫无顾忌,胆大包天,连我这个已进不惑之年的人也听得耳热心跳。厚厚的钢筋水泥碉堡仿佛也被恋人们烈火般的情欲烤热了……

我看看妻子,她似乎什么也没有听到,低头为我斟酒。我把酒杯推给她:

"这杯你喝!"

她看看我,我看着她,并催促说:"快点,我可等不及了。"

老夫老妻了,心有灵犀,一点就通。她一扬脖把酒喝下去,挪开了炕桌。晚上十点钟之前,两个儿子出去逛荡没有回来;凌晨两点钟以后,两个儿子睡熟了。只有这一头一尾才是我俩的自由时间。

这两天我吃饱了睡,睡醒了吃,养足了。精神百倍,使妻子十分满意。当她身体绵软,沉沉欲睡了,我的兴奋状态却一点没有减弱,而且脑瓜格外好使,想起了一个绝妙的主意。我推推妻子:

"哎,我们结婚的时候太寒酸了,没有置办酒席,大宴宾客,真对不起你。我要补偿,以后天天为你举办盛大的舞会。"

"快睡吧,你敢情白天睡足了。"

"真的,我想好了,我们开个舞厅,一定能来大钱。你想想,像碉堡外面这些憋得难受的青年男女,全市得有多少?要是给他们提供一个合法的高雅的场合,允许他们公开地大大方方地接触,他们能不来吗?"

妻子睁开眼,抬起了身子:

"我们连自己住的房子都没有,到哪儿去弄房子开舞厅?"

"正因为我们住不上像样的房子才要开舞厅,借此机会咱们全家就搬进堂堂皇皇的好房子,身份自然也跟着提高了!老住在这碉堡里,不管你有多少钱,也是被人瞧不起的下等人。"

"你不是做梦说胡话吧?"

“咳，你懂个屁。国家在市中心盖了许多新门脸儿，鼓励个体户进去开买卖。许多人一窝蜂地去开饭馆、开商店，我要办个舞厅保准一鸣惊人。这叫‘蝎子㞎㞎——独一份’！”

我还跟妻子详细讲解了自己对形势的把握。这个时候再不帮助自己的命运往上抬，往后就没有机会了！豁出去，挖掘一家人的全部能量，脚下的路都是被逼出来的。要想成功，就得会把握时机。当你摸到一个生财的好门路，就要把消息捂得严严的，不动声色，暗中运筹，出奇兵大抓一把。当别人听到风声的时候，你已经把钱赚到手了。也必然还会有一帮废物蛋要学你，他们只能捡到一点剩渣儿，这时候你又去寻找别的生财之道了。社会就是这样，人的智慧也分三六九等，有吃肉的就得有喝汤的。也许我太贪了。而贪婪就是动力。哪个成大事的人不贪婪？

妻子想了想：

“舞厅的名字太旧。不如叫‘怡乐厅’，能吃能玩儿能跳舞。保险系数也大，这头儿不赚那头儿赚。”

“行，就叫‘黄鼠狼怡乐厅’。”

“呸！你起这么个倒霉名字谁还敢去呀！”

“这名字新鲜，保准发财。‘狗不理’好听吗？扬名世界，发了大财。再说黄大仙挺给咱面子，自从我求过它以后就再没找过你的麻烦。有它老人家保佑，我们的买卖还能不兴旺！”

“依我说不如叫‘碉堡’。我们在这里住了小半辈子，在这里生孩子、发家，也叫顺口了。”

妻子的文才比我高。三个孩子的名字都是她起的：老大曹阳，老二曹南，老三曹兰。

两口子商量了一晚上，最后确定叫“快乐碉堡”！

人走时气必须要先置办行头，干大事就要有大的风度、大的气派。人配衣服马配鞍嘛。我买了一套黑色西服，配上绛紫色的领带。黑色最沉，显得庄重，大方。我穿戴好了对着镜子左照右照，浑身不自在，总觉得不顺眼，有点小人得势的劲头。毛病出在哪儿呢？咱又不是舍不得花钱,身上穿的都是上等的料子,上等的做工……

气质,是气质不对。这二十多年,我由一个中专毕业生变成文盲了。每天想的是赚钱,赚了钱吃点好的、喝点好的,只落了副好杂碎。碉堡里放不下衣柜,我从来不在乎穿什么,只要暖和、舒适就行,哪儿累了哪儿坐,哪儿困了哪儿躺。一个什么活儿都干、风里钻雨里滚、倒买倒卖、东贩西运、以自由市场为工作单位的二道贩子,怎么能讲究穿戴呢?

不行!从现在起我一分钟也不能忘了自己的身份——本市独一无二的高级舞厅"快乐碉堡"的经理。从前是中专毕业生、受过二十多年的迫害——这都是我的资本,而且是很吃香的资本。我叫妻子把两张毕业证都找出来,用镜框镶好,五十年代的老中专生胜过现在的大专生。妻子也必须从里到外变成"快乐碉堡"的老板娘,我叫小三领着她到市里最好的理发店去烫头发,到最高级的服装店里去买衣服。不管怎么说,小三是现代大学生,审美意识总不会太差,知道什么是真洋气,什么是土玩意儿。

全家人不管三七二十一地都穿戴起来。管他别人说什么呢!像"小人得志"也好,像"二小穿马褂"也好,老子的自我感觉就像个大经理。关键是自信!我全身的血管里有股邪劲,老想找到流出来的机会。这个机会来了,我看到了预示我命运要发生转机的征兆……

八

我心不在焉地毫无食欲地吃着饭。妻子在对面唠叨着,她可能认为自己的话是帮忙下饭的最好的菜。我们过的是真正"眼睛一睁,忙到熄灯"的日子,只有在吃饭睡觉的这点时间里,两口子才能单独待一会儿。"快乐碉堡"就是我们的家。可是普通人活着必不可少的避风港、安身窝意义上的家却不存在了。失去了真正家庭所具有的安宁、和谐、快乐和亲近。热闹,紧张,伺候人,赚钱,累得臭死。心里没有清静的时候,即使表面冷静也是装出来的,用机械般的冷静对付各种不冷静的事件和各种不通情达理的人物。只要碉堡一开门,身上的发条就算上足了。机械般地兴奋，机械般地笑脸，机械般地扭动，机械般地声音，机械地迎来送往。我不知是创造了奇迹，还是给自己挖了个大陷阱？说不清是感到无限自豪，还是非常自卑？是无比幸福，还是万分不幸？

“……你对服务员的态度好一点行不行？别像个一号凶神，老端着一副发号施令的神态！”

“你说什么？”

我突然暴怒，像被雷电击中。一股邪火控制了我，只能顺应自己渐进疯狂的意识：

“我是这儿的主人，这儿的一切都得听我的。谁不愿意干滚开！我对顾客点头哈腰，对各部门管我的那些老爷们点头哈腰。难道还要我对自己的老婆、对手下的工作人员成天点头哈腰吗？你还叫我活吗？”

妻子神情大变，脸色愁苦，不敢再吭声，赶紧躲出去了。大概是怕争吵下去，让服务员们都听见太难堪。

妻子这样头也不回地抽身而去，仿佛是不屑与我论理，是一种无声的蔑视与抗争。我心里的怨气没有发出来，反而又添了一把火，像魔鬼附体，感到一阵窒息，一阵痉挛。顺手操起桌上的茶杯、饭碗、菜碟，狠命向水泥地上摔去！

摔打完了，没有感到痛快，胸中愈发郁闷。头脑里一片死的空洞，周围是白色的哀悼气息。这个时候如果我手里有一支枪，准会对着自己的太阳穴扣动扳机的！此时我怀着一种强烈的揶揄命运、要给亲人创造灾难的欲望，对生命的意义感到模糊而游移了……

大厅里响起摄魂荡魄的乐曲，舞会已经开始，用餐的客人将陆续散去，没有人理会我。我即使真的在这间小屋子里自杀了，“快乐碉堡”也不会关门的，买卖照样这么兴旺，没有人真正需要我。与其说我是碉堡的主人，不如说我属于碉堡，靠着它，依附于它，它才是真正的主人。我死了，对它来说只是减少了一个奴隶，它还是它！我成天小心谨慎，处处算计，拼命地这样干、那样干，到底图个什么？如今被彻底抛弃了，受到了令人心寒的冷落。夫妻关系也是如此，就像筵席，再好也有散的时候。我总以为自己早就把人情世态全看透了，没有我不可理解的事情。现在看，我至少并不完全理解自己！我是“官升脾气长”？不对，我不是官儿！我是“财大气粗”？眼下我只能说刚堵上窟窿，小有积蓄，还远称不上“财大”，更不是对所有的人都这样“气粗”。我到底是怎么啦？已经混到这个份儿上，按说该心满意足了，为什么成功远不像我想象的那样令人高兴和满足？心里出现了一个空洞，老往外流臭水，任何欢乐都堵不住它！现在这个“快乐碉堡”的老板，难道不是过去那个“堡垒户主”了？莫非世俗的成功，都要以失去自己为代价？人活着到底是怎么回事？望着地上的碎玻璃、破瓦碴儿，我感到自己的灵魂和生活的信念也像是用玻璃做的，极其脆弱，打碎了以后还在我眼前闪闪发光。但要想把它们再聚合为一体是办不到了，东一块，西一片，带着残汤剩饭，油渍污秽，扎得我心疼意乱。我心里那个臭烘烘的带着死亡气息的空洞又出现了……

外面那样热闹，小房子里沉静得像一团黑暗紧紧裹住了我。刚过去五分钟，还是十分钟，却像度过了漫长而又空荡荡的一生。这苍白而又深刻的几分钟真是意味深长！

充满自己味道的意识开始回潮。我为什么无缘无故对妻子发这么大脾气？要把她气得老病复发怎么办？我现在心口还堵得慌，这可真是自找别扭、两败俱伤！她的哪一句话触犯了我？我哪来的这么大的邪火？这几天麻烦事比较多，心里不痛快也是真的。前天，市舞会管理办公室的人来检查，说有十几个香港工人，承包了本市一家宾馆的内部装修工程，每天晚上都到我这里来跳舞。他们也是中国人，长得跟我们并无两样，而且像我们一样聪明，并不说出自己是香港人。你要问他，他们都称自己是广东人，我怎么能把他们拒之门外呢？总不能像国营舞厅那样凭证件和组织介绍信入场吧？“舞会办”的老爷们还责怪我不该向顾客出售啤酒。舞会管理条例上只规定不许出售烈性酒。啤酒算烈性酒吗？不管算不算，是酒就不许卖！好，不叫卖就不卖！不许喝酒，不许吸烟，不许跳他们看着不顺眼的舞，不许……这也不许,那也不许!人家到舞厅里来是为了散散心、自由一下、放松一下呢,还是为了规规矩矩地受别人管制呢?我总觉得欺骗了那些对“快乐碉堡”抱有好感的善男信女。这里并不像刚开业时被小白宣扬的那样是什么“感情的自由市场”。这里远不如黑暗的小胡同里更自由,更适合酿造爱的蜂蜜。不该管的有人管,应该管的事情无人管。昨天有个架着双拐的家伙来吃饭,自称是战斗英雄。他是乘出租汽车来的,后边跟着一个由二十辆自行车组成的护卫队。大吃大喝一顿不给钱,还说这是我应该慰劳的。他们从来就不懂得给钱这么一说!一个个神头鬼脸,眉目不善。我心里起疑,向“河西大毛”打听,“大毛”后悔不迭,埋怨我为什么不早告诉他。那瘸家伙算什么“战斗英雄”,假的!他真名叫孙德子,是个吃白钱的“皮子”,四进四出监狱。一年前又犯案,要被遣送大西北。为了逃避被注销城市户口、发配西北的厄运,从看守所三楼跳下来,摔断双腿,不久果然因残废而获释。前几天豪赌,孙德子赢的钱够了五位数字,怕输钱的人找麻烦,贿赂医生,住进医院避难。大概是在医院闲得无聊了,出来拿我寻寻开心。昨天得了便宜,今天五点多钟他们又来了。我给公安局打电话,他们说抽不出人来。我还可以通知“河西大毛”那些输家,把孙德子吓走。可万一输、赢两家在碉堡里动起手来,倒霉的还是我!我赚的是受气的钱。“经理”的头衔儿叫起来好听,其实还是小摊小贩。我永远成不了真正的资本家。大资本家能够买通一切,能够保卫自己,有力量影响甚至左右政治、法律和舆论工具。那才可以称得上是“财大气粗”!

我忽然平静下来,拿自己的老婆当出气筒,算是哪路英雄好汉呢?男人以喝酒、花钱和脾气见性格。这“脾气”是指爱发脾气吗?即便是指爱发脾气,也应是对外,而不单是对内。只有卑贱者才没有心肝,只有缺少睾丸的人才没有男性的威猛!心肝和睾丸我都不缺乏。在这一片冰冷的孤独之中,我厌恶自己,鄙视自己,产生了一种恐怖感。妻子和家庭对我来说并不是无关紧要的。我渴望理解和体贴,渴望温暖和宁静。金钱、荣誉都是身外之物,都是暂时的。唯有家庭是永久的,即使我死了不是也要跟妻子埋在一起吗!

一个平时我最信赖的服务员，小心翼翼地推门进来，给我铺了一个台阶：

“那一帮‘英雄’要进舞厅，怎么办？”

我心里感激他来搭救我出去。证明“快乐碉堡”不能没有我，他们都需要我，我有了面子。但仍然板着面孔，不动声色。

“他们交饭钱了吗？”

“没有。”

我走出自己的房间，直奔餐厅。

为了跟舞厅形成强烈对比，餐厅里灯光明亮。塑料制作的葡萄架及绿叶长蔓的花草，盘绕其间，形成一片片阴影，一个个幽静的角落。这里名叫“餐厅”，实际只是一间大餐室，只有三十多个雅座。有大规模的酒筵，只能摆到舞厅里去。不管你把环境搞得多么优雅，设备多么现代化，只要一开门迎客，很快就给你糟蹋得不成样子了！每个餐桌上都有烟灰缸，他们仍然随便往桌子上、地板上磕烟灰、丢烟头。当他们喝得酒酣耳热之后，桌子上、桌子下就渐渐变成了垃圾堆。孙德子的餐桌上更是如此，中间一个大火锅，腾腾冒着热气，荤味、素味、酒味、烟味、人味，五味混杂，乍一进来刺鼻子。每个人面前一堆垃圾，烟灰掉在菜盘里，鱼骨掉在酒杯里，汤饭、菜汁、酒水洒得到处都是。“英雄”们个个红头涨脸，眼光凝固，神色更加粗野，好像五脏六腑被酒肉撑得挪错了位置！孙德子一见我，得了便宜卖乖：

“曹经理，你太不够哥们儿了！你请我们来吃饭，我们吃的时候你又不陪着，晒我们……”

他的喽啰们七嘴八舌：

“罚他一大杯！”

“罚他找几个漂亮娘儿们陪咱们跳舞！”

我拿起筷子，从火锅的烟筒眼儿里挟出一块通红的火炭，用左手的大拇指和食指使劲儿捏住了这块红炭。手指和火炭之间发出“刺刺”的响声，冒出一缕白烟，蹿出一股黄火苗。靠强烈的怒气顶着，我才忍住疼痛，没有把火炭扔掉。而且让自己的声音也尽量保持平静：

“我给你们点支烟吧，表示歉意！”

说着，把火炭飞快地捅到孙德子的眼皮底下。右手亲热地扶住他的肩膀头，实际是摁住他的脖子，将他控制住。他毕竟是个瘸子，想不受治也不行。

“你要干什么？”

流氓们吓了一跳。有人站起来想动手。

服务员和别的顾客也都围过来，站在我身后。我笑了笑，也许比哭好看不了多少。

“都坐好，要懂规矩。我给你们点烟是瞧得起你们。”

“谁也不许动！”孙德子赶紧给喽啰们下命令。他最清楚自己的危险，惹急了他的一双眼睛立刻就得被烫瞎！

“孙德子，”我喊出这三个字，流氓们又是一惊，“我知道，这个月你发了！可我赚这点钱不容易，你为什么要坑害我？现在有两条道，由你挑。一条道是公了，我叫人给公安局打电话。你们坐在这儿不许动，谁一动，我就舍命陪君子！第二条道是私了，你们付清两顿饭的饭钱，我给每位点一支烟。今后桥归桥，路归路，谁也不犯谁！”

孙德子从口袋里掏出一沓十元一张的人民币，摔在桌子上。我叫服务员去结账。火炭已经发白，我先为他点上了烟。流氓们都举起烟，我依次为他们点着火。有的人使坏，故意磨蹭时间，我就举着火炭站在他面前等着。反正我的手指已经不感到特别疼了。

流氓们都有点僵住了。从他们那一张张半灵半兽的脸上可以看得出，多数人已经服了我。至少对我增加了敬意，不敢再耍笑我。

我为最后一个人点完了烟，丢掉火炭，妻子抓过我的手浸在醋盆里。两根手指的里侧已经被炭火烧得焦黑。炊事员又为我涂上烫伤药。

服务员把发票和找回的零钱退给孙德子。他带领着众喽啰离开座位：

“曹经理，想不到你还有这一手。”

“没办法，兔子急了还咬人哪！”我一拱手，“几位走好，我就不送了。”

我感到服务员们特殊的眼光从四面八方偷偷向我射来。他们从心里增加了对我的尊重，一定为我感到骄傲。

我也觉得自己又像一个人了，体验到做人的满足，一种少有的痛快——有“痛”才有“快”！

九

这几天我的买卖格外兴旺。隔着大街斜对面的那家官办舞厅，“内部修理，暂停营业”，把顾客都挤到我这儿来了。

我当然知道他们的“内部修理”是怎么回事。别看他们对顾客逐一检查证件，拿证件上的照片对照本人验明正身，卡得死而又死，管得严而又严，好像只有他们才是百分之百的布尔什维克舞厅。可经理本人却乱搞了十几个姑娘！还贪污票款，腐败堕落。开业不足一年，赔了好几万元。我这里盈利，他那里大赔，除去公家，谁能干得起这种赔本的买卖！除去撤换经理，不知他们的“内部”还要怎样“修理”？我真想把那家舞厅吞并过来。叫我承包也行，我捆着一只胳膊也比他们干得好！但我知道这是不可能的，只是想想罢了。

舞厅已经超员。像山西的老核桃——满人(仁)！人们活动的空间太少了，扭起屁股来互相碰撞。我心里过意不去，这哪是舞场，简直是人肉市场！幸亏天气凉了，打开排气扇，人们并不觉得热。到了八点多钟，还陆续有人进来。有些是碉堡的老主顾，我不能不另眼看待，只好多说几句抱歉的话：

“对不起，今天人太多，请多包涵！”

见什么人说什么话，礼多人不怪。对有教养的人，我总是唯恐失礼，被人家瞧不起。

我在人缝里穿行，轻松自如，丝毫不感到拥挤。因为我看到的是钱不是人，人越多，钱越多。碰着了谁，就含笑说声“对不起”。我可不口是心非，老实承认钞票的魔力是无法抵御的，它就是生活方式和世界观。对现代人尤其如此。现在也只有买卖的兴衰才能调动我的热情。变幻莫测的灯光啊，满耳轰鸣的热浪啊，都难以再燃烧起我的激情。我可以对所有的人都笑,还可以笑得很真诚,很文雅,滔滔不绝地说着无比热情的话。但我心里始终是很冷静的,我最注意、最关心的是自己的买卖。没有必要,也顾不得去细想这种生活有没有意思了。反正得活着。求解生活的方程式是永远计算不到底的。拼命想找出最后答案的人,自以为很聪明,其实是很蠢的!

瞧,这个女人的屁股,保准是享受过生活的欢乐的人。

这位明星也是我这里的常客。他的情人太多,搞得他太累、太耗心血。在碉堡里随便找个不认识的女人抱住,跳得浑身是汗。分手就忘,谁也不必牵挂谁。

这位老先生每周准来两次,坐在边上,他不是来跳舞的,而是来看舞的。如醉如痴地看着一对对旋转的男女,尤其是那些风姿绰约的妇女。仿佛只要久久地盯着她们,自己心里的某种欲望就得到了满足,皮肤皱缩的面颊会忽然现出一股生机。

我的老主顾中还有一些党政干部,有县团级的,还有区局级的。都是提拔无望的,"四十七八,干也白搭"或"五十冒尖儿,准备交班儿"。人都只活一生,"堤内损失堤外补",乐得到舞厅里来逍遥自在。他们喜欢跳下午那一场,占工作时间,由机关出钱买票。

最新鲜的就是角落里的那几位农民。他们今天晚上在我这里吃的是二百元一桌(不包括酒水)的酒筵,尔后又买了舞票,不敢跳也要看一看。花钱的叫柏祥,他妻子叫于宗萍。一九七九年两人结婚的时候,由于柏祥交不出丈母娘要的彩礼,娘家人非叫于宗萍脱光了衣服才能跟着柏祥走。外面下着大雪,老北风嗷嗷呼叫,于宗萍在父母面前硬是脱得只剩下一条三角裤衩。柏祥从别人家借来一条旧被子,裹住于宗萍赤裸的身体,背回家里拜堂成亲。人称于宗萍是"扒光了衣服的新娘"。

世间百态,我坐在碉堡里就全看到了。交通队的头头跟我讲,四个月来,有成千上万的人在大街上向交通警察打听"快乐碉堡"。人们茶余饭后,常常喜欢议论我的舞厅。这正是我的成功之处!当然,人们议论的不全是好话。有人传我让女服务员都穿超短裙。有人说"快乐碉堡”是专门破坏正常家庭的“第三者”的大本营，是“插足者”的训练基地。感情老化的家庭一提起“快乐碉堡”心惊肉跳，被冷落的丈夫或妻子最恨我。所以有人传我被公安局抓起来了……

我眼前突然划过一道黑色的闪电，便急忙向门口走去。

有两个黑人非要买票进来跳舞。操着半拉咯叽的汉语，显得态度强横。我赔笑相迎：

“先生，我是这里的经理，有话请对我说。”

“你好，”黑先生向我伸出手，露出白得耀眼，整齐得如同按一个尺寸用白瓷烧制出来的牙齿，“我们要跳舞，愿按照你们的规矩付双倍的价钱买票。”

“实在对不起，我们有规定，外宾一律谢绝入场。”

我把他们引到一个大镜框跟前，里边镶着市舞会管理办公室公布的舞会“八个不准”。这是我的“镇宅宝剑”！

黑人不看，摇动着那黑得纯粹、黑得干燥、黑得冒烟的头颅，眼里冒出精悍的光，厚嘴唇充溢着一种我从未见过的粗犷和力量。其中一个愤愤不平，眼边发红：

“从南到北，我走遍中国，没有一个地方让我们参加你们的舞会。这是种族歧视。”

“据我所知，各城市的大宾馆里都设有酒吧和夜总会，任何外国来宾都可随意去喝酒跳舞。条件比我们这里也好得多。”

“不，我不愿意去那种专为外国人准备的地方，要钱也很多。我要跟真正的中国老百姓在一块跳舞！”

他手里举着一张外汇券儿，样子甚是恳切。

其实，我心里很愿意放他们进去。这两个黑人会给舞厅增加一种新的气氛，刺激大家的情绪，有助于提高“快乐碉堡”的身价，对我只有好处没有坏处。但我又不敢冒险违反国家规定。黑人这么招眼，让舞会管理办公室的人知道了非砸了我的买卖不可！不能因小失大……这两个黑人也实在难缠。

我把他们带进中厅，这里跟舞池只隔着一道大玻璃门，里面的情况看得一清二楚,还可以感受到舞池里热烈的气氛。我请他们坐在门边的沙发上,叫服务员端来可口可乐和橘子水。

我也只能实话实说:

“非常抱歉,我只能让两位先生在这里看舞。如果放你们进去,我就有失业的危险!”

“谢谢,这样也很好。亲切的平等的对待。”

我不得不向他们解释,由于一群农民大宴亲朋之后留下来跳舞,使舞池的人太多了。

“嗯,跳舞就要人多,人多了才能热烈得起来。”

没坐一会儿,他们就坐不住了。搬开沙发,随着乐曲轻轻扭动。从他们身上飘过来一阵阵香气,我怎么办呢?阻止不好,这里本不是舞厅。不阻止也不好……”

等到急速跳荡的迪斯科舞曲一响,两位黑兄弟越发的不能自制,屁股和双肩扭得花样百出,放任激情,眼里充满快意。这真是跟我开了个国际玩笑。已经不是他们看里面,而是里面的顾客看他们。大厅里那粉红色的潮水,通过玻璃门缝流溢出来。这有什么不好?这是舞会,又不是党支部大会,要那么纯粹干什么?人太纯了有什么好?动物、植物太纯就意味着退化,要想保持优势就得杂交。中国舞厅里掺进几个外国人不是挺好吗?

有人拍我肩膀。糟糕,此刻我越怕谁,谁越来!舞会管理办公室的王主任和两个干部站在我身后。虽然我和他们都很熟悉,而且不断去烧香磕头,联络感情。只要他们出现在我的碉堡里,总是端着架子,一副公事公办的派头,眼睛带着几分阴沉。

王主任:“曹家康,这是怎么回事?你又私自开了个外宾小舞厅?”

黑人并不因为他们的到来而停止跳舞,只冲着这三个面目不善的人点点头:“你好!”

“你好!”王主任冷淡地应付着。

我一五一十把这两个黑人的情况讲了一遍。放他们进去违反国家规定,不放他们进去他们会骂我们搞种族歧视——这牵涉到国际影响。我只好采取这种折中的办法，不收他们的钱，免费招待他们坐一坐。谁知他们舞瘾难挨，情不自禁地扭动起来。叫我怎么办？总不能把他们手脚捆起来或强行赶走吧？

在王主任的眼底深处闪现出一束探究的猎奇的光焰，他对我的解释不知听进去了，还是根本没听。

"你这舞池里像煮饺子一样拥挤，超员了吧？尽想着多捞钱！"

我不再吭声，跟这种人解释也没有用。他的眼光是赤裸裸的，厌恶和贪婪混杂在一起，恨不得把每一个顾客的衣服都剥个精光。我很明白，在他眼里来这儿跳舞的没有几个好人！这是职业病，他干的就是这一行嘛。职业敏感取代了人的敏感。我在想，他们一来准没好事，要不要找几个漂亮姑娘拉他们下场跳两圈儿。让舞厅里那种特有的暖融融的情意烧烧他们，通过与漂亮女人身体的摩擦，抚慰他们的心灵，让那过分紧张的神经得到松弛。让他们亲身感受一下，在这轻歌曼舞中，男人和女人不会超过界限，反而能结成一种美丽的联系。他们一高抬贵手，就会少找我的麻烦。

"曹家康，咱们找个地方谈谈。"

倒霉了！我领他们来到空荡荡的小餐厅。我亲自去为他们拿烟端饮料，并借机叫服务员通知乐队，下个曲子奏《一条大河》。然后连奏几个中国乐曲，要政治性强的、节奏缓慢的。一来对付钦差大臣，二来让那两个黑丧门星听不懂，屁股扭不起劲来，好早点滚蛋！

"曹家康，你认识洪兰和朱美英吗？"

王主任眼睛理智而尖锐，脸上毫无表情。

我想了想："这两个人名特别生，她们是干什么的？"

"外语学院的女学生，常来你这儿跳舞。"

我松了一口气：

"哦噢，来我这儿跳舞的人多了，我哪能个个都认识。"

"真的？你要说老实话！"

"这种事何必说谎，即便认识她们又有什么关系？我实在是记不得这两个名字。"

“好吧，我正式通知你：‘快乐碉堡’从明天起关门，等待审查。”

我的脑子一下僵住了，没有立刻转过弯来。

“听明白了吗？你从明天起停止一切业务活动！”

“为什么？”

这下可踢到我腰子上了。但我不相信是真的。

“有人告你组织姑娘卖淫。那些人已经犯了案，公安局正在调查。勒令你停业是好的，一旦查证落实之后，对你来说恐怕就不仅仅是吊销营业执照的问题了！”

我蒙了，傻了。祸从天降。这是从哪里说起？最近我得罪谁了？是谁在背后向我捅刀子？这种事向“舞会办”的人解释也没有用……

王主任他们走的时候我破例没有起身相送。

刚才我还嘲笑那家官办舞厅。同样的灾祸现在降临到我的头上来了。

我告诉服务员，当舞会散场的时候，向顾客宣布：从明天起舞厅更换设备，暂停开放。感谢大家的关照，以后欢迎再光临“快乐碉堡”！

现在停业可真不是时候，正是赚钱的大好时机。停得我肉疼！

我回到自己的小屋，没有开灯。铁块一样的黑暗中，处处滞留着阴笑。

一〇

等到上午十点钟，没有一个服务员来上班。莫非他们都商量好，一块儿弃我而去了？

这打击比被迫停业来得更深刻，更让我痛心。人情淡如水，唯金钱和权力才有凝聚力。幸好当初我留了一手，没让自己的儿女掺和“快乐碉堡”的买卖。光我们两口子怎么都好办，卖掉这家底儿就够吃半辈子的！

我怀着一肚子怨愤，自己写了个大牌子，戳到碉堡门外：“内部修理，营业暂停”。

偌大的“快乐碉堡”，空空落落，死气沉沉，像口巨大的棺材！这几个月忙得昏天黑地，每天晚上舞会一散，我全身的骨头也像散了架，恨不得衣不脱、脸不洗，倒头就睡。说句没出息的话，连跟老婆干好事的劲头都没有。现在停业了，没事干了，应该好好睡它两天，捞捞本儿，养养精神。谁知又感到闲得慌，没处抓没处挠，六神无主。昨天夜里睡得不踏实，今天又早早就醒了，身上没劲儿，头昏脑涨。

妻子从一大早起来就算账，那张普普通通的温和而有韧性的脸，失去了往日的精神。皮肤粗糙无光，脸色挂锈。这固然跟碉堡停业有关。但最主要的原因恐怕是长期缺乏爱的抚摸、爱的亲吻。世上哪有我这样的丈夫，终日守在老婆身边，却可以一连几十天不碰她。那还是我们俩一起去旧碉堡取东西，一走进那个埋在尘土和垃圾中、充满黏糊糊潮味的破碉堡，真正感到一股轻松，一种欢乐，一种实实在在的安全。我又是一个活生生的人了，男人的冲动，丈夫的权利，使我周身火烧火燎。哪管它正是大白天，哪管它来往不断的汽车、拖拉机轰轰隆隆就像在我的枕头边轧过一样，我们痛痛快快地填补了爱的饥渴。原来我身上的青春的宝藏还有的是，远远没有采光。一回到灯红酒绿、舒适豪华的“快乐碉堡”，我又不行了，变成假男人，毫无欲望。妻子嘴上不说，心里一定在埋怨我是见惯了漂亮女人，对她失去兴趣了。可我并未跟任何一个漂亮女人发生关系呀！这到底是怎么一回事，我自己也闹不明白。也许爱这玩意儿，本就来无影去无踪，不需要理智，也不需要理由，只有愚蠢就行了。说脆弱它极其脆弱，一碰就碎。说坚硬它极其坚硬，不怕任何干扰。在“快乐碉堡”里，妻子成天守活寡，我变成了只顾赚钱的机器人。说起来这种生活有什么意思？

我本打算出去摸摸情况，我的朋友不少——这是近多半年来又一个重要收获。而且干哪一行的都有。舞会管理办公室到底为了什么要别我的马腿？不知为什么突然感到心灰意懒：我这样拚命到底图什么呢？莫如趁机休息几天再说。回到房间我一次吞了四片“舒乐安定片”——先“舒舒服服、快快乐乐”地睡它一觉再说。

被褥柔滑而冰冷。我从脚心升起一股湿润而裸露的悲凉，要老婆就是为了给男人暖被窝儿。而我的老婆，在外面抱着算盘，正跟枯燥无味的账本玩儿命。天塌了有我顶着，她着的什么急？好像“快乐碉堡”对她比对我更重要。为了这个买卖，她几乎失去了实际意义上的丈夫。居然不憎恨这个买卖，还任劳任怨、没黑没白地操劳一切。可怜的女人。唉，算了吧，谁不可怜！把什么事情看得太清楚活着还有什么意思？

我理智的空间塞满了一团团白雾。我陷入了精神和肉体、现实和虚无的迷宫。身子越来越轻，脑袋越来越重，思想清晰而又遥远，以往的许多事情都想起来了。心里怅怅，渴望有个人坐在我身边，跟我说说话，给我以爱的温存，爱的抚摸……门口卖烧鸡的老家伙，在郊区杀鸡，回市里抹油，捞了不少钱。他竟然搞过三四个情人，现在跟他打得最热火的是个年轻的女演员。是物质富裕引起的堕落，还是愚昧造成生命的相互腐蚀？在旧社会成熟长大的老家伙们，玩儿女人都有一套。别看王主任一脸假正经，他看我的时候，眼光冷酷得叫人不寒而栗。他往舞池里面看的时候，眼光却是赤裸裸地足可以把那些漂亮女人的大腿和屁股全吞下去！我什么地方得罪了他？想到他立刻就想到“快乐碉堡”眼前的厄运。我头重脚轻，愤怒驱赶睡意，我马上感觉清醒了。记忆——是人类自我折磨的手段。一想“停业”的事，再吃四片安眠药也不顶用。要想睡得着就得想点快乐的事。像我这种人最倒霉了，恋爱出于好奇，结婚是例行公事。谈了一个就成了，也没有认真遛过几回马路，也没有一波三折地写多少情书。陷入爱情幻想的时候是甜的，尝到的果实不过就是那么一回事。稀里糊涂地过了半辈子。早知道多谈几个女朋友。许多男人长得比我还赖，照样有艳遇。我是没有机会，还是没有勇气？柳一娴的气质真好，高贵而文雅，面孔始终是温和的发光的。对这样的圣女不能胡来，要有男人的仗义和责任感，我既然不能娶她，就不应该碰她。跟小白倒是可以玩玩的，但我驾驭不了她，只能被她驾驭。有时看到她投来的目光，我真有点神魂颠倒，想超越某种界限。每到这种时候，又总是她主动拉开我们之间的距离。我命中注定不能享受艳福。连神都搞三角恋爱，宙斯也怕老婆。

喂，亲爱的别算啦！攒了多少钱啦？看你那个愁眉苦脸的样子。犯不着，我们可不能像你攒钱一样把生命也攒起来。今天晚上咱们回家去睡，我一定好好伺候你玩儿个痛快！妻子眼睛茫然，回什么家？这里不就是咱的家吗？这里叫“快乐碉堡”，对咱们来说是“苦难碉堡”，充其量不过是个赚钱的地方。咱们真正的快乐在那个窄小、黑暗、肮脏、潮湿的旧碉堡里，那才是咱真正的家！别想那么多，别把希望都放在将来，还是享受眼前的生活要紧！搂紧我的腰啊，害怕就闭上眼，千万别松手！这双手松松软软，怎么也勒不上劲。我用手一摸，手指尖尖，手掌细而窄，皮肤滑嫩。这哪是妻子的手，我回过头去，是小白。她那丰润饱满的前胸正紧紧贴在我后背上。一股赤裸而热烈的激情在我体内燃烧起来。摩托车也像注满了男性的激情，如同飞起来一般。深藏在我头脑中的另一种意识苏醒了，强烈的欲望催促着我，人就应该这样享受自由。你带我到哪里去？到土星去，那里才是真正的天堂。任何人在那样的环境中，都会钟情备至，爱云堆积。马路上所有的行人、车辆都给我让道，来不及躲让的我一提车把就从障碍物上面飞了过去。我也没有想到自己的驾驶技术竟这样高明，宛若有神灵相助。有爱就有灵性，为了爱就会才气焕发、力大无穷。摩托车越跑越快，我的身体越来越轻，心里越发得意，简直飘飘欲仙。分明看到了碉堡黑乎乎的轮廓，知道天堂近在咫尺，没有减速就拐了车把。轰隆一声，摩托车撞在碉堡上。我感到自己的身体随着摩托车被坚固的钢筋水泥撞成一个圆圈儿，弹出一丈多远，在地上打着滚儿，画了一溜圆圈儿！

“小白……”

“家康！”

我睁开眼，站在我面前的是妻子。

“是你，小白哪，她怎么样？”

“我很好。你曹经理有难，我能不来吗？”

妻子身后站着小白和几个服务员。妻子眼睛发红，泪光闪烁。还有几个朋友围在我床铺的另一边，两个儿子站在床头，分别抓住我的左右手腕。我心一惊，立刻醒过盹来，翻身坐起："又出了什么事？"

"问你自己呀。屁大的事，何必这么想不开！我都给你打听清楚了，"妻子说，"我们只要就舞会管理不严格写个检查，给'舞会办'一个面子，很快就可以开业。"

"他们又没丢面子。丢面子的、声誉受到伤害的是我！"

"行了，这件事明天再说。你感觉怎么样？要不要去医院？"

"我？去医院？为什么？"

"你吃了多少安眠药？"

"四片，我想好好睡一觉。"

"嘿！老板娘给我们打电话，说你吃了三十片安眠药想自杀。"

妻子拿过一个药夹，这一个夹的确是装三十粒安定片。药夹全空了，我刚才吃的是最后四粒。妻子说："我平时没见过你吃安眠药，中午吃饭的时候喊不醒你，一见桌上这个空药夹就慌了……"

"没关系，'虚惊一场'比'实惊一场'好。"

我一拱手："惊动了大家，实在惭愧！请大家餐厅里坐，我给大家敬酒压惊。"

等外人都出去了，我对大儿子说："今天你们在这里看夜，我跟你妈回老碉堡住两天。"

"你说什么？"

从他们的表情上看，我虽然没有死成，但肯定是疯了！

1987年5月2日急就于芥园里

后　记

此生让我付出心血和精力最多的，就是建构了属于自己的“文学家族”。感谢人民文学出版社提供机会，能将这个“家族”召集起来，编成队列。

——这就是整理《蒋子龙文集》。

整理文集确实像召开家族大会。将我亲手创作的各色人物，聚集到一起，大大小小，林林总总，他们的风貌、灵魂、故事（即便是散文随笔中也有人物、事件和思想）……一下子勾起我许多回忆，感慨万端。

有的令我欣慰，有的曾给我惹过大麻烦。如今竟都让我感到了一种“亲情”，不仅不后悔，甚至庆幸当初创造了他们。

将他们收拾停当，排出先后次序，送到人民文学出版社这个“大广场”上，像所有等待检阅的人一样，有兴奋，有期待，还有紧张。

首先将检阅我这个“家族方阵”的是责任编辑包兰英，然后是出版社的老总。他们是我写作上的贵人。而人民文学出版社则是我的文学福地。

“文革”结束后，我头一次住在出版社的招待所里改稿子，就是在人民文学出版社。

我在文学讲习所读书时，导师是人民文学出版社的秦兆阳先生，他看了我的《赤橙黄绿青蓝紫》后，给我写过一封长信，那是我收藏中的珍品。

我的第一部长篇小说《蛇神》在人民文学出版社《当代》杂志上发表；我下功夫最大也是自己最看重的长篇小说《农民帝国》，也是在人民文学出版社出版。

写了大半生，能在人民文学出版社出版文集，我视为是一种“终身成就奖”。

由衷地感谢包兰英先生的举荐，感谢人民文学出版社的厚意。

蒋子龙

2012年12月31日于天津